U0946023

浯溪摩崖诗文选注

蒋炼
蒋民主　编撰

中国社会科学出版社

图书在版编目（CIP）数据

浯溪摩崖诗文选注／蒋炼，蒋民主编撰．—北京：中国社会科学出版社，2015.1

ISBN 978-7-5161-4828-0

Ⅰ.①浯… Ⅱ.①蒋…②蒋… Ⅲ.①古典诗歌—诗集—中国②古典散文—散文集—中国 Ⅳ.①I211

中国版本图书馆 CIP 数据核字(2014)第 215857 号

出 版 人　赵剑英
责任编辑　郭沂纹　安　芳
特约编辑　段启增
责任校对　李　科
责任印制　李寡寡

出　　版　中国社会科学出版社
社　　址　北京鼓楼西大街甲 158 号（邮编 100720）
网　　址　http://www.csspw.cn
　　　　　中文域名:中国社科网　　010-64070619
发 行 部　010-84083685
门 市 部　010-84029450
经　　销　新华书店及其他书店

印　　刷　北京君升印刷有限公司
装　　订　廊坊市广阳区广增装订厂
版　　次　2015 年 1 月第 1 版
印　　次　2015 年 1 月第 1 次印刷

开　　本　710×1000　1/16
印　　张　26.5
字　　数　443 千字
定　　价　79.00 元

凡购买中国社会科学出版社图书，如有质量问题请与本社联系调换
电话:010-84083683

我们决不可抛弃中华民族的优秀文化传统，恰恰相反，我们要很好传承和弘扬，因为这是我们民族的“根”和“魂”，丢了这个“根”和“魂”，就没有根基了。

习近平：《在广东考察工作时的讲话》（2012 年 12 月 7—11 日）

浯溪碑亭

三吾胜览

唐　瞿令问书《峿台铭》拓片

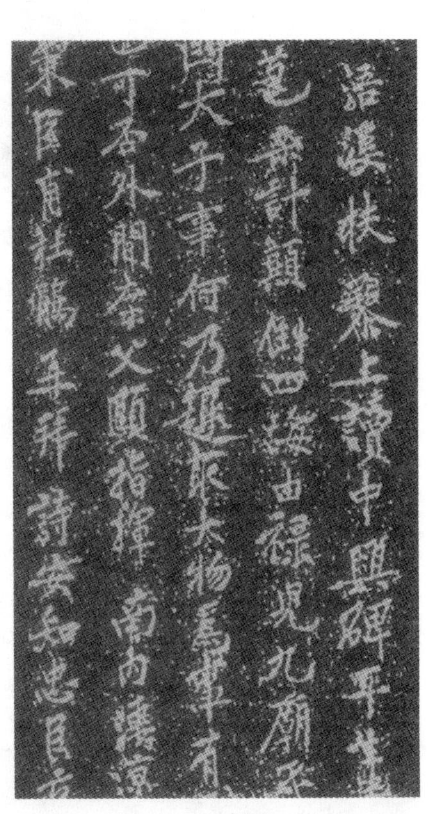

宋　黄庭坚书《摩崖碑后》拓片

唐　颜真卿大唐中兴颂（局部拓片）

明　浯溪题名照片

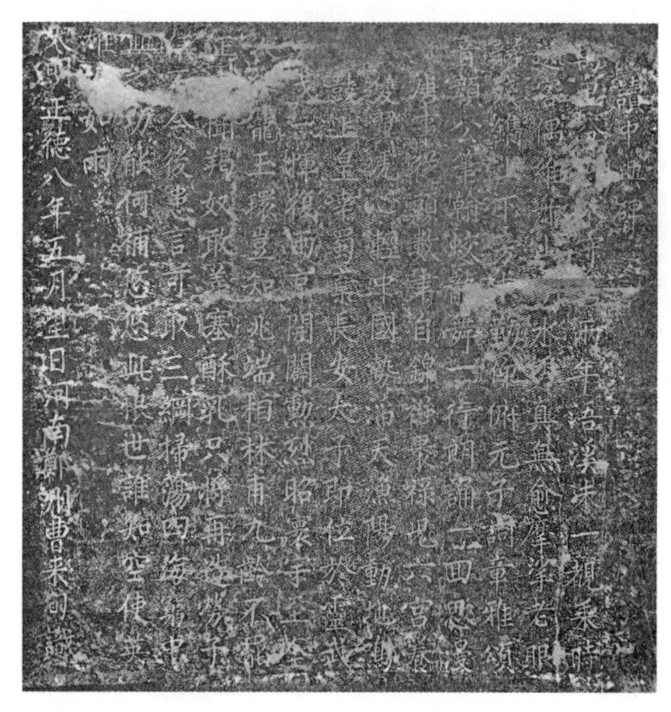

明　曹来旬《读中兴碑》拓片

大清嘉慶廿二年
九月廿日　太子
少保兵部尚書湖
廣總督揚州阮元
閱兵衡永舟過浯
溪登臺讀碑題字
石壁而去是時林
葉未黃湘波正深
農田豐穫天下安
平

清　阮元题名

明　杨芳《赋答董太史》局部

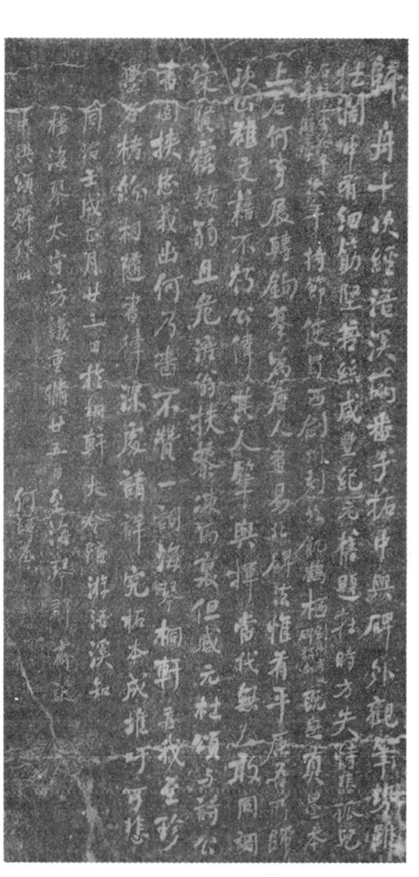

清　何绍基诗拓片

清　吴大澂《浯溪铭》局部

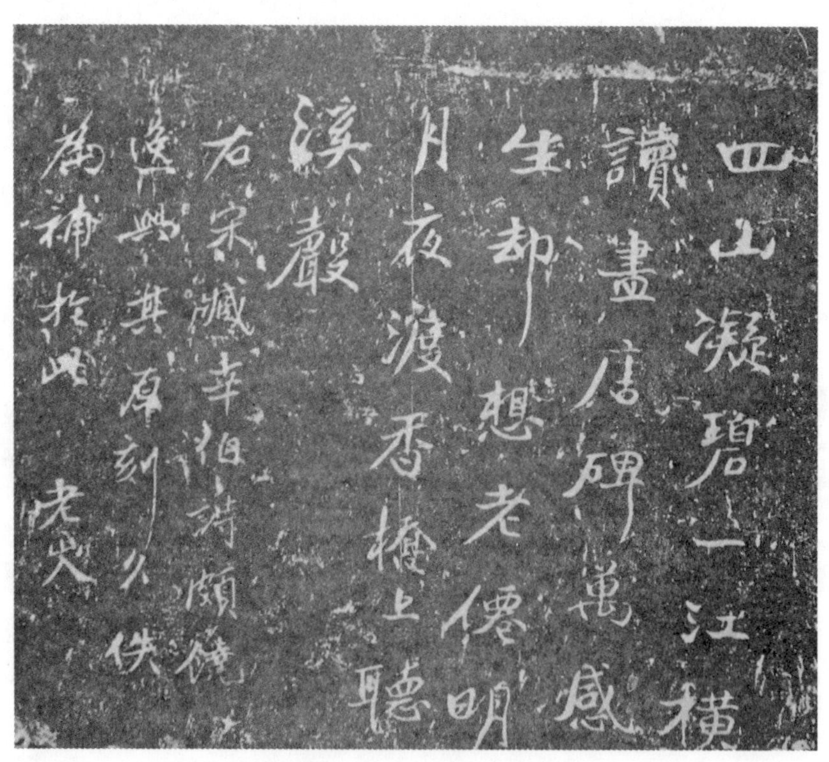

民国　黄裔书臧辛伯诗拓片

目　录

上　编

下　编

序　一

一本颇有文化艺术价值的书

唐际绍

蒋炼、蒋民主选编注译的《浯溪摩崖诗文选注》即将付梓。记得那天在祁阳龙山，蒋炼老先生一把捉住我不放，要我为此书作序。老先生年届九十，当年是祁阳一中的老师，而我那时是祁阳一中的学生，不敢执拗推辞，只有执弟子礼，接受任务，像接受老师布置作业一样。

蒋氏父子合写的这本著作，从初稿写到定稿，历时十余年，400 余页，分上、下两编；时间从唐朝到民国，并论及当前，上下 1200 余年。上编选古诗 260 首，下编选古文 45 篇，加上作者写在上编前面的三篇文章和下编后面的附录，连同开头的序言，全书共计 30 万字开外，使人感到写成这本书十分不易，不投入大量精力，没有很高的文学水平是写不出来的。老先生治学之严谨、文学造诣之高我早就知道，一直抱憾无缘听他讲课。蒋民主老师作为老先生的公子兼弟子，参与著书，青出于蓝，亦令人钦佩。

我浏览了这本书，对有些地方作了细读，读后有一些感想。

这本书编写方法别致，很有特色。由于写作对象是摩崖古诗古文，与一般文学书籍不同，在所选编的作品后面，都有“作者简介”、“释题”、“注释”、“译文”和“说明”五方面内容。总的来说，该书承担了选、编、注、译四大任务。选、编是鉴别性工作，注、译是著述性工作。本书侧重注、译，意在帮助读者读懂浯溪。

首先是“选”，选什么？怎么选？两位作者说：“见之于浯溪碑刻的诗文有五百零五篇，还有曾经刻石被后人铲去和未曾刻石见于旧县志和诗文集的，估计诗歌近千首，文章近百篇。”作者对此并不俱收并蓄，而有选取的标准原则，“凡是属于爱祖国、爱人民、爱大自然的内容，具有代表性和一定的艺术性，书艺有特色的，都尽可能选上了。写的没有特色的，也就不录。至于作者所写虚假浮夸，尽管书艺虽佳，也只得舍去”。他们这样做，“为的是不背离浯溪文化的优良传统”。从中可以看出作者的政治思想水平、作为文化人的操守和对读者的负责精神。

其次是“编”。编可不是现编现卖，这里有大量的研究工作。这里所指的“编”包括“释题”、“作者简介”和作品编辑。“释题”是指明作品在浯溪碑林所处位置，收录在何种典籍中以及采用何种书法体裁等。“作者简介”一般是介绍其生卒年代、身份、籍贯以及政治文学方面的主要成就。至于作品编辑，本书对所选作品按朝代顺序编排，同一朝代的作品，按作者生卒年代编排，脉络清晰，时代感强。对于情况不详的，就要考证。考证不出的，则存疑，不臆测，不武断。这同样体现了作者的负责和严谨，使人放心读、放心引用。

再次是“注”。本书注释周详，作者旁征博引，花了很大工夫。例如对明代诗人许宗鲁的一首24句、120字的五言诗《无题》，作了17个注释，300多字。对原著中的许多字、词、读音，作了解释和注音，使具有中等文化水平的读者能够读懂。我读古诗文，碰到几个字不认识不理解，又没有注释，就不想读下去。我相信这本书的读者，无论想读哪首诗哪篇文，都能读下去并能理解。我这里不是说注释越多越好，而是说这本书的特色和作者的良苦用心。

最后是“译”。这里所指的“译”，包括“译文”和“说明”。“译文”是将佶屈聱牙的古诗文译成新诗或现代散文，并紧扣原作。“说明”则说明原著时代背景，原作者写作宗旨，以及本书作者对作品的评议等。特别值得一提的是，本书的译文极具特色：明如白话，很有文采。如清代诗人钱三锡的《镜石》诗：

水色山光映碧岑，霸图王业几消沉！
独留一片江边石，阅尽兴亡鉴古今。

其译文：

水色山光映衬着碧绿小岭，霸图王业出现多少次销沉！
单独这片江边石还保留着，阅尽兴亡，也照明了古与今。

则是一首语言清新、节律铿锵、易读易懂的新诗。这新诗使我陡然想起抗战时期一首唱遍大江南北的歌曲《五月的鲜花》：

五月的鲜花开遍了原野，鲜花掩盖着志士的鲜血。
为了挽救这垂危的民族，他们正顽强地抗战不歇。
……

两者虽然题材不同，但结构、韵味相仿，令人读了难以忘怀。

对古文的译文也是这样，如宋代永州太守许永《颜、元祠堂记》第一段：

大抵江山之胜必托诸伟人，然后名显而人乐之。盖江山虽人所乐，而所乐非江山也。祁阳浯溪，湖外江山之胜者也，有颜、元遗迹在焉。士大夫过之，未有不游，游而未尝不得所乐者。

其译文：

大抵江山胜景一定托付那些伟人，然后名声显露并且人们喜爱它。江山即使为人们所喜爱，可是喜爱的并不是江山。祁阳浯溪是洞庭湖以外江山景物优美的地方，有颜元二公的遗迹留在这里。因此士大夫经过这里时，没有不游览的，游览之后没有得不到所喜爱的东西的。

则是一篇语言简洁平实的散文，其情景令今人也感到熟悉。

这本书对浯溪有许多新颖的观点和见解，自成一家，给读者带来新的感受。这是作者对浯溪透彻研究的结果。这些新颖观点散见于本书正文和正文前面的三篇文章。

在对浯溪及其碑刻的评价上，历来这方面的书籍汗牛充栋。但有的相互抄袭，缺乏自己的观点，没有新意和深意。本书两位作者有根有据地、比较准确地、观点鲜明地评价浯溪。例如，他们认为“浯溪胜迹拥有独特的内涵”：“是形胜满湘中的形胜之地”，“是系人心、正中夏的教化之地”，“是诗文和书艺两相辉映的文艺宝库”，“是爱祖国、爱人民、爱自然的积淀文化”。还认为“浯溪的历史价值是永恒的”：“起着借鉴国家兴亡，认识社会兴衰的政治作用”；“起着安定人心，激励斗志，净化心灵的教育作用”；“起着提供学习和研究诗文、书迹的大课堂作用”，等等。其中就有不少观点是新颖的，独到的，加深人们对浯溪的爱，对祖国历史文化的爱。

在对浯溪的核心文物《大唐中兴颂》的看法上，到底该文对当局是“颂”还是“非颂”，抑或“颂中含讥”，自古众说纷纭，至今仍莫衷一是。现代有些书籍只将各种观点罗列出来，却没有自己明朗的观点，不能释读者之疑。本书作者对《大唐中兴颂》的序文和颂文有明确的观点，认为“序文简述了大唐中兴的事实和值得歌颂的理由，颂文严肃地歌颂了戡乱中兴的业绩与声威，指斥了叛逆，赞扬了忠烈。但也从侧面揭露了唐朝统治阶级政治腐败而酿成战祸，足为鉴戒”。这段文字在“歌颂”前面用了“严肃地”三个字，很有意思，值得回味。

在对古诗文的理解上，作者也有自己独到的见解。仍以前面提到的《镜石》诗为例。原诗第二句是“霸图王业几消沉”，用的是“消沉”，而译文第二句是“霸图王业出现多少次销沉”，用的是“销沉”。初看以为译文用错了字，仔细一想，译文中的“销沉”用得很有道理，若照用原文的“消沉”，就大为不妥。原诗是古文，说的是国家政权形销迹没，用“消沉”是可以的。译文是现代汉语，“消沉”在现代汉语中是情绪低落的意思，故不能用“消沉”，应该用“销沉”。还有，清代贡生邓学孔的五律《浯溪》中有一句“远渚欲盟鸥”，作者将“远渚”注释为“远远的水边”。我查字典，渚为水中间的小块陆地，不是“水边”。开始以为注释有误，后来结合浯溪周围细想，人在浯溪，视野之内较远的地方，只有其下游的浯洲算“渚”。此渚长林丰草，可以想象从前草木更盛，如鸟在渚上，是看不到的，如在水边，就可看到。其实两位作者说的“水边”，也是“陆边”、“渚边”，是水陆之交。如注释为“远远的渚上”，诗句的美好意境则毁坏殆尽。至此才感到作者是根据诗境来作注释的，可谓匠心独具。类似上述的译文、注释还发现好些处，这里不一一赘述。

这本书有什么意义呢？值得作者如此咬文嚼字地写作？我认为，这本书虽然注释稍多，使篇幅过大，虽然有的译文因“诗无达诂”而存审美差异，但它丰富了关于浯溪的知识，增加了关于浯溪的研究成果，扩大了浯溪的知名度，是一本颇有文化艺术价值的书。具体讲至少有以下三个方面的意义：一、可以作为深入研究浯溪的导读，而作者在正文前的三篇文章又是本书的导读。浯溪是老祖宗留给我们的宝库，但围绕浯溪还有不少存疑的地方，值得进一步研究，以充分发掘浯溪的价值。在进一步研究中，这本书可作参考，直至作依据。二、可以作为游览浯溪的导游。有人说，不看这本书不能游浯溪吗？当然能，只要游得尽兴就行。但要真正游好浯溪，让浯溪神奇山水、优美诗文陶冶身心，还是要学点浯溪。三、可以作为学习古诗古文、新诗歌新散文的教材。因为书中有注释，有译文，便于古今对照学习，尤其适合中学生学习。

蒋氏父子一生以来学的文学，教的语文，对浯溪有深入研究，而我是抱着学习的态度看这本书的，抱着做作业的态度写序言的。我虽然在祁阳工作六年，到过浯溪无数次，也为建设三绝堂、陶铸纪念像馆作过决策，但体会浯溪最深的、获得浯溪知识最多的还是这一次，为此要感谢两位作者。现在写完了序言，还生怕哪一天又被老先生捉住，说我的作业不及格。

2013 年 11 月 5 日于永州

（作者系祁阳县人民政府原县长，永州市人民政府原助理巡视员）

序　二

千秋之约

陈晓武

浯溪是祁阳的文化名片，是祁阳人心目中的圣地，是祁阳自己的自然文化遗产。

穿过千年的时空隧道，在这个祁阳的文化客厅，我们会惊喜不断地遇见各个时代的文化大家与巨匠，他们是：唐代古文运动先驱元结，“冠冕百代书家师”颜体字创始人颜真卿，宋代大文豪欧阳修，大画家、大书法家米芾，苏门四学士的秦观、黄庭坚，婉约派大词人李清照，南宋四大家的杨万里，明代四大家的沈周，大学者顾炎武、王夫之，大旅行家、散文家徐霞客，清代著名诗人王士祯、袁枚……这一个个灿烂夺目、永不陨落的历代文豪、巨星，济济一堂，作为这个文化客厅的主人——祁阳人、湖南人，又平添了多少文化的自信、自豪和荣耀！

我不禁想起，2006 年，我负责和主持广州市作家协会工作的时候，应邀出访埃及、希腊和土耳其，开展文化、文学交流工作，随身携带的礼物竟然还是离不开唐诗宋词另加一部《红楼梦》。可以说，千百年来，唐诗宋词、颜欧书法就是中国文化的重要代表与符号，它不仅是中国的精神文化源泉，中国的国粹，也是全世界、全人类精神文化的重要组成部分。保护好、继承好、发扬好这一优秀传统文化，就是保护我们民族的精神家园，维系我们民族的血脉和根。这一古老的优秀民族传统文化看似很遥远，实际上也很近，它就在我们身边，在浯溪我们就能亲手触摸，亲眼观赏，亲身感受……哦，感谢上帝，感谢上苍，赐予我们祁阳人如此厚礼。

这似乎是浯溪所特有的文化现象，这一“浯溪现象”，我也算是踏遍千山和万水了，还真没有发现有第二个呢。

浯溪，就是我们祁阳乃至湖南的文化“金饭碗”，如何认识和对待这一独一无二的文化瑰宝，是摆在我们当代人面前的一大课题。这里我们首先要弄清和摆正目的与手段、内在与外在的关系。我以为，文化价值包括内在价值和外在价值两个方面。内在价值是指文化对人的精神灵魂的建设，这是文化最根本、最重要的价值；外在价值是指文化除了构成人类精神灵魂全部内容外，还具有促进地方经济与旅游发展，提高地方形象和影响力的作用，这也就是文化的附加值。不知从什么时候开始，中国各地突然兴起了开发地方文化热。毋庸讳言，在这种地方文化开发热中，开发的实际上是文化的外在价值和附加值，而对文化最核心的价值——内在价值似乎有意无意地淡漠了、遗忘了。因此这种文化热准确点说应该是“外在文化热”，我们固然需要开发文化的外在价值和附加值，但是相对于目前“外在文化”的热闹，我们更需要文化内热，需要文化自身的开发热。

值得庆幸的是，浯溪有蒋炼、蒋民主父子这样的知音、有识之士，父子俩几乎以全部精力用于收集、挖掘、整理、编译出版浯溪跨越千年的诗文，并一版再版。这是一种对传统文化进行继承保护和开发利用最基础性的工作和前提性的工作，这种工作的重要，或者说，这种后起整理阐述工作做得好，从某种意义上说，它本身也成为这种传统文化的有机组成部分，甚至超越它所研究整理的对象。想想 19 世纪德国哲学家黑格尔所作的《哲学史演讲录》四大卷，对此前西方哲学乃至世界哲学的贡献，难道不就是既是西方哲学的有机部分，同时又超越了它吗？这也许就是对保护继承和开发利用优秀传统文化的最高境界。毫无疑问，这本凝结蒋氏父子心血与智慧的《浯溪摩崖诗文选注》，也已成为浯溪文化不可分割的组成部分，是今人和后人学习研究浯溪文化绕不过去的一块奠基石。

该书作者之一蒋炼，是我的中学语文老师，也是我的班主任，如今已年届九十，从他亲笔写给我嘱咐我为他的书作序的这封信来看，蒋老仍思维清晰，笔力稳健，学生不胜欣慰。我想，退而修志述作，真是一种人生佳境，既颐养天年，又有利于地方文化建设，或许，这就是蒋老长寿的秘诀呢。

总之，蒋老善举及勤力，令学生感动敬重，更令学生惭愧。如果我们每一个作为蒋老学生的都能以老师为榜样，自觉为浯溪、为家乡文化建设尽一点心力，这又能产生和凝聚多大的能量啊。

是为序。

2013年11月10日于广州

（作者祁阳人，系广州市作家协会副主席兼秘书长）

序　三

扬浯溪菁华，激桑梓情怀

黄承先

蒋炼先生是我的中学语文老师。他学问的渊博，治学的严谨，教学的热情，爱生的真情，令我们学生终生难忘。

蒋老师年已古稀，早已退休，但退而未休，不忘育人，余热生辉；老而笃学，孜孜不倦，勤于思考，笔耕不辍。他在出版《短篇文言自学读本》之后，又将多年研究成果——《浯溪诗文选》于新世纪初审定付梓，真是可钦可敬，可喜可贺！

浯溪位于祁阳城关，以山奇、水奇、碑奇而著称于世。它，“名久播遐荒”，“形胜满湘中”，“独有摩崖刻”，“墨迹万人题”，现为国家级文物保护单位，乃国之瑰宝，县之文库。自唐代宗大历二年（公元767年），道州刺史元结刻第一块碑（《浯溪铭》）至民国年间，凡六朝一千一百多年，无代不诗文，无代不书题，无代不刻石。经过清查，发现字迹清晰的碑刻有505块。另因风雨剥蚀、后人磨前人碑而刻己碑和活碑丢失，不知其数。可以说，浯溪山山有碑刻，处处是诗文，流光溢彩，洋洋大观。据碑刻、旧县志和古籍资料粗略统计，浯溪诗词近千首，文章近百篇。拥有这笔文化资源，世界少有，堪称巨富。

对浯溪历史、诗文、书法的研究，历来不乏其人。中国居多，外国（日本）有之；古人居多，今人有之；泛论居多，专著有之。而专著如蒋先生《选注》类属凤毛麟角。蒋先生从弘扬国粹出发，推介浯溪，以众多的青少年、古文爱好者为对象，从字词释义入手，用字斟句酌、深入浅出的方法，编著了这本书。它将被更多的读者所理解、所接受，使浯溪被更多的人所热爱、所向往。蒋先生为祁阳文化做了件大好事，作了大贡献。这本书的可贵之处在于此，历史意义亦在于此。

我的古文水平浅薄，对这本书稿很喜欢读。读后受益匪浅，感慨良多，深为拥有浯溪这一宝贵财富而骄傲，为浯溪诗文的意蕴所陶醉，为蒋先生的精神所感动，为这本书的出版而高兴。

“崖边尚有堪磨处，留刻中兴第二碑。”当今社会非昔可比，现代文化远胜于前，新碑林的筹建正在进行。“若今歌颂大业，刻之金石，非老于文学，其谁能为?”对浯溪摩崖碑刻的研究也将会更加深入。看来，继承发展文化的历史责任落在后继者身上。蒋先生带了个好头，但愿有更多人急起直追！

2001 年 5 月 18 日于溪畔更上楼

初版导言

浯溪古诗文，包括唐代宗大历元年（766）以后一千一百多年的作品。其作者地跨中外，所写作品形式不同，风格各异。但却有一个中心内容贯穿着、联系着，形成一份极其宝贵的文化遗产。

据今人清查，见之于浯溪碑刻的诗文有五百零五篇。还有曾经刻石被后人铲去和未曾刻石见于旧县志和诗文集的，估计诗歌近千首，文章近百篇。按朝代看，宋的数量当最大，清次之，明再次，唐不足三十篇，元只有十来篇，民国仅九篇。从体裁看，诗歌古体多于近体，词少见。有政治诗、抒怀诗、写景咏物诗和对元文颜书的评论诗等。文章有记、序跋、赋、铭和书。其内容都写到喜爱浯溪喜爱中兴颂和景仰元颜二公，联系作者所处的时代，抒情色彩很浓，倾向性十分鲜明，有着启发读者认识历史、获取教益的积极作用。其艺术特点大都采现实主义手法，也有浪漫主义笔调，具有可供学习和借鉴的价值。

诗歌中的政治诗，宋朝的多，其他朝代少，大都涉及大唐中兴的评论。有认为对中兴是颂的，“摩崖勒唐颂”，“自尔闻正声”（唐毛抗《读唐中兴颂》）。“作诗颂大唐，欲令一代典，风烈追先光”；“文匹淮夷雅。留此系人心，支撑正中夏”（明顾炎武《浯溪碑歌》），写明了作颂的目的。“中兴还死叛臣心”（宋杨异《游浯溪》），“雄文云何关大义……行人瞻仰日月明，贼臣睢盱心胆丧……不因大义肃天地，安得南荒静反侧”（清王式淳《读中兴碑》），更写出了歌颂中兴的政治意义。

相反，有的否定中兴或者认为非颂。宋人持这种看法的较多。最先是黄庭坚《书摩崖碑后》，指出唐肃宗不应该“趣取大物”，让上皇“南内凄凉”。也就是说没有什么可颂的。米芾《无题》直接地说“可怜德业浅，有愧此碑词”。范成大竟提出“摩崖不是碑”，“乃一罪案”。明朝的沈周也提出“此碑颂德实揭过，有家有国留箴规”。但也有对非颂辩释的。宋王炎《读中兴颂》就写了：“首章正义语未婉，前辈不辨来者疑，必须细读史克颂，未用苦说涪翁诗。”明李实《题摩崖碑》也写了：“后来骚人墨客忤其意，原始要终成妄议；不惟有负中兴功，况乃不协镌碑意。”这些分析都有一定的道理。

另有颂中含讥的看法。宋赵汝铛《题摩崖碑》提出“当时记成功，小雅见微讽”，这是紧扣颂文而言的。宋文有年《题元子故宅》说：“灵武中兴功掩德，天地大义须人扶。宁将善颂寓谲谏，百世闻之立懦夫。”这是就当时形势立论的。

还有评议玄宗父子，警诫来者的。宋潘大临《题摩崖碑》写道：“明皇聪明真晚谬，乾坤付与歌奴手……儿不忠孝听五郎，父子几何不豺虎？君臣宁能责丑虏？”释惠洪《同景庄游浯溪》指出“何须呜咽让衮服，自控归鞍八尺龙”。杨万里《浯溪摩崖怀古》里感叹“明皇父子紊大纲”，“修身齐家肇明皇”。元张养浩《读中兴碑》更是淋漓尽致地指出玄宗听任奸臣窃权和“唐家累世罹女祸”，足为鉴戒。明曹来旬《读中兴碑》也写道：“九龄不罢正气闻，羯奴敢羡塞酥乳……三纲扫荡四海穷，中兴之功能何补？”他们如此总结历史教训，用心可谓良苦！

另有借古联系当时局势，关心国事的。宋李清照《浯溪中兴颂和张文潜》里写了“子仪、光弼不自猜，天心悔过人心开。夏为殷鉴当深戒，简册汗青今具在”，当是针对南宋偏安君臣而言。张孝祥《浯溪有感》中的“北望神京泪双落，只今何人老文学”，深情地抒发了中原未复，无人写颂的无限感慨。宋人诗歌这样吊古伤时，表达爱国之情的不少，而元、明、清很少见到。其道理何在，我们有深入研究的必要。

对大唐中兴和玄宗父子的评论，真是众说纷纭，莫衷一是。清阮元《读中兴颂用黄文节韵》中对这种争论却说：“壁立积铁屹不动，安者见安危见危。各人忠爱各朝事，大都楚泽骚人辞。”这就是说，由于各人独特的经历，所处立场不同，见解当然有异，但都是本着热爱本朝的忠诚措辞的。这么分析切实中肯。

以上的政治诗多为古体，大都先叙后议再写感触，这样叙议抒情结合，记叙简洁，议论有据，气势酣畅，抒情恳切。读了既能认识历史的因果与教训，又为作者融入作品中的忠诚之心和悲愤之情所激动。一读再读，我们能不被热爱祖国的深情所陶冶吗？

其中抒怀诗，包括述志、写感、抒发怀念元、颜与喜爱浯溪之情，数量较多。着重述志的，有宋张栻《舟过浯溪有感题石》，其认为“中兴青壁陋唐臣”，以高昂情调表达了不能留恋山水，希望船到建康能够抗金立功的壮志。写感的，如宋陈从古《无题》写了元、颜的文墨为浯溪增色，想起二公的忠愤和郭令公的功绩，不禁“书生百感夜不眠”。元宋渤《雨过浯溪》写了见到浯溪景物荒凉，受到盗贼骚扰，很希望有龚遂、刘宽一类的地方官来此治理，“时其饮食衣其寒”。抒情的，如宋戴复古《栗斋巩仲至以元结文集为赠》，从文集的魅力、浯溪碑的不凡、关心人民疾苦的特点，赞颂了元结的诗文和为人。明杨廉《浯溪感怀》写了“纷纷健笔争诗价，细数何人为国忧”，而“千古颜、元刚气在”，充分表达了敬仰之情。清黄中通《忆浯溪》通过不能忘怀的昔游情景来表达深爱浯溪的感情。清吴大澂《雨中游浯溪读中兴碑次山谷韵》，指出应该学习元、颜的文雄字健和心怀君国的品质，并为涪翁遭贬感慨，又为其雅兴未减赞叹。

上述抒怀诗古体近体都有，大都通过叙事、写景、议论、抒情来表达真切的情意，其感染效果是很强的。有的令人振奋，有的叫人扼腕，有的引人仰慕，有的使人依恋。

至于写景咏物诗，数量也不少。写景诗，有写今昔变迁的。唐元友让《浯溪旧居》，写了时隔五十年的情景：“剥苔看篆字，薙草觅书堂。”“悲凉问耆旧，疆界觅垂杨。”有着意描述画面的，宋徐照《题浯溪》通过从“舟中闻寺钟”到登台所见的描述，突出了“唐碑三十本，独免野苔封”，胜迹受人看重。明宁良《漫郎宅》写夜居听到秋声，运用想象和烘托，把怀古凄凉之情通过景物形象表现出来。清宋溶《浯溪四绝句》描绘了稀疏雨点下孤舟靠岸，深秋拂晓时江白、灯红、橘黄，峿台对弈，石崖下垂钓四个画面，很有情趣。这两类诗融情于景，景中见情。另有记游写景，着意抒情的。唐李谅《舟过浯溪怀古》，描绘了山陡、石怪、水急、景物幽奇、秋色鲜明的画面，抒写了观赏的喜悦和对先哲的仰慕之情，以及“乘桴”“谢羁绁”的思想。明王偁《读摩崖碑》写了同好友观览远景，寻访古迹，研究碑文，缅怀先贤，纵酒高歌，兴致勃勃，其高雅志趣、昂扬情调深深地感染读者。上述三类写景诗也是古体近体都有，有的粗线条勾勒，有的工笔描绘，都紧扣景物特点并结合对先贤的景仰着墨，其形象的画面所体现的感情大多是健康的。

所有的咏物诗都是明、清作品，但又不是单纯的咏物。明易三接《窊尊》写了只有漫郎能喝窊尊这樽酒，其实是赞漫郎胸襟。清潘耒的《窊尊》与阳晼的《窊尊石》都是运用想象来赞大自然的美妙与神奇，但着笔角度不同。而袁枚的《窊尊歌》通过联想元结，表达了“千峰看过皆我物，千载同心皆我友”的旷达胸怀。咏镜石的，明解缙是借镜石来衬托《中兴颂》的千秋借鉴作用。清陈大受赞镜石“风霆几拭尘”，才心虚、善鉴、早映、洞观，揭示了只有认真修养磨炼，才会具有识别能力的道理。越南阮辉僓正面描写了石镜的特点，点明能够吸引古今游人的原因。而袁枚的《镜石》借镜光可爱和阅尽人间变化的特点抒写了“照侬肝胆还如故”的豪情。还有朱瑛《题李七松明府浯溪图》，盛赞画图的匀称和主人的雅兴，其喜爱之情溢于言表。这些咏物诗根据吟咏对象的特点和写作的不同目的，写法各异，大都作了想象的描述，读来颇多趣味。

对元结文与颜真卿书的评论诗，篇数很少。唐皇甫湜《无题》认为次山文章是：“可惋只在碎，然长于指叙，约洁有余态。心语适相应，出句多分外?”并把他与苏预、陈子昂、韩愈、李白、杜甫相比，说得很有分寸。元郝经《书摩崖碑后》评论颜书是：“正笔篆玉藏李斯，出笔存锋兼汉隶。古硬陵轹《瘗鹤铭》，韵胜韬抉《兰亭记》。《离堆》雄峻仅能亚，《画赞》沉深还栉比。”说“书法至此为绝尘?”“更有何人似公节”。对其书其人何等崇拜。清何绍基《无题》，认为颜书“外观笔势虽壮阔，中有细筋坚若丝”，“公书固挟忠义出”，的确评得至当。清匡明阶《浯溪观中兴颂碑》运用想象和夸张，盛赞颂碑笔力，缅怀忠魂宛在。这种浪漫主义写法，别具一格。这些诗在评议中突出了特点，融入了感情，对我们研究元文颜字很有启发作用。

有关浯溪的古文数量不多，但好些篇是研究浯溪这一胜迹的重要依据。某些观点对后来人的影响很深。先说文章中的记。一种是记事，唐韦辞《修浯溪亭记》是最早重修浯溪亭台的真实记录。一种是记游，宋范成大、明徐霞客都写了游浯溪日记。这两种记，文字简朴，却能够让我们了解到历代浯溪碑亭等景物的兴废情况。别其特点的两篇记，一是宋许永的《颜、元祠堂记》，在简述重修颜、元祠堂这一事实后，着重论述了元文颜字和浯溪之胜被人喜爱的原因是颜、元二公的忠义之气，一直为人钦慕。这对我们认识浯溪摩崖石刻经过历史孕育成为胜迹的道理，是有启示的。一是清潘耒的《游浯溪记》在写景抒感后，着重论述黄山谷对颂文的疵议与原作者“颂扬国美”之意相违背。这会使我们想到认识历史，应该深入研究，具有己见。

再谈序跋。宋欧阳修的《跋唐中兴颂》是最早的跋，论述了文与字的特点。从“世多模以黄绢为图幛”，可见当时人们多么喜爱颂文。宋董逌的《大唐中兴颂跋》中，对元结在唐朝古文运动中所起先驱作用的评述，后人一直视为确论。清王士祯的《浯溪考序》写明了编写的严肃认真态度，可以代表前贤们对名迹的珍视与爱护。我们后来人应该深深地感谢他们。

讲到赋，宋杨万里的《浯溪赋》写了所见的奇特景物和吊古的慷慨之情，并对唐玄宗父子作了评论。当时就有人以为借古讽时，“植意卓绝”。行文畅达，很可一读。

再说铭，元结的浯溪、峿台、庯亭三铭可作代表，都有序文介绍了它的位置、环境、景物特点和喜爱它的心情。铭文从写景、说理、抒情上进一步写明了作铭的用意。读了它，还可以了解元结当时退隐的思想感情。他是多么喜爱大自然，多么善于“惬心自适”呢！清吴大澂也作了三铭，表达了景仰赞颂元结的深情。这可以说明元、颜的文字和行为随着时间推移，一直影响后人，激励后人！

还有宋黄庭坚《答浯溪长老新公书》，言简意切地表达了他对先贤遗迹的珍视和爱护，这对后人重视浯溪文物保护的影响很大。

浯溪古诗文是千多年间的文化结晶。它展现了元、颜的高节，显示他们的忠直之气一直被后人继承着、发扬着。就因为有这些围绕《大唐中兴颂》和元、颜而写的诗文，才使浯溪孕育成文化胜地，才使古今中外为之向往。这份宝贵的文化遗产，很值得我们珍视它、保护它、研究它。我们要建设社会主义精神文明，难道不可以学习有关浯溪的前贤们热爱祖国、热爱大自然的好思想、好品德吗？我们要推动社会主义文学艺术的发展，难道不可以吸取浯溪古诗文中仍然放着光彩，有着生命力的东西吗？看来，积极地挖掘浯溪古诗文这一文化宝藏，深入探讨它的价值，认真学习能够为我所用的东西，应该尽快见之于行动了。

我们这本《浯溪摩崖诗文选注》入选的作品，包括历来公认的名篇和有代表性作者、营建浯溪有贡献人员的作品，以及有助于了解浯溪胜迹的古代诗歌和古文一百六十一篇，分别按照作品的写作年代编排，以便了解概况。作者简介，注意突出特点，因限于能力所及，详略不等。词句注释，希望做到详明正确，但没有前人的注本借鉴，已尽力而为；个别词句，只得存疑。诗文今译逐句紧扣原文，结合意译，如有不能传达原意之处，读者可以斟酌取舍。诗文解说，只求对读者通晓大意或主旨以及把握写作特点有所帮助。[附] 的内容有扩大阅读面补充某些知识的作用。封面画和拓片采自《浯溪碑林》。由于水平有限，书中难免存在错误和缺点，恳切希望读者、学者指正。

本书在编写过程中，曾得到桂多荪老人解疑，李麟书老人通读书稿和指正。出版中，承蒙黄承先同志支持帮助并为本书撰写序言，并得到县各级领导和祁阳一中校领导的支持，欧阳友微、伍锡学等同志也给了具体的帮助。

补选修订说明

原《浯溪诗文选》从 2001 年刊行以来，得到社会上的肯定，受到喜爱浯溪文化的读者和游客的青睐，编著者在深深感谢的同时，不无内愧。由于受到当时所获资料的限制，所选内容未能充分反映全貌。为了酬答社会上的厚爱，特根据近几年公开的浯溪诗文资料，作了认真的思考研究，再次精选出诗词 116 篇和文章 28 篇补入原编，总计补编本共有诗词 260 篇，文章 45 篇，仍分上下编编排，上编包括唐到民国的古诗词，下编纳入古文和附录。全编足以展现浯溪诗文的全貌，体现浯溪文化的特点。

这里只就所补选诗文的内容分量和代表性讲讲。首先补上最早以诗、画赞元公和浯溪山水的篇章。唐五言长城——刘长卿写的《赠元容州》赞扬了元公的政绩和志行。宋黄庭坚写的《浯溪图》反映了最早以画图表现浯溪的山水美。第二，录上了有研究价值的史实。宋汪藻《崇宁三年太学上舍题名序和跋》和元苏天爵的《建浯溪书院记》，都记载了教育革新的发展实况。明陶汝鼎的《乱后晓出浯溪》反映了明清更替战争的后果。清马世永的《游浯溪记》记述了吴三桂、广西孙延龄相应的实情。第三是有关浯溪兴建和爱护浯溪碑刻的诗文。前者有元王荣忠《重建笑岘亭记》、明邓显骐《浯溪望中兴亭记》、清范承勋《重修右堂记》、伍泽梁《胜异亭记》、宋溶《修复浯溪记》等。后者如黄裔《石冢铭并序》。第四是评价元结其人其文和颜书的文字。宋欧阳修、苏轼、岳珂和明湛若水等的篇章，很有分量。第五是热爱国家代不乏人的诗作。宋庄崇节《浯溪》、李祐生《无题》，都表达了盼望收复中原颂中兴的情意。明宁良《峿台晴旭》忧君为国，周用《观摩崖碑》感时忧国，余勉学《无题》盼望明朝中兴，都凝聚着真情挚意；清欧阳泽闿《无题》期望国家中兴，李承阳《浯溪感怀》感时忧世，都很感人。第六是关爱人民疾苦的作品。元杜明《无题》借赞石镜的品质寄托要追究害民弊端的志向。明汤霖《浯溪怀古》表示对民生国计的关怀。清杨季鸾《浯溪深》借答问语，赞颂元结关心人民疾苦，融情于理，能说服人。张祥河《书大唐中兴颂拓本后寄题浯溪》提示了关心人民的必要。第七是借物写景寓理的作品。宋吴儆《镜石铭》，篇幅小，含量大。刘用行《无题》提示磨不尽与磨掉的道理，引人深思。清谢国相《镜石》借镜石特有作用以口语儆人，颇有力度。第八是从不同角度，展现浯溪的特点，以新颖写法描绘画面的作品。如宋曾焕《摩崖碑》以清幽环境来突出摩崖碑的伟岸形象。明苍崖道人《暮春偶游浯溪》细腻真切地描绘画面，因景抒情感人。明姚揆从《游浯溪》着笔细腻，突出特征，用语清新，烘托出意境。清许虬《唔台怀古同刺史柯翼游》采柏梁体写法，别具意味。张鳌《摩崖碑》立意甚新，借景寓理，颇形象深刻。这类情况，不胜列举。第九是延续浯溪文化优良传统的近人作品。篇幅虽短，但多从新的角度着笔，很有新意。以上简述只展现大体轮廓，在于导读而已。

着意提出的，有以下两点：一是选编作品有个标准原则。凡是属于爱祖国爱人民爱大自然的内容，具有代表性和一定的艺术性，书艺有特色的，都尽可能选上了。写得没有特色的，也就不录。至于作者所写虚假浮夸，尽管书艺虽佳，也只得舍去。这样取舍，为的是不背离浯溪文化的优良传统。二是编著的意图主要是帮助青少年读者和游人能弄懂原作，受到熏陶，提高欣赏能力，才不惜采取注而兼译，还加说明的做法。希望读者在解除文字障碍后，多作体味想象，掌握其真实的内涵，获取美妙的意境。当然“诗无达诂”，不当之处，尽可舍去，并请给予谅解。

经过修订补选后，考虑全书诗文主要来自浯溪摩崖石刻，遂将书名改为《浯溪摩崖诗文选注》，借以体现全书特色。

原编中存在的问题，如次序不当，注释说明不妥之处，凡已发觉的，都作了订正。但因水平有限，可能补订本仍有纰漏不当之处，请读者和社会各界给予指导帮助为盼。

特有的内涵，永恒的价值

——浯溪胜迹探秘

浯溪为唐元结所开创。从元撰颜书的《大唐中兴颂》镌刻于崖壁以来，著名的文学家、书法家，以至名将、外国文人游览浯溪，多留题刻。石上诗文，胜似琼英，等同瑰宝，焜耀心目，盛称奇观。千百年间，浯溪胜迹“废而复兴，不终湮没”。于今，已是全国重点文物保护单位，是我国南方少有的文化胜地，文人书家多有赞赏，中外游人十分向往。形成如此胜概的原因，很有探讨的必要，其历史价值也很值得总结。

根据占有材料，我们认为浯溪胜迹有以下独特的内涵。

一是“形胜满湘中”的形胜之地。元结喜爱山水。他的诗句“浯溪形胜满湘中”，是经过比较得来的赞语，切合实况。清潘耒说：“湘江两岸多小山，连绵逦迤，少奇崛之概，间有危矶峭壁，石色皆焦枯鲜秀润，其崭然特异者为浯溪。”王渔洋也说：“潇湘之胜首浯溪。”这都认定它是形胜之地。展望开去，湘清溪秀，绿树浓阴，亭堂焕彩，石刻耀目。加上有关传说、佳话的镜石窊尊、柳押石、一品石、钓台石、谿园等景点，被明清时人列为浯溪八景，煞是引人入胜。今人又认为它的特征是“树亭水石合，奇崛清幽俱”。其中水与石历来很受称赞。且看水是“湘水浮大绿”（袁帙《游浯溪》），“江流去不尽”（范成大《浯溪道中》），“疾如奔羽翼，清可鉴毛发”（李谅《舟过浯溪怀古》），这是何等气派；“浯溪之水清且涟”（陈斗《重游浯溪》），“溪回幽不支”（张同敞《浯溪二绝》），“一湾流水玉飞声”（阳畹《浯溪元次山故居》），月夜“溪光碧”（秦瀛《寄题浯溪》），这又何等清幽！再看“怪石错立于江滨，远望石壁嶙峋，如屏如阙；近视嵌空玲珑，迭峰而多穴”（潘耒《游浯溪记》）。累累岩石，形态各异。有的肖似虎豹狮麟，有的犹如几案。“崖巅巉石簇立，好似芙蓉丛萼。”（徐霞客《游浯溪日记》）至于“峿台峭峻，登临长望，无远不尽”（元结《峿台铭》）。身处㢈庼，领受六厌，“与世忘情”（元结《㢈庼铭》）。而一品石“玲珑皱透”，“面背皆奇，随步异态”（潘耒《游浯溪记》）。窊尊奇妙，不可名状。镜石特异，能照见对岸景物行人。如此胜景，正是“林壑千秋独叹奇”，“山明水秀真无愈”（曹来旬《读中兴碑》）了。

新中国成立以来，浯溪整修了亭堂、景点，培植花木，辟成公园，树立陶铸铜像，更使自然景观与人文景观相得益彰。

二是“系人心……正中夏”的教化之地。元结当初家居浯溪，的确爱其胜异，因而命名“浯溪”。他“为峿台”，“乃所好也”（《峿台铭》）；“有㢈庼，惬心自适”（《㢈庼铭》）。但他“不是石隐伦”（王式淳《读中兴碑》）的遁世者，而是“在家不忘国”（《观浯溪摩崖碑同门人郭琦》）的有心人。他“作诗颂大唐，欲令一代典，风烈追先光”；并且“留此系人心，支撑正中夏”（顾炎武《溪碑歌》）。这因为“当时妖星陨未久，关辅扰扰犹弓刀”，不得不“漏泄元气烦挥毫”（秦观《漫郎吟》）。他“犹恐杀青传难遍，银钩特倩鲁公书，摩崖深刻矗天半”。“可知此举非雕龙，行间字里有折冲。”（王式淳《读中兴碑》）简言之，他在浯溪安家后，精忠不忘国事，悉心经营浯溪，摩崖镌刻《中兴颂》、三铭与中堂、右堂、东崖诸铭，已赋予形胜之地具有教化的作用了。

此后，千百年里，浯溪多次荒废，几经修复。固然，每次修复由于时势许可，但都与有政治眼光的地方官员有关。他们为了保护胜迹，传承元颜精神，不惧物议，不辞辛劳，提出修复浯溪，不是徒侈胜游，以相夸耀，而是使“登临者论世尚友，生忠君爱国之心焉”。这不是把要建成教化之地的目的说得很明白了吗？

说它成了教化之地还可印证它长时期中具备的条件和实际情况。经过比较全面的研究，摩崖诗文内容，突出的中心是赞颂大自然的美妙神奇、元颜忠君爱国爱民的浩然正气和力透纸背、字如其人的颜书特色。诗文中对大唐中兴、玄宗与肃宗的功过评论，尽管众说纷纭，但扣住要领看，是“安者见安危见危”，“各人忠爱各朝事”（阮元《读中兴颂用黄文节韵》），“千秋万岁所鉴多”（潘大临《题摩擘碑》）。就连镜石，也说它“阅尽兴亡鉴古今”（钱三锡《镜石》）。可以说，这摩崖诗文多是借史为鉴、激励士气、净化心灵的上好政治思想教材。

再看来此游览人的实际情况。宋朝许永提到："祁阳浯溪……士大夫过之，未有不游，游而未尝不得所乐者。"所乐者何？即元次山德及黎庶，遗爱难忘；颜鲁公忠于社稷，感人至深。陈从古说："我来吊古不胜情，岂但登临爱泉石？"清朝钱邦芑竟说："浯溪几度游……丰碑读一过，百拜不能休。"杨翰对浯溪很有感情。任永州知府时，力主重修浯溪。晚年携眷到浯溪，安居漫郎宅，以著述终身。他们如此喜爱浯溪，迷恋浯溪，必是在此颇有所得，深有所乐呢。在清邓奇逢《浯溪竹枝词》中，我们还读到"都向中兴来酹酒，藤萝盖瓦吊荒祠"的诗句，了解到千百年后的平民百姓仍然被元颜精神深深感动着。而今天把浯溪定为中小学思想教育基地，就是认定它是感染人、激励人、教育人的好地方。

三是诗文与书艺两相辉映的文艺宝库。经过实地清查统计，今天见之于摩崖石刻的诗文还有五百零五篇。其作者大都能诗或擅书。有的既是文学家（学者）又是书法家，还是金石家。有的造诣很高，名重当时，影响后世。有的且是当时重臣，德才兼备，政声很好。他们写的石上诗文，全是诗文与书艺两相辉映的精粹，已经汇成群星争辉，众彩纷呈的文艺宝库，很值得我们珍视！

就诗文与书艺两相结合来谈，我们能进一步认识它的积极意义。首先看元颂，取材是平定安史之乱、大唐中兴的头等大事。立意在于宣扬国威，端正人心，警世救俗。宋欧阳修评其"文辞古雅"。董逌说"当时唐之文敝极矣，结以古学为天下倡首"，为文"以简洁为主"，"略无时态，气质奇古"。"唐之文自结始，至愈而后大成。"这就是说他在唐朝古文运动中起了先驱作用。而"冠冕百代书家师"的颜真卿为之书写，真是"次山雄文藉不朽，公伟其人笔与挥"（何绍基《无题》）。欧阳修说此"书字尤奇伟"。《宣和书谱》指出它的特点是"宏伟"。"及《中兴颂》以后，笔力与前迥异。"明赵崡说它"字画方正平稳，不露筋骨，当为鲁公书法第一"，可见推崇之至。我们可以说，这"力透纸背三百字"，是鲁公借翰墨以抒忠；也可以说"次山之文……《中兴颂》独传天下，亦鲁公字画有助焉耳……字画必资忠义而后显，而文章必托字画而后传"（许永《颜、元祠堂记》）。由于这么结合，后人不仅珍视摩崖碑文与字的历史价值，也敬重二公"忠清亮直"的高尚人格。所以浯溪"废而复兴不终湮没者，实以元颜二公名节风裁使人思慕，非徒林壑之美而已也"

（潘耒《游浯溪记》）。

联手珍品，还看张耒的《读中兴碑》。诗以平易的语言抒发读到颂碑的喜悦和对百年兴废的感慨之情。字为秦观的行书，姿媚遒劲可爱。两人都属苏门“四学士”，结合得如此完美，实属难得。

再看黄庭坚《书摩崖碑后》。后人称它为“小摩崖”是有道理的。此诗由于慨叹明皇治国失误，指责太子“攘取大物”，让后妃宦官弄权，上皇苟活，引出后来人对大唐中兴和两皇功过的不同评论。这实际上是作者处于当时政局，为忠爱本朝，让统治者有所借鉴才如此着笔的。诗的章法谨严，有沉郁顿挫之美。书迹又有中宫敛结，长臂四展的放射特点，显得“古茂清遒，为山谷生平得意之笔”。这样的诗与书出于一手，世人必然视为珍宝。

宋朝还有米芾的《无题》，是他早期代表性书迹。陈与义《同范直愚、单履游浯溪》、陈从古《无题》、范成大《书浯溪中兴碑后》《浯溪道中》，清朝的何绍基《无题》、杨翰《无题》、吴大澂《雨中游浯溪》和他的三铭等，都是诗文与书出于一手，各有特点，世人十分珍爱。如此好诗与佳书，还有不少。在神州大地，又有多少处这样的诗海书林合而为一辉映人间呢。所以说它堪称闪光放彩的文艺宝库，够我们去探讨研究呢！

四是爱祖国、爱人民、爱自然的积淀文化。自从元结开辟浯溪，摩崖镌刻颜书的《大唐中兴颂》以后，历代游人尽管来自神州各地或海域之外，但都无不景仰元结关心国事，遗爱感人，颜鲁公忠贞义烈，令人振奋，并对浯溪景物倍感美好。由于情动于衷，不禁挥笔摛辞，即景抒怀，吊古述感，或单章，或连篇镌刻于石。其内容，有的根据时势背景，议论大唐中兴和玄宗父子的借鉴意义，有的结合个人处境，抒发关心国家同情人民疾苦的情怀，有的抓住时地特征，通过画面描绘展现内心感受。后来人受到前人启发，别开生面，翻出新意，写成的佳作名章因时而异，各有千秋。这样的诗文刻石，一年年增加，一代代积累，诗海书林也就逐渐形成。其发展概况是：唐元结开其端，宋代定其规模，明清扬其波澜；今天该展现其光辉了。这样就形成了以爱祖国爱人民爱自然为红线的积淀文化，是最珍贵最有价值的文化遗产啊！

说它是积淀文化，并非只是积留的混合物，而是经过长时期冲洗淘汰沉积而成的精华。我们粗略估计有关浯溪的诗文几乎多出现存诗文的一倍。为什么只见到现存这一部分呢？这是因为石上诗文有的受长期风雨霜雪的剥蚀而漫漶消失；有的遭受战火、政治动乱的破坏；有的被无知的人搬走或毁去；更有些高级游人品格却不高，为一己题名，竟磨去前人的诗文。如此种种，丢失的刻石，数字不少。还有上石的诗文，内容不顾事实，徒为空言谀语，终被后人鄙弃遗忘。例如《大宋中兴颂》、宋吴文景的诗、《大明中兴颂》等。相反，有些石上见不到的名作，却一直为人传诵，如李清照、杨万里、张孝祥、杨维祯、张养浩、董其昌、阮元等人的诗文。这或许被别人磨去了，或许来不及刻石，而现在石上能够保存的作品，和石上不见的却一直流传开来，这是为什么？这有以下的因素起了保护和流传作用。一是亭台因荒废而复修，得到当地父母官的维护。如黄庭坚《书摩崖碑后》，清代时曾被地方某要员磨去一角，在社会舆论的压力下，由知县王颐加以修补。二是几次编写《浯溪志》，不断搜集有关浯溪诗文，名作也就得到传播。在历史长河中，浯溪摩崖石刻和所有诗文经过上述冲洗、淘汰和保护而留下现有的积淀精华，既合事物的发展规律，也体现积淀文化较难形成的可贵。我们为拥有浯溪胜迹这样的积淀文化而无比自豪！

同时我们想到，在浯溪树立陶铸铜像，建立陶铸同志事迹陈列室，也即扩充了浯溪胜迹的内涵；浯溪这一积淀文化必将与时俱进，汇入中华优秀文化传统这一洪流。

通过以上论述，我们不仅了解了浯溪胜迹永放光芒的原因，同时也认识到它以下的历史价值。

首先，它起着借鉴国家兴亡，认识社会盛衰的政治作用。从诗文作者的意图看，历代（尤其是宋）对大唐中兴和玄宗父子的评论，实质上是震醒统治者“夏为殷鉴当深戒”（李清照《浯溪中兴颂诗和张文潜》）。“曲江为箧中之羽，雄狐为明堂之柱”（杨万里《浯溪赋》）；“明皇父子紊大纲，从此晏朝耽色荒”（杨万里《浯溪摩崖怀古》）；“唐朝累世罹女祸，一车才覆又一车”（张养浩《读中兴碑》）；“骨肉何伤九庙焚，蜀山骑羸不回首”（潘大临《题摩崖碑》）；“飞龙小儿窃国柄，表里宫掖乱所阶”（汤右曾《摩崖碑》），这都是乱与亡的教训。而“子仪光弼不自猜，天心悔过人心开”（李清照《浯溪中兴颂诗和张文潜》）；“祸乱方殷以权济，苟不帝制众志离”（尤珍《题摩崖碑》），都是治与兴的总结。总的讲，“比拟片石悬秦镜”（祁寯藻《舟过浯溪》），“千秋万岁所鉴多？”

（潘大临《题摩崖碑》）。

再从历史纵向情况看，我们还发现政治制约着文化。摩崖石刻的形成发展，唐、宋、明、清起了决定作用。五代是空白。元朝、民国都少见。动乱时期，均遭到破坏（如“文革十年”）。这就反映出文化受制于政治的规律，使我们对历史上社会治乱带来利与害的认识是极其深刻的。

其次，它起着安定人心，激励斗志，净化心灵的教育作用。元结镌刻《中兴颂》于崖壁的出发点，正如顾炎武说的“留此系人心，支撑正中夏”。清曾澳更具体地说：“公伤时事坏，藩镇多乱贼……窃忧天宝祸，复见在朝夕，此刻闻于朝，庶几资警惕。无何至建中，果有播迁厄。”他从1763年到道州做刺史和以后任容管经略使十年里，尽力施行安抚百姓的德政。可一退居浯溪，就忙着镌刻颂碑宣扬国威，这把教化工作摆到了何等高度。此后，收到“大义肃天地”，“南荒静反侧”的作用是必然的了。这种安定人心的作用，到清朝蒙古人崇福还说：“奇文奇字传奇景……将使后世乱贼庸臣知所警。”

前人认为“日光玉洁元子辞，铁画银钩鲁公书”（王炎《读中兴碑》），“芒寒色正三百字，忠义之气何淋漓”（王士祯《摩崖碑》）。他们在观瞻诵读摩崖碑后，常常激情满怀，深有感触。宋李若虚在《摩崖》中就直抒了“崖边尚有堪磨处，留刻中兴第二碑”的爱国情感。张孝祥在《浯溪有感》里写道：“北望神京泪双落，只今何人老文学?”其希望收复中原之情何等强烈。他们受到颂碑的激励在当时是有代表性的。

此外，有净化心灵的作用。明朝陈斗在《重游浯溪》中由吊古恻然发出“打碑民苦谁为怜”的慨叹。这是由于正义之气引发了他的爱憎之情。我们不禁想到：古今游人在浯溪这种正义、忠烈、美好的氛围里，必然深有触动，迸出思想火花来。比如在咏石镜的诗中，写出了它能鉴别忠奸、善恶、美丑的深层意义，深深教育读者。

一句话，所起的教育作用面是很广的。

再次，它起着提供学习和研究诗文、书迹的大课堂作用。摩崖石刻的确成了学习研究诗文与书迹的天然课堂。石上诗文主题大都积极，其内容可说是对大唐中兴、玄宗父子功过专题研究的公开披露和对自然景物意境的不同提炼。诗的体裁中古体、近体、竹枝词都有，风格多样，韵味各殊。词少。书迹篆、隶、楷、行、草全备。篆书，唐篆包括玉箸、钟鼎、悬针等体，名手有瞿令问、袁滋。还传说有李阳冰的字。宋篆有徐大节的字。清篆也是各体兼备，可见传承渊源。楷书是浯溪石刻主体。摩崖碑是核心，以后的书迹都有学颜痕迹。行书，黄字是代表，也影响后来人，李若虚、陈从古、祁嶲藻、吴大澂等都学了黄。米字是米芾早期作品。它如二王体、魏体、褚体、欧体、虞体的字都有，还有瘦金书等。这样的书迹展览，真是发光耀眼，目不暇接。据此，可以上探古代金、石渊源，下穷近人今人的书迹变化，真是够你学习和研究的了。

因此，在旧社会，好些文学家、书法家、学者向往浯溪，争取探访来满足学习研究的愿望。例如宋，黄庭坚“平生半世看墨本，摩挲石刻鬓成丝”。明，董其昌是“几度看碑陈迹新”，并画了浯溪图，遍征题咏。清，黄中通四历寒暑，八渡浯溪，写了《忆浯溪》后，又再游浯溪，榜书“寒泉”和《寒泉铭》。瞿中溶两游浯溪，三宿中宫寺，搜拓唐以来石刻而去。何绍基也是“十次经浯溪，两番手拓中兴碑”，并对它深有研究，学有独到处。杨翰也与何绍基有同好。

明、清时，州、县内文人学士常在浯溪举行诗文活动，志书上有记载可查。近些年，省、地诗人、书法家也在此组织了学习研究活动。预测随着旅游业的发展，这个浯溪大课堂必将起着更大的作用。

末了要讲的是，它提供了研究元文、颜书和元、颜为人，以及考证社会某些问题的可靠史料。要研究元文、颜书和元、颜为人，浯溪诗文是有分量的依据。再如根据石上诗文，能了解清朝时跟越南的交往关系。又如有关诗文作者署衔落款，对历代仕官有正讹补遗的作用，还可据以研究地方经济的发展情况。至于诗文中的俗字、古字，更是研究文字学的材料。

前面对浯溪胜迹内涵和历史价值的论述，可能是肤浅的，有待继续深入探讨。趁着当前大好形势，我们必须弘扬祖国优秀文化传统，珍视并利用浯溪这笔文化遗产，为实现以德治国起着应有的作用。我们还看到全国各地正在大力发展旅游业，而浯溪胜迹的旅游价值难以估量。我们更应该大力宣传它、开发它，使人们从中获得美好精神享受的同时，也能带动当地经济的发展。

蒋　炼

2002 年 2 月 2 日

上　编

唐

大唐中兴颂[1] 有序

唐·元　结

天宝十四年，安禄山陷洛阳。明年，陷长安，天子幸蜀[2]，太子即位于灵武[3]。明年，皇帝移军凤翔[4]。其年，复两京[5]，上皇还京师[6]。於戏[7]！前代帝王有盛德大业者，必见于歌颂。若今歌颂大业，刻之金石[8]，非老于文学[9]，其谁宜为？颂曰：

噫嘻前朝[10]，孽臣奸骄，为惛为妖[11]。边将骋兵[12]，毒乱国经[13]，群生失宁。大驾南巡，百寮窜身[14]，奉贼称臣。天将昌唐，繄睨我皇[15]，匹马北方。独立一呼，千麾万旃[16]，戎卒前驱。我师其东，储皇抚戎[17]，荡攘群凶。复复指期[18]，曾不逾时，有国无之。事有至难，宗庙再安，二圣重欢。地辟天开，蠲除袄灾[19]，瑞庆大来。凶徒逆俦[20]，涵濡天休[21]，死生堪羞。功劳位尊，忠烈名存，泽流子孙。盛德之兴，山高日升，万福是膺[22]。能令大君，声容沄沄[23]，不在斯文[24]。湘江东西，中直浯溪，石崖天齐。可磨可镌[25]，刊此颂焉，何千万年[26]！

上元二年秋八月撰，大历六年夏六月刻

［**作者简介**］元结（719—772年），唐河南人，字次山，天宝进士。任过监察御史，道州刺史、容管经略使，唐代古文运动先驱者之一（书后附有元结传略）。

［**释题**］此颂录自石刻。

[注释] 1.《大唐中兴颂》：元结于唐肃宗上元二年（761）由荆南节度使吕諲（yīn）幕府所撰。唐代宗大历六年（771），元结请颜真卿把这篇颂写成楷书大字，镌刻在祁阳县城南五里湘江边浯溪石崖上。因文奇、字奇、石奇，世称“摩崖三绝”。2. 幸蜀：指唐玄宗逃到西蜀。幸：特指皇帝到某地。3. 灵武：今宁夏灵武县。4. 凤翔：今陕西凤翔县。5. 两京：指西京长安和东京洛阳。6. 上皇：指唐玄宗李隆基。因肃宗李亨即位灵武，尊玄宗为上皇天帝。京师：京城。7. 於戏：同“呜呼”，感叹词。8. 金石：金，指钟鼎之属；石，指碑碣之属。古人颂功记事表示警诫，多刻文字于金石上。9. 老于文学：富有写文章经验。10. 噫嘻：感叹词。11. 惽（hūn）：糊涂。12. 骋（chěng）兵：肆意挑起战争。13. 毒乱：极力扰乱破坏。国经：国家的根本制度与法令。14. 百寮：百官。“寮”通“僚”。15. 繄（yì）：语助词，表语气。睨：斜视，引申为示意。16. 千麾（huī）万旟（yú）：代千军万马。麾：指挥作战的旗。旟：行军的旗。17. 储皇：皇位继承者，多指太子。这里指肃宗任命长子李豫为天下兵马元帅统率诸将东征。18. 复复：前“复”，收复；后“复”，失地。又作“复服”。服：九服，泛指全国失地。19. 蠲（juān）除：免除。祅（yāo）：通“妖”。20. 逆俦（chóu）：叛逆之类。21. 涵濡：滋润，浸渍。这里有承受的意思。天休：天赐福祐。22. 膺（yīng）：受。23. 沄沄（yún）：形容声容盛大。这里有远扬、传播的意思。24. 不在：在。“不”，语助词。25. 镌（juān）：刻。26. 何：有“可”义。

[译文] 天宝十四年，安禄山攻破洛阳。第二年，攻下长安，皇上到了四川，太子在灵武登上皇位。第二年，皇帝移军到凤翔。这一年，恢复东京和西京，上皇回到京城。唉！前代帝王有盛德和大功的，一定受到歌颂。像现在要歌颂复兴大业，把它镌刻在碑石上，不是富有写文章经验的，还有谁适合写呢？颂词说：

感叹上个皇朝，孽臣骄横奸刁，妖言惑君乱搞。边将挑起战争，破坏治国纲领，百姓不得安宁。皇上慌忙南巡，百官四处窜身，有的奉贼称臣。老天昌盛大唐，因而启示我皇，匹马跑向北方。挺身大喊一声，千军万马响应，兵卒奋勇前行。我军出征向东，太子亲身从戎，扫荡各处顽凶。收复失地计期，从来没有逾时，有国无此业绩。情势的确艰难，皇朝再次平安，两皇再现欢颜。真是地辟天开，清除妖孽祸灾，祥瑞喜庆都来。那些叛贼凶徒，承受上天赐福，死活都带耻辱。建功立业位尊，忠烈英名长存，恩泽遍及子孙。盛德如此兴旺，有如山高日上，得福必然宽广。能够使得国君，远远传播声名，就得依靠此文。湘水奔流东西，中流正是浯溪，石崖天然整齐。其上可磨可镌，刻上颂文一篇，何止流传万年！

［**说明**］这篇颂的序文简述了大唐中兴的事实和值得歌颂的理由。颂文严肃地歌颂了戡乱中兴的业绩与声威，指斥了叛逆，赞扬了忠烈。但也从侧面揭露了唐朝统治阶级政治腐败，酿成战祸，足为鉴戒。前人评序文写得“简括严肃”，颂文写得“峻伟刚雄”。今人读来，序文单句散行，直言达意。颂文虽然句式整齐，三句一韵，但不取偶句，不事对仗，不务词藻，不用典故，用语朴素自然。可见当时开了质朴、刚健、清新的文风。此碑擘窠书，用笔融入篆隶之法，笔力遒婉苍劲，结构横平竖直，匀称浑厚。宋欧阳修评说“书字尤奇伟”。《宣和书谱》也说书迹“闳伟”。

欸乃曲　并序[1]

（五首选一）

唐·元　结

大历丁未中[2]，漫叟以军事诣都[3]。使还州，逢春水，舟行不进，作《欸乃曲》五首。舟子唱之，盖欲取适于道路耳。

零陵郡北湘水东，浯溪形胜满湘中。溪口石巅堪自逸[4]，谁能相伴作渔翁？

［**释题**］录自孙望校《元次山集》。

［**注释**］1. 欸（ǎi）乃曲：唐乐府近代曲名，序言写明元结作。欸乃：又念 ǎo ǎi。行船摇橹象声词。另说是渔歌的一种尾声。因为每曲都用“欸乃”作尾声，所以叫《欸乃曲》。2. 大历丁未：唐代宗大历二年（767）。3. 军事诣都：指去长沙都督府汇报军情。4. 石巅：石阜顶上。自逸：自由观赏。

［**译文**］大历丁未年，我因为汇报军情去长沙都督府。完成使命回州上时，恰逢涨春水，逆舟行船不快，于是写了《欸乃曲》五首。让船夫

歌唱它，是想使他们在航程中少感劳累罢了。

零陵郡之北湘水之东，浯溪的美景名满湘中。溪口石阜上可自由观赏，谁能够陪伴我做个渔翁？

［**说明**］这首曲词歌唱浯溪名满湘中，抒发了喜爱这里的景物和希望在此隐居的思想感情。

三吾铭[1]

唐·元　结

浯溪铭[2]　并序

浯溪在湘水之南，北汇于湘。爱其胜异[3]，遂家溪畔。溪，世无名称者焉；为自爱之故，命曰“浯溪”。铭曰：

湘水一曲，渊回傍山[4]。山开石门，溪流潺潺[5]。山开如何？巉巉双石[6]；临渊断崖，隔溪绝壁。山实殊怪，石又尤异。吾欲求退[7]，将老兹地。溪古荒芜，芜没盖久。命曰“浯溪”，旌吾独有[8]。人谁游之，铭在溪口。

有唐大历二年岁次丁未四月刻[9]

［**释题**］录自浯溪石刻。此铭碑为次山浯溪第一碑。

［**注释**］1. 三吾：即浯溪、峿台、㾈庼（wú qǐng）的简称。2. 浯溪铭：铭文刻于溪口右面大石上。由唐朝书法家季康（一说李庚）用玉箸篆体书写。清瞿中溶称，此刻形长而圆，似李斯小篆，而竖笔下尖如锥。黄山谷赞它“笔画深稳，优于《峿台铭》”。3. 胜异：风景幽美奇特。4. 渊回：水流深渊而回旋。5. 潺潺（chán）：流水声。6. 巉巉（chán）：高峻险要的样子。7. 退：退隐。8. 旌（jīng）：标志，表明。9. 岁次：每年岁星所值的星次与其干支。也叫年次。

［**译文**］浯溪在湘水的南面，向北与湘水汇合。我爱它风景幽美奇特，就家居在溪边。溪流，原来没有名称；因为我爱的缘故，所以给它取

名“浯溪”。铭文说：

湘水流来绕成弯，渊深回旋傍着山。山开见石门，溪流响潺潺。山开形状怎么样？怪石峻峭相对立：临近深渊成断崖，隔溪完全是绝壁。山势实在很特殊，卧石显得更奇异。我想悠然来退隐，度过晚年在此地。溪流古老且荒芜，野草淹没时已久。取名叫“浯溪”，表明我所有。有谁到此游，铭文在溪口。

[说明] 这篇《浯溪铭》并序，写明了浯溪的位置、水石奇特和家居此地、命名“浯溪”的原由。

峿台铭[1] 并序

浯溪东北廿余丈，得怪石焉。周行三四百步，从未申至丑寅[2]，崖壁陡绝。左属回鲜[3]。前有磴道[4]。高八九十尺。下当洄潭[5]，其势硱磳[6]，半出水底，苍苍然，泛泛若在波上[7]。石巅胜异之处，悉为亭堂。小峰嵌窦[8]，宜间松竹[9]；掩映轩户[10]，毕皆幽奇。於戏！古人有蓄愤闷与病于时俗者[11]，力不能筑高台以瞻眺，则必山巅海畔伸颈歌吟，以自畅达[12]。今取兹石，将为峿台，盖非愁怨，乃所好也。铭曰：

湘渊清深，峿台峭峻[13]。登临长望，无远不尽。谁厌朝市[14]，羁牵局促[15]！借君此台，壹纵心目。阳崖砻琢[16]，如瑾如珉[17]。作铭刻之，彰示后人[18]。

有唐大历二年岁次丁未六月刻

[释题] 录自浯溪石刻。峿台是浯溪三峰的中峰，最大、最高又最险。

[注释] 1. 峿台铭：铭文刻于峿台南石崖上。由唐大历年间江华令瞿令问用悬针篆写。清瞿中溶称：此字形与《浯溪铭》相似，唯结体方而不圆，笔画均细。2. 未申：指西南方位。丑寅：指东北方位。3. 左属回鲜：左面与回环逶迤的山峦相毗连。属：连接。鲜：通“巘”（yǎn），山峰。4. 磴道：登山石路。5. 洄潭：旋流的深渊。6. 硱磳（jūn zēng）：高

高耸立的样子。7. 泛泛：漂浮的样子。8. 嵌窦：凹陷的窟穴。9. 宜间：恰到好处地间杂着。10. 轩户：门窗。11. 病于时俗：为世俗社会所不容。12. 畅达：指抒发愤闷之情。13. 峭崚（líng）：陡峭高耸的样子。14. 厌朝市：厌：满足，满意。朝市：人多繁华之地。15. 羁牵局促：受拘束，不自由。16. 阳崖砻琢：阳崖，岸的南面。砻琢，磨刻。17. 如瑾如珉：如瑾，像美玉。如珉，像似玉的美石。18. 彰：显明。

［译文］ 浯溪东北十多丈，就见到矗立的怪石。绕行一圈约有三百步，从西南到东北方，水边崖壁十分陡峻。左面与回环逶迤的山峦相毗连。前面有登山石路。高八九十尺。下面对着旋流的深渊地势高高耸立，一半伸出水面，青绿青绿的，像漂浮在水波上。石崖顶上风景幽美奇特的地方，都建了亭子堂屋。小峰坑坑洼洼的地方，恰到好处地间杂着青松翠竹；掩映着门窗，都显得特别幽美。唉！古代有胸怀愤闷和为世俗社会所不容的人，力量不足建筑高台眺望景物，就一定在山顶海边伸长颈脖歌唱吟咏，来抒发愤闷的心情。我现在选择这座石阜，作为眺望的高台，这并不是有什么愁苦怨愤，实在是我的爱好所在啊！铭文说：

湘水的深潭十分清澈，峿台陡峭挺立。登台展望，没有远景看不到的。有谁会满意人多繁华的地方，没有自由，很受拘束！凭借这座高台，就能尽情地赏心悦目。南面的崖壁经过磨刻，像块美玉，也像似玉的美石。写了这篇铭文刻在上面，让后人清楚地了解这个事实。

［说明］ 这篇《峿台铭》并序写明了峿台的方位、环境和地形陡峻、景物幽美的特点，表达了作者在此不受拘束，能够尽情观赏的适意心情。铭前的序，写景、抒情与议论结合，是记述山水的奇绝文字。

㾏庼铭　并序[1]

浯溪之口，有异石焉。高六十余尺，周围四十余步；西面江口，东望峿台，北临大渊，南枕浯溪[2]。㾏庼当乎石上，异木夹户，疏竹傍檐。瀛洲言无[3]，谓此可信。若在庼上，目所厌者远山清川，耳所厌者水声松吹[4]，霜朝厌者寒日，方暑厌者清风[5]。於戏！厌，不厌也；厌，犹爱也。命曰“㾏庼”，旌独有也。铭曰：

功名之伍，贵得茅土[6]；林野之客，所耽水石[7]。年将五十，始有庴庼，惬心自适[8]，与世忘情[9]。庼旁石上，篆刻此铭。

有唐大历三年岁次戊申闰六月九日林云刻

［**释题**］录自浯溪石刻。

［**注释**］1. 庴庼（wú qǐng）铭：庼，有人作“亭”。铭文刻于溪口左边大卧石上。唐大历年间，由后来为相的袁滋用钟鼎篆体书写。《唐书》称雅有古法。清宋溶赞为“篆法遒古”。清瞿中溶称：多用古籀，结体颇似《石鼓文》。2. 枕：紧靠。3. 瀛洲：传说中的海上仙山。4. 松吹：指松涛声。5. 方暑：大暑天。6. 茅土：封地。古代天子分封诸侯，象征性地赐给垫着白茅的黄土。7. 耽（dān）：喜爱入迷。8. 惬心自适：心情舒畅，自我满足。9. 与世忘情：不再有同世俗社会争逐名利功禄的心情。

［**译文**］浯溪的出口边，有座奇特的石阜。高六十多尺，周围四十多步；西边对着江口，东面看到峿台，北面临近深潭，南面紧靠浯溪。庴庼正在石阜上，奇怪的树木夹着门户，疏落的竹子傍着檐边。要说仙境有没有，根据这里的情境可以相信。倘若在庼上，眼睛所满意的是远山清流，耳朵所满意的是水声松涛，霜晨所满意的是寒日，大暑天所满意的是清风。唉！满意就是不厌弃，满意就是喜爱啊。给取名“庴庼”，表示我拥有了它。铭文说：

追求功名这类人，重在得到封地；山林的隐士，所喜爱的是水与石。我年纪将近五十，才得到这座庴庼，心情舒畅，自我满足，不再有追名逐利的心情。在庼边石头上，用篆体刻上这篇铭文。

［**说明**］这篇《庴庼铭》并序写明了庴庼的位置、环境，表达了对这里特有景物的喜爱之情和不再追逐名利的隐居乐趣。

窊尊铭[1] 并序

唐·元　结

片石何状？如兽之踆[2]。其背凹窊[3]，可以为尊。空而临之，长岑深壑[4]，广亭之内，如见山岳；满而临之，曲浦回渊[5]，长瓢之下，江湖在焉。彼成全器，谁为之力？天地开凿，日月拉拭[6]；寒暑琢磨，风雨调色。

此器太朴，尤宜直纯。勒铭亭下，以告后人。

有唐永泰二年岁次丙午十一月二十日

［释题］元结移道州窊尊铭刻石。原有序。

［注释］1. 窊（wā）尊铭：这篇铭文原为道州窊尊写的，由江华令瞿令问用篆体书写，刻在道州下津门外江北石上。大历年间，移刻浯溪，删去序文。清瞿中溶称：此碑结体遒劲，所用古文皆有依据，系钟鼎篆。2. 踆（cūn）：蹲。3. 凹（āo）窊：中间低于周围，陷落下去。4. 长岑（cén）：长长的崖岸。5. 曲浦：水湾。回渊：回旋的深潭。6. 抆（wěn）：擦，揩。

［译文］这巨石什么形状？像野兽在此长蹲。它背上低陷下去，可把它当作酒樽。空着时走近一看，像长岸下的深壑，又如宽广亭子里，见到了高山大岳；满着时走近一看，像水湾又似深渊，还如长瓢的下面，江湖呈现在眼前。它成了完整酒器，谁给它下了气力？是天地开凿了它，是日月加以揩拭；是寒暑不断琢磨，是风雨给予润色。这酒器十分质朴，更适合正直真纯。在亭下刻上铭文，借它来告知后人。

［说明］这篇铭文，通过想象着力描述高而深的窊尊是由于大自然开凿加工而成，指出它质朴的特点正适合于正直真纯的人，表现了喜爱自然景物的宽广胸襟。

东崖铭[1] 并序

唐·元　结

峿台西面，敧岆高迴[2]，在㾓㾓为东崖。下可行坐八九人。其为形胜[3]，与石门、石屏亦犹宫羽之相资也[4]。铭曰：

峿台苍苍，西崖云端。亭午崖下[5]，清阴更寒。可容枕席，何事不安？

大历六年岁次辛亥

［释题］此碑由邑人黄裔重篆刻石。

［注释］1. 东崖铭：东崖，其实是峿台西崖，与石屏相对，中间为石

门。此铭久失。祁阳人黄裔（1873—1951）重刻石上，字体铁线篆。2. 攲岅（qī kān）：倾斜不正，高迥：高远。3. 形胜：风景优美。4. 宫羽相资：宫声、羽声互相资助。5. 亭午：正午。

［**译文**］峿台的西面，石崖倾斜高高延伸，对唐庼来说，可算是东崖。它的下面可以通过或坐下八九个人。这里风景优美，跟石门、石屏也如古乐律七声中的宫、羽互相资助着。铭文说：

峿台青绿青绿的，西崖耸入云间。正午，这石崖下面，清凉阴暗得更觉身寒。可以在这里安排枕席休息，还有什么事情牵挂不能身安？

［**说明**］这篇《东崖铭》并序记述了东崖在峿台西面，与石门石屏互相陪衬，指出盛夏正午最适宜在崖下憩息的特点。

寒泉铭[1] 并序

唐·元 结

湘江西峰，直平阳江口。有寒泉出于石穴。峰上有老木寿藤[2]，垂阴泉上。近泉堪戙维大舟[3]。惜其蒙蔽，不可得见，踟蹰行循[4]。其水本无名称也，为其当暑大寒，故命曰寒泉。铭曰：

於戏寒泉，瀛瀛江湄[5]，堪救渴暍[6]，人不之知。时当大暑，江流若汤[7]；寒泉一掬，能清心肠。谁谓仁惠，不在兹泉？舟楫尚存，为利未已。

［**释题**］此碑于清顺治辛丑冬前，黄中通榜书“寒泉”，并书次山《寒泉铭》，由粤西桂理晋江苏燮国、祁阳县知县孙斌刻石。

［**注释**］1. 寒泉：在唐庼左上游江口。《寒泉铭》，为元结在道州时所作，好事者移刻于浯溪。2. 寿藤：多年的藤，古藤。3. 戙（dòng）：系船缆的短木桩。4. 踟蹰（chí chú）：来回走动。行循：巡视察看。5. “瀛瀛（yīng）”句：泛流在江边。6. 暍（yè）：中暑。7. 汤：热水。

［**译文**］湘江西面的山峰，正当平阳的江口。有股寒泉从山石中流出。山峰上有古树老藤，荫盖在寒泉上。靠近寒泉的短木桩可以系住大船。可惜这里被草木遮蔽着，不能看清楚。要来回地察看。这股泉水，原来没有名称，由于它就是大热天也很冷，所以取名为寒泉。铭文说：

哎呀这股寒泉，泛流在这江边，可以解除暑渴，人不知其方便。有时碰上酷暑，江流也如热汤；寒泉的一捧水，能使心底透凉。谁说人受恩惠，不在这股泉水？只要船只通行，其利将会永垂。

［**说明**］这篇《寒泉铭》介绍了寒泉所在地的特点和命名的原因，赞叹它有解除暑渴、利及后世的作用。

赠元容州[1]

唐·刘长卿

拥旌临合浦[2]，上印卧长沙[3]。海徼长无戍[4]，湘山独种畬[5]。政传通岁贡[6]，才惜过年华。万里依孤剑[7]，千峰寄一家[8]。累征期旦暮[9]，未起恋烟霞[10]。避世歌芝草[11]，休官醉菊花。旧游如梦里，此别是天涯。何事沧波上[12]，漂漂逐海槎！[13]

［**作者简介**］刘长卿（709—786），字文房，河间（今属河北）人。唐开元进士，肃宗时官监察御史。性刚多忤，屡遭贬斥。代宗大历中泛游湖湘。晚年官随州刺史。他的诗内容广泛，各体皆备，长于五言律诗，当时人称他为“五言长城”。有《刘随州集》。

他和颜真卿同年，大次山10岁。

［**释题**］此诗是刘氏访问浯溪，留别次山而作。录自孙望校本《元次山集》附录。

［**注释**］1. 元容州：因元结任容管经略使，故称。2. 拥旌：奉君命。古礼，君有所命，用旌召唤大夫。旌，旗。合浦：代容州，今属广西。3. 上印：辞官，指次山因母丧辞容管经略使职。长沙：指代湖南，即指回祁阳浯溪守制。4. 海徼：近海边地。戍：防守，守边。5. 湘山：指在湖南山地。畬（shē）：烧山而种。这里指隐居。6. 政传：政令传递，政事施行。岁贡：指边地对唐的臣服，岁岁贡献礼品。7. 依孤剑：指只身佩剑为官。8. 寄家：寄寓全家。9. 累征：多次征召。10. 未起：未出山奉命。烟霞：代山水景色。11. 避世：避开世务隐居。芝草：芝兰，香草。12. 何事：什么事。沧波：沧海，大海。13. 逐海槎：指浪迹江湖。槎（chá）：竹、木筏。

［译文］

推行教化，奉命到合浦，母丧守制，回湘别官衙。

近海边疆，长时未防守，在湘学耕，虽累不咨嗟。

政令通行，边地俱臣服，才能出众，可惜鬓已华。

不辞万里，只身佩宝剑，群山竞秀，正好寓全家。

屡次征召，期待旦暮至，不愿出山，依恋着烟霞。

避开世务，常歌吟香草，离任休闲，酣饮赏菊花。

昔日的交游，恍若梦境，这次分别后，海角天涯。

到底为的啥，漂流沧海，踪迹莫定，有如漂海竹筏。

［说明］这首五言排律以凝练的语言热情赞颂了元次山安抚容州的政绩和隐居浯溪的志行，表达了相交的深厚情谊和自己一直漂泊天涯的感叹。

后浯溪铭[1]

唐·王　邕

岿然浯台[2]，枕于祁阳，迥然楚方[3]，临于潇湘。孤标一峰[4]，不止百尺，嵯峨巨石，峻洁堪砺。英才别业[5]，雅有儒风，河南元公，高卧其中。位为独坐，人不知贵，兴惬兹地，心闲胜事[6]。松花对偃[7]，蘖叶交垂[8]；凿巘作逵[9]，因泉涨池。乃构竹亭，乃葺茅宇[10]；群书当户，灵药映圃。嘉宾驻舟，爱子能文；弄琴对云，酒熟兰薰[11]。何必磻[12]溪，方可学钓？何必衡峤[13]，方可长啸？我牧此郡，契于幽寻[14]，刻铭山岑[15]，敢告烟林。

［作者简介］王邕，唐人。生卒年不详。

［释题］此铭录自旧溪志。

［注释］1. 后浯溪铭：此铭没有上石，旧县志、溪志均录。2. 岿（kuī）然：屹立的样子。3. 迥然：远远的。4. 孤标：清峻特出。5. 别业：别墅。6. 胜事：美好的事。7. 偃（yǎn）：倒下。8. 蘖（niè）：树木砍去后再生的枝芽。9. 巘（yǎn）：山峰。逵（kuí）：四通八达的道路。10. 葺（qì）：修盖。11. 兰薰：兰香四溢。12. 磻（bō）溪：在陕西宝鸡市东南。传说是周太公望未遇文王时垂钓的地方。13. 衡峤（qiáo）：衡

山高岭。峤：山岭。14. 契：投合。15. 岑（cén）：小而高的山。

[译文] 岿然挺立的峿台，紧靠着县城祁阳，远在楚的南方，位于潇湘之旁。一座清秀的高峰，看起来不止百尺，嵯峨巨大的崖石，高洁得可以磨砺。这优秀人物的别墅，素有儒家之风，原籍河南的元公，隐居高卧其中。位子个人占有，人们不觉可贵，满意这块土地，心闲多有美事。松花相对伏下，萌生枝叶交垂；凿开山峰筑路，借着泉水成池。于是造起竹亭，于是修盖茅屋；群书对着窗户，灵药映衬园圃。嘉宾停下船只，爱子又会作文；弹琴对着浮云，酒熟兰香四喷。何必定去磻溪，方可学习垂钓？何必要到衡山，方可发出长啸？我来管理此郡，正便寻幽访胜，刻铭溪边小岭，敢于宣告山林。

[说明] 这篇铭文描写了峿台的位置和清秀高耸的特点，指出元公喜爱这里，顺势修建，得到不亚于隐居名山胜地的乐趣，最后点出刻铭在于公开这里幽美的景物。全文充分表达了喜爱浯溪的深厚感情。

无题[1]

唐·皇甫湜

次山有文章，可惋只在碎[2]；然长于指叙[3]，约洁多余态[4]。心语适相应，出句多分外。于诸作者间，拔戟成一队。中行虽富剧[5]，粹美君可盖；子昂《感遇》佳[6]，未若君雅裁[7]；退之全而神[8]，上与千年对；李杜才海翻[9]，高下非可概[10]。文于二气间[11]，为物莫与大。先王路不荒，岂不仰吾辈？石屏立衙衙[12]，溪口啼素濑[13]。我思何人知？徙倚如有赖[14]。

侍御史内供奉皇甫湜

唐元和五年岁次庚寅月

[作者简介] 皇甫湜（shí）（777—835），字持正，睦州新安（浙江淳安县）人。唐宪宗元和进士，官至工部郎中。他是韩愈弟子，散文家，与李翱、张籍齐名。

[释题] 诗碑小楷，宋皇祐中复刻过，字画完好。其文集中仅三首诗。诗的用语明畅朴实，评议公允深刻。宋陆游《跋皇甫湜文集》中提到此诗“自是杰作”。魏泰在《临汉隐居诗话》中也说作者对次山的评价

是“亦善评文者”。

[注释] 1. 无题：旧溪志、县志均作《题摩崖》。2. 碎：琐屑。3. 指叙：指说叙述。4. 约洁：简洁。5. “拔戟”句：喻为文有主张，自成一派。中行：即苏预，苏源明，曾向唐肃宗推荐元结，也会写文章。6. 子昂：即陈子昂。他的《感遇》总标题，是抒写生活感受的一组诗篇。7. 雅裁：美好的剪裁或体制。8. 退之：即韩愈。9. 李杜：即李白、杜甫。10. 非可概：不能度量。11. 气：指阴阳二气。12. 衎衎：排列成行的样子。13. 素濑（lài）：洁白的急流。14. 徙倚：来回走着。

[译文]

元次山有的文章，可惜的只是琐碎。
但长于指说叙述，简洁得多有余味。
心里话恰恰相应，常出句意多分外。
在众多作者中间，举矛戟自成一队。

苏中行虽然有才华，但不如他写的精美；
陈子昂的《感遇》诗佳，不及他美好的剪裁：
韩退之全面而且神奇，上可跟千年前作者匹配；
李白、杜甫才气如海浪翻滚，论高下不能一块儿来比美。

文章在两气的中间，论事物莫比它还大。
先王之道没有荒废，哪里会不敬重我辈？
石屏挺立，有如排列，溪口奔流好不洁白。
我想的有谁人知道？来回走着像有所等待。

[说明] 这首诗评论元结为文长于指说记叙，有简洁含蓄的特点，赞颂他与苏、陈、韩、李、杜相比，难分高下，抒写了文章大于万物，来者定会理解我辈为文的感触。这样肯定元结在唐文学史上的地位，确是公论。

复浯溪旧居

唐·元友让

昔到才三岁，今来鬓已霜。剥苔看篆字，薙草觅书堂[1]。引客登台上，呼童扫树旁。石渠疏壅水[2]，门径斸丛篁[3]。田地潜更主，林园尽废荒。悲凉问耆耄[4]，疆界指垂杨。

元和十二年十二月六日

［**作者简介**］元友让（766—?），元结幼子。自号浯溪山客。元和十三年（818）经湖南观察使袁滋推荐，他由宝鼎尉代任道州长史。过祁阳时已经五十三岁。

［**释题**］此诗碑原刻，嵌唐中兴碑左侧，“文化大革命”中遗失。

［**注释**］1. 薙（tì）草：割去野草。“薙”通“剃”。书堂：当指右堂。2. 壅（yōng）水：停积的水。3. 斸（zhǔ）从篁：砍掉丛生的竹子。斸：砍。篁：竹子。4. 耆耄（qí mào）：年老的人。

［**译文**］

我从前来到这里，刚满三岁，今天来到，已经是两鬓苍苍。

剥下青苔才认出碑上篆字，刨掉杂草才找到原来书房。

带领客人直爬到石台上面，喊来儿童打扫了大树四旁。

石渠积水，好容易把它疏通，门前路上竹丛，使劲才砍光。

原来的田地悄悄换了主人，整个园林已经是废败荒凉。

我怀着悲凉去问年老的人，他们指着垂杨下就是界桩。

［**说明**］这首诗写了来到旧居所见的荒凉景象和对过去景物的怀念之情，抒发了田园非旧的感慨。细读此诗，可从中探索元次山在浯溪的营建情况。

舟过浯溪怀古

唐·李　谅

湘江永州路，水碧山崒兀[1]。古木暗鱼潭，阴云起龙窟。峻屏夹澄澈，怪石生溪勃[2]。巨舰时邅回[3]，轻舠已超忽[4]。疾如奔羽翼，清可鉴毛发。寂寞棹渔舟[5]，逶迤逗商筏[6]。我行十月杪[7]，猿啸中夜发。枫叶寒始丹，菊花冬未歇。凝流绿可染，积翠浮堪撷[8]。峭蒨每惊新[9]，幽奇信夸绝。稠峰叠玉嶂，浅浪翻残雪。石燕雨中飞[10]，霜鸿云外别[11]。溯洄已劳苦[12]，览玩还愉悦。鹤岭访胎仙[13]，唐亭仰文哲[14]。川间有渔钓，山上多薇蕨。无以佐雍熙[15]，何如养疵拙！安人苟有绩[16]，抚己行将耋[17]。此路好乘桴[18]，吾其谢羁绁[19]。

太和四年，十月廿五日，桂管都防御、观察、处置等使，桂州刺史兼御史大夫李谅过此偶题。

［作者简介］ 李谅（761？—835?），字复言。官至京兆尹，参加过“永贞革新”。

［释题］ 原题《湘中纪行》，旧溪志、县志均作《舟过浯溪怀古》，诗碑小楷，圆润道劲，有王羲之书风。

［注释］ 1. 崒兀（zú wù）：险峻。2. 溪勃：溪水边。3. 邅（zhān）回：徘徊，周旋不进。4. 轻舠（dāo）：轻快的刀形小船。5. 棹（zhào）：名词作动词用，划。6. 逗商筏：逗（dòu），停留。商筏，出售的竹排木排。7. 杪（miǎo）：指年月或四季的末尾。8. 撷（xié）：摘取。9. 峭蒨（qiàn）：鲜明的样子。10. “石燕”句：石燕，形状如燕的石块。相传石燕遇风雨即飞，雨止化为石。11. “霜鸿”句：相传雁至湖南衡阳而止，遇春而回。衡阳有回雁峰。12. 溯（sù）洄：逆流而上。13. 鹤岭：指楚白公之后屈处静在祁阳县白鹤观修道十二年后跨鹤升天。胎仙，鹤的别称。古人传说鹤为仙禽，或误以为胎生。14. “唐亭”句：唐亭是元结所建，所以说“仰文哲”。15. 雍熙：和乐的子。16. 安人：安抚人民。17. 耋（dié）：七八十岁的年纪。18. 乘桴（fū）：乘竹木小筏。《论语·公冶长》：“子曰：‘道不行乘桴浮于海。’”后以“乘桴”表示避世。19. 羁绁：（xiè）：笼系犬马的用具。这里指臣仆的服役。

［译文］

湘江流域永州这一路，水色青绿山势也突兀。
古树阴影遮盖着鱼潭，阴云起自蛟龙的洞窟。
高峻屏障间水流清澈，怪异的石头生在溪浦。

巨舰常旋转，不容易前进，轻舟如箭射，眼睛只一眨。
流水湍急像羽毛般疾奔，水清如镜能够照清毛发。
几条渔船寂寞地划着，运出的筏子接连停下。

我们来游览正是十月底，猿猴哀鸣常常在半夜。
枫叶到寒天开始变红，菊花到冬天还不凋谢。
停滞的水流绿得可染，飘聚的山色用手能摘。
鲜明的色彩常叹新鲜，幽奇景物确使人叫绝。
稠密峰峦像叠成玉嶂，浅浅波浪似翻起残雪。
石燕在细雨中常常飞舞，霜天鸿雁在云外分别。

逆流而上，我已经够劳苦，游玩观赏，心头还是喜悦。
到鹤岭寻访了鹤这种仙禽，在唐亭仰慕这能文的先哲。
溪流上有渔翁正在垂钓，满山间长着野菜薇与蕨。
我没有办法使人们和乐，还不如填补过失与笨拙。

安定人民如果有了功绩，抚摸自己将要成为耄耋。
这一路上正好乘上筏子，我该摆脱束缚，与世隔绝。

［说明］ 这首诗写舟过浯溪，见到山陡、石怪、水急，景物幽奇，色彩鲜明的画面，抒发了观赏的喜悦、对前人的仰慕和希望摆脱官场束缚以图避世的思想情感。

浯溪

唐·郑　谷

曲曲清江迭迭山，白云白鸟在其间。渔翁醉睡又醒睡，谁道皇天最惜闲！[1]

［作者简介］ 郑谷，生卒年不详。袁州（今江西宜春）人，字守愚。唐光启进士，官至都官郎中。幼时即能诗。其诗浅显易懂，笔调清新，时有警句。所写《鹧鸪》诗闻名当时，时称郑鹧鸪。

［释题］ 此诗郑谷童年时作，写的有民歌风，言浅意深。

［注释］ 1. 惜闲：吝惜悠闲自在。

［译文］

弯弯曲曲的清江，重重叠叠的山，

白云慢慢飘游，白鸟在上面盘旋。

打鱼的人醉醺醺睡了，醒了又睡，

谁能说，老天爷最吝惜自在悠闲！

［**说明**］ 这首诗描绘了浯溪白云飘游、飞鸟盘旋、渔翁醉了醒来又睡的幽静画面，表示对悠闲自在生活的向往。

宋

经浯溪元次山归隐

唐宋·陈　统

次山曾此隐，溪壑水清漪[1]。废宅群山合，高名千古垂。修篁森钓渚[2]，罗石耸丰碑[3]。惟有乔林色，苍苍似昔时。

进士郑纮[4]书

景祐[5]五年十月廿四日

［作者简介］ 陈统，生卒年均不详。宋仁宗时人。经浯溪时，任提点湖南公事尚书刑部郎中。

［释题］ 此诗辞雅意深，县志作《浯溪怀古》。诗碑楷书稍带行笔，出自欧体，秀丽可观。

［注释］ 1. 漪（yī）：微波。2. 修篁（huáng）：高高的竹林。3. 罗石：排列的石崖。碑上是“乐石”，可作坚硬的石崖理解。4. 纮（hóng），念“宏”。5. 景祐：宋仁宗年号。

［译文］

元次山曾经在这里隐居，溪壑的水泛起清清波纹。

住宅倒了仍有群山环抱，大名鼎鼎也会千古长存。

高高竹林遮住钓鱼小洲，成排石崖耸起高大碑林。

只有那高大树林的颜色，还似过去那么碧青迷人。

［说明］ 这首诗写游浯溪时见到元公住宅已经倒塌，但溪水清清，丰

碑挺立，古树仍碧，表达了对元公大名永垂的景仰之情。结句够人玩味。

无题[1]

宋·杨 异

长安失驭颂声沉[2]，作者谁能刻翠岑？大业尽归文老笔，中兴还死叛臣心！天边奎壁垂芒冷[3]，溪上龙蛇倒影深[4]。当日形容播金石[5]，洋洋千载有遗音[6]。

皇祐七年九月一日

尚书职方员外郎、知衢州杨异题

[作者简介] 杨异，生卒年不详。宋仁宗时人。

[释题] 此诗当是杨氏知衡州过此而作。诗碑楷书。

[注释] 1. 无题：旧县志作《游浯溪》。2. 长安失驭：指唐朝丧失统治能力。3. 奎壁：指二十八宿的奎宿、壁宿。句意是衬托碑文大放光芒。4. 龙蛇：指碑石上矫健有力的书迹笔势。5. 形容：指大唐中兴的情景。金石：指钟鼎、碑碣上镌刻的文字。这里指碑石上的文字。6. 洋洋：盛大、广远的样子。

[译文]

大唐失去控制力，颂声已经低沉，
有哪个作者能把真情刻上翠岭？
伟大功业，该由会文学的来写，
中兴的史实，还死去叛臣的心！
天边奎、壁，只洒下寒冷的光芒，
溪上有力的文字，倒影很深很深，
当时的情景，通过碑碣传扬，
声容盛大，千载后犹有遗音。

[说明] 这首诗写了为大唐中兴撰文刻石的现实意义和对后世的影响，表达了对元、颜的敬仰之情。

读唐中兴颂

宋·毛 抗

周雅久不复[1]，楚骚方独鸣[2]；漓哇弄气态[3]，污我潇湘清。二公好奇古，大笔写时经[4]；摩崖勒唐颂，字字镵琼英[5]。烟云借体势，水石生光精[6]；浯溪僻古地，自尔闻正声。流传播夷夏，孰贵《燕然铭》[7]？弦歌入商、鲁[8]，永与人神听。江流或可竭，此文如日星。

湖南运判、尚书都官员外郎毛抗

熙宁己酉秋七月，零陵令、权祁阳县事夏杲上石

［**作者简介**］毛抗，生卒年均不详。宋神宗时人。

［**释题**］此诗溪志、县志均作《摩崖颂》。诗甚精辟，诗碑楷书。

［**注释**］1. 周雅：《诗经》中的一部分，都是歌唱周王朝的诗歌。2. 楚骚：指战国楚屈原所作的《离骚》诗体。3. “漓哇”句：浇薄的言论扰乱了视听。漓：水渗入地下。哇：吐出。4. 时经：指《大唐中兴颂》。5. 镵（chán）琼英：镵，刺。琼英，似玉的美石。6. 光精：光亮。7.《燕然铭》：东汉窦宪破匈奴，登燕然山刻石记功，命班固作《燕然山铭》，简称《燕然铭》。8. 商、鲁：商颂、鲁颂。

［**译文**］

周雅长时间不再扬名，楚骚正独被称赞传闻；
浇薄的言论混淆视听，弄污我潇湘水也不清。

二公喜欢少见的古道，挥动大笔歌颂唐中兴；
摩崖镌刻上这篇颂文，字字刺刻得有如琼英。
烟云凭它增添了体势，水石也显得闪光透明。

浯溪这荒僻古老地方，从此让人听到正义声。
流传开来，远播中与外，有谁还看重《燕然山铭》？

配上乐曲当商颂、鲁颂，永远可让人与神灵听。

江河流水有时会干涸，这颂文却像太阳、星星。

［说明］这首诗写明元、颜“摩崖勒唐颂”的目的是为了传布正义之声，扭转薄俗；诗中运用比喻、比较等修辞方法有力地歌颂了它所起的作用，字里行间洋溢着敬仰二公的深情。

无题

宋·米　黼

胡羯自干纪[1]，唐纲竟不维[2]；可怜德业浅，有愧此碑词。

米黼南宫五年求便养，得长沙掾[3]，熙宁八年十月望经浯溪

［作者简介］米黼（fú）（1051—1107），即米芾（fú），字元章，号鹿门居士。山西太原人，后徙居襄阳，又称襄阳漫士。任过南宫舍人，官至礼部员外郎，世称米南宫。画山水人物，自成一家。书法得王羲之笔意，与苏轼、黄庭坚、蔡襄并称四大家。他好洁成癖，喜奇石，世有元章拜石之语，人称“米颠”。著述有《画史》、《书史》等。

［释题］此诗属作者早期作品。石上无诗题。诗碑行楷，笔法“端严圆劲”（杨翰跋）。

［注释］1. 胡羯（jié）：指安禄山，系胡人。自干：自，由于。干，干犯。2. 唐纲：唐朝的纲纪。竟：终。3. 掾（yuàn）：官署属吏。

［译文］

安禄山由于干犯国纪，唐政纲终于不能维持；

可惜唐的德业浅薄，实在有愧这块碑词。

［说明］这首诗慨叹唐政权因安禄山反叛几乎垮台，唐肃宗灵武即位和收复两京的事迹愧用这碑词歌颂。篇幅虽短，笔锋充满批判精神。

无题

宋·邢　恕

归舟一夜泊浯溪[1]，晓雨丝丝不作泥[2]。指点苍崖访遗刻，更磨苔藓为

留题[3]。

元祐九年（甲戌，1094）正月原武邢恕和叔

［**作者简介**］邢恕，字和叔，原武（属河南省原阳县域）人。宋哲宗元祐初（1086），补御史，累官御史中丞，后夺职，贬永州，“以参军监酒税”。他本从程颐学，是旧党。可“为司马光客，即陷光”。“附章惇，即背惇。”后为蔡京心腹，“至死勿替”。1103年，“复显谟阁待制”至死。绍兴初，被追贬。

［**释题**］此诗是复职回京过浯溪写的。诗碑，楷书，黄体，清秀可喜。

［**注释**］1. 归舟：当指复职回京。2. 晓雨：“晓”旧县志作“晚”。全句点出雨不大所以不作泥。3. 留题：即摩崖题诗刻石。

［**译文**］

回京的船，夜里停泊到这浯溪，清早丝丝雨，地面没有下成泥。

请人指点苍崖，寻访遗留名刻，还磨掉了崖壁苔藓，题诗刻石。

［**说明**］这首诗写了归舟路经浯溪，晓雨后即寻访名迹，还题诗刻石的愉悦心情。

漫郎吟

宋·秦　观

元公机鉴天所高，中兴诸彦非其曹[1]，自呼漫郎示真率[2]，日与聱叟为嬉遨[3]。是时妖星殒未久[4]，关辅扰扰犹弓刀[5]；百里不闻易五羖[6]，三士空传杀二桃[7]。心知不得载行事，俛首刻意追风骚[8]。字皆华星章对月，漏泄元气烦挥毫[9]。猗玗春深茂花竹[10]，九嶷日暮鸣哀猱[11]。红颜白骨付清醥[12]，一官于我真鸿毛！乃知达人妙如水，浊清显晦惟所遭；无时有禄亦可隐，何必龛岩远遁逃[13]！

绍圣三年丙子

［**作者简介**］秦观（1049—1100），字少游，一字太虚，号淮海居士。高邮（今属江苏）人。宋元丰进士，做过国史院编修官。能诗，以词名。

他善借景抒情，语言工巧，描写细腻。工书，草书有东晋遗风，真、行学颜真卿与苏轼。著有《淮海闲居集》。

［**释题**］此诗当作在绍圣前。绍圣三年编管横州，过浯溪，当于此时书。

［**注释**］1. 诸彦：英才们。曹：类、辈。2. 漫郎：元结自称浪士，时人称他为漫郎。漫：放任，不受世俗拘束。3. 聱（áo）叟：倔老头的意思。元结，别号聱叟。4. 妖星殒：指叛贼安禄山、史思明的败亡。5. 关辅：潼关一带。弓刀：代战争。6. 百里：指春秋时的百里奚。五羖（gǔ）：五张羊皮。传说百里奚被楚人拘留，秦穆公用五张羊皮把他赎回，授以国政，称五羖大夫。7. "三士"句：传说齐景公用二桃杀三士，后来比喻用阴谋杀人。8. 俛（fǔ）首：低下头。"俛"同"俯"。风骚：指《诗经》与《离骚》的风格。9. 漏泄元气：这里有伸张正气的意思。挥毫：指写中兴颂。10. 猗玗（yú）：即猗玗洞。元结曾在此避乱。11. 九嶷：湖南宁远九嶷山。猱（náo）：猿猴的一种。12. 清醥（piǎo）：清酒。13. 龛（kān）岩：这里有凿岩藏身的意思。

［**译文**］

元公的素质和见识老天都看重，中兴的英才们并不是他的同曹，
自称为漫郎，表现得真诚坦率，每天，可跟这倔老头同游并嬉笑。

当时的逆贼死了没有多久，潼关一带仍然搬弄弓与刀；
没听说用羊皮去赎回贤才，空传闻杀三士只用两枚桃。

心底知道不能记载国家大事，低下头刻意追随《诗经》与《离骚》；
字与文像星星月亮放射光彩，为伸张正气，不辞劳累来挥毫。

猗玗洞，春深花繁竹也茂，九嶷山，傍晚猿猴常哀嚎。
美女成白骨，只需清酒一奠，一官对于我，真看得似鸿毛。

我才懂得做达人的奥秘就像水，清浊显晦全在于机遇到；
穷困时有俸禄也可以隐居，何必凿岩藏身，远远地遁逃！

［**说明**］这首诗论述了元结为人不受世俗拘束、真诚坦率的特点和他从事文学的原因与目的以及隐居思想，同时写了自己的认识。全诗议论结

合抒情，体现了“细密秀丽”的特点。

读中兴碑

宋·张　耒

玉环妖血无人扫[1]，渔阳马厌长安草[2]。潼关战骨高于山，万里君王蜀中老。金戈铁马从西来[3]，郭公凛凛英雄才[4]，举旗为风偃为雨，洒扫九庙无尘埃[5]。元功高名谁与纪[6]？风雅不继骚人死[7]。水部胸中星斗文，太师笔下龙蛇字[8]。天遣二子传将来，高山十丈磨苍崖。谁持此碑入我室？使我一见昏眸开。百年兴废增叹慨，当时数子今安在？君不见荒凉浯水弃不收，时有游人打碑卖。

秦观少游书

［作者简介］ 张耒（1052—1112），字文潜，号柯山。淮阴（今江苏清江）人。宋熙宁进士，官至起居舍人、直龙图阁，与秦观、晁（cháo）补之、黄庭坚并称“苏门四学士”。为官廉洁。诗风平易舒坦，不尚雕琢，著有《柯山集》。

［释题］ 作者此诗，世号杰出。此碑行书，姿媚遒劲可爱。后人评其草书，“飘逸可观”。

［注释］ 1. 玉环：即杨玉环。原是唐玄宗儿子寿王李瑁（mào）的妃子，后被玄宗纳入宫中，称为杨贵妃。2. 渔阳马：指安禄山叛军的战马。3. 金戈铁马：一般指战争，这里代军队。4. 郭公：指平定安史之乱的郭子仪。5. 九庙：皇家祖庙。古代帝王立九庙祭祀祖先。6. 元功：大功。7. 风雅：指《诗经》中国风和大雅、小雅的诗风。8. 太师：指颜真卿。他做过太子太师。

［译文］

女妖杨玉环的血无人打扫，渔阳的战马厌吃长安的草。
潼关战死者的枯骨高过山，急奔万里的君王在蜀衰老。

精锐的部队从西面开来，郭公威风凛凛真是英才，
举旗掀起了风，偃旗成雨，洒扫皇上祖庙，没有尘埃。

功大名高，有谁把这实况纪？风雅没有人继承，诗人已死。
元水部写出胸中星斗般的文，颜太师笔下是龙蛇般的字。

老天爷派遣二人把它传下来，刻在这高山十文青绿的石崖。
是谁拿了这碑帖来到我室？我一看，昏花的眼睛大大地睁开。

百年来的兴废增加感慨，当年的几个人而今安在？
你没见，荒凉的浯水一去不回头，常常有游人拓下碑帖卖。

[**说明**] 这首诗运用平易的语言，热情地赞颂元、颜二公用放出光芒和有力的文字把唐代中兴业绩如实地传下来，真挚地抒发了读到颂碑的喜悦和对百年兴废的感慨之情。

书摩崖碑后 有序

宋·黄庭坚

崇宁三年（1104）三月己卯，风雨中来泊浯溪。进士陶豫、李格、僧伯新、道遵同至中兴颂崖下。明日，居士蒋大年、石君豫[1]，太医成权及其侄逸[2]，僧守能、志观、德清、义明等众俱来。又明日，萧裒及其弟褒来。三日徘徊崖次[3]，请余赋诗。老矣，不能为文，偶作数语。惜秦少游已下世，不得其妙墨镵之崖石耳[4]。

春风吹船著浯溪[5]，扶藜上读《中兴碑》。平生半世看墨本[6]，摩挲石刻鬓成丝。明皇不作苞桑计[7]，颠倒四海由禄儿。九庙不守乘舆西[8]，万官已作鸟择栖。抚军监国太子事，何乃趣取大物为[9]？事有至难天幸耳，上皇跼蹐还京师[10]。内间张后色可否[11]，外间李父颐指挥[12]，南内凄凉几苟活[13]，高将军去事尤危[14]。臣结春秋二三策[15]，臣甫杜鹃再拜诗[16]。安知忠臣痛至骨，世上但赏琼琚词[17]。同来野僧六七辈，亦有文士相追随[18]。断崖苍藓对立久，涑雨为洗前朝悲[19]。

宋豫章黄庭坚字鲁直[20]。诸子从行：相、棁、相、楷。春陵尼悟超。

［作者简介］ 黄庭坚（1045—1105），洪州分宁（今江西修水）人，字鲁直，号山谷道人，宋治平进士。尝谪居涪州，又号涪翁。哲宗时，预修《神宗实录》，迁著作郎，升起居舍人。后做过知州，连遭贬谪，死于宜州（广西宜山）。诗学杜甫，自辟蹊径，为江西诗派之祖。与苏轼并称苏黄。善书真、行、草。行书自创了“中宫敛结，长臂四展”的新书体。

［释题］ 此诗碑在《大唐中兴颂》北崖。此诗与序，楷行体，运笔圆劲苍老。明王世贞称此刻“翩翩有致”。世谓“小摩崖”。

［注释］ 1. 居士：未做官的读书人。2. 太医：皇帝的医生。3. 崖次：石崖边。4. 镵（chán）：镌凿，刻。5. 著：附着，靠拢。6. 墨本：碑帖的拓本。摩挲：抚摸。7. 苞桑计：比喻牢靠的治国大计。语出《易·否卦》：“其亡其亡，系于苞桑。”8. 乘舆：皇帝坐的车子。9. 趣（cù）取大物：急速登上帝位，掌管天下。10. 跼蹐（jí）：行动小心戒惧的样子。11. 张后：指肃宗宠姬张良娣。12. 李父：指宦官李辅国。颐（yí）指挥：用面部表情示意指使人。13. “南内”句：唐时，兴庆宫因在东内之南称南内。内：指皇宫。玄宗从蜀回京后，初居兴庆宫。肃宗左右的人恐他有复辟野心，将他迁入西内甘露殿，加以软禁。14. 高将军：指宦官高力士，做过右监门将军骠骑大将军。他此时被流窜。15. “臣结”句：元结在道州刺史任上多次上表列述人民困苦，希望澄清吏治。道州，汉舂（chōng）陵旧地。黄庭坚诗集作“舂陵”，碑石上是“春秋”。16. “臣甫”句：杜甫伤心玄宗失位，其《杜鹃行》有句：“君不见昔日蜀天子，化为杜鹃似老乌。”又《杜鹃诗》：“我见常再拜，重是古帝魂。”17. 琼琚（jū）：华美的佩玉，比喻美好的诗文。18. 文士相追随：据南宋王明清《挥麈录》，指曾空青。他因坐钩党，先谪永州。19. 涷（dōng）雨：暴雨。20. 豫章：今江西。舂陵：今道州。

［译文］ 崇宁三年三月己卯日，在风雨中停船浯溪。进士陶豫、李格，僧人伯新、道遵一同到了《中兴颂》石崖下面。第二天，居士蒋大年、石君豫，太医成权以及他的侄儿成逸，僧人守能、志观、德清、义明等人都来了。又第二天，萧裒以及他的弟弟萧褒也来了。三天里徘徊在石崖边，他们请求我写诗。我老了，不能作文，顺便写了几句话。可叹的是秦少游已经去世，不能得到他的好书迹镌刻在石崖上了。

春风吹送着船儿靠拢浯溪，我拄着拐杖去认读《中兴碑》。
生来半辈，只见到碑的拓本，抚摸这石刻，两鬓成了银丝。

唐明皇没有作好治国大计，天下大乱，是由安禄山引起。
祖庙保不住，急忙驾车西跑，群臣鸟儿般寻找地方栖息。

带兵与监国都是太子的事，为什么竟急忙要掌管玉玺？
平叛难，幸亏得老天爷照顾，唐明皇戒惧地回到了京师。

宫里会想到张良娣神态怎样，宫外那李辅国全用脸色指挥，
南内的凄凉接近于苟且活命，高将军离开后情势更是困危。

元次山几年里多次向皇上献策，杜子美曾经写了再拜杜鹃的诗。
怎知道忠臣们系念国事，痛入骨髓，世上人，却只是欣赏美玉般的诗词。

一同来的山野僧人六七个，也有读书能文的相随前来。
面对着断崖和青苔好一阵，下暴雨给洗了前代的悲哀。

［**说明**］这首诗写春游浯溪，见到石刻时已经年老；慨叹明皇没有作好治国大计，落到祖庙被毁、慌忙西奔、群臣鸟兽般散的地步；指责太子匆匆登位后，让后妃宦官勾结弄权，使明皇陷于苟且活命的困境；抒发了对元、杜忠诚国事却不为世人完全理解的悲伤感情。全诗章法谨严，层次清晰，夹叙夹议，即古抒情，音调高朗，有沉郁顿挫之美。此诗宋人评价甚高，对后人评论颂碑有很大影响。

浯溪图[1]

宋・黄庭坚

成子写浯溪，下笔便造极[2]。空濛得真趣[3]，肤寸以千尺[4]。只今中宫寺，在昔漫郎宅。更作老夫船[5]，樯竿插苍石。

[释题] 此诗只题在图上。录自清王士祯《浯溪考》。

[注释] 1. 浯溪图：宋徽宗时太医成权的侄儿成逸作。成逸号佚逸道人，工诗画。2. 造极：形容到了最好的水平或境界。3. 空濛：形容烟岚迷濛的情景。4. 肤寸：长度单位。指微小长度。5. 老夫：古代人自称。

[译文]

这成君绘出的《浯溪图》，用笔真是登峰造了极。

看云气迷茫，恍同实境，寸把长就代替了千尺。

只是现今的中宫寺，从前是元次山住宅。

还画上我乘坐的船，撑船竿插入了青石。

[说明] 这首题《浯溪图》的五律盛赞了成逸的画技已经达到最高水平，展现了浯溪烟岚迷濛和船泊岸边的画面，传达了当时看画图的真切情感，让读者如同面睹。

题摩崖碑

宋·潘大临

晓泛浯溪春水船，系帆啼鸟青崖边。次山作颂今几年，当时治乱春风前[1]。明皇聪明今晚谬，乾坤付与歌奴手[2]，骨肉何伤九庙焚[3]，蜀山骑骡不回首[4]。天下宁知再有唐？皇帝紫袍迎上皇[5]。神器仓忙吾敢惜[6]！儿不忠孝听五郎[7]。父子几何不豹虎？君臣宁能责丑虏？南内凄凉谁得知？人间称家作“端午”[8]。生平不识颜真卿[9]，去年不答高将军[10]。老来读碑泪横臆，公诗与碑当并存。不赏边功宁有许[11]？不杀奉常犹未语[12]。雨淋日炙字未讹[13]，千秋万岁所鉴多。

[作者简介] 潘大临（？—1107），字邠（bīn）老，黄冈（今属湖北）人。善诗文，属江西诗派。工书。著有《柯山集》。

[释题] 此诗旧溪志县志均录。诗碑已佚。

[注释] 1. 治乱：平定战乱。2. 乾（qián）坤：大地。这里是天下的意思。歌奴：指李林甫乳名。3. 骨肉何伤：指玄宗听信谗言废太子瑛、鄂王瑶、光王琚为庶人，并赐死。4. 蜀山骑骡（luó）：指安禄山的军队攻下潼关，玄宗仓皇入蜀。5. 皇帝紫袍：玄宗由蜀回到咸阳时，肃宗脱

下黄袍，穿上紫袍拜见玄宗，表示仍居臣位。6. 神器：指帝位。仓忙：慌张。7. “儿不忠孝”句：指肃宗慰劳李辅国逼迫上皇从南内迁到西内的行动。李辅国排行第五，叫五郎。8. 称家（gū）：声言为皇上。家：大家，对皇帝的称呼。端午：即农历五月初五。唐玄宗八月初五日生。张说等请以这一天为千秋节。千秋：祝寿敬词。9. “生平”句：唐玄宗得知安禄山反叛，河朔一带完全失陷，只有平原城守住了，对左右说：“我不认识颜真卿是怎么个人，他竟能够这么做。”10. 不答高将军：玄宗对高力士说：“朝事付之宰相，边事付之诸将，夫复何忧！”高力士回答说：“边将拥兵太盛，一旦祸发，不可复救。权假宰相，赏罚无章，阴阳失度。”玄宗只是不作回答。11. “不赏边功”句：唐肃宗曾经担心郭子仪、李光弼已为宰相，若收复两京，平定天下，无官赏赐。12. “不杀奉常”句：奉常，太常。九卿之一。仆固怀恩曾以朔方节度副使殿中监兼太常卿。他前后战功居多，后来叛变，引回纥、吐蕃攻唐。13. 讹：改变。

［译文］

趁着春水，清早在浯溪行船，系舟在鸟儿叫的青青崖边。
元次山作了颂，于今有几年，当时平定战乱正如春风拂面。

唐明皇聪明，到晚年真荒谬，把天下竟交付那歌奴之手。
骨肉怎能伤害，祖庙都烧了，骑骡走向蜀地，不敢回头。

天下哪里还知道有个大唐？皇帝穿上紫袍去迎接上皇。
帝位，在慌张中我怎敢爱惜！做儿子的不忠孝听从五郎。

父子怎的不像那豺狼老虎？君臣岂能斥责那小丑胡虏？
南内凄凉生活有谁人得知？人间还声称替皇上作“端午”。

生平竟不了解那颜真卿，去年也没有回答高将军。
老来读着碑，泪水满胸，元公诗、《中兴碑》应该并存。

不奖赏边功，难道真有这件事？不杀太常卿，还没有听到提起。
雨水淋，日头烤，字迹没有改变，千年万载，可以借鉴许多方面。

［**说明**］这首诗写春晨游浯溪，想起次山当年歌颂中兴，可算盛事。慨叹唐玄宗晚年昏聩，让歌奴窃权，骨肉相残，以致祖庙被焚，逃奔西蜀；唐肃宗匆忙登位，听信奸言，父子猜疑，不能只是斥责胡虏。指出玄宗不辨忠奸，叫人痛心；肃宗缺乏见识，永为鉴戒。全诗结合史实论述抒感，词锋犀利，语意沉痛，深深地打动读者。有人以为此诗是和山谷诗而作。

同景庄游浯溪

宋·释惠洪

上皇御天功最盛[1]，生民温饱卧安枕。醉凭艳姬一笑适[2]，薄夫议之无乃甚！长安遮天边骑尘，潼关战血深没人。哥舒臣贼不足惜[3]，要脔国忠如鲙鳞[4]。仓皇去国食不暇，赐死马嵬谢天下[5]；反身罪己成汤心[6]，奈何犹有议之者！取非其子又遽忽，灵武君臣无怍容[7]。何须呜咽让衮服[8]，自控归鞍八尺龙[9]！谁磨石壁湘江上，揩拭云烟溅惊浪？龙蛇飞动忠义词，颜元色庄俨相向[10]。与君来游秋满眼，闲行古寺西风晚；道人兴废了不知，但见游人来读碑。

［**作者简介**］惠洪，又名觉范。俗姓喻，一说姓彭，筠州（今江西高安）人。少孤，一生遭遇坎坷。能文，尤工诗。其诗辞意洒落，气韵秀拔。黄庭坚对他甚为推重。著有《冷斋夜话》等书。

［**释题**］作者于宋徽宗政和元年（1111）被刺配崖州，路过浯溪作此诗。

［**注释**］1. 上皇御天：指唐玄宗统治天下。2. 艳姬：指杨贵妃。3. 哥舒臣贼：指哥舒翰被擒，投降安禄山。4. 脔（luán）：碎割。鲙（kuài）：细切鱼肉，动词。5. 赐死马嵬（wéi）：唐玄宗匆忙奔蜀，到了马嵬驿（今属陕西兴平），卫兵杀死杨国忠，并要求处治杨贵妃。玄宗赐贵妃死，葬于马嵬坡。6. 成汤心：即商汤有引咎自责之心。商汤战胜夏桀后，在都城亳（bó）邑告诫诸侯，提出“万方有罪，在予一人”。7. 怍（zuò）容：惭愧的神色。8. 衮服：指帝王及公侯所穿的礼服。9.“自控”：即自己控制着皇位。八尺龙：骏马。10. 俨（yǎn）：

昂首的样子。

[译文]

唐玄宗统治天下，功业最盛，老百姓暖衣足食，睡能安枕。
醉了，凭着贵妃一笑来适意，浅薄的人要议论，恐怕过甚。

长安遮天的尘土，边骑掀起，潼关流的战血，深得淹没人。
哥舒翰作了贼臣，毫不足惜，要碎割杨国忠，如同割鱼鳞。

慌张地离开国都，一饭无暇，让贵妃死在马嵬，谢罪天下，
反身开罪自己，有成汤的心，为什么，还有说三道四的话！

登上皇位，再非皇子又匆忙，灵武的君臣一点不觉惭愧。
何必要呜呜咽咽让出龙袍，自己却控制着大龙马而归！

谁在这湘江镌磨了石壁，揩拭着云烟，溅起惊涛骇浪？
龙蛇般飞动的，是忠义的词，颜元的神色庄重，俨然相向。

同你来游览，已经秋色满眼，漫步到古寺，正是西风傍晚；
过路人对于兴废全然不知，只见到不少游人前来读碑。

[说明] 这首诗议论结合抒情，指出唐玄宗开元之治功业最盛，宠爱贵妃，酿成战祸，罪在奸臣杨国忠，让贵妃死在马嵬，表示能反身罪己；而唐肃宗让位是假，急于为王是真。进而肯定湘江刻石的重大意义和影响，表述了对过客、游人不懂得兴废的深沉感慨。

减字木兰花·登峿台

宋·夏　倪

江涵晓日[1]，荡漾波光摇桨入；笑指浯溪，漫叟雄文锁翠微[2]。　休嗟不偶，归到中州何处有[3]？独立风烟，湘水峿台总接天。

宣和二年庚子（1126）[4]

[作者简介] 夏倪，字均父，蕲（qí）州（今湖北蕲春）人。宋徽宗宣和中，自永州府曹左官祁阳监酒税。倪文辞富赡，侪辈罕及，有《远游堂集》。

[释题] 此诗碑今石上不见，录自《宋词纪事》。

[注释] 1. 涵：包含，容纳。2. 翠微：轻淡青葱的山色。也可作青山。3. 中州：泛指黄河中游地区，中原。4. 宣和：宋徽宗年号。

[译文]

空濛的江面包含着晓日，波光荡漾，摇着船桨渐渐地进入；

不禁带笑地指着前面浯溪，元漫郎雄文被锁在那青葱的山色里。

不要嗟叹没地方能够相比，回到中原，这景色何处可以寻觅？

我一个人站到这烟景里，只觉得湘水和峿台总是连接蓝蓝的天。

[说明] 这首词景中融情，抒写了迎着晓日，掠过江面，看看浯溪在望，马上能够读到雄文的喜悦心情和登上视野开阔的峿台，产生了中州难觅的适意感受。

同范直愚、单履游浯溪 并序

宋·陈与义

潇湘之流碧复碧，上有铁立千寻壁[1]。河朔功就人与能[2]，湖南碑成江动色。文章得意易为好，书杂矛剑天假力。四百年来如创见[3]，雷公雨师知此石。小儒五载忧国泪，杖藜今日溪水侧，欲搜奇句谢两公[4]，风作浪涌空心恻！

建炎四年（1130）庚戌九月四日游浯溪作

[作者简介] 陈与义（1090—1138），洛阳人，字去非，号简斋。宋高宗时任翰林学士，知制诰，参知政事。诗词与黄庭坚、陈师道齐名。前期诗风明快，后期的诗表达了爱国情怀。南迁时，作者避乱襄樊，转徙湖湘，游浯溪作此诗。有《陈与义诗文集》，是南渡前后杰出诗人。也工书，字画清简。

[释题] 此诗写得凝练而明白，情溢于辞，诗碑小楷，有“醇古丰

圆”的特色。

[注释] 1. 铁立：坚定地挺立着。2. 河朔功就：指肃宗在灵武登位收复两京。3. 四百年：指刻碑到作者作诗的时间概数。4. 两公：元、颜二公。

[译文]

潇湘这条河水哟，碧了又碧，崖上牢牢挺立着高高的石壁。
河朔功成是人们支持能者，湖南竖碑叫江流变了颜色。

文章符合心意就容易写得好，笔锋犹刀剑是老天给了功力。
四百年来可算创造性见解，雷雨之神也了解这块碑石。

我这书生多年来流着忧国泪，今天拄着拐杖徘徊在溪水侧。
想搜寻奇句，感谢元颜二公，风吹浪涌，空叫我心头凄恻！

[说明] 这首诗赞颂因河朔功成的碑刻使湘水改容，连雷雨之神也了解它，表达了忧虑国事、景仰二公的思想感情。用语明快，立意深沉。

漫郎吟

宋・陈与义

漫郎功业太悠然[1]，拄笏看山了十年[2]。黑白半头明镜里，丹青千树恶风前[3]。星霜屡费惊人句[4]，天地无须使鬼钱。蹈破九州无一事[5]，只今分付结跏禅[6]。

[释题] 此诗收在旧溪志、县志，石上不见。

[注释] 1. 悠然：悠闲的样子。2. 拄笏（zhǔ hù）看山：比喻做官有闲情雅致。拄：支撑。笏：古代君臣朝会使用的手版。3. 丹青：指丹青树，又叫华盖树。4. 星霜：指年岁。星一年一周转，霜每年因时而降。5. 蹈破：即踏破。6. 结跏（jiā）禅：佛教徒坐禅的一种姿势。即交叠左右足背于左右股上而坐。

［译文］

漫郎对于功业真是太悠然，撑着手版看山林过了不少年。

黑白的头发，镜里各占一半，像许多丹青树挺立暴风前。

年年岁岁多有惊人的语句，在自由天地里不用给鬼使钱。

踏破了天下还有什么事，只今把时间结跏来坐禅。

［说明］这首诗赞颂漫郎晚年看淡了功业，喜爱山林，在自由天地里能悠闲地生活着。其实也透露了作者自己的情怀。

浯溪图

宋·王安中

少文阅世老不出[1]，自画云山满墙壁；澄怀观道追所历[2]，坐觉琴声隐金石[3]。我亦七年湖外客[4]，梦中犹泛湘江碧；浯溪之图喜新得，身卧岭南心岭北[5]。忆尝留语溪边僧，异时人读唐中兴[6]，说与此乃秦典型[7]，三句八韵《之罘铭》[8]。今欲复作谁可令？似有元结无真卿。风烟惨淡万古情[9]，不如且寻画隐成[10]。

［作者简介］王安中（1075？—1133？），字履道，号初寮。中山曲阳（今属河北）人。宋哲宗元符进士。任御史中丞时，曾平开封冤狱，弹劾蔡京等奸臣。官至尚书右丞。靖康后，累遭贬谪。《宋史》说他"善属文，尤工四六"，"书法清俊"。有《初寮集》《初寮词》。此诗在象州作。

［释题］此诗录在旧县志。

［注释］1. 少文：成逸，字少文。阅世：经历世事。2. 澄怀：澄清心情。观道：观察世道。3. 金石：指金石乐器的声音。4. 湖外客：指贬谪在江湖外边的人。5. 岭南：五岭以南，指象州。岭北：指浯溪，在五岭北面。6. 异时：他日。7. 典型：准则，范例。说与：即说与彼，告诉他。8.《之罘（fú）铭》：即"芝罘刻石"，秦始皇于二十九年（前218）巡行至芝罘（今山东芝罘半岛），丞相李斯为其歌功颂德所作的文辞，书体为当时流行的小篆，写的是三句八韵。9. 风烟惨淡：指浯溪风云昏暗情景，也代当时昏浊的尘世。10. 画隐成：指隐身于绘画界的成少文。

［译文］

成少文经历世事，到老不出仕，描绘云山的画图，挂满了墙壁；
他澄清心怀，考察世道追忆过去，坐下来觉得琴声隐于金石乐器。
我也是七年漂泊湖外的远客，还梦到游历湘江，水色好清碧；
高兴的是新近见到了《浯溪图》，身住五岭南，心儿到了五岭北。

忆起曾经留话给浯溪僧人，他日，有人阅读唐中兴颂文，
告诉他，这就是秦以来的典型，歌功颂德，三句八韵《之罘铭》。
如今想写这类文字，谁可担任？似乎有了元次山，却无颜真卿。
这万古的风云变化煞是深沉，不如且寻隐身绘画的成少文！

［说明］这首诗描述了成少文潜心绘画，有观察世事的冷静心境，表达了自己喜爱浯溪胜景和见图的爱慕之情，评述了当时即使有人能写歌功颂德文字，也无人能写颜真卿的字，要写浯溪烟景和世道变化就只有去找成少文这样的画师。总的肯定了成少文的画图，也流露了个人愤慨的心情。

摩崖

宋·李若虚

元颜文字照浯溪，神物于今常护持[1]。崖边尚有堪磨处，留刻中兴第二碑！

绍兴五年（1135）五月二十四日，广平李若虚过浯溪，观中兴摩崖，因成一绝

［作者简介］李若虚，宋高宗时广平人。做过司农卿。

［释题］诗碑行楷，苍劲，有风韵。

［注释］1. 神物：指摩崖颂碑。

［译文］

元颜二公的文字，光照着浯溪，对这神物，到现在常加以护持。
这石崖上面，还有可磨的地方，留下给后人，镌刻中兴第二碑！

［说明］这首诗赞颂了元颜文字光照浯溪的价值，表达了希望有人能

步履前贤后尘的爱国情感。渴望中兴，溢于言表。

浯溪中兴颂诗和张文潜[1]（二首）

宋·李清照

一

五十年功如电扫[2]，华清宫柳咸阳草[3]。五坊供奉斗鸡儿[4]，酒肉堆中不知老。胡兵忽自天上来，逆羯亦是奸雄才[5]。勤政楼前走胡马，珠翠踏尽香尘埃。何为出战辄披靡？传置荔枝多马死[6]。尧功舜德本如天，安用区区纪文字？著碑铭德真陋哉！乃令神鬼磨山崖。子仪光弼不自猜，天心悔过人心开。夏为殷鉴当深戒，简策汗青今俱在[7]。君不见当时张说最多机[8]，虽生已被姚崇卖！

［**作者简介**］李清照（1084—1155），号易安居士，山东人。父李格非是学者，也是散文家。丈夫赵明诚是金石学家。她是著名的婉约派词人，词中感情真率，语言新鲜奇隽。也工诗，大都是评论古今，与时事政治有关的题材，抒发生活感受所引起的喜悦与哀愁。此诗曾受到当时人们的好评。还会书法、绘画。有《李清照集》。

［**释题**］有人考证作者作此诗时是17岁的姑娘，却有如此卓识，堪称史诗。

［**注释**］1. 和张文潜：即唱和张耒《读中兴颂碑》一诗。2. 五十年：唐玄宗在位四十四年，五十年是约数。3. 华清宫：唐宫名，故址在今陕西临潼县骊山上，安禄山之乱遭到破坏。4. 五坊：唐代皇帝饲养猎鹰猎犬的官，分雕、鹘、鹞、鹰、狗五坊。5. 逆羯（jié）：即逆胡。羯，胡人的一种。6. 传置荔枝：杨贵妃生于蜀，嗜吃荔枝。南海荔枝胜过蜀，唐玄宗便命令驿车星夜赶送长安。传：驿车。即传送命令的马车。7. 汗青：指史册。8. “君不见”句：张说，河南人。他与姚崇同为宰相，互相猜疑。姚崇病重时告诫儿子说：“张承相与我不和。他喜欢古董器物。我死后，会来吊丧，你们将我生平所藏宝物全部送给他，并请他为我写神道碑文，随即刻在石上。他几天后会后悔。如果以修改为借口要回碑来，就领他去看刻好的碑文，并转告皇上。”姚崇死后，果然不出所料。张说没有

讨回碑文时说："姚崇真能算计我活张说，我比他差远了。"

[译文]

五十年的功业如同电闪，只见到华清宫的柳树和咸阳的草。
当时五坊供养着斗鸡儿，酒肉堆里不觉得自己衰老。

胡人的兵马忽从天上下来，逆胡安禄山也算是奸雄人才。
勤政楼前奔驰着胡人战马，美女们都被踏成香的尘埃。

为什么作战就纷纷败退？曾经赶送荔枝马多跑死。
尧舜的功德本来大如天，哪里要用上点记载文字？

刻碑记功真显得浅陋！就叫神鬼磨治了山崖。
郭子仪和李光弼不自猜疑，皇上能够悔过老百姓开怀。

夏是商的镜子应当深戒，那文献和史册而今全在。
你没见，当年的张说最机灵，可是活着时已被姚崇欺绐！

[说明] 这首诗回顾了当年唐玄宗功业无存，在淫逸生活中衰老，和安禄山率领胡兵肆意践踏京城的史实；指出中兴刻碑记功显得浅陋，郭、李合作和皇上悔过才叫人开怀。诗的主旨，当是针对宋高宗偏安和南渡君臣相互猜疑，指明应该借鉴前朝，免遭历史惩罚。其立意与张耒歌颂大唐中兴相反，指出元结对中兴的颂扬是过分了。

二

君不见，惊人兴废传天宝，中兴碑上今生草！不知负国有奸雄，但说成功尊国老。谁令妃子天上来？虢、秦、韩国皆天才[1]。花桑羯鼓玉方响[2]，春风不敢生尘埃！姓名谁复知安史？健儿猛将安眠死。去天尺五抱瓮峰[3]，峰头凿出"开元"字。时移势去真可哀，奸人心丑深如崖。西蜀万里尚能返，南内一闭何时开[4]？可怜孝德如天大，反使将军称"好在"[5]。呜呼！奴辈乃不能道：辅国用事张后尊；乃能念：春荠长安作斤卖[6]！

[注释] 1. 虢（guó）、秦、韩国：杨贵妃姊妹，三人都有才色，玄

宗封为虢国夫人、秦国夫人、韩国夫人。2. “花桑”句：花桑，木名。羯鼓与方响，都是乐器。3. 抱瓮峰：疑是瓮肚峰。唐玄宗游瓮肚峰，打算在峰上凿出“开元”字样。4. 南内一闭：指唐玄宗被李辅国所逼，迁出兴庆宫。5. 好在：李辅国逼玄宗居西内时，玄宗受惊，几坠。高力士传玄宗旨意说：“诸将士各好在！”“好在”即“好生”，意即不得以兵干犯上皇。6. “春荠”句：指高力士无力挽回局面，但仍惦念长安。高力士遭李辅国忌恨，被流放边地，见园中有荠菜，当地人不知道吃，赋诗道：“两京作斤卖，五溪无人采。夷夏虽有殊，气味应不改。”于是叫人采来吃，味道很好。

［**译文**］

你不见，惊人的兴废数天宝，大唐中兴碑上，于今长出草！
不知道背叛国家的是奸雄，却只说大功告成要尊重国老。

是谁叫妃子从天上下来？虢、秦、韩国夫人都算是天才。
花桑做的羯鼓，玉做的方响，春风劲吹，不敢留一点尘埃。

要问姓与名，谁知道有安史？健儿和猛将都安然地病死。
离天尺多高是那座抱瓮峰，将在峰头凿出“开元”两个字。

时光移，大势去，真叫人悲哀，那奸臣的心地坏得如危崖。
两蜀远隔万里，尚且能回来，南内一关闭，何时可以打开？

可叹孝德跟天一样大，却竟让高将军传旨要“好在”。
哎呀！奴才们怎么不能讲：李辅国专权张后地位尊；
只能想到：长安城里春荠可以作斤卖！

［**说明**］这首诗慨叹唐天宝时兴衰变化大，人们却不知是奸臣祸国。开元盛期，玄宗宠爱贵妃，一味淫乐，臣民也想不到会发生变乱。可是时移势去后，玄宗遭到胁迫，要高力士护卫；而且远在边地的臣子也只能惦念长安而已。全诗不仅揭露了君王荒淫无道，也鞭挞了奸臣的祸国罪行。深沉的用语，深刻地启示后人当知借鉴。这两首诗都写得痛快淋漓，气势跌宕，形象生动。其评论观点与张耒是相反的。

浯溪摩崖怀古

宋・杨万里

湘江曾闻有浯溪，片帆今挂湘东西。上磨石崖与天齐，江头落日云凄凄。山昏雨暗哀猿啸，步入烟萝转深峭[1]。元颜千古迹不朽，星斗蛟龙两奇妙。中兴当时颂大唐，大唐家国天为昌。妖环忽见诚非祥[2]，土花失色悲寿王[3]。明皇父子紊大纲，从此晏朝耽色荒。天下黎庶暗罹殃[4]，击损梧桐按《霓裳》[5]。谁知鼙鼓动渔阳[6]，肃宗灵武何仓皇！回来张后年初芳，前杨后李真匪良[7]。养以天下理所常，胡为南内成凄凉？三千宫女为谁妆，空遗两鬓愁秋霜。千载父子堪悲伤，修身齐家肇明皇！后来历历事愈彰，源流有自咎谁当。岂惟当日留锦囊，至今人说马嵬坡下尘土香！

［**作者简介**］杨万里（1127—1206），吉水（江西吉水）人，字庭秀，号诚斋。绍兴进士，做过永州零陵丞，官至宝谟阁学士。为人刚直敢言，不畏权贵。其诗内容较充实，同情农民疾苦，表现了爱国之情。由于描写自然景物清新活泼，语言平易自然，融入俗谚、口语，世称“诚斋体”。他与陆游、范成大、尤袤并称南宋四大家。其词赋也较有特色。诗文有《诚斋集》。

［**释题**］此诗与作者《浯溪赋》均是嵌元颜词的活碑。词圮碑失。

［**注释**］1. 烟萝：被烟雾笼罩的藤萝。2. 妖环：指责杨玉环为女妖。3. “土花”句：武惠妃死后，唐玄宗以为宫中妃嫔粉色如土。他的儿子寿王妃杨氏极美，玄宗见而悦之，令妃乞为女官，号太真，再为寿王娶左卫郎将韦昭训女，潜纳太真于宫中。4. 黎庶：黎民百姓。罹（lí）：遭受。5.《霓裳》：指《霓裳羽衣曲》。6. 鼙（pí）鼓动渔阳：指安禄山反叛，战鼓震动渔阳一带。7. 前杨后李：前面的杨国忠，后面的李辅国。

［**译文**］

曾听说，湘江有个地方叫浯溪，我今天正坐船在湘水上游赏。

那江边磨刻的石崖似与天齐，日落后，江上的云气显得凄凉。

山昏暗，雨迷蒙，猿猴悲哀地叫，走进烟绕的藤萝，转入山峻峭。

元颜两公事迹会永垂不朽，星斗似的文，蛟龙般的字，都很奇妙。

中兴碑，当时为的是歌颂大唐，大唐的家国是老天让它兴旺。
出了女妖杨玉环，实在不吉祥，宫妃们黯然失色，可悲的是寿王。

明皇父子搞乱了伦理大纲，从此耽爱着女色，朝政废荒。
天下的老百姓都暗暗地遭殃，秋雨滴破了梧叶，还歌舞《霓裳》。

谁料到叛贼的战鼓震动渔阳，肃宗在灵武登王位，多么慌张！
回来后，张良娣就开始被宠，前国忠，后辅国，都不是忠良。

让天下人民供养，道理正当，为什么南内日子变得凄凉？
三千宫女，她们在为谁打扮，白白地愁得两鬓成了秋霜。

千载后，两父子也够人悲伤，修身齐家，带头的该是明皇！
以后的事实，越来越发明显，水有源流，罪责应由谁担当。
难道只是当时留下了锦囊，至今人们还传说马嵬坡下尘土还发香！

［**说明**］这首诗先写在游浯溪的凄凉环境中，见到元颜颂碑的文与字都很奇妙。认为当时是老天要昌盛大唐。接着慨叹明皇父子耽爱女色，荒废朝政，使老百姓遭殃；肃宗在战火中登位，后来仍让后妃、宦官弄权，落得明皇在南内愁苦度日。进而指出在修身齐家上没有带好头的罪责该由明皇担当，不能只是指责杨贵妃的淫乱。全诗用语沉痛，有力地控诉了唐的统治者，并且发人深思，感慨无限。

舟过浯溪有感题石

宋·张　栻

黄河、太行未得见，孽狐方射昭阳箭[1]。大驾东巡走北征[2]，提师吾父趋行殿[3]。犬戎凭陵亦何甚[4]，灭之可卜遭天谴。天锡君王自智勇[5]，吾亲典职尝鏖战[6]，想见鲸尸蔽浙江[7]，捷随春色驰邮传[8]。扫荡妖氛尽廓清[9]，两河复我奇州县[10]。中兴青壁陋唐臣，燕然新勒书黄绢[11]。孤帆行尽湘水春，偃伏山樊此奚恋[12]。归棹终期下建康[13]，金门有待真英彦[14]！

［**作者简介**］张栻（shì）（1133—1180），字敬夫，四川广汉绵竹（今四川绵竹）人。南宋著名理学家，主持湖南岳麓书院时，开创了湖湘学派。人称南轩先生，与朱熹、吕祖谦号称东南三贤。也是爱国的政治家。官至吏部侍郎、右文殿修撰。著有《南轩集》等。其父张浚为宋右承相、抗金名将。建炎三年春，苗傅、刘正彦在杭州叛乱，乃约韩世忠等发兵勤王。绍兴七年秦桧执政，被贬于永州。绍兴末，判潭州。绍兴三十一年判建康府兼行宫留守，节制沿江兵马，破敌于海州。

［**释题**］此诗题是“题石”，可未见碑石，当是久佚。

［**注释**］1.“孽狐”句：孽狐，指猖狂的金兵。昭阳，指皇宫。2. 大驾：皇上出行的车驾。这里代宋高宗。3. 吾父趋行殿：当指发兵勤王。行殿：皇帝行幸时所住的宫殿。4. 犬戎凭陵：借指金人入侵。犬戎：殷周时居于我国西部戎族的一支。5. 天锡：天赐。6. 典职：肩负职责。典：掌管。鏖（áo）战：激烈的战斗。7. 鲸尸：比喻敌人的尸体。8. 邮传：传送文书的驿站。9. 妖氛：指金人入侵的战争。廓清：肃清，澄清。10. 两河：宋代指河北、河东地区。11. 黄绢：皇家的书卷。12. 山樊：山傍，山阴。13. 归棹（zhào）：归舟。棹：借代船只。建康：即南京。六朝诸帝王建都于此，叫建康。宋时设建康府。14. 金门：即金马门。这里是官署代称。英彦（yàn）：英才，豪杰。

［**译文**］

黄河、太行山不能够见到，猖狂的金兵向京城进犯。
皇上东巡，又急匆匆地北征，我父带兵赶到出行的宫殿。
金人侵陵，也算肆虐到极点，消灭它，可以预料会遭天谴。

老天爷赐给君王有智有勇，我父承担起主责，曾经激战。
想见敌人的尸体漂满浙江，捷报紧随着春色，驿站急传。
扫除战祸，天下完全澄清，收复了河北、河东有名州县。

把中兴事迹刻壁，唐臣浅陋，该到燕然山刻石，写上书卷。
孤舟在湘水航行，过了春天，隐身这山傍又有什么留恋？
归舟，最终希望是到达建康，金马门下，有待真英才出现。

［说明］这首诗写舟过浯溪，忆起金人节节入侵，其父带兵勤王，江淮杀敌报捷，收复有名州县等情况，指出唐朝中兴唐臣刻石的浅陋，表述了不能留恋山水，希望到建康为抗金建功立业的壮志。

无题

宋·陈从古

浯溪一股寒流碧，耸起双峰如削壁[1]。两公文墨照溪津[2]，到今草木增颜色。想当忠愤欲吐时，尽挽江山供笔力。我来吊古不胜情[3]，岂但登临爱泉石？渔阳旧事忍再论，仅赖令公安反侧[4]。书生百感夜不眠，起读新诗转凄恻[5]！

南徐陈从古希颜绍兴辛巳（1161）秋过浯溪，诵简斋诗，因用其韵

［作者简介］陈从古（1122—1182），字希南，一字洮（táo）湖，南徐（江苏丹徒）人。绍兴进士，乾道间提点湖南刑狱，移本路转运判官。他两过浯溪。这是第一次过浯溪写的。时龄刚四十岁。

［释题］此诗碑楷书，黄体，不减山谷特色。

［注释］1. 双峰：指唐庼石和峿台。2. 溪津：溪边渡口。3. 不胜情：控制不住感情。4. 令公：即郭子仪，官至中书令，习称令公。反侧：反复无常的人，指叛臣。5. 新诗：指陈简斋游浯溪。凄恻：悲伤。

［译文］

浯溪这股寒流多么青碧，耸起的双峰有如削壁。
两公的文字照耀着渡口，而今的草木增添颜色。

想起当年要吐露忠愤，全凭着江山提供笔力。
我来吊古控制不住感情，岂止是登临喜爱泉石？

渔阳的旧事忍心再论，只靠郭令公平定反贼。
我百感交集夜不成眠，起来读新诗转而伤悲！

［说明］这首诗赞颂元、颜的碑文为浯溪景物增添了颜色，缅怀二公借江山充笔力和渔阳之变全靠郭令公平定乱事的正义行为，抒写了关怀国

事的焦急与悲伤心情。结句深沉含蓄，够人体味。

浯溪有感

宋·张孝祥

绣绷儿啼思塞酥[1]，重床燎香驱群胡[2]。黄裙锦袜无寻处，一夜惊眠摇帐柱。朔方天子神为媒，三郎归来长庆楼[3]。楼前拜舞作奇祟[4]，中兴之功不赎罪。日光玉洁十丈碑，蛟龙盘拏与天齐[5]。北望神京泪双落，只今何人老文学[6]？

［**作者简介**］张孝祥（1132—1169），字安国，号于湖居士，历阳乌江（安徽和县）人。绍兴进士，做过中书舍人、广南西路和荆湖北路安抚使。后进显谟阁学士。他刚正不阿，反对议和，支持抗金。爱国词人，词风豪放。有《于湖居士文集》。也工书，师法颜米，有“内含颜筋，外呈米态”的特点。

［**释题**］据李馥《祁阳县志》，作者过祁城，游万卷书岩，同王子申有《题名》刻石。估计浯溪此诗亦当刻石，但未见。

［**注释**］1. 绣绷：安禄山请求为贵妃儿。隔三日召入禁中（宫内），贵妃用锦绣为大襁褓裹着禄山，叫宫女用彩轿抬着。玄宗得知后，赏赐贵妃洗儿钱。2. 重床燎香：重床，香炉一类的器物。燎香，烧香。3. 三郎：指唐玄宗李隆基，是睿宗第三子。他自蜀回京后，常驾临长庆楼，父老、官员经过楼下往往拜舞。4. 作奇祟（suì）：大捣鬼。5. 盘拏（ná）：盘曲攫拿的样子。6. “北望”两句：指京城还没有收复，不禁落泪。如果收复，有谁能写第二块中兴碑！

［**译文**］

绣褓里儿啼，想塞给酪酥，重床烧香，祈求驱走群胡。
黄裙锦袜怎么也没有寻处，整夜吓得睡不成，摇着帐柱。

北方天子靠神灵做帮手，那三郎竟能回到长庆楼。
楼前拜舞是暗中大捣鬼，中兴的功劳也不足赎罪。

阳光玉洁般高大的石碑，蛟龙盘旋攫拿，似与天齐。

我北望京城，眼泪不禁落两行，如今会有哪一个，擅长文学？

[说明] 这首诗描述了唐玄宗原先对安禄山十分宠爱和后来安禄山反叛受到危难的昏愦情状，揭露了两京收复后肃宗诓骗玄宗，功不赎罪的卑劣手段，抒发了由中兴碑的重大意义联想到中原未复，无人写颂碑的无限感慨。全诗思路活跃，慨叹深沉，用语雄奇。

水龙吟·再游浯溪

宋·张孝祥

平生只说浯溪[1]，斜阳唤我归舡系[2]。月华未吐，波光不动，新凉如水。长啸一声，山鸣谷应，栖禽惊起。问元、颜去后，水流花谢[3]，当年事，凭谁记？

须信两翁下死[4]，驾飞车[5]，时游兹地。漫郎宅里，中兴碑下，应留屐齿[6]。酌我清尊，洗公孤愤，来同一醉！待相将把袂[7]，清都归路[8]，骑鹤去，三千岁。

[注释] 1. 说：同“悦”。2. 舡（chuán）：船。3. 花谢：花凋落。4. 两翁：指元、颜二公。5. 飞车：古代传说乘风飞行之车。6. 屐（jī）齿：这里指脚印。7. 相将把袂（mèi）：相互紧握衣袖。8. 清都：古时称天帝所居宫阙，即天宫。

[译文] 我生平最喜爱浯溪这一胜地，斜阳招呼我该把归家的船儿拴系。月亮还没有上来，波光也不闪动，初秋的凉爽如一潭清水。我撮口“喂”的一声，山谷就发出长长的回音，栖息的禽鸟惊得纷纷飞起。不禁要问起的是元颜二公离开后，溪水流去，繁花凋谢，当年的情景，靠谁能够一一把它记起？

要相信两公没有死。他们乘着飞车，不时游览到这里。元漫郎的住宅，大唐中兴碑下，会留下他们的足迹。请喝上我的清酒，洗去二公的孤愤，痛痛快快地共同一醉。待看相互紧握衣袖，朝天宫归路，骑着仙鹤远去，在那里活上三千岁。

[说明] 这首词描写了晚泊浯溪所见寂静清冷的情境，发出人们早已忘记元颜开辟胜地这一盛举的慨叹；进而写了二公未死，他们长恋浯溪、

已经仙去的联想。这样以清丽的用语、奇特的想法，不仅抒发了个人的愤慨，更赞叹了元颜的忠贞，英灵永在。

书浯溪中兴碑后 并序

宋·范成大

乾道癸巳春三月[1]，余自西掖出守桂林[2]，九日渡湘江，游浯溪，摩挲中兴石刻洎唐元和至今游客所题[3]。窃谓四诗各有定体[4]。颂者，美盛德之形容，以其成功告于神明者也，商、周、鲁之遗篇可以概见。今元子乃以鲁史笔法婉辞含讥[5]，盖之而彰；后来词人复发明呈露之。则夫摩崖之碑乃一罪案，何颂之有？窃以为未安，题五十六字刻之石旁，与来者共商略之[6]。此诗之出，必有相诟病者[7]，谓不合题破次山碑。此亦习俗固陋不能越拘挛之见耳[8]。余义正词直，不暇卹也[9]。

三颂遗音和者稀[10]，丰容宁有刺讥辞？绝怜元子《春秋》法，都寓唐家清庙诗[11]。歌咏当谐琴搏拊[12]，策书自管璧瑕疵。纷纷健笔刚题破，从此摩崖不是碑。

［作者简介］ 范成大（1126—1193），字致能，号石湖居士，吴郡（今苏州）人。绍兴进士，任过永州知府，官至参知政事。他关心国事，勤于政务，同情人民疾苦。著名诗人，所写题材丰富，诗风平易浅显，清新妩丽，富有韵味。还善写文、赋和词。有《石湖居士诗集》。也工书，“宗黄庭坚、米芾，遒劲可观”。

［释题］ 此诗碑在石屏，被后人铲削，尚存石沿。诗碑系小楷。

［注释］ 1. 乾道：南宋孝宗年号。2. 西掖（yè）：即中书省，掌管中枢机密的机构。3. 洎（jì）：到，及。唐元和：唐宪宗年号。4. 四诗：指风、小雅、大雅、颂。5. 鲁史笔法：即孔子作《春秋》的笔法。6. 商略：商讨。7. 诟病：指责。8. 拘挛（luán）：拘束。9. 卹：同“恤”，担忧。10. 三颂：即周颂、鲁颂、商颂。11. 清庙：肃静的祖庙。12. 琴搏拊（bó fǔ）：即琴的弹奏、拍击。

[译文] 乾道的癸巳年春季三月里，我调离中书省去做桂林的行政长官，九日渡过湘江，游览浯溪，抚摸着《大唐中兴颂》的石刻以及唐代元和年间到现在的游人所题写的诗歌。我私下认为风、小雅、大雅、颂各有固定的写法。颂，就是赞美盛德的情况，把它的成就功业向神祇汇报。从商、周、鲁所留下的篇章可以了解它的大概。现在元公却用《春秋》笔法的史笔，委婉的言辞包含讥讽之意，看似掩盖却显露着；后来的诗人加以阐明显露了它。那么，这摩刻石崖的碑，是一桩罪案，有什么可以歌颂的？我私下觉得不安，题写了五十六个字刻在碑石的旁边，和后来的人一同商讨它。这首诗写出后，定有指责的，认为不应该说破元次山碑文用意。这也是习俗的固执简陋，不能摆脱拘束的见识罢了。我写的义正词直，没工夫顾虑什么了。

三颂传下的乐音，能唱和的少，盛德的形容，哪有讥讽的言辞？
最敬佩的是元公的《春秋》笔法，都寓意了唐代肃静的祖庙诗。
歌咏，应当跟琴弦的弹奏和谐，写史，自然要考虑白璧的瑕疵。
许多刚健文字已经把它说破，因此，摩刻的石崖不算是颂碑。

[说明] 这首诗的序写了游浯溪的时间，看了颂碑和游客题诗后，提出了对“颂”体的看法，指出元公的摩崖碑是“婉辞含讥”，因而写诗与“来者商略”，表示不顾及受人指责的态度。

诗承序言以议论笔调更明显地提出“摩崖不是碑”的观点。

浯溪道中

宋·范成大

江流去不定，山石来无穷，步步有胜处，水清石玲珑[1]。安得扁舟系绝壁[2]？卧听渔童吹短笛，弄水看山到月明，过尽行人不相识。

[释题] 此诗旧溪志、县志均收录。

[注释] 1. 玲珑：空明的样子。2. 扁舟：小船。

[译文]

江水流去多自由，山石看来没尽穷，

步步都有入胜处，水清石现真玲珑。

怎么才能把小船系在绝壁？躺在船中，细听渔童吹短笛，

玩玩水，看看山，一直到月明，过往行人走完了，也没个相识。

[说明] 这首诗描写了浯溪航道中见到山石多姿、水石空明的画面，抒发了希望能在此过上闲适生活，不受世人干扰的情怀。用语平易，却清新淡雅，很有韵味。

无题

宋·臧 梓

四山凝碧一江横，读尽唐碑万感生；却想老仙明月夜，渡香桥上听溪声。

嘉定四年辛未（1211）吴兴臧辛伯

[作者简介] 臧梓，字辛伯，吴兴人。嘉定四年（1211）任永州通判。后来任过荆湖南路安抚制置使。

[释题] 诗碑楷书，有魏碑《黑女志》笔意，恭谨。

[译文]

四周的山凝聚碧绿，一湾江水面前横，

在这里读完所有的唐碑，万千感慨生。

我只是想到，老仙在那月明如昼的夜里，

渡香桥上，仔细倾听似在诉说的溪流声。

[说明] 此诗写在这山水优美的环境里，读完唐碑产生了无穷无尽的感慨。所写的联想令人反复体味，不能抑住起伏的心情。

读中兴碑

宋·王 炎

日光玉洁元子辞，银钩铁画颜公书。百金不惮买墨本，摩挲石刻今见之。猗那清庙久不作[1]，其末变为《王·黍离》[2]。《春秋》一书事多贬，

《鲁颂》四篇文无讥[3]。渔阳鼙鼓入潼华[4]，公卿徒步从龙飞。朔方天子扶九庙，京师父老迎千麾。紫袍再拜谒道左，上皇万里旋銮仪[5]。牝鸡鸣晨有悍妇[6]，孽孤嗥夜有老婢。扶桑杲杲未翳蚀[7]，但歌大业吾何疵！首章义正语未婉，前辈不辨来者疑。正须细读史克颂[8]，未用苦说涪翁诗[9]。许、张劲节震金石[10]，李、郭壮武如虎貔[11]。断崖苍石有时泐[12]，诸公万古声烈垂。天怜倦客有所恨，雨湿寒江催解维[13]。神州北望三叹息，翰墨是非何足为[14]！

[**作者简介**] 王炎（1138—1218），字晦叔，号双溪，婺源（属江西省）人。宋孝宗乾道进士，做过潭州教授和临湘令。官至军器少监、中奉大夫。与朱熹交谊颇厚。著作今仅存《双溪诗文集》。

[**释题**] 此诗旧溪志、县志均收录。但浯溪石未见。

[**注释**] 1. 猗那（yī nà）：美盛的样子。清庙：肃穆清静的祖庙。2.《王·黍离》：《诗经·王风·黍离》篇，慨叹西周沦亡。3.《鲁颂》：有《駉（jiōng）》、《有駜（bì）》、《泮水》、《閟（bì）宫》四篇，都是歌颂春秋鲁僖公政绩、战功的诗。4. 潼华：即潼关、华山。5. 銮（luán）仪：皇上的车驾仪仗。6. 牝（pìn）鸡：母鸡。7. 扶桑：神木名。传说日出其下。杲杲（gǎo）：明亮。8. 史克颂：史克，春秋鲁襄公时人；《鲁颂·駉》的作者。9. 涪翁诗：即黄庭坚的诗《书摩崖碑后》。10. 许、张：指许远、张巡。他俩合兵坚守睢阳数月，因援绝粮尽，城陷被杀。金石：钟磬类乐器。11. 貔（pí）：古代传说中的猛兽。12. 泐（lè）：通"勒"，刻。13. 维：船缆。14. 翰墨是非：即对《中兴颂》是颂非颂的争论。

[**译文**]

日光玉洁正是元公的文辞，铁画银钩乃是颜字的笔画。
曾经不惜用百金买来拓本，今天见到石刻不禁抚摸它。

长时间没有赞美祖庙的肃穆盛大，
到后来发生了西周的《黍离》变化。
《春秋》这本书对事大都加以指责，
《鲁颂》四篇文字却没有讥讽的话。

渔阳的战鼓传到潼关、太华，公卿们紧随皇上徒步出奔。
北方天子恢复了庄严祖庙，京城的父老欢迎大军回京。

穿上紫袍拜倒谒见在路旁，上皇的车驾今从万里归还。
母鸡来报晓是泼妇当了家，妖狐夜里喊是太监掌了权。

扶桑树下明亮，没有什么遮挡，只是歌颂中兴，何用我去求疵！
开篇道理正当，用语不够委婉，前辈未加明辨，后人因而生疑。
正须细细阅读，史克写的颂文，没有必要死抠黄庭坚所题的诗。

许、张刚强的节操震响金石，李、郭的坚强威武有如虎貔。
断崖青石上，适时刻上文字，他们的声名功业，万古不移。

老天怜惜疲劳的游客有遗恨，烟雨迷蒙寒江，催人解下船缆。
北望神州我禁不住反复叹息，笔墨是非，有什么值得去纠缠！

[说明] 这首诗抒写了十分喜爱《中兴颂》的感情。认为元公对玄宗奔蜀，两京收复，后妃、太监弄权直写其事，不必求疵生疑，应该细读《鲁颂》加以体会；摩崖刻石正是让许、张、郭、李诸公的声名功业永垂不朽；面对当时神州未复，更不应该纠缠笔墨是非。作者评颂的观点有别于黄庭坚，立意是积极的。

湘中杂咏[1]

宋·王　炎

有怀冉水柳司马[2]，更忆浯溪元道州，仕宦两公俱落寞[3]，斯文千载共传流[4]。

中流四顾浪花平，双橹夹船鹅鹳鸣，欸乃一声山水绿[5]，不妨缓缓计归程。

[释题] 此两诗收在旧溪志。

[注释] 1. 此二诗当是作者为潭州教授时过浯溪所作。2. 冉水：一

名染溪，潇水支流，在零陵县（芝山区）西南。柳司马：柳宗元参加王叔文政治革新，王叔文失败后，他被贬为永州司马。3. 落寞：冷落寂寞。4. 斯文：这里指文学贡献。5. 欸乃（ǎinǎi）句：借用柳宗元《渔翁》中“欸乃一声山水绿”句。

[译文]

我怀念寄情冉溪的柳司马，更记起隐居浯溪的元道州。

为官任上，两公都冷落寂寞，在文学贡献上，都名播千秋。

船行河中，看四面浪花平静，双橹夹着船划，似鹅鹳长鸣。

渔歌突闻，山水绿得更可爱，不妨赏心悦目，慢慢算归程。

[说明] 第一首诗记述湘中行程中不禁忆起元结、柳宗元寄情山水的踪迹，赞颂两公为官虽不得志，但在文学贡献上都千古流芳。

第二首描述船行湘中，水波平静，橹声悦耳，惊闻渔歌，更觉山水绿得可爱的画面，表达了对这清幽环境的喜爱心情。

读摩崖碑

宋・王叔瞻

蜀日既衰洛日藏[1]，前星灵武腾光芒[2]。元功百战两京复，万里阿瞒归故乡[3]。干戈纷纷遍四海，浯碑已立湘江傍。太师艰难喜初定，作此大字龙鸾翔。纸摹缣拓四百载，家家传宝逾琳琅[4]。唐文中世未变古，燕、许偶俪为班、扬[5]。次山之文可也简，此颂未追周、鲁、商[6]。禄山滔天等穷浇[7]，《春秋》之法诛无将[8]。“骋兵”二字斥边将，此语真足惩奸强。末篇三章颇辞费，笔力未能复铿锵，摩崖碑勒亦何有，反复自赞乃尔详！向来各人过许与[9]，举世附和无雌黄[10]。淮西仆碑无墨客[11]，惜哉不得逢钟、王[12]！

[作者简介] 王叔瞻，字里不详。当是宋孝宗时人。

[释题] 此诗收在旧溪志。

[注释] 1. “蜀日”句：借指唐玄宗晚年政局动荡，出奔西蜀。2. 前星：指太子李亨。3. 阿瞒：玄宗小字阿瞒。4. 琳琅：美玉名。

5. 燕、许：指唐玄宗时燕国公张说和许国公苏颋（tǐng），都以文章名于世。偶俪（lì）：指对仗的文字。班、扬：指西汉的班固和扬雄，都会写文章。6. 周、鲁、商：指周颂、鲁颂、商颂。7. 穷浇：指夏朝有穷氏羿（yì）的宠臣寒浞（zhuó）之子。羿取代过夏政权，被寒浞所杀，浞子被夏灭。8. 无将：不得叛乱，不能犯上。9. 许与：赞许。10. 雌黄：乱发议论。11. 淮西仆碑：即平淮西碑，是韩愈歌颂唐朝平定淮西吴元济之乱所写的碑文。仆：倒下。12. 钟、王：指晋朝著名的书法家钟繇和王羲之。

［**译文**］

蜀日落下了，洛日又隐藏，前星在灵武闪耀着光芒。
百战立大功，两京都收复，玄宗从万里返回到故乡。

战争还没止，天下不安宁，浯溪的碑石，已立湘江旁。
艰难的局势，太师喜初定，写出这大字，龙凤般飞翔。
纸摹又缣拓，已经四百年，家家当宝物，超过那琳琅。

唐朝的中叶，文还未变古，燕、许好骈偶，成了班与扬。
次山的文章，可是很简朴，所写这颂文，不同周、鲁、商。
禄山罪滔天，等同有穷浇，《春秋》的笔法，责备他犯上。
“骋兵”两个字，是斥责边将，这样的用语，真足惩奸强。

篇末的三章，很费了文辞，文笔的工力，不那么铿锵。
摩崖刻成碑，也没什么的，反复地称赞，才那样周详！
向来一些人，过分地赞许，举世都附和，没人说短长。
平淮西碑倒了，是无名人写，真是可惜啊，没有遇上钟与王！

［**说明**］这首诗概述了《中兴碑》竖立前后的背景和碑文因颜太师书写被人看作宝物的情况，指出“次山之文”是“诛无将”的“春秋之法”；文末反复自赞并不铿锵，后人过分赞许不过附和而已。诗末写了对平淮西碑倒塌的看法，有反衬突出颜书的作用。

镜石铭

宋·吴　儆

楚之南，粤之北，惟祁之阳懿厥质[1]；江山千里何咫尺[2]，天之苍苍其正色[3]！

[作者简介] 吴儆（1125—1183），字益恭，号竹洲，休宁（安徽）人。绍兴进士。任过邕州通判，升知州兼广南西路安抚都监。与张栻、朱熹、吕祖谦俱友善。后主管台州崇道观，间与从游者穷经论史。卒谥文肃。著有《竹溪集》。

[释题] 此铭收在旧溪志。

[注释] 1. 唯：惟独，只有。阳：南面。懿：美好。厥：其，这。质：禀性。2. 咫尺：形容距离近。咫（zhǐ）：八寸叫咫。3. 苍苍：深青无边，苍苍茫茫。正色：本色。

[译文]

位置处在楚之南，粤之北，惟独祁之南镜石，有这美好特质；

千里江山竟展现在咫尺间，像天空那么深青是它本色！

[说明] 这篇铭赞颂处在边远的祁阳镜石有着映现千里江山的美好禀性，显示了它苍茫莫测的本色。

这不仅赞镜石，也是赞元次山。铭的篇幅虽小，内涵却很深。

题摩崖碑

宋·赵汝铛

苍崖插浯溪，清涨湿元颂[1]。费墨今屋高[2]，千年此安用？鲸翻天宝末[3]，云滃朔方众[4]，还都迎上皇，呜咽抱余痛[5]。两宫重宴乐[6]，万国尽朝贡。当时记成功，小雅见微讽[7]。颜公发劲画，金玉相错综，我于碑刻间，众羽得孤凤。艰危人物难，忠烈鬼神重。摹取挂野堂，英气凛生栋。

庆元三年丁巳三月

[作者简介] 赵汝铛（dāng），一作汝谠（dǎng），字蹈中，余杭人。宋宗室。宁宗庆元三年（1197），韩侂（tuō）胄谋逐宰相赵汝愚，汝铛兄弟同上疏乞留汝愚，斩侂胄。汝铛以此坐罪十年。此诗是谪湖南提刑，行部至永过浯溪作。后知温州，有政绩。

[释题] 此诗碑楷书，诗题被明人铲去。

[注释] 1. 清涨：上涨的清波。2. 费墨：指镌刻的诗文。3. 鲸翻：鲸鱼翻起波浪，比喻安禄山叛变。4. 云滃（wěng）：云气涌起。5. "呜咽"句：指唐肃宗迎玄宗回京城时，脱下黄袍，捧着玄宗的脚，呜咽不能自禁。6. 两宫：代玄宗、肃宗。7. 小雅：诗经组成部分之一。大部分是西周后期和东周初期贵族宴会的乐歌，小部分是批评当时朝廷过失或抒发怨愤的民间歌谣。这里是借用。

[译文]

青黑的崖壁矗立在浯溪，上涨的清波浸湿了元颂。
刻上的诗文于今有屋高，经过千年后哪还有作用？

安禄山叛变在天宝末年，北方的军队宛如云雾涌，
收复京城后迎回了上皇，哭着辞皇位是抱着余痛。

玄宗和肃宗再次得安乐，众多的藩属都前来朝贡。
当时写颂文记下这功业，小雅的写法隐含着讥讽。

颜公写出了刚劲的字迹，正有如那金玉相互错综，
我在这众多的碑刻当中，好比鸟群里找到了孤凤。

艰危的时节成为人物难，果真是忠烈，鬼神都敬重。
摹拓了颂碑，一挂上草堂，凛凛的英气弥漫梁和栋。

[说明] 这首诗写了见到碑刻没有得到保护的感慨，简述了元公作颂的背景及其写法，并赞叹颜书的刚劲可贵和忠烈的英气感人。

栗斋巩仲至，以元结文集为赠

宋·戴复古

寻常被酒时[1]，归到即投枕；为爱次山文，今夜醉忘寝。伟哉浯溪碑，千载气凛凛。《舂陵》、《贼退》篇[2]，少陵犹敛衽[3]。文章自一家，其意则古甚。太羹遗五味[4]，纯素薄文锦[5]，聱牙不同俗[6]，斯文异所禀。君君望尧舜，人人欲仓廪，古道不可行，时对庑尊饮。

[作者简介] 戴复古（1167—1250），字式之，号石屏，黄岩（属浙江）人。生性耿介正直，不逢迎权贵，终生不仕，长期浪迹江湖。是反江西诗派的江湖派诗人中较有成就的作家；诗风豪健清快，语言自然。也长于词。

[释题] 此诗收在旧溪志、县志。

[注释] 1. 被酒：喝醉酒。2. "《舂陵》"句：元结在道州任上写了《舂陵行》和《贼退示官吏》两首诗，表示同情人民疾苦，憎恨征敛害民的官吏。杜甫读到后称许它是"比兴体制，委婉顿挫之词"，并作了《同元使君舂陵行》。3. 敛衽（rèn）：提起衣襟夹于带间，表示敬意。4. 太羹：古代祭祀时所用的肉汁。遗五味：留有甜、酸、苦、辛、咸五味。5. 纯素：纯洁的生绢。6. 聱牙：语言晦涩。

[译文]

我平常喝酒醉了以后，回到家里就要靠着枕；
因为喜爱元结的文章，今夜醉了竟忘记就寝。

伟大呀这座浯溪碑，千载后英气还凛凛。
《舂陵》和《贼退》两诗篇，杜少陵读了也起敬。
他写的文章自成一家，包含的意义却古得很。
古代祭祀肉汁有五味，纯洁的生绢胜过文锦，
佶屈聱牙不同于流俗，这种文字另外有秉承。

个个君王都望成尧舜，人人都想粮食满仓廪。

古代那一套难以通行，面对窊樽常常把酒饮。

[**说明**] 这首诗先写元结文集有让人读时迷醉了忘记就寝的魅力，接着具体写到深感浯溪颂碑英气凛凛，其关心人民疾苦的诗歌叫人起敬，其文章自成一家不同流俗，并且不满于古道不行，充分表达了对元结诗文和他为人的赞美之情。

题浯溪

宋·徐 照

知是漫郎宅，舟中闻寺钟。小溪通正港，高石压群峰。绿水成春荫，荒台见古踪。唐碑三十本[1]，独免野苔封。

[**作者简介**] 徐照（？—1211），字道晖，一字灵晖，永嘉（属浙江）人。南宋永嘉四灵之首（赵师秀，字灵秀；翁卷，字灵舒；徐玑，字灵渊），自号山民。善写诗，以清苦为工。有《芳兰轩集》。

[**释题**] 此诗收在旧溪志、县志。

[**注释**] 1. 本：这里指块或座。诗中提到唐碑有三十块，现在连次山碑只有十七块了。

[**译文**]

我知道那是元漫郎住宅，禅寺的钟声传到了舟中。

淙淙的浯溪水流入江湾，高大的石崖镇住了群峰。

绿水迂回，酝成春的绿荫，荒凉台上有着古人遗踪。

那唐代的碑石有三十块，却不见青苔把它们遮封。

[**说明**] 这首诗先写舟中闻钟声知是漫郎旧宅，接写游览所见的石崖、绿水与唐碑独免野苔封的情景，点出了胜迹被人看重的事实。结句引人联想不已。

无题

宋·刘用行

禄儿岂解倾唐祚[1]，　　致使斯文寿两翁[2]？
蜀道至今遗旧话[3]，　　湘流澈底照孤忠[4]。
摧风溜雨中兴字[5]，　　卷地回天克复功[6]。
人说苍崖磨不尽，　　不知磨尽几英雄！

嘉定乙亥（八年，1215），腊月清源刘用行圣与题

［作者简介］ 刘用行，生卒、履历均不详，据题名，清源人，属福建。

［释题］ 此诗碑行楷。旧溪志、县志均未录。

［注释］ 1. 解：懂得，知道。倾唐祚（zuò）：倾覆唐的皇位。祚：皇位。2. 斯文：指中兴颂。两翁：指元结、颜真卿。3. 遗旧话：留下唐玄宗入蜀的历史故事。4. 孤忠：忠心耿耿而不得支持。5. 摧风溜雨：形容中兴颂的文与字的强大政治力量能摧垮反动邪恶势力。6. 卷地回天：形容光复山河的强大声势。

［译文］

安禄山哪里知道倾覆唐的皇位，
致使这篇颂让两翁寿与日月同？
蜀道上至今流传玄宗入蜀的故事，
湘江水透底映照元颜独特的精忠。
这中兴文字，直击退了狂风急雨，
这肯定是收复河山光复政权立大功。
人们都说，这青苍崖壁怎能磨得尽，
却不知道，天地间磨掉了多少英雄！

［说明］ 这首诗融情于理，论述了安史之乱，造就出光照日月的中兴颂刻，熔铸成不可磨灭的元颜精忠，指出两翁的精神直与苍崖永寿，而那些所谓的“英雄”都被时间磨掉。以浓缩提炼的文字摆出“磨不尽”与“磨掉”，也即“寿”与“不寿”相对照，令读者深思不已。

无题

宋·易 祓

湘江东西直浯溪[1]，上有十丈中兴碑[2]；谁凿丰碑镇山曲[3]？溪边美人美如玉[4]。想当歌颂大业时，胸蟠星斗光陆离[5]；蚕头虿尾更清劲[6]，凛凛襟怀冰雪莹[7]。水部之文鲁公书，两翁寥寥千载余[8]；后来更有黄太史[9]，健笔题诗起翁死[10]。一派溪流彻底清[11]，溪边境石坚而明。我思古人不可见，水石犹作琼瑰声[12]。偶来真山访遗迹[13]，烟雨凄迷山路湿[14]。野叟蒙头看打碑，君其问诸水边石[15]！

长沙易祓还自清湘，道由浯溪[16]，徘徊崖下，怀古慨叹，辄缀数语以识岁月[17]。欧阳诚同游。男……侍行

嘉定丙子（九年，1216）秋七月吉旦书

［作者简介］ 易祓（1156—1240），字彦祥，自号山斋，宁乡县人。淳熙进士，任过左司谏、礼部尚书兼直翰林学士院。他力主抗金，因韩侂胄、苏师旦等抗战失败，被贬官清湘十年。理宗时，复为朝议大夫，封宁乡开国男。著有《周易总义》《山斋集》等。

［释题］ 诗碑行楷，甚峭丽。

［注释］ 1. 直：临，流经。2. 十丈：概数，形容高大。3. 丰碑：大碑。镇：镇守。山曲：山深远处。4. 美人：指贤人，所怀念的人，实指元结。5. 胸蟠星斗：胸怀满是星斗，星斗泛指天上的星星，比喻用法。陆离：光彩斑斓绚丽。6. 蚕头虿（chài）尾：形容起笔凝重，结笔锐劲。7. 凛凛：严肃可敬。莹（yíng）：晶莹，玉洁。8. 寥寥千载：寂寥的时间很久。千载：概数。9. 黄太史：黄庭坚任过史官，故称太史。10. 起翁死：使元、颜两翁死了犹未死。11. 一派：一支。12. 琼瑰：珠玉。13. 真山：指原来的山。14. 凄迷：迷茫。15. 其：有祈求的意思，相当“尚”、“当”。诸：之于。16. 道由：路经。17. 辄缀：就连缀。识岁月：记下时间。

［译文］

这湘水由西向东流经浯溪，溪上有高达十丈的浯溪碑；

是谁镌刻丰碑镇守山深处？等同溪边有美女美如璧玉。

想起当初歌颂中兴大业时，正胸中全是星斗，光彩绚丽；
那书迹凝重轻锐，更是清劲，真是襟怀严肃，冰雪般晶莹。

这水部写的颂文，鲁公手书，两翁竟挨受了长时间寂寞；
后来更有个黄庭坚太史，用健笔写诗，让两翁死犹未死。

你看，这支浯溪水透底澄清，溪边的镜石坚硬而且透明。
我想起前贤们却不能见到，可水石犹发出珠玉般声音。

偶到原来的山寻访真迹，烟雨多么迷茫，山路全湿。
那野老头蒙上头，直看打碑，你当问问水边石头，有消息！

长沙易袚由清湘回去，路经浯溪，在崖壁下来回走动，怀念古人不禁慨叹，于是连缀成几句话记下来游的时间。欧阳诚同游。男……陪伴游览。

［**说明**］这首诗抒写了摩崖丰碑镇抚着当地，元结的颂灿若星斗，鲁公的书迹展示襟怀高洁，黄太史题诗使两翁虽死犹生的赞颂之情，表达了前不见古人的慨叹和只有请教作过历史见证的水石给予解答遗迹的心境。

摩崖碑

宋·曾　焕

孤梅冷寞倚清潭[1]，　　霜晓疏烟湿翠峦[2]。
万古唐碑天半壁，　　浯溪星斗夜争寒！

［**作者简介**］曾焕，生平不详。江西庐陵人，任过转运使。
［**释题**］此诗溪志、县志均未录。录于明隆庆《永州府志》。
［**注释**］1. 冷寞：冷清寂寞。2. 霜晓疏烟：清晨严霜、稀疏烟雾。

［**译文**］

看，那孤梅在冷清寂寞中倚傍着清潭，

清晨严霜、稀疏烟雾沾湿了青翠山峦。

这万古不磨的唐碑，竟占了半壁天，

浯溪上空的星斗，定是彻夜同它争寒！

［**说明**］这首诗着意描绘了摩崖碑所处清冷幽美的环境，通过想象突出了它与万千星斗争寒的伟岸形象。这么以清丽道劲的笔锋来赞颂摩崖碑，别具一格。

浯溪吊古

宋・白玉蟾

芙蓉睡足西风冷[1]，渔阳卷入来无影。不思夜火燃骊山，甘欲庭花唱宫井[2]。马嵬山下杜鹃声，罗袜凄凉花草馨[3]。谁谓《霓裳》非有情？教坊犹按《雨淋铃》[4]。"夷人先母而后父"[5]，此语误君君不悟。天下何思复何虑，华清目送猪龙去[6]。已矣哉！知不知？悲莫悲于南内悲，危莫危于西狩危。伊人事定有所制，徒尔抱汝成歔欷[7]！元水部，颜太师，截禄山骨为之字，沥禄山血为之辞[8]。未千年事几如此，风雨剥蚀苍苔碑。禹王乘云去亦久[9]，客舟空舣浯溪湄[10]！

［**作者简介**］白玉蟾（1194？—1329?），本姓葛，名长庚，字如晦，福州闽清人。父死，母嫁琼州白氏，改名白玉蟾，字以阅，又字象甫。他是历史上有名道士，"为南宗五祖之一"，晚年居祁阳黎家坪栖真洞天。善诗文，工书画。明唐顺之称他"大字草书，视之若龙蛇飞动；兼善篆、隶"。今存《海琼集》、《罗浮山志》等。

［**释题**］此诗收在王考旧溪志、县志。

［**注释**］1. 芙蓉：指芙蓉帐，用芙蓉染缯所制的帐。白居易《长恨歌》："芙蓉帐暖度春宵。" 2. 庭花：即《后庭花》，唐教坊曲名。其曲夸称宫人美色。男女唱和，轻荡而其音甚哀。唐杜牧诗："商女不知亡国恨，隔江犹唱《后庭花》。" 3. 罗袜：借代贵妃。4. 教坊：掌管女乐的宫署名。《雨淋铃》：唐明皇避安禄山之乱入蜀，霖雨涉旬，于栈道中闻铃

声，与山相应。明皇悼念贵妃，采其声为《雨淋铃曲》以寄恨。5. 夷人先母而后父：安禄山请为贵妃儿。明皇与贵妃共坐，禄山拜贵妃，明皇问故，回答说："胡人先母而后父。"明皇认为说得好。以后出入宫内无忌，颇有丑声。6. 猪龙：传说唐明皇与安禄山夜宴，禄山醉卧，化为一猪而龙首，左右告知帝，帝说："此猪龙，无能为。"7. 歔欷（xū xī）：哀痛抽泣声。8. 沥（lì）：滴出。9. 禹王：夏禹。10. 舣（yǐ）：停船靠岸。湄（méi）：岸边。

［译文］

芙蓉帐里睡够了，西风紧刮，无影又无声，卷来渔阳兵马。

从没想到夜里，战火烧到骊山，甘愿在宫里纵情唱着《后庭花》。

马嵬山下，杜鹃老是哀鸣，贵妃不见，花草依然清馨。

谁说歌舞《霓裳》不是有情？教坊还击节唱着《雨淋铃》。

"夷人先母而后父"是骗语，骗了君王，君王毫不醒悟。

从没想到天下，还忧虑什么，华清宫里，目送着猪龙离去。

事情已经过去了！是知道，还是不知？

可悲的，没有比在南内还可悲，危急的，没有比去西蜀还危急。

人间事情的发展有所限制，只是使得你发出声声抽泣！

元水部，颜太师，截下禄山的骨写下这笔字，挤出禄山的血写出这文辞。

不上千年的事情竟成这样，风雨剥蚀青苔蒙盖的碑石。

禹王驾着云雾离开已经很久，我雇的船儿徒然靠岸在浯溪！

［说明］ 这首诗慨叹玄宗沉溺声色，失去警惕，不识忠奸，受到欺骗，才落到危急悲苦的境地。更叫人叹息的是元颜痛恨禄山才写文刻碑，而今只留给物变人去的感慨。全诗用语十分沉痛，深刻有力地震动读者心弦，既恨又悲。有人说，末两句是个谜，值得研究。

寄题中兴碑

宋·卫 樵

鼎沸渔阳塞马鸣[1]，中兴宏业幸天成。且为当日邦家计，宁问他时父子情？李、郭功名无可议，元、颜文字有何评？若能铭刻燕然石[2]，方许雌黄此颂声[3]！

绍定癸巳六年（1233）元日郡守中吴卫樵书

［**作者简介**］卫樵，吴（属江苏）人。宋理宗绍定五年（1232）知永州军事。

［**释题**］此诗碑楷书颜体，端正遒劲。

［**注释**］1. 鼎沸：形容局势纷扰动乱像鼎中沸水翻滚。2. 铭刻燕然石：指像东汉窦宪破匈奴在燕然山刻石纪功。3. 雌黄：评论的意思。

［**译文**］

渔阳的战马叫得沸反盈天，中兴的大业幸好老天成全。

权且为安定当时国家着想，哪里去顾及以后父子情面？

李、郭的功绩和名声无可非议，元、颜的文与字何须说长道短？

倘若能够在燕然山刻石纪功，才允许议论这碑石非颂是贬！

［**说明**］这首诗评论在渔阳战马嘶鸣的动乱局势下建立中兴大业无可非议，也无资格随便议论中兴碑的褒与贬。用语平易，说理却很有分量，也寄慨遥深。

浯溪

宋·庄崇节

元翁作颂鲁公书，峭壁云烟万古垂。三绝堂边月浸碧[1]，两峰亭下草生悲[2]。英风义概有存者[3]，流水高山谁会之[4]？便使中原归赵璧[5]，摩崖再勒中兴碑！

[**作者简介**] 庄崇节，生平不详，长沙人。

[**释题**] 此诗录自《沅湘耆旧集》，诗颇凝练。

[**注释**] 1. 三绝堂：在湘江右岸石崖间。宋朝皇祐六年（1054）祁阳县令齐术称元颂、颜书、摩崖石为“三绝”，始建堂保护中兴颂碑，所以叫三绝堂。2. 两峰：指峿台和㾓庼石崖。3. 英风义概：杰出正直的气概。4. 流水高山：喻乐曲高妙，知音难遇。语出《列子·汤问》。5. 便：有便，有利。归赵璧：有完璧归赵的意思，借指中原大地归还赵宋。

[**译文**]

元水部写颂，颜鲁公手书，峭壁挺立云烟中，万古放光辉。

三绝堂边的月亮，映照着熠熠生辉，两峰亭下的草木，默默地含悲。

杰出正直的气概，仍然存在，高山流水的韵味，谁识其微？

有便教中原故土归还赵宋，摩崖上应再刻上中兴颂碑！

[**说明**] 这首诗赞颂了摩崖碑的元、颜手迹万古留辉，透露了对后人不能领会前贤高风义概的慨叹，表达了盼望收复失地，再刻中兴颂碑的爱国情怀。

无题

宋·林伯成

读时方喜能勘乱[1]，　　责备犹疑过颂功[2]；

归美从来臣子事[3]，　　谁歌宋德乃心同！

嘉定丙子（九年，1216）孟秋旦，长乐林伯成知万，携子元……赋此以识岁月

[**作者简介**] 林伯成，自称长乐人。

[**释题**] 诗碑楷书。旧溪志、县志均未录。

[**注释**] 1. 勘乱：平定战乱，指唐的中兴。2. 责备：全面地批评，认真要求。3. 归美：复归美德。

[**译文**]

读时，正高兴能够平定战乱，认真要求时，还怀疑过于颂功；

要赞美君王，从来是臣子的事，是谁歌颂宋德，竟是心意相同！

[说明] 这首诗评论唐的中兴实在是过于颂功，谁颂宋德也犯了相同的错误，点出人臣对君王多是一味歌功颂德，不无偏颇。全诗观点十分鲜明。

《大宋中兴颂》是宋孝宗乾道二年（1166），□□判官兼提举学事，赵不息撰，□□判官兼提举学事赵公硕书。因符离一战，北伐失败，停止刻石。到宋宁宗嘉定二年（1209）始上石。其实，当时北伐失败，可石刻成了事实。

满江红·滕王阁[1]

宋·吴 潜

万里西风，吹我上滕王高阁。正槛外[2]，楚天云涨，楚江浪作。何处征帆木末去[3]，有时野鸟沙边落。倚阑干[4]，暮雨卷空来，今犹昨。 秋渐紧，添离索[5]；天正远，伤漂泊。叹十年心事，悠悠漠漠[6]。岁月无多人易老，乾坤虽大愁难著[7]。向黄昏，断送客魂销，城头角。

[作者简介] 吴潜（1196—1262），字毅夫，号履斋，宁国（今属安徽）人，又作德清（今属浙江）人。嘉定进士，官至参知政事拜右丞相兼枢密使，累进左丞相，封庆国公改许国公。他主张加强战备以抗元兵。其诗词多感怀时事，激昂凄劲。有《履斋遗集》等。

[释题] 此词书法学米芾，豪雄畅达，无衰老态。词碑在峿台北崖，草书。石上无题，此标题据《词综》所加。

[注释] 1. 滕王阁：旧址在江西新建县西章江门上，唐显庆四年滕王李元庆为洪州都督时所建。明景泰三年巡抚韩雍改建于章江门外迎思馆，额为西江第一楼。2. 槛外：栏杆外。3. 征帆：指远行的船。木末：林梢。4. 阑干：同栏杆。5. 离索：离群独居的愁苦。6. 漠漠：迷茫，寂寞。7. 著：附，托。

[译文] 万里远来的西风，吹送我登上了滕王高阁。栏杆之外正是楚天的云涛翻涌，楚江的波浪大作。何处的远行船只直向林梢头驶去，有时候野鸟在沙州上飞落。我凭倚栏杆，黄昏时的雨从空中卷来，今天的情景正似昨。

秋逐渐紧迫，令人增添着孤单的不快活；正远离天边，不免感伤漂泊。感叹十来年的心事，好不漫长寂寞。生命的时间不多，人很易衰老，这天地虽然宽广，有愁绪难以寄托。面对黄昏，游客的梦魂突然断送，恰是那城关传来了声声号角。

[说明] 这首“满江红”的上阕描绘了登滕王阁时，西风紧刮云涛翻涌，江浪大作，片帆远去，野鸟飞落，暮雨卷来的阴晦凄清画面。着笔细致清晰。

下阕抒发了秋意紧逼，备感漂泊的孤单愁苦难以寄托，连游子梦魂也被号角声断送了哀怨愤苦的心情。用语十分真切。

这首诗写于登滕王阁，游浯溪登峿台时的情景可能与之相同，因而刻石于浯溪。

无题

宋·李祐生

一

明皇何以致倾危？林甫、国忠成祸基。妃子食心犹不悟[1]，此机唯有九龄知[2]。

二

浯溪崖石与天齐，两刻中兴大业碑[3]。北向几多垂白叟，百年不见汉官仪[4]！

广平李祐孙，乙卯（宝祐三年，1255）冬侍叔父赴零陵郡；次年元旦，舟泊浯溪，尝和馆人韵。后十五年，咸淳己巳（五年，1269）复于元旦寓宿焉。感慨之余，追忆前和，因书于独有堂，遗主人僧宗绍以志吾曾。时偕行者相台……戴希禹……

[作者简介] 李祐生，生平不详。据跋，其叔当在零陵郡任职。

[释题] 此诗碑行书。

[注释] 1. 食心：喻迷惑心思。2. 此机：指造成倾危的上述因素。

九龄：即张九龄，为相时对玄宗直言敢谏。3. 两刻：指唐、宋都刻了中兴碑。4. 百年：概数，从徽、钦被掳，到作者来游时，已百余年。汉官仪：汉人的官家礼仪。汉，对金、元而言，实指宋朝。

［译文］

一

唐明皇为什么弄得社稷倾危？李林甫、杨国忠成了灾祸根基。
被杨贵妃迷惑了心思，还不醒悟，这机密，只有张九龄完全得知。

二

浯溪的崖壁高与天齐，两次镌刻了中兴碑石。
向北看有多少垂着白发的老头，百余年没见到汉人的官家礼仪！

广平的李祐孙乙卯年冬天服侍叔父去零陵郡；第二年元旦船停泊在浯溪，曾经吟和了驿馆人的诗。随后十五年，咸淳中的己巳年，又于元旦寄宿在这里。产生感慨之后，回忆以前的诗，因而在独有堂又写了诗，留给主持僧宗绍来记下先前在此的情况。这时跟我同行的有相台……戴希禹……

［说明］ 第一首诗论述了唐明皇弄得国势倾危，是由于李林甫、杨国忠专权误国这一祸根，肯定了张九龄曾经劝谏明皇的忠诚与卓识。

第二首诗论述了宋镌刻中兴颂碑，有同于唐刻中兴颂碑的意义，表达了北方人民百多年来没见到汉人官仪的悲苦心情。

总的讲，两首诗传达了作者关心国家兴衰与人民疾苦的情怀。跋中提出“独有堂”是以前没有提到的浯溪史料。

浯溪读中兴碑

宋·李　芾

羯鼓梨园迹已荒[1]，斯文犹在日星光。我来细拂青苔石，不忆三郎忆漫郎[2]。

［作者简介］李芾（？—1276），字叔章，衡州（湖南衡阳）人。宋理宗淳祐初，征为祁阳尉，代县令。为人刚直，不畏强暴。德祐元年（1275）知潭州（长沙），兼湖广安抚使。力抗元军，守城三月，城破，全家壮烈牺牲。上报朝廷后，赠端明殿大学士，谥忠节。

［释题］此诗收在旧溪志、县志。

［注释］1. 羯鼓：古羯族乐器。这里指唐玄宗羯鼓催花的故事。梨园：唐玄宗曾选乐工三百人、宫女数百人，教授乐曲于梨园。后世因称戏班为梨园，戏曲演员为梨园子弟。2. 三郎：唐玄宗系唐睿宗第三子。

［译文］

羯鼓催花和梨园的事迹已经废荒，

《中兴颂》文还在，如同日、星放着光芒。

我来到这里，细拂青苔蒙盖的碑石，

不会想到那三郎，倒会想起元漫郎。

［说明］这首诗写了唐玄宗追求逸乐的遗迹不存而《中兴颂》文犹跟日月争光，因而产生怀念敬仰元公的感情。诗中对比写法，所褒所贬，表达得十分鲜明。

读浯碑漫成一绝

宋·张知复

开元天子乐升平[1]，肯向华清戒履冰[2]？纵有浯溪溪上石，元、颜何意颂中兴！

蜀人张知复，淳亥嘉平书[3]

［作者简介］张知复，自谓蜀人，生平不详。

［释题］此诗碑行书。

［注释］1. 升平：太平。2. 华清：华清宫。履冰：行于冰上。《诗·小雅·小旻》："战战兢兢，如临深渊，如履薄冰。"后以"履冰"比喻随时警惕，谨慎小心。3. 淳亥：即淳祐辛亥（1251）缩写。

［译文］

开元天子只为了享乐太平，岂肯面对华清宫"如履薄冰"？

纵使有这浯溪溪上的碑石，元、颜二公哪里有意歌颂中兴！

[说明] 这首诗先写唐玄宗只是贪图享乐，哪能居安思危？进而指出元、颜二公并无歌颂大唐中兴之意。用语平易、简括，观点鲜明，且有分量。

题元子故宅

宋·文有年

漫郎百事皆漫尔[1]，独有溪山认作“吾”。念无一物镇泉石，生怕偃蹇羞吾徒[2]。灵武中兴功掩德，天地大义须人扶。宁将善颂寓谲谏[3]，百世闻之立懦夫。太师劲气形于笔，二美能兼自古无。后来衮衮下注脚[4]，识者涪翁次石湖。松煤狼藉楮山赭[5]，空谷雷响工传摹[6]。徘徊熟玩长太息，世道日与湘流俱。

宋景定壬戌三年（1260）三月上七日眉山文有年

[作者简介] 文有年，四川眉山人。景定三年永州通判。其他不详。

[释题] 此诗有大、小字二碑。大字碑书法工整有劲。

[注释] 1. 漫尔：漫，放任，无拘束。尔，句末语气词，近似“呢”。2. 偃蹇（jiǎn）：这里是困窘的意思。3. 谲（jué）谏：委婉地规谏。4. 衮衮（gǔn）：相继不绝。下注脚：作评说。5. 狼藉：散乱不整齐的样子。楮（chǔ）山赭（zhě）：楮山带赤色。6. 空谷：深谷。

[译文]

漫郎干什么都不受拘束，只有他将溪山认为属于“吾”。
想到没有一物镇住泉石，又生怕困窘会羞杀吾徒。

灵武中兴，功掩盖了德，天地的大义，待人撑扶。
宁可把大颂寄寓着巧谏，百世后听了，能振作懦夫。

太师的劲气体现在笔上，二美能够兼备，自古就无。
后来的人相继作出评说，识者是涪翁，其次是石湖。

松墨散乱，楮山也带赤色，深谷传声，真是“擅长”拓摹。

徘徊细味，不禁长声叹息，世道日下，正如湘水奔流去。

[说明] 这首诗据元结独以溪山属吾的特点，指出刻石为匡扶大义、寓谏于颂以振作懦夫，和颜公劲气也体现在书法上，二美兼具，实属少见。对后来人的不断评议与争相滥拓碑帖，发出世风日下的感慨。

题浯溪次张文潜韵

宋·江　琼

凄凉浯水迹如扫，漫郎宅荒崖畔草，雨淋日炙山骨癯[1]，磨得人间岁月老。粤从天地开辟来[2]，经济何代无奇材[3]？若得高名烂青史[4]，底恨白骨埋黄埃[5]！孽臣边将乱国纪，郭公千载凛不死，纪在中兴第一功，三绝宁论文与字？吁嗟古往而今来，插天何处无石崖[6]？两京未复百战罢[7]，铜驼荆棘谁能开[8]？世事浮云可悲慨，文学老成亦何在？君不见零落寒溪几世孙，自打元家古碑卖！

咸淳六年（1270）立秋日，天台江琼彦藻摄令祁阳，书而镵之崖石[9]

[作者简介] 江琼，天台人。宋度宗咸淳二年接任祁阳知县。

[释题] 此诗碑行楷，道劲可爱。

[注释] 1. 癯（qú）：瘦。2. 粤：助词，无义。3. 经济：这里是治国济民的意思。4. 烂：照亮。5. 底恨：恨什么。底：何。6. 插天：形容极高。7. 两京：这里指宋的开封府和河南府。8. 铜驼荆棘：指变乱后残破景象。西晋索靖知天下将乱，指洛阳宫门铜驼说：“会见汝在荆棘中耳！”9. 镵：刺刻。

[译文]

凄凉浯水上，遗迹如同打扫，漫郎住宅湮没在崖边野草，

雨水淋，太阳烤，山的骨架瘦，人世间被消磨，已经岁月老。

我想到：自从开天辟地以来，治国济民，哪一代没有奇材？

倘若获得高名，照亮着史册，何必怨恨，白骨被黄土永埋！

奸臣边将扰乱了国家纲纪，郭公千年后还凛然没有死，
记载在中兴史上是第一功，浯溪三绝还论什么文与字？

哎呀，不管是过去以及现在，插到天空的，哪里没有石崖？
两京没有收复，打了许多仗，铜驼掩没荆棘中，有谁辟开？

世事像浮云，叫人悲伤感慨，那擅长文学的人而今安在？
你没见那零落寒溪的是几代子孙？自己拓印元家的古碑去出卖！

[说明] 这首诗写浯溪景物已经荒芜，人世非昨，而如郭子仪这样的奇材却英名长存。联想当时失地未能收复，石崖到处有，文豪却不见，只见到元家子孙自拓碑卖。寄托殊深，感慨无限。

无题

宋·黄及翁

漫郎文字鲁公书，凿断云根刻作碑[1]，万古李唐兴替在[2]，到今人爱看浯溪。

临江后学濂泉黄及翁偕怡轩王志新入二水，舣舟浯溪。咸淳七年辛未（1271）夏题

[作者简介] 黄及翁，生平不详。据落款知道他字濂泉，江西临江郡（今江西清江县）人。

[释题] 此诗碑行书。

[注释] 1. 凿断云根：形容摩崖极高，云烟缭绕。2. 兴替：兴盛衰落。李唐：唐朝是李渊建国，故称李唐。

[译文]

是元漫郎写的文章，颜鲁公手书，
竟凿断了生云的根基，刻成此碑，
大唐兴盛衰落的根源留在上面，
至今人们都喜欢寻访浯溪。

[说明] 这首诗赞叹元颜墨迹刻成了挺立云烟的丰碑，它剖析了唐朝兴盛衰落的根源，成为人们喜欢寻访的胜迹。全诗只 27 个字却简明地写出了如此重要的内容，足见浓缩文字的功力不凡。

元

书摩崖碑后

元·郝　经

汝南昔曾谒公祠[1]，霜日皜冽森英姿[2]；乃今江馆坐牢落[3]，夺目忽睹中兴碑。神明焕若还旧观[4]，义烈凛凛生见之[5]。滞气激起天宇豁[6]，快意发冢挥金锤[7]。生平每为二贤惜，以技掩节如羲之[8]：不阿桓温止殷浩[9]，遗世脱屣终游嬉[10]。平原突兀杲卿死[11]，李唐中叶公能持。政令二贤书不工[12]，只字片楮尤当奇。矧于超出二王笔[13]，冠冕百代书家师[14]。坡仙论书至公正[15]，此本于公又奇至。正笔篆玉藏李斯[16]，出笔存锋兼汉隶；古硬陵轹《瘗鹤铭》[17]，韵胜韬抉《兰亭记》[18]；《离堆》雄峻仅能亚[19]，《画赞》沉深还栉比[20]。书法至此为绝尘[21]，顿觉诸家异端异[22]。恢宏正大极遒劲[23]，驰骛刚方穷壮丽[24]；万古千秋讨贼心，二十四城忠义气[25]。惜哉岁久颇残缺，苔蚀潮冲浸磨灭。去国几年似者稀，沧海遗珠亦奇绝[26]。酒酣对酌虎贲郎[27]，况乃摩挲是明月。断画崭崭屹断金[28]，倔强常山笔端舌[29]。中间剥勒尚含胡，惨淡中丞面余巇[30]。载看激烈壮士肝[31]，意苦时危将泣血。置书勿论抚膺叹[32]，更有何人似公节？忠贞端不负巡、远[33]，文字尤令重元结。只今谁识段文昌[34]？世上焉知李希烈[35]？终南、太华皆可磨[36]，后人竟莫堕嵯峨；惟余浯溪青天一片石，照耀邃古驰江河[37]。谁能与世见此不朽业，荡攘邪秽蠲妖疴，再立元气摅浇讹[38]，踵武至德肩元和[39]？九原起公吾其歌[40]！

［作者简介］ 郝（hǎo）经（1223—1275），字伯常，泽州陵川（属山西）人。元初官吏。忽必烈征宋，他随之南征，献过方略。中统元年（1260），以翰林侍读学士充国信使至宋践约，贾似道怕泄露其丑行，把他扣留于真州（江苏仪征）。至元十二年被释放，未久病死。他为文丰蔚豪宕，善议论。诗多奇崛。工书画，其书俊逸遒劲，无倾倒取媚之态。有《陵川集》。

［释题］ 此诗可能在被扣留真州读《中兴碑》时而作。收在旧溪志、县志。

［注释］ 1. 汝南：唐原为蔡州。2. 皜（hào）：白。冽（liè）：冷。3. 江馆：指被扣留在真州住的馆舍。牢落：孤寂。4. 神明：指当年的神像。5. 凛凛：敬畏的样子。6. 天宇豁：天空变得开阔。7. 快意：恣意。发冢：掘墓。8. 羲之：字逸少，又叫王右军。山东临沂人。工书法，兼善隶、草、正、行各体，被称为"书圣"。《兰亭序》是正书代表作。其子献之，书法成就也大，父子合称"二王"。9. 桓温：东晋大将，字元子，谯国龙亢（今安徽怀远）人。有战功，后来擅权，想受禅自立，未遂而病死。殷浩：东晋大臣，字渊源，陈郡长平（河南西华）人。善玄言清谈。他与桓温是政敌。王羲之曾劝谏他不要北伐争武功，不听，后被桓温攻击解除职务，抑郁而死。10. 遗世：超脱世俗。11. 平原突兀：指颜真卿在安禄山反叛时，单独扼守平原。杲（gǎo）卿死：杲卿，颜真卿从兄，常山太守。起兵讨伐安禄山被俘，骂不绝口被割舌，不屈而死。12. 政令：只使。13. 矧（shěn）：况且。14. 冠冕：都是头上戴的。比喻受人拥戴。15. 坡仙：即北宋苏东坡，喜爱颜鲁公书。他说："颜公变法出新意，细筋入骨如秋鹰。"16. 篆玉藏李斯：玉箸篆是秦朝李斯创写的小篆。17. 陵轹（lì）：欺压，胜过。《瘗（yì）鹤铭》：碑刻，华阳真逸撰，上皇山樵书。字势雄健秀逸，历史上评价甚高。18.《兰亭记》：此篇记王羲之《兰亭序》真迹授受等情况，唐何延之撰。这里疑指晋王羲之《兰亭帖》。19.《离堆》：帖名，全名《鲜于氏离堆记》，为颜真卿53岁所作。20.《画赞》：即《东方朔画像赞》。晋王羲之写了小楷法帖。颜真卿用正书临此赞，苏轼赞称清雄。栉比：紧密排着。这里有能排比之意。21. 绝尘：超出尘俗。22. 异端：不正统的。23. 恢宏：广阔。遒劲：有力。24. 驰骛刚方：追求严正。25. 二十四城：唐玄宗开始闻安禄山反，河北郡县皆望风而靡，长叹说："二十四郡，曾无一义士耶！"后得知颜

真卿修筑城壕拒贼，大喜说：“朕不识颜真卿作何状，乃能如是！”真卿派人告知诸郡共同讨贼，诸郡多响应者。26. 沧海遗珠：大海中的珠为收集者所遗。27. 虎贲（bēn）郎：勇士的通称。这里当指监视他的官兵。28. 断金：截断坚硬的金铁。29. 常山舌：见前 11。30. 惨淡中丞：唐安禄山叛乱，御史中丞张巡与睢阳太守许远死守睢阳数月。城失守后，两人壮烈牺牲。蠛（miè）：诬蔑。31. 载：语助词。泣血：极其悲痛无声的哭泣。32. 抚膺：捶胸。33. 端不负：果真不负。34. 段文昌：字墨卿，西河（今山西汾阳）人。唐穆宗时任宰相，以宽政为治。因过度奢侈，遭到物议。韩愈与他都写了《平淮西碑》文，后人只知韩的碑文著名，而不知段文昌的。35. 李希烈：唐德宗时淮宁节度使，后占据汴州称帝。不久，被汴、滑都统刘洽所败。逃归蔡州，被部将陈仙奇毒死。36. 终南、太华：都是山名。终南山，在陕西西安市南。太华山，即西岳华山，在陕西渭南县东南。37. 邃（suì）古：远古。38. 摅（shū）浇讹：散除浮薄诈伪。39. 踵武：比喻继承前人的事业。武：足迹。肩元和：指搭起元和大业，延续唐的统治。元和，唐宪宗年号。40. 九原：墓地。

［译文］

在汝南我曾经拜谒过颜公祠，见到霜日白又冷那么森然的英姿。
于今住在江边馆舍真是孤寂，忽然见到耀眼的大唐《中兴碑》。
恍如展现原神像的焕然神采，也像见到生前的义烈，叫人敬畏。
滞气被冲激，天空变得特别开阔，也可以恣意掘墓，挥舞起金锥。

我生平常常为二贤十分惋惜，技艺掩盖气节，正如王羲之：
不迎合桓温，曾经劝止殷浩，能够超脱世俗，脱鞋来嬉戏。
平原出于人意外，杲卿不屈死，李唐中叶政局，只有我公能撑持。
只要让二贤书写不这么精工，那就一个字一片纸更会珍奇。
又何况超出了二王的笔墨，百代都拥戴为书法界大师。
苏东坡评论书法十分公正，这碑帖在颜公更算是珍奇。
正笔包含李斯的玉箸体，出笔存锋又有点像汉隶；
古朴刚硬，胜过那《瘗鹤铭》，气韵布局，都超出《兰亭序》；
《离堆》雄骏，也只能排第二，《画赞》的深沉，还可以栉比。
书法到这种地步超出了尘俗，顿觉一些书法家是异端之异。
间架广阔正大，十分有力，笔势追求严正，极为壮丽；

万古千秋，都知他讨贼的心，体现了二十四城忠义之气。

可惜年月久，碑刻多有残缺，苔藓浸，潮水冲，渐渐地磨灭。
离开国都几年，似我的稀少，大海遗下的珍珠，也算奇绝。
跟勇士们对饮，酒意已浓，况且来抚摸的，还有明月。
截断的笔画，挺立像断铁，笔头倔强得正似常山舌。
中间剥落的刻画仍然含糊，又似惨淡的中丞面对诬蔑。
像看到激昂慷慨壮士的肝胆，时势危，用心苦，将要哭出血。
放下书法不评论，捶胸长叹，还有哪一个，像公有气节？
忠贞，果真不负张巡和许远，书法，更加使人们尊重元结！
到现在，有谁识得那段文昌？人世上，哪知道有个李希烈？

终南山、太华山，都可以琢磨，后人竟不能改掉山势嵯峨。
只剩下浯溪的青天下一块碑石，照耀着远古，驰名于江河。
谁能在世上见到这不朽的功业，荡除了那奇病、污秽与邪恶，
再树起正气，散除诈伪与浮薄，继承前人大德，使元和声名显赫？
要是让公九泉下再生，我将会放声高歌！

［**说明**］这首诗写读到中兴碑，有如见到颜公的光彩神像、生前的义烈和冲激宇宙的正气；指出他正同王羲之一样书艺掩盖了气节，反复赞叹他书法的崇高地位、书法特点和体现倔强激昂之气所起的作用，充分表达了对颜公的万分崇敬之情。诗中把形式与内容统一起来评述，对我们评价艺术作品很有启发。

浯溪登舟绝句（二首）

元·程钜夫

濑头流水绿如油[1]，　急取春芽试一瓯[2]；
扬子江心堪伯仲[3]，　茶经从此合重修[4]。

江清照见石粼粼[5]，　貌得游鱼态度真[6]；
说与长年轻荡桨，　放它深处著潜鳞[7]。

[作者简介] 程钜夫（1249—1318），一作巨夫，原名文海，建昌（江西南城）人。任过翰林集贤直学士、侍御史、肃政廉访使等职。曾主修《成宗实录》、《武宗实录》，著有《雪楼集》，亦工大字。

[释题] 此诗是最早咏寒泉诗，收在旧溪志。

[注释] 1. 濑头：沙石上流过水的地方。2. 春芽：指三四月采摘茶树上新梢的叶芽制成的名茶。瓯（ōu）：杯子。3. 扬子江心：当指镇江市区西北金山之西的冷泉。唐《张又新水记》，书中说名泉有“扬子江南零水为第一”。伯仲：兄弟，比喻不相上下。4. 茶经：唐陆羽撰，记叙了茶的性状产地，采制、烹饮等方面内容，是我国论茶最早的专著。后人还有修订补辑《茶经》的书。5. 粼粼：在流水中清澈的样子。6. 貌得：从表面看得。7. 潜鳞：指竹鱼、鮠（wéi）鱼当春汛出水面产卵。

[译文]

一

沙石上的流水绿得好似油，急忙取来春芽试泡一茶瓯；
扬子江心水比来不相上下，《茶经》到现在理应再行辑修。

二

江水清澈，显现沙石好分明，从上看，游鱼的状态真又真。
告诉船工们，长年要轻荡桨，让鱼儿在深水处暗地长鳞。

[说明] 第一首诗描写寒泉水绿得诱人，经过试泡品尝，肯定它与扬子江心水不相上下的好品质。

第二首诗描写从清澈的江水中发现竹鱼、鮠鱼的活泼喜人，表达了要保证它们在深水中成长的关爱之情。

无题

元·杜　明

一石犹能不染尘，　照开万象本如真。
宪官不究践民弊[1]，　著甚冠袍寄我身[2]！

大德庚子（1300）冬至后一日，江南诸道行御史台监察御史杜明，

偕御史兀都蛮敦武，察吏刘贞、刘随，因按临湖广，舟经浯溪，书此以纪岁月

祁阳县典史李庭杨立石

［作者简介］ 杜明，据落款，公元1300年前后间人，官行御史台监察御史。其他不详。

［释题］ 诗碑楷书。旧溪志、县志均未收。

［注释］ 1. 宪官：指御史。不究：不追究。2. 著：制定，也可作恋、贪恋讲。

［译文］

一面镜石还能不沾染污秽灰尘，

照到万种物象，现出它的本真。

做御史，不追究践踏百姓的弊端，

要制定（贪恋那）什么官家袍帽加在我身！

［说明］ 这首诗描写了镜石能揭示万物本真的好品质，寄托了身为御史定要追究害民弊端的正大志趣。

全诗以口语励己勉人，实属可贵；为之立石，伸张了正气。

题浯溪摩崖碑

元・聂古柏

骊山驰道尘软红[1]，朝元杰阁凌虚空[2]，羽衣未了铁衣动[3]，峨眉剑阁劳六龙[4]。六龙西幸何当还？蔓草荒烟锁玉环。荆州长史不复作[5]，两河坐见洛阳安[6]！嗣皇初御明光殿[7]，紫袍迎谒咸阳县，可怜不戒牝鸡晨[8]，南宫咫尺如天远[9]。山灵呵护浯溪石，星斗文章镵铁笔。盛德大业总成空，岸草汀花雨中泣。

［作者简介］ 聂古柏，字里，生卒年不详。据宋溶溪志，引黎崱（zè）《安南史略》："至大四年（1311），遣礼部尚书乃马歹、吏部侍郎聂古柏、兵部侍郎杜可与使安南，宣仁皇帝即位诏。"此诗当奉使安南过浯溪作。工诗，有诗集失传。

［**释题**］此诗旧溪志、县志均收录。

［**注释**］1. 尘软红：即软红尘，指京城车马繁华喧闹景象。2. 朝元杰阁：道教徒礼拜神仙的高阁。3. 羽衣：道士或神仙穿的衣。铁衣：借代安禄山的胡兵。4. 六龙：皇帝车驾的六匹马，马八尺称龙，因称六龙。5. 荆州长史：指张九龄。他为相时，建议杀安禄山，唐玄宗不听。玄宗出奔西蜀后，思念已死的张九龄有先见，派人去祭他。6. 两河：这里指河北、河南二道。7. 嗣皇：指唐肃宗李亨。8. 牝鸡晨：即牝鸡司晨。比喻肃宗妃子张良娣弄权。9. 南宫：指上皇唐玄宗回到长安后居住的兴庆宫。咫（zhǐ）尺：距离很近。

［**译文**］

骊山驰道上的尘土红通通，朝拜神仙的高阁伸入高空。
羽衣还没有穿上，胡兵已经骚动，逃奔峨眉、剑阁，劳累着六龙。

六龙向西走，什么时候归还？蔓草荒烟里淹没了杨玉环。
荆州长史再也不能够复活，等着看两河与洛阳再平安！

继位皇子，开始登上明光殿，穿上紫袍，迎见玄宗咸阳县，
可惜他不借鉴牝鸡要司晨，南宫不过咫尺却像天边远。

山神呵禁守护这浯溪碑石，星斗般颂文是用铁笔刻制。
盛德大业终究都悄悄地过去，只有岸草汀花常在雨中哭泣。

［**说明**］这首诗抒写了对唐玄宗沉溺逸乐生活酿成安禄山反叛，出奔西蜀遭到马嵬之变和以前不听张九龄杀安禄山的建议，以及肃宗不鉴戒历史，让张妃弄权使得父子疏远的慨叹；并对丰碑犹存但大业成了过去感到十分惋惜。读罢全诗，叫人感慨无限。全诗用语凝练，结句颇有韵味。

读中兴碑

元・张养浩

维君南面非自娱[1]，将使率土皆宁居[2]；一人纵欲万夫病，不惟亡国兼亡躯。三郎初年亦英锐[3]，讲武风动骊山墟。姚崇力用破群议[4]，嘉猷善政

不一书。台衡继以宋广平[5]，贞心烈日秋霜俱。自从政枋归偃月[6]，鹗为鸾凤麟为猪。幽陵寻隙弄王室[7]，爱之如子矧肯诛？养成跋扈悔无济，六龙失驭蒙尘趋[8]。忠王但可尽子职，因危被袗徒嗟吁[9]！幸然天未斡神鼎[10]，盗手夺取骊龙珠[11]。唐家累世罹女祸，一车才覆又一车。奈何目击昧殷鉴，乾阳甘为群阴驱[12]！乃知君德贵刚健，不尔何以令八区[13]？於戏后来其鉴诸！於戏后来其鉴诸！

［作者简介］ 张养浩（1270—1329），字希孟，号云庄，济南人。元武宗时擢监察御史，直言犯谏，为当国者所嫉。恐祸及，隐于嵊山。延祐时（1314）累拜礼部尚书，参议中书省事。因父老辞官，屡召不赴。文宗天历二年（1329），关中大旱，特拜陕西行台中丞，前往救灾，因劳瘁去世。他为官方正，比较同情人民疾苦。是有名散曲家，又能诗。作品文字显明流畅，感情真朴。有《云庄归田类稿》。

［释题］ 此诗收在旧溪志。

［注释］ 1. 维君：人君。维：句首助词。南面：古代君王见群臣皆面南而坐。2. 率土：指境内的老百姓。3. 三郎：指唐玄宗。4. “姚崇”句：玄宗当初想任姚崇为相，遭到张说的忌嫉阻止，能信任不疑。5. 台衡：宰相。宋广平：即宋璟。6. 政枋（fāng）：即政权。偃月：唐李林甫有堂似偃月形，常在此阴谋策划害人。后人因以偃月比喻嫉害忠良的权臣。7. 幽陵：即幽州。这里代指安禄山。8. 六龙：古代帝王用六匹马的车驾。这里比喻在位掌握政权。9. 被袗（zhěn）：披着单衣。10. 斡（wò）：旋转，扭转。神鼎：宝鼎美称，引申指国家命运。11. 骊龙珠：宝珠，比喻政权。12. 乾阳：《易》认为乾坤属于阴阳的范畴。“乾阳”，指男的。13. 八区：八方。

［译文］

人君南面为王不是自娱，要使天下百姓乐业安居；
人君要纵欲，万民就受害，不只亡国家，头颅也丢去。

三郎起初，也很英武果决，讲习武事，震动骊山村墟。
任用姚崇，坚决排除众议，良谋善政，不能一一而书。
宰相，接着任用了宋广平，有如烈日秋霜，忠贞不渝。

自从政权落到奸臣掌中，鸮鸟成鸾凤，麒麟当作猪。
安禄山钻空子，玩弄王朝，爱他如儿子，怎肯用刀诛？
养成欺上压下，反悔不及，皇权控不住，急奔到西蜀。

忠于君王就只能尽儿子职责，到危急极了，披着单衣空长吁。
幸好老天爷没有去旋转国运，从强盗手里终于夺出了宝珠。
唐朝接连几代遭到女祸，一车翻倒了又是一车覆。
为什么眼睁睁不肯借鉴，为君的甘愿受女人束缚？

这才知君王品德贵在刚健，不然怎能够号令整个版图？
唉，历史教训，后来人要记住！唉，历史教训，后来人要记住！

[**说明**] 这首诗抒写了读《中兴碑》的感慨，指出唐玄宗前期能任用贤臣，后期纵欲才为奸臣玩弄，造成后悔莫及的恶果；后代人君必须借鉴唐朝的女祸，毋蹈覆辙。全诗叙议结合，措词恳切，突出了历史教训必须借鉴。

浯溪

元·傅若金

杈棹依江岸[1]，寻桥过寺门。竹深题字满，苔古刻文昏；石色兼云冷，溪声杂雨喧。磨亭正何处？为觅漫郎孙。

[**作者简介**] 傅若金（1304—1343），字汝砺，江西新喻人。家甚贫，以织席、针工为生。后有所激励，始读书。工诗文，名传京师名士间。虞集、宋聚以异才推荐，佐使安南。归，任广州文学教授。有《清江集》。

[**释题**] 此诗收在旧溪志。

[**注释**] 1. 杈棹：同“舣棹（yí zhào）”，船停棹。

[**译文**]

船泊江边，兴冲冲上岸，寻找溪桥，经过寺庙门。
竹林深处题字满崖壁（山岩），荒苔掩盖，石刻认不清；
石色兼云气显得清冷，溪流夹雨声，真是喧腾。

那唐亭不知在何处呢？正要访问元漫郎子孙。

[说明] 这首诗描绘了冒雨登临浯溪，见到题刻满山，石色清冷，溪雨声喧的清幽境界，也传达了对前贤后代的关注之情。

游浯溪

元·王　冕

浯溪之山高嵯峨，浯溪之水澄清波。中有摩崖碑十丈，何年凿破苍苔阿[1]？忆昔禄山骋兵日，毒乱国经无纪极；明皇大驾忽西巡，百僚窜身俱叛逆。岂知天意欲兴唐，抚军靖难来储皇[2]。独立一呼麾万骑，荡攘群凶如斩芒[3]。再造乾坤恢社稷，况有英雄齐努力，郭公决策夺神机[4]，光弼宣威喧霹雳。复迎秦蜀上皇还，紫袍已御咸阳关[5]，两朝庆会始欢乐，四海讴歌方解颜。次山乃作《中兴颂》，铁石文字褒贬重；颜公大笔为挥之，纵横笔势蛟螭动[6]。唐去至今几百年，丰碑屹立湘江边；雨淋日炙徒为尔，铁画银钩还自然。野叟蒙头朝打碑，临风一见心偏爱，珍收不惜锦囊资，留与人间作规诫！

[作者简介] 王冕（？—1359），字元章，浙江诸暨人。幼时家贫，入僧寺借长明灯读书。元时隐居九里山。明朱元璋欲授谘议参军，他突然去世。一生未做官。画家，诗人。其诗歌主要表现同情人民疾苦，谴责权贵，轻视功名利禄。有《竹斋诗集》。

[释题] 此诗旧溪志、县志均录为元碑。今人桂多荪考证为明碑，作者系丹阳人，正统中任祁阳教谕。浯溪石上，见于刘玑题名。

[注解] 1. 阿（é）：山坡。2. 靖难：平定叛乱。3. 斩芒：割芒。4. 神机：神妙的智谋。5. 紫袍：代唐肃宗和大臣们。御：驾着车马到。6. 螭（chī）：有角的龙。

[译文]

浯溪的山啊高大险峻，浯溪的水呀泛着清波。

其中有摩刻石崖的高碑，是何年凿开苔满的山坡？

回忆从前安禄山纵兵作乱，扰乱国家大政目无国纪；

明皇的大驾忽然西奔，百官逃窜都成了叛逆。

哪知天意要复兴大唐，皇太子亲身带兵来勤王。
挺身一喊指挥着大军，荡平那叛贼有如割草芒。

重建河山恢复了政权，何况有英雄一齐努力，
郭子仪决策定下神机，李光弼声威响如霹雳。

迎接上皇从秦蜀归还，君臣车马到了咸阳关。
两皇庆相会，方才欢乐，四海颂太平，于今开颜。

元次山于是作了《中兴颂》，铁石的文字褒贬情意重；
颜鲁公的大笔把它写上，纵横的笔势像蛟龙飞动。

唐代过去了已经几百年，丰碑屹立在湘江的旁边；
雨水淋，太阳烤，都不打紧，那铁画银钩依旧很自然。

野老头蒙头早上就拓碑，迎风一见，我心底真偏爱，
要珍藏它不吝惜掏钱袋，长留给人间，把它当训诫。

［**说明**］这首诗写游浯溪不禁回忆起平定安禄山的叛乱和元、颜写颂刻石的经过。见到丰碑仍然屹立，解囊买了野老所拓的碑帖，留给人间作训诫，寄意殊深。全诗遣词造句颇具气势，以激情歌颂了再造乾坤的功业。

雨过浯溪

元·宋　渤

三年承乏湘外官[1]，再岁舟楫潇湘滩。东州始正贪吏黩[2]，西溪复惩群盗蟠[3]。淡岩奇绝永州最，居且两月不遂观。舟经浯溪适津渡，幸可弭节登巑岏[4]。元郎宅废寺僧少，唐颂字剥石溜漫[5]；境清事胜难久留，日暮雨甚江流湍；鸱鸮鸣号不畏人[6]，礫礫响振青林端[7]。昔贤夸称吟赏地，此日

草窃常哺餐[8]；湘中剽劫连越俗，尔来比屋为伤残[9]。乌戏安得二千石[10]，前以龚遂后刘宽[11]，时其饮食衣其寒！

［**作者简介**］宋渤，字彦齐。其父子贞，避乱赵、魏间，遂为长子人。他官至集贤殿学士。元至正间，官湖南按部。据诗意他可算好官。

［**释题**］此诗收在旧溪志。

［**注释**］1. 承乏：谦辞，表示任职暂由自己充数。2. 正：治罪，纠正。黩（dú）：污浊行为。3. 愬（sù）：诉说。4. 弭节：停车，停船。巑岏（cuán wán）：峻峭的山峰。5. 石溜漫：石涧水浸坏。6. 鸱鸮（chī xiāo）：猫头鹰一类的鸟。7. 磔磔（zhé）：象声词。8. 草窃：草野盗贼。9. 比屋：接连几家。10. 乌戏：同"呜呼"。二千石：代指郡守或知府。因他们俸禄是二千石。11. 龚遂：汉宣帝时渤海太守，劝民务农桑，境内大治。刘宽：后汉桓帝时南阳太守，为人仁恕，吏民有过，只用蒲鞭罚之示辱。

［**译文**］

三年顶缺在湘的边远做官，又一年，坐船经过了潇湘滩。
东州才开始惩办贪吏受贿，西溪又诉说许多盗贼作乱。

淡岩的奇异景色，永州最突出，住了将近两月，也不能去游览。
行船经过浯溪，适逢过渡口，幸好停舟，登临峻峭的山峦。

元漫郎住宅倒了，寺僧也少，唐颂字迹剥落，石涧水浸漫；
境界清，事迹奇，长期难保留，天色晚，雨很大，江流好急湍；
猫头鹰呜呜叫，一点不怕人，嚓嚓地响，正展翅葱绿林边。

前贤都夸称这吟赏的好地方，今天草野盗贼却常在此就餐；
湘中出现劫掠与越地习俗相连，近来接连不少人家受到伤残。
哎呀，怎么才能找得个二千石，在前的像龚遂，在后的像刘宽，
按时让他们吃好，按时能御寒！

［**说明**］这首诗写自己在永州忙于政事，无暇游览胜景，途经浯溪才见到这里清幽荒凉的景物；慨叹这吟赏的胜地今天常遭到盗贼骚扰，盼望有个好地方官来此解决治理问题。诗从侧面反映了元朝政治腐败，社会不

安宁的实况。

留别浯溪诸友

元·杨维祯

浯溪长揖向兰溪[1]，偶及秋高欲半时。明月不分天远近，故人同望浙东西。青山木落樯千里[2]。沧海潮来马万驰。倚棹歌阑归思作[3]，今宵风雨倍凄凄！

［**作者简介**］杨维祯（1296—1376），字廉夫，号铁崖，又自号铁笛道人、抱遗老人、东维子，浙江会稽（今浙江绍兴）人。元泰定进士，官至江西儒学提举。元末兵乱，避地富春山。张士诚招他，不往。明太祖征召他，不应。其诗名盛一时，号铁崖体。长于乐府。工行、草书，运笔清劲，古淡拙朴中蕴含秀雅挺拔。著有《东维子》《铁崖古乐府》等。

［**释题**］此诗收在旧溪志。

［**注释**］1. 兰溪：在浙江。2. 樯（qiáng）：船桅杆。3. 阑（lán）：尽。

［**译文**］

在浯溪拜别，我将出发往兰溪，偶然碰上，深秋快过一半日子。

明月普照天下，不分远处近地，老朋友同时望月，会在浙东、西。

青山树木叶落，处处见到船桅，沧海潮水涌来，如同万马奔驰。

倚着桨，歌声停，我马上想回去，今夜碰上风雨，心头会倍觉凄凄！

［**说明**］这首诗抒写深秋将半在浯溪与朋友们分别时，想到以后各居一方不能共同赏月，以及归途所见叶落潮涨的景物，要是碰上风雨，更会十分凄凉的心境，具体而又细腻地表达了友人间深厚真挚的友情。

明

镜石

明·解　缙

水洗浯溪镜石台，渔舟花草映江开，不如元结《中兴颂》，照见千秋事去来。

[作者简介] 解缙（1369—1415），字大绅，号文水，江西吉水人。明洪武进士，做过翰林待诏，成祖时入直文渊阁，累迁翰林学士兼右春坊大学士，主纂《永乐大典》。后遭诬陷下狱，被杀，年仅四十七岁。他工正、行、草书。著有《春雨杂述》论诗与书法。

[释题] 此诗收在旧溪志、县志。

[译文]

用水洗净浯溪的镜石台，渔船花草映着江流展开，

哪里比得上元结的《中兴颂》，照见千百年事情的去与来。

[说明] 这首诗先写石镜能清晰地照出景物的特点，进而指出《中兴颂》有借鉴千秋的作用，突出了主题。

读摩崖碑

明·王　偁

客舟晓探奇，兴落浯水上。搴萝豁远目[1]，所至穷异状。是时天宇晴[2]，物象自清旷，烟开楚山断[3]，千里弥一望。遐延极览眺，近历饱搜访。层崖划中开，峭壁磨万丈。颜公英烈姿，元叟士林仗；文词金石奏[4]，字画蛟龙状。伊予抗尘容[5]，所志在清赏；孤云寄微踪，独鹤引空杖。岂无千载怀？亦有高山仰[6]！同游二三侣，相与情颇畅。芳兰荐山庖[7]，林瀑洒行帐。醉挥紫霞觞[8]，乱落白云唱[9]。归舟漫容与[10]，潭月吐云嶂。兴幽任时违，心远觉神王[11]。但云偕斯游，何以答清贶[12]？

[作者简介] 王偁（chēng）（1370—1415），字孟敭（tì），福建长乐人。明成祖时，征授国史馆检讨，充《永乐大典》副总裁，学博才雅，为解缙所重。后因解缙事连坐，同谪交趾，同死狱中。著有《虚舟集》。工行、草，书类苏轼。

[释题] 此诗收在旧溪志、县志。

[注释] 1. 搴（qiān）萝：揭起藤萝。2. 天宇：天空。3. 楚山断：泛指山峦显现，断断续续。4. 金石奏：钟磬一类乐器鸣奏。5. 伊：助词，无义。尘容：尘俗的面容。6. 高山仰：即“高山仰止”，仰慕高尚的德行。7. 荐：献。8. 觞（shāng）：喝酒用的器具。9. 白云唱：唱着《白云谣》。相传穆天子与西王母宴饮于瑶池上，西王母为天子谣，因首句是“白云在天”，故名《白云谣》。10. 漫容与：随便起伏漂荡。11. 神王：精神旺盛。“王”，即“旺”。12. 贶（kuàng）：赐予。

[译文]

雇着船儿清早去探奇，兴致完全落在浯水上。
拨开藤萝拓宽了视野，到处搜寻奇异的景象。
这时的天空特别晴朗，景象当然清新又空旷。
烟雾散，山峦不相连接，千里河山，一一都入望。

远景延展，足够人眺望，近景亲历，任凭人寻访。

重叠的石崖从中划开，陡峻的石壁磨刻万丈。

颜公的身姿堪称英烈，元叟人品，读书人都倚仗；
文章词句似乐器鸣奏，字的笔画像蛟龙般健壮。

我跟世俗言行完全对立，我的志趣在于美景观赏；
像云朵儿寄托我的行踪，像鹤鸟独个儿凭空翱翔。

难道没有怀古的情思？也有景仰高德的思想！
同游的两三个好朋友，彼此间感情十分通畅。

芳香的兰草可供山厨，深林瀑布像撒下棚帐。
醉举着紫霞色的酒杯，乱把《白云谣》放声歌唱。

划回的船让它随便漂荡，潭中月从云里吐出清光。
兴致幽雅，恣意与时相违，心境高远，就感到精力旺。
只能说共同游了这一趟，用什么来报答清雅的赐赏？

[说明] 这首诗写了一整天同好友游览浯溪，尽观远景，搜寻古迹，研究碑文与书法，缅怀先贤高尚品德，纵酒高歌，兴致勃勃等情景。作者高雅的志趣、昂扬的情调很能感染读者。

有人说，此诗是作者谪居交趾时过浯溪，系强颜欢笑，可再作研究、解疑。

读摩崖颂

明·彭　琉

高高摩崖碑，上刻中兴颂；文章星斗灿，铁画龙鸾动[1]。唐倾幸再安，储闱出天纵[2]；紫袍迎上皇[3]，六合光华重[4]。可怜青蝇谗[5]，旸谷成冰冻[6]；欲涸浯溪流，难洗忠臣痛！

[作者简介] 彭琉，明安福人，字毓敬。永乐进士，初任知县，官终

湖广副使。常以古人自持，廉名直节被人称道。

［释题］ 此诗收在旧溪志。

［注释］ 1. 龙鸾动：龙凤般飞动。鸾：凤凰一类的神鸟。2. 储闱：太子居住的宫室，即东宫；代继位的皇太子。天纵：上天所赋予。3. 紫袍：指肃宗李亨对上称臣穿的紫袍。上皇：唐玄宗。4. 六合：天地四方。5. 青蝇谗：喻谗言者像金蝇污白。青蝇：金色的苍蝇。6. 旸（yáng）谷：日所出处。

［译文］

高高的摩崖丰碑，上面刻着中兴颂；
文章星斗般璀璨，笔画似龙凤飞动。

唐朝倾危有幸再安定，继位皇子是上天选中；
穿着紫袍去迎接上皇，天地四方都光彩浓重。

可惜那青蝇污白的谗言，使日出的山谷变成冰冻；
我想要汲干浯溪的水流，也难洗掉忠臣内心苦痛！

［说明］ 这首诗赞扬了摩崖颂碑文章焕彩，书迹生动；肃宗安定唐朝，合乎天意，顺应天下民心。叹惜那些颠倒冷暖的谗言，给了忠臣们难以洗去的苦痛。观点如此鲜明，表现了他为人的特性。

峿台晴旭

明·宁　良

赤乌振羽出寅宾[1]，照耀山河景物新。俯仰从来天地阔，登临却见斗牛亲[2]；秋高五老峰排闼[3]，春近三湘水满津[4]。回首洞庭苍霭外[5]，忧君为国是谁人[6]？

［作者简介］ 宁良（1424—1481），字元善，湖南祁阳人。明正统进士，做过刑曹、广东按察使、浙江布政使。为人仁恕，有知人之鉴。学问渊博，能诗。著有《宁元善诗集》和《祁阳县志稿》。

［释题］ 此诗收在宋溶溪志，诗碑楷书。

［注释］1. 赤鸟振羽：赤鸟振动翅膀。这里喻日出。赤鸟，古神鸟。寅宾：据“寅宾日出”，这里代日出地方。2. 斗牛：指二十八宿中的斗宿和牛宿，即斗星、牛星。3. 五老峰：江西庐山南面峰名。排闼（tà）：推门，撞开门。4. 津：渡口。5. 苍霭外：青黑的云烟以外。当指苍茫的北方大地。6. “忧君”句：当指景泰中英宗被掳，有谁为国出力。

［译文］

太阳冉冉地从寅宾处上升，照耀着偌大山河景物翻新。

一俯一仰，从来以为天地阔，登临台上，却见到斗、牛可亲。

秋高时，五老峰山光推门入，春将近，湘水就漫上渡口滨。

回头望，洞庭以外苍茫大地，能担心君王，考虑国事的是谁人？

［说明］这首诗描述了峿台看日出，景物添新，斗、牛可亲，远处山光涌至，浩沓江面动人的画面，表达了忧君为国的真挚情怀。

漫郎宅

明·宁　良

漫郎遗宅翳荒原[1]，万籁如何入夜喧[2]？乱撼深秋惊落叶，暗随疏雨泣哀猿；含悲如诉《中兴颂》，带恨疑招不返魂。天地寥寥无处觅[3]，山空云暗月黄昏。

［释题］此诗旧溪志、县志均收录。

［注释］1. 翳（yì）：遮盖，隐藏。2. 万籁（lài）：多种声响。籁：泛指声音。3. 寥寥：空廓。

［译文］

漫郎的遗宅，隐藏在这荒原，各种声响，为什么到夜里出现？

振动着深秋，树叶也被惊落，暗随雨点儿，使猿猴叫得凄然；

含着悲伤，好像在诉说《中兴颂》，带着痛苦，疑是招魂招不还。

天地如此开阔，没地方去找，只见月色昏黄，山空云又暗。

［说明］这首诗写夜居漫郎遗宅，听到秋声引起多种想象，产生怀古的凄凉之情。烘托的使用，增强了表达效果。

题摩崖碑

明·李　实

唐室乾坤一解纽[1]，北燕悍儿齐唾手[2]。马嵬坡下瘗香魂[3]，大驾从此奔蜀走。长安父老攀辕哭，恳请储皇图兴复，孤臣匹马入灵武，义士忠臣尽黼黻[4]。再造鸿图海宇清，万物不失九庙宁，一旦遣使备法驾[5]，迎复上皇还帝京。君臣父子同欢会，嗣皇受禅临天位[6]，荡涤妖氛雪仇耻，伟绩丰功良可贵。元公作颂鲁公书，二公仗义俱得之，蔼然盛事重当时[7]，勒就千年不朽碑[8]。后来骚人墨客忤其意[9]，原始要终成妄议，不惟有负中兴功，况乃不协镌碑志。浯之山，层层迭迭难跻攀[10]，元公词翰何斑斑[11]！浯之溪，潺潺湲湲流不息[12]，鲁公声华何奕奕[13]！

［作者简介］ 李实，生卒年不详。景泰中，为礼科给事中，出使乜先。做过湖广巡抚。有《奉使录》。

［释题］ 此诗旧溪志、县志均收录。

［注释］ 1. 解纽：纲纪涣散解体。2. 北燕悍儿：指安禄山等。唾（tuò）手：把口液唾在手上，表示极容易。3. 瘗（yì）：掩埋。4. 黼黻（fǔ fú）：古代礼服上绘绣的花纹。这里指穿上有花纹的礼服。5. 法驾：皇帝的车驾。6. 天位：帝位。7. 蔼然：多盛的样子。8. 勒：刻。9. 忤（wǔ）：抵触，不顺从。10. 跻（jī）：登。11. 斑斑：多彩灿烂。12. 湲湲（yuán）：水流声。13. 声华：美好的名声。奕奕（yì）：盛大。

［译文］

唐朝的天下纲纪一腐朽，北燕的悍儿起兵都唾手。
马嵬坡下，贵妃被掩埋，皇上车驾，于是奔蜀走。

长安父老攀着车辕哭，恳请太子努力图兴复，
单身匹马走到了灵武，义士忠臣个个都臣服。

再创鸿图，天下都清平，一切没失掉，祖庙安宁，
终于派使者准备车驾，迎接唐玄宗回到京城。

君臣父子，都欢乐聚会，太子受禅让，登上皇位，
扫荡胡兵，昭雪了仇耻，伟绩丰功，实在太可贵。

元公写颂文，鲁公手书，二公仗正义，行动都对，
多么盛大的事重于当时，刻成千年也不朽的石碑。

后来的文人违背原意，追源究底变成了妄议，
不只对不起中兴功业，更何况不合刻碑本旨。

浯溪的山呀，层层叠叠难以登攀，元公的文章多么灿烂！
浯溪的水呀，潺潺湲湲地奔流不息，鲁公的美名盛大莫比！

[**说明**] 这首诗叙议结合，肯定唐肃宗于国家危亡之际，顺从民意，中兴唐室，实属丰功伟绩，不容妄议；盛赞元公作文、鲁公手书的正义行为永为人们景仰。诗的句法，活泼有致。

题摩崖碑

明·沈　庆

予以翰林出金湖臬[1]，因按部得来祁阳[2]，十有三载。第因公务倥偬[3]，弗克一往浯溪，览昔词苑所谓摩崖碑刻[4]，迹其胜异[5]。今春喜征蛮之便，舟泊崖次，得目偿所愿。且虑久而模胡，漫不可读，亟命工摹刻[6]，以垂永久，因赋歌诗以寄兴云。

粤昔东阁阅图书[7]，摩崖石刻谁能逾？遒劲颜笔迈羲、献[8]，购求墨本逾金珠[9]；次山之颂抗燕、许[10]，风雅体制扬海隅[11]。唐季孽兴固自取，臣子爱君忠义俱。婉辞讽谏极深刻，天意有待恢神谟[12]。元勋将相克勠力[13]，怀有忠愤思捐躯。……虎龙撼，拔山倒海殄强胡。腥膻迅扫妖氛息，瑞庆大来万物苏。重欢二圣复宗社，举目万国来朝趋。表忠录烈逆俦殄[14]，巍巍功业震寰区[15]。乱臣贼子鉴兹失，宪章百世宁逃诛？乌呼！前车覆首后车鉴，岂独异世为无虞？更相戒饬保家国，宴安鸩毒良嘉谟[16]。风雨剥蚀

苔藓侵，石刻岁久几模糊；重镌于焉作远图，不知莅兹其何如[17]？

大明天顺六年（1462），岁在壬午春三月初吉。中宪大夫湖广等处提刑按察使副使，奉敕征蛮[18]，前翰林院五经博士东溪沈庆识[19]。浙江布政司承差阮韬过访故记。

［**作者简介**］沈庆，据序言和落款，系明英宗时湖广等处提刑按察使副使。

［**释题**］此诗碑楷书，赵体，瘦劲中寓秀丽，不同赵书之肥。旧溪志、县志均失收。

［**注释**］1. 臬：臬司，主管一省刑、民按核之事。2. 按部：巡查部属。3. 第：只。倥偬（kǒng zǒng）：事情迫促。4. 词苑：翰林署。5. 迹：考核。6. 亟（jí）：急迫地。7. 粤：句首助词，无义。东阁：东厢房楼。8. 羲、献：指晋书法家王羲之、王献之。9. 踰（yú）：逾：超越。10. 燕、许：唐朝的燕国公张说、许国公苏颋（tǐng），均以文章名于时。11. 海隅（yú）：海角，海的边沿。12. 神谟（mó）：神奇的谋划，当指恢复疆土。13. 勠力：努力。14. 逆俦殄（tiǎn）：叛徒都消灭。15. 寰区：犹寰宇，整个世界。16. 鸩（zhèn）毒：用鸩的羽毛泡成的毒酒。17. 莅（lì）：到。18. 征蛮：其实是镇压少数民族。19. 东溪：在安徽宣城。

［**译文**］我凭翰林的资历调到金湖做臬司，由于巡查部属得来祁阳，有十三年了。只因为公务急迫，不能去浯溪一趟，观看从前在翰林院所讲的摩崖碑刻，考究它的特异之点。今年春天，喜得征蛮的方便，在浯溪石崖边停船，得满足亲眼见到的愿望。并且考虑时间已久字迹模糊，浸坏得不能认读，赶紧派工匠仿摹镌刻，让它留传永久。因而写了诗来寄托自己的兴趣。

从前在东厢楼上阅读图书，认为摩崖石刻谁能够超越？
遒劲有力的颜字赛过羲、献，购买碑刻的拓本超越金珠；
次山的颂文抵得过那燕、许，风雅的体制竟传到海角去。

唐朝发生祸乱，本来由自取，臣子们爱戴君王，忠义兼具。
委婉的言辞劝谏，极其深刻，老天爷有意，恢复唐的领域。

将相获首功，在于能够协力，满怀着忠愤，都想为国捐躯。
　　……等同那虎龙振撼，拔山倒海的阵势歼灭了强胡。

腥膻很快扫除，妖氛皆已平息，祥瑞吉庆全来，万物得复苏。
两皇重欢，恢复了宗庙社稷，举目见到，万国都赶来朝趋。

表扬忠烈全把叛徒消灭，巍巍功业震惊整个寰宇。
乱臣贼子们受到这次教训，宪章永在，怎能逃脱口诛笔伐?

唉！前车翻倒了，后车应该借鉴，岂止是换了朝代，安然无虞?
应该相互劝诫来保护家国，宴安像鸩毒，也可变成良绪。

风雨剥落碑石，苔藓已长满，石刻年岁久，差不多全模糊。
这次重新镌刻，为的作远图，不知来这里的，想法又何如?

[说明] 这首诗先写摩崖碑刻的崇高价值；接下来写唐朝发生变乱后全靠将相忠义为国，很快平息妖氛，重安社稷，功业震惊寰宇，也教训了叛臣，进而指出应有前车之鉴，力戒宴安；末了点出重刻碑石的意义。诗的立意和重镌石刻都体现出诗人的良苦用心。

无题

明·王　瑄

扫破碧苔花，摩崖意最佳。文高冲斗宿[1]，字若走龙蛇[2]；永作箴规戒[3]，频惊岁月赊[4]。颜元留胜迹，万古警奸邪！

成化九年（1473），岁次癸巳小雪前三日。祁阳县典史宜宾王瑄游此

[作者简介] 王瑄（1473年前后间），据题名，湖北宜宾人。其他不详。

[释题] 此诗碑楷书。旧溪志、县志均未收。

[注释] 1. 斗宿：指二十八宿的斗星，含有牛、斗两星的意思，或南斗六星。2. 走龙蛇：龙蛇疾走。3. 箴规：指告诫规劝的文字。4. 赊：

远，长远。

[译文]

扫除掉青绿的苔花，摩崖刻颂意义最佳。

文章气势高冲牛斗，书迹意似笔走龙蛇；

永远可作箴规劝诫，不断惊告岁月可赊。

颜、元两公留此胜迹，千秋万代足警奸邪！

[说明] 这首诗评述了颜、元二公摩崖刻颂有着最佳的政治意义，文章的气势，书迹的笔力，永远是箴规，直有千秋万代警诫奸邪的作用，充分表达了对元、颜的钦敬深情。

过浯溪读摩崖碑

明·杨 瓒

士精独奇怪，壁立浯溪浔[1]。我自祁阳来，舍舟试登临[2]。水光漾林影，鱼鸟相浮沉[3]；摩空树交翠，当夏生秋阴。三复碑上文[4]，感慨因以深；兴衰固天意，乃见忠邪心[5]。文工字亦工，石老苔不侵。前贤弗再作[6]，溪山同古今。

成化丁酉（1477）孟夏湖广布政使司参政莆田杨瓒题

[作者简介] 杨瓒（zàn），据落款，当活动在明宪宗成化年间前后，福建莆田人。其他不详。

[释题] 此诗碑楷书，旧溪志、县志均未收。

[注释] 1. 浔（xún）：水边。2. 舍舟：离开船。3. 相浮沉：竞相上下升沉。4. 三复：多次反复。5. 乃见：却表现。6. 再作：死而复活。

[译文]

精细的读书人只觉奇怪，摩崖碑挺立在浯溪水滨。

我从祁阳县城前来，一离船就试着登临。

水光荡漾着山林形影，鱼和鸟竞相上下升沉；

凌空的树木枝叶交翠，就是夏天也生成秋阴。

我反复读着碑上文字，产生的感慨因而很深；
兴盛衰落固然是天意，事实却见为国忠邪心。

文章写得好，字迹精工，崖石质地硬，苔难入侵。
前代的名贤虽不复活，他们与溪山古今长存。

[说明] 这首诗描述了以好奇心登临浯溪，所见生动活跃、清幽适意的画面；抒发了阅读碑文识别为国忠邪的感受和赞颂前贤与溪山同寿的敬仰情怀。

诗中写景抒情真切，诗的首尾不一般，引人遐思。

浯溪碑

明·沈 周

有册有册一尺畸[1]，启阅重是摩崖碑。平原太守气骨壮，杀贼余力存毛锥[2]；千年白石耀深刻，风雨不剥神扶持；铜柱莫拔魑魅走[3]，铁网欲破珊瑚搘[4]。快睹书法十数过[5]，训读其语增噫嘻[6]！君王爱色不爱国，金钱买祸由洗儿[7]；长安、洛阳要自陷，法宫、蜀栈谁安危[8]？嗣君虽然访旧物，以得补失终磷缁[9]。此碑颂德实揭过，有家有国留箴规[10]。晴窗日拓不辍手，“来禽青李”生蛛丝[11]。

[作者简介] 沈周（1427—1509），字启南，号石田，又号白石翁，江苏长洲人。明初书画家，字仿黄庭坚，有遒劲奇崛之气。画师董源，曾有人评他的画当代第一，与唐寅、文徵明、仇英并称为明代四大家，也善诗文，有《卧游图册》。

[释题] 此诗旧溪志、县志均收录。

[注释] 1. 一尺畸（jī）：一尺多。畸：数的零头。2. 毛锥（zhuī）：毛笔嘴。3. “铜柱”句：比喻字的气势。《后汉书·马援传》：“援到交趾，立铜柱，为汉之极界也。”魑魅（chī mèi）：山林里害人的妖怪。4. “铁网”句：是说铁网要破时有珊瑚支持，比喻字的骨架。搘（zhī）：支撑。珊瑚：古代用铁网绞取。5. 十数过：十多遍。6. 训读：阅读理解。噫嘻：慨叹，叹息。7. 洗儿：安禄山生日，唐玄宗及杨贵妃赏赐甚厚。

后三日，召禄山入宫，贵妃以锦绣为大褓褓，裹禄山，使宫人用彩舆抬入。玄宗闻后宫欢笑，问其故，左右以贵妃三日洗禄儿对。玄宗亲自往视，喜，赐贵妃洗儿金银钱。8. 法宫：帝王处理政事的正殿。9. 磷缁（zī）：比喻受环境影响而起变化。《论语·阳货》："不曰坚乎？磨而不磷；下曰白乎？涅而不缁。"磷：损伤。涅：以墨涂。缁：染黑。10. 箴（zhēn）规：规谏。11. 来禽青李：代《来禽帖》。晋王羲之有《来禽帖》，篇首有"来禽青李"的话。来禽：果名，即林檎。

[译文]

书册书册呀，不止是一尺，打开来阅读，全是摩崖碑。

平原太守，是气壮骨也劲，把杀贼余力全留到笔嘴；

多年的白石深刻，仍然放光，风雨没有剥落，有神在扶持；

像铜柱拔不出，鬼怪见了急跑，像铁网将要破，有珊瑚撑起。

书法看了十多遍，真是快意，细读着文句，不禁长叹息！

君王贪女色，就是不爱国，金钱买灾祸，发端由洗儿；

长安与洛阳，自己让陷落，宫殿同栈道，安危在哪里？

继位的君皇，虽然访旧迹，以得来补失，终究有差异。

这碑明是颂德，其实揭过，给有家有国的，留作警惕。

晴窗下日日拓，不愿住手，那《来禽帖》上竟生了蛛丝。

[说明] 这首诗首先赞叹摩崖碑书迹气壮骨劲，有神灵保护；在快意阅读后不禁慨叹玄宗爱色不爱国，以致两京陷落，肃宗光复也难补失；指出颂碑实是揭过，在于告诫来者；进而表明自己辛勤拓印此碑的喜爱之情。阅读此诗，也禁不住跟着作者赞颂，慨叹不止。

诗中多有警句。

游浯溪联句

明·陶成秀　孙敬之

览遍江湖景（敬之），浯溪胜景幽。真卿文永在（成秀），聱叟迹长留。镜石涵辉润（敬之），摩崖聚讼悠[1]。留题看不尽（成秀），林外夕阳秋（敬之）。

［作者简介］陶成秀、孙敬之，碑上有序：弘治甲子（1504）夏月吉日，邑人陶成秀，吉水孙敬之游浯溪，联句。其他不详。

［释题］此诗碑行书，溪志、县志均失收。

［注释］1．“摩崖聚讼”句：指宋黄庭坚题诗后，对碑文是褒还是贬的众多争论。

［译文］

看遍江湖各地景物，浯溪的美景十分清幽。

颜真卿的字永存，元次山的事迹长留。

镜石包含着深沉的光润，摩崖褒贬的争论已经很久。

留下的题诗，看不胜看，林外夕阳正值金秋。

［说明］这首联句诗赞美浯溪景物清幽，元、颜胜迹长留，也表达了对摩崖碑褒贬的争论难作结论的看法。

重游浯溪

明·陈　斗

浯溪之水清且涟[1]，摩崖之石高齐天。钟声泠泠出崖间[2]，唐亭兀兀依山肩[3]。歌颂褒贬《春秋》严，太师笔法银铁坚[4]。漫郎古宅埋荒烟，重来吊古心恻然[5]！野花闲草满目前，惟闻打碑声相连。噫、吁、嘻！今古存亡一叹息，打碑民苦谁为怜？

［作者简介］陈斗，字民仰，祁阳人。贡生，官广西永宁县主簿。后挂冠归里，不复仕，优游山水。工诗文，著有《浯溪集》。

［释题］此诗旧溪志、县志均收录，今石上不见。

［注释］1．涟（lián）：水面微波。2．泠（líng）：声音清越。3．兀兀（wù）：高耸突出。4．银铁坚：像银钩铁画那么有力。5．恻然：伤情的样子。

［译文］

浯溪水呀，清清的波纹微展，摩崖那巨石，高得接到蓝天。

寺钟声响清越，飘出石崖间，唐亭高耸突出，倚傍山肩。

这颂文褒贬像《春秋》那么谨严，颜太师的书法，银钩铁画一般。

元漫郎古宅，掩埋在蔓草荒烟中，我再来吊古，心里好不凄然！

野花闲草，在眼前一一展现，只听到拓碑响，声声相连。

啊呀呀，古今存亡，只落得一阵阵慨叹，拓碑人多么困苦，有谁相怜？

［说明］这首诗在描写重游时，溪水清、摩崖高、寺钟鸣、亭高耸的见闻后，深感元公颂、鲁公字有着历史价值；但古宅荒废于野花闲草中间，惟闻拓碑声响，不禁关怀起老百姓的生活困苦，慨叹无限，忧伤沉重。

游浯溪

明·程　温

我家屋后十丈石，当年刻作中兴碑；火燔角触不损灭[1]，自有鬼神严护持。中兴事业不足尚[2]，太师书法蟠蛟螭；已知忠义真踪迹，定与天地同终期。词希风雅漫郎颂[3]，意学《春秋》山谷诗。嚣嚣更劳几机杼[4]，穷幽发伏争呈奇。我生爱书来不厌，懒听谁家谈是非。

［作者简介］程温，字德和，湖南祁阳人。明成化进士，官至通政左参议。刘瑾当权，原来的辅佐大臣都罢职。他草疏未上，内批致仕，遂拂衣归。有《程德和文集》。他购书颇完备，尽送祁阳县学宫。

［释题］此诗旧溪志、县志均收录。

［注释］1. 火燔（fán）：焚烧。2. 尚：尊崇。3. 希：求，希望。4. 嚣嚣：喧哗声。机杼（zhù）：比喻诗文创作构思和布局的新巧。

［译文］

我家屋后高大的崖石，当年镌刻成中兴颂碑；

火烧碰撞，没有损伤磨灭，因为有鬼神严加护持。

中兴的事业并不足尊崇，颜太师书法像蛟龙腾起；

已知这是忠义的真迹，跟天地同存，定无止期。

遣词求《风》《雅》是漫郎的颂，立意学《春秋》是山谷的诗。

有人喋喋不止，谋篇构思累极，有人发幽探微，争着表现新奇。

我素爱书法，常来这里不厌烦，懒听哪一家谈论“是”还是“非”。

[说明] 这首诗写自己屋后的中兴碑没有损伤磨灭，其实是忠义的真迹必然永存；指出元公、山谷写作目的各有不同，后人争论只是标新逞奇，表示了自己素爱书法，懒听是非的明朗态度。

无题

明·夏　时

山水清奇今古同，故家乔木却凋空[1]。中兴死节几多士[2]？当代何人第一功？烈烈碑文朝露涴[3]，萋萋荒草暮烟笼。停骖竟日长吁叹[4]，回首东风恨未穷。

成化甲辰（1484）秋八月十日判永州府事丰城夏时识

[作者简介] 夏时，据落款，当活动在明成化年间前后，江西丰城人。其他不详。

[释题] 诗碑楷书。此诗旧溪志、县志均未收。

[注释] 1. 故家：当指唐时元结的住宅等建筑。2. 中兴死节：指安史之乱前后死节的人。3. 烈烈：形容功业显赫。涴：污，弄脏。4. 停骖：勒马不前。骖：同驾一车的三匹马。竟日：整天。

[译文]

山水清奇今古全然相同，旧家的乔木却衰败一空！

中兴死难的曾有几多人？当时是谁立下了第一功？

赫赫碑文已被朝露弄脏，萋萋荒草也为暮烟所笼。

我勒马不前，整天里长叹，回首昔日东风，遗恨无穷。

[说明] 这首诗抒写了浯溪山水清奇似昔，可旧宅规模衰败，中兴壮烈场面依稀，丰碑为朝露弄脏的凄清情景，寄托了悼古的无穷遗恨。情调是低落的，可反映了实况。

无题

明·薛 纲

浯溪石，次山文，太师健笔驱风云[1]；古今且得赏三绝[2]，事有至难休易论[3]。

成化二十一年（1485）闰四月二十三日湖广按察副使山阴薛纲识

［作者简介］ 薛纲，生卒年不详，字之纲，山阴（浙江绍兴）人。以进士起家，历官湖广按察副使至云南布政。为人简直夷坦，能够持正。为文淳雅。有《三湘集》等。

［释题］ 此诗碑楷书，旧溪志、县志均未收。

［注释］ 1. 风云：喻邪恶势力。2. 且：又。三绝：指石、文、字。3. 休：不要，不必。

［译文］

这浯溪的崖石，元次山作的文，颜太师刚健的笔力可驱赶风云；

从古到今又得以欣赏这“三绝”，事有最难做到的，不必轻易议论。

［说明］ 这首诗鲜明地点出了浯溪“三绝”的内容，有着欣赏的价值，表示不要轻易议论中兴是非的观点。

读中兴碑

明·曹来旬

万里分符来守土[1]，两年浯溪未一睹。乘时送客偶维舟，山明水秀真无愈[2]。摩挲老眼辨残镌，上下旁求勤仰俯。元子辞章雅颂音，颜公笔翰蛟龙舞。一行朗诵一回思，漫将唐事从头数：聿自锦襁裹禄儿[3]，六宫养成双翼虎[4]；心轻中国势滔天，渔阳动地鸣鼙鼓。上皇幸蜀弃长安，太子即位于灵武；金戈一挥复两京[5]，开辟勋烈昭寰宇。至今人咎宠玉环，岂知兆端相林甫[6]。九龄不罢正气闻，羯奴敢羡塞酥乳？只将再造劳子仪，不念后患言可取[7]。三纲扫荡四海穷，中兴之功能何补？悠悠此恨世谁知？

空使英雄泪如雨！

大明正德八年（1513）五月望日河南郑州曹来旬识

[作者简介] 曹来旬，字伯良，郑州人。进士，正德中，由御史知武昌府，后改知永州府。在任“政事精明、丰采凛然”。

[释题] 此诗碑楷书，字划尚完好，书法亦佳。

[注释] 1. 分符：即剖符。分一半符节作为信物。2. 愈：胜过。3. 聿（yù）：助词，用于句首或句中。4. 六宫：相传古代天子有六宫。后泛称皇后妃嫔居住的地方。双翼虎：比喻安禄山凶恶无法控制。5. 金戈：代战争。6. “兆端相林甫”与“九龄不罢”：唐玄宗时，张九龄为相，直言敢谏，李林甫常在玄宗面前中伤他，因而被罢相。李林甫继任，厚结宦官妃嫔，迎合玄宗意旨，排除异己，政事日趋败坏。李建议玄宗，“诸道节度尽用胡人”。7. “不念后患”：张九龄曾劝谏玄宗，“禄山失律丧师……不杀必为后患”。

[译文]

拿着符节，离京万里守疆土，两年来，没有去浯溪看景物。
乘着送客时机，偶然得停船，山明水秀，没有哪里能超逾。
揉着老眼，辨认剥落的石刻，上上下下搜寻，身子闲不住。
元子文章有《雅》《颂》的风格，颜公书法，像蛟龙般飞舞。
一行行朗诵，一行行去思索，随意把唐朝历史，从头细数。

自从用锦襁裹上那禄山儿，皇宫养了有一对翅膀的老虎；
看不起中原，势焰赫赫滔天，渔阳一带震动，擂响了战鼓。

唐玄宗奔西蜀，丢弃了长安，太子登上皇位，地点在灵武；
战争一展开，先后收复两京，开辟功业的光辉，照亮寰宇。

至今人们归咎宠爱杨玉环，岂知始于任用宰相李林甫。
张九龄不罢相，必定正气存，羯奴又怎敢羡慕她，塞给酥乳？

只将收复大事劳累郭子仪，“不念后患”这话，说的真可取。
三纲全然不存，四海也穷困，中兴功业，能有多大的裨补？

这悠悠的恨事，世人哪个知？白白地叫英雄，泪落如下雨。

［说明］ 这首诗写了在得睹浯溪山明水秀和辨认元颜文字满足心愿后，不禁反思唐玄宗任用奸相，不听忠言，酿成禄山叛变，贻害国家人民，中兴有何裨补的史实，慨叹世人不知恨事底细，徒令英雄长叹，无比悲伤，读来令人深思莫止。

暮春偶游浯溪

明·苍崖道人

江上溪回溪上山，兀然亭止翠微间[1]，香风宛转花交树，清响高低水过湾；万古载题平琬琰[2]，一碑称绝合元颜[3]。斯文邂逅堪和煦[4]，指点烟飞次第攀[5]。

东风知我负追游[6]，吹上溪亭暂解忧。万絮江头和雨坠[7]，一花岩背为诗留；芳尊小榼春迎酒[8]，烟草斜阳客系舟。余兴未降怀远道[9]，不胜沙鸟意悠悠[10]。

正德甲戌（九年，1514）岁既三月之吉[11]，苍崖道人识

［作者简介］ 苍崖道人，当是明正德年间前后的人，不知真名。

［释题］ 此诗碑楷书，书法虞、褚，且有欧书笔意。旧溪志、县志均未收。

［注释］ 1. 兀（wù）然：高高突立的样子。翠微：青葱的山色、青山。2. 琬琰（wǎn yǎn）：指《琬琰集》。宋杜大珪编有《名臣碑传琬琰集》，所录皆碑传。3. 合：符合，相合。4. 斯文：这里指儒士、文人。邂逅（xiè hòu）：没有相约而遇见，偶遇。和煦（xù）：温暖。5. 次第攀：依次攀登。6. 负追游：为寻求游览而累。7. 万絮：指许多柔花，如柳絮、芦絮等。8. 芳尊小榼：美好的酒杯，载酒的器具。9. 怀远道：怀念路远当归。10. 不胜：不尽。意悠悠：悠然自得的样子，闲适的情趣。11. 既三月之吉：又三月初一。

［译文］

一

江上是溪流回转，溪上是山，亭台兀然，位在青葱山色间。

香风辗转而来，是花交叉树，清晰响声有高低，是水过湾；
万古的题刻等同那《琬琰集》，这碑称为“绝”，恰合乎元颜。
文人们偶遇，确实感到温暖，指点那烟飞处，依次去登攀。

二

东风了解我，为追寻游览牵累，吹送我上了溪上亭，暂且解忧愁。
江头上千万朵花絮和着雨坠落，岩背处鲜花，似为孕育诗意而留；
备上美好酒器，正喝着迎春酒，斜阳掩映烟霭花草，远客在系舟。
我余兴没有减，怀念远道当归，不能尽赏沙鸟闲适趣，心意难休。

[说明] 第一首诗描绘了游览浯溪时见到亭台掩映在青山绿树当中，香风徐来，水响悦耳，题刻等同圭璧，丰碑称绝最当，以及文人们偶逢，争相攀登景点的画面，着笔细腻生动，喜人。

第二首诗描述了趁着东风追寻胜境，只见花絮和雨坠落，岩花蕴含诗意，正乘兴喝酒迎春，斜阳却暗示天晚的情景，表达了怀念远道，不能尽赏沙鸟闲适意趣，以致游兴未已之情。如此因景抒情，真切细致感人。

浯溪感怀

明·杨　廉

齐云巨石瞰江流，招我登临最上头。一代文章留胜迹[1]，两朝风雨付沧洲[2]！纷持健笔争诗价，细数何人为国忧？千古颜、元刚气在，萧萧落叶满山秋[3]！

[作者简介] 杨廉（1452—1525），字方震，丰城（属江西）人。明成化进士，官至礼部尚书。他吏事精敏，为人耿介，学识渊博。学者称月湖先生，有《月湖集》。

[释题] 此诗旧溪志、县志均收录。

[注释] 1. 一代文章：指大唐中兴颂。2. 两朝风雨：指经历玄宗、肃宗两朝的变化。沧洲：滨水的地方。古称隐者所居。3. 萧萧：指落叶声。

［译文］

靠近云天的巨石俯瞰着江流，招引我登临到石崖的最上头。

真是一代雄文留下了胜迹，经历两朝变化，隐居到沧洲！

游人们拿着健笔，争着评诗价，仔细数来，哪一个为国事担忧？

颜元二公的正气，千古都存在，满山叶落萧萧，只觉得正深秋！

［说明］这首诗描述了浯溪石崖最能吸引人登临的特点，指出元公经历两朝风雨才在此隐居留下胜迹，后世争论诗价，真正忧国者少，二公正气却千古长存，充分表达了赞叹敬仰之情。结句有烘托作用。

镜石

明·杨　廉

此石曾将献凤池[1]，　赐还仍对次山碑；
分明照见唐家事，　不向旁人说是非。

［释题］此诗旧溪志、县志均未收，载在明隆庆《永州府志》。

［注释］1. 凤池：凤凰池省称。曾称封建王朝中书省为凤凰池，设在禁苑，接近皇帝。

［译文］

这镜石曾经将它献上凤凰池，赏赐转来仍然对着次山碑。

它分明照见了唐朝家事，却不向旁人议论长短是非。

［说明］这首诗歌唱了镜石的身份和能耐，以及不随便向旁人议论是非的品性。

浯溪吊古

明·顾　璘

系舟浯溪下，策杖登崇台。嵚岑石壁古[1]，手拨苍云开。娲皇乘空去[2]，遗此青玫瑰[3]。元公自奇崛，首发雕镂才[4]，灵光落台斗[5]，照耀衡湘隈。白日映寒野，旷望江流回。山僧指陈迹，故宅久已灰。窊尊依然好，饮者安在哉？感叹惜形役[6]，长歌下崔嵬。

［作者简介］ 顾璘（1476—1545），字华玉，号东桥居士，吴县（江苏苏州）人。明弘治进士，做过湖南巡抚，官至南京刑部尚书。虚己好士。工文章，诗以风格胜，有《浮湘集》等。善行、草，笔力高古。

［释题］ 此诗收在旧溪志、县志。

［注释］ 1. 嵚岑（qīn cén）：高大险峻。2. 娲皇：女娲氏。神话古帝名。说她炼石补天。3. 玫瑰：这里指美玉。4. 雕镂才：指善写文章的才能。5. 灵光：神光。台斗：台，即三台星；斗，即北斗星。6. 形役：为形骸拘束役使，多指为功名利禄束缚。

［译文］

船儿停靠在浯溪这个地方，拄着拐杖登上高高的石台。
高大险峻的石壁很古老，一用手拨弄，青云就飞开。
莫非是女娲氏凌空离去，留下了这块青色的玫瑰。

元公当然算超凡突出，首先发挥了雕镂之才。
等同那神光落自台、斗，照耀着衡湘水滨山隈。

太阳光映照寒冷的山野，远望那江流曲折迂回。
山里的和尚指出古迹，原来的住宅早变尘埃。

作酒尊的山石仍然完好，从前喝酒的人而今安在？
叫人感叹的是名利束缚，不禁长歌从高台上下来。

［说明］ 这首诗首先描述浯溪石崖高峻碧绿的可爱，赞叹元公的颂文有等同神光普照的价值，接着写旧宅已成尘土，窊尊虽在却不见饮者，从而产生不应为名利束缚的感慨。前半篇赞得美妙奇特，后半篇写得超然不俗。

观摩崖碑

明·周　用

谁传墨本来浯溪[1]？举火夜读摩青藜[2]。鲁公书法晋以后[3]，元子文字京之西[4]；中兴事业唐可颂，自古万崖天与齐。几时高阁观虎卧[5]？千仞危巢怜鹘栖[6]！

[作者简介] 周用（1476—1547），字行之，号白川，吴江人。明弘治进士，官至吏部尚书，赠太子太傅。为人正直忠诚，有志节气概，卒谥恭肃。著有《周恭肃集》。

[释题] 此诗旧溪志、县志均收录。

[注释] 1. 墨本：碑帖拓本。2. 举火：点起火光。摩青藜：抚摸着青藜。青藜：可燃照明。也指拐杖。3. “鲁公”句：指颜鲁公书法是晋以后的杰出者。4. “元子”句：指元结的文章是当时仅有的，不同西京的文风。5. 虎卧：喻明正德时的江彬等奸佞。6. 鹘（gǔ）栖：喻当时宸濠之流，鹘：鸷鸟。

[译文]

是谁把碑刻拓本传自浯溪？我点起火光夜读，摸着青藜。

鲁公书法是晋以后杰出者，元子文章，在京之西罕见。

唐中兴事业值得摩崖刻颂，自古许多崖壁高得与天齐。

几时居高阁的能看到虎卧？那千仞的危巢可怜鹘鸟栖！

[说明] 这首诗抒写了夜读摩崖碑，对颜书元文的赞赏和唐中兴事业的歌颂，并且联想到当时内奸肆虐，外贼滋恶的忧虑。结尾戛然作结，令人警惕。

无题

明·许宗鲁

夏泛湘水溢[1]，晨览浯溪湄[2]。疏岩抗秀丽[3]，杂卉流芳芬[4]；径折下入谷，磴盘高蹑云[5]；众木荫繁影，丛篆扇微薰[6]。台眺极虚豁，槛俯辞喧纷[7]。披荒辨故址，拨翳求新闻[8]；鲁公留令迹[9]，漫叟焕遗文；经营祖斯籀[10]，纪述宗典坟[11]。慨此连城璧[12]，炳兹昭代勋[13]；照耀星日辉，呵护神鬼勤，石鼓载颂周[14]，铜槃始铭殷[15]；遐轨固有类[16]，至宝垂无垠[17]。

[作者简介] 许宗鲁，生卒年不详。字东侯，陕西咸宁人。明正德进

士，嘉靖初视湖广学校。后以佥都御史巡抚保定、辽东，终太常少卿。工书法，著有《辽海》、《归田》诸集。

[释题] 此诗载在旧溪志、县志，题为《浯溪登眺》。

[注释] 1. 澨（shì）：水边。2. 湄（méi）：水边，岸边。3. 疏岩：开凿的山崖。抗：高耸。4. 流芬芳：散布芳香。5. 磴（dèng）盘：登山石盘道。蹑云：跟着云儿。6. 丛篠（xiǎo）：丛生小竹。扇：搧动。薰：香气。7. 辞喧纷：辞去喧闹嘈杂。8. 拨翳（yì）：拨开树木的掩蔽。9. 令迹：美好的书迹。10. 经营：规划构造。祖斯籀：以李斯的篆籀为师。11. 宗典坟：以三坟五典为根据。三坟，即伏羲、神农、黄帝之书。五典，即五常：父义、母慈、兄友、弟恭、子孝。12. 连城璧：价值连城的玉璧。13. 炳：光耀。昭代勋：显扬了前代的功业。14. 石鼓：相传周宣王时，制鼓形石块，上刻史籀所作的纪功颂。载：始。15. 铜槃（pán）：即铜制籀的盘。铭：为文刻于器物上称述功德。16. 遐轨：长远的轨道，长久的法制。17. 至宝：大宝。无垠（yín）：无边际。

[译文]

夏日里泛舟在湘水上，早上就看到浯溪水滨。
开凿的山崖，挺立秀丽，花草种样多，散布芳芬；
路径一转弯，下到谷地，登着盘山道，跟上浮云；
树木成林，荫盖出繁影，丛生的小竹搧起微薰。
在台上眺望，十分空阔，凭栏俯视，抛开了喧腾。

劈掉荒草，辨认出旧址，拨开荫蔽，着意要求新；
颜鲁公留下刚健书迹，元漫叟遗下焕彩鸿文；
规划构制，学李斯篆籀，纪述内容，典籍为准绳。

慨叹这价值连城玉璧，光耀着前代显著功勋；
日星照耀得光辉璀璨，神鬼呵护得特别殷勤。
石鼓刻颂，起始于成周，铜盘铭文，称述着商殷；
长久的法制，的确同类，这大宝物，与天地长存。

[说明] 这首诗描绘了所见浯溪山崖秀丽高峻，花草芳芬，树木清幽，豁目静心的景致；记述了访古求新，阅读颜书、元文的感受；赞扬了颂碑有着与石鼓、铜槃同样的作用和至宝永垂天地间的价值。

读中兴碑

明·许 岳

昔怀浯溪不得见，今向浯溪游几遍。崖端古刻云气生，古罅惊流雨花溅[1]。元公已逝不再来，长歌痛饮眠苍苔。为笑诗人好题品[2]，无端悲喜如童孩[3]。当时事势非灵武，唐室山河宁旧土？摩挲石碑三叹息，多少今人不如古！

[作者简介] 许岳，余姚人。明嘉靖八年（1529）任永州通判。

[释题] 此诗旧溪志、县志均收。

[注释] 1. 罅（xià）：裂缝，岩隙。2. 题品：评论，评量。3. 无端：没有原由，无缘无故。

[译文]

曾经想念浯溪，不能亲眼见，于今能在浯溪，游览好几遍。
崖头古代的石刻，生着云气，石岩隙里的激流，水花四溅。

元公已经长逝，不见再归来，纵声唱，尽情喝，躺身在苍苔。
堪笑诗人们喜欢评论过去，没来由的悲与喜，好像童孩。

当年局势，若不是灵武即位，唐代江山哪里会有旧疆土？
我摩挲着石碑，反复地叹息，多少现代人，做人不如往古！

[说明] 这首诗描写了游浯溪时，见到古代石刻的喜悦心情，提出对诗人们评论过去的悲喜有如孩童的看法，认为灵武即位，恢复疆土的行为，多少今人是做不到的。结语的感叹十分深沉，有警示作用。

游浯溪

明·袁 帙

湘水浮天绿，浯溪见底清。归来窥石镜，散步爱泉声。宅废野花发，亭空山鸟鸣。中兴碑可读，犹忆漫郎名。

［作者简介］袁帙（zhì）（1502—1547），字永之，号胥台，吴县人。嘉靖进士，做过兵部主事、员外郎、广西提学佥事。诗文俊爽，有《胥台集》。

［释题］此诗曾刻成活碑，置元颜祠壁。祠圮碑失。

［译文］

湘水浮着天，一片碧绿，浯溪见着底，特别澄清。

回来时就细看那石镜，散步中最爱听流泉声。

住宅虽已倒塌，却有野花怒放，亭台虽已空空，却有山鸟啼鸣。

中兴碑仍然能够阅读，还记起漫郎这个别名。

［说明］这首诗把湘水连天、浯溪见底、窥镜听泉、花开鸟鸣的游览雅境和读碑联想元公轶事的情怀都表现了出来，读来十分真切喜人。

谒元、鲁二公祠值小雨霁又作

明·唐　瑶

一

次山词藻平原笔[1]，千古忠诚日监临[2]。小雨乍晴晴更雨，也应慰我仰高心（亭名仰高）[3]。

二

摩崖深刻中兴颂，义胆忠肝天实临[4]。宋到南来终不迨[5]，词臣同是刻碑心[6]。

［作者简介］唐瑶，明文学家唐顺之父亲，江苏武进人。生卒年不详。嘉靖时任永州知府，顺之常随父来永，作了《大营驿岳鄂王题壁》。

［释题］此诗碑楷书，旧溪志、县志均未收。

［注释］1. 词藻：一般指诗文工巧有文采的词语。这里指颂文。平原笔：颜鲁公刚劲的书迹。2. 监临：到场察看。3. 仰高亭：在浯溪书院。

仰高，指敬仰元、鲁二公。4. 天实临：天公实在眷顾着。5. 终不迨：终究不及。6. 词臣：指文学侍从之臣，如翰林学士。

[译文]

一

元次山的雄文、颜鲁公的劲笔，显示千古忠诚，日有人监临。

小雨突然放晴，晴了又下雨，也应安慰我敬仰高贤的心。

二

磨平崖壁，深刻上中兴颂，那义胆忠肝，老天实眷临。

宋室南迁后终究赶不上，虽然词臣们同有刻碑心。

[说明] 第一首诗抒写了在乍雨乍晴中拜谒元、颜二公祠，实为满足，对元文、颜字显示千古忠诚的敬仰之情。

第二首诗抒写了摩崖刻颂实是义胆忠肝受到老天眷顾，但词臣尽管有心刻碑，南宋朝廷却没有恢复中原的认识。这是明人唯一提到宋颂的诗，可作研究宋颂的参考。也可见此时，宋颂尚可读。

经浯溪

明·蔡汝南

夜泛湘船向岳津[1]，数声欸乃百重云。漫郎不见遗墟在，溪水崖风梦里闻。

[作者简介] 蔡汝南（1516—1565），字子目，号抱石，德清（属浙江）人。嘉靖进士。十七岁即好为诗，有重名。中年专攻经学。知衡州时，常至石鼓书院为诸生讲经。官至南京工部右侍郎。有《自知堂集》。

[释题] 此诗收在旧县志。

[注释] 1. 岳津：岳州渡口。

[译文]

湘水中夜行船，直向岳阳奔，几声“欸乃”中，穿过百重云。

漫郎已经不在，遗墟当还在，溪水与崖风声，似在梦里闻。

[说明] 这首诗写夜经浯溪，船行极快，想到浯溪漫郎遗宅可能还在，以致梦里好似听到溪水崖风的声音，充分表达了怀念胜迹、景仰前贤的感情。用语清新有风致。

无题

明·余勉学

清秋乘舸泊三吾[1]，水碧沙明兴不孤[2]。怅望浯溪隔湘水[3]，何时勒石颂平胡（时报北虏寇边）[3]？

嘉靖辛亥十四年（1551）仲秋八月，车台余勉学

[作者简介] 余勉学，当活动于明嘉靖前后间，江苏车台县人。其他不详。

[释题] 此诗碑行楷。旧溪志、县志均未收。

[注释] 1. 舸（gě）：船。2. 兴不孤：兴致不孤单。3. “怅望”句：望着浯溪这一胜地，联想到北虏寇边而惆怅。4. 胡：当指北边蒙古族的部落。

[译文]

正清秋，我乘船停泊在三吾，水碧青，沙明净，兴致确有余。

隔着湘水望浯溪，好不惆怅，到何时能刻石，歌颂平北虏？

[说明] 这首诗抒写了清秋船泊三吾，所见水碧沙明产生的兴味和联想到当时不能刻石歌颂平胡的惆怅，表达了关心国事希望明中兴的心愿。

到公元 1575 年，湖广永州府知府丁懋儒作了《大明中兴颂》，并书上石。后人评其所颂内容不当，书法亦无可取，向有“效颦”、“续貂”之讥。

读中兴碑

明·阎士麒

鼙鼓高喧虏气猖[1]，金铃声解作郎当[2]。李猫岂合逃诛戮[3]？安羯终尝乱典常[4]。攘荡北方功可贵，凄凉南内事堪伤[5]。崖碑自是真公案[6]，殷鉴分明近在唐[7]。

滇　阎士麒

［**作者简介**］阎士麒，云南邓川举人，明嘉靖三十五年（1556）任祁阳县教谕。在峿台北崖有他的榜书“圣寿万年”，字大 225 厘米见方，十里外可以见到。气势磅礴，可称名笔。

［**释题**］诗碑行书，溪志、县志均未收。

［**注释**］1. 鼙（pí）鼓：军中小鼓乐器。虏气：指安禄山军队的气势。2. 金铃声：指唐玄宗避安禄山之乱，至蜀，久雨，在栈道中听到的铃声。郎当：散乱的铃声。3. 李猫：一指唐高宗时，赞立武则天为皇后的李义府。他为人笑里藏刀，称之为“李猫”。这里当指李林甫，唐玄宗任他为相，他排斥异己，政事败坏。可为人佯作和好，世称“口蜜腹剑”。他建议玄宗：“诸道节度尽用胡人。”玄宗信任安禄山，与他有关。4. 安羯：安禄山，是奚族人，其母嫁给突厥人，故称。典常：法规，常规。5. 南内：指唐玄宗被幽禁在南内，即兴庆宫。6. 公案：指崖碑内容是颂还是贬的问题，是要大家解决的。7. 殷鉴：原指殷人的子孙应以夏的灭亡为鉴。后泛指后人鉴戒前人失败之事。

［**译文**］

鼙鼓的声响高喧，胡虏的气势猖狂，
玄宗栈道上听到的铃声，响得“郎当”。
那“李猫”的建议怎能让他逃脱诛杀？
安禄山这叛贼到底扰乱了法规纲常。
攘除战乱，平定北方的功劳的确可贵，
玄宗幽禁在南内的凄凉，也够人悲伤。
崖碑的颂与贬，确是要解答的公案，

值得借鉴的教训好分明，近在大唐。

[说明] 这首诗指斥了安史叛变的气势与祸害以及李林甫的罪恶。概述了唐肃宗平定北方的功劳和处理父子关系的不当，指出崖碑的褒贬问题自是公案，但整个历史事件是值得后人借鉴的镜子。

登浯溪

明·高　岐

秋日倦行役[1]，航苇湘之涯[2]；忽指浯溪寺，登来观益奇。巉岩倚层阁，藤木锁荒祠[3]。江水深不流，寒映几残碑。独有摩崖刻，唐颂千古垂；次山不可见，文采照江湄[4]；鲁公笔法神，忠烈堪伤悲[5]。文因字得传，石缘文更宜。想象江月升，万壑天风吹[6]，爱此迟去辙[7]，此意白云知！

[作者简介] 高岐，明嘉靖三十六年（1557）任管粮通判，大理人。其他不详。

[释题] 此诗碑行草，铲《大宋中兴颂》右上角刻。

[注释] 1. 行役：旅行的劳苦。2. 航苇：坐着小船前行。3. 锁荒祠：掩蔽荒废的祠庙。4. 文采：指颂文。5. 忠烈句：指忠于唐王朝，劝谕李希烈，不屈，被缢死。6. 万壑：许多的山谷。天风：大风。7. 迟去辙：缓慢地离开。

[译文]

这秋天我厌烦行旅劳累，坐小船航行在湘水边际；
忽然有人指出浯溪古寺，上岸观看后更觉得出奇。
高峻崖壁倚着多层楼阁，藤萝掩蔽着荒凉的古祠。
江水深沉，好像没有流动，寒光映照着好几块残碑。

只有那高大的摩崖石刻，大唐中兴颂的光辉永垂；
元次山虽然不能再见到，文采依然照耀水湾山隈；
颜鲁公的笔法的确通神，他为国的忠烈够人伤悲。
文章借着书迹得以流传，崖石也因文章更是适宜。

我油然想到，江头明月上升，汹汹鏊鏊的大风不断劲吹，

爱这里的胜迹，竟行踪迟迟，这心底意，只有白云儿相知！

［说明］这首诗描写了登浯溪见到巉崖碧水映衬古迹的奇观，抒写了摩崖颂碑光辉永垂，元文、颜笔，崖石配合适宜的感受；同时借江上明月不愿速离，表达了对浯溪胜迹的深深依恋之情。

全诗因景生情，识理，十分自然。结尾的想象颇有意趣。

寻元次山宅

明·王锡爵

肃铃下湘渚[1]，巉石当其崖。清川带烟霞，碧岑远尘埃，回岗秀林木[2]，触处崇亭台[3]。昔闻漫郎氏，卜筑溪山隈，风月满户牖[4]，吟弄集朋侪[5]；钓石隐磻溪，梧琴调徂徕[6]。斯人不可作[7]，高标遗九垓[8]；嵒嵒十丈碑[9]，千古无苍苔。我行滞江皋[10]，郁抱终以开，徘徊且登眺，白云入我怀。寄语赏心客[11]，明年还复来。

［作者简介］王锡爵（1534—1610），字元驭，号荆石，太仓（属江苏）人。明万历时，累官至首辅。其书法在虞、楮间，神采风调出蹊径外。有《文肃集》。

［释题］此诗收在旧溪志、县志。诗平淡中见风致。

［注释］1. 肃铃：带领随从。2. 回岗：迂回的山岗。3. 触处：随处，到处。4. 风月：清风明月，指美好景物。牖（yǒu）：窗户。5. 朋侪（chái）：朋辈。6. 徂徕（cú lái）：山名，在山东泰安市。7. 不可作：不能复活。8. 高标：高洁的品行。九垓（gāi）：九州，泛指人世间。9. 嵒嵒：同“岩岩”，高峻的样子。10. 滞江皋：停留江畔。11. 寄语：传语，转告。赏心：心意欢乐。

［译文］

带领随从坐船来到湘江边，险峻的石头挺立山崖前。

清清的流水下面，漫起烟霞，碧绿的山峦，没有尘埃沾染，

迂回的山岗，林木很是秀丽，高高的亭台，处处映入眼帘。

曾经听说唐朝元漫郎，卜居在这溪山的边沿，
开窗户，就见到更美丽景物，吟诗作文，常招来好友钻研；
像隐居磻溪，可坐在石上垂钓，像筑室徂徕山，可以调拨琴弦。
这个人无法叫他复活，高洁的品行却长留人世间；
看这巍巍的十丈丰碑，千百年来，也没有青苔遮掩。

我走着走着逗留在江畔，心中的忧郁终于被解散，
来回地走，并且登高眺望，白云儿正闯到我的胸前。
要转告心意欢乐的游客，到明年，我们再来游览。

[说明] 这首诗描绘了登上江岸见到浯溪的清秀景物，回忆起当年元次山卜居此地的高雅情怀和他的品行与丰碑受人景仰，抒发了游览的欢快与依恋之情。写景抒情十分真切动人。

题摩崖碑

明·管大勋

浯溪之山云母石[1]，青崖插天悬峭壁。中有镌镂结构奇，雷霆呵护神仙划[2]。天宝以来几千载，螭盘凤舞依然在，元公作颂鲁公书，当时国事真堪慨！翠华幸蜀宗社迁[3]，长安宫阙迷烽烟；储皇匹马起恢复，仓卒灵武谁宣传？吁嗟往事难具论，於铄文翰微义存[4]；两公忠胆贯星日，穹碑古篆垂乾坤[5]。宇内摩崖今余几？周原秦湫半堙圮[6]；三吾山水最幽奇，维石磷磷云气紫[7]。上国韶华有消歇[8]，人间至宝常不灭。湘南犹识漫郎居，关西谁湔马嵬血[9]？

万历九年（1581）八月中秋日兵巡督学使管大勋题

[作者简介] 管大勋，号慕云，鄞（yín）县（属浙江）人。嘉靖进士，万历九年任衡永兵巡副使，后迁广西参政，官至光禄寺卿。

[释题] 诗碑楷书，尚端正。旧溪志、县志均收录。

[注释] 1. 云母石：矿石名。2. 呵护：呵禁守护。3. 翠华：用翠羽饰于旗杆顶上的旗，是皇帝仪仗。这里指唐玄宗。4. 於铄（wū shuò）：赞叹词。5. 穹：高，大。6. 周原秦湫（qiū）：周的原野，秦的深潭。堙

圮（yīn pǐ）：毁坏，堵塞。7. 磷磷（lín）：色泽鲜明的样子。8. 上国韶华：皇家的美好时光。9. 湔（jiān）：洗涤。

[**译文**]

浯溪的山岗，大都是云母石，碧青的石崖插天，形成峭壁。
其中镌刻的碑石很是奇异，雷霆呵禁守护是神仙策划。

唐朝天宝以来，快上一千年，龙盘凤舞的文字，依然存在，
是元公作的颂，鲁公写的字，当时的国事，实在令人感慨！

玄宗出奔西蜀，祖庙也变迁，长安宫殿遭战火，硝烟弥漫；
皇太子匹马起身，立志恢复，匆忙去灵武，有谁替他宣传？

可叹那往事，难以具体评论，多美好的文章，隐微意义深。
两公的忠胆贯通星星太阳，丰碑古篆，定会与天地长存。

宇宙内摩崖于今留有几处？周、秦的原野深潭，大都废弃；
三吾的山山水水却最幽奇，石崖色泽鲜明，云气也带紫。

皇家的好时光，有时会消歇，人间最好的宝物，常不磨灭；
在湖南，还能找到漫郎住宅，到关西，谁肯洗涤马嵬的血？

[**说明**] 这首诗热情地赞颂摩崖碑的奇异，具体指出元公写了颂文请鲁公书写为大唐宣传，是忠胆贯通星日，因而丰碑古篆与天地长存，胜迹仍在。其中对比写法既深入抒情，又起了突出主题的作用。

镜石

明·张乔松

浯溪溪上石，似镜隐岩阿[1]。制出天工巧[2]，明由水力磨。精光今日月[3]，虚影照山河；世态妍媸别[4]，沧桑阅历多。人心皆类此，物欲自迷何？我愿灵台内[5]，惺惺解伐柯[6]。

万历庚子（廿八年，1600）冬十月，新俞张乔松书

［**作者简介**］张乔松，江西新俞县人，当活动在明万历前后。其他不详。

［**释题**］此诗碑行草，旧溪志、县志均未收。

［**注释**］1. 岩阿：山窟边侧的地方。2. 天工：大自然的鬼斧神工。3. 精光：特有的光华。4. 妍媸（chī）：美丑。5. 灵台：指心，意即心有灵智，可以依靠。6. 惺惺（xīng）：清醒，机灵。解伐柯：懂得要取样板就像砍伐斧柄，样子就是手中的斧柄，不用远求。

［**译文**］

这浯溪上面的崖石，像镜子隐身这山角落。
能制出它是大自然的鬼斧神工，如此明净因水力琢磨。

特有的光华有似日月，幢幢虚影映照了山河；
世态美与丑，能够区别，沧桑变化，阅历确实多。

人们的心灵也都类此，迷惑于物欲又是为何？
我希望心坎的最深处，悟到找样板如同伐柯。

［**说明**］这首诗歌唱了镜石的处境、形成和作用，揭示了人们摆脱物欲迷惑，应以此类推醒悟的道理。

题浯溪摩崖三绝　并序

明·董其昌

余至衡州，欲观《大唐中兴颂》。永州守以墨刻进，亦不甚精。盖彼中称为三绝碑，曰元漫郎颂、颜平原书、并祁阳石为三。殊可嗤恨，石亦何足绝也？盖两公书与文与其人为三绝耳。因题诗令守镌之。诗曰：

漫郎左氏癖[1]，鲁国羲之鬼，千载远擅场[2]，同时恰对垒。有唐九庙隳秋烟[3]，一片中兴石不毁。几回吹律寒谷春[4]，几度看碑陈迹新。辽鹤归来认城郭[5]，杜鹃声里含君臣。折钗黄绢森光怪[6]，旧国江山余胜概[7]。当年富贵腹剑多[8]，后代风流椽笔在[9]。书生何负于国哉？元祐之籍何为来[10]？子瞻饱吃惠州饭，涪翁夜上浯溪台。扶藜扫石溪声咽，不禁技痒还题碣。清时有味是无能[11]，但漱湘流莫饶舌[12]！

万历三十四年丙午（1606）

［作者简介］ 董其昌（1556—1636），字元宰，号思白，又号香光居士，华亭（上海松江）人。少负盛名。明万历进士，授编修，做过湖广副使、湖广学政，官至南京礼部尚书。明大画家、书法家，也是诗人。这次游浯溪，画了浯溪图，遍征题咏。有《残鸿堂帖》《秋兴八景图》。

［释题］ 此诗收在旧溪志、县志，但浯溪未见碑石。

［注释］ 1. 左氏：春秋的左丘明。2. 擅场：以斗鸡为喻，强者胜弱者，专据一场。后来称技艺高超出众。3. 隳（huī）：毁坏。4. 吹律：吹着定气候的律管。5. 辽鹤：常用以指重游旧地的人。晋陶潜《搜神后记》："丁令威本辽东人，学道于灵虚山，后化鹤归还。"6. 折钗黄绢：圆转有力的文字。折钗：比喻字的笔画圆转有力。黄绢：指极好的文字。7. 胜概：美景，胜迹。8. 腹剑：唐李林甫为相，排挤才望功业和势位居己上者，尤忌文学之士，常暗害他们。世谓他"口有蜜而腹有剑"。9. 风流：英俊，有气派。椽（chuán）笔：晋王珣"梦人以椽笔与之"。后因以"椽笔"称颂重要文章或写作才能。10. 元祐之籍：宋哲宗元祐元年，司马光等旧党上台，把王安石的"熙宁新政"一律废除。元祐九年，新党再度上台，对"元祐党人"报复迫害。苏轼等人连遭贬谪。崇宁初，蔡京籍元祐年间司马光等百二十人为奸党，请皇上亲书刻石。11. 清时：太平盛世。此句借用唐杜牧诗句，是反说。12. 饶舌：多嘴多舌。

［译文］ 我到衡州，想看看《大唐中兴颂》。永州郡守把墨刻本奉上，也不大精美。那个本子中称作三绝碑，是把元漫郎的颂文、颜平原的字、连同祁阳石崖合而为三。这很可笑，很遗憾，石崖也怎么能够"绝"呢？大概两公的字与文和他们的为人算"三绝"吧。因此题了诗，叫郡守把它刻上去。

元漫郎最喜爱左氏笔法，颜鲁公本是王羲之化身，

千百年来才艺远远出众，两公在同时恰好又齐名。

大唐祖庙在秋烟中毁坏，一座中兴碑却长久保存。

几回吹律管，寒谷暖如春，几次看碑石，只觉旧迹新。
我重回旧地，仔细认城郭，杜鹃啼声里，慨叹君与臣。

有力的文字放射寒光奇，旧地的江山仍留下胜迹。
当年富贵者，大多陷害人，后代多英俊，也有大手笔。

读书人有什么辜负国家？元祐党籍为什么提出来？
惠州的饭苏子瞻吃够了，黄涪翁夜晚登上浯溪台。

拄拐杖，抹碑石，溪流声呜咽，不禁技痒，还在石上把诗写。
我太平时节有兴味是无能，只取湘水漱口，不愿再多舌！

[说明] 这首诗的序写读到中兴碑墨刻本，对“三绝”另有看法。题诗首先赞叹两公才艺出众，唐室早垮，颂碑长存；接着写几次读碑对唐君臣不胜叹息，权势者虽能害人，但胜迹仍然留下，对读书人遭到迫害也无比愤慨。末句还写出了自己的牢骚。全诗炼句炼意，都有特色。

浯溪二绝

明·张同敞

潭碧缨堪濯[1]，漫郎宅已残，惟留石镜在，日日照澄寒[2]。

山静清相宜，溪回幽不支。肃然一片石，是古中兴碑。

[作者简介] 张同敞，字别山，江陵（属湖北）人。明朝宰相张居正曾孙。崇祯间以荫补中书舍人。桂王时，授兵部侍郎，经略楚、粤兵马，以忠义激励将士。清兵入桂林，与瞿式耜（sì）同遇害。工诗及草书。

[释题] 此诗收在旧溪志、县志。

[注释] 1. 缨堪濯：即能濯缨。《孟子·离娄上》：“沧浪之水清兮，可以濯我缨。”2. 澄：水静而清。

［译文］

潭水清澈，冠带可以洗净，漫郎住宅，残垣败堵四横，

只有石镜还嵌在崖壁上，天天映照得水清又冰冷。

山林寂静，青得好不相宜，溪水迂回，幽得不能再支。

肃然挺立的那片石崖，就是古代的中兴颂碑。

［说明］这两首五绝前者写浯溪水清、宅废和石镜犹在，后者写山青、溪幽和中兴碑肃然挺立，充分描绘了环境的寂静清幽，并给读者以胜迹长存的启示。

窊尊（二首）

明·易三接

漫郎一醉后，谁复能饮是？枵然天地内[1]，其形当何似？

凿开石上窍，以注村中酒，使君能作歌，一歌进一口。

［作者简介］易三接，字康侯，号暇斋，零陵（属湖南）人。明诸生。甲申（明亡，清建国的一年）后，闭户读书。晚年，开讲濂溪书院，称康侯先生。著有《零陵山水记》。

［释题］此二诗收在旧溪志。

［注释］1. 枵（xiāo）然：空虚的状况。

［译文］

漫郎用此樽喝醉后，有谁再能喝这樽酒？

这天地间空空的，能有什么相似否？

石孔一凿成酒樽，就可以注入村中酒，

元使君能够作歌，作一支歌就喝一口。

［说明］前四句写窊尊容量极大，无人有漫郎的度量，其实是赞漫郎胸襟。后四句写酒樽与酒得之不难，他能歌也敢饮。意即表示可以学漫郎。从这两首诗，见出他诗文不作常语的特点。

秋日偕姚君游浯溪

明·唐周慈

吴中有词客[1]，怀古企先贤[2]；篮舆同我往[3]，问渡浯溪边。掀髯一狂笑[4]，指点石上烟。逢迎有山僧，共立唐碑前。取水拭石镜，须眉自炯然[5]；茅堂与竹树，隔岸影空悬。谁作石镜诗？端溪谭青莲[6]，生动复洗炼[7]，允是一名篇[8]。畴为铲其名[9]？俗气真堪怜。青莲为正官，或为人所嫌，乃知风俗薄，翘首独问天！祁阳修小志，已为吾师传；木寿自千载，爱憎奚问焉[10]？携手上㾢亭，始废今鲜妍，玉箸书其上[11]，飞动回欲仙[12]。转道上峿台，石径空洞穿。瞻拜二公祠，重修有数椽[13]，始叹文人力，经厄复自坚。跻攀觅窊尊[14]，其量深且圆，可以注十壶，言之口生涎。寒影集群峰，水底云气旋；渐过渡香桥，溪流自溅溅[15]；老树生苍藓，藤萝一线牵，密叶覆积水，岩石出流泉。访僧止破寺，茶饭意诚虔，出门一揖别，聚散若有缘。锡我一尊酒[16]，倚石成醉眠；醒后渡溪归，逐步远山连。

[**作者简介**] 唐周慈，字徲纯，原名虞一，零陵人。笃志正学，志气慷慨，与易三接等相切磋。万元吉为推官，甚器重之。丙戌（1646），明唐王建号，万元吉任赣州知府，署唐周慈通判，后晋监察御史。赣州为清军所破时，唐周慈与万元吉均沉江以殉。

[**释题**] 此诗当在甲申（1644年，明亡）以前作。旧溪志、县志均收录。

[**注释**] 1. 词客：即标题中姚君，姚揆。2. 企先贤：仰慕元结、颜鲁公。3. 篮舆：竹轿。4. 掀髯（rán）：掀起胡子。5. 炯（jiǒng）然：明亮的样子。6. 端溪：今为广东德庆县。县东有端溪水。谭青莲：不详。7. 洗炼：指语气、文字简练利落。8. 允是：确是、信是。9. 畴（chóu）：谁。10. 奚：何，为什么。11. 玉箸：指用玉箸篆写的《浯溪铭》。12. 回欲仙：像仙人要远远飞去。13. 数椽：几间房屋。14. 跻（jī）攀：登攀。15. 溅溅（jiān）：流水响声。16. 锡：赐给。

［译文］

吴中有个擅长文词的人，追怀古代，仰慕元颜二贤；
坐着竹轿与我一同前往，忙着问路在浯溪渡口边。
那人掀起胡须，发出狂笑，指点那石崖处绕着云烟。

迎上前来的，有山中和尚，跟我们站立在唐碑面前。
我们取来水拭揩着石镜，胡须和眉毛自然很了然；
那茅草堂屋和竹林树木，隔着岸，也是形影临空悬。
是谁写上了这篇石镜诗？是那广东端溪的谭青莲，
诗写得生动，语言也洗练，的的确确称得上是名篇。
哪一个竟铲去他的名字，这么俗气实在令人可怜。
谭青莲做官十分正派，或许某些人对他生嫌，
因此知社会习俗浅薄，我昂起头要独自问天！
那祁阳县修编了小志，已为我的老师作了传；
树木长寿自会千多年，是爱还是憎，何用问焉？

我们拉着手登上唐亭，原来荒废，今美好新鲜。
玉箸篆写在它的上面，笔画飞动像远去神仙。
转过路来，去攀登唔台，有石径穿过空洞直前。
我瞻拜了元颜两公祠，经过重修，有房屋几间；
我才感叹文人有力量，经过困苦，复坚固安全。
着意登攀去寻觅窊尊，它的容量不仅深且圆，
竟可以注入十几壶酒，一说到它，嘴里就生涎。
水影生寒聚集了群峰，水底那云气也在回旋；
慢慢地走过了渡香桥，溪中流水自然响溅溅；
老树生长着青翠苔藓，藤萝竟牵成一条绿线，
密密的叶子覆盖积水，岩石下面却有了流泉。

我访问寺僧，留在破寺，茶饭招待得好不诚虔；
我们出寺门一揖而别，这聚与散好似很有缘。
还赐给我一杯好酒喝，我倚着崖石醉得成眠；
醒来后渡过溪桥回去，一步步走向远山相连。

[说明] 这首诗记述了偕游浯溪，问路渡口的反应，水拭石镜的情景，见到石镜诗作者谭青莲名字被铲的感叹，游览“三吾”的感受，访问寺僧的接送和醉醒而归的全过程，具体细致地突出了胜地具有的特点，表达了游有所获、游能尽兴的情趣。

游浯溪

明·姚 揆

烟萝一水外[1]，梦想无聊赖[2]；经岁始能来，初来神更会。绵绵青翠光，无限泠泠意[3]；山腰来紫霞，松涛响虚籁[4]。虚籁有时停，泉语无时匮[5]；日漏碧纹奇[6]，暗岚滴深细[7]。一片石光寒，远近皆呈睐[8]，比镜更通明，明镜有时晦。证古借同人，窣堵搜奇字[9]。幽刹出幽僧[10]，小品谈不二[11]，香积饭胡麻[12]，天孙贻玉脍[13]。选胜陟重阿[14]，吹云湿衣袂[15]；拍手树皆惊，从风鸟语碎[16]。

[作者简介] 姚揆，字圣符，浙江嘉兴人。善书画，能诗。其他不详。

[释题] 此诗收在旧溪志、县志。是作者与唐周慈同游唱和之作。

[注释] 1. 烟萝：指云烟笼绕藤萝处。2. 无聊赖：无法可办到。3. 泠泠（líng）：清凉。4. 虚籁：指风将息的空寂无声。5. 匮（kuì）：空乏，空匮。6. 日漏碧纹：日光漏下的碧影。7. 暗岚：阴暗的山上水蒸气。8. 睐（lài）：青睐，赏识。9. 窣（sū）堵：佛塔。梵语“窣堵波”省称，安放佛物或经文。10. 幽刹：深邃的佛寺，幽静的佛寺。11. 小品：佛经节本。不二：专一。12. 饭胡麻：吃芝麻饭。13. 天孙：织女星。玉脍：鲈鲙，因鱼肉色白如玉。14. 陟（zhì）重阿：登上重叠的丘陵。15. 衣袂（mèi）：衣袖。16. 从风：顺风。

[译文]

烟绕藤萝处，隔在湘江外，梦里都想去却无可聊赖；
经过一年多，才能够前来，初来的心神更是有领会。

连绵不断的，一色青翠光，没有穷尽的，一派清凉意；

那边山腰里，飞来了紫霞，松涛响过了，无声好空寂。

无声的空寂，有时会停止，清泉的话语，却无时空匮；
日光漏下来，碧影显得奇，阴暗的山岚，水滴深且细。

看那片镜石光亮有寒气，远近的景物都供你赏识，
要比那镜子更加通明，可那镜子有时却暗晦。

考证古迹，借助了同来人，找到佛塔搜寻到奇字。
幽静佛寺，出来了安闲僧，研读佛经，心神煞是专一，
等于吃胡麻，积聚了清香，又如织女星赠送了鲈鲙。

为寻找胜迹，登上几山丘，云气涌过来，衣袖都沾湿；
谁若一拍手，树叶都惊动，顺风的鸟语听来也零碎。

[说明] 这首诗描述了经年梦想来游的浯溪，景物清幽，环境寂静，镜石呈奇，寺僧谈经意味迷人，风吹雾涌感觉特殊。着笔细腻，突出了特征；用语清新，烘托了意境，够人细细品味。

董太史自衡阳写浯溪图诗见寄赋答

明·杨　芳

见说三吾景最奇，漫郎高韵有丰碑[1]。试观良史图中咏[2]，何似王丞画里诗[3]！百代风骚余郢调[4]，几人山水遇钟期[5]？斯文盟主凭公在，鸿雁飞来慰所思[6]。

万历丙午春日巴郡杨芳题

[作者简介] 杨芳，四川巴郡人，万历三十四年任广西巡抚。工诗，书法亦佳。

[释题] 此碑行书，诗、书俱佳。旧溪志、县志均收录此诗。

[注释] 1. 高韵：指高雅的气质或高妙优美的诗文。这里取后者为宜。2. 良史：指董太史其昌。3. 王丞：指唐代诗人王右丞，王维。后人

称许他“画中有诗，诗中有画”。4. 百代风骚：经历长久的诗坛。郢（yǐng）调：指“阳春”、“白雪”的优美诗篇，意即高调。5. 钟期：钟子期的省称，楚人，精于音律。伯牙鼓琴，志在高山流水，子期听而知之。子期死，伯牙谓世无知音者，终身不复鼓琴。6. 鸿雁：原意指书信。这里指寄来的浯溪图诗。

［译文］

听说三吾的景色最是幽奇，元漫郎的高雅诗文奉为丰碑。

试看董太史画图中的题咏，多么像王右丞画里的诗！

历时长久的诗坛留下优美诗篇，几人能碰上知音山水的钟子期？

文坛的盟主就因为有公存在，收到你的寄诗有慰我的相思。

［说明］ 这首诗称赞董其昌的作品有王右丞作品特点，认为诗坛高调难以遇上真正的知音，表示领会收到我公寄件深有安慰的友情。

浯溪同唐子仲亮

明 · 刘明遇

柳雾溪风信有缘，好山古迹共君眠。数宵卧起熊岗雪[1]，一夜深居浯浦烟。布被香熏经雨后，寒灯花发占梅先。山僧不解烹茶法，自煮窊尊百尺泉。

［作者简介］ 刘明遇，字沅松，四川成都人。举人，崇祯十六年（1643）任祁阳知县，有惠政。聘请唐仲亮、申季鹰修溪志，明亡，未竟其功。以诗名；长于书，真、行在颜、苏之间。

［释题］ 此诗收在旧溪志、县志。

［注释］ 1. 熊岗：祁阳东北熊黑岭。

［译文］

我跟雾中柳、溪上风的确有缘，有幸在好山古迹中，与你同眠。

几天来起床能见到熊黑岭的雪，每夜里深居在笼烟的浯水边。

下雨以后就拿香料熏布被，寒灯花发已经抢在梅开前。

山里和尚不懂得烹茶方法，就自煮窊尊百尺下的清泉。

［说明］ 这首诗写在好山胜景中与唐仲亮共宿，得观周围景物，并经

过自己动手满足生活要求，表达了共事业、同爱好的乐趣与友情。用语清新真切。

白云山送申季鹰、唐仲亮修溪志

明・刘维赞

元子山水癖，不独浯溪烈[1]；华华崖上书[2]，春秋同日月。文字一千年，劳劳费笔舌，良非逞胸臆，各自沥心血[3]。悲战搀抢手[4]，刊落剧秦热[5]！诸君殊叹惋，同心理纷屑，秉烛陋前编[6]，对雨洗残碣。慎勿抑古人，屈就今人辙；教君在当日，宁作如是说。余也太无情，与溪十年别；帙成早贻我[7]，卧游聊自悦[8]。

[作者简介] 刘维赞（1613—1665），字子参，号浯水，祁阳北区西春石门（今属祁东）人。王夫之挚友。崇祯举人，受知于司理万吉人，以中书屡征不就。明亡后，隐居不出。所写诗文内容宽广严正，意味深远。

[释题] 此诗收在旧溪志、县志。

[注释] 1. 烈：功业。2. 华华：放着光辉。3. 沥（lì）：滴。4. 搀（chān）抢手：指除旧布新者。5. 刊落：删除繁杂文字。剧秦：评论秦朝。借用。6. 秉烛：点着烛光。前编：指过去的资料。7. 帙（zhì）成：编书成册。8. 卧游：阅读欣赏。

[译文]

元公有喜爱山水的癖性，不只是开辟浯溪建了功业；
那放出光辉的崖上颂文，经历的时间一定等同日月。

一千多年留下来的文字，辛辛苦苦地费了不少笔舌，
这实在不是好表现自己，各人都是滴出心坎里的血。
可悲啊是那些除旧布新者，造成任意删削和评论秦朝热！

诸君不由得很是叹惜，同心整理杂乱和琐屑；
深夜考究，前编真是浅陋，冒雨去洗净残碑和断碣。

千万不要压抑着古人，委屈他们去合今人辙；
如果让你生在那时候，一定愿意也是那么说。

说到我啊，实在太无情，跟浯溪，已经是十年离别。
志书编成后，早点送给我，让我阅读鉴赏，权且得欢悦。

[说明] 这首诗赞颂了元公开辟浯溪的功业和作颂的价值；叹息千百年来各抒己见的诗文遭到任意删削与訾议，肯定修志诸君整理资料的辛勤劳动和考察精神，希望他们不要压抑古人屈就今人，脱离历史看问题；表达了盼望早点读到溪志的关切心情。提出的编志观点是可取的。

浯溪碑歌 并序

明·顾炎武

万历元年，先曾祖官广西按察副使，道浯溪，得元次山《中兴颂》石本以归，为颜鲁公笔，字大径六七寸。历世三四，此碑独传之不肖。岁旃蒙作噩（乙酉，1585）[1]，命工装潢为册[2]。工人不知碑自左方起，而以年月先之，遂倒盭不可读[3]。方谋重装而兵乱工死，不复问者三年。碑固在旧识杨生所[4]。一旦为予重装以来，则文从字顺，焕然一新。有感于先人之旧物，不在他人而独属之嗣人之稍知大义者[5]，又经兵火而不失，且待时而乃成。夫物固有不偶然者也，为之作歌。

昔在唐天宝，禄山反范阳，天子狩蜀都[6]，贼兵入西京。肃宗起灵武，国势重恢张。二载收长安，銮舆迎上皇[7]。小臣有元结，作诗颂大唐，欲令一代典[8]，风烈追先光[9]。真卿作大字，笔法名天下，摩崖勒斯文，神理遗来者。书过泗亭碑[10]，文匹淮夷雅[11]，留此系人心，支撑正中夏[12]。先公循良吏[13]，海内推名德，驱马复悠悠，分符指南极[14]。遐眺道州祠，流览浯溪侧，如见古忠臣，精灵感行色。匪烦兼两载，不用金玉装，携此一纸书，存之贮青箱；以示后世人，高山与景行[15]。天运有平陂[16]，名迹更存亡。宝弓得堤下[17]，大贝归西房[18]；旧物犹生怜，何况土与疆！却念蒸湘间，牧骑已如林[19]；西南天地窄，零、桂山水深；峋嵝大禹迹[20]，万木生秋阴；一峰号回雁[21]，朔气焉得侵？恐此浯崖文，苔藓不可寻；藏之箧笥中，宝之过南金[22]。此物何足贵？贵在臣子心；援笔为长歌，以续中唐音。

[作声简介] 顾炎武（1613—1682），初名绛，字忠清，自署蒋山佣，江苏昆山人。明末参加“复社”活动。明亡，改名炎武，字宁人，号亭林。清兵南下，举兵抗清，力图匡复明朝。后坚辞清廷征召。晚年隐居著书，在经学、音韵学、史学诸方面有很深造诣。文学以诗见称，有史诗特色，风格沉郁苍凉，刚健古朴。又精金石考据学。工书画，人称其书如其诗。著有《天下郡国利病书》《日知录》《金石文字记》等。

[释题] 此诗录自作者诗文集，旧溪志、县志均收录。

[注释] 1. 旃（zhān）蒙作噩：古代纪年，太岁星在天干中的乙，叫旃蒙；太岁星在酉叫作噩。即乙酉年。2. 装潢（huáng）：以黄蘖汁染的纸，装裱书画。3. 倒盭（lì）：倒乱。“盭”通“戾”。4. 旧识：故交。5. 嗣（sì）人：后嗣，子孙。6. 狩（shòu）：巡狩。实指唐玄宗逃到西蜀。7. 銮舆（luán yú）：天子的车驾。8. 典：重大事件。9. 风烈：气势、功业。10. 泗（sì）亭碑：“泗亭”当是“泗水亭”的缩称。其碑不详，存疑。11. 淮夷雅：指《诗经》中大雅《江汉》叙述周宣王命召虎讨伐淮夷的事。12. 中夏：中国、华夏。13. 循良吏：奉公守法的官吏。14. 分符：即剖符，分一半符节作为信物。南极：南方。15. 高山景行：比喻高尚的德行。16. 天运：自然变化的规律。17. 宝弓得堤下：含有宝物意外获得之意。出处存疑。18. 大贝归西房：大贝，贝类，古代为宝器。《书·顾命》：大贝、鼖（fén）鼓，在西房。19. 牧骑：当指清兵。20. 岣嵝（gǒu lǒu）：衡山主峰。传说禹曾在此得金简玉书。21. 回雁：即衡阳市南回雁峰。相传雁至衡阳而止，遇春而回。22. 南金：比喻南方珍贵的东西。

[译文] 万历元年（1573），去世的曾祖任广西按察副使，路过浯溪，获得唐朝元次山《中兴颂》石刻拓本回来，是颜鲁公写的，字大直径六七寸。经历了三四代，这碑帖唯独传给了我。

乙酉年，我安排工匠装裱成册。工人不懂得碑帖从左方开头，把年月放在前面，于是倒乱得不能阅读。正考虑重新装裱可是因战乱工匠死去，不再管它已经三年。碑帖原来在姓杨的老朋友家里。但一朝被我重新装裱以后，就文从字顺，放出了新的光彩。

我对祖先的旧物很有感慨，不落到别人手中却只属于稍懂大义的后人，又经过战乱而没有失去，并且等待时间才装裱成册。可见物件的确有不能偶然而成的，为它写了这篇歌词。

从前唐朝的天宝年间，安禄山兴兵作乱于范阳，
唐玄宗出巡跑经蜀地，贼兵陷西京，气焰好猖狂，
肃宗在灵武起兵戡乱，国势才重新恢复转强。
经过两年收复了长安，安排銮车迎回了上皇。
有个小臣名叫元次山，写出诗篇歌颂大唐，
想让当时的重大事件，气派与功业都能赶上先王。

颜真卿把此事写成大字，其字体早已名传天下，
摩崖刻上这一篇文字，其精神、道理让来者效法。
其字赛过那泗水亭碑，其文等同平淮夷的雅，
留在这里能系住人心，可以支撑局势，匡正华夏。

先曾祖为官奉公守法，天下公认有厚望高德，
赶着马儿悠然地闲行，拿着印信直奔向南国。
远看了道州的濂溪祠，浏览了浯溪的山崖水泽，
好像看见了古代忠臣，精神感染了出行的神色。

不嫌烦累总计有两载，不用金玉填塞着行装，
只是带上这一本碑帖，让它长期保存在箧箱；
把它留给后来人学习，高尚的品德让人景仰发扬。

自然的变化规律有正、斜，出名的墨迹更会有存亡。
宝弓曾经在堤下获得，大贝应该回归到西房；
对于旧物尚且怜爱它，何况生我、育我的国疆！

却想到蒸湘这块土地，游牧的骑兵已如树林；
西南的天地本来狭窄，零、桂的山水很是幽深；
岣嵝山留有大禹足迹，万木却罩上秋的阴沉；

有座山峰名字叫回雁，北方的寒气怎能让它入侵？

我担心这浯崖的文字，苔藓蒙盖，不便于找寻；
就把这碑帖藏到箱箧里，看重它超过南国的奇珍。
这物件有什么可贵处？可贵的是臣子一颗心；
拿笔写出这篇长诗歌，让它接续中唐的忠直音。

[说明] 这首诗的序记述了得到祖先传下的中兴碑帖不因战乱而丢失能够装裱成册的经过，点明事不偶然而作歌的原由。全诗先记述元公为文歌颂中兴，鲁公书写刻石，是为了光大功业，让来者效法，可以系住人心，支持华夏；先曾祖寻访胜迹，珍藏碑帖，意在给后人以学习典范；进而由爱惜珍宝联想疆土不能让牧骑入侵，表示珍藏碑帖和作诗的意图在于继承中唐的忠直传统。写作目的十分鲜明，爱国之情溢于言外。

乱后晓出浯溪

明·陶汝鼐

落日旷清野，飞星隐暗岑[1]，村荒燐火密，水涸旱云深。不测忧前路，无端创此心[2]。溪边何处寺？迢递起钟音[3]！

[作者简介] 陶汝鼐（nài），字仲调，号密庵，宁乡人。崇祯元年（1628）拔贡。癸酉（1633）举于乡，两中会试副榜，官广东新会教谕。南渡后，由翰林院待诏改授兵部职方郎中、五省监军、复授检讨。后剃发沩山，号忍头陀。著有《广西涯乐府》《寄云楼集》等。诗文、书法，均名动海内。

[释题] 此诗录自《沅湘耆旧集》。当写于明清更替的战乱之后。

[注释] 1. 飞星：陨石。岑（cén）：小而高的山。2. 无端：没有缘由，没有起点。创：伤，创建。取创建，引申为振奋。3. 迢（tiáo）递：远远。

[译文]

落日使清静的原野空旷，陨星隐形到昏暗小山岭，
村落荒凉，燐火到处飞舞，水底干涸，受旱现象很深。

不能估测的是担忧前程，找不到起点振奋这颗心。

那溪边的佛寺坐落何处？远远地传来了动人钟声！

[说明] 这首诗通过对黄昏的原野空旷、昏暗，燐火飞舞，旱象深厚的景物描写，反映了兵旱相连的严重灾情，表达了对前程莫测艰险的担忧和晚出时钟声动人的震醒。

如此抒写实况，给予读者甚多。

浯溪苍壁　并序

明·王夫之

在祁阳县南，元次山勒颜鲁公中兴颂于崖壁。苔光水影，静目愉心。调寄《蝶恋花》。

谁倚摩崖题彩笔？记得中兴，仙李盘根密；万里湘天开白日，晶光长射蛟龙室。欲泛扁舟寻往迹，路隔舟梯，水弱罡风急[1]；日暮湘灵空鼓瑟[2]，猿声偏向苍湾出！

[作者简介] 王夫之（1619—1692），字而农，晚号姜斋，别号梼杌（táo wù）外史，衡阳人。明崇祯举人。明亡后，举兵抗清；兵败归匿祁、邵、南岳、常宁等山区。晚居衡阳西石泉山下，发愤著述四十年。精于经学、史学、文学，学者称船山先生。其诗、词、文皆工，论诗有创见。有《王船山遗书》。

[释题] 此诗录自《姜斋诗文集》，其中有《潇湘十景》之咏，此词即其一。当在匿居常宁西庄源时，怀念故土而写的。

[注释] 1. 水弱：水浅或水急不便行船。罡（gāng）风：高空的风。2. 湘灵：湘水之神。

[译文] 在祁阳县城南面，元次山在崖壁上镌刻了颜鲁公书写的《中兴颂》。见到那苔光水影，不禁目光凝视，心情愉快。调寄《蝶恋花》。

是谁凭倚摩崖，题上了彩笔？

记起中兴时节，仙李盘根般的李唐业绩；

看辽阔的湘天云开日出，

晶光一直射到蛟龙的住室。

我想荡着扁舟去寻找旧迹，
路途遥隔要坐船，可水浅，高空风又急；
傍晚，湘水之神空把瑟弹起，
苍湾的猿叫声，偏偏要钻耳！

[**说明**] 这首词的小序介绍了浯溪摩崖的位置和景物悦目怡情的特点。词的上阕盛赞中兴颂文刻石光照神仙住处的作用；下阕抒发了难以重寻旧迹的怀念惆怅之情。

浯溪怀古

明·汤　霖

文皇创业何煌煌[1]，开元继体资忠良[2]，清平词奏黄金阙[3]，渔阳烈祸生萧墙[4]。淋漓雨作妖氛洗[5]，灵武收兵由太子[6]，皇舆宸极一重新[7]，上皇旋轸深宫里[8]。漫郎当年刺道州，曾甘贬谪宽诛求[9]，艰危莫致徙薪策[10]，辛苦独抱天崩忧[11]。忽闻天使传再造[12]，北望长安忻舞蹈[13]，扬眉吐气颂中兴，仿佛周诗铁殷诰[14]。浯溪崖石如镜悬，磨砻急把新词镌[15]；奇哉更得鲁公笔，一时盛事千年传。想当运笔风雨急[16]，剑戟纵横神鬼泣[17]；常山旧恨尤关心[18]，书罢青衫泪痕湿[19]。国家兴废今几更[20]，几人忠爱如先生？鲁公若为此邦计，何不一写《舂陵行》？

[**作者简介**] 汤霖，字里生卒不详。

[**释题**] 此诗收在旧溪志、县志。

[**注释**] 1. 文皇：指唐太宗。2. 开元：唐玄宗年号。开元之治，被人称道。继体：继位，引申为继盛。资：凭借。3. 黄金阙：指帝皇宫阙，皇宫。4. 渔阳烈祸：指安禄山反叛的战乱。安禄山反于范阳，渔阳是范阳的节度使所统辖的八郡之一，用以泛指范阳地带。萧墙：古代宫室用以分隔内外的宫门小墙。祸生萧墙喻祸患潜生在内部。5. “淋漓”句：喻扫平安史战乱。6. “灵武”句：指唐肃宗李亨即位于灵武。7. 皇舆(yú)：国君乘的车子，喻朝廷。宸（chén）极：北极星，喻帝位。重新：

再新。8. 旋轸（zhěn）：回车。9. 诛求：征求，索取。10. 徙薪策：搬开柴草的献计，喻防患于未然。语出《淮南子·说山》淳于髡说的话。11. 天崩忧：忧虑天塌下来，喻忧虑国家衰落。12. 天使：朝廷的使者。再造：重建。13. 忻（xīn）：同“欣”，欢喜。14. 周诗：当指《诗经》的周颂歌颂周文王、周武王业绩的诗。铁：坚定不移的意思。殷诰：当指《尚书》中《盘庚》篇。15. 磨砻（lóng）：磨擦；磨光。16. 运笔风雨急：运腕用笔似疾风骤雨。17. “剑戟”句：喻笔画等同剑戟的威力，使得鬼神哭泣。18. 常山旧恨：指其堂弟颜杲卿守常山，为安禄山所执，被割舌，不屈而死的血海恨。19. “书罢”句：形容书写中愤恨激动，泪水沾湿了青衫的痛楚。20. 几更：多次变更。

［译文］

唐太宗创大业多么辉煌，开元能够继盛，全凭忠良。
那清平歌词皇宫任歌奏，可安禄山叛乱起自宫墙。
战争急风雨，洗去了敌氛；灵武得以登位，全由太子。
朝廷与帝位一时翻了新，明皇才转车，回到深宫里。

元漫郎当年任职到道州，甘愿受贬谪，宽缓诛与求；
艰危中无人献出徙薪计，独个儿辛苦，抱着天塌忧。
忽闻朝廷使者传来复国事，北望京都长安，手舞又足蹈；
扬眉吐气歌颂了大唐中兴，仿佛是周颂和坚定的殷诰。
浯溪的崖石好似镜子高悬，着力磨又擦，争把颂文刻镌；
真够奇啊，更得到鲁公笔墨，一时的盛事万古可以流传。
想到运腕用笔定如风雨急，笔画等同剑戟横，神鬼哭泣。
那常山的血海仇尤其关心，书写完后，青衫全被泪沾湿。

国家的兴与废到今几变更，有几人忠贞爱国能如先生！
鲁公啊，你若为邦国考虑，为什么不写上那篇《舂陵行》？

［说明］ 这首诗追述了唐朝兴盛后祸起萧墙和灵武中兴的局势变化；赞叹了元漫郎为官道州有着忧虑国家安全关心人民疾苦的胸襟，并为中兴作颂，请鲁公书写刻碑，期望千秋万代能教育人的用心；联想当年鲁公书写笔扫风雨的英姿，激起泪湿青衫的忠贞和书迹泣鬼神的威力，从而想到鲁公为邦国计该书写《舂陵行》传世，表达了作者对民生国计的殷切关

怀和对元颜二公的无比敬仰。

窊尊石

明·胡 粹

天生怪石成窊尊，烟雨荡涤苔藓痕[1]，漫郎时以酒自随，往往酌客陶吟魂[2]。夜深凉月堕清影[3]，琥珀香浮鉴光冷[4]；微飚冷艳动寒瑶[5]，醉倒春香呼不醒[6]。月华在天尊不虚，风流尚在当何如[7]？

[作者简介] 胡粹，字里，生卒不详。

[释题] 此诗收在旧溪志、县志。

[注释] 1. 荡涤：冲洗净除。2. 酌客：以酒待客。陶吟魂：培养吟诗兴味。3. 堕：落上。4. 琥珀香浮：琥珀色的酒香飘浮。鉴：照。5. 微飚冷艳：微风冷光。飚：这里指风。艳：这里指光柔。瑶：玉色的酒浆。6. 春香：侍女。7. 风流：流传的遗事。

[译文]

天生的怪石成了窊尊，烟雨冲除了苔藓印痕，
元漫郎时时身边带酒，常请客饮酒培养吟兴。

夜深的凉月，落下清净月影，琥珀色的酒飘香，泛出光冷；
微风冷光，荡漾着清凉酒浆，春香醉倒了怎么呼也不醒。

月亮高挂在天，窊尊依然如初，遗事仍然流传，我们对此应何如？

[说明] 这首诗通过想象追述了元漫郎时以窊尊的酒酌客培养吟兴的豪情，描绘了夜深凉月下，畅饮酣醉的画面，激发游人对月华窊尊如旧的雅境去展开美妙的情思。细细读来，的确会为这种浪漫写法而迷醉。

清(附民国)

重到浯溪(二首)

清·彭而述

一

扁舟今再至，仓卒忆前游。削壁苍龙跃[1]，枯枝怪鸟愁。江山传过客，历数记灵州[2]。不尽渔阳憾，潇湘日夜流。

二

名山留胜迹，遗墨重千年。社稷孤臣泪[3]，干戈死事传。天连铜柱近[4]，地接九嶷偏。徙倚空亭上，夕阳急暮蝉。

[作者简介] 彭而述，字子篯（jiān），号禹峰，河南邓州（邓县）人。明崇祯进士。入清，做过巡抚、布政使等官。诗文雄奇峭拔。

[释题] 此诗碑楷书。此二首旧溪志、县志均收录。

[注释] 1. 苍龙：苍劲的松柏。2. 灵州：灵武，属灵州。3. 孤臣：失势被贬的臣子。4. 铜柱：《后汉书·马援传》："峤南悉平。"唐李贤注，引《广州记》："援到交趾，立铜柱，为汉之极界也。"

[译文]

坐船到这里，今天第二次，匆忙情况下，想起上次游。

刀削的崖壁上，苍松像腾跃，干枯的树枝头，怪鸟也发愁。

这大好江山，如过客驿站，一说到旧事，心头记灵州。

那渔阳恨事，哪里说得尽，正似潇湘水，日夜向前流……

正是名山留下有名的古迹，遗留的诗文长期被重看。
遭贬的人臣常流为国泪，昔时的战争，牺牲壮事传。
天边接连立铜柱的交趾，地域靠在九嶷山的旁边。
我徘徊流连空旷的亭子上，夕阳催着晚蝉，鸣声没有断……

[**说明**] 第一首诗写重游浯溪，见到危崖古树的景物，联想到江山等同驿站，对渔阳之变有说不尽的遗恨。

第二首写这里被人看重的诗文是孤臣爱国热泪和战争烈火的结晶，身处这偏僻胜地有留恋凄清之情。

题浯溪(二首)

清·彭始奋

一

旧有浯溪想，于今愿不违。平崖秋在树，高壁雾生衣；
野火凭江暗，林钟出寺微。可知佳憩少[1]，日暮竟忘归。

二

极目清溪上，怀归去复停。好花函石镜[2]，修竹抱唐亭。
露下何年草？沙明此夜星。可怜戎马后[3]，惟有数峰青。

清顺治十六年己亥月吉旦赤符刊石[4]

[**作者简介**] 彭始奋，字海翼，一字中郎，彭而述第四子。

[**释题**] 此二诗与其父诗同碑，楷书。

[**注释**] 1. 佳憩：好好休息一会儿。2. 函：包含。这里有被映入的意思。3. 戎马：战争。4. 赤符：刻石人名，不详。

[**译文**]

我过去想游览浯溪，于今来游览，心满意遂。
看那平崖上秋色满古树，一登上高壁，雾气就沾衣；
野火挨近江头，显得色暗，寺钟从林中传出，余音细微。

要我多休息一会儿，也不愿意，天色晚了，竟忘记把家归。

清澈的溪上，放眼观看，心想回去，走了又脚停。

好花好草，被映入石镜，高高竹林，正怀抱唐亭。

不知寒露会沾湿哪年的草，今夜星光定照得沙滩明。

可叹的，是战争停止以后，只有几座山峰，仍然青了又青。

[说明] 第一首诗细致地描述了浯溪寂静清幽的景色和得偿游览宿愿游不知倦的高昂兴趣。第二首描述在清澈的溪上纵览特有的景点并联想到夜景迷人，抒发了对胜地的留恋之情与战后感慨。

两首意味深长的诗句，够人琢磨。

忆浯溪 并序

清·黄中通

余浪游永阳，四历寒暑，八渡浯溪。兹来岭外，山容水声，日廑于怀而不能去也[1]。得诗十五韵[2]。

潇水接湘去，波流清且绮[3]。回至浯溪头，嵚崎石作砥[4]。寒涧声潺潺，滴沥洗人耳。㾖台隐山巅，兀坐如床几[5]。孤亭危竦峙，护之松与枳。偶逢泛舟客，问君何来此？答我如林深，“为爱一溪水，携尊呼月高，举网得鱼美”。立对溪山久，朗吟天宝史[6]。好风自西来，暮雨傍岸起。

[作者简介] 黄中通，号抑公，福建晋江人。清顺治六年进士，八年(1661)任永阳（道州）兵备使，顺治十二年任永州知府，十八年升广西布政使。

[释题] 作者调任广西布政使，怀念浯溪，作此诗。后又再游浯溪，榜书“寒泉”和《寒泉铭》。此诗旧溪志、县志均收。

[注释] 1. 廑（qín）于怀：殷勤想念在心中。2. 得诗十五韵：另有《㾖台》七律一首，所以说得诗十五韵。3. 清且绮（qǐ）：清澈发光。4. 嵚崎：高峻的样子。5. 兀坐：独自端坐。6. 天宝史：当指《中兴颂》上评述天宝年间唐中兴的史实。

［译文］

湘水接潇水继续奔流，水波荡漾，清澈美丽。
迂回的水，流到浯溪前，高峻的石头就成了磨石。
那清冷的涧水潺潺地响，滴水声音也能听出低细。

峿台隐身在山崖顶上，独自端坐，像坐在床上。
孤亭高高地挺身耸立，保护它的有着松和枳。

偶然遇上乘船的客人，我问客人为何来到这里？
答我的话好似密林深，“为爱这里有一条溪水，
携来酒杯，可呼明月对饮，撒下渔网，就会有了美味”。

面对溪山我站了好久，不禁朗吟天宝的史实。
这时节，好风从西面吹来，傍晚的雨，靠近岸边下起。

［**说明**］这首诗通过潇水让湘水接着奔流，回忆起浯溪水声淙淙、峿台孤亭高耸的景象描述，和与船客为爱浯溪水的对话引起朗吟天宝年间大唐中兴史实的情怀抒写，充分表达了深爱浯溪的真挚感情。

前半首写景突出了特征，后半首对话情节极美。

浯溪览古

清·张　镍

扬舲湘水头[1]，倚棹浯溪口[2]。天风吹寒阴，夕烟淡林薮[3]。仄径蔓长萝[4]，危桥渡衰柳[5]。幽香引微步[6]，青冥次回首[7]。卓哉中兴辞，千载难为偶[8]；当时称二妙，鲁公与漫叟。岩虚苔藓深，壁暗龙蛇走。爱此一片石，徜徉未云久[9]。伊余来湖南[10]，所历尽无取，每苦束带疲[11]，狂吟时或有。一观壁上书，不异双琼玖[12]，试问楚江渔[13]，今复有此否？

［**作者简介**］张镍（niè），山西沁州人。康熙元年壬寅（1662）任永州推官。

［**释题**］刻此碑曾铲去黄庭坚诗碑一角，由于“物议”，后邑令王颐

为之复原。其实并非己意。旧溪志、县志均收录此诗。

[注释] 1. 扬舲（líng）：开船，行船。2. 倚棹（zhào）：停船，泊船。3. 林薮（sǒu）：山林水泽之间。4. 仄径：窄径。5. 危桥：高桥。渡：越过，跨。6. 微步：轻步。7. 青冥：青青的天空。8. 偶：类，匹偶。9. 徜徉（cháng yáng）：徘徊。10. 伊余：我。伊，语助词，无义。11. 束带：指为官要整饰衣冠，显示恭敬。12. 双琼玖：指元文、颜书等同美玉。琼玖：玉石名。13. 楚江渔：泛指湖南江河上打鱼人。

[译文]

在湘水上的一处开船，停船到这浯溪的渡口。
高空的风吹成了寒阴，夕烟浅抹了水泽山岫。
狭窄小路蔓延长藤萝，高高的桥跨越了衰柳。
迎面幽香引得人轻步，青青天空不禁几回首。

这不平凡的中兴颂辞，千多年来难得有匹偶；
当时被人们称作"二妙"，就是颜鲁公与元漫叟。
山岩空虚，苔藓长得深，崖壁色暗，尽是龙蛇走。
我爱这一片高大石刻，徘徊不止，不觉有多久。

我啊自从来到这湖南，经历的地方都无可取。
常以为官束带很劳苦，狂吟的时间也多少有。
一看到崖壁上的书迹，就觉得不异两块琼玖；
试问楚的江河打鱼人，这种奇珍还有没有？

[说明] 这首诗抒写了游览浯溪见到山林水泽的幽美景色和难有匹偶的摩崖石刻，表达了敬仰前贤与喜爱胜迹的思想感情。结尾两句引人联想思考不已。

浯溪谒元颜两公祠

清·王　颐

先贤遗迹在，檐宇杳无寻。藤蔓悬危壁[1]，松声发远岑。雄文千载仰，直笔累朝钦[2]。怅望凭虚久，难抒吊古心。

[**作者简介**] 王颐，字及万，河北曲周人。举人，康熙七年任祁阳知县，有惠政，赋无繁苛。他主持浯溪大营建，监修了县志。

[**释题**] 此诗旧溪志、县志均录。

[**注释**] 1. 危壁：高峻石壁。2. 累朝：历代。

[**译文**]

前贤的遗迹还可看到，旧屋不见了，无处找寻。

藤蔓罗挂在高峻石壁，远岭深林发出松涛声。

雄文经历千年还被景仰，直笔代代受到人们钦敬。

我凭空怅望了好一阵，也难以抒发吊古的心情。

[**说明**] 这首诗不仅写了晋谒元颜祠时只见遗迹，难寻旧址，四周景物清幽的惆怅之感，也表达了雄文、直笔一直令人敬仰的怀念之情。

浯溪元颜两先生祠(二首)

清·钱邦芑

一

溪深多古木，烟雨自迷离[1]。搜讨前贤迹[2]，翛然寄远思[3]。断桥迷野寺，高冢对荒祠。独有摩崖字，蛟螭不敢窥。

二

浪迹潇湘久，浯溪几度游。山川奇绝处，俯仰见风流[4]。高节雅难尚[5]，雄文信可求。丰碑读一过，百拜不能休。

[**作者简介**] 钱邦芑（qǐ）（1602—1673），字开少，江苏丹徒人。明崇祯进士，由翰林历官都御史。明亡后削发为僧，号大错，流寓黔湘。后居衡山。曾参加《永州府志》《宝庆府志》的编修工作。康熙九年，祁阳邑令王颐聘他修溪志。

[**释题**] 两诗旧溪志、县志均录。

[**注释**] 1. 迷离：模糊。2. 搜讨：寻求。3. 翛（xiāo）然：自然超脱的样子。4. 风流：遗风。5. 雅：很。尚：超过，高出。

［译文］

浯溪有许许多多古树，烟雨笼罩下显得迷离。
反复寻找前贤的脚印，超然想起过去的事迹。
桥断了，无路去那野寺，高大的坟墓，对着荒祠。
只有刻在石崖的文字，就是蛟龙也不敢窥视。

漂泊在潇湘已经很久，浯溪这地方多次来游。
那山川最奇特的地方，俯仰都见到遗风还留。
那高尚节操很难超出，那雄文的确值得研究。
那丰碑我细读了一遍，叫我百拜也不肯罢休。

［说明］第一首诗写烟雨笼罩古木的浯溪已是景象荒凉，引人深深怀念。但摩崖文字的刚正之气依然不可触犯。

第二首诗写多次游浯溪，常在山川奇特的地方见到遗风犹存，对元颜二公高节与雄文无比敬仰。两诗激情自发，缘于天性。

峿台怀古同刺史柯翼游

清·许　虬

峿台风景天下稀，峰峰当前水后围；层探幽折步屡违[1]，攀跻颓磴上崔巍[2]。望中林麓窅然微[3]，但见烟光澹复霏。鸟掠平阳江口飞，人从渡香桥畔归。浯溪百曲绕柳畿[4]，峭悬镜石含光辉。衰草厝亭待令威[5]，槛外清流正对扉[6]。澄观片顷聊忘机[7]，潇湘虚无面面非[8]。元公辟境知音稀[9]，去国丹心坐钓矶[10]，江山生趣凭指挥[11]，摩崖题咏留珠玑[12]。三吾胜境一落晖，凿地窊尊厚藓衣，欲醉不醉情依依。

［作者简介］许虬，字竹隐，江苏长州（今吴县）人。生卒年不详。顺治进士，任过永州、绍兴等地知府。诗喜摹古，有《万山楼诗集》。

［释题］此诗收在旧溪志、县志。

［注释］1. 层探幽折：逐层寻找转向幽深。2. 颓磴：崩塌的石级或台阶。3. 林麓：树林山脚。窅（yǎo）然：深远的样子。微：阴暗。4. 柳畿：植柳的地盘。5. 令威：即传说的汉朝丁令威，学道成仙，后化

鹤归来作人言："城郭如故人民非，何不学仙冢累累。"常用以喻人世的变迁。6. 扉：门。7. 聊忘机：聊且忘掉计较的心机，意即与世无争。8. 虚无：指虚空之境，空间。9. 辟境：指隐居山林。10. 去国：离开国都。11. 凭指挥：指凭着自己的心意开辟山水。12. 珠玑：比喻诗文。

[译文]

峿台的风景堪称天下稀奇，峰峰挺立在前面，被水包围；
逐层探索几转折，步与心违，攀登崩塌石级，不畏山崔巍。
眼中的树林山脚，深远阴晦，只见云烟日光，飘动轻微。

鸟儿直向着平阳江口掠飞，游人们都从渡香桥畔而归。
浯溪好曲折都是杨柳低垂，峭壁上挂着镜石，含着光辉。
枯草围着痦亭，等待丁令威，栏杆外清流，正对着柴扉。
静心观看片刻，就忘了心机，潇湘的空间，可察觉面面非。

元公隐居山林，知音确实稀，怀着思国的丹心，坐在钓矶，
让江山生趣可凭心意指挥，摩崖上的题咏都成了珠玑。

看这三吾胜境一到了落晖，那凿地的窊尊蒙着厚藓衣，
真想酣醉却不能醉，心情依依！

[说明] 这首诗抒写了攀登崔巍峿台的兴致和游览景物的忘机感受，赞叹了元公隐居山林心不忘国，着意装点江山，留下摩崖题咏的胜迹，表达了喜爱三吾胜境，欲凭窊尊酣醉而不可能的依依不舍之情。

诗中写景紧扣特点，赞颂元公突出本质，多有隽句。且句句押韵，增强了诵读的韵味。

镜石涵辉

清·王　霱

温润颜如墨[1]，偏含溪水明，妍媸因径尺[2]，羡尔独持平[3]。

[作者简介] 王霱，钱塘人。康熙十八年（1679）任祁阳知县，修邑

志。此诗康熙廿二年（癸亥）冬作者陪许虬游浯溪作。

［释题］ 此诗碑楷书；旧溪志、县志均未收。

［注释］ 1. 温润：温和柔润。2. 妍媸（chī）：美、丑。径尺：指径尺大的镜面。3. 尔：代镜石。

［译文］

温和柔润的面颜像墨，偏偏含着溪水的清明。

美或丑，只凭径尺体现，羡慕你，唯独坚持公平。

［说明］ 这首诗赞叹镜石颜如墨心却明，有坚持公平呈现美与丑的好品质。

读《浯溪志》怀古

清·曹贞吉

天宝之末吁可悲，青骡西幸何艰危！太子誓师朔方至，两京再建天王旗[1]。灵武功名久寂寞，吊古重拂摩崖碑。道州作颂鲁公笔，骊珠颗颗青天垂[2]。铺扬大业刻金石[3]，忠义激发为文辞；瘴雨磨洗千余载，弩张剑拔还嵚崎[4]。词严义正鲜风刺[5]，何殊端委陈歌诗[6]！山谷老人好持论，乃以攘取大物訾[7]。抚军监国有何意？虚文辞让识者嗤。复仇九世古所贵，况清钟簴还京师[8]。紫袍扶辇出不意，淋铃栈道庸当归[9]。所惜功成少调护，月明南内终凄其。青史或能议圣德，当时谁道中兴非？不然但守东宫职[10]，龙楼问寝西南陲；坐令轧荦窃神器[11]，区区退避将奚为？

［作者简介］ 曹贞吉（1634—1698），字升六，号实庵，山东安邱人。清康熙进士，官至礼部郎中。嗜读书，以诗歌为命。他的诗风格道练，气清力厚，近体最工。词“大抵风华掩映，寄托遥深”。

［释题］ 此诗旧溪志、县志均录。

［注释］ 1. 天王旗：帝王旗。2. 骊珠：宝珠。传说出自骊龙颔下，故名。这里比喻好词句。3. 铺扬：铺叙其事，宣扬开来。金石：这里指石崖。4. 嵚（qīn）崎：杰出，不一般。5. 鲜：少。6. 端委：上朝的礼服。7. 訾（zǐ）：訾议，评说短处。8. 钟簴（jù）：这里指乐器。钟：钟磬一类乐器。簴：悬挂钟磬的木架。9. 淋铃栈道：相传唐玄宗逃奔西蜀，

初入斜谷，逢霖雨十余日，于栈道中闻铃声与山相应。因悼念杨贵妃，采其声制《雨淋铃曲》以寄恨。庯：乃，承接连词。10. 东宫职：太子的职责。11. 轧荦（luò）：即阿荦山，安禄山的初名。神器：帝位。

［**译文**］

唐朝天宝末年，可叹又可悲，玄宗骑着青骡奔蜀多么艰危！
太子动员将士，从朔方到来，西京、东京重新竖起帝王旗。
灵武的功名，长时间淡漠了，悼念古人，不禁再拂摩崖碑。

元道州作颂，颜鲁公亲笔写，像宝珠一颗颗从青天下垂。
广泛宣扬大业，镌刻在石崖，是忠义之气激发，成了这文辞；
带瘴气的雨磨洗它千多年，弩张剑拔的笔墨仍然出奇。
词严义正，很少有讽刺意味；有何不同于穿着朝服献歌诗！

山谷老人喜欢提个人见解，于是拿占取帝位作为訾议。
带兵与监国哪有什么意图？要讲虚文辞让，会有识者嗤。
为复仇相隔九代，自古称赞，何况京城清查出祭祀乐器。
披紫袍，扶銮车，出于意料外，栈道久雨闻铃声，就该返回。

可惜功成后，料理不够周到，月照兴庆宫，情景总算凄凄。
史册上，有人可以评皇上品德，那时节，有谁会讲中兴之非？
不然的话，只尽着太子职责，向皇上请安，要到西南边陲；
坐待那安禄山去窃取帝位，作点点退避，将有什么作为？

［**说明**］这首诗抒写了大唐中兴功业名声被人冷漠的吊古之情；指出宝珠般的颂碑是元颜忠义之气的结晶，黄山谷的訾议并不成立；玄宗晚年生活凄凉，只可在史册上评议君德，并不能以此否定当时灵武中兴。这样从大局扭转国家上评论，有一定的说服力。

镜石

清·钱三锡

水色山光映碧岑，霸图王业几消沉！独留一片江边石，阅尽兴亡鉴古今。

康熙丙寅孟秋日过此偶题，江南钱三锡

[作者简介] 钱三锡，字葭湄（jiā méi），太仓州（属江苏）人。清康熙二十五年丙寅（1686）以大理少卿使粤，过浯溪。

[释题] 此诗碑行书。旧溪志、县志均录。

[译文]

水色山光映衬着碧绿小岭，霸图王业出现多少次销沉！

单独这片江边石还保留着，阅尽兴亡，也照明了古与今。

[说明] 这首诗深情地慨叹水色山光依旧，人事几经变迁，独留镜石鉴古观今。读来也启示人们要善于鉴别。

浯溪

清·施　清

盘涧绕茅屋，穿林过石梁。饥来何所乐？碧浪野花香。

[作者简介] 施清，字伯仁，号濂溪。浙江钱塘人。拔贡，清康熙二十六年（1687）任永州通判。他笃学嗜古，诗文朴厚。有《十三经异同解》《揽云集》等。

[释题] 此诗旧溪志、县志均录。

[译文]

沿着盘旋的涧水绕过茅屋，从树林里走出，跨过了石梁。

不觉饿起来，有什么可乐的？看那碧浪层层，野花正飘香。

[说明] 这首诗通过游览的记述，描写了碧浪花香可以疗饥的乐趣。

读中兴颂

清·王永昌

摩崖之石俯江流，摩崖之名千百秋，雨淋石洗山骨瘦，磨尽行人咸白头。唐室中兴反侧除[1]，元公作颂鲁公书，精灵节义长不朽，银钩铁画今何如？我欲登临一再读，今来古往伤心目，不见当年讨贼人，风雨怒号神鬼哭。江头行客往来多，慷慨歔欷空逝波[2]，共读此碑长太息[3]，摩崖之名磨不磨？

［**作者简介**］王永昌，自谓易山人，祁阳县志作兴化（属江苏）人。康熙二十三年（1684）任祁阳县令。

［**释题**］此诗收在旧溪志、县志。

［**注释**］1. 反侧：即反侧子，指反叛的安禄山等人。2. 慷慨歔欷（xū xī）：慨叹抽泣。3. 长太息：出声长叹。

［**译文**］

摩崖巨石一直俯瞰着江流，摩崖名声已有千百个春秋；
雨水淋洗石头，山的骨架瘦了，过往行人也都磨得成了白头。

大唐中兴，清除了那叛臣贼子，元漫叟作颂，请颜鲁公作书，
他们的精灵节义会永垂不朽，那银钩铁画的书迹今又何如？

我很想登临，反反复复阅读，今来古往，直令人伤心怵目；
再也看不到当年讨贼之人，只有风雨怒号，鬼神在痛哭。

江头来来往往的人真是多，激动抽咽声仅仅等同逝波。
共同读了这碑石，禁不住长叹，这摩崖的名声，到底磨没磨掉？

［**说明**］这首诗形象而深刻地赞叹元颜二公书写摩崖碑，其精灵节义永垂不朽，因而尽管星移斗转，物变人非，但摩崖名声永不磨灭。诗中衬托写法和引人深思的结尾，收到了很好的表达效果。

游浯溪怀古

清·岳宏誉

我从湘江下，复来湘江上。上下经浯溪，溪光不一状。林木澹疏雨[1]，空濛自幽旷[2]；晴烟豁楚云[3]，杳渺恣遐望[4]。缘溪陟危峰[5]，遗迹爱延访。

怪石悬溪滨，平崖作溪障。山水会有神，性情纵高尚。漫叟之文章，鲁公之笔仗；抽茧结构成[6]，折钗钩画壮[7]；以兹三绝称，千载轶莽坱[8]。留题难屈指，争奇斗灵创。断碣半尘土，探搜藉筇杖[9]。期令怀抱抒，更为名贤仰。窊尊宛然存，想见豪饮畅；飞舄隔溪至[10]，携卮到行帐[11]；野花杂幽径，鸟鸣答孤唱[12]；含香渡石梁，幔亭留碧嶂[13]。挥毫和前人，拂尘领清贶[14]。默契身觉轻，纵览目为放。石镜映襟期[15]，万顷碧波漾。

［**作者简介**］岳宏誉，字昆陵，武进（属江苏）人。康熙乙亥（1695）官两湖提学副使。

［**释题**］此诗碑行书。旧溪志、县志均收。

［**注释**］1. 澹疏雨：洒下稀疏的雨点。2. 空濛：迷茫。幽旷：幽静空旷。3. 豁（huò）：拓宽，开拓。4. 恣（zì）：放纵，任意。5. 陟（zhì）：登高，上升。6. 抽茧结构：当指顺理形成的结构。7. 折钗钩画：指圆转有力的笔画。8. 轶（yì）莽坱（yǎng）：超出广阔的尘世。9. 筇（qióng）杖：竹手杖。10. 飞舄（xì）；快步。11. 卮（zhī）：酒器。12. 孤唱：指独特的言谈或诗文。13. 幔亭：用帐幕围成的亭子。碧嶂（zhàng）：青绿的山峦。14. 拂尘：指设宴招待致意。清贶（kuàng）：高雅的赏赐。15. 襟期：抱负，情怀。

［**译文**］

我坐船从湘江顺流而下，转身又来到了上游地方。
一上一下都经过这浯溪，溪上风光不是相同的情状。
林木被洒上了稀疏的雨点，迷迷濛濛的好不幽静空旷；
晴日烟岚拓宽了楚地云天，深远广阔真够人远远眺望。

我沿着溪流行去，登上高峰，对遗留古迹，很喜爱寻访。
奇异的石山挂在浯溪水滨，平整的石崖又像溪的屏障。
这里的山山水水可能通神，禀赋和气质一直觉得高尚。

读了元漫叟写下的文章，看了颜鲁公展开的笔仗；
顺理形成的结构很完整，圆转有力的笔画真雄壮；
据此世人盛称它为“三绝”，千载后，仍然超出尘世上。

留题的诗文难以数清，争奇斗灵般表示独创；
那断碑多半埋入尘土，去探访搜寻要拄拐杖。
如果抒展了个人怀抱，就更仰慕前贤的榜样。

那窊尊仿佛还在山顶，可想见，当年豪饮欢畅；
我隔着溪水飞快去了，携着酒器走到了行帐；
野花儿，错杂开在幽径两旁，鸟儿鸣，像回答独特的歌唱；
走过渡香桥，口里含着花香，帐幕围成的亭子好像碧嶂。

我挥毫和着前人的诗篇，又致意领谢高雅的赐赏。
暗里契合，觉得全身轻快，纵目看去，眼界大大开放。
那石镜映出了我的胸怀，正像万顷碧波轻轻荡漾。

[说明] 这首诗描述浯溪山水幽美、通神，胜迹与留题使人仰慕名贤，受到清贶，形成默契，开拓了胸襟。这么把游览所见与感受结合写来，突出了浯溪特点和怀古深情。

摩崖碑

清·王士祯

有客新自湘江归，登堂示我浯溪碑，芒寒色正三百字，忠义之气何淋漓[1]！白日行天破幽咽[2]，走避魍魉潜神夔[3]。忆昔天宝初丧乱，渔阳突骑如飚驰[4]。二十四郡少义士，平原太守独誓师；平生不识颜真卿，乃能一木支倾危。清河年少气慷慨[5]，十岁作质平庐儿[6]。中兴大业起灵武，功成不死神扶持。道州刺史昔漫叟，振笔大放琼琚词；请公摩崖书绝壁，镌镵千仞青云梯[7]；蛮烟瘴雨不剥蚀，万古照耀天南陲[8]。昨者剧贼乱滇海[9]，盗据衡永为根基。太平祭告遍群望[10]，山川一洗无磷缁[11]；宜有雄词继前代，磨崖重刻浯溪湄[12]。

[作者简介] 王士祯（1634—1711），字贻上，号阮亭，又自号渔阳山人，新城（今山东桓台）人。清顺治进士，官至刑部尚书。以诗受康熙帝知遇。他是神韵诗派（诗的意境以清淡闲远为尚）创始人。其《渔

阳诗话》宣扬了他的神韵理论。有《渔阳诗集》、《浯溪考》等著作。他也工词，风格婉丽。博学，善鉴别书画、鼎彝之属。书法高秀。

[**释题**] 他的族侄王启烈为祁阳令，因得读《大唐中兴颂碑》，作此诗。旧溪志、县志均收录。

[**注释**] 1. 淋漓：酣畅的情状。2. 幽咽：低沉的哭泣声。3. 魍魉（wǎng liǎng）：传说中的怪物。神夔（kuí）：奇异的野兽，传说其状如牛，苍色无角，一足能走，目光如日月，其声如雷。4. 飚（biāo）：暴风。5. "清河年少"句：当指清河李萼请求颜真卿援助兵力击贼。6. "十岁作质"句：指颜真卿在肃宗至德元载时，只有一子颜颇，才十岁，为质于平卢节度使刘容奴，致使颜颇流落中原十余年。7. 青云梯：指高耸入云的碑石。8. 陲：边疆。9. 剧贼乱滇海：指吴三桂于康熙十二年（1673）据滇叛乱，十七年在衡州称帝。10. 遍（biàn）群望：全合众望。11. 磷缁：比喻损伤和污点。12. 湄（méi）：岸边。

[**译文**]

有个客人近日从湘江归来，一登堂就让我阅读浯溪碑，
笔锋寒，颜色正，不过三百字，那忠义气势，多么畅快淋漓！
流行空中，冲散了低沉哭声，鬼怪都回避，神兽也得潜归。

回忆天宝初年，战乱一发生，渔阳的胡骑有如暴风奔驰。
二十四郡竟缺少忠义之士，只有平原太守挺身讨贼誓师；
皇上向来就不了解颜真卿，他却像独木支撑着危室。
看清河年轻人气概好激昂，十岁儿童也在平卢做人质。

中兴的大业是从灵武开始，功成没有死，当有鬼神扶持。
道州刺史从前有个元漫郎，挥动笔杆，大写美玉般文辞；
请颜鲁公在绝壁摩崖书写，刻成千仞耸入青云的碑石；
蛮烟瘴雨也不能把它剥蚀，永远地照耀着南天的边陲。

前晌势大的贼子扰乱滇海，占据了衡永一带作为根基。
政局太平，祭告天地完全合众望，山河已经洗净，无损也没污泥；
应该写出雄文继承着前代，在浯溪摩崖，再刻上巨大业绩。

[**说明**] 这首诗先写阅读浯溪碑深感忠义的气势淋漓；接着回忆颜真

卿挺身讨贼的忠勇。唐室中兴是从灵武开始，元公作颂鲁公书写的碑刻光照南天：进而联想平定吴三桂的叛乱，也得摩崖刻石纪功。诗末联想，读后应有自己的分析。此诗写得精练明白。

浯溪和前韵[1]

清·王启烈

胜迹萃浯溪[2]，扁舟溯洄上，默坐泛中流，摹拟溪山状。鼓枻未多时[3]，眼界倏然旷[4]；舍舟方攀跻[5]，摩崖已在望。元颂与颜书，扪萝先搜访，灵碑似石镜，万古绝纤障[6]。名作更累累，山谷首推尚。曲径转崎嵚[7]，怪石傍列仗。方过渡香桥，忽睹峿台壮；庴亭居其右，缥缈逸尘块[8]；绝顶见窊尊，神工自天创。揽胜气轩然[9]，步险不藉杖。名贤去千载，遗迹今古仰；兴感虽不齐，幽情同一畅。骢马永阳旋[10]，清风盈绛帐[11]。彩笔叙前贤，鸿文成绝唱[12]。即景赋新诗，雅宜贞翠嶂[13]；山灵如有知，含笑揖佳贶。附和羡群公，襟期各豪放；我因记胜游[14]，笔濡墨波漾[15]。

［**作者简介**］王启烈，字骏公，山东新城人。王士祯的族子。清康熙二十七年（1688）任祁阳县令，为浯溪作了不少修建，因而被挂吏议去。

［**释题**］此诗旧溪志、县志均收。

［**注释**］1. 和前韵：指和岳宏誉《游浯溪怀古》。2. 萃（cuì）：聚在一起。3. 鼓枻（yì）：摇着船桨。4. 倏（shū）然：忽然。5. 跻（jī）：登。6. 纤障：细微尘障。7. 崎嵚：波折不平。8. 尘块：尘埃。这里有尘世的意思。9. 轩然：高昂的样子。10. 骢（cōng）马：青白色的马。此句当指岳宏誉。11. 绛帐：红色帷帐。12. 绝唱：指出类拔萃的诗文创作。13. 贞：光耀。14. 胜游：快意的游览。15. 笔濡（rú）：用笔蘸墨。

［**译文**］

有名的古迹聚在浯溪，我乘着小船逆水而上，

默默静坐，漂荡在河中，不断模拟溪山的景象。

摇动着船桨没有多时，眼界忽然显得好空旷；

丢下小船，正想去攀登，摩崖石刻已经入了望。

元公的颂与颜公的字，摸着藤萝首先去寻访，
奇异的碑刻有如石镜，千年万代没有细尘障。
有名的作品接连成片，山谷的诗最被人赞赏。

弯曲的路显得很不平，磊磊怪石两边摆仪仗。
刚才走过那座渡香桥，忽然又见到峿台真雄壮；
唐亭屹立在它的右边，若隐若现超出尘世上；
最高顶上看到了窊尊，神工定是老天来开创。

揽取美景，气度真轩昂，爬上险峻，不必靠拐杖。
名贤去世，已经千百年，留下胜迹，古今都景仰；
兴味感慨虽然不全同，幽雅情怀一定同舒畅。

骑上青骢马从永阳归来，清风吹拂着红色的帷帐。
用上彩笔记叙了前贤，鸿文都是拔尖的篇章。
就眼前景物写出新诗，雅致应当光照着翠嶂；
山中的神灵如果有知，会含笑感谢美好赐赏。

羡慕诸公，我前来追随，只愿各人，襟怀都豪放；
借机记述这快意的游览，笔头蘸的墨水不断荡漾。

[**说明**] 这首诗先写乘船去游浯溪的向往心境，接写登岸寻访碑刻的概况和游经“三吾”的感受，然后写景仰胜迹的情怀古今相同，所写鸿文新诗光照山川，并表达了追随诸公记游的快意心情。全诗记游结合抒情，读来倍觉真切。

扼胜亭[1]

清·游云龙

我爱兹亭好[2]，溪间第一重。晴光浮远崖，翠色绕层峰。水镜半江月，

风琴万壑松。游人堪少憩[3]，从此索奇踪[4]。

［作者简介］游云龙，江西庐陵（今吉安）人。生卒年、生平均不详。

［释题］此诗收在宋溶溪志。

［注释］1. 挹胜亭：清宋溶《浯溪新志》："挹胜亭，在三绝堂前，上仰峿台下俯湘江……康熙初，知县王启烈建，今废。"2. 兹亭：此亭。3. 少憩（qì）：稍作休息。4. 索：寻找，探求。

［译文］

我爱这座亭子风景好，浯溪胜境算是第一重。

阳光荡漾远处的山崖，翠色缠绕层叠的山峰。

水清如镜，泛起半江月，风声似琴，来自万壑松。

游人可以作短暂休息，再从这里去寻找奇踪。

［说明］这首诗抒写了喜爱此亭可以揽取远处的晴光翠色和水月掩映、松风如琴的景致，激起着意再寻奇踪的游兴。

夜登浯溪

清·乔 莱

山荒月黑闻猿啼，帆腹饱挂来浯溪[1]。绝壁峻嶒落天外[2]，况当夜半何由跻[3]？呼童索火登断崖，攀萝踏破归云低。摩崖之碑垂千岁，流传真与岣嵝齐[4]。鲁公书法最神妙，漫郎作颂心酸嘶[5]。点画不受风雨蚀，骚人逸客争留题[6]。词翰双绝得涪叟[7]，残碑斜立苍岩西。语兼美刺非颂体，石湖老子相排诋[8]。肃宗家国那可道？以规为颂宁无稽[9]？崖下镜石更灵异，金声玉质堪提携[10]；重来拭以潇湘水，真如眼膜开金篦[11]。摩挲久之夜忘寐，江云漠漠风凄凄[12]！

［作者简介］乔莱（1642—1694），字子静，号石林，江苏宝应人。清康熙进士，任过内阁中书、翰林院编修、侍讲、侍读。修过《明史》《三朝典训》。著有《使粤》《归田》《易俟》诸集。

［释题］此诗收在旧溪志和县志。据旧县志，此诗曾铲前人诗上石，

今不见。

[注释] 1. 帆腹饱挂：指船风帆满挂。2. 崚嶒（léng céng）：高峻的样子。3. 跻（jī）：登。4. 岣嵝（gǒu lǒu）：即岣嵝碑。原在湖南省衡山密云峰，又称禹碑。5. 酸嘶：心痛，嗓音哑。6. 骚人逸客：诗人隐士。7. 词翰：文词，书迹。涪叟：即黄涪翁。8. 石湖老子：指范石湖。老子，尊称，即老辈。排诋：排斥诋毁。9. 宁无稽：难道无根据。10. 金声玉质：金声，乐器声，喻好名声。玉质，指好质地。提携：有扶植推举之意。11. 金篦：指良医疗眼病刮眼膜的手术刀。12. 漠漠：弥漫的样子。凄凄：寒凉或伤悲。

[译文]

山迷茫，月无光，听到猿猴啼，船的风帆满挂，来到这浯溪。
峭壁高峻得落到天边以外，况且正当半夜，攀登从何起？
招呼童仆找火把，登上断崖，攀藤萝，踏破了归来云气低。

摩崖碑留下来已经千百年，流传至今，确跟岣嵝碑名齐。
颜鲁公的书法确实最神妙，元漫郎作颂辞，心痛嗓音嘶。
书迹点画没有被风雨侵蚀，诗人隐士争着留下了题诗。
文词书迹称双绝，是黄涪翁，残缺的碑斜立在苍崖之西。
用语赞美兼讽刺不是颂体，石湖老一辈对它诋毁排斥。
肃宗的家与国有啥可称道？用规戒当歌颂，难道不可稽？

崖下的镜石更显得灵异，名声好，质地白，值得扶植；
再次来，我拭揩上潇湘水，真的像眼膜刮过了金篦。
抚摸了好久，夜深忘记睡，江上云气弥漫，风也凄凄！

[说明] 这首诗描述了夜黑登临浯溪的情景与兴致；论述了摩崖碑刻名垂千古，鲁公书迹神妙，元叟作颂心痛，涪翁、石湖提出非颂，肃宗的家与国不值得称道；抒写了镜石灵异，值得推举和寒夜观赏很是依恋的感受。

诗中评述摩崖碑，同意山谷论点，在清人中是少见的。

石镜

清·吴 淇

祁阳石镜明无极[1]，嵌崖作槛倚江侧。扪之细润似珪平[2]，视之深窅如漆黑[3]。大冶应厌铜气腥[4]，尽鼓元精铸此石[5]。雨拭风磨几千秋，神物守护谁能窃？我闻石镜思一见，即挽溪水注镜面，镜面平滑水不存，旋落旋注凡几遍[6]，镜边湿痕才寸许[7]，满江人物历历见。楚国西南多奇山，和树连云落镜端。江上人烟几万村，江中舟楫日纷纷。谁家举网向对岸？大纲细目皆可见，网中有鱼尺半长，鬣红鳞细如花瓣。溪边水木更幽清，百道红泉竹里生，泉底石子复磷磷[8]，花有芳香鸟有声。山尽水穷乱石边，忽见一人当我前，顶上发毛种种然[9]，形容憔悴绝可怜[10]，久之方省是我颜[11]。看见我颜令我惊，徘徊又见泪沾缨[12]，愿将此镜奉彤庭[13]，坐使魑魅尽潜形[14]，照见普天孤臣颜色苦伶俜[15]。

[作者简介] 吴淇，字伯其，河南睢州人。清康熙进士。其他不详。

[释题] 此诗旧溪志、县志均收录。

[注释] 1. 无极：无极限。2. 珪（guī）：古代帝王诸侯所执的长形玉版，表示信物。3. 深窅：深远。4. 大冶：指技术精湛的冶炼工人。5. 元精：旧称天地的精气。6. 旋：随即。7. 寸许：寸把长。8. 磷磷：色泽鲜明的样子。9. 种种然：发短的样子。10. 绝：十分，很。11. 省（xǐng）：明白，觉察。12. 缨：古代结冠的带子。13. 彤（tóng）庭：泛指皇宫。14. 坐：遂，即将。魑魅（chī mèi）：传说中山林里害人的鬼怪。这里喻奸恶之徒。15. 孤臣：指失势无援之臣。伶俜（líng pīng）：孤单。

[译文]

祁阳的石镜明亮得无可相比，嵌在崖壁，围有栏槛，靠近江侧。
挨近它，感到细润像玉版平滑，看上去，深远得非常非常的黑。
冶炼工人当是厌恶铜气发腥，尽力鼓动天地精气，铸成此石。
雨揩拭，风琢磨，已上几千年，有神灵守护着，谁能够偷窃？

我听说这石镜很想看一番，随即取来溪水注上石镜面，

镜面很平滑，水珠不会留下，随手滑落，随手注上共几遍，
镜边淋湿的痕迹不过寸把，满江的人物却清楚地呈现。
楚国西南有许多奇异的山，连同树木、云烟都落到镜端。
江上的人烟约有几万个村，江中的船只每天来往纷纷。
是谁家举起渔网向着对岸？网的大纲细目都可以看见，
网中间有条鱼尺半长，鬣红鳞细如同那花瓣。

溪边的水与树更是清幽，许多道红泉从竹林发生，
泉底石子并且色泽鲜明，四周有花香也有鸟儿鸣。
山尽头，水末处，乱石旁边，忽见一个人挡在我前面，
头顶上的毛发短而又短，显得憔悴，十分可怜，
好一会儿，方发觉是我颜。看见我的容颜令我吃惊，
来回地走，又觉泪水沾缨，希望将这石镜奉献宫廷，
就会使鬼怪潜藏身影，照到普天下失势的臣子，面容好不孤零零。

［**说明**］这首古风赞扬了石镜明亮平滑，当是天地精气铸成，有神灵守护的神物，描述了水湿镜面后见到满江人物、山上云树，举起的渔网能辨出大纲细目和网中鬣红鳞细的鱼等景物，抒写了在溪水中见到一个人憔悴的身影而吃惊，希望将石镜奉献宫廷既可以使鬼怪潜形，又可以了解孤臣孤单的愤激之情。

摩崖碑

清·蒋景祁

祁阳之南湘水波，澄涵万顷垂银河[1]，滩飞石努势迅激[2]，泥淤涤尽形嵯峨。次山遗爱道州遍，浯溪晚筑留鸣珂[3]。宅倚清湘枕云水，仰看磨石青苍摩；五丁勇士怯欲尽[4]，巨灵平势无长柯[5]；天生神物会有用，不受斧斫堪砻磨[6]。马嵬灵武事惊创，草昧天造人谁何[7]！李、郭大勋炳云汉，神仙宰相归岩阿[8]。使君郎吏老文学，扶持纲纪登声歌[9]；勒镌金石并天地，微文讥刺诛幺麽[10]。鲁国颜公大忠烈，漫郎宅畔会相过；拜手鸿文请垂碣[11]，竦身振臂书擘窠[12]；回旋侧勒撼金铁[13]，稀微波磔撑矛戈[14]。我从湘源达湘口[15]，放舟东流日初酉[16]，惟止摩挲诵刻文，飞崖插天字盈斗。沧

海变异无穷极，崒嵂丰碑自长久[17]。

［作者简介］ 蒋景祁（1659—1695），字京少，一作荆少，宜兴（属江苏）人。以岁贡生至府同知。康熙间举博学鸿词，不遇。词人，词的内容较广，能从细腻处着笔，写出豪放壮阔、悲凉郁勃的篇章。有《东舍集》。

［释题］ 此诗旧溪志、县志均收。

［注释］ 1. 澄涵万顷：清澈的水面十分辽阔。2. 石努：凸出的石头。3. 鸣珂：贵者马上的玉石装饰品，行动时发出响声叫鸣珂。这里比喻为住宅遗址。4. 五丁：五个勇士。传说秦惠王伐蜀不识道路，诓骗蜀王派五丁为秦开辟道路。5. 巨灵：古代神话中劈开华山的河神。长柯：长斧柄。6. 斫（zhuó）：砍，削。砻（lóng）磨：磨砺。7. 草昧：指混乱的时世。8. 神仙宰相：指李泌。9. 登声歌：升堂歌唱。10. 幺麽：微不足道的人。这里指祸国殃民的奸臣。11. 拜手：跪拜礼一种，即跪后两手相拱至地，俯首至手。这里有诚恳地请求的意思。12. 擘窠（bò kē）：大字。13. 侧勒：书法点叫侧，单横叫勒。14. 波磔（zhé）：书法左撇叫波，右捺叫磔。15. 湘源：今广西全县。湘口：潇湘二水混合处，即今永州。16. 日初酉：天色黑了。17. 崒嵂（zú lǜ）：高耸的样子。

［译文］

祁阳城之南，湘水泛着微波，清澈的水面万顷，似落银河，
流经滩头的石堆，水势湍急，淤泥全被洗去，形状真嵯峨。

次山给后代的爱，遍及道州，晚年筑居浯溪，屋址还留着。
住宅靠近湘江，跟云水相接，抬头看到，石崖被青天抚摸；
开蜀道的勇士担心石崖凿不掉，巨灵神没有长斧柄，势头低落；
天生的神物当然会有用处，斧头砍削不了，却可以琢磨。

马嵬和灵武的事件叫人吃惊，乱世是世所趋，有谁能够奈何！
李、郭的大功业照亮了云汉，那神仙宰相归隐到山崖窝。
使君这个员外郎擅长文学，为扶持纲纪，竟敢升堂高歌；
文章刻上石崖，与天地共存，隐晦讽刺的文字鞭挞着邪恶。

鲁公颜真卿可称得大忠烈，恰到元漫郎住宅拜访作客；
诚恳地请求把鸿文刻上石碑，便挺身书写大字，笔没有停过；
回旋的点与横，可以撼动铁壁，稀微的撇与捺，能够抗拒矛戈。

我从全州到了潇湘汇合口，开船东行，渐渐日落西山后，
只好停下船，抚摸镌刻的碑文，高崖插天，字迹布满了北斗。
沧海桑田的变迁没有穷尽，耸立的丰碑却一定会长久。

[说明] 这首诗运用想象描述了浯溪石崖的高峻奇特，不易破削，却可磨砺，歌颂了元公着意作颂、鲁公张臂书写、摩崖刻碑的意图及其忠烈，抒写了沧海多变而丰碑永峙的感受。着笔豪放，感情郁勃。

窊尊

清·潘　耒

树为帘幙石屏风，鸟语泉声弦管中；更遣湘江作春酒，窊尊无底不愁空！

[作者简介] 潘耒（1646—1708），字次耕，号稼堂，晚号止止居士，江苏宜江（吴县）人。幼孤，受业于徐枋、顾炎武，做过翰林院检讨，修过《明史》。性好山水，历游名胜，多纪以诗文，有《遂初堂诗文集》《类音八传》等。

[释题] 此诗原刻活石置元、颜祠，祠圮碑佚。旧溪志、县志均收此诗。

[译文]

树林是帘幞石崖是屏风，鸟语和泉声融入弦管中；
更送来湘江水，酿成春酒，窊尊没有底，不用担心空！

[说明] 这首诗紧扣窊尊四周景物，通过想象，赞颂了大自然的美妙与神奇。

题摩崖碑

清·尤　珍

有客示我摩崖碑，一幅之广径丈围[1]。观者动色共欣赏，高文大字何瑰奇！忆昔天宝禄山叛，长驱铁骑蹂京畿[2]。至尊仓皇出奔蜀，太子灵武誓六师。祸乱方殷以权济[3]，苟不帝制众志离；乃践大位命诸将，取东、西京不逾时；奉迎还宫就尊养，尧禅舜让两得之。漫叟夙推老文学[4]，濡毫撰述中兴碑[5]；鲁公笔力有神助，大书深刻青山陲[6]。其后上皇在南内，张、李交煽思倾危[7]。奠定社稷诚大孝，何乃晚节晨昏亏！碑铭当日记盛事，惟有扬颂无微词。题碑后者为涪翁，其诗未免多刺讥。读书论世志未逮，摩挲古迹空嗟咨[8]！

［作者简介］ 尤珍（1647—1721），字谨庸，一字慧珠，号沧湄，长洲（属江苏）人。尤侗之子。康熙进士，翰林院庶吉士，编修，历充《大清会典》《明史》《三朝国史》编修官，后迁右赞善。著有《沧湄诗钞》等。他作诗，字字求安，能接受意见修改。

［释题］ 此诗收在旧溪志、县志。

［注释］ 1. 径丈围：直径一丈的圆周，围：计度圆周的量词。2. 京畿（jī）：国都所在地及其行政官署管辖地区。3. 方殷：正大。4. 夙（sù）推：早被推许。5. 濡毫：以笔蘸墨。6. 陲（chuí）：边际。7. 张、李：即张良娣与李辅国。8. 空：仅，只。

［译文］

有客人拿来摩崖碑给我看，一大幅的宽度，直径丈把围。
看了的，情绪激动，共同赞赏，这雄文大字是多么奇伟！

回忆天宝年间，安禄山反叛，铁骑长驱直入，蹂躏着京畿。
唐明皇慌慌张张地逃奔巴蜀，太子在灵武，动员六军战士。
战乱那么大，只得采取权变，假如不称帝，众志不能统一；
于是登上皇位，命令将士们，恢复东京与西京没有逾时；
迎接唐明皇回宫，就便奉养，像尧禅舜让，双方做得合适。

元漫郎早被推许擅长文学，笔酣墨畅，撰写了中兴颂辞；
鲁公的字有笔力，天神相助，大书特书，深刻在青山边际。

其后明皇住在南内——兴庆宫，张与李交替煽动，心存不轨。
平定了天下，的确可称为大孝，为什么当晚节，晨昏奉侍有亏！

立碑刻铭，记述当时的盛况，只是颂扬，没有批判的言辞。
后来题写碑后的是黄涪翁，其诗含义未免多半带讥刺。

我读书论世事，力量不能达心意，抚摸着古迹只是阵阵地长叹息！

［**说明**］这首诗贯注深情，首先赞赏摩崖碑“高文大字”的瑰奇；接着边回忆边评论，肯定灵武即位所创中兴业绩，批评肃宗受到张良娣、李辅国的煽动，对玄宗晚年晨昏奉侍有亏；总的认为碑铭记盛是颂扬的，只是黄涪翁题碑后的诗，意含讽刺；末了表示读书论世事力不从心的慨叹。

摩崖碑

清·汤右曾

青骡蜀栈真危哉！西下逝水宁东回？移军六合卷清霁[1]，中兴大业由天开。衡山山人谒灵武[2]，鱼水道合无睽乖[3]。桓桓忠勇李与郭[4]，手执枹鼓如雷霆[5]。奸凶满盈神鬼怒，将相和协功名谐。金妃木母火当殰[6]，封屠家祸谁胚胎[7]？二京收复凯歌入，父老泣下长安街；烟花紫禁列冠冕[8]，龙车鹤驾青春回[9]。艰难秦越共肝胆[10]，安乐骨肉相嫌猜。飞龙小儿窃国柄[11]，表里宫掖乱所阶[12]。长庆楼空夹城闭[13]，玉房珠户生青苔；凄凉西内情尚尔[14]，摘瓜况自歌《黄台》[15]。漫郎摛词意深痛[16]，涪翁吊古留余哀；《春秋》史法非颂体，石湖晚出空讥诽。平生两眼熟拓本，爱此片石江山隈；蓬州垂老嗟远窜[17]，岁久妙墨重摩揩。摄衣拾级历千尺，孤亭下瞰云涛堆；抚时感旧增叹息，啼猿落月同徘徊。

［**作者简介**］汤右曾（1656—1722），字西崖，浙江仁和（杭州）人。清康熙进士，累官吏部侍郎兼掌院学士。康熙重其文学，目为“诗公”，与秀水朱彝尊并为浙派诗人领袖。又工书画。王士祯说他的行楷“遒媚似东波”。有《怀清堂集》。

［**释题**］据宋溶溪志，录自汤氏诗集，旧县志转录。

［**注释**］1. 六合：天地四方。这里指中原地区。2. 衡山山人：李泌曾是唐肃宗做太子时的布衣交。杨国忠嫉妒他，便归隐。肃宗从马嵬北行，遣使召他，谒见于灵武，深得信赖。以后，他力求归隐衡山，自称山人。代宗时召为翰林学士，德宗时任宰相。3. 睽（kuí）乖：违背、乖离。4. 桓桓：威武的样乎。5. 枹（fú）鼓：鼓槌和鼓。6. 金妃木母：当是借用，指杨贵妃等。存疑。7. 刲（kuī）屠：宰杀。8. 烟花紫禁：景物艳丽的皇宫。9. 龙车鹤驾：指上皇唐玄宗和唐肃宗。10. 秦越：春秋秦越二国，一在西北，一在东南，相去甚远，常比喻疏远者。11. “飞龙小儿”句：宦官李辅国出自皇宫飞龙厩，与张良娣互相勾结专权。12. 宫掖：皇宫。13. 长庆楼：玄宗自蜀归居兴庆宫时，常去长庆楼徘徊观览。14. 西内：即太极宫。15. “摘瓜”句：张良娣忌广平王李俶（chù）有大功，制造流言。李泌借《黄台瓜辞》劝谏唐肃宗不要怀疑自己的儿子。《黄台瓜辞》：“种瓜黄台下，瓜熟子离离。一摘使瓜好，再摘使瓜稀，三摘犹为可，四摘抱蔓归！”16. 摛（chī）词：遣词作文。17. 蓬州：属四川省。

［**译文**］

骑上青骡，走过蜀道真危殆！西流的江水，哪能往东拐？
进军到中原，天空变为晴朗，中兴的大业，全由老天拓开。

衡山山人到灵武谒见皇上，鱼水般关系，彼此都能信赖。
威武忠勇要数李光弼、郭子仪，手执鼓槌击鼓，响得如霹劈雷。

奸凶恶贯满盈，神鬼都发怒，将相真诚合作，功成名不衰。
金妃木母之流该战火烧死，恣意屠杀的家祸，谁是胚胎？

东、西京收复，胜利歌声传到，长安父老，激动得热泪盈腮；

艳丽的皇宫里排列着冠冕，上皇和皇上真是青春再来。

艰难时的疏远者，能够共肝胆，安乐时的骨肉，却要相嫌猜。
飞龙小儿窃据着国家大权，宫廷内外勾结，酿成了祸害。

长庆楼空空的，夹城也封闭，华丽的屋宇竟生长着青苔；
凄凉的西内尚且情景这样，何况恣意摘瓜，传唱过《黄台》。

元漫郎遣词作文深有痛意，黄涪翁吊念古人，留有余哀；
是《春秋》的笔法，并不是颂体，后来的范石湖仅仅是讥诽。

平生两眼已熟识碑的拓本，喜爱这块碑石挺立在江隈；
在蓬州将老，慨叹我遭远窜，多年的墨宝我又得到摩揩。

提起衣襟登上千尺的石阶，在孤亭上俯瞰着云涛成堆；
抚今怀古，增添着阵阵叹息，猿叫声里，我跟着落月徘徊。

[说明] 这首诗以强烈的感情叙述了玄宗奔蜀，肃宗进军中原，君臣合作收复两京，阉臣窃取国柄，宫廷内外勾结，骨肉相残等史实；指出元公、山谷深感悲痛，碑文并非颂体；进而表达了重抚碑石的喜爱之情和登台怀古的深沉感慨。此诗在用语和组材上体现才气大表意畅。结句很有韵味。

镜石

清·胡良显

镜向摩崖湘水碧，个中万象只盈尺[1]。蛮烟瘴雨莫摧残，疑是忠肝结此石。

[作者简介] 胡良显，生卒年不详，字忠遂，别号得岑，汉阳人。康熙举人，做过知县、祁阳教谕。著有《周易本义晰》。

[释题] 此诗收在旧溪志和县志。

[注释] 1. 万象：指一切景物、影像。盈尺：满尺。

[译文]

镜石向着摩崖，湘水好青碧，其中一切景象只是满一尺。

蛮烟瘴雨都不能把它摧残，疑是忠诚的肝胆结成此石。

[说明] 这首诗赞叹镜石使湖水增色，能摄取万象，经得起大自然的磨炼，当是先贤忠诚的肝胆凝成。用语凝练精辟。

镜石

清·陈大受

天地何年铸？风霆几拭尘？惟虚方受物，善鉴始如神。夜月悬双照，江花映早春。谁言肝膈里[1]，烛处让西秦[2]？

[作者简介] 陈大受（1702—1751），字占咸，号可斋，湖南祁阳人。清雍正进士，协赞过内阁机务兼太子太保，做过浙闽总督、两广总督。为官能剔弊除奸，重视发展农业生产。谥文肃，其后人为辑《陈文肃公遗集》《清芬录》行世。

[释题] 此诗收在旧溪志、县志。

[注释] 1. 肝膈（gé）：意即肺腑。2. 西秦：《西京杂记》载秦始皇有方镜。凡宫女邪心者，以镜照之，莫不胆战心惊。

[译文]

这镜石是大自然何年铸成？风雷多少次给揩去了灰尘？

只因为心虚，才能容物，也由于会照，方可通神。

夜月高悬，两处能映照，江花开放，就知春来临。

有谁能说，在肺腑里面，一经照到，比不上秦镜？

[说明] 这首诗热情赞颂镜石经过大自然磨炼才有心虚、善照、知春来临、洞观肺腑的作用。诗虽咏镜，却启示我们要努力修养才能善于辨物识人。

读中兴碑

清·王式淳

潇湘烟景堪图绘，中有浯溪尤称最，荒凉千载无人居，清境适与漫郎会。漫郎不是石隐伦[1]，使君曾钓春陵春[2]。邦伯久能倾杜老[3]，大义复此刊雄文。雄文云何关大义，唐室中叶渐凌替。一纵臊羯吠渔阳[4]，藩镇效尤总睥睨[5]。湖南版宇接荆阳，何物小丑任披猖[6]。偏裨擅杀同儿戏，贪夫取赂隳天纲[7]。此时幕府尚酣歌，此时元公无斧柯[8]，义激衷肠唤奈何，特颂中兴悚幺麽[9]。首述继体前星朗，太阳一照怯魍魉；次言河洛义旗麾，二京恢复如反掌。九庙重辉蜀旆回[10]，依然金阙晨钟开。若个忠勋不茅土[11]？若个凶逆不槁街[12]？凛凛劝惩章雷电，犹恐杀青传难遍[13]，银钩特倩鲁公书，摩崖深刻矗天半。鲁公忠烈四海闻，首起平原扫妖氛；耸身云端运妙腕，标出中兴天子尊。率土同尊无二上[14]，大书春王方素王[15]；行人瞻仰日星明，贼臣睢盱心胆丧[16]。从此飞鸮稍戢翼[17]，从此哀鸿可小息[18]。不因大义肃地天，安得南荒静反侧[19]？可知此举非雕龙[20]，行间字里有折冲[21]。不然盛德兼大业，只合铭鼎与铭钟；何事挥毫峭壁上？何事掩映江天中？吁嗟乎！作者苦心不自陈，专待论世读书人。何为涪翁添蛇足？安怪余子肆反唇？可怜题咏尚纷纷，不知元子闻不闻？人心千载有真契，无端毁誉俱浮云。我无童子雕虫手[22]，管中窥豹知是否[23]？漫郎倘许一问津[24]，愿将石上窊尊浇我口！

[作者简介] 王式淳，字西铭，雎州举人。雍正八年（1730）任祁阳知县，恤民爱士，兴废修坠。

[释题] 此诗收在旧县志。

[注释] 1. 石隐伦：隐居泉石间一类人。2. 使君：对州郡长官的尊称。这里指元结。春陵：道州是汉春陵故地。3. 邦伯：指州的长官，即刺史。杜老：杜甫。4. 臊羯：指胡儿安禄山。5. 睥睨（pì nì）：窥伺。6. 何物：哪一个。披猖：猖狂。7. 隳（huī）天纲：破坏国法，毁坏朝纲。8. 斧柯：斧柄，比喻政权。9. 悚幺麽：使祸国殃民的凶顽害怕。10. 蜀旆（pèi）回：指玄宗自蜀回京。11. 茅土：受封为王侯。古代帝王

社稷之坛以五色土建成，分封诸侯时，按封地所在方向取坛上一色土，以茅包之，称为茅土。12. 槁（gǎo）街：把砍下的人头悬在街上示众。13. 杀青：写书定稿。14. 率土：境域内老百姓。二上：两个皇上。15. 春王方素王：大一统可以比拟古帝王。16. 睢盱（suī xū）：仰视。17. 飞鸮（xiāo）：比喻凶狠的贼臣。戢（jí）：收敛。18. 哀鸿：比喻哀伤痛苦流离失所的人。19. 反侧：反叛的人。20. 雕龙：比喻善于文辞。21. 折冲：使敌人战车后退，即击退敌军。22. 雕虫：对只会写辞赋的贬称，比喻小技。23. 管中窥豹：喻只见局部，未见全体。24. 问津：问渡口。这里指提出看法。

[译文]

潇湘的烟雨景，值得描绘，数到浯溪，更是其中之最。
荒凉的地面长期无人居住。清幽的境界恰为漫郎迷醉。

漫郎不是隐居泉石的人，曾做过刺史装点舂陵春。
是一方长官，直被杜老称赞，为伸张大义，在此镌刻雄文。

这雄文说的是有关大义，唐朝中叶的政治渐渐腐败，
羯胡一被纵，就在渔阳狂吠，藩镇也效尤，总是窥伺作歹。

湖南的疆界紧接荆州南面，任何小丑都敢于肆意猖狂。
副将随意杀人，等同儿戏，贪官索取贿赂，毁坏朝纲。

这时荆南幕府还尽兴高歌，这时元公也没有掌握政权，
大义激励心底，不知咋办，特地歌颂中兴，震慑凶顽。

首述肃宗即位，星光朗照，太阳一出来，吓住了山怪；
次说河洛义旗迎风挥动，东、西两京收复，捷报频来。

祖庙再放光，上皇从蜀回，早朝的钟声，金殿仍传开。
哪个有功忠臣，不给予封地？哪个凶逆的人，头没有悬街？

严肃的奖惩，雷电般明显，还担心写成文，难以遍传，
特请鲁公写出银钩铁画，摩崖深镌刻，直伸到天半。

鲁公的忠烈四海都知晓，最先在平原举旗扫妖氛；
挺身到云端，使出好手腕，标明唐中兴，皇上地位尊。

普天下尊崇的没有二皇，大写成一统，能比古帝王；
行人都瞻仰日星般光明，贼臣抬眼看，心胆都丢丧。

从此那飞鸮稍微敛了翼，从此众哀鸿才得稍休息。
要不是因大义肃清了天下，怎能够使南国坏人藏踪迹？

可知道这行动不止会文辞，是在行间字里击退了敌人。
不然那样的盛德和大业，只适合在钟鼎刻上铭文；

怎么会在峭壁摩崖上挥笔？怎么会掩映着云天与江滨？
唉呀呀！作者那种苦心没有自陈，专待那评论世事的读书人。

为什么黄涪翁画蛇添足？怎能怪其他人反唇争论？
可惜题咏的还纷纷不止，不知元子闻到还是未闻？
人心千百年定有契合的，没来由的毁誉都似浮云。

我没有雕章琢句的本领，管中窥豹，不知说得对否？
漫郎倘若准许我来问津，希望拿来宊尊让我喝一口！

［说明］ 这首诗融情于议，论述元公于荆南幕府作颂，隐居浯溪请鲁公书写刻石的目的，在于悚幺麽，尊天子，于字里行间击退敌人，惋惜不知其苦心的人才多加议论，表达了对元公伸张大义的赞颂之情。全诗论述有理，用语颇具气势，淋漓尽致。

浯溪绝句（十首）

清・阮学诰

松偃梅欹橘刺低[1]，琤琮一派岸东西[2]。春塍映带溪流碧，隔陇深耕雨一犁。

（浯溪漱玉）

浩淼湘波涌翠微[3]，孤悬片石对斜晖；匆忙照过人多少，日日渔蓑镜里归。

（镜石含辉）

曲槛凌风俨画屏[4]，朝朝远翠落江汀[5]。红尘不到三山畔[6]，目厌逢迎耳厌听。

（唐亭六厌）

一颂中兴事已乖，几行蝌蚪饱风霾[7]。精诚自合垂千古，可但摩崖笔法佳。

（摩崖三绝）

清烟霭霭绿荫成[8]，云与苍崖一样平。记取台边风日好，柳丝桃片近清明。

（峿台晴旭）

山色鲜疑着雨痕，绿波环处绝嚣喧，倘容抔饮邀朗月[9]，不羡田家老瓦盆！

（窊尊夜月）

野水闲云洞壑幽，春陵赋罢此居游。书声寂寞樵歌杳，尚有遗黎记道州[10]。

（书院秋声）

石梁宛转压山椒[11]，低覆松枝与柳条，最是免当车马路，杏花如雨带香飘。

（香桥野色）

丛竹荒祠一径长，秋风拂拂昼生凉，顿教野性勾留住[12]，瀑水声中话夕阳。

（漫郎宅籁）

石磴缘崖次第探，一亭烟景足春三。闲将岘首评兴废，何日重逢载酒骖[13]？

（笑岘亭岚）

［作者简介］ 阮学诰，字裴园，山阴（属浙江）人。雍正进士，湖南学政。

[释题] 此是浯溪十景诗。收在旧溪志、县志。

[注释] 1. 攲（qī）：倾斜。2. 琤琮（chēng cóng）：象声词，水声。3. 翠微：这里指青山。4. 俨（yǎn）：活像。5. 汀（tīng）：水边平地，小洲。6. 红尘：飞扬的尘土，形容热闹繁华。三山：指古神话中方壶、蓬莱、瀛洲三座神山。这里借用。7. 蝌蚪：即蝌蚪文。借指铭刻等文字。霾（mái）：烟尘微粒形成的混浊现象。8. 霭霭：烟云浓盛状。9. 抔（póu）饮：捧杯子饮。10. 遗黎：前朝或战乱后留下的老百姓。11. 山椒：山陵，山顶。12. 勾留：逗留。13. 岘首：山名，在湖北襄阳。晋羊祜镇守襄阳，常登山置酒吟咏。骖（cān）：同驾一车的三匹马。

[译文]

松枝垂，梅树斜，柑橘枝接地，分布在淙淙流水两岸东西。
春来，田塍掩映得溪流碧绿，相挨的田垄迎着好雨正深犁。

浩淼的湘江水涌着青山隈，挂的那面石镜正对着斜晖；
照过匆忙的行人不知有多少，天天见到披蓑的渔翁镜里回。

弯曲栏杆顶着风，活像画屏，朝朝远处的山岚落到江汀。
尘土定飞不到这仙山脚下，眼厌看逢迎，耳厌听热闹声。

一歌颂中兴，事情不太平顺，几行蝌蚪饱餐了风与灰尘。
精诚就本应该流传到千古，岂止摩崖的书法雄奇刚正！

清烟浓浓的是绿树掩映成，看那云朵、苍崖竟是一般平。
还记得峿台边风和日也丽，柳成丝，桃花绽，接近清明。

山色新鲜，正怀疑留着雨痕，绿波环绕，这里全没吵闹音，
倘若让我邀请明月捧杯对饮，不羡那农家喝酒的老瓦盆！

水慢流，云慢飘，洞壑好清幽，在舂陵做官后，来这里优游。
读书声、樵歌声，都听不到了，却有遗民记起那当年元道州。

石梁宛转地沿着山头缠绕，低低地覆盖上松枝和柳条，

最适意的是没有挡着车马路，杏花儿像雨点带着香气飘。

从竹荒祠，一条小路可通往，秋风吹拂，白天也觉遍体凉，
顿教我野性发，逗留在这里，激流声触动人，才话及夕阳。

石磴缘着山崖一级一级地伸，看这一亭烟景足可顶上三春。
闲里就把那岘山的兴废评论，何时在此再碰上载酒的车马停?

[说明] 这组七绝描述了春雨时浯溪的蓬勃生机，斜阳下石镜记录人们的活动，画屏似的唐亭能饱赏江景排除尘俗，摩崖胜迹主要因精诚而名垂千古，晴旭中的峿台边柳成丝、桃含笑的美景，寂静的夜月下能借窊尊邀饮的奇想，清幽的洞壑对元道州的怀念，幽寂环境中香桥的杏花飘香，秋风里漫郎宅的清凉宜人，笑岘亭见到的烟景与联想。每个景点突出了特点，写出了魅力，揭示了蕴含的道理，并抒发了怀念前贤的深情，读来深受感染。

浯溪

清·谢济世

我爱浯溪好，山崖复水涯，不知清夜梦，踏破几芒鞋[1]? 鱼鸟今无主[2]，元、颜昔少侪[3]，谁于明镜畔[4]，为我结茅斋?

[作者简介] 谢济世（1689—1756），字石霖，号梅庄，广西全州（全县）人。清康熙进士，授翰林院检讨，后任监察御使、湖南粮道。性情刚正豪迈，不苟同时尚。诗文有高致。有《周易质疑》《史评》等著作传世。

[释题] 此诗收在旧县志。

[注释] 1. 芒鞋：草鞋。2. 鱼鸟：指自然景物。3. 侪（chái）：同辈。4. 明镜：指石镜。

[译文]

我爱浯溪真是好，山崖水涯都可爱，
不知清夜常做梦，踏破多少双草鞋?

鱼呀鸟呀今无主，元、颜昔时少同侪，

有谁肯在明镜边，替我来把茅屋盖？

[说明] 这首诗写自己曾多次梦游浯溪山水，希望朋友中有谁能帮助自己结庐于此，充分表达了景仰元颜风节和喜爱浯溪胜地的感情。

窊尊石

清·阳　晼

神斤鬼斧何年凿[1]？云影倒吞天上阔，夜夜月华出海来[2]，珠光飞向尊中落。

[作者简介] 阳晼（wǎn），字乾一，一字文斋，号慕六，湖南祁阳文明铺人。清雍正进士，任过衡州府学教授，主持石鼓书院。一生教书。著有《春风堂稿》。

[释题] 此诗收在旧溪志、县志。

[注释] 1. 斤：斧头。2. 月华：月光，月亮。

[译文]

是鬼神用斧头何年开凿？倒吞天上的云影好宽阔，

每天夜里月亮从海上出来，珠光飞快地向杯里洒落。

[说明] 这首诗通过想象，从窊尊与云、天、月亮的关联，描述它的神奇色彩。

浯溪

清·许廷镕

浯溪一片石，长寄幽人赏[1]。大笔何淋漓[2]，穿径识所昉[3]。昔游景已移，胜情纷涉想[4]。重来际萧晨[5]，清湘驻双桨。初日澄远心[6]，水木明秋爽[7]。石梁敧半横[8]，绝壁峭以上。曲径乘繁阴[9]，流泉激清响。当境乃自今，过目已成曩[10]。寂寞尘外踪[11]，日见屐几两[12]。高秋多白云，空亭自来往。

[作者简介] 许廷鉴（héng），字子逊，江苏长洲人。约雍正中前后在世，康熙庚子（1720）举人，任福建武平知县，有善政。少精弓马刀槊，慷慨激发，遍游四方，交知名士。晚年与沈德潜、王昶相往来。诗宗唐人，工五律七绝。有《竹素园集》行世。

[释题] 此诗收在旧溪志、县志。

[注释] 1. 幽人：隐士。2. 大笔：著名手笔、大手笔，指颂文书迹。淋漓：酣畅。3. 昉：旭光初放。4. 胜情：美好心情。涉想：想象，设想。5. 萧晨：萧瑟的秋晨。6. 澄远心：使思远的心情安定。7. 水木：江水树林。爽：爽朗。8. 攲（qī）：倾斜。9. 乘繁阴：引向浓荫。10. 曩（nǎng）：过去的，曩昔。11. 尘外踪：尘世以外的踪迹。12. 屐（jī）：木屐，便于行泥地山地。

[译文]

浯溪这一块摩崖石刻，经常寄托着隐士的赞赏。
著名的手笔文字酣畅，穿过石径就见到曙光。
昔日来游的景致已改变，美好的心情有许多想象。

重来适值萧瑟的秋晨，清澈的湘水中停下双桨。
旭日能安定思远心绪，江水树林显示秋爽朗。
石梁已倾斜半身横着，绝壁陡峭地一直向上。
弯曲的小径伸向浓荫，流动的泉水激起清响。

当场的情景即今天所见，眼睛看过后就成了已往。
这寂寞尘世外的踪迹，每天里只见到屐痕几两。
秋高气爽并且多有白云，空亭中只任我自由来往。

[说明] 这首诗赞叹浯溪石刻的大笔酣畅，一直受到幽人赞赏，描述了重游所见林木江水爽朗和环境寂静的秋景，展现了只任我自由来往的心境。

浯溪中兴碑

清·胡天游

开元风业绍贞观[1]，环海波平九州晏[2]；三郎白首无逸心，赓颂应追庆云缦[3]。晚侈雕宇禽色荒[4]，谁其任者李与杨[5]。东门啸雏终不悟[6]，黄虬奋鬣虺牙张[7]。羯鼓声催走巴谷，峨眉翠峰看未足；俄闻灵武动六师，奉册西来让黄屋[8]。当时变生殊不细，自将东征真至计。太子监国势万全，仓卒谁令惑私昵[9]？两京收后逾几年，归来南内心茫然，皇孙上食天子鞚[10]，外貌徒贵中情酸。潞州别驾本英杰[11]，亲嘒雉奴遗祸烈[12]，手携三尺斩桑条[13]，垂老可怜依覆辙。肃当患难刁天扆[14]，张姨李父凭指挥[15]；自来世世事残陋，太平无复开元时。平原太守躬讨贼，天子生平未曾识。漫郎忧国多苦心，作颂中兴三叹息。颂词简穆书劲激，色正铓寒照南极[16]。想见峨冠相对时，忠义林离宕胸臆[17]。摩崖高绝浯水深，哀猿凄汃愁人心[18]。流传墨宝自珍重，苔镌藓啮空追寻！

［**作者简介**］胡天游（1696—1758），名骙（kuí），字稚威，号云持，浙江山阴（绍兴）人。雍正副贡，乾隆元年举博学鸿词不遇。一生未做官。性耿介。学问甚博，善写骈文，诗也雄健气盛。有《石笥山房集》。

［**释题**］收在旧溪志。

［**注释**］1. 绍：承继。2. 晏：安宁。3. 赓颂：歌颂。庆云缦：庆云歌，相传虞舜所作。4. 雕宇：彩绘装饰的房屋。禽色：畋猎、女色。5. 李与杨：指李林甫、杨国忠。6. “东门啸雏”句：据上下句，疑指李林甫以“陛下家事”一句话促使玄宗杀了瑛、瑶、琚三个皇子。后来，杨国忠怕玄宗亲征、太子监国，指使韩、虢、秦三夫人劝说贵妃拦驾。7. “黄虬”句：比喻奸臣、叛贼祸国殃民的气势与行为。虬（qiú）：传说中无角的龙。虺（huī）：毒蛇。8. 册：玉制的简册，用于祭告、封禅、册命皇太子及后妃。黄屋：用黄缯制成的帝王车盖。9. 惑私昵（nì）：指听信杨国忠奔蜀之策。10. 鞚（kòng）：马笼头。11. 潞州别驾：唐玄宗未登位时曾任此职，并平定了韦党的逆乱。12. 雉奴：当指淫乱祸国的韦后。13. 三尺斩桑条：指勒兵玄武门，斩关而入，杀韦后及安乐公主。三

尺：剑。桑条：代韦后。唐中宗时，有人写了《桑韦歌》，被附会为韦后当执政的预兆。14. 刁天扆（yǐ）：占有帝位。15. 张姨李父：指张良娣、李辅国。16. 南极：南方。17. 林离：即淋漓，酣畅的样子。18. 凄泬(jué)：凄清。

［译文］

开元风气和业绩继承贞观，四海波浪不兴，九州都平安；
三郎到白首若无逸乐的心，要是歌颂，应该学唱“庆云缦”。

晚年大造宫室，佚乐够荒唐，谁当负责任，应该是李与杨。
林甫助恶，国忠拦驾终不悟，黄龙奋起鬣鬃，毒蛇把牙张。

战鼓声逼得逃向巴蜀山谷，峨眉的翠绿山峰还未看足；
不久，听说灵武的军威大振，奉册传位的使者来自西蜀。

当时发生的叛乱很不一般，自己带兵东征，实在是上计。
皇太子监国，局势可算万全，急忙奔蜀，谁叫他听信亲昵？

东京西京收复后，过了几年，回到兴庆宫，心里很是茫然，
皇孙进食，天子控着马笼头，表面上算尊贵，内心却发酸。

曾任潞州别驾，本来是豪杰，亲自慨叹，妃嫔留下灾祸烈。
手持宝剑，杀了韦后及乱党，可叹年老时，仍旧重蹈覆辙。

肃宗在患难当中占有皇位，任凭张良娣、李辅国乱指挥；
从此，代代政事搞得乱又糟，不再见到开元中太平年岁。

平原太守颜真卿亲身讨贼，天子生平却对他全不相识。
元漫郎忧虑国事，多费苦心，作文歌颂中兴，慨叹声不止。

颂词简洁肃穆，书法有劲力，颜色正，笔锋寒，照耀南大地。
料想两公峨冠博带相对时，忠义之气酣畅，激荡着胸臆。

看那摩崖高极了，浯水也深，听到凄清的猿声，发愁得很。

流传下来的墨宝当然珍重，可惜苔藓侵蚀，空费力追寻！

［说明］ 这首诗叙议结合抒情，首先从玄宗承继贞观的开元业绩写到晚年的昏愦与苦难，在两京收复后也只能过上凄凉日子；接着追溯他早年能制止女祸，晚年重蹈覆辙；唐肃宗在患难中即位也未吸取教训，以致此后唐朝国政逐代衰落下去，表达了吊古的无限痛惜之情；然后写了元颜满腔忠义及其颂文与书法的作用，表示对二公的景仰，并抒发了在凄清环境中见到墨宝遭到自然侵蚀的慨叹。诗的用语雄健深沉。

浯溪吊古

（八首录四）

清·王世淑

秋月华星写数诗[1]，偶因卜宅隐湘湄[2]。石崖谁会镌磨意？但赏琼琚玉佩词[3]！

是处公侯尽莫支，平原太守独兴师[4]。毫端隐有孤忠气[5]，可但银钩铁画垂[6]？

碧山如玉水如罗[7]，灵境留人眺赏多。不识崖巅尊酒好，近来月色更如何？

青山锦帐石屏风，步步瀛洲路与同[8]。他日消除尘俗债，全家移入画图中。

［作者简介］ 王世淑，字致和，号慎堂，王锌长子。乾隆三年（1738）戊午举人。生卒年、仕履均不详。

［释题］ 此诗收在旧溪志、县志。

［注释］ 1. 华星：光辉的星星。2. 卜宅：择地定居。湄：水边，岸边。3. 琼琚玉佩：华美的玉佩饰品。4. 平原太守：当时颜真卿任平原太守。5. 毫端：笔端，笔锋尖。孤忠：指耿耿忠心得不到支持。6. 银钩铁画：指书

迹笔画有力度。7. 罗：指轻柔的绮罗。8. 瀛洲：传说是仙人居住的地方。

［译文］

一

秋月明星高照时，写了几首诗，偶然由于择居，隐身到这湘水地。

有谁能领会石崖上镌磨的用意？只是欣赏有似美玉佩饰的文辞！

二

当地的公侯不敢正面对敌，平原太守却单独组成义师。

笔头隐隐地有股忠贞气概，难道仅留下银钩铁画字迹？

三

碧青的山似玉，水如绮罗，灵境留给人眺赏的许多。

不了解崖顶窊尊的酒好，那近来的月色更是如何？

四

青山像锦帐，石崖也像屏风，一步步与登上瀛洲的路相同。

他日里消除了尘俗的债务，愿将全家移迁到这画图中。

［说明］第一首诗慨叹元结把过去写的诗镌磨在浯溪石崖上，一般只欣赏文辞美，不能领会他的深刻用意。

第二首诗赞叹颜真卿在平原单独抗贼的孤忠气概都隐藏在银钩铁画般的书迹中。

第三首诗赞叹浯溪山好水美够人眺赏，表达了牵挂崖顶窊尊酒好，月色不知怎样的眷恋之情。

第四首诗赞美浯溪为青山石崖屏护，来游如同步入瀛洲，抒写了将摆脱尘俗负担，移家其中，过上神仙般生活的心愿。

中兴颂墨本十七韵[1]

清·叶观国

李唐碑板如云垂[2]，浯溪片石尤瑰奇[3]，鲁公遗墨此第一，评家自审非谬欺。雄文乃出次山手，句奇语重齐韩碑[4]。开元天子自神圣，治理谓已攀轩羲[5]。渔阳半夜起烽火，苍黄有国嗟无之（用颂中语）[6]。天回地转幸清廓[7]，两宫二圣重欢怡[8]。颂述功德守臣职，比于《吉日》《车攻》诗[9]。文成郁律等盘鼎[10]，书出磊砢磨厜㕒[11]。一时双绝叹谁匹[12]？韩文苏字镌罗池[13]。湘山合沓为拥护[14]，湘水清驶为淘披[15]。螭盘赑屃有时仆[16]，此碑万古无倾攲。至今纷纷闻响搨，鸡林走买输钱赀[17]。我欲纵观卧其下，山长水阔增劳思（时余典试，暂驻长沙）。客从南来贻纸本，临风舒展拏虬螭[18]。芒寒色正三百字，字字搘拄珊瑚枝[19]。岣嵝谲怪供耳食[20]，岳麓娟好差肩随[21]（二碑俱在楚南，时余皆得之）。携之犹足傲陆橐[22]，包缄勿令江神窥[23]！

［**作者简介**］叶观国，字毅斋，福建闽县人。生卒年不详。清乾隆十六年辛未（1751）进士，翰林院侍读，后任过湖南学政、道州知州。

［**释题**］此诗收在旧溪志、县志。

［**注释**］1. 墨本：碑刻拓本。2. 李唐：唐朝由李渊开国，所以称李唐。3. 瑰奇：珍奇。4. 韩碑：指韩愈撰写的《平淮西碑》。5. 轩羲：指轩辕黄帝、伏羲氏。6. 苍黄：即仓皇、慌张的意思。无之：没有这种情况。7. 清廓：即廓清，肃清，澄清的意思。8. 两宫二圣：指上皇唐玄宗和其子肃宗。9.《吉日》：《诗经·雅》中写周王围猎的诗。《车攻》：写周宣王田猎示威的诗。10. 盘鼎：即成汤的沐浴之器，刻有“苟日新，日、日新，又日新”的盘铭。郁律：指雷声震动人。11. 磊砢（lěi luǒ）：高大奇特。厜㕒（zuī wēi）：山峰高峻。12. 谁匹：谁可比。13. 罗池：指广西罗池《荔子丹碑》。韩愈撰，苏轼书。14. 合沓：重叠。15. 清驶：清澈地流去。淘披：清洗冲刷。16. 螭盘赑屃（bì xì）：螭龙器，很稳重。17. 鸡林：古国名，即新疆。18. 拏（ná）虬螭：牵引出虬螭。19. 搘拄（zhī zhǔ）：支撑，拄持。珊瑚枝：珊瑚，热带海中腔肠动物，骨骼相连，形如树枝。在句中比喻字的骨架有力。20. 岣嵝（lǒu）：衡山主峰在湖南。耳食：指只是耳朵听听，不足为信。21. 岳麓：即唐李邕书《麓山寺碑》，亦称《岳麓寺碑》。差肩随：大体上可以比拟。肩随：并行略后。22. 陆橐（tuó）：可能是某人的袋子。存疑。23. 包缄：包封。

［译文］

李唐的碑刻版本，像云层传世，浯溪这块石刻，尤其显得珍奇，

鲁公遗留的墨迹中，当推第一，经评论家审定，非以谬误相欺。

雄健的文辞出自元次山手定，句奇语重，可跟《平淮西碑》等齐。

开元年间唐玄宗自以为神圣，治理国家的水平，认为赶上轩辕、伏羲。

那渔阳半夜里，发生安史叛变，慨叹开国以来，没这惊慌局势。

幸好天回地转地肃清了叛逆，两宫君王的脸上再现出喜气。

歌功述德是臣子的职责，可以相比《吉日》《车攻》两诗。

文章写成如雷震人，等同盘鼎，书迹雄奇，磨镌在高峻的崖壁。

一时的“双绝”，赞叹谁能比？韩愈文，苏轼字，刻在罗池。

湘南的山峦重叠，给予拥抱保护，湘水清澈流去，给予冲刷清洗。

盘着螭龙的碑稳重，有时仆倒，这碑刻到万代，不会倾斜歪侧。

到今天还纷纷传来拓碑声响，鸡林远来客买贴，要运送钱资。

我曾经想纵情看，卧在碑下面，远隔高山阔水，徒增心思劳累。

有客从南来赠送我这纸本，迎风展开它，似引出虬与螭。

笔锋寒，颜色正，不过三百字，字字支撑得正像珊瑚树枝。

《岣嵝碑》奇异怪诞，只供耳听，《岳麓寺碑》秀美，差可相比。

带上了它，还足以傲视陆橐，把它包封好，不让江神偷窥。

［说明］这首诗着意调遣笔力，盛赞大唐中兴功德的浯溪碑刻当推鲁公墨迹中第一，文辞等同盘鼎，只有罗池《荔子丹碑》可以相比，它永垂万古，远客争购碑本，个人也曾长期仰慕；抒写了得到客赠墨本，只见虬螭飞腾，字如珊瑚支撑，《岳麓寺碑》差可比美的感受和珍视喜爱它的情意。

题李七松明府浯溪图[1]

清·朱　瑛

烟翠红栏入望新，溪光粉本写来匀[2]。三吾咫尺藏丘壑[3]，一幅沦漪舞

藻蘋[4]。雅兴君还吟皓月，卧游我欲洗缁尘[5]。几年拙宦曾留迹[6]，归去应添画里人。

[**作者简介**] 朱瑛，号龙城，宁夏石屏人。清乾隆十三年（1748）任祁阳知县，当年去任。乾隆二十八年任永州知府。

[**释题**] 此诗收在旧溪志、县志。

[**注释**] 1. 李七松明府浯溪图：清李莳修建浯溪后，写了浯溪图，他的同僚和好友都为图题了诗。明府：对县令的尊称。2. 粉本：画稿。古人作画在墨稿上加描粉笔，用时扑入缣素，依粉痕落墨，所以叫画稿为粉本。3. 咫（zhǐ）尺：比喻距离很近。八寸叫咫。4. 沦漪：微波。5. 卧游：指欣赏山水画以代游览。缁（zī）尘：黑色灰尘，即风尘。6. 拙宦：旧时官僚自称不会做官，仕途不顺利。

[**译文**]

青烟云、红栏杆，入眼感受新，溪上的风光画得好均匀。

“三吾”的丘壑就在眼底下，一幅微波，舞动着藻与蘋。

君有雅兴，还对着明月吟咏，我观画面，想洗掉满身风尘。

几年不会做官，曾留下脚印，回去，画里该添上我这个人。

[**说明**] 这首诗称赞浯溪图画得新颖、均匀，把“三吾”山山水水全摆在眼前，表示将借欣赏画面洗去风尘，并希望在画里添上自己的身影。诗是题画，由于把自己摆了进去，感受十分真切。其喜爱浯溪之情，耐人寻味。

葺浯溪亭榭既成，乡先生伍更斋刺史、陈眉湖，率子侄燕集，次韵奉酬[1]

清·李　莳

名区岂合委蒿莱[2]？洗剔溪山面目开[3]。芳草独怜前代史，秋灯聊泛故人杯（九月望日，余与友人夜游于此）。碣残唐宋空留颂，江合潇湘剩此台。料理烟霞诚不易[4]，儿童应识我频来。

[**作者简介**] 李莳，字环青，一字环溪，号七松，钱塘（属浙江）

人。清乾隆二十六年（1761）任祁阳知县，才敏政勤，案无留牍。任期内修书院，纂县志，筑城垣，大修浯溪。后调任长沙。

［释题］此诗收在旧溪志、县志。

［注释］1. 葺（qì）：修治。伍更斋，即伍泽梁。陈眉湖，即陈世龙，祁阳人，乾隆举人，主讲过文昌书院。燕集：宴饮集会。2. 蒿莱：杂草。3. 洗剔：洗涤清除，有修整的意思。4. 烟霞：代自然景物。

［译文］

名山胜地岂能让杂草掩盖？溪山被修整，面目放出光彩。

惋惜那芳草萋萋，前代的历史，深秋夜游，与老朋友畅饮传杯。

唐宋的碑碣残缺，颂文仅留下，潇湘合流后，还剩下这座峿台。

要装点自然景物，真不容易，儿童们该认识我多次前来。

［说明］这首诗根据修整浯溪亭榭的经历，不仅写了溪山修整后的喜悦和对前代历史的惋惜以及与友人夜游的雅兴，还写出只剩残碑、颂文、峿台，装点自然景物不易的真切感受。结句亲切，耐人体味。

镜石

清·汤　锷

一鉴临空架石台，千年神物壮溪隈；游人休作浑闲看[1]，曾向唐宫照胆来[2]！

［作者简介］汤锷，字远期，号慎斋。湖南祁阳县人。乾隆十七年（1752）举人，同年恩科进士，翰林院庶吉士。

［释题］此诗收在旧县志。

［注释］1. 浑闲：混同一般。2. “曾向唐宫”句：《柳林诗话》说它是次山遗物。引句有“此石曾闻献凤池，赐还仍对次山碑”。现镜石非原物。

［译文］

一块镜石临空嵌上了石台，千百年的神物称奇溪水隈。

游人们切莫把它等闲看待，它曾把唐宫臣仆肝胆照了来！

［说明］这首诗赞叹镜石是称奇浯溪水湾的神物，曾经照过唐宫臣仆的肝

胆。言外之意即提醒游人应考虑自己的肝胆是否经得一照。读来，颇受警策。

镜石

清·谢国相

浯溪一片石，能照游人面；但照人面同，不照人心变。

[作者简介] 谢国相，字小岩，祁阳人，生平不详。

[释题] 此诗收在宋溶溪志。

[译文]

浯溪这一块镜石呀，能照出游人的颜面；

只是照出人面相同，不照出人心有改变。

[说明] 这首诗论述了镜石的特有作用，揭示了事物外表与内在实质不一致的问题，表达了对人心多变的愤慨。诗近口语，颇能儆人。

游浯溪

清·旷敏本

凿辟江山肇有虞[1]，沧桑无恙仰名区[2]。水临湘浦才称绿，溪到元公始号浯；照石惊心惭二我，登台揩目认三吾。天开胜景时清泰[3]，如此风光莫漫孤[4]。

[作者简介] 旷敏本，字鲁之，学者称岣嵝先生。湖南衡山人。乾隆元年进士，选庶吉士。归，掌教岳麓书院。尝客粤督、赣抚及湖北学政幕。工诗古文辞。乾隆三十年（1765），祁阳令李莳聘修县志。有《岣嵝集》等。作者游浯溪，作此诗，和者甚多。

[释题] 旧溪志、县志均收录此诗。

[注释] 1. 肇（zhào）：发端，开始。有虞：古部落名，即虞舜。有，助词，无义。舜命禹平水土，定高山大川。2. 沧桑：即沧海变桑田，桑田变沧海。比喻世事变化大。3. 清泰：清明安泰。4. 漫孤：随意辜负。

［译文］

开辟出大好江山，发端于有虞，

沧桑变迁后，名区仍完好，叫人仰慕。

水流到这湘江边，可算得碧绿，

这小溪到了元公，才命名为“浯”；

面对石镜，惊心的是惭有二我，

登上高台，揩揩眼要细看“三吾”。

天然的美景，时世也清明安泰，

有这样的好风光，切不要随意辜负。

［说明］这首诗写浯溪历经沧桑，仍然完好，令人为元公的业绩而钦敬感动，表达了认真游览，不随意辜负三吾大好风光的挚爱之情。

浯溪次旷鲁之太史韵[1]

清·伍泽梁

漫郎刺郡涉艰虞[2]，乞得闲身寄奥区[3]。旧宅久荒徒听籁[4]，浯溪历劫尚称“浯”。瀛洲此日来佳客[5]，华表千年认故吾[6]。回首宦情都是梦，山中游兴莫愁孤。

［作者简介］伍泽梁，字惠远，号更斋，湖南祁阳蓑衣坪人。清乾隆进士，任过按察司副使等职，后主讲两粤书院。为官能正己率属。

［释题］此诗收在旧溪志、县志。

［注释］1. 次旷鲁之太史韵：即和旷敏本《游浯溪》诗。2. 艰虞：艰难忧患。3. 奥区：深山区。4. 籁（lài）：从空穴中发出的声音。这里指风声。5. 瀛洲：传说仙人所居山谷。借指浯溪。6. 华表：亭堂的柱石。

［译文］

漫郎做郡守，饱经艰难忧郁，终于求得身闲，寄居深山处。

旧宅老早荒废，只听到风声，浯溪多次遭灾，还被认作“浯”。

这仙山，今天迎来好客人，那柱石经历千年，也认得旧吾。

回首做官的情景，全是一场梦，在山中有游兴，不用怕只身孤独。

［说明］这首诗写元结经受艰难忧患之余隐居此地的旧宅虽然荒废，

可景物遗迹仍因他而传名。对照自己的官场有如做梦。但在山中游览并无孤独之感，表达了此游深有所悟的思想感情。

题中兴颂

清·张九镡

百尺危崖手可扪[1]，中兴旧事与谁论？已迎天帝收京后[2]，敢贬储皇德业尊[3]？节判颂悬唐日月[4]，琅玡书镇楚川原[5]。纷纷石畔镌题者，惑世空教易语言！

[作者简介] 张九镡（1718—1759），字竹南，号蓉湖，湘潭人。乾隆进士，时年六十，任编修。后官内阁中书。居京师，能闭户著书。其诗优容大雅，有《笙雅堂集》。他的兄长，九钺、九镒皆能诗。

[释题] 此诗收在旧溪志、县志。

[注释] 1. 危崖：高崖。扪（mén）：摸。2. 天帝：当指唐玄宗。3. 储皇：太子李亨唐肃宗。4. 节判：当指元结任道州刺史。5. 琅玡：指山东琅琊，代颜真卿。

[译文]

百尺的高崖举手可以触摸，唐中兴的史实要跟谁争论？

已在收复两京后迎回上皇，还敢于斥责太子德业俱尊？

元结的颂高悬着如唐日月，鲁公书迹镇住了楚的川原。

那纷纷在石崖旁的镌题者，也只是空教惑世，轻易语言！

[说明] 这首诗通过论述，肯定了唐太子李亨在收复两京后迎回上皇的德业，赞扬元次山的颂和鲁公书迹起了巨大作用。指出那纷纷在石崖边的镌题者，也只是惑世的轻易语言，鲜明地表达了反对黄山谷等的观点。

题李明府浯溪图[1]

清·德　保

去城不数里[2]，泛艇到三吾[3]。忆昨青溪道，身疑入画图。忽披长卷在，不与昔游殊。指点经行处，青山识我无？

［**作者简介**］德保，生卒年不详，姓索卓络氏，字仲容，一字润亭，号定甫，又号庞村。满族正白旗人。乾隆进士，官至礼部尚书，有《乐贤堂诗文钞》。

［**释题**］此诗收在旧县志。

［**注释**］1. 李明府：指李莳。2. 去城：离开县城。3. 泛艇：漂行轻便的小船。

［**译文**］

离开祁阳县城没有几里路，轻便的小船漂游到了三吾。

回忆昨天，走在浯溪青青路，几乎怀疑亲身进入了画图。

忽然披开这长画卷在眼前，不与先前游览所见情景殊。

不禁指点游览经过的地方，问着青山，你可认识我不？

［**说明**］这首诗记述了先前游览浯溪，几疑身入画图，今展开画卷与所见毫无差异，不禁问起青山可认识自己否，表达了对浯溪风景如画和画卷不失真、画技高超的赞美之情。诗有新意，语言平易，写得真切动人。

题石镜诗

阮辉莹

补天渡海实多端[1]，争似山头作大观？洞借余浑光可鉴，花揩剩彩秀堪餐；月将地影装春轴，水引银章摆素纨[2]。莫谓无心偏徇客[3]，也曾经照古人还。

乾隆丙戌安南阮辉莹[4]

［**作者简介**］阮辉莹（yíng），除诗末题名外，其他不详。

［**释题**］此诗收在旧溪志、县志。

［**注释**］1. 补天：古神话传说女娲氏炼石补天。后来用以比喻挽回国家大局。2. 素纨（wán）：洁白的细绢。3. 徇（xùn）：曲从，依从。4. 安南：即今越南、柬埔寨、老挝地区。南宋时称安南国，为中国藩国。清光绪十年（1884），因沦为法国保护国，便断绝藩属关系。

［译文］

要补天渡海，确有许多麻烦，怎能像在山头把胜景游览？

洞凭余辉就可把它看得清楚，花儿映上点光彩，秀色可餐；

月将倒影装成了春的画卷，水泛银波，摆动着洁白细绢。

不要说它无心偏偏曲从来客，也曾经照着古人在这里流连。

［说明］这首诗写了诗人出使中国，游览浯溪的感触，赞美石镜光可鉴，色可餐，能映出水月组成的美妙画面，吸引着古今游人为之流连。

浯溪四绝句

清·宋　溶

山断云连树，峰高翠接天。一帆如画里，疏雨到江边。

晓月寒江白，孤灯夜雨红。溪山萦客梦[1]，橘柚老秋风。

老树苍烟尽，西风黄叶轻。峿台一片石，晴雨对棋枰[2]。

水滴石根瘦，溪深山月高。羊裘坐垂钓，此地著吾曹[3]。

［作者简介］宋溶，字怀山。四川成都人。清乾隆举人，三十二年(1767)任祁阳知县。在任建学宫，修书院，营建浯溪，并聘人修《浯溪志》，显示他很重视文教事业。

［释题］此诗收在旧溪志。原诗六首选四。

［注释］1. 萦（yíng）：缠绕。2. 棋枰（píng）：棋盘。3. 著：附着，系着。

［译文］

山断处，云雾把树木连成一片，峰高的地方，青绿得接近云天。

一条船恰如画里的情景一样，在稀疏的雨点下，快划到江岸。

拂晓，月下，寒冷的江上一片白，夜雨，灯光一盏，显得格外红。

山山水水缠绕着游客的魂梦，金黄的橘柚正迎着秋风摆动。

古老的树，青葱的树色消失，西风紧刮，黄叶飘落轻又慢。

在峿台上围着一片大山石，晴天或雨天都可对着大棋盘。

水常常滴落，石崖的基脚瘦了，溪谷很深，山上的月亮显得高。

披着羊皮袍，可以坐下垂钓，这个地方真把我们系住了。

[说明] 这组绝句，观察细致，描写逼真。第一首诗展现山断云连、峰高接天的背景中，孤舟在稀疏的雨点下靠岸的画面。第二首写深秋时节，晓月江白，夜雨灯红，金黄橘柚摆动，是游客梦中迷恋的景致。第三首写老树西风下，无论晴雨可在峿台围石对弈的乐事。第四首写石崖下，披着羊皮袍垂钓到月上山头的情趣。

宋怀山明府寄浯溪中兴颂碑拓本

清·郭　毓

平生结字无好势[1]，墨猪冻蝇驱不易[2]，临池堕嬾法书稀[3]，高卧芸窗空画被[4]。去年宝砚归张郎，报我《绛帖》贮缥囊（张管涔以绛帖易余青花紫石古研）[5]。今年侯有广平氏[6]，分来大幅如堵墙，横阔十尺纵不减，字成玉碗金瓯光[7]。颜公忠孝出天性，浩气蟠胸腕力劲。论书有要柳诚悬[8]，用笔在心心必正。正直如公不可加，此碑雄伟书家圣。笑揭粉壁开窗棂[9]，坐卧观之龙虎形；远宗昙琅《换鹅帖》[10]，突过焦山《瘗鹤铭》[11]。聱叟高文时一读，浯溪山水余芳馨。

[作者简介] 郭毓，字又春，号春林，浙江诸暨人，生平不详。尝游湖南，清宋溶邀来浯溪校订溪志。著有《沅湘随食录》《薪照录》等。

[释题] 此诗旧溪志、县志均录。

[注释] 1. 结字：当指作字，写字。2. 墨猪：喻墨迹笔画肥而无力。冻蝇：喻书迹笔画无生动活泼之态。3. 堕嬾（duò lǎn）：懒惰。嬾：同“懒”。法书：名家的书法，或对书法的美称。4. 芸窗：书斋。芸香能辟蠹，书室常贮它。画被：指以手指在被上练字，或在被中画腹练字。5.《绛帖》：丛帖名。北宋潘师旦摹刻，因刻于山西绛州，故名。缥（piāo）囊：

以淡青色丝帛制成的书袋。6. 侯有广平氏：指祁阳县令宋溶。宋姓的宋璟封广平郡公。7. 玉碗金瓯：玉制的碗，金制的杯子。8. 有要：有要髓。柳诚悬：即柳公权。9. 窗棂（líng）：窗格，这里指窗。10. 昙琅：东晋道士，求王羲之书写《黄庭经》，因闻羲之喜欢鹅，遂以一群白鹅为酬。人们便称所写的帖为《换鹅帖》。11. 突过：超过。焦山《瘗鹤铭》：此碑华阳真逸撰，上皇山樵书。曾陷落江中，后捞出。今在江苏镇江市焦山崖石上。

[译文]

我平生作字没有好的架势，“墨猪”、“冻蝇”的毛病去掉不易。
临池学书懒惰，很少练好字，高卧在书斋，白白地画被子。

去年把一方宝砚送给张郎，他把《绛帖》回报，我收藏在丝囊。
今年甚喜有广平的宋县令，给我大幅拓本，如同一堵墙，
横宽有十尺，纵长也不减少，字迹像玉碗金瓯那么放光。

颜鲁公的忠与孝出自天性，浩然之气藏胸，腕力好刚劲。
论述作书有要髓是柳诚悬，作书用笔决定于心，心必正。
正直如颜鲁公，无可再要求，这碑雄伟，书法界里位至尊。
我笑着显露粉壁，打开窗子，坐着躺着看它，都呈虎龙形；
远承昙琅求王写的《换鹅帖》，超过焦山崖石上的《瘗鹤铭》。
元聱叟的高文一时读了它，浯溪的山和水都余下芳馨。

[说明] 这首诗抒写了个人学书的弱点和获得颂碑拓本的感受；赞颂颜鲁公天性忠孝正直，腕力刚劲，写成这雄伟书迹至品继承了《换鹅帖》的好传统，超过了《瘗鹤铭》的书艺地位；一读元公雄文，浯溪山水都余下芳馨，充分表达了对《中兴颂碑》的喜爱之情。

游浯溪

（六首录二）

清・邓献璋

一

山水文章在，公忠千古存。秋风吹劲草，宿雨坏墙根。俎豆无新荐[1]，

潇湘有断魂[2]。还闻松籁起[3]，鸦雀伴朝昏。

二

金难铸水部，丝欲绣颜公。刚下涪翁拜[4]，远闻浯壑风。千秋真气在[5]，一洗石崖空。三百三十字，长留倚碧穹。

［作者简介］ 邓献璋（1716—1771），字碧玉，号砚堂，湖南祁阳人。博学能文。乾隆元年举博学鸿词，不第；乾隆十八年始举于乡。后任四川渠县知县。乾隆三十五年，宋溶聘修溪志。

［释题］ 此二诗收在旧溪志、县志。

［注释］ 1. 俎（zǔ）豆：祭祀。新荐：用新熟的五谷或别的新食物祭祀。2. 断魂：销魂神往，形容情深或哀伤。3. 松籁：松涛声。4. 涪翁：即黄庭坚，曾任四川涪州别驾。5. 真气：正气。

［译文］

山水与文章仍然如昨，二公的忠贞千古长存。
秋风紧刮，才识别劲草，隔夜的雨，毁坏了墙根。
祭祀英灵，没有新物品，潇湘景物却叫人销魂。
还听到松涛声此起彼伏，乌鸦、麻雀伴随着晨昏。

用黄金难以铸就元水部，想要用丝线绣出颜鲁公。
刚刚让黄涪翁虔诚下拜，远远地传来浯溪山壑的风。
千秋万代真气都会存在，石崖间阴霾瘴气全扫空。
这篇颂文三百三十个字，将长久留存，倚傍着碧穹。

［说明］ 第一首诗抒写了游浯溪时对元颜二公的景仰之情和所见景物荒凉，让人伤情的感受。

第二首诗抒写了对元颜愿以具体行动表示敬爱之情，赞叹千秋万代，其正气都会扫去一切邪恶势力，短短的颂文将同碧空永存。

浯溪

清·邓学孔

浯溪清在望，客意与之幽。水石奇难状[1]，松篁飒似秋[2]；危巢时落鹳[3]，远渚欲盟鸥[4]。策杖闲吟处[5]，香桥翠乱流。

［作者简介］邓学孔，字宗鲁，献璋长子。清乾隆贡生。

［释题］此诗收在宋溶溪志。

［注释］1. 难状：难以描摹。2. 松篁（huáng）：松林竹林。飒（sà）：风吹树叶的声音。3. 危巢：高巢。鹳（guàn）：也叫灰鹤，大型涉禽，形状像鹤，生活在江、湖、池、沼的附近，捕食鱼虾等。4. 远渚：远远的水边。盟鸥：与鸥鸟结为盟友，喻退隐。5. 策杖：扶杖。

［译文］

浯溪的“清”举目可以看到，游客的心意又称它为“幽”。

水与石的奇特，难以描摹，松竹飒飒地响，好似清秋。

高高鸟窝不时掉落下鹳鸟，远处水鸥可与它结成盟友。

扶着拐杖闲吟的地方，有香桥翠绿扰乱着溪流。

［说明］这首律诗着意描绘了浯溪的“清”“幽”画面：水石显得奇特，松竹送来清响，鹳、鸥可成盟友，香桥绿染溪流，大可增添吟兴。令人读后遐想不已。

浯溪竹枝词

（录四）

清·邓奇逢

一

渡香桥畔草离离[1]，山雨蒙头客打碑；都向中兴来酹酒[2]，藤萝盖瓦吊荒祠。

二

杉排竹筏翦江行[3]，人字滩头似掌平。鸦轧暗闻烟际语[4]，“潇湘春涨昨宵生”。

三

浯溪名久播遐荒[5]，秀甲湖南扼碧湘。天外使臣朝贡过[6]，也留石刻纪梯航（安南使臣过浯溪，留题石上）[7]。

四

西崖夜夜宿渔翁，石濑月明收钓筒[8]，狮子洑前天似水[9]，又燃楚竹照湘中。

［作者简介］邓奇逢，字稼轩。邓献璋第四子。他任过长沙府训导、江西南城县丞。工吟咏，著有《豳风月令诗集》。

［释题］作者写的《浯溪竹枝词》十五首反映了浯溪当时实况和风土人情。选四首。

［注释］1. 离离：繁茂分披的样子。2. 酹酒：以酒洒地，祭礼。中兴：指中兴颂碑。3. 翦（jiǎn）江：剪开江流。4. 鸦轧：摇橹声。5. 遐荒：边远广大地方。6. 天外使臣：指安南使臣。7. 梯航：指梯与船，登山航海用具。8. 石濑：水激石间为濑。石滩间湍急之水。9. 狮子洑（fú）：指祁阳县南湘江中狮子口的水流回旋处。

［译文］

一

渡香桥边野草繁茂纷披，山雨蒙住了头，游客还在拓碑；
人们都到中兴碑前洒酒祭，凭吊藤萝盖瓦的元颜荒祠。

二

杉木排、楠竹筏、剪开江流向前行，
那人字滩头，水面像手掌一般平。
鸦轧声里，隐约听到烟雾中话语，
“潇湘上游涨春水，昨夜已经发生。”

三

浯溪的名声，好久以前传到边远地方，
它秀丽居湖南之首，地扼碧绿的湘江。
国外的安南使臣，朝贡皇朝经过此地，
也留下石刻，记述了登山航海的情况。

四

都说到西崖，夜夜住宿着打鱼翁，在石滩急水的明月下收取钓筒，
狮子口的水流回旋处，天空似水，又点燃楚地竹子，照亮湘水中。

［说明］ 第一首竹枝词反映了浯溪景物虽然荒芜，但遗迹受人珍爱，元颜二公被人敬仰。

第二首描述了潇湘的木排竹筏乘着发春水时在漫天烟雾中剪江北行的生动画面。

第三首诗记述了浯溪山水秀丽的名声远传国外，安南使臣经过此地，也刻石纪游的盛事。

第四首诗描述了湘江渔翁不辞辛苦，月夜在石濑中收取钓筒，并且点燃楚竹照亮狮子洑的捕鱼场面。

镜石

清·袁　枚

浯溪镜台光可爱，立向荒江照世界，照尽东西南北人，镜中依旧无人在。五十年前临汝郎，白头再照心悲伤。恰有一言向镜诉，照侬肝胆还如故[1]。

［作者简介］ 袁枚（1716—1797），字子才，号存斋，一号简斋，浙江钱塘人。年十二举秀才。乾隆进士，入翰林。出为知县二十年，不避权贵，有政声。告归后，筑随园于江宁（南京）小仓山，世称随园先生。以诗名闻当世，讲求性情个性，风格清新，与蒋士铨、赵翼称江右三大家。他又是诗论家，著作有《小仓山房集》《随园诗话》等。亦能书，《艺舟双楫》列其行书逸品上。

［释题］ 此诗与《窊尊歌》均收在旧县志。

［注释］ 1. 侬（nóng）：我。

［译文］

浯溪的镜石光洁可爱，立向荒江能够照世界，
照尽了东西南北的人，镜里依旧没有人存在。

五十年前来照你的我，头白再来照，悲伤难过。

正有一句话向镜申诉，照我的肝胆，依然如故。

［**说明**］这首诗先写了镜石光洁可爱，照尽来自各处的游人而人不在的感慨；再写自己前后照镜，容颜虽改但肝胆如故，表达了做人不改初衷的自豪心情。

窊尊歌

清·袁 枚

千寻绝壁立江口，上凿窊尊容一斗，有时饮者不经意，一杯便落蛟龙手。想见当年元次山，退谷、抔湖随处走[1]，拉得襄阳孟彦深[2]，白浪如山来饮酒。吾溪吾亭名不休，据将公物为已有。我昔来游美少年，我今来游忽老丑，新吾旧吾尚难占，一丘一壑谁能守？不如交还与太虚[3]，游者何人随某某；千峰看过皆我物，千载同心皆我友。试倾江水当葡萄[4]，即托江风召聱叟，叟纵不来听我歌，未必摇头呼否，否！

［**注释**］1. 退谷：在湖北武昌西，樊山、郎亭之间。元结游于此，孟士元命名为退谷，元结作《退谷铭》。抔（póu）湖：在武昌西退谷、抔樽下面，所以叫抔湖。2. 孟彦深：字士源。唐天宝进士，为武昌令，与元结交往甚密。3. 太虚：即上天，大自然。4. 葡萄：指葡萄酒。

［**译文**］

千丈的绝壁矗立江口，上面凿窊尊可容一斗。
有时喝酒的没有留意，那杯酒就落到蛟龙手。

回想起当年的元次山，退谷、抔湖四处任意走。
拉得那襄阳的孟彦深，白浪如山还肯来饮酒。
吾溪吾亭命名没个止，是占据公物作为己有。

我从前来游是美少年，我今天来游忽成老丑。
是新吾旧吾还难说定，一丘一壑有谁能看守？
不如交还给茫茫上天，来游的是谁任随某某；

许多山峰看过都属我，千百年心同都是朋友。

要倾倒江水当葡萄酒，就委托江风请来聱叟。

聱叟纵不来听我歌唱，不一定摇头喊着否，否！

[说明] 这首诗先写了窊尊所在地及其有关想象，不禁回忆起当年元结拉好友过江饮酒和据溪山为己有的豪情雅致，再写个人前后来游关于“吾”与“友”的感触和拟请聱叟前来饮酒听歌的奇想，表述了对元结豪情的由衷称赞和自己不私有名胜却拥有名胜的宽阔胸怀。

上面两首诗体现了“诗主性灵”的特点，用语平易清新，抒情真挚自然，读来十分上口。

浯溪渡

清・萧夔龙

呼渡争归急，浯江烟水间。断霞红入树，返照碧衔山。咿哑摇轻棹[1]，菰蒲傍浅湾[2]。花村明月里，小犬吠人还。

[作者简介] 萧夔龙，字载熙，号亮斋，湖南祁阳人。乾隆三十三年（1768）举人，候选知县。

[释题] 此诗收在旧溪志、县志。

[注释] 1. 咿（yī）哑：桨声。2. 菰蒲：指用芦苇蒲草编成蓬的船。

[译文]

争取早归，“过渡”的呼声好急，这呼声散布在浯溪烟水间。

片片彩霞映红了大片树林，夕阳似火，返照着青绿的山。

咿哑的桨声轻轻地摇开了，蒲苇蓬的船停靠到浅水湾。

再看那花村在明月朗照下，小犬汪汪叫，迎接主人归还。

[说明] 这首诗有声有色地描绘了浯溪傍晚过渡时的明丽景色，把呼渡、载渡、船靠岸、归家的生动画面全展现在读者面前，耐人玩味。

浯溪

清·王　宸

昔读《春陵行》[1]，循循见良吏[2]；后抚中兴碑，凛凛识忠义[3]；更有李阳冰[4]，篆铭在其地。平生性好奇，中心难弃置。十载渔阳丞，闻声而未诣；一旦典永州[5]，遂谓得所志。扁舟屡游遨，探奇不嫌累。登岸石荦确[6]，行径甚微异；横栏渡香桥，香气知何自？逶迤上山巅，有亭翼然寘[7]；其亭号曰“痦”，次山此焉次。有台高崔嵬，“吾”旁缀“山”字[8]，贤者信有托，往往发奇思；森然湘岸矗[9]，峥嵘负远势[10]。后有老涪翁，过此追往事。其势固突兀[11]，其境颇幽邃。传闻柳应辰[12]，辟符驱鬼魅。天下名胜处，得贤乃不蔽；迄今已千年，山色犹佳丽。嗟予爱空寂，无复筑山计[13]；只将数寸管[14]，描出群峰霁[15]。更有好事者，谓我通妙谛[16]，索诗不肯休，点缀各尽意。铿崖不可凿，难与前贤继。有幸老能游，好为流光憩[17]；登高勿用杖，逢胜犹能济。一编见感慨，贞石竟磨砺[18]；五字记所遭，逢时恐未逮。含笑谓妻孥[19]，临川莫叹逝[20]！

乾隆己酉吴县王宸书

［**作者简介**］王宸，字子凝，号蓬心。清初画家王原祁曾孙，太仓人，乾隆举人，工诗善画，山水稍变家法。任永州知府时尝画永州八景；浯溪图其中之一，何绍基为之作跋。

［**释题**］此诗碑楷书，有隶笔意，甚苍劲。旧溪志、县志均未收。

［**注释**］1.《春陵行》：元结任道州刺史时所作诗篇名。诗中洋溢着同情人民疾苦的感情。2. 循循：依次，顺着。3 凛凛：同“凛然”，严肃敬畏的样子。4. 李阳冰：唐篆代表，其字用笔流利灵转，结体疏朗秀美。有人说他是《溪园》的书写者。5. 典：掌管。6. 荦（luò）确：石多状。7. 寘（zhì）：安置。8. 缀（zhuì）：组合。9. 森然：森严地。10. 峥嵘（zhēng róng）：山势高峻突出。11. 突兀：高耸。12. 柳应辰：宋英宗十年任永州通判。他自造一镇妖传说，道教徒便附会其所刻“夬”字碑为镇妖符。13. 筑山：在山林筑屋而住。14. 管：笔杆。15. 霁：雨雪止，云雾散的景致。16. 妙谛：精深的道理。17. 流光：即光阴。18. 贞石：坚

固的石头。19. 妻孥（nú）：妻子儿女。20. “临川”句：《论语·子罕》：“子在川上曰：‘逝者如斯夫，不舍昼夜。’”借用。

［译文］

从前阅读着《舂陵行》，随着知道作者是良吏；
后来抚摸到中兴碑，凛然认识到真是忠义。
更听说有个李阳冰，用篆体刻铭在这里。
平生的习性最好奇，心中对这些难以抛置。

十年担任渔阳县丞，只听说过浯溪却未至；
一旦掌管着永州府，就觉得志趣能成事实。
坐船多次去那里游览，探访奇景从不嫌劳累。

上岸只见到巨石磊磊，通行的小路也是有异；
横在前面的叫渡香桥，香气却不知来自哪里？
弯弯曲曲通向山顶，有座亭子形如展翅；
这座亭子取名为“㾄”，要说次山，这哪算次？
有座石台高大雄伟，“吾”的旁边缀上“山”字，
贤能的人确有寄托，常常如此发出奇思；
森严地直立湘江旁边，高峻得依仗远处山势。

后来有个年老的涪翁，经过这里追怀起往事。
它的地势本来高耸，这里环境也很幽邃。
相传还有个柳应辰，题刻符箓驱除鬼魅。
天下风景优美的地方，依仗名人才不会隐蔽；
于今已经过了千百年，山色仍然显得真佳丽。

叹我喜爱空旷寂静，再无山林筑屋的算计；
只拿起几寸长的笔杆，描出群峰展现的景致。
更有喜欢多事的人，说我懂得精深道理，
向我求诗不肯罢休，为点缀景物各尽心意。
有似铿崖不容易镌刻，跟前贤的行为难以相继。

有幸老了我仍然能游，喜欢抓时光得到休息；
登高不需要拄着拐杖，遇上名胜还能够游历。
写上几句话表现感慨，坚固的石上竟要磨砺；
采用五言来记述所遭，要讲逢时恐怕难说起。
带上笑脸对着妻儿说，临江切莫叹流水易逝！

［**说明**］这首诗叙议抒情结合，先写曾经阅读元结诗文，对他为人十分景仰；再写多次游览浯溪从不怕累，见到巨石磊磊、亭台高耸、环境幽深等景物，认为作者命名确实有所寄托，胜地因名人才世人知晓；还写了为群峰描绘，作诗只求各尽心意的态度，以及庆幸能游，能以诗记述所遭的旷达心情。读了此诗后，可以了解作者的个性。

舟过浯溪望东西二台作

清·申大年

渡口纵扁舟，扣舷泝浅濑[1]。东风吹花开，绮岸丛晻蔼[2]。遥望两悬崖[3]，迥立孤烟外[4]。众鸟翩然来，鸣声一何哕[5]！遥山倚画屏，流水相映带[6]。窄径响松篁[7]，平林淡烟霭[8]。怀哉漫郎居，不与瀼溪会[9]。未审遂昌时[10]，幽奇孰为最？迹今数往还[11]，开眼唯此赖。清肃向渔翁[12]，胸期豁尘壒。

［**作者简介**］申大年，字廷椿，号鹤圃，祁阳文家冲人。明太仆寺卿申在廷六世孙。乾隆十二年丁卯科第二名举人，补翰林院待诏，升刑部司务，晋秩郎中。后任福建邵武知府。卸任归，橐中只有书数卷，琴一张。弱冠善属文，工诗，书有楷法，著有《听雨楼诗文集》。

［**释题**］此诗今石上不见，收在旧县志。

［**注释**］1. 扣舷（xián）：敲着船帮。泝浅濑：划上浅浅急水滩。2. 绮岸：美丽的河岸上。晻蔼：昏暗的云气。3. 两悬崖：指唐亭、峿台两悬崖。4. 迥立：远立。5. 一何：多么，何其。哕（huì）：象声词。6. 映带：互相关联衬托。7. 松篁：松竹。8. 平林：平原上的树林。9. 瀼（nǎng）溪：水名，在江西瑞昌县南。唐元结曾居此，自号瀼溪浪士，撰写了《瀼溪铭》。10. 遂昌：同“瑞昌”。11. 迹今：依据现在。12. 清肃：清高庄重。13. 豁尘壒（ài）：免除尘世的污染。尘壒：尘埃，污染。

［译文］

在渡口任意划出小船，敲着船帮，逆水过浅濑。

东风劲吹，野花恣意开，美丽河岸，聚集暗云霭。

遥望那两座陡峭石崖，远立在耸起的云烟外。

许多鸟儿翩翩地飞来，动听的叫声直同“喂、喂”！

远山恰如倚傍的画屏，一弯流水又似相映带。

狭窄路上传来松竹响，平原树林蒙上淡烟霭。

怀念元漫郎住在这里，不是跟那瀼溪同一块。

不清楚他住在遂昌时，清幽奇特哪方可超盖？

依据如今我多次来回，一开眼就把这里依赖。

清纯庄重，问着打鱼人，心底期望，排除恶世态！

［说明］这首古体诗抒写船过浯溪，见到烟霭中两峰挺立、鸟鸣招人、山水映衬、松涛林烟的画面，并且借怀念元漫郎曾退居此地和瀼溪的情况，表达自己特别喜爱浯溪幽奇，期望在此排除污浊世俗的意愿。

读了此诗有助于了解作者为官的清正。

九日浯溪宴集

清・于在沅

良辰胜侣集天涯[1]，正值浯溪菊有花。一上亭台秋思迥[2]，数行鸿雁晚风斜；兰田雅会诗情远[3]，彭泽归来酒兴赊[4]，吊古骋怀忘日暮[5]，却教新月破残霞[6]。

［作者简介］于在沅，生卒年不详，字思南，号复斋，祁阳县周塘人。清乾隆贡生，父母早卒，幼即勤读，遂志典坟。家贫，以馆授徒。生平正直端方，从未屈膝公庭。工诗、古文、词赋，尤善书法。

［释题］此诗收在旧县志。

［注释］1. 胜侣：良伴，好伙伴。2. 迥：远。3. 兰田雅会：疑是“兰亭雅会”，借用晋王羲之同谢安等人集会于会稽山阴兰亭修禊的故事。

4. 彭泽归来：借用晋陶潜不为五斗米折腰辞去彭泽令归去的故事。赊：宽松。5. 骋怀：开怀。6. 新月：农历月初形状如钩的月亮。

[译文]

趁良辰，同好朋友集会在天涯，正碰上浯溪的金菊绽开了花。

一登上亭台，秋的情思便拉远，好几行飞雁正迎着晚风倾斜；

在这种兰亭雅会上诗情真广，从彭泽归来的酒兴也有增加。

追念古人，舒展襟怀，竟忘日暮，却让如钩新月挂破了残霞。

[说明] 这首诗抒写重九好友宴集，正值菊始花，雁南飞，诗情远，酒兴加的欢畅情景，展现了旧时文人风貌。

摩崖碑

清·张　鳌

摩崖矗立江之浒[1]，几蚀风霾几绽雨。劲笔凌云颜大师，雄文揭日元水部[2]。秋月华星至今明，忠肝义胆气如生。君王不识平原守[3]，儿童犹说《春陵行》[4]。世事升沉空踯躅[5]，今古游人去来续。摩挲灵碣憩崖巅[6]，溪湍石巉如漱玉[7]。

[作者简介] 张鳌，字俊士，号一峰，祁阳人。乾隆岁贡。生平不详。

[释题] 此诗收在旧县志。

[注释] 1. 浒（hǔ）：水边。2. 揭日：显露太阳。3. 平原守：即平原太守颜真卿。4.《春陵行》：元结关心人民疾苦、为民请命写的一首五言古风。5. 踯躅（zhí zhú）：在一个地方来回地走，喻不敢前进。6. 灵碣：神灵的圆碑。7. 石巉（chán）：山石险峻。

[译文]

高大的摩崖，矗立在湘江水边，几经侵蚀由风霾，绽裂由疾雨。

笔锋劲道直冲云霄是颜太师，雄文显耀着太阳，正是元水部。

长期里，秋月华星至今还光明，真是忠肝义胆，气概依然如生。

君王不了解平原太守颜真卿，儿童犹能解说元结的《春陵行》。

世事升沉多变，枉自来回不前，今古游人去了又来，仍然继续。

我抚摸一阵灵碣，至崖顶憩息，见湍急溪流冲洗峻石如漱玉。

[说明] 这首诗赞叹摩崖碑，仍然矗立是由于有鲁公劲笔水部雄文表现的忠肝义胆，光辉永耀；尽管君王不了解颜平原，儿童却还能解说《舂陵行》；揭示了世事多变，历史不会中断，急流冲洗峻石有如"漱玉"，可能悟到人生亦如此的道理。全诗立意甚新，篇末借景寓理，既形象又深刻。

重到浯溪有作

清·钱 沣

几回弭棹此溪滨[1]，杖策溪园认旧尘。磬叟风流贤地主[2]，鲁公气节古天人[3]。音听韶濩何尝碎[4]？居近山林自率真[5]。我亦六年留滞客，何时伴构草堂新？

[作者简介] 钱沣（fēng）（1740—1795），字东注，一字约圃，号南园，云南昆明人。清乾隆进士，授检讨，后考选江南道监察使，以弹劾和珅等声名震动天下。后直军机处，积劳成疾卒。钱氏平生清贫，刚正不阿。诗文苍郁劲厚。有《南园先生遗集》。书法学颜如重规叠矩。其大楷以拙为巧，气势开阔，笔力雄健。行书也雄健刚正秀媚。兼工画马。

[释题] 此诗收在旧县志。

[注释] 1. 弭棹（mǐ zhào）：停船。棹：桨。一作弭节，停车马。2. 风流：风度、气派。地主：当地的主人，对往来游客而言。3. 天人：有道的人，出类拔萃的人。4. 韶濩（hù）：泛指古乐，韶：舜乐。濩：汤乐。元结诗："停桡静听曲中意，好是云山韶濩音。"5. 率真：直率精诚。

[译文]

好几回停船在这浯溪水滨，拄着拐杖到溪园把旧迹找寻。

磬叟有风度，是当地贤主子，鲁公尚气节，是古代杰出人。

听到这云山乐曲，怎能说零碎？住进这山林，必然直率又真纯。

我也是六年停留他乡客，何时，能够伴着筑下草堂容此身？

［说明］这首诗写多次寻访浯溪，认识到聱叟的风度和鲁公的气节，以及山林闻见对陶冶品性的作用，表达了十分喜爱浯溪的思想感情。

游浯溪

清·吴省兰

浯溪胜异冠尘寰，聱叟当年等退闲[1]。再造功名归李、郭[2]，三唐文字数元颜[3]。素凭至性扶倾国，未肯逃名学买山[4]。是处有碑仍可读，危亭依树老云间[5]。

［作者简介］吴省兰，字稷堂，一字泉之，南汇（今上海）人。乾隆举人，赐进士，官至工部左侍郎，升侍读学士。辑刊《艺海珠尘》十集。

［释题］此诗收在旧县志。

［注释］1. 聱叟：元结在武昌的樊口时，自称"聱叟"。2. 李、郭：即李光弼、郭子仪，是平定安史之乱的名将。3. 三唐：一般指初唐、盛唐、晚唐。4. 买山：指归隐。5. 危亭：高亭。《世说新语·排调》，支道林因人就深公买山。深公答曰："未闻巢由买山而隐。"

［译文］

浯溪胜异的风景，名列尘世前，元聱叟当年在这里，等同退闲。

大唐中兴的功名该归李与郭，三唐雄劲的文字要数到元、颜。

一向凭至性，匡扶倾危的国势，不肯逃脱名声，学着归隐买山。

此地有摩崖碑仍然能够认读，高亭依傍着古树，长在云烟间。

［说明］这首诗赞叹元结喜爱山水，退隐浯溪未肯逃名，一向关注国家的品性，他留下的胜迹将与山川同寿。其中五六句突出了为人特点，末尾两句引人细味深思。

三吾怀古

清·石韫玉

扶余秀结溪山奇[1]，天地公器谁能私？漫郎嗜奇乃成癖，所在皆以

“吾”名之。台名“峿台”亭“㾉亭”，烟林盘郁浯溪湄[2]。偏旁改移创奇字，诡谲上补颉与羲[3]。岂知世间万事偶然成邂逅[4]，一丘一壑非人有。湘江如带绕孤亭，溪山依旧人存否？古今自有可传人，不独溪山能不朽。我持绛节行湖湘[5]，临水登山意慨慷。自有天地便有此，两贤一出遂表章[6]。是时秋高木叶脱，摩崖读碑碑已坏。荒苔绣涩枯藤缠[7]，寻声辨画半茫昧。次山遗爱在舂陵，甘棠能下行人拜[8]。鲁公心画更无双[9]，忠魂毅魄谁能对？以人传地地传人，观此可以悟显晦。不然古木寒泉间，凿石题名几百辈，观者不能辨姓名，何况平生及时代。若人虽传如不传，传人别有真吾在。皋、夔、伊、吕不求名[10]，其名乃似衡、嵩大[11]。

［作者简介］石韫玉（1756—1837），字执如，号琢堂，又号花韵庵主人，亦称独学老人，江苏吴县人。清乾隆进士，授翰林院修撰。任过学政，知府、布政使等官。晚年主讲杭州紫阳书院、江宁尊经书院、苏州紫阳书院，共二十年。工诗，善文，工词，爱戏曲，有《独学楼诗文集》、《花韵庵诗余》等。

［释题］此诗收在旧县志。

［注释］1. 扶余：古国名。这里借用。2. 盘郁：曲折缭绕。3. 诡谲（jué）：变化多端，善变。颉与羲：指仓颉与伏羲氏，传说他们创造了文字。4. 邂逅（xièhòu）：不期而遇。5. 绛节：红色的符节。6. 表章：显扬。7. 绣涩：丛生像刺绣似的。8. 甘棠：传说周武王时，召伯（奭）巡行南国，曾憩甘棠树下，后人怀念他的德行，作甘棠诗。后用作称颂官吏的政绩。9. 心画：文字。因文字能表达人的心意。10. 皋、夔、伊、吕：皋，皋陶，舜名臣。夔，舜时乐官。伊，伊尹，商汤贤相。吕，吕尚，即周初名臣太公望。11. 衡、嵩：即衡山、嵩山。

［译文］

像扶余的秀气凝聚，溪山特奇，天下共有的东西谁能私持？
元漫郎好奇竟养成了癖性，所在之处都取上“吾”的名字。
台叫做“峿台”，亭也叫做“㾉亭”，烟云笼罩的树林盘绕浯溪。
改动偏旁，另外创造出奇字，这么善变，帮助了仓颉、伏羲。

哪知人世间万事是偶然相遇，一山一谷都不能被人们占有。
湘江有如玉带，盘绕着孤亭，溪山依然如故，人还存在否？

从古到今，当然有名传的人，不单独溪山能够永垂不朽。

我拿着红色符节走遍湖湘，临水又登山，情绪慷慨激昂。
自从开天辟地就有这地方，元、颜一到这里，名声便远扬。
这时正深秋，树木已经叶落，抚摸着崖壁读碑，碑刻已坏，
荒苔丛生似绣，枯藤又纠缠，寻辨字迹笔画，大半费疑猜。

元次山留下的恩惠在舂陵，见到了甘棠，行人都会下拜。
颜鲁公的字更是独一无二，忠毅的魂魄有谁能够匹对?
地因人出名，也能使人传名，看到这些，会懂得显达隐晦。

不然的话，在古树寒泉中间，凿石题上名的已有几百辈，
来游览的已不能辨认姓与名，何况他们的生平以及时代。
这些人虽然传了，名犹不传，能使人传名的另有真吾在；
皋陶、夔、伊尹、吕尚没有求名，他们的名却跟衡山、嵩山一般大。

[**说明**] 这首诗写天下名胜不能私有，元结有好奇癖性，给溪山造字命名，虽然不能占有溪山，但地因元、颜而名显。其原因是人们不忘元公恩惠与颜公忠毅。而凿石题名的许多人不能传名，这就揭示使人传名的有“真吾”存在，不须求名可名自至的道理。全诗融情于理，耐人寻味，震动人心魄。

寄题浯溪

清·秦　瀛

我思浯溪游，独坐浯溪石。月出林间峰，照见溪光碧。

[**作者简介**] 秦瀛（1743—1821），字凌沧，一字小岘，晚号遂安，江苏无锡人。清乾隆举人，嘉庆时官至刑部右侍郎。工诗，善古文。

[**释题**] 此诗收在旧县志。

[**译文**]

我想起过去游览浯溪，独自坐在浯溪的山石。

月亮从林中山上出来，直照得溪光好不青碧。

［**说明**］这首诗以质朴的语言抒写了过去游览浯溪的宁静心境，展现了月照林间、溪光青碧的幽美画面，表达了难忘胜地的眷恋之情。景美情挚，够人细味。

浯溪《中兴颂》碑

清·蒋湘培

摩崖万古斯文出[1]，次山文章鲁公笔，百怪却走龙盘拏[2]，光芒倒射扶桑日[3]。渔阳鞞鼓轰如雷，羽林万骑从西来[4]，延秋门外老乌叫[5]，洛阳、潼关安在哉？朔方天子真神武，手提孤军定豺虎[6]，九庙无尘日月新[7]，六龙重幸华夷舞[8]。漫郎作为雄伟辞，格高气重文采奇，直将琅玡峄山体[9]，摹写《七日》《车攻》诗[10]。太师笔势何超轶[11]，收拾诸家提一律[12]，文章、书法与功勋，总在人间为第一。翻嫌多事双井黄[13]，吹索瘢垢穷纤芒[14]。两公忠义薄日月[15]，肯以谤史镌青苍[16]？龙光万丈真犹逴[17]，野火不烧石不剥，自有中兴无此碑，千载谁当老文学？

［**作者简介**］蒋湘培，字笃因，号伯子，湘乡人，乾隆举人。著有《莫如楼诗钞》，莫如楼是他与弟弟的读书处。

［**释题**］此诗录自《沅湘耆旧集》。

［**注释**］1. 斯文：这篇颂文。2. 却走：往后退跑。龙盘拏：蛟龙盘曲攫拿的样子。3. 扶桑：神木名。传说日出其下。4. 羽林：指唐的皇帝卫军，羽林军。5. 延秋门：唐长安禁苑西面的南门。老乌叫：出自杜甫《哀王孙》："长安城头头白乌，夜飞延秋门上呼。"意即长安满城达官已逃避而去，失落了王孙，老乌为此惊叫。6. 手提：亲手率领。孤军：指灵武起兵是力薄的孤军。7. 九庙无尘：指扫去了神庙的尘埃，即收复了两京。8. 六龙重幸：指皇帝车驾重回长安。六龙：因驾车用六匹马，马八尺叫龙，因称"六龙"。华夷舞：中外人民起舞。9. 琅玡峄（yì）山体：指秦始皇登山东琅玡山筑台观东海，建碑歌颂功德，和登山东邹县峄山刻石纪功的颂体文字。10. 《七日》《车攻》诗：都出自《诗经》中《小雅》，歌颂周朝君王声威的诗。11. 超轶：超出一般，出类拔萃。

12. 提一律：指提出了书法规律。存疑。13. 双井黄：指黄庭坚，他是宋洪州分宁（今江西修水）双井人。14. 瘢（bān）垢：伤口或疮口留的瘢痕和污垢。纤芒：细微的芒刺。都是喻毛病、缺点的。15. 薄日月：靠近日月。16. 谤史：毁谤的史事。青苍：指青苍的崖壁。17. 龙光：有文采的光辉。逴（chuò）：超越，远。

[译文]

这摩崖颂文的镌刻会万古长存，因为漫叟的文章、鲁公的劲笔，
许多魔怪都退跑，蛟龙盘曲攫拿，它的光芒直倒射那扶桑的旭日。

渔阳战鼓轰轰，响得似惊雷，羽林军千万骑，从西边前来。
长安延秋门外，老鸦在哀叫，洛阳潼关，哪有唐官府存在？

朔方天子，真的神明而威武，亲率一支军队平定了豺虎。
祖庙扫去了尘埃，日月重光，皇上车驾重归，华夷都起舞。

元漫郎写成了雄伟的文辞，品格高，气概大，文采也出奇；
直将琅玡和峄山那种文体，摹写成《七日》《车攻》那种颂诗。

颜太师笔势何等不凡，集诸家长，提出书规律，
他的文章、书法与功勋，总在人世间称为第一。

倒要厌恶多事的双井黄庭坚，吹污垢，找瘢痕，还要追寻微芒；
颜元两公的忠义直靠近日月，肯拿毁谤的事实刻在苍崖上？

文采的光芒万丈，至今还远射，野火没有烧掉，崖石不曾剥落，
自从有了中兴，如果没有此碑，千多年来，谁能当得起“老文学”？

[说明] 这首七古通过叙事说理抒情，赞颂了摩崖颂碑光芒万丈万古长存，朔方天子平定豺虎，华夷起舞；元漫叟为文，等同《诗经》颂诗，颜鲁公的文章、书法、功勋均为人间第一；提及黄庭坚的诽议，不切合两公忠义为人，中兴颂的书刻是切时切事切人的，充分表达了敬仰元颜的心情。诗中言人所不曾言，足见才气雄骜。

浯溪观元次山三吾诗刻石

清・舒　位

占得溪堂胜，萧然独往时[1]。可怜循吏传[2]，犹是盛唐诗。饮酒都成例，磨崖亦有碑，先生能造字[3]，比似买山奇。

[作者简介] 舒位（1765—1815），字立人，号铁云，直隶大兴（今北京市）人。乾隆恩科举人。家境贫穷，以馆幕为生。是性灵派诗人，有《瓶水斋诗集》《皋桥今雨集》《琴尾》等。龚自珍赞其诗风格郁怒横逸。能书，精音律，能词，还能剧作，是个多才多艺的诗人。

[释题] 此诗录自《瓶水斋诗集》。

[注释] 1. 萧然：冷清的样子。2. 循吏：奉职守法的官吏。3. 造字：指自造峿台的"峿"，㾄亭的"㾄"，浯溪的"浯"。

[译文]

占有了溪水和堂屋的美景，竟是冷清地单独寻访之时。

令人怜爱的是循吏传有传，写的诗还是盛唐时期的诗。

凭借窊尊喝酒已成了例事，高大石崖上也镌刻了颂碑，

更难得的是先生能够造字，它像买山一样都显得稀奇。

[说明] 这首五律赞颂元次山独个儿发现浯溪美景，是循吏写盛唐诗，借自然景物满足酒兴，镌刻了摩崖颂碑，还造字像买山一样出奇。如此选取事实歌唱，突出了他是个令人敬爱的有创造精神的人。

全诗写得有才力，有新意。

过浯溪

清・李中瀚

我读中兴碑，并忆《舂陵行》。斯人属有念[1]，乃以山水名。忧时付冥醉[2]，即境成独清[3]。亭空溪树合，台冷溪云生。溪流亦漫浪，千载无停声。徒令后来者，浩歌遗世情[4]。

[作者简介] 李中瀚(1769—1831),一作宗瀚,字公博,一字北溟,号春湖,江西临川(抚州)人。清乾隆进士,官工部侍郎、浙江学政。工书。工诗,有《杉湖酬唱诗略》。

[释题] 此诗收在旧县志。

[注释] 1. 属有念:属于关心国家人民的有心人。2. 冥醉:暗自喝醉。3. 即境:就着眼前环境。4. 浩歌:放声歌唱。遗世:超脱世俗。

[译文]

我仔细阅读着中兴碑,并且想起了那《春陵行》。

这个人的确是个有心者,却由于喜爱山水出了名。

忧虑时事常常暗自喝醉,就所在环境真显得独清。

亭子空,由于溪边树环抱。台上冷,当是溪里云气生。

那溪流也真是无拘无束,千百年没有停止流水声。

只是使后来人到了这里,放声歌唱要摆脱世俗情。

[说明] 这首诗写元结是个关心国家人民的有心人,寄情山水只是显示自己处世独清,并描述清幽的溪山使来游者会产生超脱世俗之情。

游浯溪宿中宫寺[1]

清·瞿中溶

漫郎家本似神仙,香火传来八百年。山水有灵余胜概[2],亭台无主付荒烟。居非友让谁为后?书必平原始可镌。何幸我来三日住,公然清兴继前贤!

[作者简介] 瞿中溶,幼名慰劬,字苌(cháng)生,号水夫,苏州嘉定(今属上海)人。庠生,援例捐湖南布政司理问。工书画,嗜金石。嘉庆戊辰(1808)仲冬,两游浯溪,三宿中宫寺,搜拓唐以来石刻,作此诗并题名。著有《古泉山馆诗金石文编》《湖南金石志》等。

[释题] 此诗碑今石上不见,旧县志未收。另有题名,楷书。

[注释] 1. 中宫寺:据考证,中堂、元颜祠、中宫寺实一地异名。宋

以后，延僧居守，改称中宫寺。2. 胜概：胜景。

[译文]

漫郎住在这里，本来似神仙，立寺奉祀香火，已经八百年。

山水真有灵，还留下这胜景，亭台却无主人，付与了荒烟。

住的不是元友让，谁算主人？字是颜平原写的，方可刻镌。

我多么幸运，来此住了三日，公然获得清兴，继承了前贤！

[说明] 这首诗反映浯溪胜景依然保留，虽然亭台无主，但元颜二公一直受人敬仰，抒发了我能来游继承前贤获得清兴的幸运之情。

读《中兴颂》用黄文节韵[1]

清·阮　元

帆随湘转寻浯溪，登岸欲摹唐宋碑。密林接叶山径寂，青虫当路垂秋丝。桥边青波眼到底，乱石凿凿藏鱼儿[2]。苍崖百尺悬于西，削成绝壁鸟不栖。碑乃鲁国之所写，颂乃次山之所为；三千里外有水部，十四年后无太师[3]。人贤地胜文笔古，过客墨拓争洒挥[4]。壁立积铁屹不动[5]，安者见安危见危。江湖岂徒漫郎宅，又遣山谷来题诗。各人忠爱各朝事，大都楚泽骚人辞[6]。事有至难最可叹，靖康俄与灵武随[7]。惟有溪边古渔父，欸乃湘烟无所悲。

[作者简介] 阮元（1764—1849），字伯元，号芸台，晚号怡性老人，江苏仪征人。清乾隆进士，历任户、兵、礼、工部侍郎，诸省巡抚、总督，官至体仁阁大学士，加太傅。清代著名经学家、考据学家、文学家。文崇骈俪，诗出入晚唐两宋，表现一种华贵气派。工书画，精赏鉴。有《十三经校刊记》《经籍纂诂》等著作。

[释题] 此诗收在旧县志，浯溪未上石。诗碑刻在永州碧云庵，已失。有题名碑在峿台北崖区，欧体楷书，端正秀劲。

[注释] 1. 读《中兴颂》用黄文节韵：杨翰《致于桐轩书》："阮文达公和山谷浯溪诗，刻于（永州）碧云庵，刻手极精，特拓一纸寄赏。鄙意以为宜刻一本在浯溪上。"后未转刻。2. 凿凿：鲜明。3. 十四年后：颜真卿书《中兴颂》是公元771年，到785年卒，相距十四年。4. 墨拓：

用墨汁拓印的碑帖。5. 积铁：指聚铁以作屏障。这里比喻摩崖碑石。6. 骚人：失意文人。7. 靖康：宋钦宗年号。这里指靖康二年徽、钦二帝被金掳去的史实。

［译文］

风帆随着湘水转，寻访浯溪，登岸想要拓印唐宋的碑石。
密林的树叶交接，山路静寂，青虫挡住去路，下垂着游丝；
桥边的清波，一眼见到了底，乱石显得分明，隐藏着鱼儿；
高高的青石崖悬挂在西边，削成的绝壁，鸟都不能栖息。

这里的碑刻是颜鲁公所写，刻上的颂文是元次山手笔；
远在三千里外，只有元水部，此后十四年见不到颜太师。
人称贤，地有名，文笔也古朴，游客们要拓碑，争把手洒挥。

壁立的铁屏障屹然不可动，从安就看到安，从危看到危。
这江湖上哪里只有漫郎宅，又叫黄山谷到这里来题诗。
各怀着忠诚，各爱本朝的事，大都是楚地迁客所写文辞。

事情有最难处，也最是可叹，靖康之耻不久就跟灵武相随。
只有那溪边过去的打鱼人，在湘江欸乃声中没有伤悲。

［说明］ 这首诗写了寻访浯溪要拓印唐宋碑石，见到山路寂静、水清见底、绝壁高悬和游客争着拓碑等情景；认为对碑文看法因角度不同有异，但都各怀忠诚热爱本朝的事；并抒发了靖康之耻跟灵武相随，后代不能借鉴前朝的伤感之情。其中评碑观点，指出了实质。

游浯溪

清·李秉潞

胜地偶相值[1]，登临暂解颜。林分群鸟乱，寺立一僧闲；溪雨忽侵袂[2]，松风吹满山。我来空怅望，不见漫郎还。

［作者简介］ 李秉潞，字子佩，生平均不详。

[释题] 此诗收在旧县志。

[注释] 1. 相值：相遇、相逢。2. 袂（mèi）：衣袖。

[译文]

偶然遇上这名胜的地方，一登临立刻展开了笑颜。

林木分开，群鸟飞得零乱，寺门前站着个僧人好悠闲；

溪上的雨忽然沾湿了衣袖，松风阵阵，满山里都被吹遍。

我来到这地方也空自怅望，竟没有见到那元漫郎归还。

[说明] 这首五律抒写偶游浯溪胜地就为见到禽鸟与僧人的自在悠闲和不经意的风雨吹拂而心动，同时也为见不到敬仰的前贤而惆怅。写景述情十分真切。

无题

清·周志勋

杨花入水春萍浮，三年五度浯溪游。浯溪与我旧相识，数月不见心绸缪[1]。今年好春雨中过，杜门兀坐青毡破[2]，寻芳咫尺不得来[3]，匪我愆期事无奈[4]。黄梅蒸雨天乍晴，春波剪绿湘舟轻，恰有良朋共蜡屐[5]，溪山草树争逢迎。泊船溪口当崖立，对碑诉别奉长揖。山灵嗔喜不必猜，忠魂曾否时来集？掬水洗镜寒生光，髩须今照添老苍[6]。溪桥重来石径滑，亭台又到山花香。坐听溪流洗凡俗，千年树老连天绿，举酒酹树树生风[7]，醉酣吹我穿云曲[8]。前年搜奇赤日下，呼童洗碑泥没踝[9]，字残碣断土花深[10]，模糊姓氏知谁者？人生得游便清福[11]，何用虚名骇眯目？魍魉愚人柳应辰[12]，蒿藤聚讼黄山谷[13]。元颜二老相知真，此碑此颂新千春！何当买田筑屋此溪上，四时藉倾窊尊称酒民！

癸酉（嘉庆十八年，1813）初夏，同诸友并偕门人王东及兄子在廉、在麓、在宸游浯溪作。

[作者简介] 周志勋，字云台，宁乡拔贡，甘庆增弟子，同受邑令万在衡聘，分修县志。他在祁阳文昌塔下，榜书“万卷书岩”和《万卷书岩铭》。并为太白峰佛寺作了《修寿佛寺记》，今佛寺已圮。

[释题] 诗碑行书，此诗旧县志未收。

［注释］ 1. 心绸缪：心头牵挂不止。2. 杜门：闭门。兀坐：独自端坐。3. 寻芳：寻赏美景。咫尺：短距离。古代八寸为一咫。4. 匪我愆（qiān）期：不是我错过时期。5. 共蜡屐：共同以蜡涂屐，以便穿屐出游。6. 髩（bìn）：同“鬓”。7. 酹（lèi）：洒酒。8. 穿云曲：形容曲声高扬穿入云层。9. 踝（huái）：即踝子骨，小腿与脚连接处，两旁凸起的骨头。10. 土花：苔藓。11. 清福：清闲之福。12. 魍魉（wǎng liǎng）：传说中山林里害人的怪物。柳应辰：写大“夬”字于崖壁上。13. 葛藤聚讼：指对中兴颂碑的褒贬评价争论不休。葛藤：喻争论的纠缠不清。

［译文］

杨花落入水中春萍出浮，三年里五度来到浯溪游。
浯溪跟我已经是老相识，几个月不见就牵挂心头。
今年好春，在雨天中度过，闭门独自端坐，青毡磨破。
要寻美景，咫尺也不能去，不是我误期，事实确无奈。

黄梅在雨中熏蒸，天气突放晴，春水中湘舟，剪开绿波轻快行。
恰有好友共同备上出游蜡屐，溪、山、树、木都争着对我们相迎。
停船在溪口，面向崖壁站立，对碑诉说别情，奉上个长揖。
山中神灵嗔又喜，不必疑猜，忠魂曾经是否适时来会集？
掬水洗过石镜，寒凉放光，今照鬓与须，又添了老苍。
溪桥现在重过，石径很滑，看那亭与台，又到山花香。
坐下来听着溪流洗去凡俗，上千年的老树连着天翠绿。
举起酒洒在树前，树生起风，似乎醉酣，给我吹起穿云曲。

前年搜寻奇迹在赤日之下，呼来童儿洗碑，泥巴淹没踝。
字残缺，碑断裂，苔藓也很厚，姓氏都模糊，怎知是谁？
人生能够来游，便是享清福，何必要虚名，骇人眯起两目？
魍魉般的愚人是那柳应辰，纠缠褒贬争论，起自黄山谷。

看来元颜二老确系相知真，此颂此碑，万千春天气象新。
何时能买田筑屋，在这溪水上，四时借倾窊尊酒喝，可称酒民！

［说明］ 这首古体诗首先表白曾经多次来游，对浯溪的深情和今年来游误期的无奈，接着记述梅雨中放晴来游，感到双方均有特殊反应并记起

前年来游情景，因而认识人生能来游便是享福，进而深感元颜是真知，颂碑将与日月同新，产生能筑居溪上称酒民的愿望。

全诗如此记述寓情，融我入景生情，充分表达了诗人敬仰元颜、喜爱浯溪的真挚感情。

泊浯溪

清・邓显鹤

片帆朝发淡岩边[1]，夕泊浯溪月下船。漫叟、涪翁不复作[2]，楚山湘水何苍然！昏昏野岸千丛竹，黯黯荒祠几点烟。犹有中兴碑可读，断崖冻雨自年年[3]。

[作者简介] 邓显鹤（1777—1851），字子立，号湘皋，湖南新化人。嘉庆举人。晚官宁乡训导。工诗古文辞。有《南村草堂诗文钞》，又纂著《沅湘耆旧集》。作者三游浯溪，写有多篇诗文，足见对浯溪多情。

[释题] 此诗与“拟卜居”一诗曾刻石，今不见，两诗均收在旧县志。

[注释] 1. 淡岩：又名淡山岩，在零陵县城南二十五里。2. 复作：还生。3. 冻雨：暴雨。自年年：过了一年又一年。指颂碑能经受考验。

[译文]

坐帆船，早上出发在零陵淡岩边，傍晚月下就在浯溪河边停了船。

元漫叟、黄涪翁不能从地下复生，这楚山湘水好不青翠依然。

昏蒙蒙田野岸，有许多丛翠竹，黑沉沉荒祠，只飘着几点儿烟。

幸好，还有大唐中兴碑可以阅读，这断崖淋暴雨，一年又一年。

[说明] 这首诗描述来游浯溪，月下泊船所见夜色迷蒙的荒凉景象，表达了对先贤不在，中兴碑仍可阅读，石崖依然的庆幸之情。读后引起读者遐想不止。

拟卜居浯溪柬春湖中丞[1]

清·邓显鹤

浯溪之山窅而幽[2]，浯溪之水清浏浏。溪边苍石镵天起，溪上白云如水流。涧草岩花有仙意，黄诗颜字皆吾俦[3]。便拟买山卜邻住[4]，此诗代券行当酬[5]。

[**注释**] 1. 春湖中丞：即李中瀚，号春湖。2. 窅（yǎo）：深远。3. 俦（chóu）：伴侣。4. 卜邻：择邻。5. 券（quàn）：票据，凭证。酬：实现。

[**译文**]

浯溪的山深远又清幽，浯溪的水清呀清浏浏。

溪边青石挺刺着蓝天，溪上白云水一般漂流。

涧草岩花好像有仙意，黄诗颜字都是伴或友。

便打算买山择邻来住下，这诗代凭证，意愿定当酬。

[**说明**] 这首诗极力描述了浯溪山水清幽、景物迷人，拟买山卜居，酣畅地表达了喜爱这一名胜的感情。

观浯溪摩崖碑同门人郭琦

清·曾　澳

漫叟虽漫浪，在家不忘国，煌煌中兴辞，乃就溪边刻，文撰于上元[1]，碑成于大历[2]。公伤时事坏，藩镇多乱贼，汹汹朱、李俦[3]，何异安史逆？窃忧天宝祸，复见在朝夕；此刻闻于朝，庶几资警惕！无何至建中[4]，果有播迁厄[5]。知公赍恨终[6]，徒此留名迹。当时摩崖者，亦死平卢役[7]。

[**作者简介**] 曾澳（1760—1831），字庶蕃，号宾谷，江西南城人。清乾隆进士，做过户部主事、两淮盐运使、贵州巡抚。工诗文。有《赏雨茅屋诗集》《骈体文》等。

[**释题**] 此诗收在旧县志。

[注释] 1. 上元：《大唐中兴颂》是元结于唐肃宗上元二年（761）所撰。2. 大历：唐代宗大历六年（771），颜真卿书写《大唐中兴颂》，刻于摩崖。3. 朱、李俦：指朱希彩、李怀光、朱泚、李希烈等反叛唐朝的节度使。4. 建中：唐德宗年号。5. 播迁厄：流离迁徙的灾难。建中四年（783），泾原兵变，占领京城，推朱泚为首。德宗仓皇逃至奉天（陕西乾县）；继而李怀光叛，他又逃至汉中。6. 赍（jī）恨：抱恨。7. “当时”两句：当指颜真卿劝谕反叛的李希烈，遭到缢杀。

[译文]

元漫郎虽然自由放任，就是在家里也不忘国，
写的光辉《大唐中兴颂》，竟在溪边石崖上镌刻，
那文章写在上元年间，到了大历时才把碑立。

元公伤感当时局势坏，藩镇中出了不少叛逆。
气势汹汹的朱、李之流，跟安、史相比有何差异？
私下担心天宝时祸乱，又会看到发生在朝夕；
这时刻碑让朝廷知道，当有助上下知所警惕。

不多久到了建中年间，真的又出现流离迁徙。
我知道元公抱恨而终，只是在这里留下名迹。
当时摩崖镌刻的人，也死在平卢的战役里。

[说明] 这首诗写了元结在家不忘国事、作颂刻石的经过和目的，指出后来出现播迁情况，他必然抱恨九泉。字里行间深刻地表达了对后人不知借鉴的无限感慨，读来不免凄然，并认定作者观点颇新。

游浯溪六首

（录二）

清·王时叙

一

才到溪头便爽然[1]，　高低石径去蜿蜒[2]，
渡香桥畔阴浓甚，　樟寿曾经数百年。

二

迤盘曲径陟崖阿[3]，　　胜异亭中胜异多[4]。
万绿参天青满地，　　石尊一品最嵯峨[5]。

［**作者简介**］王时叙，号远山，商州（属河南）拔贡。嘉庆二十五年（1820）任祁阳知县。为官两袖清风，优待士子。工书法。

［**释题**］此二诗收在旧县志。诗碑刻在右堂区，小字行书，风致翩然。

［**注释**］1. 爽然：爽目宽心的样子。2. 蜿蜒：弯弯曲曲地延伸。3. 迤盘：斜延连绵。崖阿：山崖弯曲处。4. 胜异亭：原是右堂故址，继建笑岘亭，再建虚白亭。清乾隆乙酉年建新亭，改名胜异。5. 石尊一品：石在曲屏之字路第二折处。清宋溶以为浯溪异石之首，名之"一品石"。宋米芾尝拜之，俗称"米拜石"。

［**译文**］

才到溪头便觉得爽目心宽，只见高低石径蜿蜒地向前，
渡香桥畔的树荫浓密得很，那棵寿樟已活了好几百年！

斜延曲折的小径伸上崖坡，胜异亭中不凡的美景真多。
浓绿的树木参天，青色盖地，有石尊称为一品，最是嵯峨。

［**说明**］第一首诗描述了溪头见到渡香桥畔的寿樟浓荫覆盖，引起目爽心宽的喜爱心情，也表达了赞叹之意。

第二首诗紧扣境地特点描述了万绿参天和奇石有名的胜异景色，流露了十分赞赏的感情。

和王远山游浯溪诗

清·陈　濬

护岩常见碧云稠[1]，　　元颂颜书在上头。
想得披萝读碑字[2]，　　津津齿颊古香流[3]。

[作者简介] 陈濬（jùn），号商岩，武陵廪贡，自云曾做御史。清嘉庆年间，任祁阳县训导。

[释题] 此诗与前面王时叙的诗同刻一碑，行书，一人书。

[注释] 1. 稠（chóu）：密。2. 披萝：拨藤萝。3. 津津：形容有滋味。

[译文]

定是保护山岩，常见碧云密且厚，
只因元公颂鲁公书，就在这上头。
一想到拨开藤萝，读着碑上文字，
便觉齿颊间古香，津津有味地流。

[说明] 这首诗运用想象描述中兴颂碑得到天神保护，一想到读碑便齿颊流香令人回味无穷，十分形象地赞叹了它的价值。

舟过浯溪

清·祁寯藻

浯溪主人王大令[1]，手抚石刻曾相赠。两载江帆几千里，至今始览江山胜。层峦峭壁临清漪[2]，岸草汀花斗明靓[3]。山僧导我渡香桥，一线飞流下危磴[4]；指云此水即浯溪，双井三泉原可证[5]。大唐碑碣自琳琅，漫叟遗居但钟磬。遂披榛薜读摩崖[6]，文义慷慨字严止。两京恢复日月新，小臣颂祷君王圣。元公颜公皆忠直，巨笔鸿词寓恭敬。后人论古取鉴戒，比拟片石悬秦镜[7]。黄、米、潘、杨苦凭吊[8]，其余作者工题咏。下埋尘土上入云，刻画满山无地剩。平生好古恣江头[9]，旦夕淹留意难罄[10]。庴亭峿台峙南北，倒影湘波天绿净；巉巉数峰对窊尊，想见酡颜助诗兴[11]。在昔三吾创美名，自旌独有谁与竞？柳公愚溪亦偶然[12]，安石争墩且姑听[13]。会须薙草辟书堂，况有祁山我同姓。

[作者简介] 祁寯（juàn）藻（1793—1866），字叔颖，号春圃，又号息翁，山西寿阳人。清嘉庆进士，任过兵、户、礼部尚书，军机大臣，官至体仁阁大学士，加太子太保。常举荐人才，讲求吏治。倡朴学。工诗，能显出学问性情，对后来的“同光体”诗人有影响。有名书家，工

行楷。著有《谷曼谺亭集》、《劝学斋笔记》等。

［**释题**］此诗收在旧县志。

［**注释**］1. 王大令即王时叙。大令：古时对县官的敬称。2. 漪（yī）：微波。3. 靓（jìng）：艳丽。4. 磴（dèng）：石阶。5. 双井三泉：浯溪自三泉岭双井发源。6. 榛（zhēn）藓：丛生的苔藓。7. 秦镜：传说故事，秦宫有方镜，人有疾病，掩心而照，即知病之所在。人有邪心，照之见胆张心动。8. 黄、米、潘、杨：即宋的黄庭坚、米芾、潘大临、杨万里。9. 恣（zì）：放纵。10. 罄（qìng）：尽。11. 酡（tuó）颜：醉容。12. 柳公愚溪：柳宗元住在永州河西，门前有条小河原名冉溪。他自比古代愚公，把小河改称愚溪来寄托思想感情。13. 安石争墩（dūn）：王安石晚年居钟山谢公墩，此墩是东晋谢安石所筑。王荆公有诗云："我名公字偶相同，我屋公墩在眼中。公去我来墩属我，不应墩姓尚随公。"世人认为他与死人争地盘。

［**译文**］

记得浯溪的主人王大令，手摸石刻本，曾把它相赠。
两年来航行江河几千里，如今才看到这江山名胜。

层峦峭壁紧靠着清清江水，岸草汀花竟是艳丽相争。
山中和尚带我走过渡香桥，一线急流，冲下石崖朝前奔；
他指出这条水就是浯溪，双井三泉的地名可以作证。

大唐碑碣当然满目琳琊，漫叟遗宅只传来钟磬声。
我拨开丛生的苔藓读摩崖，文意真激昂，字也很严正。
东西两京收复，日月重光，小臣祈颂君王真是仁圣。
元公颜公都是忠诚正直，大笔鸿文寄寓着严肃恭敬。

后人议论过去，为了借鉴，比拟这片石，等同挂着秦镜。
黄、米、潘、杨可算苦心凭吊，其他作者也都擅长题咏。
那摩崖下埋尘土上入云，诗文刻满山，没有地方剩。
我生平喜爱古迹，纵情江头，旦夕间在此停留，实难尽兴。

唐亭峿台峙立在南与北，倒影湘江，天也显得碧净；

高峻的山峰正对着窊尊，可想见醉容增添着诗情。

从前就创下这“三吾”美名，表明独有，谁会跟他相争？
柳公给愚溪命名，也是偶然，安石要争谢公墩，姑且暂听。
理应刬除杂草，创建书堂，何况有祁山跟我是同姓。

[说明] 这首诗先写得游浯溪的高兴心情；接着描述山僧导游见到溪流崖壁的景致；再写寻读碑文了解到元、颜的忠直、恭敬，指出后人议论是为了鉴戒，满山诗文难以尽读；还写了游览亭台的所见和想象；最后指出元公独有“三吾”谁也不会相争，表达了作者愿在此创建书堂的爱慕之情。全诗叙议抒情结合，喜爱浯溪胜地的感情溢于言外。

㾠亭

清·卢　震

山光绝顶映晴空，隐隐孤亭碧落中[1]。古树穿檐浮翠盖[2]，晨烟散壁透沙笼[3]。渡香桥畔莺啼晓[4]，笑岘峰巅夕照红[5]。世眼游观知艳丽，㾠名远俗命元公。

[作者简介] 卢震，诗人，字亨一，汉军旗人，原籍湖北竟陵。康熙初擢学士，出为湖广巡抚。吴三桂反，弃长沙，论罪获免。

[释题] 此诗与《峿台》均收在嘉庆《祁阳县志》

[注释] 1. 碧落：天空。2. 翠盖：树叶茂密如帝王贵官所用的伞盖。3. 沙笼：当指绿树笼罩的沙洲。4. 渡香桥：桥建于宋元祐年间。古以“香桥野色”为胜景。5. 笑岘（xiàn）：宋熙宁间于右堂故址建笑岘亭。这里风景最佳，叫“笑岘亭岚”。

[译文]

最高顶的山光映照着晴空，隐隐约约，孤亭挺立蓝天中。
古树伸出屋檐，像浮起绿伞，晨烟飞散四壁，直透过沙笼。
渡香桥边，黄莺儿歌唱天已亮，笑岘峰顶，夕阳映得一片红。
用世俗眼光游览，真够艳丽，超脱世俗叫亭为“㾠”的却是元公。

[说明] 这首诗具体描写了㾠亭挺立碧空，古树掩映，早晚不同的艳

丽景色，指出元公命名却有摆脱世俗为人的特点。

峿台

清·卢 震

向闻祁水此台崇，策马今朝过碧崧[1]。影枕清波浮上下，石悬画壁耸崆峒[2]。登临竟作风流想[3]，集事词收簇锦丛。天际晚霞时落彩，漫郎名此志高风。

［**注释**］1. 策马：用鞭赶马。碧崧（sōng）：青绿的高山。2. 崆峒（kōng tóng）：山名。3. 风流：指摆脱世俗不受拘束的气派。

［**译文**］

从前就听说，祁水上这座台高耸，今天赶着马经过这青绿的山峰。

台影倒入清波，上上下下地浮动，石崖上挂着字画耸立像崆峒。

一登临峿台竟产生不受拘束的想法，收集的诗词好比堆起锦绣丛。

天边的晚霞还时常流光落彩，漫郎叫它为“峿台”显示着高风。

［**说明**］这首诗描写了登临峿台见到动人的立体画面，表达了昔闻今见的喜悦和景仰元公高风的感情。

夜过浯溪

清·杨季鸾

瑟瑟湘江静如练[1]，天入江中天不见。谁将柔橹荡波行[2]，敲破玻璃秋一片？浯溪十里去何迟？斜阳已暝松风吹，林亭胜处不得泊，云山遥望空迷离[3]。夜半行舟向前路，波影朦朦荡凉雾，惟闻渔父棹歌声[4]，月落前溪不知处。

［**作者简介**］杨季鸾（1789—1857），字紫卿，湖南宁远人。国子监生，咸丰初举孝廉方正。年未三十，即擅诗名，与何绍基、魏源等诗酒唱酬。晚年主讲濂溪书院十余年。著有《春星阁诗钞》等。

［释题］此诗录自作者《春星阁诗钞》。

［注释］1. 瑟瑟：碧绿貌。2. 柔櫓：船桨。3. 迷离：模糊莫辨。4. 棹（zhào）歌：行船时所唱的歌。

［译文］

碧绿的湘江静得像匹素绢，天空倒入江，天空却不见。
是谁拿船桨划着波浪前行，玻璃般的秋江被敲破一片？

浯溪这十里水程走得多慢，松风劲吹，斜阳渐渐地昏暗，
那优美的林、亭处不能停泊，遥望着云山，只是模糊莫辨。

夜半行着船，一直向前赶路，波影朦朦胧胧的，荡起凉雾，
只听到打渔人行船的歌声，月亮落下前溪，不知是何处？

［说明］这首诗细致地描写了秋夜过浯溪，由斜阳已暝到月落前溪上见到的朦胧景物和听到打渔人的行船歌声。行船夜景写得的确迷人。

浯溪深

清·杨季鸾

人言浯溪浅，我觉浯溪深。浯溪深，因漫叟，漫叟去今亦已久；山长水远尚忆君，欲去浯溪尽回首。使君真是天下贤[1]，鞭笞不事重赋蠲[2]，春陵有咏道己意[3]，竟欲“引竿自刺船”[4]，人生何事最可传？平素无语欺青天，不信但看石壁上，淋漓大字如斗悬[5]。

［释题］此诗录自作者《春星阁诗钞》。道光七年（1827）作者在浙江杭州，为答人问：浯溪一浅小溪流，何得如此盛名？

［注释］1. 使君：指元结，因任过道州刺史，系尊称。2. 鞭笞（chī）：用皮鞭或竹板打。重赋蠲：重在赋税减免。3. 春陵有咏：指元结在道州写了《舂陵行》。其主旨是关心人民疾苦，为民请命。4. 引竿自刺船：引自《贼退示官吏》。引竿：拿起篙竿。刺船：撑船。5. 淋漓：形容尽情畅快。

［译文］

他人说浯溪浅而小，我却觉得浯溪内涵深。

浯溪深，有关元漫叟，漫叟离今已经很久；

山高水远，还忆其人，想离浯溪都转回头。

元使君，真是天下的英贤，不鞭挞百姓，赋税重减免，

在舂陵写诗，说出心底意，想拿起篙竿，自己学撑船。

人生有何事最可以流传？是平素说话不欺骗青天。

不相信，只要看看石壁上，尽情畅快的大字，正如北斗悬！

［说明］这首诗借回答他人问语，赞颂元漫叟是贤良的地方官，最关心人民疾苦，为人不欺青天，石上颂文正如北斗高悬，表达了敬仰先贤喜爱浯溪的深情。诗的说理抒情颇有分量，用语平易畅快。

游浯溪

清·宗绩辰

浯水静可镜，妍丑照寒绿；峿崖天削成，峭拔自绝俗[1]。超然猗玗子[2]，恶圆疾昏浊，适合山水性，得此餍幽独[3]。岂徒恤纬私[4]？勇忧在仳簌[5]。一匏浮江湖[6]，济物苦不足[7]。舂陵小润泽[8]，郁郁窘边幅[9]。山中差置闲，万变忍触目？孤臣远悲喜，颠鼎幸光复[10]。郑重张皇灵[11]，南人使惊瞩[12]。丹情非微词[13]，铭简贵善读。激时咎已往[14]，斯意病山谷[15]。追摹后中兴[16]，拙哉有明续。想公作铭时，阴霾睹晴旭，不图并世人[17]，天畀李与郭[18]。庙社既无患，烟霞致足乐；移家遂退老，巅崖寄高躅[19]；心不求主知，鸿文委岩壑。易地同平原，志事共荦荦[20]。一铭两手笔，宇宙双杰作。后来碑雅制[21]，非不颂景铄[22]，视此命意殊，岂啻轩轾若[23]！衰晚觚不觚[24]，矫厉辄鄙薄[25]。倘闻先生风，顽懦少腾踔[26]。正气在吾儒，古道胡寂寞？乖崖刚峰徒，继起良善学；中庸始自强，狂狷惜终托[27]。介石临澄波[28]，积素一开拓；取资无尽藏，允为众流屋。

［作者简介］宗绩辰（1792—1867），字迪甫，一字攻耻，号涤楼，浙江会稽（今绍兴）人。道光举人，被聘修郡志，讲学书院，后入京为

内阁中书充军机章京，迁户部员外郎。官至山东运河道。著有《攻耻斋集》《永州金石略》等，于诗甚精湛。

［释题］ 此诗收在旧县志。

［注释］ 1. 绝俗：超出世俗。2. 超然：摆脱世俗的样子。3. 餍(yàn)：满足。幽独：幽静有个人自由。4. 恤纬私：同情以编织为生的穷苦人。5. 仳䔩（cǐ sù）：指卑劣鄙陋之人。6. 匏（páo）：瓢葫芦。7. 济物：济人，助人。8. 润泽：本指雨露滋润草木。借喻对人施以恩惠。9. 郁郁：忧闷的样子。窘边幅：以润色装饰为窘困，喻难以应付周济。10. 颠鼎：指国家政权倾危。11. 张皇灵：光大皇家威信。12. 惊瞩：吃惊地注视。13. 丹情：赤诚的心情。微词：隐晦的批评。14. 激时：感慨时政。15. 病山谷：成了黄山谷的缺点。16. 迨（dài）：等到、待到。17. 并世：同时。18. 畀（bì）：给、予。李与郭：指李光弼和郭子仪。19. 高躅（zhú）：高尚的行迹。20. 荦荦（luò）：卓绝明显。21. 雅制：刻制美好。22. 景铄（shuò）：光明辉煌。23. 啻（chì）：只。轩轾(zhì)：车子前高后低叫“轩”，前低后高叫“轾”，比喻高低优劣。24. 衰晚：衰落末期。觚不觚（gū）：即觚不像个觚，觚：古代酒器。25. 矫厉：矫正过度。26. 腾踔（chuō）：奔腾跳跃。27. 狂狷：激进与拘谨。28. 介石：边际的石头。

［译文］

浯水平静，可作镜子照，美丑都照得寒凉碧绿；
峿台崖壁是老天削成，高而且陡，自然超流俗。
摆脱世俗有这猗玗子，厌恶圆通，更嫉恨昏浊，
正适合这山水的性情，占有此地，能遂幽独趣。

他哪里只同情苦和穷？一直忧虑那卑下之徒。
深感飘葫芦漂浮江湖，济物助人，发愁力不足。
在道州对百姓施点小惠，却苦闷得手足难应付。
退隐山林，勉强获安闲，多变世事，怎能忍目触？

失势臣子远离悲与喜，倾危政权庆幸得光复。
郑重地宣扬皇家威信，南国庶民吃惊地注目。
一片赤诚，不是非议语，铭文简洁，贵在会诵读。

感慨时政，归咎到已往，这个意思误了黄山谷。
待到摹写以后的中兴，笨拙的明人，硬走老路。

想起元公写铭的时候，当是阴霾中看到晴旭。
又没料到，出了同时人，老天支持将军李与郭。
祖庙社祠已经无忧患，寻找烟霞足以得欢乐；
因此搬家来退隐养老，山巅高崖，行迹由自我；
心里想到，不求皇上知，大篇文章交付与岩壑。
调换地方，会跟平原同，志趣事业都显得磊落。
一篇铭文出自两手笔，宇宙间就有了双杰作。
以后刻制了美好的碑，非不歌颂光明与闪烁。
对照来看，命意大不同，哪里只是高低的分别！
衰落时期，觚也不像觚，矫枉过度，就会遭鄙薄。

倘若得知先生的作风，顽夫懦者不会乱跳跃。
我们儒生一向讲正气，做人古道怎的会寂寞？
就是怪崖陡峰那样的人，也会相继向着良善学；
中庸之徒开始求自强，激进拘谨，终知找依托。

且看边际的巨石靠近清波，积聚的白浪不断去开拓。
要取得什么不会有穷尽，确成了众多水流好房屋。

[说明] 这首五古赞颂元公退居浯溪正是适合这里的山水情性；他感到济物助人力不从心，世事多变，但在阴霾中看到了晴旭；他为文宣扬皇家威望，一片赤诚，并无讥讽之意，黄山谷归咎不当，明颂只见笨拙；元颜双杰作，后来制碑刻的命意也远不能比；他的风范，能够正顽懦，伸张正义，引导所有肯奋进的人向前。如此评述他的性情、作颂意图和对社会的影响，高度表达了敬仰之情。诗末描述介石作结，是对元公最形象的歌颂。

竹鱼[1]

清·唐李杜

谁将舜岭千竿竹[2]，化作浯溪一尺鱼？夜听鸣梆十五里[3]，橙黄、桔熟，雁来初。

［作者简介］唐李杜（1796—1864），原名焘，号诗辅，晚号迂叟。湖南祁阳文明铺人，清道光进士，任过吏部稽勋司主事、知县、知州、文昌书院山长。能诗，书善行草，著有《读我书斋诗草》。他主张作诗要平淡自然，反对掉书袋。

［释题］此诗录自《读我书斋诗草》。

［注释］1. 竹鱼：形似竹，每年七、八、九月出岩穴，冬天进入。祁阳县城上下十五里有此鱼。渔人捕此鱼，过去以木板击船头，此鱼自聚一处，然后用网打取。2. 舜岭：当指湖南宁远的九嶷山，因舜帝葬于此。3. 鸣梆：即击梆发出响声。

［译文］

是谁拿取舜岭上许多的竹，尽变作浯溪水中的一尺鱼？

每夜听到上下十五里梆敲响，正是橙黄、橘熟，大雁飞来初。

［说明］这首诗运用美好的联想，歌唱湘江的浯溪上下所产竹鱼定是舜岭的竹子变成，渔人趁金秋丰收时节夜里大网竹鱼的情景。用语平淡却富情趣。

舟过浯溪，萨湘林太守邀同山阴戴质堂同游[1]

（三首之二）

清·朱　琦

峿台特高倨[2]，唐亭稍逊退[3]，遥遥东西峙，望若次肩背。俯瞰潇湘流，远挹众山翠[4]。竹树森下风[5]，拔戟自成队。中间豁清旷，嶙峋杂无碍[6]。疏密高低间，烟云变万态；恰如漫叟文，其妙正在碎[7]（翻用皇甫湜语意）。

道光三年癸未（1823）九月，如皋云岭朱琦题

［**作者简介**］朱琦，字云岑，江苏如皋人。萨迎阿称之为孝廉，其他不详。鸦片战争后，成为反殖民主义侵略的爱国诗人。著有《怡志堂诗初稿》。

［**释题**］诗碑行草。此诗收在旧县志。

［**注释**］1. 萨湘林：即萨迎阿，长白人，满洲镶黄旗钮祜禄氏，嘉庆举人。任过永州知府、甘肃按察使、热河都统、陕甘总督、西安将军等官职。戴质堂，不详。2. 高倨：高踞。3. 逊退：退让。4. 挹（yì）：舀。5. 森：茂密。6. 嶙峋：山石重叠。杂：堆聚。7. 碎：琐碎。

［**译文**］

峿台较特出，显得高踞，㾢亭比起来稍微让退，
它们遥遥地东西挺立，看去有次第，像肩与背。

躬着身看是潇湘清流，还可远舀众山的苍翠。
竹树茂密，下面刮着风，像举起矛戟，自列成队。
中间裂开，清静且空旷，山石重叠，堆积无障碍。

可这疏密高低的空间，烟云变幻成多种姿态；
恰好像元漫叟的文章，它的奇妙处，正在琐碎。

［**说明**］这首诗描述了浯溪的峿台、㾢亭东西并峙的特点和可以览取湘流清澈、远山苍翠、竹树成队、山石重叠等景色，赞叹了这疏密高低的空间幻出烟云多姿的画面与元文的琐碎之妙是一致的。这对我们阅读元文，颇有启发。

步上三绝堂，读摩崖中兴颂

清·梁章钜

两间名物各有主[1]，山川也要人依归。一丘一壑名所系，偶得并不烦

沉碑[2]。漫郎功业小金印，沧溟逸兴偏淋漓[3]，潇湘合流自邃古[4]，独此甘让名浯溪，㾊亭、峿台旌吾有[5]，制字直欲参仓羲[6]。幸逢国家大业盛，小臣早放琼琚词[7]。大书深刻千古事，屋痕漏到天南陲[8]，廿四城中忠义气，三百字里云雷随。文章气节相映发，正如杜和舂陵诗[9]，好名得名物亦寿，已共流峙分雄奇[10]。涪翁刺讥到灵武，当年岂谓中兴非？要知判官撰刻意[11]，但有忠爱无微辞。论人家国莫附和，泥人山水须栖迟[12]，落帆安得十日住，尽揽秀淑探瑰琦[13]。后来纷纷乱题凿，姓氏十以九已迷。更当倒掬江上水[14]，净洗崖石无瘢底[15]。窊尊可以涤肠胃，镜石可以涵须眉。回舟急与摹清景，欸乃声中俯绿漪[16]。

[**作者简介**] 梁章钜（1775—1849），字闳中，一字茝林，晚号退庵，福建长乐人。嘉庆进士，任过礼部主事、军机章京、礼部员外郎，外任官江苏巡抚兼两江总督。对地方利弊，了然心中。用人理财能持大体。著作有《枢垣纪略》《楹联丛话》《金石画题跋》《退庵诗存》等。

[**释题**] 此诗录自《退庵诗存》。

[**注释**] 1. 两间：天地之间。2. 沉碑：沉迷到刻碑。3. 沧溟：指远边的山水。4. 邃（suì）古：远古。5. 旌：标志，表明。6. 参仓羲：与仓颉、伏羲相比。7. 琼琚（jū）词：华美的文词。琼琚：华美的佩玉。8. 屋痕：形容作书迹点画干净。陲（chuí）：边境。9. 杜和舂陵诗：指杜甫和《同元使君舂陵行有序》。10. 流峙：即水流山峙。11. 判官：本指地方长官佐理政事的僚属，这里似指地方长官。12. 泥（nì）：拘执；迷恋；流连。泥入山水，意即沉迷人的山水。栖迟：游息。13. 瑰琦（qí）：喻胜迹。14. 掬（jū）：舀取。15. 瘢底（dǐ）：疤痕、毛病。16. 漪（yī）：微波。

[**译文**]

天地间名号、物品各有主人，山山水水也要人们去依归。
一个土丘、一条山壑名相连，偶得的，并不烦去沉迷刻碑。
元漫郎的功业不看重金印，无边山水的逸兴偏要尽致，
潇水湘水合流，远古就开始，独在这里，甘愿让它叫浯溪，
㾊亭峿台，即表明为我所有，造字，直想跟仓颉、伏羲相比。

幸好碰上国家的大业兴盛，做小臣，早就写出华美文词。
大书深刻，确是千古的大事，书迹像屋痕，漏到南天边陲，

二十四城中的爱国忠义气，在这三百字里是云雷相随。
文章与气节真是相互映发，正如杜甫和咏元叟《舂陵诗》。
好名得名，事物也长久存在，已经同水流山峙，分出雄奇。

黄涪翁讽刺肃宗即位灵武，当年，难道能说唐中兴不对?
要领会地方官撰文刻碑意，只是忠爱国家，不是讥讽辞。
评论他人家国，不要附和，沉迷人的山水也应当游息，
落下船帆来安得住上十日，揽取秀美的景色，探寻胜迹。
到后来竟纷纷地留题刻石，姓名十中有九，已漫漶难识。
更应该倒舀取湘江里的水，把崖石洗净，不留瘢痕小疵。

窊尊的酒可以洗涤肠与胃，镜石平滑可以照上须与眉。
回舟，急与人描摹清澈江景，在欸乃的橹声中俯看绿漪。

[说明] 这首诗述理融情，歌唱天地间名物各有主人，元漫郎不重金印，为尽躭爱山水的逸兴，选取此地标名三吾；元文颜书都是凭着忠义之气，相互触发，同山水永寿，黄涪翁讽刺灵武，是未领悟撰文刻石之意；指出评议前人不要附和，后人的纷纷题刻多已不识，其瘢痕应该洗去；篇末写了胜迹江景，够人欣赏。全诗如此切近情理赞颂评述，引起读者深思莫已。

雨后游浯溪读《唐中兴碑》用涪翁韵

(二首之二)

清·周之琦

元子以文传浯溪，更乞鲁公书此碑。鲁公亲值范阳乱[1]，连城抢攘棼如丝[2]。歌舒老将惭肉眼，草间泣拜绷中儿[3]。潼关大开突骑西，夜乌从此延秋栖[4]。借令天险誓死守，岂必国事真难为?不见河北廿四郡，一旅保障平原师[5]。乞书深心公所许，事定肯惜双毫挥[6]?中兴之功系公力，擘窠巨手曾扶危[7]。孤忠慷慨露波磔[8]，奕世瞻眺锵歌诗[9]。韩碑书石出谁笔[10]?碑仆仅止存其祠。护惜瑰宝属贤令（同年崔君偲方宰斯邑），勿令敲拓常相随[11]。神仙尸解终泯灭[12]，握拳透爪余伤悲!

[作者简介] 周之琦（1782—1862），字稚圭，河南祥符人。嘉庆进士，任过编修、侍讲、按察使、布政使、太仆寺卿、刑部右侍郎、巡抚等官职，任地方官，能上疏筑堤、赈灾。

[释题] 此诗录自《沅湘耆旧集》。

[注释] 1. 范阳乱：指安禄山在范阳起兵叛乱。2. 棼（fén）如丝：紊乱如乱丝。3. 哥舒：指哥舒翰守潼关，出战不利便投降安禄山，安禄山军队得西攻长安。绷中儿：安禄山曾经被杨贵妃用襁褓裹护出宫，故称"绷中儿"。4. 延秋：即唐禁苑西面的延秋门。5. 平原师：指颜真卿守平原的军队。6. 双毫：两支毛笔。7. 擘窠巨手：指在碑上写大字的巨手笔。擘窠：原指在碑上画成方格。8. 波磔（zhé）：汉字左撇叫波，右捺叫磔。9. 奕世：累世，一代接一代。10. 韩碑：指韩愈写的《平淮西碑》。11. 敲拓：拓碑的一种方式。12. 神仙尸解：指人们传说颜公死后魂魄成仙。泯灭：灭绝，消失。

[译文]

元叟要把颂文流传在浯溪，更请颜鲁公书写了这块碑。
鲁公亲身碰上范阳的叛乱，贼军接连夺城池，紊乱如丝。
哥舒翰老将，有愧是双肉眼，草野间竟哭泣，跪拜禄山儿。
潼关城大开，敌骑突奔向西，深夜，乌鸦从此延秋门上栖。
假使让他们誓死守住天险，难道国事就真的难以有为？
没见吗？那河北二十四个郡，颜平原率一军抗住了敌骑。

请写颂碑的深意鲁公赞许，国势已定，怎吝双毫来洒挥？
中兴的功劳是鲁公出了力，那擘窠大手，曾经转弱扶危。
一腔贞忠，慷慨地表现在撇捺，一代代瞻眺这锵锵歌颂诗。

韩愈碑刻在石上，由谁书写？这碑倒后，仅留下他的文词。
保护爱惜瑰宝，托付贤县令，不要让人任意敲拓，经常相随。
有人说尸解成仙，终归茫渺，不禁握着拳透出爪，我实伤悲！

[说明] 这首诗歌唱颜鲁公写颂碑，领会了深意，把亲历战乱匡扶社稷的爱国贞忠全表现到书迹上，让累代瞻眺这锵锵的诗章，表达了托付祁阳县令应珍爱保护颂碑的心意和对鲁公的敬仰感喟之情。

书《大唐中兴颂》拓本后，寄题浯溪

清·张祥河

一

漫郎文章星日辉，鲁公大书神采飞[1]。一从山谷翻新句，石墨香中有是非[2]。

二

未释铜符两载忧[3]，凋区赋税费征求。少陵心折舂陵句，安得人皆元道州[4]！

[**作者简介**] 张祥河（1785—1862），字诗舲，江苏娄县人（一作华亭）人。清嘉庆进士，任过地方官的巡抚、京官的工部尚书、加太子太保衔。工诗词，善画山水花卉，有《小重山房集》。

[**释题**] 此诗在永州作，寄题浯溪。旧县志未收。

[**注释**] 1. 神采飞：形容书迹展现的神采飞扬。2. 石墨香：拓本书迹香。3. 铜符：当指为官的官印。两载忧：指在道州任上两年，一直为百姓担忧。4. 心折：衷心信服。

[**译文**]

一

元漫郎的文章像日星生辉，鲁公的大手笔只觉神采飞。
自从山谷写出翻新的诗句，拓本墨香中有了是与非。

二

没放下州府官印，两载担忧，凋敝地区的赋税煞费征求。
杜少陵衷心信服舂陵诗句，安得地方官吏都是元道州！

[**说明**] 第一首诗高度赞扬元文颜书的价值与效果，点出黄山谷的诗

引起争论是非问题，启示读者应作思考。

第二首诗赞颂元结守道州为百姓赋税重负担忧，杜少陵也为他的《舂陵行》折服，告诫为官者有关心人民疾苦的必要。

浯溪

清·程恩泽

绝壁照字江清妍[1]，影落波底字写天。有台托之风翩翩[2]，有尊贮酒当客前。其壁拒客不可巅，却负曲径能折旋[3]。不觉攀尊睇沈渊[4]，人影字影苍茫连。与台遥对及台肩，是曰㾫亭秀娟娟[5]，万绿环之坠江偏。迤南招提矗奇琀[6]，有水襟寺桥则穿[7]，是曰浯溪声潺湲[8]，色若碧玉刻佩璠[9]。亭寺夹桥高下悬，台北寺南双压边；中若堂庑又若船[10]，率聚怪石相牵缠；人在画屏掘几筵，石无定相随其缘；左才半之右复全，玲珑瘦皱殊可怜[11]。树为石逼树以挛[12]，虎豹拏攫蛟龙蜷[13]。就中樟寿不计年，放云收云司其权，云染树绿飞湿棉，石亦透骨莓苔湔[14]。古路可蹈溪可沿[15]，缭绕往复心缠绵[16]，有尽藏如无尽焉。乃知林壑规以圆[17]，面面不同如画然，忘其跬步越陌阡[18]，如鸟在林鱼在川。娉婷别有亭三椽[19]，寻其故基仍古先，壁字最著中兴镌，台、亭、溪以玉著联[20]。友让得宅留红笺[21]，持正论文出真铨[22]。此外黄米仰腾骞[23]，此外柳记殊怪祆[24]，此外碎金兼断璇[25]，上极绝顶下江壖[26]，一举手皆可蜡镌[27]。石无完肤石不愆[28]，石言若曰何戋戋[29]！却剔蓬虆搜蜗蜒[30]，大有逸字埋苍烟，炯如三五离次躔[31]，如蛇螭断谢蜿蜒[32]。文人好名思久传，不计陵谷恒倒颠。百年万年年以还，剩有几字留其坚？人迹不到疑鬼仙，岂知一一皆前贤！客告余曰曷舍旃[33]？请就茅屋烹清泉，共话漫郎心志专。群玉当户石镜便[34]，害马已去世事捐[35]。萧然云月同醉眠[36]，况乃道州馨粥馇[37]，父母何在在我廛[38]，其风如薰道如弦[39]，故宜俎豆待吉蠲[40]，百世相感我停鞭[41]。华星一珠吟一篇[42]，掬酒祝公公扣舷[43]，何必故山方买田？但恐巢、许囊无钱[44]。

［**作者简介**］程恩泽（1785—1851），字云芬，号春海，安徽歙县人。清嘉庆进士，道光时任户部右侍郎、湖南学政。他对六艺九流都通，金石书画、考订尤精深，诗文雄深博雅，精许氏学，工篆法。著有《程侍郎

遗集》。

［释题］ 据邓湘皋《和春海学使浯溪诗》，此诗游浯溪时作。

［注释］ 1. 清妍：清晰美好。2. 风翩翩：风度似飞舞的样子。3. 折旋：盘旋而上。4. 睇：斜视，流盼。沈渊：深渊。5. 秀娟娟：美好明媚的样子。6. 招提：寺院别称。语原是梵语“佳拓斗提奢”，省作“拓提”，误为“招提”。奇峪（qiān）：奇山。峪：山名，这里代“山”。7. 襟寺：流经寺院。襟：名作动用。8. 潺湲（chán yuán）：水流声。9. 佩璚：佩戴的玉石，佩饰。10. 堂庑：堂下四周的屋，即堂下廊房。11. 玲珑瘦皴：结构精巧，形状瘦削。12. 挛（luán）：卷曲不伸的样子。13. 拏攫（ná jué）：张牙舞爪，搏斗的样子。14. 莓苔：青苔。湔（jiān）：洗涤、洗湔。15. 蹈：踏上。16. 心缠绵：心底缠绵，依恋。17. 规以圆：规划布局周全。18. 跬（kuǐ）步：半步，小步。陌阡：小道。19. 娉婷：美好的样子。椽（chuán）：指房屋间数。20. “台、亭、溪”句：指峿台、庴亭、浯溪的碑刻都是玉箸篆。经后人考证，只有《峿溪铭》是玉箸篆，《浯台铭》是悬针篆，《庴庼铭》是钟鼎篆。21. 友让：即元友让，元结最小儿子。他由宝鼎尉假道州长史，过浯溪，托祁阳县令修复浯溪旧居，写了诗记其事，请韦词作了记。红笺：一种精美的小幅红纸，用它题了诗。22. 持正：即皇甫湜。他游浯溪写了诗评元结的文章，后人认为公论。23. 仰腾骞（qiān）：仰看黄庭坚所题诗的字，笔画奔腾高扬。骞：高举、高扬。24. 柳记：指宋柳应辰在浯溪题刻的“大夬字”下刻的《心记》：“押字起于心。心之所记，人不能知。”语颇含糊费解。祅（yāo）：在诗中指怪异，怪诞。25. 断璇：与“碎金”，同指分散诗字题刻。璇：美玉。26. 壖：空地。27. 蜡镨（shān）：指拓印，损坏。存疑。28. 愆：罪过。29. 戋戋（jiān）：诗中是伤残的意思。30. 蓬虆（lěi）：繁茂草丛。蜗蜒：（yán）蜗牛、蚰蜒。31. 炯：明亮。三五：即三辰五星，也可作心宿、柳宿。离：依附。次躔（chán）：同“躔次”，指日月星辰运行轨迹。32. 螭（lí）：传说中无角的龙。33. 舍旃（zhān）：休息一会儿。旃：语助词，相当“焉”。34. 群玉：即群玉山，神话传说中的仙山。石镜：即镜石。35. 害马：害群之马，指坏人。36. 萧然：寂静的，凄清的。37. 粥饘（zhān）：厚粥，稠粥。38. 我廛（chán）：古称一家所居房地。39. 薰：香气，香草。弦：丝弦，管弦，音乐。40. 俎（zǔ）豆：礼器，祭祀。吉蠲：同“蠲吉”，选择吉日，准备祭祀。41. 停

鞭：停马留此。42. 华星：当指放着光彩的题刻诗文。43. 掬（jū）酒：酌酒。公扣舷（xián）：元结写有诗句："引竿自刺船……归老江湖边。"（《贼退示官吏》）舷：船边。44. 巢、许：相传是尧帝时的巢父和许由。他们是隐士，尧让位给二人，均不受。

[**译文**]

绝壁的字，照在江中好清妍，正是影落波底，字写上蓝天。
有浯台托起，好似飞舞翩翩，有窊尊贮酒摆在游客面前。
这绝壁拒绝游人，难上山巅，却背负曲径，可以攀登盘旋。
不禁把持窊尊，斜眼看深渊，人影字影竟是迷茫地相连。
与浯台遥对的，高只及台肩，这名叫㾔亭，显得美好亮眼，
重重绿色包围，偏处江之湾。摆在南的寺院，有如挺立奇山，
溪水流经寺前，有小桥横贯，这叫浯溪，流水响声直潺潺，
水色如碧玉，刻成佩饰耐看。

亭与寺夹着小桥高下悬，台在北，寺在南，共同压住边；
中间像堂下廊房，又像条船，领头聚着怪石，一起来牵缠；
似乎有人在画屏正挖几筵，石头没固定形象，随其自然。
左边只才一半，右边又周全，结构巧，形瘦削，很是惹人怜。
树被石头压逼得干曲枝弯，似虎豹张牙舞爪蛟龙盘蜷。
这中间有樟树，不计月与年，放云与收云都掌握着大权；
云气染上树绿，像飞起湿棉，石头也被青苔透骨地洗湔。
古路可以踏上，溪流可相沿，缭绕着，往复着，心头真依恋，
大有收藏感受，却收藏不完。这才了解，林壑布局周而圆。
面面都无相同点，有如画卷，不禁忘记小步，走过陌与阡。
似鸟儿飞林头，鱼儿游水川。

特别是有美好的亭堂三间，寻着它旧基，原貌依然未变。
壁上字最显眼是中兴颂镌，亭、台、溪的碑刻都是玉箸篆。
元友让寻找旧宅，留有红笺，皇甫湜评元文，可称为真诠。
此外仰看黄、米的字奔腾般，此外柳应辰的"心记"很怪诞。
此外，有许多题刻如金玉分散，上到最高顶，下至空地江边，
一举手都可改变它的颜面。石头没有完肤并没犯罪愆，

石头似乎说，何必这么伤残！却剔除草丛把蚰蜒处搜遍，
大有散失的字掩埋在苍烟，明亮得像星辰，循着轨道转，
有如蛇龙被截断，四处蜿蜒。文人爱名声，想让其长久流传，
没考虑，山陵深谷常有倒颠，百年万年已流逝，不能复还，
剩下几个字还是先时容颜？那地方人不去，怀疑有鬼仙，
哪知一一都是前贤旧地段。

客人向我说，何不休息一番，请借上这茅房来烹煮清泉，
共谈谈元漫郎心志多么专。群玉山当门户，镜石能展现，
害群马已除，世事有变迁。寂静的云月下，正好同醉眠，
何况道州的香粥可供饱餐。父母在何处，就在我的家园，
习俗有如香风，教化有管弦，祭祀，就应选择吉日表诚虔，
百代后，我感动得停马流连。闪光的题刻诗文都吟一遍，
我酌酒祝元公公已敲船板，何必在旧山川，才买地与田？
只怕你巢父、许由袋里无钱！

[说明] 这首古风有序且有重点地记述了游览浯溪的情景，通过比喻拟人等修辞手法形象地描绘了峿台、痦亭、浯溪各具特征的画面，亭堂间奇石寿樟的姿态形象和各处具有特色的碑刻，同时运用比兴结合议论，真切地表达了游览中的感受，颇有引起读者产生共鸣的效果。遣词造句也展现了作者的博雅学识。

游浯溪遇雨返舟

清·龙禹甸

风雨浯溪渡，今朝兴尽归，江流舟去驶[1]，林尽客来稀；草色犹粘屐，花香故满衣[2]。亭台重回首，烟水暝山扉[3]。

[作者简介] 龙禹甸，字汇川，祁阳人。道光拔贡生。著有《栖霞山房诗集》《汇川诗话》。

[释题] 此诗录自《沅湘耆旧录》。

[注释] 1. 驶：迅速。2. 故：仍旧。3. 暝：晦，暗。

[**译文**]

语溪渡头突然来风雨，今朝兴便尽，决意回归，

江流中船行得好迅速，山林尽处来游客已稀；

草色青青还粘着屐齿，花香宜人依旧附满衣。

不禁对亭台再次回首，烟水已把山中住屋迷。

[**说明**] 这首诗抒写了游浯溪遇雨，兴尽返身，可草色花香依旧在身，再次回顾亭台却迷蒙不清的依恋之情。字里行间，展现心情起伏，甚是细致。

浯溪[1]

安南·佚名氏

信步闲游浅水边，江山如画景悠然[2]。两三野鸟烟波外，六七人家柳岸前；红日落残钩挂月，白云散尽镜磨天。安南万里朝中国，暂借唐亭一夜眠。

[**作者简介**] 不详。据诗句此诗作者疑是安南使者，有人认为是咸丰年间越南使者。

[**注释**] 1. 此诗原系活碑，久失。凭前辈记诵笔录。2. 悠然：悠闲舒适。

[**译文**]

信步闲游在这浯溪水边，江山如画，景色悠然。

两三只野鸟翻飞在烟波外，六七户人家住在杨柳岸前；

太阳才落山又挂上一钩弯月，白云散尽了，天空被磨得像镜子一般。

从远隔万里的安南来朝中国，今夜里暂借这唐亭正好安眠。

[**说明**] 这首诗以清丽的语言，描绘浯溪优美如画、令人悠闲舒适的景色，表现了正好在此卸下旅途劳累，安眠一夜的喜悦之情。

无题

越南·王有光

三吾何事老元君[1]，到处湖山独尔闻？近水亭台千古月，横林花草一

溪云。崖悬石镜留唐颂，雨洗苔碑起梵文[2]。题咏曷穷今昔槩[3]？满江烟景又斜曛[4]。

道光二十五年乙巳孟冬月上浣越南使王有光题[5]

［作者简介］王有光，除诗末题名外，其他不详。

［释题］此诗碑行楷。旧县志未收。

［注释］1. 何事：为什么。2. 起梵文：指起的条纹像古印度文字。3. 槩：同“概”，作景象讲。4. 曛（xūn）：日落时的余光。5. 越南：清嘉庆中，安南自改国号为越南。

［译文］

为何“三吾”使得元公在此养老，到处都有湖山，只这里名闻？

近水亭台永远有月亮高照，树林里遍布花草，满溪烟云。

崖壁上挂着石镜，留下唐颂，雨洗长苔的碑石，显露出像梵文一样的诗文。

题咏怎能尽述今昔的景象？又是夕阳染出了满江烟景。

［说明］这首诗为写明浯溪成为元公隐居之地和名闻天下的原因，凭自己的观感写出景致很有特色，并点出题咏的诗文也没有完全把今昔景象描述出来，盛赞之情非常突出。

湘江舟行

（六首录一）

清·魏　源

溪穷石壁夹，崖转穹碑峨[1]。如何千丈影，下面澄潭动[2]。荒寒文字怪[3]，忠烈山川重。遂令浯溪石，上敌嵩华竦[4]。转瞬元祐党[5]，又摩崖薛空。江海放臣心[6]，拜鹃万古恸[7]。独怅杜与韩[8]，山斗同时奉[9]。瘏瘵唐社稷[10]，缱绻楚屈、宋[11]。皆友元道州[12]，咫尺耒阳冢[13]。竟无一面谋，不预琼瑶宠[14]。山荒月黑天，临风一澒洞[15]。

［作者简介］魏源（1794—1857），字默深，湖南省邵阳隆回人，近代著名的爱国主义者，进步思想家，资产阶级改良主义的先驱。清道光进士，官至高邮知州。读书精博，与仁和龚自珍并称龚魏。与道州何绍基也

是好友。著作主要有：《海国图志》《皇朝经世文编》《古微堂诗集》《魏默深文集》等。他写诗近千首，以文入诗，以史入诗，抒发了爱国热情，自称“十诗九山水”。

[释题] 1848 年，作者费时半年多，游历了祖国东南半壁江山，行程八千里，以诗记述了游踪。此诗录自《古微堂诗集》。

[注释] 1. 穹碑：高大碑刻。崧（sǒng）：众多且高起。2. 澄潭：清澈水潭。3. 文字怪：指奇特的诗文。4. 敌：对等，相当。嵩华：嵩山、华山。竦：同“悚”。惊悚。5. 元祐：宋哲宗年号，公元 1086—1093 年。党：指同道结合的文人。6. 放臣：被放逐的臣子。7. 拜鹃：安史之乱中，杜甫伤心唐玄宗失位，写了《杜鹃行》一诗。其中有句：“君不见昔日蜀天子，化为杜鹃似老乌。”又《杜鹃诗》，“我见常再拜，重是古帝魂”。“拜鹃”含有怀念国君流亡之意。恸（tòng）：极度悲痛。8. 独怅：只是惆怅惋惜。杜与韩：指唐朝杜甫与韩愈。9. 山斗：泰山、北斗的省称。后来用它比喻德高望重或卓越成就为大众所敬奉的人。10. 寤寐（wù mèi）：寤，睡醒；寐，睡觉。连用，指日夜。仍作动词用。社稷：代国家，整个江山。11. 缱绻：牢牢记住之意。楚屈、宋：指战国时代楚国的屈原与宋玉。12. 元道州：指元结，元结任过道州刺史。13. 咫尺：形容距离近。耒阳冢：杜甫被贬为华州司功参军后不久，弃官入蜀，依剑南节度使严武，住在成都草堂。严武死，杜甫出蜀入湘，病死于衡阳至耒阳的湘江旅途中，安葬在耒阳。14. 不预：不参加，未投入。琼瑶宠：把它当美玉般喜爱。15. 澒洞：形容虚空，迷茫混沌的状况。

[译文]

在溪水的尽头，两边石壁相夹，崖壁转折地方，许多碑刻高耸；
那摩崖石刻的高大倒影，在清澈水潭里摇摆晃动。
荒寒之地有这奇特诗文，忠烈之气让山川被看重。
于是使得浯溪摩崖石刻，上与嵩华对等，确叫人惊悚。

一转瞬，宋元祐间一伙文士，相继摩崖刻石，苔藓都扫空。
这些被逐江海的臣子内心，都有关爱君国的万古悲痛。

只是惋惜唐代的杜甫与韩愈，他们是泰山北斗同时受尊奉，
日夜关怀唐朝的完整河山，牢记着楚国忠贞的屈与宋。

他们都把元道州当作好友，近处的耒阳留有杜甫高冢。

可竟然没来浯溪游览一次，没能够把它当美玉般爱宠。

在这山川荒寒的月黑夜中，我迎风登临，不禁迷茫虚空。

[**说明**] 这首五古首先抒写高大的摩崖石刻势撼山川，奇特的诗文光昭嵩华，来游的人都寄托了系念君国的万古悲痛，进而感慨关爱君国的诗文泰斗杜甫、韩愈竟未来浯溪一游，以虚衬实地赞扬浯溪摩崖石刻确实值得瞻仰爱恋的胜迹。如此颇具特色地抒写喜爱浯溪胜迹的深刻感受，可算是选集中少见的作品。至于杜甫、韩愈、柳宗元未能到浯溪，实因他们当时处于困窘境遇，无条件前来，令人怎不惆怅！

无题 并序

清·何绍基

同治壬戌正月二十三日，於同轩大令陪游浯溪，知杨海琴太守方议重修。二十五日至海琴郡斋谈中兴碑作此，用山谷韵[1]。何绍基子贞。

归舟十次经浯溪，两番手拓中兴碑。外观笔势虽壮阔，中有细筋坚若丝。咸丰纪元旧题在[2]，时方失恃悲孤儿（石柱上有余辛亥年题字）[3]。次年持节使蜀西[4]，剑州刻如饥鹤栖（剑州有此碑翻本）[5]。既无真墨本上石，何事展转钩摹为？唐人书易北碑法[6]，惟有平原吾所师；次山雄文藉不朽，公伟其人笔与挥。当代无人敢同调，宋贤窃效弱且危。涪翁扶藜冻雨里，但感元、杜颂与诗；公书固挟忠义出，何乃啬不赞一词[7]？海琴、同轩喜我至，珍墨名楮纷相随。书律深处请详究，拓本成堆吁可悲！

[**作者简介**] 何绍基（1799—1873），字子贞，号东洲，晚年号蝯（yuán）叟，湖南道州人。清道光进士，官编修，任国史馆总纂。做过四川学政，后来主讲书院。多历名山胜地，拓碑访古。诗人，书法家。作诗强调“温柔敦厚”的诗教，善写山水景物。书法得力于颜真卿，探源篆隶，融入行楷，遒劲峻拔，自成一家。草书尤为一代之冠。著有《东洲草堂诗钞》《东洲草堂文》《东洲草堂金石跋》。

[释题] 此诗碑行书，颜体，有苍劲、凝练、古拙的风格。

[注释] 1. 山谷韵：指黄庭坚《书摩岸碑后》一诗的韵脚。2. 咸丰：清文宗年号。纪元：明、清两朝，君王即位俱改元。3. 失恃（shì）：母死。4. 持节：拿着符节。5. 剑州刻：四川剑州《中兴颂碑》从浯溪碑翻出。6. 北碑：一般指魏碑，多为篆、隶、正楷，体壮格茂，气雄力健，凝重苍朴。7. 啬（sè）：吝啬。

[译文] 同治壬戌（1862）正月二十三日於（wū）同轩大令陪我游览浯溪，知道杨海琴（杨翰）太守正在研讨重修浯溪的问题。二十五日到海琴府里在书房议论《中兴颂碑》，做了这首诗，用的是黄山谷《书摩崖碑后》一诗的韵。

回家的船多次经过浯溪，两回亲手拓印过中兴碑。
从外表看，笔势虽然壮阔，其中有细筋，坚硬如钢丝。

咸丰元年的旧题，词句还在，当时我正伤心，已把母爱失。
次年凭着符节，出使到蜀西，剑州石刻像挨饿的鹤鸟栖。
既然没有真墨本把它刻石，却辗转描摹，何必多费事？

唐代人写字，轻视北碑，只有颜平原我愿学习；
次山的雄文凭它不朽，颜公敬重他，大笔一挥。
当时没有人敢与同调，宋人暗里学，衰微且势危。

涪翁拄拐杖，冒着暴雨来这里，只因受感动的是元颂与杜诗；
颜公的字本来挟带着忠义写，为什么吝啬得没有赞上一词？

海琴、桐轩见我到来很欢喜，好墨名纸都随身一一具备。
书法规律精深处，请多加研究，感叹拓本成堆，实在叫人伤悲！

[说明] 这首诗以书法家眼光对颜书的评价是：笔势壮阔，中有细筋相贯坚若钢丝，剑州转摹的石刻已失其真。对学颜的认识是：碑文凭借字传，宋人没有学到颜，涪翁没有赞颜可算吝啬。还向友人提出详研书律的希望。全诗着重表现了对颂碑深有研究和喜爱颜书的思想感情。

杨翰曾评此诗写得“古厚雄深”；书迹是“脱尽畦町，又极正大”。以书法论，是何氏最得意之作。

舟泊浯溪，谒元道州颜鲁公祠堂，观摩崖《大唐中兴颂》

清·王　拯

春风来泊祁水船，浯溪水石清而妍。九嶷南望青绵延[1]，潇湘如带横其前，丹崖翠岭左右踡[2]，招提对立丛祠烟[3]，溪流绕出声潺潺。云岚树石各有态，一步一胜相回旋。唐家日月天双悬[4]，南内凄凉殊可怜[5]。父子重欢亦天幸，此语至公吾不镌[6]。当时朱李亦跋扈[7]，忧危或者明几先。不见丈夫甘为击贼死[8]，万古忠魂悲握拳。茫茫宇宙代有事，古来黑劫愁戈铤[9]。世无常山破贼手[10]，乐志谁得耽林泉[11]？漫漫粲粲悲英杰[12]，峒贼不忧孤城坚[13]。亭台五十此营宅，千秋金石犹星悬。嗟哉海内邦伯几，那得十辈如公贤？鲰生山水徒有癖[14]，剖符裂竹谁其坚[15]？窊尊抔饮便思醉[16]，坐待山月来娟娟[17]。

[作者简介] 王拯（1815—1875），原名锡振，因钦佩包拯而改名，字定甫，号少鹤，又号龙壁山人，广西马平人。道光进士，官至通政使。善写散文，没有桐城派末流的弊病。著有《龙壁山房诗文集》。

[释题] 此诗录自《龙壁山房诗文集》。

[注释] 1. 九嶷：九嶷山，在宁远。2. 丹崖：赤色崖壁。踡(quán)：曲身。3. 招提：僧房，寺院别称。丛祠：林野间神祠。4. 日月天双悬：指玄宗、肃宗如同日月双悬。5. 南内凄凉：指唐玄宗居兴庆宫过着软禁生活。6. 不镌：不诘责，不异议。7. 朱李：指朱希彩、李怀光、朱泚、李希烈辈。跋扈（bá hù）：专横暴戾，欺上压下。8. 丈夫甘为击贼死：当指颜杲卿、颜真卿等。9. 黑劫：凶恶（或不祥）、灾难。戈铤(chán)：古代的长短兵器，这里代战争。10. 常山破贼手：指唐常山太守颜杲卿，抗击安禄山。借用。11. 耽林泉：沉迷林木山泉，即过隐居生活。12. 漫漫粲粲：当指广泛、鲜明的实况。存疑。13. 峒贼：对我国西南地区山地少数民族的诬蔑称呼。可能指太平天国的起义军。14. 鲰(zōu) 生：自谦说法，即小生。15. 剖符裂竹：古代以竹为符证。帝王授给臣子时，剖竹为二，各执其一。16. 抔（póu）饮：捧着喝。17. 娟娟：明媚美好的样子。

[译文]

春风轻拂，在祁水停了船，浯溪的水清澈，石也争妍。
南望九嶷，青翠绵延不断，潇湘像玉带，飘横在前面，
丹崖翠岑左右曲着身子，寺院对立，神祠冒出青烟，
溪流曲折而下，水声潺潺。云、岚、树、石各有它的姿态？
一步一种景致相互回旋。

唐家的君王如日月双悬，玄宗被软禁，很凄凉可怜。
父子能重欢，算是好运气，这句话最公道，我无异言。
当时朱、李等也欺上压下，忧患危机，或许，看到在先。
不见嘛，大丈夫甘愿为击贼而死，万古忠魂还悲愤，紧紧握拳。

茫茫宇宙，每一代都有事变，自古以来灾难，怕战祸熬煎。
世上没有常山那种杀贼手，为适意，有谁能隐居在林泉？
广泛鲜明的事实，英杰生悲，峒山贼人就不忧虑孤城坚。

亭台多多的，在此营造住宅，千秋金石古迹，犹如星星悬。
哎呀，四海之内，州郡长官有多少，哪里能找到十多人像公贤？
小生只是对山水有癖好，接受任命，谁能辖地守得坚？
庑尊杯捧着喝酒，便想喝醉，坐等山中明月冉冉升上天。

[说明] 这首诗描述了春游浯溪，水石清妍，寺祠笼烟，云岚树石相互回旋等景色；抒写了对唐家政局不安定，忠臣愿为国献身，世事多变，难以隐居的感叹，和见到亭台金石古迹对元公的赞颂以及个人喜爱浯溪山水的癖好不易实现的心境。

全诗写景述感抒情结合，启发读者甚多。

浯溪

清 · 刘希关

丘壑依然秋复春，亭台兀兀矗湘滨[1]。漫郎去后溪谁有？鲁国书残石亦磷[2]。镜里河山今古在，崖前舟楫往来频。千年惟有庑尊月，曾照当时

旧主人。

［作者简介］刘希关，号恬渠，祁阳邑庠生，道光甲辰（1844）科亚魁，任过教谕。后，陈玉祥聘修祁阳县志。

［释题］此诗录自旧县志。

［注释］1. 兀兀：高耸貌。2. 磷：损伤。

［译文］

山丘沟壑依然秋去又是春，亭台高耸，矗立在湘江之滨。

漫郎离开以后，浯溪为谁有？鲁公书迹残缺，崖壁非原形。

镜石里的河山，今古都存在，崖壁前的舟楫，来往未曾停。

千年后，只有窊尊上空月亮，曾经朗照过，当时的旧主人。

［说明］这首诗抒写了浯溪在时间长河里景物人事有变，胜迹犹存，人类活动未停的感慨与认识。

湘中竹枝祠

（十六首之七）

清·周厚生

一片浯溪古水隈[1]，摩崖日日长苍苔。年来也有中兴事，作颂谁如漫叟才？

［作者简介］周厚生（1817—1869），号梅轩，祁东城关廖家村人，家世业农。咸丰举人，任过吏部主事员外郎。同治中，邑令陈玉祥聘修县志。著有《咏花轩诗集》。

［释题］此诗县志未收。

［注释］1. 隈：山水弯曲处。

［译文］

浯溪弯弯曲曲地由古流到现在，摩崖上面一天天生长着青苔。

近年来，国家也有中兴的气象，要写颂有谁像漫叟那样有才？

［说明］这首诗感叹近年来摩崖刻颂也有必要，但写颂找不到元漫叟那种人才。

浯溪避暑

清・张固纁

六月酷暑如酷吏[1]，蜗牛庐小暑难避。城南名胜说浯溪，触拨平生山水思。偏舟径棹湘之湄[2]，满眼波清杂岚翠。我蹑峿台庴亭间[3]，习习熏风动凉吹[4]。香桥过去访寒泉，一掬顿洗尘俗累。危崖十丈手摩挲[5]，星斗文章烟云字，中兴往事姑勿论[6]，灏气凛然贯胸次[7]。拟凭鱼鸟招漫郎[8]，注酒庴尊拼一醉。醉来枕石倚空岩[9]，也抵银帘冰簟睡[10]。上有老树枝参天，下有荒藤叶垂地，婆娑处处绿成阴[11]，赵盾有威不能肆[12]。日暮山灵送客回，携得溪头片云粘葛陂[13]。

[**作者简介**] 张固纁（1824—1874），字彤阶，邑人，生平实况不详。

[**释题**] 此诗收在旧县志。

[**注释**] 1. 酷暑：极热的夏天。酷吏：滥用刑罚残害人民的官吏。2. 偏舟：单船，同“扁舟”。径棹（zhào）：直接划船。湄：水边，岸傍。3. 蹑（niè）：轻步。4. 熏风：和暖的南风。5. 摩挲：抚摸。6. 姑：姑且，暂且。7. 灏（hào）气：浩气。凛然：严肃地。胸次：胸间，胸怀。8. 鱼鸟：同“鱼雁”，代书信。9. 枕石：以石为枕。10. 冰簟（diàn）：冰席。11. 婆娑：这里形容树木枝叶起舞。12. 赵盾：春秋晋国大臣，处理政事，人说他如夏日可畏。这里的“赵盾之威”代夏日之威。13. 葛陂：长着葛藤的山坡。

[**译文**]

六月天气极热，似滥刑的官吏，蜗牛般的茅庐小，暑气可难避。
县城南边的名胜，人说是浯溪，触动我生平喜爱山水的情思。

扁舟直接地划到湘江岸边，满眼波清混杂着山岚青翠。
我放轻脚步走在峿台庴亭间，和暖的南风轻轻地把凉气吹。
从渡香桥上走过，去寻访寒泉，捧手水喝，顿时洗去了尘俗累。
十丈的高崖，我有意细细抚摸，真是星斗般文章、烟云似的字，
唐朝中兴往事，暂且不用议论，一股浩气严肃地贯入胸腔底。

我很想凭书信请来那元漫郎，把酒注入窊尊，拼着同他一醉。
醉了便以崖石为枕，倚着空岩，也能抵上靠着银帘冰席睡。
上面有不少老树枝伸入天空，下面也有野藤萝叶子垂到地。
处处枝叶起舞，绿荫连成一片，烈日有赵盾威，也不能来肆虐。
日暮时山中神灵亲自送我回，携带溪头一片云，粘上长葛的山坡。

［**说明**］这首诗抒写了六月酷暑时去浯溪避暑，获得波清山翠，熏风送凉，寒泉洗累，抚摸颂碑只觉浩气贯胸的感受；很想请来元漫郎同饮窊尊酒醉后享受绿荫下的清凉；日暮时，山神相送，有云随人去的韵味。全诗展现浯溪是好一个清凉世界，读者能不向往吗？

峿台

清·石　泉

峿台直上扪星斗[1]，藤挂惊蛇窜壁走。健撑腰脚一登临[2]，不信古人能独有。周回不过三百步[3]，气象万千却无数。湘口遥吞远浦帆，渡头俯卷干霄树[4]。一声长啸震苍穹[5]，手勒归鸿万里风[6]；塔尖掩抑层峦下，城角低迷夕照中。蹬道腾空势若坠，两足虚悬身插翅；吐气冲开衡岳云，披襟裂缺疑山翠[7]。桑柘人家几点烟[8]，鸥凫影集往来船[9]；窊尊浥露琼浆注[10]，镜石萦波玉鉴悬[11]。下瞰澄潭洞深黑，魄落魂飞惊失色；魍魉潜形魑魅逃[12]，犀角空然窥莫测[13]。君不见文光直射斗牛间[14]，铭之者谁元次山；若有人兮语山鬼，但闻溪水响潺湲[15]。

［**作者简介**］石泉（1824—1874），字蒙夫，号渠阁，祁阳县文明铺人。廪生，与李慈、宋省斋同学。授徒设教，以一明经终老。有《看云轩诗文集》，其诗见才华，气势磅礴。

［**释题**］此诗录自《看云轩诗文集》，旧县志未收。

［**注释**］1. 扪（mén）：摸。2. 健撑：用劲撑着。3. 周回：绕着走一周。4. 干霄：伸入天空。5. 苍穹：苍天。6. 手勒：用手阻拦。7. 披襟裂缺：敞开衣襟闪出隙口（存疑）。8. 桑柘（zhè）人家：种桑树、柘树养蚕人家。9. 鸥凫：鸥鸟野鸭。10. 浥露：露水滋润。琼浆：美酒。11. 玉

鉴：喻月亮。12. 魍魉（wǎng liǎng）：水中精怪。魑魅（chī mèi）：山中神鬼。13. 犀角：犀牛角。传说燃犀角可使水中通明。空然：即空燃，白白地燃。14. 文光：指著作的文采。15. 潺湲（yuán）：水流声。

［**译文**］

直上峿台，可摸天上的星斗，藤萝绕挂，似惊蛇崖壁乱走。
用劲撑着腰与腿一直攀登，也就不信古人能单独占有。

绕着它转一周，不过三百步，景象变化可多，却无法计数。
湘江能遥吞远浦来的风帆，渡口正俯身卷起冲霄的树。

一声长啸震动了青苍的天空，手可阻拦归雁乘着的万里风。
远看塔尖被掩抑在层峦下面，那边城角低压在迷蒙夕照中。

登山石级升到空中，像要下坠，两只脚凭空悬起身似插翅飞。
吐气可能要冲开南岳衡山云，敞开衣襟闪出隙口疑是山色翠。

种桑柘的人家飞起了几点烟，鸥凫的身影聚集，是往来的船。
窊尊被露水滋润，似注入美酒，镜石萦绕着波光，像明月高悬。

下瞰清澈水潭，洞一般深黑，不禁魂飞魄散，惊得变神色。
山里神鬼潜形，水中精怪逃，犀角也空燃，看去深不可测。

您没见吗？那文字光采直射斗牛间，写铭的人是谁，他叫元次山。
好像有人啊跟山鬼细细说，只能听到的，是溪水流得响潺潺。

［**说明**］这首诗运用夸张、比喻等修辞手段，展开想象，细致地描绘了登攀陡峻高耸的峿台的感受，和所见水天寥廓树影卷入江中，层峦掩抑塔尖，夕照城角迷蒙，桑柘人家飞烟，江船影似鸥凫，窊尊石镜称奇，澄潭深不可测等景致，最后赞叹了次山文光直射斗牛间的神奇。全诗用语有气势，节奏也鲜明，足见作者诗风。

无题

越南·郑怀德

地毓浯溪秀[1]，山开镜石名，莫教尘藓污，留照往来情。

越南国谢恩使郑怀德。癸亥端阳题[2]

[作者简介] 郑怀德，除诗末题名外，其他不详。

[释题] 此诗碑楷书，石上无题，旧县志未收。

[注释] 1. 毓（yù）：孕育。2. 癸亥：清同治二年（1863）。

[译文]

大地孕育着浯溪秀丽，山崖嵌上的镜石有名。

莫让尘埃与藓苔弄污，留它照上古往今来实情。

[说明] 这首诗由浯溪秀丽赞镜石有名，提出应该加以保护，让古往今来的情况经它鉴别是非。读后使我们联想不止。

无题 有序

清·杨 翰

同治甲子去郡[1]，与送行人浯溪话别。坐石上看月，依依不忍挥手。因亦用绿天庵九日韵纪事，书于桐轩。息柯居士杨翰。

乌帽黄尘漫七秋，今情古意飞溪头。杜陵感事同聱叟[2]，山谷题诗忆少游[3]。独对江山悲往迹，欲镌石壁篆新愁。一痕凉月窥林入，照见劳人汔未休[4]。

[作者简介] 杨翰（1812—1879），原名汝拣，后改今名，字伯飞，号海琴，直隶新城（属河北）人，道光进士，咸丰八年任永州知府。同治十年退居浯溪，建息柯别墅，自号息柯居士；卒于祁阳，其子孙亦客籍

于此。生平雅好山水，工诗文，精于金石书画。著有《裒遗草堂诗抄》、《息柯杂著》《归石轩画谈》等。

[释题] 此碑行草，颜体，人谓得颜之筋。旧县志收有此诗。

[注释] 1. 同治：清穆宗年号。同治甲子：同治三年。2. “杜陵”句：杜甫与元结都写了关心国事、人民的诗歌。3. “山谷”句：见黄庭坚《书摩崖碑后》的小序。4. 劳人：忧伤的人。汔（qì）：庶几。

[译文] 同治甲子年（1864）我离开郡城，跟送行的人在浯溪话别。坐在石头上看月亮，我依依不舍地不忍离别。因此也用绿天庵九日写诗的韵记下这回事，写给於同轩。

乌纱帽上蒙黄尘，经过七春秋，怀着今情古意的心飞向溪头。

杜少陵感慨时事正同元聱叟，黄山谷写诗，不禁记起秦少游。

面向着江山，对往事好不伤感，又想镌刻石壁，抒发我的新愁。

一抹清凉的月光钻入了树林，照见忧伤的人，几乎不能罢休。

[说明] 这首诗写在浯溪月夜话别之时，想到前贤关心国计民生、珍重友谊，不禁为自己的新愁伤情不止。情真意挚，读来十分感人。作者也曾自认是得意之作。

顾持白学使过浯溪见访，不遇，寄以十绝

（录三首）

清·杨　翰

一

三间老屋笑王微，怀古无言对夕晖。如此溪山题刻遍，真教游子淡忘归。

二

三铭凹凸石崖乖，斲古披荒拨宿霾[1]，我爱溪、亭同猎碣[2]，较量台上篆尤佳[3]。（庴庼、浯溪二铭，较峿台铭尤佳，世少拓本。）

三

右堂三字蚀苔痕，老树枝樛怪鸟喧[4]。欲补全文无觅处，岂如雪浪尚

留盆。（元次山《右堂铭》只存三字可读，全文元集所无。东坡《雪浪盆铭》虽原刻无存，原文尚在。）

［**释题**］此诗录自作者《诗钞》。

［**注释**］1. 斲（zhuó）古：指搜寻碑铭。斲：砍削。宿霾：旧尘埃。2. 猎碣：古代天子打猎时记事的碣石。3. 较量台上篆：即与峿台铭比较。4. 枝樛（jiū）：树枝向下弯曲。

［**译文**］

一

只有三间老屋，我却笑傲王室微，怀古人默然无语，面对着夕晖。
这样的溪流山崖，竟处处有题刻，真叫天涯游子，心情淡漠已忘归。

二

三则铭文凹凸不平，石崖古怪，搜寻碑铭除荒草，拨开老尘埃，
我爱溪铭与亭铭，看待同猎碣，跟峿台铭篆体相比，尤其称佳。

三

《右堂铭》三字，留有苔藓侵蚀痕，老树枝条向下弯，怪鸟喧鸣。
我想补写全铭文，无地方寻觅，哪里像《雪浪盆铭》还留有原文！

［**说明**］第一首诗抒写隐居浯溪处处有题刻供人欣赏，以致忘归的耽爱胜迹之情。

第二首诗赞叹镌刻三则铭文的石崖古怪，表达了对溪铭亭铭特别喜爱之情。

第三首诗抒写了《右堂铭》被苔藓侵蚀得仅留三字，无法补写全文的惋惜心情。

无题

清・欧阳泽闿

北风倒吹浪花堆，云木参差浯溪来[1]。下者为亭高者台，奇岩怪石相

依隈[2]。壁间题词几千辈，茫茫宇宙何多才！溪山久为漫郎有，东流一去无复回。我今吊古发幽叹[3]，二千年后仍劫灰。翠华北狩升龙驭[4]，两宫回辇六军哀[5]，东南财富畀口守，将星落落光芒摧[6]，冲人践祚翦羽翼[7]，政无巨细皆亲裁。天步艰难会转移[8]，中兴急望皇图恢[9]。淋漓颂笔臣能为，何时大书深刻一埽崖壁开[10]！

大清同治改元，郡人欧阳泽闿题[11]

[作者简介] 欧阳泽闿，原名世锐，宁远人。道光举人，工诗文，书画皆精。

[释题] 此诗碑楷书，颜体。旧县志未收。

[注释] 1. 参差（cēn cī）：高低不齐。2. 依隈：应是“依偎”，靠近紧挨的意思。3. 幽叹：深叹。4. 劫灰：劫火的余灰。劫火：指世界毁灭时的大火，是佛家语。翠华：用翠羽装饰在旗杆顶上的旗，是皇帝仪仗。这里代皇帝咸丰。北狩：指咸丰帝为避英法联军进攻北京时逃到承德，说成北狩，即到北边围猎，便于好听。升龙驭：指咸丰帝病死升天。龙驭：皇帝车驾。5. 两宫回辇：两宫指东太后慈安、西太后慈禧。回辇（niǎn）：回到北京。六军：周朝，皇上有六军，后来是军队统称。6. “东南”、“将星”两句：当指东南土地财富为太平天国所有。因长期战争，将帅死亡零落。畀（bì）：给予。7. 冲人：指幼童，也是皇帝谦称。践祚：掌握皇权。翦羽翼：当指西太后慈禧为掌握政权而清除异己。8. 天步：国运。9. 皇图：帝皇版图。恢：扩大，宽广。10. 埽：通“扫”。11. 同治改元：指1862年辛酉政变，改原来的“祥祺”为“同治”年号。

[译文]

北风呼呼地倒吹，浪花挤成堆，云气笼树，参差地向浯溪涌来。
展眼看去，下面是亭高处是台，那奇岩怪石彼此紧紧地相挨。

在崖壁间题词的，估摸几千人，茫茫宇宙怎么有这么多人才！
溪流山林长久为元漫郎所有，可是东流江水一去不能再回。
我于今追念古人，发出长叹息，两千年后，仍然只留劫火余灰。

咸丰帝向北逃难，车驾升了天，两位太后回车京城，全军致哀。

东南财富之地借给口守，将士先后零落，光芒不再存在。

为幼主登位掌权便清除异己，政事不论大小，都是亲身处裁！

国运艰难一时，终究定会转移，急盼国家中兴，版图能够拓开。

淋漓尽致地写颂，臣子做得到，何时大书深刻，能让崖壁放光彩？

［**说明**］这首诗抒写在北风劲吹浪涌云绕时，抒发来游浯溪的所见所感，感叹崖壁题词何其多，两千年后也遗迹难保，表达了对清室慈禧专政的不满和国家中兴能颂刻崖壁的期望。全诗气势恢弘。当时能够如此议政，实属可贵。

浯溪观杨公海琴重修胜迹

清・李梦庚

山水有精神，非人则不王[1]；胜地亦文章，随时变新样。浯溪湘水滨，奇胜莫名状。自昔元漫郎，寄居怀自放，大展风骚才[2]，遂发山水藏。襟浣溪上云，林流泉间酿；亭台面目新，庴峿名字创。迢迢千余载[3]，人往风斯旷[4]。水怪与山灵，涧谷将谁贶[5]？贤哉太守来，芝城仗保障[6]；簿领既从容[7]，烟月自舒畅[8]。谓邦有先贤，神在溪山上。旧迹半已芜，顾之增凄怆。乃疏碧玉流，乃刷青霞嶂[9]；碑重崖石摹，诗继山谷唱；台恃复依然，亭成固无恙；元颜二公祠，雄扼山之吭[10]。山之色苍苍，水之流漾漾[11]，山待蜡屐游，水耐渔舟荡；古人今又生，山水莫惆怅；请贺山水遭[12]，一盏飞相向。

［**作者简介**］李梦庚（1828—1914），字小白，号敬斋，祁东金桥镇人。道光邑庠生，咸丰举人，任过县教谕，后主讲沱江书院和县文昌书院。清陈玉祥聘参校县志。著有《墨庄诗草》等。

［**释题**］此诗收在旧县志。

［**注释**］1. 不王：不旺。2. 风骚才：作诗文的才华。3. 迢迢：形容时间长远。4. 风斯旷：风气就废弃了。5. 贶（kuàng）：与。6. 芝城：指永州府。7. 簿领：登记的文簿，这里指处理府衙文书。8. 烟月：指观赏自然景物。9. 嶂：直立像屏障的山峰。这里指崖壁。10. 吭（háng）：咽

喉。11. 漾漾：水荡动的样子。12. 遭：遭遇。

[译文]

要说山水是有精神的，没有人经营就不会兴旺；
胜地也是一篇大文章，随着时间变出新模样。
浯溪处在这湘江水滨，神奇优美，无法描景状。

自从以前来了元漫郎，寄居此地，胸怀自开放；
大展写诗作文的才华，就开发了山水中宝藏。
衣襟浣洗由溪上云雾，林中流水由山泉酝酿；
亭台的面貌一时崭新，就把庴亭、峿台名字创。

长长的千多年过去了，先贤不见，遗风也全忘。
水中精怪和山里神灵，这涧谷中将由谁赐赏？
贤良呀，杨太守一到来，芝城仗着他有了保障；
处理政务已经很从容，寄情风景自然会舒畅。

认为这地域多有前贤，神灵就在幽美溪山上。
旧的踪迹已多半荒芜，一回头看，就增添悲伤。
于是疏通碧玉般流水，于是清理青苍的崖嶂；
碑帖，再到崖壁上摹印，诗歌，接着黄山谷传唱；
台榭的依赖仍然如旧，亭子修成也就没损伤；
元颜两公的庄严祠宇，雄扼在山的咽喉地方。

山的颜色呀，好不青苍，水的流动啊，波纹荡漾；
山呢，正待穿木屐去游，水呢，可任凭渔舟漂荡。
先贤般的人今又出现，山啊、水啊，都不要惆怅；
请让人祝贺你山水遭遇，飞盏相酬，大家心情爽。

[说明] 这首诗首先提出山水的精神要靠人的经营开发，元漫郎居浯溪就开发出这山水宝藏，杨太守一到芝城，继承前贤遗风，便变旧迹荒芜为亭台依然，元颜祠得以雄扼溪山真是胜地随时变出新样；末了挚情地祝贺山水恢复本色的遭遇，实质上是对杨公的深情歌颂。诗的主旨鲜明突出。全诗用语，甚是畅达。

上巳重游浯溪，集《兰亭集序》字[1]

（二诗录一）

清·陈　璚

人间日朗畅游天，老大情怀感少年[2]（道光癸卯年十六侍先大夫北上来游，距光绪戊戌五十六年矣。抚今追昔，怅然久之）。虚空香兰曾合契[3]，抱亭风竹自生弦[4]；静观流水悲今世，仰览崇文会古贤（次山中兴颂、鲁公书，世称二绝）。禊事已修觞未引[5]，山林暂坐亦欣然。

光绪戊戌三月三日，衡湘观察使者郁林陈璚题并书。同游者上舍阳湖刘兆启、祁阳令侯官林鉴中，并上石

［作者简介］ 陈璚（qióng），字六笙，广西郁林人。光绪间，任衡湘观察使。据诗中自注，曾经于道光廿三癸卯（1843）年十六随父游浯溪。

［释题］ 诗碑楷书、颜体，并榜书“画山”二字于峿台北崖，字很严正。重游浯溪年已72岁。

［注释］ 1.《兰亭集序》：晋王羲之作品。当时，晋永和九年（353）癸丑上巳日，王羲之和谢安、孙绰等四十一人在会稽境内的兰亭，举行一次文人集会。他们临流赋诗。王羲之写了这篇序文。2. 老大：年老。3. 虚空：天空，碧空。合契：符合，相投。4. 抱亭：围绕亭子。生弦：奏着管弦。5. 禊事：指三月三日人们欢聚水滨洗濯，以祓除不祥。觞未引：没有临水饮酒。觞：酒杯。

［译文］

是人间红日朗照，可畅游的一天，已是年老心怀，回忆少年时有感。

碧空下焚香结识，曾经很投缘，围绕亭子的风与竹，自奏管弦。

默默地看着流水流去，今世生悲，抬头阅读着鸿文，等同相会先贤。

禊事已经举行，酒却没有依次饮，在这清幽山林暂坐，也叫人欣然。

［说明］ 这首诗虽然是集字成诗，但真实地展出了重游时忆旧的情怀和见到实地景物的真切感受与愉快心情，可见调动文字的功底颇高。

无题

越南·裴文禩

道州心事满江湖[1]，借此岩泉漫自娱。颂有颜书传二绝[2]，亭连溪水记“三吾”。废兴镜石云光变，醒醉窊尊月影孤。篆壁题诗山欲尽[3]，当年曾识隐忧无？

光绪丙子（1876）立春后三日过浯溪，有怀元次山感赋，越南裴文禩作。 上谷杨翰书

［**作者简介**］裴文禩，除诗末题名外，其他不详。

［**释题**］诗碑行草，杨翰书。

［**注释**］1. 道州：代元结。2. 绝：独一无二。3. 篆壁：精心写刻。

［**译文**］

元公心里想的是整个江湖，只是借这里岩泉聊以自娱。

他的颂和颜字被传为二绝，唐亭、峿台连同浯溪叫“三吾”。

镜石经历兴废，云光都变了，面对窊尊醉醒，已是月影孤。

精心刻壁题诗，满山快刻到，这个隐忧，当年不知想到否？

［**说明**］这首诗写明了元结志在天下的胸怀和二绝、“三吾”的由来，抒写了所见景物已变，题诗无空处的慨叹与忧虑。

浯溪怀古

清·张其昌

乾坤已老荒亭在[1]，亭外溪流无尽时。故国岂因乔木著[2]？名山却让重臣私[3]！镜中日月双忠魄，台上风云百代思。独倚摩崖频怅望，秋风憔悴杜陵词[4]。

［**作者简介**］张其昌，字星樵，湖南祁阳人。参加过清同治九年《祁阳县志》的编写工作。

［释题］此诗收在旧县志。

［注释］1. 乾坤已老：指岁月已经很久。2. “故国”句：语出《孟子·梁惠王章句下》。“所谓故国者，非谓有乔木之谓也，有世臣之谓也。”3. 重臣：居要职的大臣。这里指元结。4. 杜陵词：当指杜甫忧国忧民的诗篇。

［译文］

岁月已经很久，只旧亭子还在，亭外的溪水不会有流尽的日子。

故国难道有高大的树木才出名？名山却让身居要职的臣子所私！

镜中日月就是元、颜忠魄的象征，这台上的变迁常叫后来人深思。

我独自倚着摩崖怅望不止，秋风使人憔悴，想起杜甫忧国忧民诗。

［说明］这首诗联想宽广，抒写了岁月虽老，溪水却长流，名人遗迹幸存的感慨；缅怀元、颜忠魂同日月争光，尽管物换星移，在瑟瑟秋风中也令人仰慕二公与杜甫忧国忧民的精神。

重建元颜祠，邑侯王初田亲相地址，喜而有作[1]

清·蒋善苏

寂寂荒祠废几年，颓垣断碣怅残烟。溪山自认前朝趣，香火重添大令缘[2]。绕径花迎新雨后，当阶草翦夕阳天[3]。无端絮絮多情燕[4]，不待落成贺已先。

［作者简介］蒋善苏，号五楼，邑庠生（附生），清同治中陈玉祥聘修县志。著有《色箴》《孽海回澜》，劝世警世。

［释题］此诗收在旧县志。

［注释］1. 邑侯：县令尊称，以为治理一邑，如古代诸侯。王初田：当是王永顺，咸丰十年任祁阳知县，广西人。2. 大令：旧时对县官敬称。3. 翦：同剪。4. 无端：没有来由，无缘无故。

［译文］

冷落寂寞的荒祠废了好几年，惆怅这颓垣断碑笼罩着残烟。

自认为了解前朝溪山的旨趣，我大令增添重奉香火的因缘。

绕着小路花开走，正是新雨后，对着阶沿剪杂草，已是夕阳天。

没来由呢喃絮语，是多情紫燕，不等待新祠落成，恭贺已在先。

[说明] 这首诗歌唱元颜祠虽然早废，王大令却了解前朝溪山的旨趣，结下重奉先贤香火的因缘，借花开新雨后的夕阳天察看祠址，是适合时宜顺应人心值得祝贺的喜事。

全诗借景寓情，洋溢着喜气。

谒元、颜祠

清·邓星槎

楚南多名区，浯溪居其首。当年辟者谁[1]？河南元漫叟。其境曲且幽，其石峭而瘦。石上多镌铭，文章灿星斗。卓哉鲁公书[2]，笔下龙蛇走。严词惊鬼神，铁画高蝌蚪[3]。落落两贤心[4]，遂成千古友。世界藐三千[5]，云梦吞八九[6]。三绝称独奇，三吾旌独有。地同愚溪愚[7]，人似柳州柳[8]，风高千载前，名留千载后。我来觐古祠[9]，瓣香并斗酒。风雨尚迷离，峦壑夹左右。精灵如在焉，忠义谁与偶？与日月争光，与山河并寿。地实以人传，人以文不朽。我怜水部才，我爱太师守[10]。归来薄暮时[11]，斜阳横渡口。

[作者简介] 邓星槎（chá），字济川，湖南祁阳县龙口源人。同治乙丑（1865）岁贡，候补教谕。

[释题] 此诗录自邓氏族谱。

[注释] 1. 辟：开辟。2. 卓哉：高超啊。3. 蝌蚪：指古代科斗文，其字头大尾细，如蝌蚪。4. 落落：坦率，开朗。5. 世界藐三千：佛教语，有“三千大世界”。是说以须弥山为中心以铁围山为外部，是一个小世界，一千个小世界叫小千世界；一千个小千世界叫中千世界；一千个中千世界叫大千世界。总称“三大千世界”，三千世界对总称来说是渺小的，可藐视的。6. 云梦：指云梦泽，秦汉时，大致包括今湖南省、益阳、湘阴以北，湖北省江陵、安陆以南、武汉市以西。7. 愚溪：在湖南省零陵（芝山区）西南，本名冉溪。唐柳宗元谪居于此，改其名为愚溪。8. 柳州柳：唐柳宗元曾任柳州刺史。9. 觐：古代朝见君主或宗教圣地，叫觐。这里有拜见的意思。10. 太师守：指颜真卿的操守。颜任过太子太师。

11. 薄暮：傍晚。

［译文］

楚南有许多名胜地区，这浯溪可名排最前头。
当年开辟此地的是谁？就是那河南的元漫叟。
它的环境深邃且清幽，它的石崖陡峭又骨瘦。
石崖上刻有许多铭文，文字光芒闪耀到星斗。
高超的，数颜鲁公书迹，大笔下，正是龙蛇疾走。
严正的文词鬼神吃惊，有力的笔画高出蝌蚪。
两位大贤都胸襟爽朗，也就结成千古的挚友。

那三千世界算得什么，那云梦泽可吞下八九。
这三绝可称罕见珍奇，“三吾”，表明要独自占有。
此地，如同叫愚溪为愚，人呀，也似在柳州植柳。
风度高尚，是千载前事，名声，已传留千载以后。

我来拜见这元颜古祠，只是奉上瓣香和斗酒。
风雨还是迷迷糊糊的，山峦谷壑仍夹在左右。
精灵恍若就在这浯溪，他们的忠义谁可匹偶？
它简直可跟日月争光，它完全可同山河并寿。

这地方实因人而名传，人也随文章一同不朽。
我怜惜元水部的才干，我敬爱颜太师的操守。
我要归去时已经傍晚，一看夕阳，斜射在渡口。

［说明］这首诗先简介浯溪为元结开辟，胜地有环境深幽、石崖挺拔瘦削、镌刻光射斗牛等特征；接着歌唱元文颜书，两贤成了千古挚友；形成三绝，命名三吾都显示不凡气概也就名传千古；进而抒写拜谒元、颜古祠，恍若精灵宛在，深感其忠义同日月争光，与山河并寿，认识到地以人名，人因文不朽，很自然地表达了对两公才干品质的敬爱深情。

浯溪观《中兴颂》碑

清·匡明阶

力透云根三百字[1]，千秋想象笔如椽[2]。天开绝壁供驰骋[3]，义激奔霆入斡旋[4]。铁画何烦山鬼护，湘波常照墨痕鲜！灵旗日暮灵风满，毅魄还临最上巅。

［作者简介］ 匡明阶，湖南祁阳人。其他不详。

［释题］ 此诗收在旧县志。

［注释］ 1. 云根：高山深远云起的地方。2. 笔如椽（chuán）：大手笔。椽：支架屋面瓦片的木条。3. 驰骋：疾奔。4. 斡（wò）旋：扭转，调解。

［译文］

笔力直透云根，要数这三百个字，千百年后想象那大笔有如屋椽。

天生的绝壁，足可供笔墨驰骋，大义激动了迅雷，也参加调遣。

这钢铁般笔画，不劳山鬼守护，那清清湘水映照得墨迹常鲜！

看那灵旗到傍晚兜着灵风招展，定是忠义的魂魄还登临最高山巅。

［说明］ 这首诗展开想象，运用夸张，盛赞中兴颂碑笔力直透云根，点画如铁，墨迹常鲜，当是大自然给了有力资助；千百年后，还令人感到忠毅之魄仍在山巅，充分表达了由字赞人的无比景仰之情。

全诗写得颇有气概。

癸巳（1893）三月三十日雨中游浯溪读《中兴碑》次山谷诗韵

清·吴大澂

潇湘奇气钟浯溪[1]，次山文字鲁公碑。我喜涪翁诗律劲，石栏坐对雨丝丝。唐祚中衰寇患起[2]，太息朔方无健儿。六龙远去蜀江西[3]，鸾凤纷纷枳棘栖[4]。灵武即位上皇复，歌功勒石臣能为。作者文雄书者健，忠清亮直皆吾师。若以墨本供磨刻，徒资文士霜毫挥[5]。古今循吏为君国[6]，身如磐石关安危。杜老书名吾未睹，千秋犹诵舂陵诗[7]。元祐残碑未磨灭[8]，吁嗟党祸起文辞。宜州谪所去不远[9]，清游时有高僧随[10]。两碑读罢一慨叹，苍崖日暮啼猿悲！

抚湘使者吴大澂

［**作者简介**］吴大澂（chéng）（1835—1902），初名大淳，避清穆宗（载淳）讳改大澂，字止敬，字清卿，号恒轩，又号愙（kè）斋、郑龛（kān）、白云山樵、病叟等，江苏吴县（苏州）人。清同治进士，办北洋军务和中俄外交有功，做过广东和湖南巡抚。是擅长金石学和古文字学的学者诗人、书法家。其篆书参以古籀（zhòu），结构整齐。写的《浯溪铭》《峿台铭》《唐亭铭》均刻石。著有《说文古籀补》《愙斋字说》。

［**释题**］此诗行楷，有黄庭坚余韵，沉雄、秀劲。

［**注释**］1. 钟：集中。2. 祚（zuò）：帝位、帝业。3. 六龙：皇帝驾车的六匹马，马八尺称龙。这里指唐玄宗的车驾。4. “鸾凤”句：比喻贤能的臣僚处于艰难险恶的境地。5. 霜毫：这里指毛笔。6. 循吏：奉职守法的官吏。7. 舂陵诗：即元结在道州所写同情人民疾苦的《舂陵行》。杜甫读到此诗和另一首《贼退示官吏》时，曾称赞过，并作了《同元使君舂陵行》。8. 元祐残碑：宋神宗时，王安石变法形成与以司马光为代表的旧党之争。宋哲宗元祐元年，司马光复为相，全废新法。绍圣元年，新党再度上台，贬元祐大臣及毁禁元祐学术文字。宋徽宗崇宁元年，复贬司马光、苏轼等人，并刻石为元祐奸党碑。到崇宁五年因大臣直谏才毁碑并赦除党人一切之禁。9. 宜州：黄庭坚在哲宗初年入朝任国史编修官等职。后新党执政，被贬为涪州别驾。徽宗即位，他曾起复，继因蔡京当国，又以“幸灾谤国”的罪名谪到广西宜州，一年后卒。10. 清游：高雅的游览。

［**译文**］

潇湘的奇气集中到浯溪，有次山的文章和鲁公的碑。

我爱涪翁的诗刚正有力，石栏前面坐对，细雨如丝。

唐朝的帝业中衰，叛乱发生，叫人慨叹的，是朔方没有健儿。

玄宗的车驾，远奔到蜀江西面，贤能纷纷陷入艰险的境地。

肃宗登上皇位，上皇回京，刻碑歌颂功德，臣子能为。
作者的文雄，书写也刚健，忠诚公正耿直，都该学习。
倘若拿拓本供描摹镌刻，只不过让文人任意把笔挥。

古今尽职的官吏为了君国，身如那磐石，关系着安危。
杜老的书名，我没有看到，千年后，仍然诵读舂陵诗。

元祐时的残碑还没有消失，慨叹的，是党祸起于文辞。
贬谪在宜州，相距也不远，高雅的游览，有高僧跟随。
读完两块碑，一阵阵叹息，暮色下，苍崖猿啼好伤悲。

［**说明**］这首诗写雨中游浯溪，读了中兴碑和涪翁诗，认为应该学习文雄字健和作者心存君国、身关安危、忠诚正直的品质，并抒发了对涪翁因党祸遭贬的感慨及其雅兴不减的赞叹之情。

峿台铭 并序

清·吴大澂

湘江之水自南而北流，衡山之脉自北而南迤。奇峰怪石错立于湘滨，若熊罴，若虎豹，若麟，若狮，若古柏之皮裂而莽缠[1]，可惊，可愕，可图，可咏：舟行三百里不可殚述[2]，峿台其最著也。远而望之，巉岩峻巇[3]，如斧削成。右江左溪，隐相迴抱。古木阴森，松竹相间，环翠耸青，幔岩塞窦[4]，峦壑清幽之致，或为所掩。台据其巅，乃次山之旧址也。地以人传，兹山之幸矣。鲁公书中兴颂，刻于崖壁；后有山谷诗刻。次山之铭去台后百余步，字多完好，无风雨剥蚀之难。余抚是邦，有愧前贤。惟于篆籀古文习之有年[5]，铭而刻之，以志向往。铭曰：

园林之美，豪富所私；山川之胜，天下公之。公者千古，私者一时。大贤已往，民有去思，思其居处，思其文辞；次山私之，谁曰不宜？

光绪癸巳（1893）夏五月炳元刻

［**释题**］此铭碑篆书，在宝篆亭内。

［**注释**］1. 莽缠：丛生的草木纠缠着。2. 殚（dān）述：尽述。3. 㠭（zhàn）岩：高险的山岩。峻巀（jié）：高峻的样子。4. 幔岩塞窦：给岩石挂上帐幕，阻挡了洞口。5. 篆籀：即小篆大篆。

［**译文**］

湘江水由南向北流去，衡山山脉由北向南延伸。奇峰怪石交错挺立在湘江边沿，像熊罴，像虎豹，像麒麟，像狮子，像古柏的皮被草木缠绕得快裂开一样，叫人吃惊，叫人愕然，值得绘画，值得吟咏。行船三百里的景物不能完全记述，而峿台是其中最突出的。从远处看，它山岩高峻，犹如斧头削成似的；右边是江，左边是溪，像是远远相抱。古树阴森森的，松树竹子间隔地生长，四周上下一片青葱，山岩像挂着帐幕，洞口都被阻挡，山峦溪谷的清幽景致，有的被遮掩起来。峿台坐落在顶端，是元次山的旧址。地由于人而出名，算是这座山的幸运啊。颜鲁公所写的《中兴颂》，镌刻在岩壁；后来黄山谷的诗也刻在这里。元次山的铭文距离峿台后面百多步，字大都完整，没有遭到风雨剥落的损坏。我来管理这个地方，感到对先前的贤人有愧。只是对篆体籀体文字研究多年，写下这篇铭文刻在石上以表示对先辈的向往。铭文说：

园林的美丽景物，豪富们据以为私；
山川的优美景致，天下人共同游历。
公共的永远存在，私有的不过一时。
伟人已经长逝，后来人常常反思，
反思他住的地方，反思他写的文辞；
元次山私有之地，有谁会说不适宜？

［**说明**］这篇峿台铭的序写了峿台在湘江中游两岸奇峰怪石中最为突出的特点，原铭文大都完整，作铭刻石是为了表示向往之情。

铭文明确地指出为天下人公有的山川之胜会永远存在，元公的旧居和文辞常引起后人反思，他的私有之地最为适宜，充分地表达了作者对先贤的赞颂之情。

此碑篆书结构谨严，笔法凝重、整洁，有金石气，正表现篆书造诣颇深。

浯溪铭　有序

清·吴大澂

浯溪发源于双井，至祁阳县南五里入湘，本无名也，名之自次山始。余阅武至永州[1]，过潇水之上，访柳子厚所居之愚溪[2]，无一歇息之所；亭、池、丘、岛眇不可追[3]。独浯溪石刻，至今无恙[4]，有亭有台，可登可眺。顾而乐之，乃为铭曰：

永州名迹，愚溪、浯溪。浯溪之石，元公所题。石有时泐[5]，台有时圮[6]；万古长流，涓涓此水[7]。涓涓不竭，汇湘入江，导源双井，绝壁飞淙[8]。行者惊奇，游者心爱；爱公篆铭，一铭而再。

抚湘使者吴大澂光绪十九年癸巳夏四月

［**释题**］诗碑篆书，在东崖区。

［**注释**］1. 阅武：检视军队。2. 愚溪：在湖南零陵（今芝山区）县西南，原名冉溪。唐柳宗元谪居于此，改名愚溪，意思是己之愚及于溪。3. 眇：久远。4. 无恙：没有受损伤。5. 泐（lè）：石头开裂。6. 圮（pǐ）：倒塌，毁坏。7. 涓涓（juān）：细水慢流的样子。8. 飞淙（cóng）：激流。

［**译文**］浯溪从双井发源，到祁阳县南五里的地方流入湘水，原来没有名称，给它取名是由元次山开始的。我检阅军队到永州，经潇水上游，寻访柳子厚居住过的愚溪，没有一处歇息的地方，亭、池、丘、岛都久远得不能找到了。只有浯溪的石刻，至今没有受损伤，有亭、有台，可以登临，可以远眺。我看了后，心有所乐，于是写了铭文，说：

永州著名古迹，要数愚溪、浯溪。浯溪崖壁镌刻，都是元公所题。石崖有时开裂，亭台有时塌毁；万古能够长流，慢慢流啊这水。慢慢细流不竭，汇合湘水入江，源头来自双井，流经绝壁飞奔。过客看到惊奇，游人心底喜爱；喜爱元公篆铭，刻铭一个接一个。

［**说明**］这篇浯溪铭的叙，简述浯溪源头，得名于元次山，浯溪石刻至今无恙，亭台仍可登眺，因而乐于为它作铭。

铭文赞叹浯溪石刻为元公所题，浯溪水万古长流，见者惊奇，游人最爱元公篆铭，鲜明地表达了个人心情。

唐亭望雪

清·黄　彬

何日不攀跻[1]？今殊失旧游。云连山一色，洲破水双流。天地观俱改，元、颜归应愁。三年栖隐处[2]，始解此清幽[3]。

［作者简介］ 黄彬（bīn）（1862—1930），字泠然，晚号浯上拾叶人。清光绪进士。晚年退居浯溪。著有《郑注周易笺》《石谱》等。

［释题］ 此诗录自《浯上拾叶人诗文录》。

［注释］ 1. 跻（jī）：登。2. 栖隐：隐居。3. 解：懂得，领会。

［译文］

有哪一天我没有去攀登？于今却难辨游过的山丘。

云与山相连，融成了一色，洲剖开江水，分别奔流。

天地的面貌完全改变，元、颜一回来，也应发愁。

在这个地方，隐居多年，今天才领会，这里清幽。

［说明］ 这首诗着力描述了在唐亭展望云山浑然一体、天地改观的雪景，表达了今天才领会这里清幽的自得心情。

浯上杂咏

（三十首录四）

清·黄　彬

一

何处元家访旧坊？寺僧幸刻石双行（元家坊三字在今宝篆亭亭下，不知何人所书，尚依稀可辨，末署“住持僧□□刻石”）[1]；路标诚与游人便，掌故何人说短长[2]？

二

吊古频来溪水滨，溪园原上草如茵，可怜陈郡夫人墓（次山之母）[3]，久被豪强占作茔（明陈荐父陈良能夫妇墓）[4]。

三

悬崖一阕《满江红》[5]，绝妙题词姓氏空，天遣溪山增“福寿”，骚人遂得削名凶（不知何人铲款识，篆福、寿二大字于后）[6]。

四

三年一见安南使，行过浯溪必有诗，太息甲申征战后（光绪十年，1884年中法战争）[7]，越裳无复赋来思[8]！

[释题] 此诗录自《浯上拾叶人诗文录》。

[注释] 1. 署：签名。住持僧：寺僧之主，意即居住寺中，总持事务，也称“长老”。2. 掌故：历史上人物事迹制度沿革等。这里指有关历史故事。3. 陈郡夫人：次山母，袁滋姑母。4. 茔（yíng）：坟墓，坟地。5. 阕：词或歌曲，一首叫一阕。6. 骚人：诗人。款识：落款。篆：用篆体写。7. 太息：感叹。8. 越裳：古南海国名。这里指安南（越南）。中法战争后，法国强迫清政府订立中法新约，承认法国在越南的殖民统治。思：句末语助词。

[译文]

一

到何处能找到旧址元家坊？幸有寺僧在石上刻字双行。
有这路标，的确给游人方便，有关史事，可谁能说个短长？

二

追念古人几次来到溪水滨，这溪园地平，地上绿草如茵。
令人感叹的是陈郡夫人墓，长期被豪强侵占作父母坟。

三

悬崖上刻有一首《满江红》，绝妙的题词姓氏却落空。

老天安排溪山要添“福寿”，诗人便遭到削名的灾凶。

四

每隔三年能见到安南来使，经过这浯溪一定要刻上诗。

感叹的是甲申战事以后，不再见越南使者来题诗的事。

［说明］ 第一首诗感叹虽有“元家坊”三字有助寻访旧址，但难以找到人说清有关史实了。

第二首诗抒发了对豪强侵占前贤母亲墓地为己所用的愤慨。

第三首诗以解嘲用语讽刺后人不得任意铲削前人题词墨迹。经桂多荪前辈考证，《满江红》作者是南宋吴潜，“福寿”二字是邑人文松如刻。

第四首诗抒写没再见安南（越南）来使在浯溪题词的感叹，也促发读者反思国势兴衰的爱国情怀。

上面四首诗就事抒感，读者可作史料看待。

浯溪感怀

清・李承阳

壬戌之秋游浯溪[1]，时方多难我心悲[2]。荆棘满地人烟稀，登高四望风凄凄，峿台庴亭颓荒溪，元颜二公祠倾危，息柯精庐唏式微[3]，荒烟蔓草曾几时？惟有摩崖中兴碑，凛凛大节犹淋漓[4]，千余年峙溪水湄，风飘雨泊不改移。摩挲几遍费猜疑，是岂鬼神能护持？吁嗟噫嘻我知之[5]，忠义之气百代垂。前人固为后人师，此心耿耿相肩随[6]。挽回世局将赖谁？独坐危崖动遐思[7]。

［作者简介］ 李承阳（1863—1938），湖南省祁阳县文明铺人，清末秀才。其父李蕊，清同治翰林。其子李祖荫，民法学家。有《竹石山房全集》。

［释题］ 此诗与下面的《浯溪漱玉》均录自《竹石山房全集》。

［注释］ 1. 壬戌：民国十一年（1922）。2. 时方多难：指直皖军阀战争和陈炯明叛乱等。3. 息柯精庐：即清杨翰在漫郎宅旧址建息柯别墅。式微：衰落的意思。4. 凛凛：严肃，威严。5. 吁嗟：叹词，有质疑意味。

噫嘻：叹词，带醒悟情调。6. 耿耿：形容忠诚。肩随：并行而略后，以表敬意。7. 遐思：远远地思虑或想象。

［译文］

壬戌年的秋天我游览浯溪，当时正国家多难我心伤悲。
社会上荆棘遍地，人烟甚稀，登高四望，只觉得秋风凄凄，
看峿台、痦亭倒塌在荒溪，元颜二公祠宇有倾倒之危，
息柯精庐，大大有异于往日，满眼荒烟蔓草，才经过几时？

只有那摩崖，唐的中兴颂碑，威严气节还显得畅快淋漓，
千多年一直峙立溪水之滨，任狂风卷，疾雨打，从不改移。
我抚摸了好几遍，很费猜疑，这难道是鬼神给了它护持？

够疑猜呀，哦哟哟，我已得知，两公的忠义气必定百代垂。
前人本来就是后人的老师，这忠诚的心会紧紧地相随。
要挽回这世局，将要依靠谁？独坐高崖，直叫人想得不能停止……

［说明］这首诗抒写了秋游浯溪时正心忧国难，见到荒芜衰败的景物中只有摩崖颂碑气节威严犹昔，联想到定是忠义之气永垂，急盼有谁继前贤挽回时局，展现了感时忧世的爱国情怀。

石镜

清・李承阳

莹然一石挂溪滨[1]，鬼怪妖魔怕现身；若照孤臣颜色苦，那堪心黑面蓝人[2]！

［释题］此诗与下面《浯溪漱玉》均录自《竹石山房全集》。

［注释］1. 莹然：像玉石一样光洁。2. 心黑面蓝人：指内心外表丑恶的坏人。

［译文］

光洁如玉的石镜挂在溪滨，鬼怪妖魔怕照出原身；
倘若能教忠贞的臣子神色愁苦，那禁不了照的当是心黑面蓝人！

［**说明**］这首诗歌唱了浯溪水滨石镜能照妖魔鬼怪的原形和心黑面丑等坏人的神奇作用。其实是展示了作者的心愿。

浯溪漱玉[1]

清・李承阳

一水莹然昼夜流[2]，任它予取复予求[3]，白云深处闻清响，若有人兮洗玉瓯[4]。

［**注释**］1. 浯溪漱玉：明、清之际，即称为浯溪十景之首。因溪水曲折而幽深，清冷而潺湲，溪色、溪光、溪声俱有佳趣，所以命名“浯溪漱玉”。2. 莹然：光洁透明的样子。3. 予取复予求：任意取求的意思。4. “白云”、“若有”两句是通过想象写的。

［**译文**］

这条溪水日夜直奔流，可让它任谁来取与求。

白云深处传来了清响，似有人啊在洗涤玉瓯。

［**说明**］这首诗通过想象比喻，着意描述浯溪长年奔流不息，水色光洁宜目，溪流清响动听的美丽特色。

石冢铭 并序

黄　裔

石以文传，文期日永；摩崖纪功，周秦尚矣[1]。浯溪以唐中兴颂名，后之游者辄争题焉[2]。然石有时泐，前者剥，后者削，文固因以石存，石转因文而厄矣[3]。甲辰春，与能道人游浯溪上[4]，见崖壁为镌字者凿落寻丈，残珉塞磴[5]，不胜怆然[6]。命童子以卮酒拾瘗溪滨[7]，聚沙成冢。能道人为文吊之，属余铭以示后[8]，铭曰：

石虖[9]、石虖，尔之生兮，钟楚南灵；尔之旌兮[10]，名创畸人[11]。羌漫郎兮不再[12]，何伧父兮争临[13]！剥尔肤兮失尔真，折尔角兮残尔形。

予不忍尔骸碎露兮，以卮酒瘗尔溪滨。尔固能言兮，曷不向来者告以斯文？

（宂）道人题石[14]

［**作者简介**］黄裔（1873—1951），字麓生，号（宂，yīn）父或（宂）道人。祁阳县城关镇人。人称黄五先生。早年为祁阳县博士弟子员，后转学于长沙岳麓书院，专攻经史，成为近代学者，大半生从事教学工作。能诗，尝入“南社”，工书法。著有《孝经注》《禹贡疏证》《浯溪尚友录》《寥天一阁诗文集》等。

［**释题**］此铭碑，楷书。其补书的《右堂铭》《东崖铭》，篆书；补书臧辛伯诗，行楷。

［**注释**］1. 尚：尊崇，推崇。2. 辄：就，总是。3. 厄：遭灾。4. 能道人：周聆琴，字鹏举，一号能臣，或能道人。周策纵的父亲。5. 珉：像玉的石头。6. 怆然：悲伤的样子。7. 卮：古代盛酒的器皿。瘗：掩埋。8. 属：同“嘱”。9. 虖：即“乎”。10. 旌：表扬。11. 畸：奇特之人。12. 羌：语首助词。13. 伧父：鄙贱之人。14. （宂）（yīn）：有人说是孤高的山，有人说是入山之深处。

［**译文**］石崖借文章而留传，文章期待永久存在；在崖壁上镌刻记下功绩，周秦以来都是提倡的。

浯溪借着唐朝的中兴颂碑而闻名，以后来游的总是争着在这里题石。可是，石上有时候镌刻，先前的已经剥落，后来的便铲去它，文章本来由于借着石崖而存在，石崖反而由于刻了文章遭到灾难了。

1904年春天里，我同能道人在浯溪游览，看见崖壁被刻文字的人凿掉丈多宽，被毁坏的美石塞住了石级，叫人不胜悲伤。于是叫陪侍的童子拿来酒哀奠，把石片拾起，掩埋到溪水边，聚拢泥沙堆成坟墓。能道人写了文章悼念它，嘱托我写篇铭文留给后来人。铭曰：

石啊，石啊！你的出生，聚集了楚南的精灵；你受到表扬，是名声创始于奇特之人。那元漫郎呀不能复生，为什么鄙贱的人争着来临？他们剥去了你的皮肤，失去了你的本真，折断了你的角，伤害了你的身形。我不忍看到你的骸骨粉碎暴露，拿上酒哀奠，把你埋葬在这溪水之滨。你本来就能够说话，何不把这篇铭文告诉给后来的人！

［**说明**］这篇《石冢铭并序》记述了浯溪摩崖石刻被后人铲去旧刻镌

上新刻的事实，表示对世人争名这一状况的伤感和对后来人应该省悟的期盼，充分展现了对前贤的尊敬和对整体石刻的珍爱之情。

游浯溪读《中兴颂》

黄 雯

漫郎丘壑主，水石行相贡。天生此溪台，留作清幽供。复恐岩不文，为起渔阳哄[1]。若谓安史宁，且乏元颜颂；纵有《浯溪铭》，仍缺《中兴颂》。玉环马嵬轻[2]，此石人间重。磨壁书何雄，殉难尤堪痛[3]。感此三叹息，抚碣泪如冻！

[**作者简介**] 黄雯（wén），字五素，黄裔之妹，祁阳县人。九岁能诗，未嫁而卒。著有《缘衡阁诗钞》。

[**释题**] 此诗录自《沅湘耆旧集》。

[**注释**] 1. 渔阳哄：指安禄山叛唐的变乱。2. 马嵬轻：指杨玉环在马嵬被玄宗赐死，其实是迫于卫兵的压力，这么死是不值得提的，所以说“轻”。3. 殉难：指颜真卿不受淮西节度使李希烈的胁迫，为保持气节而殉国。

[**译文**]

元漫郎是浯溪丘壑的主人，这里的水与石都相互借重。
老天有意设置这浯溪高台，算是欣赏清幽风景的提供。
又怕山岩地域文化未普及，可能有效渔阳之乱而起哄。
如果认为安史之乱已平安，或者缺欠对元颜那么歌颂，
即使刻了堂堂《浯溪铭》，仍然缺少大唐《中兴颂》。

杨玉环在马嵬赐死算什么，这摩崖颂碑直为人间看重。
摩崖刻壁的书迹，多么刚雄，颜真卿的殉国，很叫人悲痛。
我有感这件事，反复地叹息，抚摸碑碣，泪如暴雨眼发肿！

[**说明**] 这首诗歌颂了元结是浯溪之主，考虑在此摩崖刻颂很切实际需要；抒发了对摩崖书迹的赞叹和对颜公殉国的悲伤之情。

全诗措辞委婉曲折，抒情真挚有分量。

浯溪摩崖

周聆琴

层空烟霭接亭台，又见溪山生面开[1]。我是伤时人吊古，纪功何日勒摩崖[2]！

［**作者简介**］周聆琴，湖南省祁东县双桥人。十七岁中秀才，参加过辛亥革命，主持《自由日报》《新民日报》笔政。1929 年后因目击时艰，悲愤厌世而退居故里。著有《求是室文集》等书。

［**释题**］此诗录自桂多荪《浯溪志》。

［**注释**］1. 生面开：展现新面貌。2. “纪功”句：表达了盼望早日建成民主富强的国家摩崖纪功的深情。

［**译文**］

层层烟雾缭绕着亭台，又见溪山新面貌展开。

我这伤时人感怀往古，何日才能够纪功摩崖？

［**说明**］这首诗抒写见到浯溪溪山展现生面，不禁伤时吊古，盼望早日建成民主富强国家，也能够摩崖纪功的爱国情怀。

浯溪维舟登峿台口占

刘　淑

少小登临处[1]，重来一惘然。伤心怀往事，裣衽拜前贤[2]。苔蚀荒碑字，鸦栖古树烟。那堪翘首处[3]，烽火夕阳边[4]。

［**作者简介**］刘淑，女，湖南长沙市人。

［**释题**］此诗录自桂多荪《浯溪志》。

［**注释**］1. 少小登临：十岁时随舅父张古泉游了浯溪，此诗系成长后重游时作。2. 裣（liǎn）衽：旧时指妇女行礼。也作敛衽。3. 翘首：这里有抬起头望的意思。4. 烽火：战火。

［译文］

小时候登临的地方，重游时心头却惘然。

感怀往事伤心极了，好不感动，下拜前贤。

苔藓侵蚀着荒碑字，乌鸦栖古树已笼烟。

哪能让我抬头望去，战火，正腾飞夕阳边！

［说明］这首诗抒写重登峿台不由得伤怀往事，更加景仰前贤，并为所见荒凉情境和翘首西望烽火连天的局势，好不失意，字里行间饱含怅惘和忧虑之情。

苏幕遮·过浯溪有感

陈逸云

秋风深[1]，枫叶舞。南北繁华，战后成焦土。满目凄凉谁共语？遥望岭南，烽火断归路！　远山明，帆影聚。无恙江山[2]，知否离人绪[3]？浪卷惊涛声似诉。怒吼浯溪，莫叫胡儿渡[4]！

［作者简介］陈逸云，女，湖南妇女抗日活动领导人。1945 年长沙失守后，她南下过祁阳而作。

［释题］此诗录自桂多荪《浯溪志》。

［注释］1. 深：形容风紧。2. 无恙：安好，完好。3. 绪：思绪，情绪。4. 叫：教，让。胡儿：借指日本侵略军。

［译文］

秋风越刮越紧，枫叶任意飞舞，可惜南北繁华地，战后都成了焦土。满目凄凉情景跟谁来共语？遥望岭南地方，战火烧断了归路！

远山好不明媚，帆影仍然密聚，想到那完好江山，知否远离人思绪？波浪卷起惊涛，声声似申诉，浯溪正怒吼着，不能让侵略军抢渡！

［说明］这首词上阕述说深秋过祁阳时，日本侵略军已造成中国南北繁华地方尽为焦土的凄凉竟无以共语，并因烽火烧断岭南归路而无比愤怒。下阕告语江山大好的地方应该知道远离人正是惊涛怒吼般心绪：奋力保卫家乡，绝不能让穷凶极恶的敌人渡过浯溪！

全词写得情真恨极，心痛语挚，颇具激励力量。

下　编

唐

修浯溪亭记[1]

唐·韦　词

元公刺道州，有妪伏治乱之恩[2]，封部歌吟[3]，旁浃于永[4]。故去此五十年而里俗犹知敬慕；凡琴堂水斋[5]，珍植嘉卉，虽欹倾荒翳[6]，终樵采不及焉[7]。仁声之感物也如此[8]。

今年春，公季子友让以逊敏知治术[9]，为观察使袁公所厚[10]，用前宝鼎尉假道州长史[11]，路出亭下，维舟感泣。以简书程责之不遑也[12]，乃罄撤资俸[13]，托所部祁阳长豆卢归修复之[14]。

后假归，喜获私尚[15]。会余亦以恩例[16]，自道州司马移佐江州，帆风概流[17]，相遇于浯溪。寒暄毕，宝鼎竦然曰[18]："兹亭创治之始，既铭于崖侧矣。至于水石之势，咏赋所及，则家集存焉。然自空阒[19]，时余四纪[20]，士林经过[21]，篇翰相属[22]。今圬塓移旧[23]，手笔亡矣[24]；将编于左方，用存此亭故事。既适相会，盍为志焉？"余嘉其损约贫寓而能以章复旧志为急，思有以白之[25]，故不得用质俚辞命[26]。

元和十三年十二月六日江州员外司马韦词记，罗洧书

[作者简介] 韦词，字践之。任过朗州刺史、中书舍人等职。做湖南观察使时，吏民称治。擅长文学。

[释题] 作者曾"谪佐于道"，过浯溪"负罪忙迫，不及题记"。次年，移江州，复出其地，逢友让，为作此文。

[注释] 1. 浯溪亭：亭址，即元结旧居。2. 妪（yù）伏：鸟类以体伏卵，使之孵化。这里有抚育的意思。3. 封部：所管辖的疆域。4. 旁浃（jiā）：旁及，影响扩展到。浃：通。5. 琴堂：县堂。春秋末，孔子学生宓（mì）子贱，为单（shàn）父宰，鸣琴而治，所以县堂称琴堂。水斋：水边书舍。6. 攲（qī）：斜。翳（yì）：通"殪"。树木枯死，倒伏在地。7. 樵采：打柴。8. 仁声：仁爱的名声，9. 治术：管理好政事的方法。10. 观察使袁公：即袁滋，任过湖南观察使。厚：看重。11. 假：暂代。12. 简书：古时无纸，有事写在简上，叫简书。这里泛指文书或书信。不遑：来不及。13. 罄（qìng）撤资俸：全部调拨自己的财物和薪俸。14. 部：隶属，统属。15. 私尚：私交。16. 恩例：帝王降恩的照顾。17. 楫（jí）：同"楫"，船桨。18. 竦（sǒng）然：恭敬貌。19. 空阒（qù）：空阔寂静。20. 纪：古代记年单位。十二年为一纪。21. 士林：有文字身份的人，读书人。22. 篇翰：篇章，一般指诗文。相属：接连。23. 圬墁（wū mì）：涂刷墙壁。24. 手笔：诗文手迹。25. 白：讲明白。26. 质俚（lǐ）：质朴粗俗。辞命：推脱使命。

[译文] 元公担任道州刺史，有抚育百姓平定乱子的恩德，所辖的疆域都歌唱吟咏，影响扩展到永州。因此他离开这里五十年后而乡里的风气还知道敬慕；凡是他工作的厅堂、水边的书房、珍贵的树木、有名的花卉，即使倾斜荒芜、枯死在地上，自始至终不会有人去打柴拾取。仁爱的名声感化人竟到了这样的地步。

今年春天，元公最小的儿子友让由于谦逊聪敏，懂得管理好政事的方法，为观察使袁公所看重，凭着原先宝鼎尉的资历暂时代理道州长史，路过浯溪亭下，对停船后所见不胜感慨悲伤。想到用文书按规程要求解决问题已经来不及，于是全部调拨自己的财物和薪俸，委托所隶属的祁阳县官豆卢归将亭子修复好。

后来因假期回来，高兴的是同他建立了私交。适逢我也由于皇上降恩照顾，由道州司马调去江州做州官的助手，借着风帆、船桨、江流的方便，在浯溪相遇。问寒问暖完毕，宝鼎尉恭敬地说："这座亭子创建开始，已经在石崖侧面刻下铭文。至于流水、石崖的景状，吟咏诗赋所提到的，我的家集已经保存了它。但是自从亭子空旷寂静以来，时间'四纪'有余，读书人经过这里，接连题写诗文于此。现在涂刷墙壁改变了旧貌，诗文手迹都消失了；将把它编记到左边，借它来保存这座亭子的旧迹。既然恰好相会，何不给写篇记呢?”我赞许他减省节俭贫穷过日子并且能够把完全恢复旧迹当作急事，想到应该把这件事讲明白，所以不敢借口文笔质朴粗俗来推脱他的嘱托。

［**说明**］这篇文章简介元结任道州刺史的深远影响，着重记述元友让路过浯溪拿出资俸委托祁阳县官重修浯溪亭的事实，说明了他急于恢复旧迹和托自己为之作记的意义。

文中指出修复溪亭，“章复旧志”、“仁声感物”，是说得中肯的。

宋

跋《唐中兴颂》

宋·欧阳修

右《大唐中兴颂》，元结撰，颜真卿书。书字尤奇伟，而文辞古雅。世多模以黄绢为图幛[1]。

碑在永州浯溪，磨崖石而刻之。摹打既多，石亦残缺。今世人所传字画完好，多是传摹补足，非其真者。

此本得自故西京留台御史李建中家[2]，盖四十年前崖石真本也[3]，尤为难得耳。

［**作者简介**］欧阳修（1007—1072），字永叔，号醉翁，晚号六一居士，吉州永丰（属江西）人。吉州原属庐陵郡，自称庐陵人。宋仁宗天圣进士，官至翰林学士，枢密副使，参知政事。他是北宋文学革新运动领导人物，以散文成就最高。此文选自他的《集古录》。此书是他掇拾周、汉以来金石遗文、断编残简而辑成的。

［**释题**］此跋录自作者《集古录》。

［**注释**］1. 模：摹写。图幛：帷幛。2. 西京：宋以洛阳为西京。留台：留都。李建中：官至工部郎中。工行书，其字形瘦健。3. 真本：指原碑上拓本。

［**译文**］右边的《大唐中兴颂》是元结所作，颜真卿写的。书迹很奇特雄伟，并且文辞古老高雅。世人大都用黄绢摹写作帷幛。

碑在永州浯溪，是凿磨崖石镌刻的。由于拓印太多，碑石也残缺了。于今世人所流传的字画完好，多半是转授摹写添补而成的，不是它的原拓本。

这个本子是从原来西京的留台御史李建中家里弄来的，大概是四十年前在崖石上拓印的原本，尤其难以得到。

［**说明**］这则跋认为《大唐中兴颂》“书字尤奇伟，文辞古雅”；指出世上所传字画完好的不是原拓印本，这个本子才是“难得”的原本。字里行间充满珍视喜爱之情。

“不减韩之徒”——元结

宋·欧阳修

唐自太宗致治之盛[1]，几乎三代之隆[2]，而惟文章独不能革五国之弊[3]。既久而后韩、柳之徒出[4]。盖习俗难变而文章变体又难也。

次山当开元、天宝时独作古文[5]，其笔力雄健，意气超拔，不减韩之徒也。可谓特立之士哉！

［**释题**］此短文摘自作者《集古录》。

［**注释**］1. 致治：达到政治清平。2. 三代：夏、商、周。隆：兴盛。3. 五国之弊：指齐、梁、陈、北周、隋的浮艳文风。4. 韩、柳：（唐）韩愈、柳宗元。5. 开元、天宝：唐玄宗年号。

［**译文**］唐朝从太宗达到政治清平的盛况，近于夏、商、周三代的兴隆，然而只有文章却不能革除齐、梁、陈、北周、隋五国浮艳文风的弊病。很久以后韩愈、柳宗元这些人才出来。由于习俗难以改变，而且文章要变体更难。

元次山在开元、天宝的时候，独写古文，他的笔力雄健，意气超出一般，是不差于韩愈的人啊。可以说是特别有建树的人才呢！

［**说明**］这篇摘文称赞元结，在开元、天宝时，冲破长期文风浮艳难以改变的积习，独写笔力雄健、意气超拔的古文，真是不逊于韩愈特别有建树之士。

浯溪三绝堂记

宋·孙　适

永州祁阳县南，浯溪之北，有奇石焉。元次山颂唐中兴，颜鲁公书，世名“三绝”。次山去道州，即家溪上，作亭二峰。垂三百年[1]，碑缺亭圮[2]，吏于县者莫能兴。

皇祐五年[3]，平乐齐君术始来为令[4]，期月称治[5]。行视其亭，悯然惜之[6]。乃作堂以覆其文，又复东西峰亭、堂。二公之迹、江山之观、洗然复新[7]，觞宾寀以落之[8]，而属予为记。

夫鲁公之方，元公之介，文翰之劲发于心志，至者莫不慕焉。传而习之，周于天下，岂贵其人而珍其粕哉？然不心其中而徒迹其外，吾未见其得也。齐君所以振饰夸耀[9]，风劝来者[10]，其志不亦美哉！

东崖之巅，次山尝铭右堂；颂之左，皇甫湜诗，文漫灭不明[11]，濬而新之[12]。旁有徐彦君题石，水发其光，洞鉴百里[13]。因并列之，以示观者。

皇祐六年（1054）三月　日记

［**作者简介**］孙适，安徽黟（yī）县人。宋仁宗皇祐六年任永州推官。

［**释题**］此文录自旧溪志。文碑为活碑，今佚。

［**注释**］1. 垂：将近。2. 圮（pǐ）：毁坏，坍塌。3. 皇祐五年：公元1053年。皇祐：宋仁宗年号。4. 齐术：广西平乐郡人。5. 期（jī）月：一整月。6. 悯（mǐn）然：怜惜的样子。7. 洗然：漂亮地。8. 觞（shāng）宾寀（cǎi）：宴请宾朋同僚。落：举行竣工仪式。9. 振饰：宣扬，激扬。10. 风劝：规劝，启示。11. 皇甫湜诗：即《题摩崖》一诗。漫灭：模糊。12. 濬（jùn）：加深刻镌。13. 洞鉴：清楚地看到。

［**译文**］永州府祁阳县南面，浯溪的北面，有座奇特的石山在这里。连同元次山歌颂唐朝中兴的文章，颜鲁公写的字，世人称它为“三绝”。次山离开道州，就家居在浯溪，在两峰上修建亭子。将近三百年了，已经碑刻残缺，亭子倒塌，可是在本县做官的不能重修。

皇祐五年，广西平乐的齐术君刚来做县令，一整月后可说政治清平。

他来这里看到倒塌的亭子，深深地惋惜。于是兴建堂屋遮盖碑文，并且修复东西峰上的亭、堂。颜、元两公的遗迹、江山的景物，漂漂亮亮地换了新貌，就宴请宾客、同僚举行竣工仪式，并且嘱托我写篇记。讲到颜公正直、元公耿介，文笔的劲道从心底志趣发出，来到这里的人没有不敬慕的。流传开来并且学习它，普及到整个天下，哪里会尊重其为人却珍视他的糟粕呢？然而没有理解它的实质却只是追求它的外表，我不会看到他们有什么收获的。齐君借它来宣扬夸耀启示后来的人，他的意图不也是很好吗！

东边石崖顶上，元次山曾经为右堂写了铭文；中兴颂的左边，皇甫湜的诗已经模糊不清，加以深镌有了新貌。旁边有徐彦君题名的石头，用水泼上放出光亮，能够清楚地看到百里的地方，因此将它并列一起，让游人观赏。

［**说明**］这篇文章写明了兴建三绝堂和重修亭、堂以及深镌诗文、整治景物的缘由，论述了县令齐术启示后人从精神实质上学习元、颜为人和文笔劲道的意图是很好的。文笔亦精练。

苏轼论颜书

一

颜鲁公书，雄秀独出，一变古法。如杜子美诗，格力大纵[1]，奄有汉、魏、晋、宋以来风流[2]。后之作者，难复措手[3]。

书于鲁公，文于昌黎，诗于工部，至矣。《孙莘老求墨妙亭诗》云[4]：“兰亭茧纸入昭陵[5]，世间遗迹犹龙腾[6]；颜公变法出新意[7]，细筋入骨如秋鹰[8]。”

二

观其书，有以得其为人，则君子小人必见于书，是殆不然[9]。以貌取人，且犹不可，而况书乎。

吾观颜公书，未尝不想见其风采，非独取其为人而已。凛乎若见诮卢杞而叱希烈[10]，何也？其理与韩非窃斧之说无异[11]。然人之字画工拙之外，盖皆有趣[12]，亦有以见其为人邪正之粗云[13]。

[作者简介] 苏轼（1036—1101），字子瞻，自号东坡居士，人称长公，苏洵子，宋眉州眉山人。官至端明殿翰林学士，礼部尚书。诗文、书、画皆称大家，黄庭坚推崇他“本朝善书，自当推为第一”。存世书迹有《寒食诗帖》《赤壁赋》等。著有《东坡全集》《东坡题跋》等。

[释题] 第一则摘自东坡《论书》，第二则摘自《题鲁公帖》。

[注释] 1. 天纵：上天所赋予。2. 奄有：包括有。风流：遗风。3. 措手：应付，处理。4. 孙莘老（1026—1090）：宋孙觉，字莘老，高邮人。官至龙图阁学士。著有《春秋经解》。他是苏轼好友。5. 兰亭：指王羲之《兰亭集序》的写本。茧纸：晋代用的一种纸，用蚕茧做成。昭陵：唐太宗的墓。唐太宗最爱王羲之的字，他死了，《兰亭》真迹也成了殉葬物。6. “世间”句：指《兰亭》拓本的字犹如龙腾那么生动。7. “颜公”句：指鲁公变更书法，别出新意。8. 细筋入骨：古人论书法，以“多骨微肉”能表现笔力者为上，谓之“筋书”。9. 殆不然：大概不是这样。10. 凛乎：威严的样子。卢杞：字子良，滑州人。貌丑，好口辩。德宗时专权自恣，陷害杨炎、颜真卿等，为政怨声满天下。李希烈：唐德宗淮西节度使。攻陷汝州后，颜真卿奉德宗旨意前往劝谕，当面怒叱李希烈及其部下为逆贼。11. 窃斧：指《列子·说符》中怀疑别人窃斧的故事。12. 趣：指书艺的趣味。13. 粗：即粗略，大概。

[译文]

一

颜鲁公的书迹，雄健清秀最为突出，全变了古法。正如杜子美的诗，格调气势是上天赋予的，包括汉、魏、晋、宋以来的优良传统。以后的作者，难再应付。

书法，到颜鲁公；文章，到韩昌黎；诗歌，到杜工部手里，都达到了最高的水平。《孙莘老求墨妙亭诗》说：“《兰亭序集》真本埋入了昭陵，世间的拓本仍像蛟龙飞腾；颜鲁公改变古法创出新意，似有细筋藏在骨子里，正如秋鹰。”

二

看了他的书迹，就有依据了解他的为人，那么君子和小人就一定在书迹上表现出来，这恐怕不会如此。凭外貌来认定人尚且不可以，更何况凭书迹来认定人呢。

我看了颜公的书迹，未曾不想到他的风貌特点，不只是认定他的为人就算了。好像看到他威严地讥诮卢杞和叱责李希烈似的，是什么道理呢？这道理就跟韩非评议《列子・说符》中怀疑窃斧的说法没什么不同。然而人们所作的字画除了工与拙之外，还因为都有艺术的不同趣味，也就有所依据了解他为人邪与正的大致轮廓了吧。

［说明］ 第一则称赞颜鲁公书继承汉魏晋宋以来的优良传统，改变古法，创出新意，有“雄秀独出”、“细筋入骨”的特点。

第二则论述观颜书能想见其风采，从他的书艺之趣能了解他为人大略的道理。

论“书如其人”

宋・朱长文

盖随其所感之事，所会之兴，善于书者，可以观而知之。故观《中兴颂》，则闳伟发扬，状其功德之盛[1]；观《家庙碑》，则庄重笃实，见夫承家之谨[2]；观《仙坛记》，则秀颖超举，像其志气之妙[3]；观《元次山铭》则淳涵深厚，见其业履之纯[4]。余皆可以类考[5]。

［作者简介］ 朱长文（1039—1098），字伯原，号乐圃，宋吴县（今江苏苏州）人。官至太学博士，迁秘书省正字。工书，仿颜真卿，著有《墨池》《阅古》传世；另著有《琴史》。

［释题］ 摘自宋朱长文《续书断》。

［注释］ 1. 闳伟发扬：指高大奋发的气势。状：形容。2.《家庙碑》：《颜氏家庙碑》。颜真卿为其父颜惟贞书立，意在发扬祖德，介绍家声。笃实：忠厚老实，指心境。谨：恭谨，慎重。3.《仙坛记》：《麻姑仙坛记》，记述了麻姑得道成仙之事。秀颖超举：指优秀特出的心情。4.《元次山铭》：《元结墓碑》铭。淳涵深厚：指深厚的朴实修养。业履：学业行为。5. 类考：依类了解。

［译文］ 因为随着所感受的事物，所领会的兴趣，善于体现在书迹上的，可以一见就了解它。所以看了《中兴颂》就觉得以宏大奋发的气势，

形容了唐朝中兴的功德盛大；看了《颜氏家庙碑》就发觉以庄重忠实的心境，表现了继承家风的恭敬；看了《麻姑仙坛记》就看到以秀异特出的心情，体现了意志的奥妙；看了《元次山铭》就见到有深厚的朴实修养，显示出了道业行为的纯正，其他都可以依类去考察了解。

［说明］这则书论联系了书家创作时的感受和兴趣，结合具体书作论述了人品和书品的紧密联系是可以理会和言传的。

题浯溪崖壁

宋·黄庭坚

余与陶介石绕浯溪寻元次山遗迹[1]，如《中兴颂》《峿台铭》《右堂铭》，皆众所共知也。与介石徘徊其下，想见其人实深千载尚友之心[2]。

最后，于㾊亭东崖披剪榛秽[3]，得次山铭刻数百字[4]，皆江华令瞿令问玉筯篆，笔画深稳，优于《峿台铭》也。故书遗长老新公，俾刻之崖壁[5]，以遗后人。

［释题］录自王士祯《浯溪考·黄庭坚题浯溪崖壁》。此碑为楷书。

［注释］1. 绕（rào）：围绕。2. 尚友：与古人为友。尚：同“上”。有崇尚义。3. 榛（zhēn）秽：杂乱污秽的东西。4. 次山铭刻：指《浯溪铭》《㾊亭铭》。5. 长老新公：长老伯新。俾（bǐ）：使。

［译文］我同陶介石围绕浯溪寻找元次山的遗迹，例如《中兴颂》《峿台铭》《右堂铭》，都是大家所共知的。我同介石在它的下面往返回旋，想象他的为人实在是跟千百年前的古人为友之情深厚。

最后，在㾊亭东崖清除杂乱污秽的东西，找到了次山铭刻的几百字，都是江华县官瞿令问写的玉筋篆，笔画深沉稳露，比《峿台铭》为优。所以我写了这段话给长老伯新，叫他刻到崖壁上，留给后来人。

［说明］这则题壁文字表达了搜寻元次山遗迹乐以古人为友之情，并把对寻得的东崖铭刻看法遗示后人。如此珍视文化遗产，令人钦敬。

答浯溪长老新公书

宋·黄庭坚

专人辱书[1]，勤恳[2]。并惠送季康篆元中丞《浯溪铭》，笔意甚佳；以字法观之，《峿台铭》亦季康篆也（今认为瞿令问篆）。

然犹有袁滋篆《㾊亭铭》三十六行，何不见惠[3]？滋，唐相也。他处未尝见篆文，此独有之，可贵也。

凡㾊亭之东崖石上刻次山文，合袁滋、季康篆共七十一行，为崖溜檐水所败[4]，当日不如一日矣。若费三十竿大竹造厦[5]，更以吞槽走檐水[6]，其下开撅沙土见崖[7]，令走水快；亦使元公房祠干洁，院门免时有聒噪也[8]。

［释题］录自王士祯《浯溪考·黄庭坚答浯溪长老新公书》。

［注释］1. 辱：承蒙。谦词。2. 勤恳：意气勤勤恳恳。3. 惠：赐，赠。敬词。4. 败：毁坏。崖（yá）：山边，山角。5. 厦：廊。6. 吞槽：容纳水的槽。7. 撅（jué）：掘。8. 聒（guō）噪：嘈杂刺耳的声音。

［译文］承蒙派专人送来书信，足见意气勤勤恳恳。并且赠送季康用篆体写的元中丞《浯溪铭》，笔意很美；从字的笔法看来，《峿台铭》也是季康的篆字。

然而还有袁滋用篆体写的《㾊亭铭》共三十六行，为何不赠送给我？袁滋，是唐朝的宰相。在别的地方不曾看到他的篆字，这里唯独看到，是可贵的（在云南省盐津县还有袁滋题记摩崖石刻一处）。

总计㾊亭东面山边石上镌刻元次山的文字，连袁滋、季康的篆字共七十一行，被山边流下的檐水毁坏，可能一天不如一天的了。倘若用三十根大竹子建成廊子，并且用容水的槽使竹廊檐水流去，又在它的下面掘去沙土现出山脚，让水快流；也会使元公的住宅、祠堂保持干燥清洁，院门免去时有的刺耳嘈杂声。

［说明］这封回信写了对《三吾铭》字体的看法，并建议修成竹廊保护它，以免山水冲坏，体现了作者对前贤遗迹的高度珍视和十分喜爱。

《大唐中兴颂》跋

宋·董逌

中兴颂，刻永州浯溪上，斫崖石书之，刺史元结撰。

结以能文，卓然振起衰陋[1]。自以老于文学，故颂国之中兴。颂成乞书颜太师。太师以书名于时，而此尤瑰玮[2]，故世贵之。今数百年，藓封莓固[3]。远望云烟外，至者仰而玩之，其亦天下之伟观者耶？

尝谓唐之文敝极矣，结以古学为天下倡首，芟擢蓬艾[4]，奋然拔出数百年外[5]。其言危苦险绝，略无时态，气质奇古，踔历自将[6]。尝曰：山，苍然一形；水，泠然一色[7]。大抵以简洁为主。韩退之评其文谓以所能鸣者[8]。予谓唐之文自结始，至愈而后大成也。

[作者简介] 董逌（yǒu），北宋末人。以赏鉴考据著名。著有《广川书跋》和《广川画跋》。因靖康末效力于张邦昌，为时人所鄙。

[释题] 此跋录自《广川书跋》。

[注释] 1. 卓然：突出地，杰出地。2. 瑰玮（wěi）：奇特。3. 莓（méi）：苔类。4. 芟（shān）擢：割除拔掉。蓬艾：比喻衰陋文风。5. 奋然拔出：奋起勇气超出。6. 踔（chuō）历自将：高迈地自成一格。7. 泠（líng）然：清澈貌。8. 鸣：发出声音。这里有表现抒发思想感情、志趣的意思。

[译文] 中兴颂，刻在湖南永州浯溪上，砍削山边石崖镌刻的，道州刺史元结所写。

元结由于会写文章，突出地改革衰陋文风。自认为擅长文学，所以歌颂国家的中兴。颂文写成后请求颜太师书写。颜太师以书法闻名于当时，这篇颂文尤其书写得奇特，所以世人看重它。于今已经几百年，苔藓把它遮盖了。在远处望到这里云烟缭绕，来到后就仰视玩味它，大概也算天下的雄伟景象吧？

曾经人们说唐的文风坏极了，元结便把古代为文的主张首先向天下人提倡，对坏文风有如除去拔掉蓬艾等野草，奋然超越到几百年以前。他使用的语言质朴、逆耳、惊人超俗，丝毫没有时文的情态，气质很古，高迈自成一格。曾经说，山，青葱得一种形态；水，清澈得一种颜色。大抵以简洁为主。韩退之评论他的文章，认为能凭己之所长来表达思想感情。我认为唐朝的文章从元结开始革新，到韩愈然后大有成就。

[说明] 这篇书跋指出《中兴颂》是“天下之伟观”，论述元结力主复古以改革衰陋文风，为文超俗、简朴，在唐朝古文运动中起了先驱作用。

论颜真卿书

《宣和书谱》[1]

论者谓其书点如坠石，画如夏云，钩如屈金[2]，戈如发弩，此其大概也。至其千变万化，各具一体。若《中兴颂》之闳伟，《家庙碑》之庄重[3]，《仙坛记》之秀颖[4]，《元鲁山铭》之深厚[5]，又种种有不同者。盖自有早年书《千佛寺碑》，已与欧、虞、徐、沈暮年之笔相上下[6]。及《中兴颂》以后，笔力迥与前异，亦其所得者愈老也。

[释题] 此文录自《宣和书谱》。

[注释] 1.《宣和书谱》：无著撰人姓名。记宋徽宗宣和时内府所藏诸帖，介绍了历代书家及其品第风格，追溯了源流。2. 屈金：弯曲的金铁。3.《家庙碑》：即《颜家庙碑》，公元 780 年立于陕西西安。4.《仙坛记》：即《麻姑仙坛记》，公元 771 年立于临川。5.《元鲁山铭》：即《元结碑》，公元 772 年立于河南鲁山。6. 欧、虞、徐、沈：即欧阳询、虞世南、徐浩、沈传师。

[译文] 评论的人说他的书迹，点像坠下的石头，画像夏天的云层，钩像弯曲的铁刀，斜钩像射出的弩箭，这些是它的大致情况。至于它的书法千变万化，各具一种特色。例如《中兴颂》的闳伟，《家庙碑》的庄重，《仙坛记》的秀颖，《元鲁山铭》的深厚，还有种种不同的特色。因为在他早年写的书迹《千佛寺碑》已经跟欧阳询、虞世南、徐浩、沈传师晚年的笔力不相上下。到写了《中兴颂》以后，笔力跟以前写的大大不同，这也就是他所练就的功夫更加老练了。

[说明] 这篇书评论述了颜书的特点及其千变万化的种种不同，指出

写了《中兴颂》后的笔力迥与前异，所练就的功夫更趋老练。

《崇宁三年太学上舍题名序》跋

宋·汪　藻

序

粤若稽古神考以聪明渊懿之资[1]，慨然恢复成周之治[2]，以乐育人才为先务，故于熙宁纪元肇新三舍之法[3]，垂三十年于兹矣[4]。于铄皇帝[5]，圣学日跻[6]，独冠百王之上，拳拳业业[7]，惟继述是念。即国之郊[8]，崇建辟雍[9]，又颁教法于天下，郡县所在，学馆一新；纷袍肄业[10]，云集响应。

崇宁三年十一月四日，躬幸太学[11]，取论定之士十有六人，官之堂下[12]。诸生恩赐有光焉。礼行俄顷之间[13]，风动四海之外。儒生之荣，古未有也。臣等亲逢圣旦[14]，得预兹选[15]，其为幸会，何可胜言！辄镂版刻日，记其姓名，以德上之赐，且为子孙世世之光华[16]，岂不休哉[17]！

郑南、程振、朱□、刘嗣明、吴揆、赵滋、崔瑶、张绰、方开、李会、戴颀、叶祖义、江致平、林徽之、乔孝纯、胡尚文。

跋

神宗皇帝以经术造士[18]，始于熙宁之初。当时欲遂颁三舍天下[19]，未暇也。徽宗益新月书黍考之法[20]。崇宁三年，首命太学上舍生赐第者十六人。盖经术之兴，至是三朝矣[21]；而得人，此其选也。由是，政和翰林学士刘公[22]，实在选中。后五十年，公之子襄通守永州，愿刻之石以纪其盛，于是乎书。

绍兴二十年（庚午1150）三月左大中大夫，提举江州太平兴国宫，永州居住、臣汪藻书[23]

[作者简介] 汪藻（1079—1154），字彦章，宋德兴（属江西）人。崇宁三年进士，任过翰林学士、显谟阁学士，历知湖、徽、宣等州。工骈文，诗初学江西派后学苏轼。著有《浮溪集》。

[释题] 序、跋均录自摩崖石刻。此碑序，楷书；跋，篆书。

［注释］ 1. 粤：助词。若：助词。稽古：犹“同天”。神考：指宋神宗。渊懿：渊博，有美德。2. 慨然：激愤地。成周：即西周的东都洛阳，周公曾经营成周。3. 熙宁纪元：即宋神宗赵顼用“熙宁”年号开始纪年。肇（zhào）：开始。三舍之法：熙宁新政之一。王安石主张以“学校养士”代“科举取士”。熙宁四年定三舍法，分太学（国学）为上舍、内舍、外舍。初入学为外舍，人数不限；外舍升内舍，二百人；内舍升上舍，一百人。此法一直维持到宋王朝灭亡。4. 垂：将近。5. 于铄：即於铄（wū shuò），“美啊”之意。6. 圣学日跻：圣明的教化日升。7. 拳拳业业：忠恳谨慎。8. 即国之郊：靠近国都的郊野。9. 崇建辟雍：高建皇家大学。10. 纷袍肄业：穿着多种袍服的人修习学业。11. 崇宁：即公元1104年。躬幸太学：亲临国学。幸：指皇帝亲临。12. 官：授予官职。13. 俄顷：顷刻。14. 圣旦：皇上生日。15. 预兹选：参与这次选拔。16. 德上之赐：感激皇上的恩赐。17. 休：美，嘉。18. 经术造士：以经学来培养人才。19. 颁（bān）：分给，发给。20. 月书黍考：当指每月记载考试列等的情况。（存疑）21. 三朝：包括神宗、哲宗、徽宗。22. 政和：宋徽宗年号。23. 绍兴：南宋高宗赵构年号。永州居住：因夺职居永州。

［译文］

序

如同上天的神宗皇帝，凭着聪明、渊博、有美德的资质，激愤地恢复成周那样的治绩，把乐育人才作为先办的事，所以在熙宁元年开始推行新三舍法，到现在将近三十年了。美呢，辉煌啊，皇帝，圣明的教化日升，超出百王之上，忠恳谨慎，想到的只是继承先业遵循遗训。靠近国都郊野，大建皇家大学，又对天下颁布教法。郡县政府所在之地，学校馆舍全新，穿着多种袍服的学员修习学业，云集响应。

崇宁三年十一月四日，皇帝亲临太学，选取被评定的学员十六人，在堂下授予官职。学员们得到这种恩赐，很有光彩。举行仪式只在短暂时间，影响却远播四海以外。学员们的这种光荣，古代是没有的。为臣等人，亲身遇到皇上生日，得以参加这次选拔，这样的幸会，怎么能够说得完！于是雕版刻日，记上他们的姓名，来感激皇上的恩赐并且作为子孙世世的光荣，难道不美吗！

郑南、程振、朱□、刘嗣明、吴揆、赵滋、崔瑶、张绰、方开、李会、戴颀、叶祖义、江致平、林徽之、乔孝纯、胡尚文。

跋

神宗皇帝用经学培养人才，从熙宁初年开始。当时想随即颁行三舍法到天下，没时间顾上。徽宗新增了每月记载考试列等的法规。崇宁三年，首次安排太学上舍生赐第的十六人。因为经学的兴起，到这时已经三代了；并且得到了人才，这就是其中当选的。据此，政和年间翰林学士刘公，实在选拔当中。隔了五十年后，刘公的儿子襄通任永州太守希望镌刻这件事到石上记述这一盛况，因此，写了这件事。

绍兴二十年（庚午 1150）三月左大中大夫，提举江州太平兴国官，永州居住，臣汪藻书

[说明] 这里的《太学上舍题序跋》称赞了宋熙宁以来，以经术培育人才，实行三舍之法的盛况和徽宗首次在上舍生中选拔十六人为官，是儒生的最大光荣；并且点明了刻碑用意。

此碑书法“工整秀劲”。

颜、元祠堂记

宋·许　永

大抵江山之胜必托诸伟人，然后名显而人乐之。盖江山虽人所乐，而所乐非江山也。祁阳浯溪，湖外江山之胜者也，有颜、元之遗迹在焉。士大夫过之，未有不游，游而未尝不得所乐者以此。

绍兴二十一年，予守永州，夏四月过祁阳，乃始尽得所谓浯溪之胜者。远眺晴碧，迩聆清濑[1]，游鲦往来[2]，文禽上下[3]，殆非人间世也。道旁之碑，屹然中立[4]，雄文妙画，焜耀心日[5]，徘徊而不能去者久之。

已而复谒二公祠，上雨旁风，庙貌倾委[6]，惧将压焉。乃属县宰刘獬易而新之。未几，獬罢去，复以宰李和刚董其事[7]。事既告休[8]，以书抵余曰[9]：“愿有述也。”

谨按：唐天宝安史之乱，河北诸州皆陷，鲁公以平原乌合之众，独撄其锋[10]；事虽不成，其志有足嘉者[11]。晚节不幸为奸臣所挤[12]，宁殒贼手，

不肯为不义屈。天下之人闻其风者[13]，皆曰“吾鲁公也”，而不敢名。元次山与公同时，以讨贼功累迁水部员外郎。代宗朝，为道州刺史，疏徭赈乏[14]，道人怀之，至为立祠颂德。后世称次山者，亦曰“元道州”，而不忍名。

呜呼！是二公者，皆千载人也。使当时所植之草木尚在，犹宜钦慕之；况文章字画之工乎[15]！自晋、宋以来，以书名世者多矣，而鲁公书尤为世所爱重。盖忠义之气感人之深者也。次山之文无虑数万言[16]，而《中兴颂》独传天下，亦鲁公字画有助焉耳。由是言之，字画必资忠义而后显，而文章必托字墨而后传，其势然也。

昔曾南丰为鲁公祠堂记[17]，取其名节，而怪其溺于神仙之说[18]，谓不能概于圣人[19]。以予考之，自古忠臣义士死必为神仙，若比干、屈原、伍子胥之徒[20]，皆为列仙[21]，见于传记。次山虽于传记无闻，而旧说以鲁公为仙。以是，知怀义秉忠之十虽死而实未尝死[22]，无可疑者。故并书其说，以告游观者，使知此然后可以尽浯溪之胜；不然，未足以乐乎此也。

绍兴二十二年十月

[作者简介] 许永，字觉民，乐平人。宋绍兴十二年（1143）任永州太守。“后摄蜀帅甚得人心”。有文集。

[释题] 此文录自旧溪志。文碑是活碑，已失。

[注释] 1. 迩聆（líng）清濑（lài）：近可以听到清澈的急流声。2. 鲦（tiáo）：鱼，体小，呈条状，侧扁，色白，生活在淡水中。3. 文禽：羽毛有文采的鸟，如孔雀、山雉等。4. 矻（kū）然：倔强挺立貌。5. 焜（kùn）耀：照亮。焜：明亮。6. 倾委：倾斜欲倒。7. 董：监督管理。8. 告休：上报办完。9. 抵：送给。10. 撄（yīng）：触犯。11. 嘉：赞许，夸奖。12. 晚节：晚年。13. 风：声，消息。14. 疏徭赈乏：减少劳役，赈济穷困的人。15. 工：精工。16. 无虑：大约。17. 曾南丰：即宋曾巩，建昌南丰（属江西）人。18. 溺：沉迷。神仙之说：颜鲁公被叛将李希烈杀害后，传说他在被杀时升仙了。19. 概：度量。20. 比干：商纣王之叔。纣王荒淫无度，他以死力谏。纣王怒而将他杀死，剖腹验心。屈原：战国时楚国大臣。他很有才能，遭谗被流放。因忧伤国事，发愤作《离骚》，倾诉其怀念祖国和人民的感情。后怀着哀怨愤怒，自投汨罗江而死。伍子胥：春秋末吴国大臣。他辅佐吴王阖闾和夫差干了番事业。夫

差打败越国后，他主张不许越和，不北上争霸，被夫差疏远。后遭诬陷，夫差赐剑令他自杀。21. 列仙：诸仙。22. 秉忠：坚持忠诚。

[译文] 大凡江山胜景一定是依托那些伟人的，然后才使之名声显露并且受到人们喜爱。因为江山即使为人们所喜爱，可是喜爱的并不是江山。祁阳浯溪是洞庭湖以外江山景物优美的地方，有颜元二公的遗迹留在这里。因此士大夫经过这里时，没有不游览的，游览之后没有得不到所喜爱的东西的。

绍兴二十一年，我做永州太守，夏季四月里路过祁阳，才开始能够完全看到人们所说浯溪的胜景。向远处可以看到晴朗的碧空，近处能够听到清澈的急流声，鲦鱼游来游去，有文采的鸟儿上下飞翔，几乎不是人世间了。路边的石碑，倔强地挺立着，雄奇的文章和美妙的字画，照亮了人们的心目，叫人流连忘返好一阵不能离去。

稍后又进见二公的祠庙，上面漏雨，四旁通风，庙堂看样子倾斜欲倒，担心将被压死在这里。于是嘱咐县官刘獬，把它拆掉重新修建。不久，刘獬罢官离去，又派县官李和刚监督管理这件事。事情上报完成后，写信给我说："希望对这件事有所记述。"

我认真查考：唐朝天宝年间的安史之乱，河北各州县都被攻占，颜鲁公凭借平原郡乌合之众，单独抗拒叛军的前锋；事情虽然没有办成功，但他的意志是值得赞许的。晚年不幸为奸臣所排挤，他宁肯死在贼子手里，也不肯因不义而屈节。天下的人们一听到他的消息，都说"这是我们的颜鲁公啊"，不敢直叫他的名字。元次山与鲁公同时，由于讨贼立了战功，接连提升为水部员外郎。代宗在位时，做道州刺史，减少劳役，赈济穷困的人，道州的人民都怀念他，以致为他建立祠庙歌颂功德。凡后代人提到次山的，也称其为"元道州"，而不忍心直呼其名。

唉！这颜元二公，都是名留千古的人。假使当时他们所种的草木还在，都还会令人钦佩仰慕；何况文章字画中精工的东西呢！自从晋、宋以来，以书法闻名于世的有许多人，颜鲁公的字尤其为世人所喜爱珍重。这是由于他忠义之气感人很深啊。元次山的文章大约几万字，可是《中兴颂》单独传闻于天下，也是颜鲁公的字画有所帮助啊。从这里来看，字画一定依靠忠义而后显名，文章一定依托文墨然后传闻天下，它发展的情势会是这样的。

从前曾南丰写的《颜鲁公祠堂记》，看取鲁公的名声气节，而怪他沉迷于神仙的说法，便说不能跟圣人一样度量。据我的考查，自古以来忠臣义士死后一定成为神仙，例如比干、屈原、伍子胥这些人，都成了诸仙，在传记中可以看到。元次山虽然在传记中没有见到，但旧的说法认为颜鲁公成了神仙。因此，可以知道心怀正义坚持忠诚的人即使死了其实不曾死，这是不用怀疑的。所以一并写上这种见解，告诉来游览的人，使他们懂得这一点，然后可以完全了解浯溪的胜景；不然的话，是不会认为这里的江山可爱的。

［**说明**］这篇文章就曾经得览浯溪之胜和重修颜、元祠堂结束的事实，论述颜元二公的忠义之气感人很深，一直为人们钦慕。他们的文章、字画独传天下和鲁公虽死其实未死的道理以及人们喜爱浯溪之胜的原因均基于此。分析中肯，文笔也活泼生动。

诸公论唐肃宗

宋·洪 迈

唐肃宗于干戈之际，夺父位而代之。然尚有可诿者[1]，曰：欲收复两京[2]，非居尊位，不足以制命诸将耳[3]。至于上皇还居兴庆[4]，恶其与外人交通[5]，劫徙之西内[6]，不复定省，竟以怏怏而终[7]。其不孝之恶，上通于天。

是时，元次山作《中兴颂》，所书天子幸蜀，太子即位于灵武，直指其事，殆与《洪范》云："武王胜殷杀受"之辞同[8]。其词曰："事有至难，宗庙再安，二圣重欢。"既言重欢，则知其不欢多矣。杜子美《杜鹃》诗："我看禽鸟情，犹解事杜鹃[9]。"伤之至矣。颜鲁公《请立放生池表》云："一日三朝，大明天子之孝；问安视膳，不改家人之礼[10]。"东坡以为彼知肃宗有愧于是也[11]。黄鲁直"题摩崖碑"，尤为深切。"抚军监国太子事，何乃趣取大物为？事有至难天幸耳，上皇局脊还京师。南内凄凉几苟活，高将军去事尤危。臣结春秋二三策，臣甫《杜鹃》再拜诗。安知忠臣痛至骨，世上但赏琼琚词！[12]"所以揭表肃宗之罪，极矣。

［**作者简介**］洪迈（1123—1202），宋鄱阳人，字景卢，号容斋，又号野处。绍兴进士。绍兴末年借翰林学士身份出使金国，持书用敌国礼，

金命令他在表中改称陪臣（诸侯臣子），迈不从，被金拘在使馆。后放归，任端明殿学士。任各地知州，有治才，为官清廉。他博览经史百家及医卜星算诸书，熟悉宋代掌故，著有《容斋随笔五集》等。

［释题］ 本文摘自《容斋五集》卷二。

［注释］ 1. 诿（wěi）：推托，推卸。2. 两京：指长安、洛阳。3. 制命：节制号令。4. 上皇：唐玄宗。5. 恶（wù）：讨厌，害怕。6. 西内：指太极宫。7. 怏怏：郁闷不乐。8.《洪范》：《尚书》篇名。受：商纣王名受。9. 解：懂，明白。10. 大明：很可表明。视膳：古代儿女侍养父母等长辈的礼节。家人：指儿女辈。11. 彼：代颜鲁公。是：指徙玄宗西内。12. 趣取大物：急切取代皇位。局脊：行动戒惧的样子。高将军：指宦官高力士。琼琚词：美好的诗文。

［译文］ 唐肃宗是在安史之乱爆发、军事形势很严峻的情况下，篡夺父位而当上皇帝的。然而还有可以替他推卸责任的，说："想收复被叛军占领的长安、洛阳两京，不身居皇位，就不足以节制号令诸将啊。"如果这还有情可原的话，那么上皇玄宗从四川回京住在兴庆宫，肃宗害怕他与外人交往，强迫他迁到太极宫，而且不再定期去探望，上皇竟抑郁不乐而死。肃宗不孝顺父皇的恶名是上通于天，不能原谅的。

当时，元次山写《中兴颂》，所记载的天子（唐玄宗）出逃四川，太子（唐肃宗）在灵武登上皇位，就直截了当地指出这件事。差不多与《洪范》中所载"武王胜殷杀受"之辞一样难听。它是这样说的："事有至难，宗庙再安，二圣重欢。"既然说父子重欢，那么就知道他们之间不欢的事很多。杜甫在他的"杜鹃"诗中说"我看禽鸟情犹解事杜鹃"。可见他对这件事感伤极了。颜鲁公上唐肃宗的《请立放生池表》中说："一日三朝，大明天子之孝，问安视膳，不改家人之礼。"苏东坡认为，他是知道肃宗对唐玄宗这件事上是问心有愧的。黄鲁直在《题摩崖碑》中，言辞是更加深挚切实。碑文写道："抚军监国太子事，何乃趣取大物为？事有至难天幸耳，上皇局脊还京师，南内凄凉几苟活，高将军去事尤危。臣结春秋二三策，臣甫《杜鹃》再拜诗。安知忠臣痛至骨，世上但赏琼琚词！"这么写，可以说把肃宗虐待其父的罪行揭露得淋漓尽致了。

［说明］ 这则随笔援引唐的元、杜，宋的苏、黄诸公论述唐肃宗登位后强迫其父徙居西内和不再定省的行为，揭示了唐肃宗不孝的恶名。用语平易，笔锋却锐利深刻。

柳应辰押字

宋·洪　迈

予顷因见鄂州南楼土中摩崖碑[1]，其一刻“柳”字，下一字不可识；后访得其人名应辰，而云是唐末五代时湖北人也，既载之《四笔》中。今始究其实，柳之名是也。盖以国朝宝元元年吕溱榜登甲科[2]。今浯溪石上有大押字，题云：“押字起于心，心之所记，人不能知。大宋熙宁七年甲寅岁刻，尚书都官员外郎武陵柳应辰，时为永州通判。”仍有诗云：“浯溪石在大江边，‘心记’闲将此地镌。自有后人来屈指，四千六百甲寅年。”

有阆中陈思者跋云[3]：“右柳都官欲以怪取名，所至留押字盈丈[4]，莫知其何为。押字，古人书名之草者，书于文记间，以自别识耳。今应辰镌刻广博如许[5]，已怪矣；好事者从而为之说[6]，谓能祛逐不祥[7]，真大可笑。”予得此帖，乃恨前疑之非。

［释题］ 录自宋洪迈《容斋随笔》卷十。

［注释］ 1. 鄂州：在湖北武昌北。2. 国朝：本朝（宋）。3. 阆（láng）中：即四川省阆中县。陈思：宋理宗时官成忠郡，国史实录院秘书省搜访。原籍阆中，移居临安。4. 盈丈：满丈。5. 如许：如此，这样。6. 好事者：喜欢生事的人。7. 祛（qū）：除去。

［译文］ 不久前，我在鄂州的南楼土中，见到一块摩崖石碑，上面刻了个“柳”字，下一个字模糊难认。后来查明此人叫应辰，并且说是唐末五代时期的湖北人，已经把这件事记载在《容斋四笔》中。现在才弄清他的实际情况，在“柳”字后面的是他的名字，他在本朝宝元元年吕溱那一榜中登进士甲科。现在浯溪的巨石上有他草书大字的签名刻字，题词说：“押字是发于内心的灵感，心里有了这灵感，照样子记下来，别人是不能理解的。大宋熙宁七年甲寅岁刻石。尚书都官员外郎武陵柳应辰题，此时任永州通判。”还有一首诗说：“浯溪石在大江边，《心记》闲将此地镌。自有后人来屈指，四千六百甲寅年。”

阆中人陈思在所写的跋中说：“上面是柳都官的押字。他想以怪异取得名声，所到之处都留下一丈高的押字，不知道他是为了什么。押字，是古人签名时用的草体字，用在文书之中，使自己便于识别而已。现在柳应辰镌刻的押字如此高大，已经成为怪事了。当时那些喜好生事的人根据这大押字编出许多说法，说它能驱除许多灾患，真是引人大笑。”我见到此帖后，才为此前疑虑的错处深感遗憾。

［**说明**］这则随笔记述亲见鄂州南楼土中，“柳”字摩崖碑后，经过考察了解，得知其人柳应辰的身份和他在浯溪石上刻大押字，留诗表示怪异的情况，援引陈思的跋，突出了柳都官是以怪异取名和附会者滋生可以驱除灾患等说法的可笑，也展现出作者求真务实的精神。

浯溪赋

宋・杨万里

予自二妃祠之下、故人亭之旁[1]，招摇渔舟[2]，薄游三湘[3]。风与水兮俱顺[4]，未一瞬而百里；欻两岸之际天[5]，俨离立而不倚[6]。其一怪怪奇奇，萧然若仙客之鉴清漪也[7]；其一蹇蹇谔谔[8]，毅然若忠臣之蹈鼎镬也[9]？怪而问焉，乃浯溪也。盖唐亭在南，峿台在北；上则危石对立而欲落[10]，下则清潭无底而正黑，飞鸟过之，不敢立迹。

余初勇于好奇，乃疾趋而登之[11]。挽寒藤而垂足[12]，照衰容而下窥；余忽心动，毛发森竖。乃迹故步，还至水浒[13]；削苔读碑，慷慨吊古。倦而坐于钓矶之上，喟然叹曰：惟彼中唐，国已膏肓[14]，匹马北方，仅或（有人作“获”）不亡。其一过曰：日杀三庶[15]，其人纪有不斁矣夫[16]？曲江为箧中之羽[17]，雄狐为明堂之柱[18]，其邦经有不蠹矣夫[19]？水、蝗税民之亩，融、坚椎民之髓[20]，其天人之心有不去矣夫？虽微禄儿[21]，唐独不坠厥绪哉[22]？观马嵬之威垂涣[23]，七萃之士欲离[24]，殪尤物以脱焉[25]，仅平达于巴西[26]。吁！不危哉！

嗟乎！楚则失矣，齐亦未为得也[27]。灵武之履九五[28]，何其亟也[29]！宜忠臣之痛心，寄春秋之二三策也[30]！虽然，天下之事不易于处而不难于议也。使夫谢奉策干高邑[31]，将禀命于西帝[32]，达人欲以图功，犯众怒以求济，天下之士果肯欣然为明皇而至死哉？盖天厌不可以复祈[33]，人溃不可以复支，何哥舒之百万[34]，不如李、郭千百之师！推而论之，事可知矣。

且夫士大夫之捐躯以从吾君之子者，亦欲附龙凤而攀日月[35]，践台斗而盟带砺也[36]；一复莅以耄荒[37]，则夫千麾万旆[38]，一呼如响者，又安知其不掉臂也耶[39]？古语有之："投机之会，间不容穟[40]。"当是之时，退则七庙之忽诸[41]，进则百世之扬觯[42]；嗟肃宗之处此，其实难为之，九思而未得其计也[43]。

已而，舟人告行，秋日已晏。太息登舟，水驶如箭。回瞻两峰，江苍然而不见。

［**释题**］此赋录自旧溪志。赋是活碑，已失。

［**注释**］1. 二妃祠：一说：尧的两位女儿娥皇、女英，舜的妻子，传说是湘水之神，世人立庙祀之。即湘夫人祠，也叫黄陵庙，在湘阴黄陵港南，牛头州旁。故人亭：在湘阴县东洞庭湖滨。另一说：二妃祠即与永州蘋岛隔水相望的潇湘庙。故人亭即"潇湘八景"之一"潇湘夜雨"的故址潇湘亭，今已毁圮。2. 招摇：摇动。3. 薄：语助词。三湘：泛指湘江流域一带。4. 兮（xī）：助词，跟现代的"啊"相似。5. 欻（xū）：忽然。际天：接近天边。6. 俨：整齐貌。离立：并立。7. 萧然：潇洒的样子。仙客：对道士的尊称。8. 謇謇谔谔：即"謇谔"，忠直敢言的样子。9. 蹈鼎镬（huò）：跳进鼎镬受刑罚。10. 危石：高峻的石头。11. 疾趋：急速走去。12. 寒藤：秋冬时的藤条。13. 水浒（hǔ）：水边。14. 膏肓（huāng）：原意病重难治。这里比喻国势危殆。15. 过：指出过失。日杀三庶：指唐玄宗听信谗言，废黜太子瑛、鄂王瑶、光王琚为庶人，随即赐死。16. 人纪：人的立身处世之道。斁（yì）：厌弃。17. 曲江：即唐玄宗的宰相张九龄。他是韶州曲江人，曾劝玄宗杀安禄山。后为李林甫所忌，被罢职。箧（qiè）中之羽：比喻成了无用之物。18. 雄狐：指扰乱唐朝宫廷的安禄山。明堂：古代帝皇宣明政教的地方。19. 邦经：国家的政纪纲常。蠹（dù）：败坏，损坏。20. "融、坚"句：指宇文融充使检查逃移户口及籍外田，州县虚张其数，或以实户为客。韦坚被派督江淮租运，岁增巨万，百姓均不堪其苦。21. 微：不是。22. 独：难道。坠厥绪：丧失它的世业。23. "观马嵬"句：指玄宗入蜀，至马嵬驿，军士追杀杨国忠，不听指挥的情况。涣（huàn）：消散。24. 七萃：泛指精干的部队。25. 殪（yì）尤物：指缢杀杨贵妃。26. 巴西：指在大巴山之西的蜀地。27. "楚则失"两句：比喻这一方面有失，另一方面也有所失。语出司马

相如《上林赋》。28. 履九五：登上帝位。《乾》卦九五，术数家说是人君的象征，后称帝位为九五之尊。29. 亟（jí）：急迫。30. 春秋：借用为"褒贬"。因《春秋》有褒贬之意。31. "使夫谢奉策"句：当指颜果卿在高城如果拒绝与袁履谦、颜真卿连兵讨伐安禄山。32. 西帝：当指安禄山。33. 厌：厌弃。祈：祈求。34. 哥舒：即哥舒翰。当时他带兵二十万在潼关战败，被部下缚而献敌，投降了安禄山。35. 附龙凤而攀日月：比喻依附帝王。36. 台斗：台，三台星；斗，北斗星。比喻宰辅大臣。带砺：借喻功臣爵禄，世代永传。《史记·高祖功臣侯者年表》：封爵之誓曰："使河如带，泰山若砺，国于永宁，爰及苗裔。"37. 莅（lì）：到来。耄（mào）荒：年老昏聩。38. 千麾万旟（yú）：代千千万万的军队。39. 掉臂：摇动手臂，不顾而去的样子。40. 投机之会，间不容穟（suì）：时机的迎合，间隙容不了穗子，语出《新唐书·张公谨传赞》。41. 忽诸：突然断绝。42. 扬觯（zhì）：进酒以示罚。后用为国君停乐之典。出自《礼记·檀弓下》，杜蒉（kùi）扬觯进谏，晋平公停乐。觯：酒器。43. 九思：反复思考。

［**译文**］我从二妃祠的下面、故人亭的旁边，摇着渔船，游览湘江一带。风向水势都很顺便，没眨眼工夫就行经百里。忽然发觉两岸的山崖接近天边，整整齐齐地并排站立，不斜不偏。其中一座山崖奇奇怪怪，潇洒得像道士在看如镜的清波；另一座忠臣敢言的样子，坚决得像忠臣愿受鼎镬煎熬的刑罚。我觉得奇怪，问这是什么地方，才知道是浯溪。那唐亭在南，峿台在北；上面是高峻的石头对立，要掉下似的，下面是清潭无底，呈现黑色，飞鸟经过，也不敢落脚。

我开始由于好奇，很有勇气，就急速爬上去。挽着这秋冬时的藤条，双脚下垂，照着衰老的面容，向下探视；我一下子心里震动，毛发森然竖起。于是沿着旧脚印，回到水边；削除苔藓，读着碑文，情绪激动地怀念古人。疲倦时坐在垂钓的石头上，长叹说：那时的中唐，全国的局势已经如病入膏肓，太子匹马跑到北方，国家仅仅免于灭亡。有人指责说：一日就杀了三个废为庶人的王子，这种为人处世之道有不厌弃的吗？贤相张九龄成了箱中的羽毛，把逆胡安禄山当作殿堂的支柱，那国家的纲常有不败坏的吗？洪水蝗虫剥夺老百姓田地的收入，宇文融、韦坚敲取老百姓的骨髓，那天道人心有不抛弃的吗？即使没有安禄山这种胡儿，唐朝难道不会丧失它的基业吗？且看马嵬驿前的君威临近散失，精干的军队都想跑掉，缢杀了杨贵妃才得到脱身，也仅仅平安地到达巴蜀。啊呀，这不危险吗！

唉！这正如楚国有所失，齐国也不算有所得。肃宗在灵武登上皇位，怎么那样急促！那么忠臣痛心，寓意褒贬的一些议论是当然的了！虽然如此，但是天下的事处理不容易，而要议论却不难。假如颜杲卿在高城拒绝共谋讨贼，打算听命于安禄山，得逞私欲谋图功勋，触犯众怒求得成功，天下的人们真的肯高兴地为明皇出力至死吗？因为老天爷厌弃了的不能再祈求，人心涣散了不能再支持，为何哥舒翰上百万的大军，竟比不上李光弼、郭子仪千百的部队！由此推论下去，情势可知了。

况且那些大臣们愿意献出身躯来跟从君王的太子的，也是想攀附君皇，踏上宰相的地位，得到爵禄永传的盟誓：倘若一旦再让年老昏聩的君王到来，那千千万万的军队，一呼喊就有回声的，又怎能知道他们不摇动手臂不顾而去的呢？古语有这样的话："时机的迎合，那空隙容不了穗子。"当这个时候，退步就会祖庙突然断绝，前进就会百代举杯示罚。慨叹肃宗在这种情况下，其实难以处理它，反复思考也找不到办法的。

不一会儿，划船的说要开船，秋天的日子已经晚了。我长叹着上了船，水流比箭还快。回头望那两座山崖，江面青黑一片，不能见到了。

［说明］ 这篇赋是作者任零陵丞时写的。文章记述了秋冬之际船经浯溪见到的奇特景物和攀登中读碑吊古的慷慨之情。慨叹唐玄宗黑白不分，败坏纲常，让坏人当道，人民遭殃，落到几乎亡国的地步；论述肃宗急于登位必然受到指责，但亦迫于收服人心，维持政权的需要。字里行间流露出借唐玄宗、肃宗父子的往事，讽喻宋徽宗、高宗父子之意。宋人评论本文"植意卓绝，脱去雕篆畦畛（qí zhěn）"。今天读来，也觉得立意和笔力不凡，引起深思长叹。

游浯溪日记

宋·范成大

（二月）十九日发祁阳里，游浯溪。

浯溪者，进山硐也[1]。喷薄有声[2]，流出江中。上有浯溪桥。临江石崖数壁，才高寻丈[3]。《中兴颂》在最大一壁，碑之上余石无几。所谓"石崖天齐"者，说者谓或是天然整齐之义。碑旁岩石，皆唐以来名士题名，无间隙。外有小邱，曰峿台；小亭，曰庴亭；与溪而三，是为“三吾”，皆元子之撰也[4]。别有一台，祠次山与颜鲁公。桥上僧舍即漫郎宅，黄鲁直书其榜曰“浯溪禅祠”[5]，又书“法堂”，字皆崎侧[6]，不用工。又有陶定书“中宫祠”榜。寺既不葺[7]，诸榜皆委弃壁下。

窃计次山卜隐时，偶见江壁有此丛石，流泉带之，遂定居。景物不出数亩，湘流至崖下，尤沈碧[8]，助成胜致焉……

[释题] 游浯溪日记：选自《骖鸾录》。这本书是作者于乾道壬辰（1172）十二月七日从吴郡出发到广西，在途中所写的日记。摘选内容是第二年二月十九日游浯溪记下的。

[注释] 1. 磵（jiàn）：水涧。2. 喷薄：激流喷涌而出。3. 寻丈：古代指八尺至一丈的长度。4. 撰：起名。5. 榜：匾额。6. 崎侧：倾斜不正，形容字的放射型结构特点。7. 葺（qì）：修补。9. 沈碧：像下沉的青绿色美石。

[译文]（二月）十九日，从祁阳城出发，渡江游浯溪。浯溪，是从山中流出的石涧。溪流激荡喷涌，淙淙地响，流入湘江。溪水上有座浯溪桥。靠近江边的石崖有好几座，才高一丈左右。《中兴颂》在最大的一座上，碑的上面留下的石头不多。人们讲的“石崖天齐”，解说的人认为可能是天然整齐的意思。碑旁的石壁，都是唐代以来名人题写的姓名，没有空隙的地方。此外有个小石丘，叫做峿台；有座小亭，叫做庴亭；与溪合而为三，这就成了“三吾”，都是元次山取的名字。另外有座台，为元次山和颜鲁公建了祠堂。桥上的和尚住宅就是漫郎宅，黄鲁直写的匾额叫“浯溪禅寺”，又写了“法堂”，字皆倾斜不正，不是用端正的笔法。又有陶定写的“中宫寺”的匾。寺房没有修整，那些匾额都丢弃在崖壁下面。

我私下考虑元次山选择地方隐居时，偶然看到江边有这些石崖，溪水如带流过，就定居下来。这里景物不过几亩地面，湘水流到石崖底下，尤其像下沉的青绿色美石，更助成了优美的景致。

[说明] 这则日记叙中带议，写了游浯溪时见到“三吾”的景物和前人的题名、写的匾额，以及对元次山喜爱这里景物优美便隐居在此的看法。用语简明，写出了特征。

涪翁在祁阳草书靖节诗四首

宋·胡 仔

“涪翁晚年[1]，再迁宜州[2]，道出祁阳，草书靖节诗四首[3]：‘清晨闻扣门[4]，倒屣往自开[5]’者一也；‘栖栖失群鸟[6]，日暮犹独飞’者其二也；‘首欲居南村，非为入其宅’者其三也；‘春秋多佳日，登高赋新诗’者其四也，并镵于嘉会亭[7]。予昔经由，摹其墨本[8]，爱其笔法之妙，自成一家。”

涪翁尝言，元祐中，与子瞻，穆父，饭宝梵僧寺[9]，因作草书数纸。子瞻赏之不已。穆父无一言，问其所以，但云恐公未见藏真真迹[10]。庭坚心辄不平。绍圣贬黔中[11]，得藏真《自叙》于石扬休家[12]，谛视数日[13]，恍然自得，落笔便觉超异。回视前日所作，可笑也。然后知穆父之言不诬[14]，且恨其不及见矣。

“今祁阳草圣[15]，正是涪翁黔州以后作，诚佳绝也”。

［**作者简介**］胡仔，字元任，宋绩溪人。任过晋陵令。后居灵兴苕溪，自号苕溪渔隐。撰有《苕溪渔隐丛话前后集》，对北宋以前的诗话，收辑颇详备，内容以论文考义为多。

［**释题**］摘自宋胡仔《苕溪渔隐丛话》。

［**注释**］1. 涪翁：宋黄庭坚号涪翁。2. 宜州：今广西宜山。3. 靖节诗：即陶靖节（渊明）的诗。4. 扣：敲。5. 倒屣（xǐ）：倒穿鞋子，古人家居，脱鞋席地而坐，客人来，急于出迎的缘故。6. 栖栖：忙碌不安。7. 镵（chán）：刺、刻。嘉会亭：祁阳县治曾经三迁。宋朝此时的县治在老山湾。此亭在何处，无法查找。8. 摹：临摹。墨本：碑刻拓本。9. 元祐：北宋哲宗赵煦年号。子瞻：即苏轼。穆父：即钱穆父。又叫钱勰，临安人，系吴越王钱倧曾孙。以荫知尉氏县。神宗时，任过提点刑狱。曾奉使高丽，凡馈赠非旧例所有者皆不纳，归拜中书舍人。元祐初，知开封府，召拜工部、户部侍郎。哲宗即位，为翰林学士兼侍读。因章惇诽讥，罢知池州。10. 但云：只讲了。真迹：手笔。11. 绍圣：接元祐的年号。12. 石扬休：字昌言，眉州人。任过著作郎、秘书丞，知宿州。平居喜闲

放，工吟咏自适，与家人喜言，未尝及朝廷事。13. 谛（dì）视：仔细看。14. 不诬：不是无中生有。15. 草圣：草书成就最高作品。

[译文]“涪翁晚年，再被贬广西宜山，路过祁阳县，用草体写了陶靖节的诗四首：‘清晨闻扣门，倒屣往自开’是第一首；‘栖栖失群鸟，日暮犹独飞’是其中第二首；‘首欲居南村，非为入其宅’是其中第三首；‘春秋多佳日，登高赋新诗’是其中第四首，都镌刻在嘉会亭。我先前从那里经过，临摹了它的拓本，喜爱它的书技高超，自成独特的体系。”

涪翁曾说过，元祐年间，跟苏子瞻、钱穆父在佛宇僧寺吃饭，在那里写了几张纸草书。苏子瞻赞赏它不止。穆父没有说一句话，问他不说的理由，只讲了恐怕苏公没看到藏真的手迹。我黄庭坚心头总是不平。绍圣年间被贬到黔州安置。在石扬休家里找到藏真《自叙》，仔细看了几天，忽然自悟，落笔便觉得大有特点。回头来看前些日子所写的，真是可笑。这才体会到穆父的话不是无中生有，并且遗憾他赶不上见到它了。

“现今祁阳的草书成就最高作品，正是涪翁黔州以后写的，确实好极了。”

[说明] 这篇摘文记述了作者路经祁阳，临摹了黄涪翁刻在祁阳县嘉会亭的陶靖节诗四首，称赞它书技高超，自成一家，是祁阳草圣。

综合评颜书

《书法本象》

观鲁公之书，奇伟秀拔[1]，奄有魏、晋、隋、唐以来风流气骨[2]。回视欧、虞、褚、薛、徐、沈辈[3]，为法度所窘，岂如鲁公萧然出绳墨之外[4]，而卒与之合哉[5]！盖自二王后[6]，能臻书法之极者，惟张长史与鲁公二人[7]。

[释题] 摘自宋《书法本象》。

[注释] 1. 奇伟秀拔：奇特雄伟，优秀挺拔。2. 奄有：包括。风流气骨：指传统、风格、骨力。3. 欧、虞、褚、薛、徐、沈：即唐代的欧阳询、虞世南、褚遂良、薛曜、徐浩、沈传师。4. 萧然：寂寞冷清。绳墨：喻法度，规矩。5. 卒：最后，终于。6. 二王：晋的王羲之、王献之

父子。7. 张长史：即唐的张旭，任过右率府长史。善草书。主要书迹有：正书《郎官记》，草书《肚痛帖》。

［译文］观看颜鲁公的书迹，奇特雄伟，优秀挺拔，包括了魏、晋、隋、唐以来的传统、风格、骨力。回头看欧阳询、虞世南、褚遂良、薛曜、徐浩、沈传师等人受法度窘迫，哪里像颜鲁公寂静地走出法度之外，到最后与法度相合呢！因为从王羲之、王献之以后，能够达到书法顶点的只有张长史和鲁公两人。

诗颂为一件最紧切事

宋·岳 珂

王才臣子俊[1]，尝作《淳熙内禅颂》[2]，又自序其后。谓元次山言“前代帝王有盛德大业者，必见于歌颂”。盖帝王之世，以诗颂为一件最紧切事，专设采诗之官以搜求之。重以其时，教养有方，人人能文；故郊祀天地[3]，则有颂；祀四岳河海[4]，则有颂；讲武类祃[5]，则又有颂；荐鱼献鲔等事[6]，亦皆有颂。

后世于诗颂，既不甚经意，而能文之士，亦不世有；鸿烈丽藻[7]，率不相值[8]。且如有肃宗复两京之功[9]，又适有元结能作颂；有宪宗平淮蔡之功[10]，又适有韩愈、柳宗元能作碑若雅。是以其功烈益大，彰明灼著[11]，足以传示无极。

［作者简介］岳珂（1183—1234），字肃之，号倦翁，岳飞孙，宋相州汤阴人。官至户部侍郎，淮东总领制置使。撰有《金陀萃编》、《桯史》、《宝真斋法书赞》等。

［释题］摘自宋岳珂《桯史》。

［注释］1. 王才臣：不详。2. 淳熙：宋孝宗赵昚年号。3. 郊祀：在郊野祭祀天地。4. 四岳：指东岳泰山、西岳华山、南岳衡山、北岳恒山。5. 讲武：讲习武事。类：出师前祭天。祃（mà）：出师后军中祭天。6. 荐鱼献鲔（wěi）：进上鱼，献上鲟。7. 鸿烈丽藻：巨大的功业，华美的文辞。8. 率不相值：一般不相当。9. 两京：西京长安、东京洛阳。10. 平淮蔡：指唐宪宗元和十二年裴度受命督诸军平定淮西藩镇蔡州刺史

吴元济之乱，先入蔡州的是唐邓节度使李愬。11. 彰明灼（zhuó）著：显露鲜明。

［**译文**］王才臣字子俊，曾经写了《淳熙内禅颂》，又在其后写了序。认为元次山说了“前代帝王有盛德大功，一定受到歌颂”。因为帝王时代把诗颂当作一件最紧要迫切的事，专门设了采诗的官来搜寻诗歌。由于当时的重视，教育培养得法，人人能写诗文；所以在郊野祭天地就有颂；在四岳河海祭祀，就有颂；讲习武事，出师前后祭天，就又有颂；进献鱼鲟等事，也都有颂。

后代对于诗颂，既不大在意，并且会写文章的人也不是世代有；巨大的功业与华丽的文辞，一般不相当。假如有唐肃宗收复西京、东京的功绩，又适有元结就能够写颂；有唐宪宗平定淮西藩镇蔡州刺史吴元济的功劳，又恰有韩愈、柳宗元就能够写碑文像“雅”。因此，他们的功业越大，被显露得鲜明，能够凭它流传到永久。

［**说明**］这则短文阐述了古代帝王把诗颂当作一件紧切的事，一些重大活动都有颂；后代假如有大功业，适有能文的人写成颂就会让大功业永远流传下去。一句话，阐明了诗颂的作用。

元

郝经评《中兴颂》

书至于颜鲁公，鲁公之书又至于《中兴颂》，故为书家规矩准绳之大匠[1]。河朔尝见三数本，皆完好；而森森如剑戟[2]，有不可犯之色。

今得此本、颇为残缺；既装褙，则反得石中韵胜[3]。乃知崖角刓弊[4]，本真全露。有李白所谓“秋水出芙蓉，天然去雕饰”者[5]，尤可赏激也[6]！

［释题］ 摘自郝经《陵川集》。

［注释］ 1. 规矩：指一定的标准、法则或习惯。准绳：原指测定平直的器具，比喻言论行动等所依据的原则或标准。2. 森森：森严得令人寒噤。3. 韵胜：美好的气韵。4. 崖角：山边角落。刓（wán）弊：磨损。5. 秋水出芙蓉，天然去雕饰：意思是借芙蓉出水的美好，赞扬未经雕琢修饰的自然风韵。诗句出自李白《忆旧游书赠江夏韦太守良宰》。6. 赏激：赏识受激励。

［译文］ 书法到了颜鲁公，颜鲁公的书迹又到了《中兴颂》，所以他成了书家依循的标准和根据的大匠。在黄河以北地区曾经见到三几本，都完好；而且森然令人寒噤如同剑戟，有不可侵犯的情味。

于今获得的这个本子很是残缺；（但）装裱后，反倒见到石中美好的气韵。这才知道在山边角落虽然遭到磨损，但本色原貌完全显露。正有李白所说的“秋水出芙蓉，天然去雕饰”的意味，尤其可以赏识受激发了！

［说明］ 这则短文就过去见到《中兴颂》的本子和今天所见，评述此

本虽然残缺磨损，但更见气势与本色给人十分自然的感受，尤其可以赏识受到激发。

建浯溪书院记

元·苏天爵

至元三年春[1]，佥岭北湖南道肃政廉访司事陕郡姚侯绂按部祁阳之境[2]。舟过浯溪，览前贤之遗迹，作而叹曰："昔唐天宝之年，忠烈之士奋济时艰[3]，遂复两京[4]，号称中兴。水部郎元公结作为雅颂[5]，铺张宏庥[6]；抚州刺史颜公真卿大书其词，刻诸崖石[7]。迄今四百余年[8]，过者观其雄词伟书，犹足以悚动[9]；况二公风节文采[10]，使一方之人独无所概见乎[11]？"零陵县尉曾君进而言曰[12]：圭家衡山，世业儒术，每读载籍[13]，见言行卓卓者[14]，心慕好之。况二公风流余思在此山隅[15]，当作祠宇以奉祀之[16]；并筑学宫，招徕多士[17]，庶几遐方有闻风而兴起者矣[18]。姚侯曰："善！"[19]

于是，曾君命其子尧臣独捐家资，度材庀工[20]，不一岁而告成[21]。中为大成殿以奉先圣[22]，东西两庑属焉[23]；又于殿之左为祠，以祀元颜二公；右为明伦堂[24]，前为三门，周以崇垣[25]，规制宏伟。下枕崖石[26]，前临浯水。表其额曰[27]"浯溪书院"。请于行省[28]，设司官以司其教[29]。曾君又割私田三百亩以廪学者[30]。是年，姚侯移宪广西[31]；明年，又拜南台都司，往来浯溪之上，瞻拜学宫，徘徊而不忍去。嘉曾君父子之用心[32]，走书维扬[33]，请记其事于石。

天爵少，尝读《中兴颂》，有曰："大驾南巡，百寮窜身，奉贼称臣。"又曰："功劳位尊，忠烈名存，泽流子孙。"甚矣人臣不可不知节义之为重也！夫食人禄而忘其君，曾犬彘之弗若也[34]。当天宝全盛之时，中外公卿将吏可谓众矣；一旦遭值变故，死社稷封疆者仅十余人[35]，不受伪官者二人而已[36]。何忠臣义士之难致欤？然以唐室之大，文皇养士之久[37]，岂果无其人欤？

观夫颜公以区区之平原[38]，倡义起兵讨贼，俾河朔诸郡复为唐有[39]，贼不敢急攻潼关。唐卒赖以中兴者，惟公倡义于其先也。其在朝廷，数进谠言[40]。李辅国迁上皇居西内，首率百官问起居[41]。元载请奏事者先白宰相[42]，又极论其壅蔽[43]。屡忤大奸而不少悔[44]，卒为所挤以死。初，安史之兆乱也[45]，元公受教于其父曰："而遭世多故[46]，勉树名节[47]！"观所上肃宗《时议》三简牍[48]说来瑱之言[49]："孝而仁者，可与言忠；信而勇者，可以全节义。"是则岂偷生自私者哉？其为道州刺史，州经寇掠，民生萧然[50]，奏免民所负租税及租庸使和市杂物十三万缗[51]，流亡来居者万余。夫二公言论直行若此，像而祝之[52]，孰曰"不宜"？呜呼！天之生才，足周一世之用[53]。四方无事，人才或不克显[54]；及临大节，决大事，则忠义才能之士始表见焉[55]。然则有天下者，可不以贤才为务乎！

夫学校者，所以长育人才，而风纪之司[56]，又所以敦劝其教者也[57]。矧浯溪之地[58]，山峻拔而水清泻，人生兹土，孰非忠义出于其性者哉？今国家承平既久[59]，德泽涵濡[60]，虽荒服郡县[61]亦皆有学；而部使者按临所经，又即山林胜地，访求先贤遗迹以广为学之所[62]，则其风厉治化[63]，乐育人才，不亦重且大欤！传曰[64]："志士仁人不求生以害仁，有杀身以成仁。"盖天下之事，岂怀禄观望之徒所可与谋[65]？必振世豪杰而后有为也[66]。士之来游于斯学者，诵圣人之言，思二公之烈[67]，尚能有所兴起乎！

［作者简介］ 苏天爵（1294—1352），字伯修，号滋溪，真定（河北正定）人。少从学于安熙、虞集等，由国子生授蓟州判官，以后任过吏部尚书、参议中书省事、江南行台监察御史、浙江行省参知政事等官。晚年以译经为任，诗得古法，学者称他为滋溪先生。著有《滋溪文稿》、《春风亭笔记》和诗稿等书。此记受姚绂之请，作于维扬（扬州）。

［释题］ 碑系活碑，在元颜祠。祠圮碑失，文收在旧溪志、县志。

［注释］ 1. 至元三年：至元为元顺帝年号，即1337年。2. 姚侯：姚绂，陕西人，时任岭北、湖南道肃政廉访使，肃政廉访是视察吏治的。按部：巡查部属。"佥……事"：官名，州府幕僚，协理郡政，总管文牍。3. 忠烈之士：指忠诚于国，敢于牺牲的人。4. 两京：唐时长安和洛阳。5. 作为雅颂：即写成歌颂的篇章。6. 铺张宏庥（xiū）：着力描述了巨大业绩的影响。7. 刻诸：镌刻在。诸：之于。8. 迄今：到现在。9. 悚（sǒng）动：惊动。10. 风节：风骨气节。11. 概见：看到大略。12. 曾君：曾圭先生。君：尊称。13. 载籍：书籍。14. 卓卓：特出。15. 风流余思：流风遗教。隅（yú）：角落。16. 奉祀：敬奉祭祀。17. 学宫：学校。招徕：招之使来。18. 遐方：远方。19. 善：对，说得对。20. 度材庀（pǐ）工：计算材料，开始动工。21. 告成：以成事上报。22. 大成殿：

孔子庙殿名。先圣：指孔子等人。23. 两庑（wǔ）属焉：两边廊房跟它接连着。24. 明伦堂：旧时，有些地方孔庙大殿的名称。明伦：显示人伦五常。即父义、母慈、兄友、弟恭、子孝五种正常要求。25. 周：周围。崇垣：高墙。26. 枕：紧靠。27. 表其额：标识它门上的牌匾。28. 行省：地方行政区划名称。元代以中书省为中央最高行政机关。于河南、江浙、湖广等处设行中书省。简称行省，设置丞相、平章等官以处理该地区政务。行省成了最高地方行政区名称。29. 司官：主管官。司：主持、掌管。30. 廪（lǐn）：供粮。31. 是年：这一年。移宪：持着符节迁移。32. 嘉：称赞。33. 走书维扬：赶紧写信到扬州。34. 犬彘（zhì）：狗、猪。不若：弗如。35. 社稷封疆：国家疆土。社稷：古代帝王和诸侯所祭的土神和谷神，旧时用来代表国家。36. 伪官：指做安禄山的官员。37. 文皇：指唐太宗。38. 平原：颜真卿曾任平原太守。39. 俾：使。河朔：泛指黄河以北地方。40. 谠（dǎng）言：正直的话。41. 西内：唐太极宫。问起居：问候作息安好。42. 元载（？—777）：字公辅，陕西岐山人，肃宗时官至中书门下平章事，代宗时仍为相，在任加强了对吐蕃的防御。为官贪奸，"挤遣忠良，进贪猥"。后以罪迫其自尽，籍没家财。白：告。43. 壅蔽：遮盖蒙蔽。44. 屡忤：多次触犯。45. 兆乱：开始作乱。46. 而：同"尔"。多故：多变故。47. 勉树：努力树立。48.《时议》三简牍：《时议》三篇奏章。49. 来瑱（tiàn）：邠州永寿人，任过山南东道节度、淮南节度使、襄州节度使，拜兵部尚书同中书门下平章事等官，因遭程元振之诬赐死，后被追复原官爵。50. 寇：是对少数民族西原蛮的贬称。萧然：冷落凄凉。51. 缗（mín）：指钱串。52. 像：塑神像。祝：祈祷。53. 周：周全，圆满。54. 显：现出。55. 表见：表现。56. 风纪之司：管风化纪律的机关。57. 敦劝：敦促劝勉。58. 矧（shěn）：况且。59. 承平：太平，治平相承。60. 涵濡：滋润，浸渍。61. 荒服：指离国都最远的地区，四千五百里以外之地。62. 所：处所。63. 风厉治化：推动鼓励，治理国家，教化人民。64. "传曰：'志士……成仁。'"：语出《论语·卫灵公》。65. 怀禄：留恋爵位。观望：形容犹豫不决。66. 振世：匡扶，或整顿社会。67. 烈：功业，忠烈。

[译文] 元顺帝至元三年（1337），佥岭北湖南道肃政廉访司事陕郡姚绂，巡查部属来到祁阳地域。坐船经过浯溪，观看了前贤的遗迹，不由得振奋起来慨叹地说："从前唐代天宝年间，为国忠诚不怕牺牲的人，努

力救济当时的灾难困苦，于是收复了两京长安、洛阳，号称中‘兴’。水部员外郎元结写成歌颂的文章，着意描述了巨大的业绩影响，抚州刺史颜真卿大力书写了这篇文词，把它镌刻在崖石上。到现在已经四百多年，来到这里看到这篇雄健文字、挺拔书迹，仍然能够使人震惊起来；况且二公的风骨气节与文采，使得一方的人难道不能看到大略的吗？”零陵县尉曾先生上前说：“我曾主家住衡山，世代以儒学为业，每读书籍，见到言行特出的，就羡慕喜爱他；何况二公的流风遗教还在这山林角落里，应当修建祠宇来敬奉祭祀他们；并且建筑学校，招来许多读书人，那么可能远地听到消息的人就会振奋前来。”姚长官说：“好啊！”

在这种情况下，曾先生让他的儿子尧臣独自捐出家财，计算建筑材料，开始动工，不上一年就竣工上报。中间是大成殿敬奉孔子，东西两边廊房跟它相连；又在大殿左边建了祠宇祭祀元颜二公；右边是明伦堂，前面有三门，周围砌了高墙，规模形体宏伟。下面紧靠崖石，前面临近浯水。标识它的牌匾叫“浯溪书院”。向行省请求，设派管理官员来主管它的教育事务。曾先生又划出私人田地三百亩来供给学生的口粮。这一年，姚长官持着符节，迁移到广西；第二年又任南台都司，往来经过浯溪，瞻仰拜望学校，来回走着不忍离开。称赞曾先生父子的用心，赶紧写信到扬州，请求记述这件事镌刻到石上。

天爵年轻时，曾经读过《中兴颂》，其中说：“大驾南巡，百寮窜身，奉贼称臣。”又说：“功劳位尊，忠烈名存，泽流子孙。”很突出了，做臣子的不可不懂得节义是重要的！吃了国家俸禄却忘记了自己的君主，简直连狗猪都不如啊。当天宝全盛的时期，中外的公侯卿相，将军官吏可说很多了；但一朝遭遇意外的灾难，为国家疆土而死的只有十多人，不接受安禄山任职的仅两人罢了。为何忠臣义士这么难以得到呢？然而凭着唐朝这么大，唐太宗培养人才那么久，哪里真的没有这种忠义的人呢？

看看颜公凭着很小的平原郡，首举义旗兴兵讨伐贼子，使得黄河以北那些州郡仍是唐的土地，贼子不敢急于进攻潼关。唐朝终于赖以中兴的，只由于颜公倡义在它的前面啊。他在朝廷上几次提出正直的意见。李辅国把上皇迁到西内太极殿，他最先率领众官员问候玄宗作息安好。元载要求奏事的臣子要禀告宰相，他便极力评论元载的遮盖蒙蔽。多次触犯了大奸臣却没有稍许反悔，最后被排挤而死。起初，安史开始叛乱，元公就在他父亲那里受到教导说：“你适逢世上多有变故，要努力树立名声和节操！”

看他献上唐肃宗的《时议》三篇奏章，建议来瑱的话："尽孝道并且讲仁爱的，可以跟他谈忠；讲诚信并且勇敢的，可以保全节操与义气。"这哪里是偷生自私的人呢？他任道州刺史，州里经过贼寇抢掠，老百姓生计困苦凄凉，便上奏皇上免除百姓所担负的租税以及租庸使和市杂物十三万串钱。流亡在外回来居住的万多户。元、颜两公的言论正直行为如此，给他们塑像来祈祷，谁能说"不恰当"呢？唉！老天生出人才是足够保证一代使用的。四方没有什么事故，人才或许不能显露；待到面临有关国家民族存亡安危的大关键，处理决断大事，那些忠义才能的人才就开始表现出来。既然如此，那么拥有国家的，能不把拥有贤才当作大事吗！

学校，是靠它来长期培养人才，管风化纪律的机关，又靠它来督促劝勉教化事务的。何况，浯溪这地方山高峻挺拔，水清澈流畅，人们出生在这块土地上，有谁的忠义不是出自他的本性的呢？当今国家太平已经很久，圣德恩泽一直滋润浸渍，即使最偏远地区的郡县，也都有学校；并且派遣使者巡查到经过的地域，又到山林胜地，查访寻求先贤的遗迹，来增广办学的处所，这对推动鼓励，治理国家，教化人民，乐于培育人才，不也是重而且大的事吗！《论语·卫灵公》说"志士仁人，不求生以害人，有杀身以成仁"。因为天下的事，哪里是留恋爵位、犹豫不决的人们可以跟他们谋划的呢？一定要是匡扶社会的豪杰而后有所作为啊。读书人到这个学校来求学，诵读圣人的言论，想到两公的功业，一定会有振奋起来的收效吧！

［**说明**］这篇文章记述了修建浯溪书院的起因和经过，称赞了肃政廉访使姚绂巡查部属能深入山林善于引导零陵县尉曾圭捐出家财修建祠宇、学校的用心，阐述了元、颜二公这种忠义之士在当时起的作用和在此修建学校有关系治理国家、教化人民、激励人才成长的重大意义。

重建笑岘亭记

元·王荣忠

笑岘亭者[1]，次山元水部右堂之故基也。自次山后，其堂遂圮。至宋熙宁间，邑侯莆田蔡君琼作亭于其上[2]，更名曰"笑岘"。盖深慕次山爱君忧国，不以进退生死累其心，乃撰《大唐中兴颂》，鲁国公颜真卿为之书，雄文健笔，焕耀今古[3]，发明君臣父子之义[4]，千载不磨[5]。非若元凯之流[6]，咨嗟叱咤，惟怪其身没而名丧，徒有岘山、万潭二碑，而卒无补于世。此其为可笑者。

历唐至今，嗣而建之者鲜矣[7]。故亭宇荡然一空[8]，所遗者残碑断础，荒榛宿莽而已[9]。然而物之开塞否泰以其时[10]，当其时也，必有好事者出而为之兴起[11]；岂有久塞而不开，久否而不泰者乎？至元己卯孟春，佥岭北湖南道肃政廉访使颍川王公[12]，按临是邑，登浯溪俯仰，嗟磨崖之碑碣尚存而前代之亭堂尽废。抚今怀昔，重为怛然[13]。因前佥宪姚公既以首倡创建书院以继前修，而亭台亦名贤之遗迹，殆不可缺[14]，故复兴之。于是委群材[15]，会众工，亲临相度[16]，指挥布置，运思特巧，务在于成[17]。不日，而危亭屹然[18]。

顾其梁柱雄固，耐岁月，可以凌风雨；居衽席[19]，可以穷山川。而松篁花木之幽荫[20]，风雨烟霞之吞吐，征帆过棹之往来，游人行客之隐见[21]，与夫山禽野兽、崖猿林鹤之飞鸣，皆在于履舄之下[22]。昔之景物复见于今，视千载犹一日，盖物之所当兴耳！元颜有知，必鼓舞于九原[23]，山灵与有光矣。特以传千万年不朽之作[24]，岂但为一时之快欤？于以见作兴斯文之心，继述名贤之志，仁民爱物之念，使人歌咏太平，为先朝之伟迹者也[25]。

荣忠忝守是邑[26]，亦得与于此。以是序其大略[27]。后之登斯亭者，庶知公之盛意云尔。

至元己卯三月记

［**作者简介**］王荣忠，霸州沾化（今属山东）人。元惠宗至元三年（1337）任祁阳县令。

［**释题**］碑原在笑岘亭，亭圮移元颜祠，祠圮碑失。文录自清宋溶《浯溪新志》。

［**注释**］1. 岘（xiàn）：岘山，在湖北省襄阳。2. 圮（pǐ）：倒塌。邑侯：指祁阳县县令。莆田：属福建。3. 焕耀：光耀。4. 发明：阐明。5. 不磨：不能磨灭。6. 元凯：即晋朝杜预。他继羊祜镇守襄阳。7. 嗣（sì）：接续。鲜：少。8. 荡然：形容原有东西完全失去。9. 荒榛（zhēn）宿莽：杂乱灌木丛经冬不枯的草。10. 否（pǐ）泰：坏与好。顺与逆。11. 好事者：乐于任事的。12. 孟春：正月。古时用孟、仲、季排一、二、

三的次序。颍川：郡名，属河南省。王公：不详。13. 怛（dá）然：忧伤的神情。14. 殆：几乎。15. 委群材：委派各种材料。16. 相度：观看计算。17. 务在：务必求得。18. 不日：不久。危亭屹然：高亭屹立着。19. 居衽（rèn）席：住在寝卧的位置。20. 松篁（huáng）：松树竹子。21. 隐见：隐现。22. 履舄（lǚ xì）：鞋单底的叫履，复底的叫舄。这里作鞋的复称。23. 九原：墓地。24. 特：但，只。25. 先朝：前朝。26. 忝（tiǎn）：旧时谦词，表示自己有愧。27. 序：通“叙”。

[译文] 笑岘亭，是水部员外郎元次山的右堂旧基地。从元次山后，这右堂就倒塌了。到宋神宗熙宁年间，祁阳县令福建莆田的蔡琼在旧基地上建了亭子，改名叫“笑岘”。这由于深深仰慕元次山爱君忧国，不因做官退隐生死连累自己的思想，于是写成《大唐中兴颂》，鲁国公颜真卿把它写成书迹，真是雄伟的文词，刚健的笔力，光耀了古今，阐明了君臣父子间的大义，千载后也不会磨灭。不像晋代杜元凯这班人，叹息怒斥，也难怪他们死后名声就消失，徒然留有岘山、万潭两块碑，最后对世上没什么帮助。这就是他们被人可笑的地方。

经过唐朝到现在，接续建亭的少了。所以亭子屋宇完全消失，只留下残碑断基石，杂乱的灌木丛经冬不枯的野草罢了。然而事物的开辟、堵塞、好坏都有相适应的时机，适合的时候，就必定有乐于任事的出来为它兴办；哪里有长期堵塞而不开辟，长期都坏而不好的呢？元惠宗至元己卯（1339）年正月，任岭北湖南道肃政廉访使的颍川王公巡查到这县城，登临浯溪上下观看，慨叹摩崖的碑碣还存在，可是前代的亭堂都败坏了。接触当今事物，怀念昔日情景，不免再次忧伤。因为前任执事宪台姚公已经带头创建书院，继承了前人的修建，这亭台也是名贤的遗迹，几乎不可缺少，所以再次兴修它。于是采购各种建筑材料，聚集众多工人，并且亲身到场观察计算，指挥布置，运思特别高明，务必求得功成。不多久，高亭便屹立起来。

环视这些梁柱雄伟坚固，能久经岁月，可以挺住风雨；住在寝卧的地方，可以看尽山川景致。而且松竹花木的遮荫，风雨烟霞的吸收和吐出，远行路过的船只往来，游人过客的隐现，与那些山禽野兽、崖上猿猴和林中鹤鸟的飞鸣，都在脚下展现。先前的景物又在今日出现，看来千把年犹如一日，这就是事务应当兴办的了！元颜两公知道了这情景必定在坟地下鼓舞起来，山神也获得光彩了。只是借它来承传千万年不朽的创作，哪里只是为了一时的快慰呢？于是借此表现写这篇文章的用心，继述名贤仁爱贤能元志让人们歌唱太平，这是前代的伟绩啊。

荣忠有愧守护这座县城，也应该参与这件事。因此叙述它兴建的大略。以后，来登临这亭子的，庶几知道王公的盛意罢了。

至元己卯（1339）三月记

［**说明**］这篇记首先简述笑岘亭修建在元次山右堂旧址上是因为仰慕元颜忠君爱国，《中兴颂》文雄笔健，光耀了古今和命名“笑岘”的理由。接着介绍王公按临祁阳，在浯溪见到亭圮的情况，认识到重建必要和组织兴建过程；进而描述亭子修成再现昔年景物，给人“千载犹一日”之感。说明了这件事办得适时，是承传“千万年不朽之作”，有使人歌咏太平为先朝之伟绩的重大意义。文末点明了作记缘由。

读后，使我们懂得重修名贤胜迹绝不是等闲之事。

明

元次山集序

明·湛若水

史若水曰[1]：自吾得《元子》而文思益古[2]。

夫太上有质而无文[3]，其次有质而有文，其次文浮其质[4]。文浮其质，道之敝也[5]。故林放问礼之本[6]，孔子大之[7]。物之生也，先质而后文。故质也者，生乎天者也；文也者，生乎人者也。质也者，先天而作者也[8]；文也者，后天而述者也[9]。故人之于斯文也[10]，不难于文而难于质，不难于华而难于朴，不难于巧而难于拙。余自北游，观艺于燕冀之都[11]，得《元子》而异焉[12]。欲质不欲野，欲朴不欲陋，欲拙不欲固，卓然自成其家者也[13]。唐之大家，风斯下矣。其骎骎乎中古而不已矣乎[14]！其泯而不传[15]，将文末之世尔矣乎！

两广总戎太保，武定侯郭公世臣，武而好文。余谓之《元子》。公读之，若有契焉[16]，曰："嗟嗟次山，浩然刚大，愤世疾邪者也。安得百十次山以愤俗尔，独文乎哉[17]！"遂以余本次而刻之，俾余叙其说云尔[18]。

正德丁丑孟冬十有三日赐进士出身翰林院编修国史经筵官湛若水书于西樵之烟霞洞

[作者简介] 湛若水（1466—1560），字元明，明广东增城人。弘治进士，授翰林院编修，累官南京吏、礼、兵三部尚书。开初，与王守仁共

同讲学，后各立宗旨，王以致良知为宗，湛以随处体验天理为宗，于是分成王、湛两学派。著有《湛甘泉集》。

［释题］录自桂多荪《浯溪志》。

［注释］1. 史若水：即论史的湛若水，自称。2. 益古：更加趋向古代。3. 太上：最上等。质：质朴，朴实。文：文采。4. 浮：超过。5. 敝：通“蔽”，蔽塞。6. 林放：鲁国人。本：本质。7. 大之：把它说得重大。8. 先天：指胚胎时期。9. 后天：离开母体后。述：阐述。10. 斯文：礼制。11. 观艺：观察艺文。燕冀之都：燕国冀州的城邑。12. 异焉：认为它奇特。13. 卓然：卓越地，特出地。14. 骎骎（qīn）乎中古：在中古时期进展很快。15. 泯：消失，丧失。16. 契：相契，投合，意见一致。17. 愤俗：愤恨世俗。18. 俾：使，让。

［译文］史家湛若水说：自从我获得《元子》这本书后作文的思路更加趋向古代了。

（说到）最上等的事物显得朴实却没有文采；其次，既朴实又有文采；再其次，文采超过朴实。文采超过朴实，正常的事理就说不明白。所以林放问礼仪的本质，孔子把它说得很重大。事物的发生，先是朴实的而后有文采。所以朴实是天生的；文采是人们加工才有的。朴实是先天生成的；文采是后天加以阐述的。因此，人们对于礼乐制度，不难于讲求文采，而难于朴实；不难于华丽，而难于朴素；不难于灵巧，而难于笨拙。我由于游历北方，在燕地冀州的城邑考察艺文，获得《元子》这本书，认为它奇特。它追求朴实不是粗野，追求朴素不是简陋，追求笨拙不是固执，是突出地成了一家。当时唐的大家，文风就算下等了。他是在中古时期向前疾进而不肯停止呢！（如果）这种风气消失不能传下去，那将是文风走向末路罢了啊！

两广总戎太保，武定侯郭公世臣，是习武的却喜爱文事。我对他讲了《元子》这本书。郭公读了它，像有相契的，说：“唉，唉呀元次山，有着浩然刚大气概，是愤恨世事不平，痛恨邪恶的人。如何能得到百十多个元次山来愤恨世俗啊，难道只是文风吗？”于是把我的这本书按次序刻印它，让我叙述他所说的如此罢了。

［说明］这篇序，首先摆出了自己获得《元子》后，文思更加趋向古时质朴的观点，接着阐述了对质与文的看法，评论《元子》一书的奇特是摆脱当时低下文风，坚持自己的主张前进，然后写到郭世臣读了《元

子》很是相契，为了匡正世俗，刻印此书，令作者作序。全文表达应该坚持质朴文风的态度十分鲜明，这对我们了解元结的为文和做人有参考价值。

浯溪望中兴亭记

明·邓显麒

望中兴亭者，邓子梦虹授意于汪子[1]，委其事于黄子之所构也[2]。亭之初，双石巉崎，如门如关；徒步视之，若阖若辟[3]，阙然若有待于人者[4]，因为亭以覆之。亭之势，前瞰大渊[5]，后枕峿山，左绕香溪，右凭磨崖。亭成而登焉，则见乎怪石异木，献奇竞秀，瑞日祥云，可捧可攀，真三吾之胜概也[6]。亭以“望中兴”名者，岂不以亭前十余步，磨崖石上有颜鲁公书刻元次山《中兴颂》，岿然在望乎[7]？曰：“是则然矣。”

抑有出于望外者[8]。盖望于古，忽于今；望于目，忽于心；望于传闻，忽于身亲经历者，犹夫无望也。夫唐以安史之变，酿成天宝十余年之乱。当时，人心望中兴于灵武[9]；匹马一呼，宗庙再安，果厌人望焉[10]，是谓唐之中兴。我国家以瑾、镭、彬、濠之变[11]，酿成正德十余年之乱[12]。天下人心望中兴于今上；登极一诏[13]，老羸感泣[14]，果厌人望焉，是谓我朝之中兴。因唐之中兴而感我朝之中兴，遂移其远望于唐者而近望于今日，是则予之所望而亭之所由名也。诸君或未之思乎？众曰：“然！请类次其语以为之记[15]。”

余曰：“吁！观鲁公之书，字画遒劲，忠义天成，则漫山诸书概不足观矣[16]；读次山之颂，文学老成，争光日月，则纷纷述作皆不足数矣[17]。而况瓦缶之鸣[18]，可续韶頀之余响乎[19]？虽然余又有说焉。唐以中兴大业托诸元、颜之手，尚能光被山泽，流播今古；若今圣天子，孳孳圣学[20]，锐意太平[21]，异时内圣外王之效[22]，追美唐虞三代之隆[23]，必有陋晚唐惭德于风下者也[24]。他日，岂无玉堂燕许之笔肆为压倒元、白之作[25]，大书深刻于天齐之崖者乎？是端有望焉[26]而不能已于言也。遂书此以俟[27]。

邓子名显麒，汪子名溱，黄子名焯，一为巡湖御史，一为按察佥事，一为永郡知府，盖皆有事于祁阳而属意于亭者[28]，因并书之。

嘉靖六年（1527）岁舍丁亥季秋月[29]

[作者简介] 邓显麒，字文瑞，号梦虹，江西奉新人。明正德进士，担任过行人司副、监察御史、巡按湖广。嘉靖六年与汪溱（zhēn）、黄焯（zhuō）共建望中兴亭于石门。

[释题] 碑原在石门，活碑。亭圮碑失。文录自宋溶《浯溪新志》。

[注释] 1. 授意：把自己的意图告诉别人。2. 委：委托。所构：建筑的。3. 阖（hé）：关闭。辟：打开。4. 阙：通“缺”，空缺。5. 大渊：大水潭。6. 胜概：佳境，美丽的景色。7. 岿（kuī）然：高大独立的样子。8. 抑：但是，然而。9. 灵武：代唐肃宗李亨。他在灵武即位起兵。10. 厌人望：满足人们的希望。11. 瑾、鐇、彬、濠：瑾，宦官刘瑾，凭明武宗的宠信，与马永成等结成“八虎”，胡作非为，擅权作恶，残害忠良，祸国殃民。鐇（fán）：即安化王朱寘鐇，借清除刘瑾势力叛变。彬：即江彬，因镇压农民起义，封平虏伯，屡次导武宗浪游，鱼肉百姓。濠：即明朱宸濠，被封于南昌，起兵反叛，被王守仁平定。12. 正德：明武宗年号，他荒淫无道，耽乐嬉游，昵近群小，以致叛乱迭起。13. 登极：指嘉靖皇帝朱厚熜（cōng）登上皇位。极：旧时指君位。14. 老羸（léi）：老弱。15. 类次：分类排列。16. 漫山诸书：满山所有书迹。概：一律。17. 述作：写成作品。18. 瓦缶之鸣：平庸低下瓦器的响声。19. 韶頀（hù）：禹乐、汤乐，或泛指外堂之乐。20. 孳孳：同“孜孜”，勤勉不懈。圣学：圣人的学问（著述）。21. 锐意：坚决执意。22. 内圣外王：即儒家标榜的，内以圣人的道德为体，外以王者的仁政为用。23. 唐虞三代：即唐尧、虞舜、夏商周。24. 惭德：因行事有缺点而内愧于心。25. 玉堂燕许之笔：指翰林院里燕国公张说、许国公苏颋那种大手笔。元、白：唐时的元稹、白居易。26. 端：果然，确实。27. 俟（sì）：等待。28. 属意：注意，归心。29. 岁舍丁亥季秋月：岁值丁亥，九月。

[译文] 望中兴亭，是邓梦虹把自己的意思告诉给汪子，把这件事委托给黄子建成的。建亭之初，一对崖石高峻峙立，好像门口、关口；步行看去，又好像关闭、打开，空缺着像正等待来人似的，因而，修建亭子遮盖起来。亭的地势，前面向下看是大水潭，后面紧靠浯山，左边绕着香溪，右边依傍摩崖。亭子建成后去登临时，就见到那些奇特的崖石、怪异的树木都在献奇争秀，和煦的太阳、吉祥的云气，可以捧起，可以高攀，真是三吾的美景啊。亭子用“望中兴”命名，难道不是因为亭子前面十多步，摩崖石上有颜鲁公书写镌刻的元次山《中兴颂》，高大挺立在视线

中吗？回答说："就是这样的呢。"

然而也有出于希望以外的。因为只看到古代，就会忽略当今；看到眼前景象，内心会有疏忽；寄希望于传闻，就会忽视亲身经历的东西，这都犹如没有希望。唐代由于安史的叛变，酿成天宝十多年的战乱。当时的人心，就对唐肃宗李亨在灵武登上皇位寄予中兴希望；他匹马跑向北方一呼喊，皇朝再次平安，果然满足了人们的愿望，这就叫唐代中兴。我们国家由于刘瑾、朱寘鐇、江彬、朱宸濠的反叛，酿成了正德十多年的混乱。天下的人心，对当今皇上寄予了中兴希望；他登上君位下了诏书，老弱都感动哭泣，也真的满足了人们的希望，这就叫我朝的中兴。由唐代的中兴而感到我朝的中兴，于是转移他们远望于唐的目光至今天，这就是我所希望的并且是亭子命名的原由。各位或许没有想到这些吧？大家都说："对！请你分类排列这些话来写篇记。"

我说：唉！看了鲁公的书迹，笔画雄健有力，忠义之气是天生的，那么满山那些书迹一律不值得看了；读了次山的颂，文笔老练有成，可跟日月争放着光芒，那么许许多多写成的作品都不值得数说了。更何况庸劣瓦器的声响可以接续庙堂音乐剩下的音响吗？既然如此，那么，我又有要说的：唐朝把中兴大业托付给元颜二公的手里，尚且能够光照山林水泽，流传今古；倘若当今圣明的皇上，对圣人之学勤勉不懈地学习，坚决力求天下太平，那么他日会收到内以圣人的道德为体、外以王者的仁政为用的效果，能够赶上唐尧、虞舜、夏商周的国势昌隆，必定有把晚唐在当时风气下行事内愧于心看作鄙陋的了。将来，难道没有翰林院里像燕国公张说、许国公苏颋那样的大手笔，肆意写出压倒元稹、白居易的作品，在高与天齐的崖壁上大书并深刻的吗？这确实有希望，并且不能忍住不说了。于是写下这篇记等待他日验证。

邓子名显麒、汪子名溱、黄子名焯，一个是巡湖御史，一个是按察佥事，一个是永郡知府。因为他们都在祁阳县办事，并且对建亭很是留心，因而都写上了名字。

嘉靖六年（1527）丁亥九月

［说明］ 这篇《望中兴亭记》记述了亭子怎样建成和登临能见到的美景以及命名的原由，论述了由唐代的中兴感到本朝的中兴正适合人心，也是大家所希望的，更是亭子命名的深一层理由，进而阐述元颜歌颂大唐中兴，光照山泽，流播今古，推论到本朝中兴能够比美前朝，也会有大手笔

摩崖刻石的，鲜明地表达了盼望国势转弱为强的爱国思想感情。

浯溪游记

明·袁 帙

四月八日夜，至祁阳。九日登浯溪。

溪面湘。过香桥，溪水绕出桥下，声铮然不绝[1]。读《大唐中兴碑》及宋、元人诗刻、题名。碑旁有镜石，高一尺五寸，阔一尺五寸，厚三寸余，嵌置崖石间。上有宋人诗、跋。石色黟黑如漆[2]，光莹如镜，可鉴人须眉，隔江草树田垄一一皆见。予意石甚小且奇，恐好事者窃而去[3]。山僧云："昔有窃去者，石遂昏，黯然无光，一无所见；乃复归于此，则更明澈逾初。"此殆造物者之效奇[4]，不可以恒理推也。谒鲁公、次山书院，登笑岘亭；亭据危崖；崖面江，特奇峭，略如严陵钓台[5]。崖石有窊尊，次山所凿也。复登唐亭，亭在危崖上，稍卑于笑岘，而荒蔽如之。漫郎宅亦鞠为茂草矣[6]。

归舟，赋诗记之，并寄唐公[7]。

[释题] 原是活碑，置元颜祠壁，祠圮碑失，文录自宋溶《浯溪新志》。

[注释] 1. 铮然不绝：像金属相碰的响声不间断。2. 黟（yī）黑：墨黑。3. 好事者：喜欢多事的人。4. 造物者：创造万物的。5. 严陵钓台：东汉严光，字子陵，余姚人。少时与光武帝刘秀一同游学。刘秀称帝后，他隐居浙江桐庐县南富春山。后人称他钓鱼的濑为严陵钓台。6. 鞠为茂草：滋长成茂盛的草丛。7. 唐公：即嘉靖年间永州郡守唐瑶。

[译文] 四月八日夜里，到了祁阳县城。九日登临浯溪。

浯溪面向湘江。经过渡香桥，溪水弯曲地绕着流过桥下，水声像金属相碰不断地响着。阅读了《大唐中兴颂》以及宋、元两代人在石上刻的诗和题名。碑的旁边有块镜石，高一尺五寸、宽一尺五寸、厚三寸多，镶嵌在崖石间。它上面有宋人刻的诗和跋。镜石的颜色墨黑似漆，光亮莹洁如同镜面，可以照出人的胡须、眉毛，隔江的草树田垄都一一呈现。我想到镜石小而且神奇，恐怕喜欢多事的人偷走它。山里的和尚说："从前有人把它偷走，镜石就昏暗了，模糊得没有光亮，一点看不到什么；于是再把它归还到这里，就更加透亮得胜过当初。”这大概就是大自然创造万物的效果不同一般，不可用常理来推断的。我晋谒了鲁公、次山书院，登上笑岘亭；亭子处于高崖上。崖石面对湘江，很是奇特陡峭，大略像严陵的钓台。崖石上有窊尊，是次山凿上的。又登上唐亭，亭子在高崖上，稍微低于笑岘亭，可是荒芜荫蔽跟它一样。漫郎宅也滋长成茂盛的草丛了。

坐船回来时，写了诗记述它，并且寄给了唐公。

[说明] 这篇游记虽短却记述了游浯溪全过程。经过渡香桥，溪流铮然不绝；读了颂碑和诗刻、题名，具体了解到了镜石的神奇，晋谒了书院，登了笑岘亭与唐亭，寻访了漫郎宅，都荒芜荫蔽，野草丛生。所述切实突出了特点，用语清爽上口。

跋《㾉台铭》

明·王世贞

元结次山撰《㾉台铭》，见欧阳永叔《集古录》中。次山凡文多从颜尚书真卿、李学士阳冰索书[1]，此篆书不知阳冰作否？或者作之？

次山于文尔雅[2]，然不能高[3]；而爱身后名；其铭亦类是。杜襄阳碑岘首[4]，一绝顶，一深渊。曰：“吾惧千岁后之为陵谷也[5]。”呜呼，古人之于名也如此。

[作者简介] 王世贞（1526—1590），明太仓人，字元美，号凤洲，又号弇（yǎn）州山人。嘉靖进士，官至南京刑部尚书。诗文与李攀龙齐名，同为“后七子”领袖。深书学，有《弇州墨刻跋》等书法著作。

[释题] 录自作者《弇州题跋》。

[注释] 1. 凡文：所写的一切文章。索书：请求书写。2. 尔雅：近于雅正。3. 高：被看重。4. 杜襄阳碑岘首：晋杜预镇守襄阳时，在羊祜生前游息岘山的地方建碑纪念。5. 陵谷：指“高岸为谷，深谷为陵”的地形变迁。

[译文] 元次山写的《㾉台铭》在欧阳永叔的《集古录》中可以看到。次山所写的文章大都请求颜真卿尚书、李阳冰学士书写。这一篆书不

知李阳冰写没有？或者他写的吧？

元次山在文字上近于雅正，然而不被人看重，却爱身后的名声；他的铭也跟此相似。杜襄阳在岘山给羊祜立碑，一处在最高的山顶，一处在深渊。他说："我担心千年后有'高岸为谷，深谷为陵'的变迁啊。"唉！古人对于名就是这样珍爱的。

[说明] 这则跋指出《峿台铭》是谁书写不能肯定，次山有"于文尔雅"和"爱身后名"的特点。

跋《中兴颂碑》

明・赵　崡

唐磨崖《中兴颂》碑，自欧阳公《集古录》已谓其岁久剥裂，字多残缺，好事者以墨增补之[1]。王元美最博雅，乃云："字画方正平稳，不露筋骨，当为鲁公书法第一。"岂元美所见，乃崖石真本耶？

余获一纸，恐是枣刻[2]；虽筋骨不露，而神气全亡[3]。惜不得至永州崖下一证之。

[作者简介] 赵崡（hán），字子函，一字屏固，明盩厔（zhōu zhì）（属陕西省）人。万历三十七年（1609）领乡荐。崡嗜爱古碑，远游寻访，每至碑所，辄审视拓摹。历时二十年，著成《石墨镌华》。

[释题] 录自《石墨镌华・跋唐摩崖中兴颂碑》。

[注释] 1. 好事者：喜欢多事的人。2. 枣刻：用枣木刻版印刷的碑帖。3. 亡（wú）：没有，消失。

[译文] 唐朝的摩崖《中兴颂碑》，始自欧阳公《集古录》已经说它年久剥落开坼，字多残缺，喜欢多事的人用墨增补了它。王元美最是渊博典雅，却说："字画方正平稳，不显露筋骨，应当算是鲁公书法第一。"难道元美见到的是崖石上拓印的真本吗？

我得到一张碑帖，恐怕是用枣木刻板拓印的，虽然筋骨不显露，但神气全消失了。可惜我不能到永州祁阳石崖下去印证它。

[说明] 这则跋评述宋欧阳修《集古录》已提到《中兴颂碑》字多残缺，而明王元美却说它"字画方正平稳，不露筋骨，当为鲁公书法第

一”。而自己所得的一张碑帖却无神气，以不能到浯溪印证是否真本为憾，显示了可贵的尚真求实精神。

游浯溪日记

明·徐霞客

初十日[1]，舟以候客未发。予念浯溪胜，不可不登。乃沿江南五里，渡之东[2]，已在浯溪下。

溪由东，西入湘，流甚细。溪北三崖骈峙[3]，西临湘江，而中崖最高。颜鲁公所书《中兴颂》高镌崖壁。前有亭，下临湘水。

崖巅巉石簇立，如芙蓉丛萼。

予病怯[4]，卧崖边石上，仰观久之。

［**作者简介**］徐霞客（1586—1641），即徐宏祖，字振之，号霞客，江阴（属江苏省）人。明地理学家、散文家。少好学，博览图经和地志。应试不第后，遍游名山大川，前后共二十八年。每次旅行均按日记事，积帙成书，名《徐霞客游记》，是优美的游记文学作品。所记地理、水文、地质、植物等方面内容，多符合现代科学认识，具有重大的科学价值。

［**释题**］录自《徐霞客游记》。

［**注释**］1. 初十日：即1637年三月初十日。2. 之东：向东，往东。3. 骈峙（pián zhì）：并立。4. 怯（qiè）：胆小。

［**译文**］1637年三月初十日，船因等候客人没有出发。我想到浯溪的胜景，不能不去游览。于是沿着江南行五里，过了河向东走，就在浯溪下面了。

溪水由东流来，向西流入湘江，水流很小。溪的北面三座石崖并立，西边靠近湘江，中间的石崖最高。颜鲁公所写的《中兴颂》，高高地镌刻在崖壁上。前面有座亭子，下面挨着湘水。

石崖顶上高而险的石头成堆挺立，好像芙蓉花的丛萼。

我的缺点是胆小，卧倒在崖边石上，抬头看了好一阵儿。

［**说明**］这则日记用极简洁的文字记述了游浯溪时所见景物的特点以及贪看崖壁崖顶景物的心情。

游浯溪记

明·茅瑞征

祁阳之墟多异石[1]。余从舆中望石势迸发[2]，奇态欲斗，以为石之胜莫祁若也；而未始知浯溪之石。会有事于衡[3]，或称溪旁镜石，光可以鉴；且云道周纡绕[4]，仅十余武，余冀回车寓目焉[5]。

五月晦日[6]，晓发祁阳，雨大至。舆人尼余行[7]，而余意已早在溪上；遂觅小艇，乱流以济[8]。溪光映发，水色缥碧遥挹[9]。远山蜿蜒，吞吐空濛[10]，若断若续；而溪头磐石亦陡立[11]，拏云攫雾[12]，杰出层霄。山僧迎指曰："此即所谓浯溪也。"问镜石何向？则延入墟莽[13]。石高、广并可尺有咫[14]，色如黑漆。以溪水拭之[15]，照人须眉如画；而余石并涌翠相支撑[16]。石壁陡绝。颜鲁公《大唐中兴颂》可摩挲展读[17]。及访漫郎故宅，杳不知对。惟相传元次山庼尊，宛若可识[18]。余因徘徊石林，觉奇峰错落，虎蹲鹘突[19]，纵横万态。睆云树，披竹石，即深心邱壑者终日位置[20]，无此灵变也。

起步前矶[21]，喟然长啸曰[22]："嗟乎！余今日乃知浯溪之石。自有开辟，爰有此溪[23]，即有此石，而翻似以元子得名[24]，天生元子以专此石焉。若凭焉，若宠焉，而元子遂以若秘焉[25]，为几席之玩，歌且咏之，觞且舞之[26]。自元子没[27]，石不遇知己，几数百年矣。试问来游此溪之上，有不知元子之为人者乎？当元子之世，得鲁公以为侣，两人以一颂一书各自为开辟[28]，更令溪与石互相托重以照耀千古。即余亦或疑元子之后身也[29]。山川有知而令名不朽[30]，又安知不有乘云上下，与石并为无穷乎？"

雨声淅沥，游兴未歇。升舆，赋诗以扣溪石[31]。

［**作者简介**］茅瑞征，字伯符，吴兴归安人，茅坤之孙。万历进士，任过湖南道兵备巡道、参政、布政使，官至南京光禄寺卿。著有《禹贡汇疏》《淡泊斋集》等。

［**释题**］原系活碑，嵌元颜祠壁。祠圮碑失。文录自宋溶《浯溪新志》。

［**注释**］1. 墟：土丘。2. 舆：轿子。迸发：由内而外突然发出。

3. 会：适值。4. 纡绕：萦绕。5. 冀：希望。回车：转身回来。寓目：观看，过目。6. 晦日：三十日。7. 尼：阻止。8. 乱流：横渡。济：过河。9. 缥碧：青碧。遥挹：远远地舀取。10. 空濛：迷茫情状。11. 磐石：厚而大的石头。12. 拏（nà）云攫雾：抓云搏雾。13. 墟莽：废墟丛莽。14. 可尺有咫：大约有一尺多。15. 拭：摸。16. 并涌翠：都涌现翠绿。17. 摩挲展读：抚摸着连续阅读。18. 宛若：仿佛。19. 鹘突：鹘鸟呆着。20. 深心邱壑者：深深思念丘壑的人。位置：安置在此。21. 矶：水边突出岩石。22. 喟（kuì）然长啸：感慨地长声喊叫。23. 爰有：于是有。24. 翻似：反而像。25. 若秘：像难以测知不公开的。26. 觞（shāng）且舞：自己喝着酒并且跳着舞。27. 没：去世。28. 开辟：创立、发展、创建。29. 后身：死后转生的人。30. 令名：美名。31. 扣溪石：刻在溪石上。但石上未见其诗，可能未刻。

[译文] 祁阳土丘有许多奇异的岩石。我在轿里看到那些岩石从地面突地长出，奇特的形态像要格斗，认为岩石的美没有像祁阳石的；但曾一点不了解浯溪的岩石。适逢到衡阳有事，有人说到浯溪旁边的镜石，光亮得可以当镜子照；并且说有路环绕着，只有十多步，我很希望转身回去时到那里看看。

五月三十日，早上从祁阳城出发，大雨下起来。抬轿的人阻止我前去，可是我的心思早就在浯溪那里了；于是找到一只轻快的小船，横着划去过了河。溪流波光映射，水色青碧，可以远远地舀取。远处的山峰蜿蜒，时隐时现的云气迷迷濛濛的，像断了，又像延续；溪头厚而大的岩石也陡立着，抓云搏雾似的，挺出在云层中。山里的和尚迎上我们指着说：“这里就是所说的浯溪了。”问镜石在哪个方向？就带领我们走入废墟丛莽中。镜石的高宽都大约有一尺多，颜色如同黑漆。用溪水拭摸它，照出人的胡须眉毛如画；并且其他岩石都涌现翠绿相互支撑着。石壁陡峻得很。颜鲁公的《大唐中兴颂》可以抚摸着连续阅读。待到寻访漫郎旧宅，都迷茫得不知回答。只是相传元次山的窊尊，仿佛可以辨认。我顺便在石林中徘徊，觉得奇峰交错纷杂，像老虎蹲着，鹘鸟呆着，竖的横的，形态多姿多样。斜看云树，拨开竹石，即使深深想念丘壑的人整天安住在这里，也难以见到这种灵妙的变化。

从前面水边岩石上开始走，感叹地长声喊着：“唉！我今天才了解浯溪的岩石了。自从开辟这块地面以来，就有这条溪水，就有这岩石，却反而像因为元子得了名，老天生下元子来专有这里的岩石。像依靠它，像偏爱它，元子于是也像专有它不愿公开，把它当作几席上观赏的东西，歌唱着它吟咏它，喝着酒跳着舞。自从元子死后，这里的岩石没有遇上知己，差不多几百年了。（不妨）试问，来游览这浯溪的有不知道元子为人的吗？当元子一生得到鲁公做同伴，两人凭着颂文、书迹各自有所创建，更加使得溪与石相互借重来光照千古。就是我也或许疑似元子的后身呢。山川是有知的而且美名不朽，又怎么会知道没有趁着云气上下，跟岩石都永远留在这里的呢？”

下雨声淅淅沥沥，可是游兴未止。坐上轿，吟了诗留给刻在岩石上。

［**说明**］这篇游记首先述说了要了解浯溪石的游览兴趣；接着描写迎着大雨去游浯溪，见到溪流波光水色诱人，远山迷濛似断似续，溪头大石抓云攫雾似的，镜石照人须眉如画，抚摸颂碑细心阅读，石林奇峰错落多姿多态，和斜看云树，拨开竹石的变化灵妙；进而慨叹地表明此时才真正了解浯溪石，元子成了浯溪石知己，浯溪石也借得元颜的颂文书迹而光照千古，猜疑自己是元结后身，推测必定有人永远同浯溪石留传下来的。

全文如此着重写浯溪石的奇特和价值，在同类文字中确富特色。

清

浯溪记

清·钱邦艺

去祁阳城三里许[1]，隔江为浯溪。溪水自双井发源，绕漫郎宅、书院前，过中宫禅祠之左，经渡香桥下，与潇湘水合。唐元次山为道州刺史，至此，爱其胜[2]，遂卜居焉[3]。

次山自号漫郎，故后人呼其宅为漫郎宅。元至元中，即其地建浯溪书院[4]，今故址存焉。渡香桥架石为之，平阔安步。溪左右，古树百余株，丛阴森翳[5]，甚宜幽赏[6]。溪口之左，石崖陡立，镌“寒泉”二字，其泉则不可考矣。溪东北二十余丈，又有小峿台，崖壁陡绝，高五十余尺；左临深溪，有大樟树覆荫。旧有小亭，今亦废[7]。溪之东百余步，石崖俯大江，高五十六丈，即峿台，悬崖绝壁，怪石纵横，古树倒垂，藤萝竹箭遍满崖隙。崖之麓，为摩崖碑，以今尺较之[8]，高八尺五寸，阔九尺许。其文即次山《大唐中兴颂》，颜鲁公所书也；字形大四寸七分，为平原生平第一得意书，亦元公之文有以助其笔力，故与山水相映发耳[9]。宋人题为“摩崖三绝”[10]，作堂以表之[11]。碑左有镜石，高一尺四寸，横一尺五寸，光莹如鸟玉；以溪水洗之，则江山、人物、草木、舟楫毕见[12]。碑之右，劖崖凹入一尺五寸[13]，勒“圣寿万年”四大字[14]，字阔四尺八寸。上下崖壁二十丈许，尽前人摹勒题识。宋熙宁中，柳应辰为永州刺史，屡过其下，有押记[15]。崖之巅有亭三间，旧名“笑岘”，正临潇湘。石上勒“峿台”二字。中宫禅寺殿宇二层，门庑俱备[16]，佛像拙陋。惟山水幽胜，真非凡境。

然而千载下所以系人怀思者[17]，一则鲁公书为天地留忠义之气，一则次山风流未坠耳[18]。盖山水之胜，非其人不传，夫岂妄哉[19]？予所以三过其下，每为之徘徊吟赋，而不忍遽去也[20]。

[释题] 此记收在旧溪志、县志。

[注释] 1. 去：距，离开。许：表示约略估计的词。2. 胜：优美（指景色）。3. 卜居：选择居住地方，择居。4. 即其地：就着这地面。5. 丛阴森翳（yì）：连片的树阴森然遮蔽。6. 幽赏：安静地赏玩。7. 废：倒塌。8. 较之：较量它，衡量它。9. 相映发：互相映衬生发。10. "摩崖三绝"：指元结文、颜真卿书、浯溪石。11. 作堂：指宋时祁阳县令齐术兴建堂屋遮盖碑文。表之：显示它，标识它。12. 舟楫：船只。13. 劖（chán）：凿。14. 勒：刻。15. 押记：指"央"。16. 门庑（wǔ）：门与廊。17. 系人：牵挂人。18. 风流未坠：遗风没有衰落。19. 妄：即妄言乱说。20. 遽（jù）去：仓忙离开。

[译文] 距离祁阳县城三里多，隔江那边就是浯溪。溪水从双井发源，绕过漫郎宅、书院前面，流过中宫禅寺的左边，经过渡香桥下，跟湘水会合。唐代的元次山任道州刺史，来到这里，喜爱它的风景优美，就择居在这里。

元次山自号漫郎，所以后人叫他的住宅为漫郎宅。元顺帝至元年间，就着这地而修建成浯溪书院，于今旧屋址存在。渡香桥是架石头筑成的，平坦宽阔可以安然步行。溪水左右有古树百多棵，连接的树阴森然遮蔽，很适宜安静地赏玩。溪口的左边，石崖陡立，镌刻有"寒泉"二字，可是这泉水却不能寻找了。溪的东北二十多丈，又有小峿台，崖壁陡得很，高五十多尺；左边靠着深溪，有棵大樟树覆荫。原先有座小亭，于今也倒塌了。溪的东面百多步，石崖底下是大江，高五十六丈，就是峿台，悬崖绝壁，怪石竖着横着，老树倒身垂着，藤萝小竹长遍石崖缝隙中。石崖脚下是摩崖碑，用今天的尺计量它，高八尺五寸，阔九尺多。它的文字就是元次山的《大唐中兴颂》，颜鲁公手书的；字形大四寸七分，是颜平原生平第一的得意书迹，也是元公的颂文有助他的笔力，所以能跟山水相互映衬生发呢。宋人题名为"摩崖三绝"，修建了堂屋来标识它。碑的左边有块镜石，高一尺四寸，横一尺五寸，光亮明净如同黑玉；用溪水洗过，就会使江山、人物、草木、船只都呈现出来。碑的右边，凿崖壁凹入一尺五寸，刻了“圣寿万年”四个大字，字阔四尺八寸。上下崖壁二十丈左右，尽是前人的摹刻诗文题记姓名。宋代熙宁年间，柳应辰任永州刺史，多次寻访这下面，题有押记。石崖顶上，有亭子三间，旧名叫“笑岘”，正面靠近湘江。石崖上刻有“痦台”二字。中宫禅寺的殿宇有两层，门与廊都有，但是佛像笨拙粗陋。只是山水幽美，真的不是凡境。

然而千把年来引起人们怀念的原因，一是颜鲁公的书迹替天地间留下忠义之气，一是元次山的遗风没有衰落呢。山水的优美，没有遇上适当的人不会传名，哪里是乱说的呢？这就是我多次寻访到这里，每次都来回走动，吟诗作文，并且不忍心匆忙地离去的原因啊。

[说明] 这篇记介绍了浯溪溪水源流和主要景点，如漫郎宅（浯溪书院）、渡香桥、寒泉、小痦台、大樟树、痦台、摩崖碑、镜石、“圣寿万年”四字、上下崖壁摹刻题识、柳应辰押记、笑岘亭、“痦台”二字、中宫禅寺等，阐明了千把年来人们怀念浯溪的原因。全文根据实况作了详略不等的叙述，有着供考证的作用。

搜访浯溪古迹记

清·钱邦芑

浯溪游人久绝，古路荒茀[1]，残碑断碣累累榛莽中[2]。

庚戌夏，以修《浯溪志》寓中宫寺[3]。与黄子其搜讨古迹，率从者渡溪桥，斫辟荆棘[4]，芟除荒秽[5]。至峿台之南，峻崖矗起，得次山《峿台铭》二百一十余字，篆书，无书者姓名，字阔一寸七分，长二寸八分，古丽清遒，实为罕觏[6]。今人徒知浯溪有鲁公碑，盖未睹兹刻之奇峻也。稍左十余步，有“三吾胜览”四大字，每字阔二尺三寸，乃延平黄焯题刻[7]。左右杂刻细字颇多，俱为苔藓侵灭，或石崖剥落，断残难识矣。从南面稍下，复西转，崖壁弯曲转折如围屏[8]，凡六折，高处可一丈，低者亦八九尺。其上石广斜出[9]，杂树丛生，女萝缭绕。遍崖皆前朝古刻，篆隶间错，大小不等，俱剥落不能细辨。西至小峿台，周围不过二百步；四面崖壁，随其凸凹大小，书勒诗字。南向有“小峿台”三字。北面有“万古清流”四大字，又有“三吾胜概”四大字。东面拂拭莓苔[10]，得杨治、华皋春五言律诗各一首[11]；余俱剥落残缺矣。

既而过石门，见石上刻“石门”二字。又于东崖薜萝之中[12]，得“浯溪”二大字，字大三尺五寸，最为雄伟。独摩崖颜碑之旁，镌勒最多。然有前人方刻，后人随复磨去，重刻己诗；至于后人复然。世人争名，乃至是哉！颜碑之左，刻次山季子友让诗一、韦辞记一；皇甫湜五言古诗一[13]，字画完好，当是后人重刻。颜碑之右，有黄山谷七言古诗，计一百八十余字，字大二寸，已为近人磨去一角，刻某司李诗矣。此书古茂清遒，为山谷生平得意之笔；盖山谷素临鲁公书，有摩崖碑助其笔兴，故尤为迥异。今海内重山谷书，如天球和璧[14]，而乃为盲夫磨毁，岂非碑碣之一大劫乎？摩崖左右，石碑杂刻，卧草间土中者，不知其几！

由摩崖而西，寻廙亭故址。上石磴二十余级，及巅，有两大树；树间一碑，已堕崖下，碑趺犹存[15]。前临大洲，左枕溪流，云物烟水，态度瞬变。元子所谓“六厌”[16]，诚不虚也。下廙亭，崖石四围，皆有古刻。一碑立棘丛中，露其额，乃孙适《三绝堂记》。因令以长刀伐去恶木；子其洗涤苔藓，见篆刻隐隐，字画奇古，乃大喜久之。果得篆书数百字，乃次山浯溪、廙亭二铭，皆江华令瞿令问玉箸篆。但《廙亭铭》犹刻在平崖，《浯溪铭》石面凸凹，字亦大小长短横斜不一，应是崖石生长，以致字形改变耳。其下方石，高一尺，四面各长四尺，顶可趺坐[17]；东面刻山谷老人书一百零九字，大一寸七分，为山谷寻见两铭，书与长老伯新[18]，俾刻之石以遗后人者。噫！山谷于次山文字其爱护亦已至矣！从来游浯溪者，摩崖颜碑之外，止见《峿台铭》，其余诸铭，俱不可见，孰知为苔藓荆棘所封。自次山至山谷二百七十年，始得一见；山谷至今又五百六十余年，我与子其因修志坚意寻讨，乃得再见，而字亦几消灭矣，不深可叹哉！

回步浯溪，寻漫郎故宅，但见高塚峨然[19]，其地久为陈氏侵为墓田，荆蓁满目[20]，狐兔交横，殊令人惘然自失[21]。嗟乎！以次山之明德[22]，千载下方将仰其风流[23]，恨生不同时，片石只字，爱若甘棠[24]。况其居处晏息之宅[25]，尤为精爽所凭依[26]，而乃使腐胔朽骨僭处此土[27]，生人秉彝之良，澌灭尽矣[28]！何况山谷之书与溪山之碑碣乎！古溪断桥，残阳衰草，凭吊感慨，未免有情；亦复谁能遣此也[29]？

［释题］ 此记录自旧溪志。

［注释］ 1. 荒茀（fù）：杂草塞路。2. 榛（zhēn）莽：杂乱丛生的草

木。3. 修《浯溪志》：钱邦芑于清康熙九年（庚戌）受祁阳县令王颐之聘编修《浯溪志》。4. 斫（zhuó）：砍。5. 荒秽：杂草。6. 罕觏（gòu）：不常见。7. 黄焯（zhuō）：明代零陵郡守，延平人。8. 折（zhé）：曲折。9. 石广（ān）：像屋伸出的石簷。10. 莓（méi）苔：青苔。11. 杨治：明代广汉七泉人。嘉靖四十四年任永州推官。华阜春：不详。12. 薜（bì）萝：薜荔、女萝。13. 季子：最小的儿子。韦辞记：指唐韦辞为元友让写的《修浯溪亭记》。14. 天球：玉名。其色如天。和璧：即春秋时楚人卞和所得的宝玉。15. 碑趺（fū）：碑的石座。16. 六厌：见《唐庼铭》。17. 趺（fū）坐：佛教徒盘腿端坐的姿势。18. 长老：旧时对年纪大的和尚的尊称。19. 峨然：高高的。20. 荆蓁（zhēn）：荆棘。21. 惘（wǎng）然：失意的样子。22. 明德：完美的德性。23. 风流：风度，仪表。24. 甘棠：传说周武王时，召伯奭（shì）巡行南国，曾憩甘棠树下，人民作《甘棠》诗怀念他的政绩。25. 晏息：安息。26. 精爽：魂灵。27. 腐胔（zì）：腐肉。僭（jiàn）：超越身份。28. 秉彝（yí）：秉赋常理。澌（sī）灭：消灭。29. 遣：消除。

［译文］浯溪的游人好久就断绝了，古路杂草阻塞，残碑断碣接连成堆倒在杂乱丛生的草木中。

庚戌年的夏天，我因为修纂《浯溪志》寄居在中宫寺。我与黄子其去搜寻古迹，带领跟随的人渡过溪桥，砍掉荆棘，割除杂草。到了峿台的南面，只见高峻的石崖耸起，找到了元次山的《峿台铭》，有二百一十多个字，用篆体写的，没有书写人的姓名，字宽一寸七分，长二寸八分，古朴秀丽，清癯有力，实在是不常见的。现在的人只知道有颜鲁公碑，大概是没有看到这块碑刻很不一般的缘故。稍向左走十多步，有“三吾胜览”四个大字，每个字宽二尺三寸，是延平黄焯题刻的。左右错杂地刻的细字很多，都被苔藓掩盖，有的石崖剥落了，断残的碑刻难以辨认。从南面稍微下去，再向西转，崖壁弯曲转折像围屏似的，总共六折，高的地方大约一丈，低的也有八九尺。它的上面石簷斜斜地伸出，杂树丛生着，女萝缭绕着。整块崖壁上都是前朝的石刻，篆体、隶书交替错杂，大小不一，都剥落了不能细细分辨。向西到了小峿台，周围不过两百步；四面的崖壁，顺着它的凸凹大小，题刻了诗字。南面有“小峿台”三个字。北面有“万古清流”四个大字，又有“三吾胜概”四个大字。在东面擦掉青苔，看到杨治、华阜春的五言律诗各一首，其余都剥落残缺了。

不一会儿，走过石门，看到石头上刻着“石门”二字。又在东崖的薜荔、女萝当中找到“浯溪”两个大字，字大三尺五寸，最是雄伟。只是摩崖颜碑的旁边，镌刻的诗文最多。但是有前人才刻上的，后人接着又磨去，再刻上自己的诗；至于后人又是这样做。世上的人争着出名，竟到了这种地步呀！颜碑的左面，刻了元次山最小的儿子元友让的诗一首、韦辞的记一篇；皇甫湜五言古诗一首，字的笔画完好，可能是后人重刻的。颜碑的右面，有黄山谷七言古诗，共计一百八十多个字，字大二寸，已经被近人磨掉一角，刻上某司李某某的诗了。这字写得古朴秀美清癯有力，是山谷生平感到满意的笔墨；因为山谷平常临摹颜鲁公书法，现有摩崖碑增添他写字的兴致，所以更是写得突出。现在整个天下都注重山谷的字，如同天球、和氏璧那种宝玉，然而竟被瞎眼的人磨毁，难道不是碑碣的一大灾难吗？摩崖的左右石碑和各种镌刻，卧倒在草里土中的不知道有多少！

由摩崖碑向西走，寻找痦亭的旧址，登上石磴二十多级，到了顶上，有两棵大树；树中间有一块碑，已经掉到崖下，碑座还留着。前面临近大洲，左边靠着溪流，天上云景，江面烟波，姿态一眨眼就变了。元子所说的“六厌”，实在是不假啊。走下痦亭，崖石四周，都有古代的石刻。一块碑石挺立在荆棘中，露出它的题额，是孙适的《三绝堂记》。于是叫人用大刀砍掉不好看的树木；黄子其洗除石上的苔藓，看到篆刻隐隐约约，字的笔画特别古朴，于是高兴了好一会儿。果真找到篆字几百个，是次山的浯溪、亭痦两铭，都是江华令瞿令问的玉箸篆。只是《痦亭铭》还刻在平平的崖石上，《浯溪铭》的石面凸凹不平，字的大小、长短、横斜也不一致，可能是崖石生长使得字形改变了。它下面的四方石，高一尺，四面各长四尺，顶上可以盘腿而坐。东面刻了山谷老人写的一百零九个字，字大一寸七分，是山谷寻见两铭写给伯新长老，叫他刻在石上，遗留给后人的。唉！黄山谷对于元次山写的文字，爱护之情也已经到极点了！从来游览浯溪的，除了摩崖碑之外，只见到《峿台铭》，其余的那些铭，都不能见到，谁知道是被苔藓荆棘封盖了。从元次山到黄山谷二百七十年，才看到一次；从黄山谷到现在又五百六十多年了，我同子其，由于修纂溪志执意搜寻，才得再见，可是字迹也几乎消灭了，不是叫人深深叹息的吗？

往回走，到了浯溪，寻找漫郎旧宅，只见到一座坟墓高高的，这块土地很久就被姓陈的侵占做墓地，荆棘满眼，狐狸兔子交错跑，很叫人惘然若失。唉！根据元次山的完美德性，千年后正将仰慕他的风度，恨自己活着不能与他同时，留下的一块石头一个字，都会像对召伯奭的甘棠那么敬爱。何况他居住安息的房子，更是灵魂所凭依的，可是竟让腐肉枯骨越分占有这块土地，那活着的人所禀赋的天良真是消灭完了！更何况山谷的字和溪山的碑碣遭到磨毁呢！面对古老的溪流，断折的小桥，落山的太阳，枯萎的杂草，怀念古人，慨叹过去，不免情绪激动，还有谁能够把这种心情消除的呢？

［**说明**］这篇访古记记述了过溪桥到峿台之南，至小峿台，过石门经颜碑左右，再经㾄亭上下，又回到浯溪的搜寻过程。当长期为苔藓荆棘所封的次山诸铭被找到和前人雄伟、古茂清遒的题刻映入眼帘时满心欢喜；而见到受人看重的山谷诗被磨去一角、溪山碑碣多残缺掩没和漫郎住宅已成墓田，不禁愤慨惘然。作者把客观景物与主观感受融成一体，悲喜之情溢出字里行间，今天读来，仍叫人激动不止。

重建浯溪元颜祠记

清・蒋永修

唐天宝之乱，颜鲁公起兵平原，首撄贼锋[1]，四方云集响应。灵武正位不二年[2]，复两京，上皇返驾长安，皆鲁公倡之也。最后抗节逆庭[3]，矢死不屈。呜呼，何其壮哉！

同时，元次山徜徉山水[4]，自称漫郎，若游方以外者[5]。然其刺道州时[6]，独能留心民瘼[7]，招集流亡万余家，为一时循吏[8]。杜少陵谓“得次山辈十数公，参错为方伯[9]，万物吐气，天下乂安[10]”，诚知言也。世徒以石鱼湖及峿台、㾄亭、右堂诸篇什传其文字[11]，末矣。

祁阳浯溪有异石，峭绝。次山作《大唐中兴颂》，鲁公摩崖壁大书刻于上，称为“三绝”，天下之奇观也[12]。余神游者久之[13]。庚戌，奉简命视学三楚[14]；是岁夏四月，校士营阳[15]，舟行过之。见摩崖壁立，下临无地；想鲁公当日竦身云霄中[16]，握如椽笔[17]，撼天门，呼帝座[18]，以杀贼之余愤快书颂文，浩然一往，气塞天地，故鬼呵神护至于今，不欲灭其迹也。

浯溪向有元颜祠[19]，久废。余与邑令王君，广文袁君各捐资重建之[20]。既落成，堂宇屏垣俱如制。二公之神固当栖而安之矣。王君请余文为记，因书其缘起如此[21]。至于二公扶植纲常、爱惜民物之盛德，久在人心，谒其祠者，当必兴千载仰止之思[22]，亦毋俟余言之赘述尔也[23]。

［**作者简介**］蒋永修，字慎斋，号纪友，江苏宜兴人。清顺治进士。任过知县、刑科给事中、知府、湖广提学副使等官职。著有《慎斋选集》、《莅楚学记》等。

［**释题**］原系活碑，嵌元颜祠壁，祠圮碑失。文录自宋溶《浯溪新志》。

［**注释**］1. 撄（yīng）：接触、触犯。2. 灵武正位：指肃宗李亨正式登上君位。3. 抗节：坚持节操。逆庭：指反叛唐朝的李希烈的庭堂。4. 徜徉（cháng yáng）：闲游。5. 游方：云游四方。6. 刺道州：主管道州。7. 民瘼（mò）：老百姓疾苦。8. 循吏：奉职守法的官吏。9. 参错：参差交错。方伯：原指一方诸侯之长，后泛称地方长官。10. 乂（yì）安：太平无事。11. 篇什：诗篇，因《诗经》的“雅”“颂”十篇为一什。12. 奇观：雄伟罕见的景象。13. 神游：感觉中像亲身游览。14. 庚戌：指康熙九年（1670）。简命：特旨任命。视学：督学。三楚：即西楚、东楚、南楚。多泛指湘鄂一带。15. 校士营阳：在道州考核学子。16. 竦（sǒng）身：挺着身子。竦：引领举足。17. 如椽笔：如椽大笔。18. 帝座：星名，今属武仙座。19. 向：以前。20. 邑令王君、广文袁君：指县令王颐、训导袁坦。21. 缘起：指重建的缘故。22. 仰止：仰望、向往。23. 俟：等待。赘述：多余地叙述。

［**译文**］唐代天宝年间的叛乱，颜鲁公在平原起兵，最先抗击叛贼的前锋，四面的兵马像云一样聚集，声有回音。唐肃宗李亨在灵武登上君位不上二年，就恢复东京、西京，上皇唐玄宗的车驾返回长安，都是颜鲁公首先倡议的。最后他在叛逆李希烈的庭堂坚持节操，誓死不屈服。哎呀，这是多么悲壮啊！

同时，元次山闲游山水，自称漫郎，像云游四方以外的人。然而他主管道州的政事时，特别留心百姓疾苦，招集流浪在外的万多户人家，成为一时奉职守法的官吏。杜少陵认为“如果得到像次山一类的十多人，参差交错地做地方长官，就会万物都能舒气，天下太平无事”，这确实是知情话啊。世人只是借石鱼湖，以及峿台、唐亭、右堂这些诗篇来流传他的文字，算小事了。

祁阳浯溪有不同一般的石崖，陡峭得很。元次山写了《大唐中兴颂》，颜鲁公在磨治的崖壁大书颂文，镌刻在上，被称为“三绝”，是天下雄伟罕见的景象。我在想象中亲身游历已经很久了。庚戌年，我奉旨派遣到楚地督学；这年夏天四月里在道州，考核生员，坐船经过这里。看到摩崖像墙壁般陡立，直到底不见地面；想象到颜鲁公当时挺身在高空中，握着如椽的大笔，震动了天门，喊着帝座星，借先前杀贼留下的义愤快速书写颂文，一股刚正之劲直前，这气势直可填塞天地。所以鬼神呵禁守护至今，就是不愿意消失这一古迹。

浯溪从前就建有元颜祠，倒塌很久了。我与县令王君，训导袁君各捐出钱财重建元颜祠。已经竣工，堂宇垣墙都合规定。二公的英灵定会安息在这里了。王君请我写篇文章记述下来，于是写了重建的缘故是这样的。至于二公扶持培植三纲五常，爱惜百姓财物的大德，久已深入人心，来晋谒这祠宇的必定激起近千年来敬仰的情思，也就不用待我作多余的述说了呢。

[说明] 这篇记概述了颜鲁公在天宝之乱中首撄贼锋的功绩，在逆贼逼降中壮烈献身的节操，和元次山在道州关心百姓疾苦安定社会的政绩，以及摩崖碑得以维护至今的道理；阐明了重建元颜祠的缘起和重大意义。

文章叙述简括，描绘形象，说理抒情融为一体。

重修右堂记

清·范承勋

余夙抱登临兴[1]。今持粤节[2]，泛湖湘而南，弭棹浯溪之上[3]。见其山川秀美，徘徊不忍去。

因读崖碑，视窊尊，想古人之高风逸韵[4]，慨然兴仰止之思焉。薙榛斫棘[5]，得右堂遗址，捐赀葺而新之[6]。家慈既高年[7]，触暑远征，乃奉以登眺，就嘉荫而憩息[8]，用娱亲志云尔。若夫品题泉石[9]，凭吊古今，非劳人之所有事也[10]。

同游宾、佐、亲侣不一人，人不一地，不悉书。

[作者简介] 范承勋，字苏公，沈阳人，任过员外郎、御史、广西巡抚、云贵总督、两江总督、兵部尚书等职。有《通鉴纂注》《世美堂诗

文奏疏》等著作。

［释题］ 据宋溶溪志，此记“勒小峿台（石屏）西北”。时为康熙二十六年。又属邑令王启烈重修右堂。到康熙三十六年又捐修唐亭和笑岘亭。

［注释］ 1. 夙抱：一向怀着。2. 持粤节：指任广西巡抚。粤：古时的百粤之地，包括广东、广西，称两粤。今专称广东为粤。3. 弭棹（mǐ zhào）：停船。4. 高风逸韵：高尚的品格，超脱的风度。5. 薙榛斫棘（tì zhēn zhuó jí）：除掉杂木野草。6. 赀：同“资”，钱财。葺：修葺，修理。7. 家慈：家母。8. 嘉荫：美好的树荫。9. 品题：评论。10. 劳人：旅途奔波的人。

［译文］ 我一向有登山临水的兴致。于今任广西巡抚，泛舟湖湘南行，停船在浯溪水边。看到这里的山川秀丽美好，回还往返，不忍心离开。

由于读了摩崖碑，看了庼尊，想起古人高尚的品格、超脱的风度，感慨地萌发了敬仰的情思。于是清除杂树野草，找到了右堂遗址，我捐出钱财修理它换了新貌。家母已经年高，冒着暑气远途旅行，于是奉陪她去登临眺望，就着美好的树荫休息，借以让母亲心情愉快罢了。（至于）评论山水追怀古今，就不是我长途奔波的人该做的事了。

同游的宾客、僚佐、亲朋不止一人，这些人不是一块的，没都写上了。

［说明］ 这篇重修记叙写了素有登临兴致，顺道来游浯溪，怀念古人的高尚品格、超脱风度，找到了次山右堂遗址，捐资重修，并且陪奉母亲登临以娱亲心的情况，展现了作者喜爱山水胜迹，敬仰前贤，孝顺母亲的情怀。

游浯溪记

清・马世永

浯溪、余旧所经地也。

康熙甲寅[1]，先文毅公开府粤西[2]。当孙逆之难[3]，声阻援绝，缮密疏，遣余兄间关告变[4]；继托义侠某携不肖及犹子某微行上书[5]。时余与犹子皆童年，舟过于此。若峿台、㾊亭、香桥、窊尊、摩崖诸胜，当日亦无心于游眺也。惟记以水洗石镜，意欲北望神京[6]，南照亲舍[7]，不觉悲从中来，迄今追想犹如昨日事。

皇恩广大，叨忠荫佐郡星沙[8]，代庖祁阳[9]，因得游此胜地，屈指已二十有五年矣。时方夏五，甘雨沾足[10]，彩鹢乘波[11]，锦标上下，远近市民聚观于浯溪山水间。余顾而乐之，僚友宾从盖亦同此乐也[12]。席地开筵，烹鲜浮白[13]，夕阳在山，颓然而返[14]。乃复徘徊于石镜之前，念君亲而勉忠孝，盖不禁感慨系之矣[15]。

[作者简介] 马世永，字里、生平均不详。

[释题] 此文收在旧溪志、县志。

[注释] 1. 康熙甲寅：康熙十三年（1674）。2. 先文毅公：指马雄镇，字锡蕃，号坦公。顺治间，任工部副理事官，迁广西巡抚。吴三桂反，他合家被囚禁，多次劝降，不屈遇害，谥文毅。开府：任巡抚。3. 孙逆：指广西将军孙延龄响应吴三桂叛变。4. 间关：抄小路辗转而行。5. 犹子：指侄儿。微行：隐蔽身份，改装出行。6. 神京：帝都北京。7. 亲舍：指父母被囚禁在粤西的住地。8. 叨（tāo）：承受。荫：指封建帝王给臣属子孙以学习或做官的权利，有庇荫的意思。佐郡星沙：在长沙郡作僚佐。星沙：长沙别名。9. 代庖：指替县里办事。10. 沾足：滋润充足。11. 彩鹢（yì）：彩船，古时常在船头画鹢鸟。这里指龙舟。12. 盖：大概，表示不能确实。13. 烹鲜浮白：烹调菜肴，满杯喝酒。14. 颓然：兴致衰落。15. 盖：句首语助词，无义。

[译文] 浯溪，是我昔时所经过的地方。

康熙十三年，先父文毅公在广西任巡抚。当孙延龄叛变的危急时刻，音信阻塞，援兵断绝，我父写了一份秘密的奏疏派遣我哥哥辗转前去报告事变；接着又委托义侠某某携带我和他侄子某某隐蔽身份化装前去送书信。这时我和他侄子都是童年，坐船经过此地。那峿台、㾊亭、香桥、窊尊、摩崖等胜景，当天我也没有心思游览啊。只记得用水洗摸石镜，想要看到北面的京都，照出南面双亲居住的地方，不觉得悲伤也就在这当中产生。到今天回想着，犹如昨天发生的事呢。

皇恩是广大的，我承受了因先父忠贞得到的庇荫，在长沙府里任僚佐，到祁阳代理县里的事，因而得以游览这胜地，屈着指头数来已经二十五年了。这时节，正是夏天五月，好雨滋润足够，彩船乘着水波划去，锦旗奖励竞赛上下的龙舟。远近的市民，都在浯溪的山水之间聚集观看。我看到这热闹情景很是欢乐，同僚、宾友、随从大概也共同有这种欢乐。（于是）就着地面摆设宴席，烹调着菜肴，喝起满杯酒来，不觉夕阳落山，兴致也就衰落，要回了。于是再在石镜前面来回地走，想到对君王、双亲应当尽忠尽孝，禁不住感慨相连。

［说明］这篇游记追叙了童年在危难局势下微行上书，经过浯溪的情况，表白了为文记忆犹新的心情；接着抒写今天得游浯溪，见到龙舟竞赛热闹场面的欢乐和徘徊石镜下想到对君亲应尽忠尽孝的情怀。所述真切，所感可信。

文中所写竞赛场地是浯溪一带，可作祁阳老县城原在老三湾的佐证。

游浯溪记

清·潘 耒

湘南两岸多小山，连绵逦迤[1]，少奇崛之概[2]；间有危矶削壁，皆焦枯，鲜秀润。其崭然特异者，惟浯溪。远望之，石壁嶙峋[3]，如屏如阙[4]；近视之，嵌空玲珑[5]，迭峰而多穴。石类灵璧[6]，复类太湖[7]，面背皆奇，随步异态，设穷人力为假山，未有能髣髴者[8]。岸旁槎枒老树[9]，支柯垂阴，苍藤倒挂，璎珞百千[10]。清溪一线注于江[11]，触石而坠，有声铿然[12]，境象清绝。

元次山罢道州，乐其幽胜，遂移家焉。一水一石，各为之铭。又乞颜鲁公书其所作《中兴颂》，镵诸崖石[13]。颂词高简，为次山集中第一；字势雄伟，为颜书中第一。

余少时见拓本，甚爱之，而不能得。逮门人刘禹美典试粤西[14]，还，始得一本。顷从祁阳携拓工来，维舟三日[15]，拓取数本；因得婆娑林麓间[16]，尽吟眺之适。从寺僧所得《浯溪志》阅之，始知亭台故迹废兴不一；而其废而复兴不终湮没者，实以元颜二公名节风裁使人思慕[17]，非徒林壑之美而已也。

崖石坚细宜镌勒，自颂文而外，次山复尽刻其铭。唐、宋人续题于左右者不可胜数，大半为后人磨去，刻其自作；其存者或蚀于莓苔，或埋于土下。余同陈、吴二子，一一洗剔[18]，且尽拓之，颇有志所未载，及载而讹缺者。漫郎宅在崖傍，邑有显者占以为墓。元、颜祠久废，近岁新城王阮亭先生之从子骏公来为令[19]，始复作之；并筑庴亭、窊尊亭；重修崖志刻之，殊有功于浯溪。然不免于挂吏议去[20]，皆可叹也。

诸续题中，山谷一诗最著名。诗意乃谓肃宗不当攘取大物，上皇西内凄凉，次山有痛于中而以颂托讽者。细审颂文，初无此意。禄山作乱，明皇既失天下，肃宗提一旅复两京，孝之大者。抚军监国[21]，平世事耳。灵武之事，非正位号不足以作士气而收人心，勉从推戴，事出权宜；旋转乾坤[22]，所济者大。唐室再造[23]，上皇还宫，臣子宜何如庆幸，何如颂扬！而乃阴含刺讥乎？

或以为书"太子即位"，及"歌颂大业"，不言"盛德"为微词[24]。《春秋》之法，立不以正者不书"即位"。书"即位"，非贬也。序言"大业"，颂言"盛德"，二文互见，亦复何疑？文人喜翻案[25]，山谷为此诗，亦一时树异耳。后人辄袭其说[26]，题浯溪者必诟肃宗[27]，其与元颜两公颂扬国美，大书深刻之意实相背。元颜两公有灵，当愀然不乐也[28]。余不可以不辨，故记。

［**释题**］此记原是活碑，已失。文收在旧溪志和旧县志。

［**注释**］1. 迤逦：即迤逦（yǐ lǐ），曲折延伸。2. 奇崛：奇特突出。概：景象。3. 嶙峋（lín xún）：山石突兀、重叠。4. 阙（què）：宫殿。5. 嵌空玲珑：镂空似的，结构奇巧。6. 类：像。灵壁：可能指五色的灵岩石。7. 太湖：太湖石。8. 髣髴（fǎng fú）：类似。9. 槎枿（chá niè）：树木经砍后的再生枝。10. 璎珞（yīng luò）：古代用珠宝穿成的戴在颈项上的装饰品。11. 注：流入。12. 铿（kēng）然：象声词。13. 诸：之于。把它……在。14. 典试：主持科举考试。15. 维舟：系船。16. 婆娑：盘旋，停留。17. 风裁：风度，气派。18. 洗剔：洗涤排除。19. 王阮亭：即清王士祯。从子：侄儿。骏公：即王启烈。20. 挂吏议去：被记过议论撤职。21. 抚军监国：从君出征和君王外出太子代理国政。22. 旋转乾坤：平定天下。23. 再造：重建。24. 微词：隐晦的批评。25. 翻案：推翻原来的评价。26. 袭：因袭，继承。27. 诟（gòu）：辱骂。28. 愀（qiǎo）然：神色变得严肃的样子。

［**译文**］湘水南端两岸有许多小山，连绵曲折延伸，少有奇特突出的

景象。间或有高高的石矶陡峻的崖壁，都显得颜色焦枯，少见秀丽润泽的。其中高峻特别有异的只有浯溪。在远处看它，石壁突兀重叠，像屏风也像宫殿；走近看，像镂空似的，结构奇巧，山峰重叠，有许多洞穴。石头像灵岩石，又像太湖石，面背都奇特，随着步伐向前呈现不同姿态，即使竭尽人力造成假山，也没有能够类似的。岸边长出再生枝的老树，枝条垂阴，青绿的藤条倒挂在上，好似许多璎珞。清溪一条流入江中，碰着石头落下去，发出金属般的响声，境界景象十分清幽。

元次山没有在道州做官后，喜爱这幽雅的景物，就移居到这里。一条水，一爿石，各写了铭文。又请颜鲁公书写他作的《中兴颂》，把它刻到崖石上。颂文格高言简，可算次山集子中最突出的一篇；字的笔势雄伟，也是颜字中最突出的。

我年轻时见到拓印的帖本，很是喜爱它，但弄不到手。直到我的门生刘禹美在粤西主持考试，回来时，才得到一本。前不久从祁阳带去拓碑的工匠，在浯溪系船三天，拓印了碑帖好几本；因而能够盘桓在山林间，得尽吟咏眺望的舒适之趣。从寺中和尚那里弄到《浯溪志》，读了后，知道亭台遗迹有废有兴的情况各不相同；可它败坏后又重修起来终于没有消失的，实由于元颜二公的名声、气节、风度使人思念仰慕，不只是林壑优美罢了。

崖石坚硬细腻适合镌刻，除《中兴颂》以外，次山又完全刻上他写的铭文。唐、宋的人接着题刻在左右的诗文不可胜数，大半被后人磨掉，刻上自己的作品；其中留下的有的被青苔侵蚀，有的埋没在土里。我同陈、吴二人，把一块块碑刻洗刷干净，并且都拓印了它，很少有志书没记载的，以及记载了却错讹残缺的。漫郎宅在石崖旁边，县里一个有权势地位的人占有它做了坟墓。元、颜祠早已败坏，近年新城王阮亭先生的侄儿王骏公来做县官，才重修它；并且建了唐亭、窊尊亭；重修崖志刻印了它，对浯溪很有功劳。然而不免于记过评议撤职，都是可叹的啊。

那些接着题刻的，黄山谷的诗最为著名。诗意竟说肃宗不应该抢取帝位，上皇玄宗在西内过着凄凉生活，次山心中痛苦，便用颂文寄托讽刺之意。我仔细研读颂文，原来没有这种意思。安禄山叛乱，明皇已经失去天下，肃宗带领一支军队收复了东京、西京，是最大的孝。从君出征代理国政都是平常情况的事。灵武登位的事，不端正名位不足以振作士气收拾人心，尽力接受大家的推戴为皇，事情出于权宜之计；能够平定天下，所成就的事业就很大。唐朝重建，上皇回到宫中，做臣子的应该怎样庆幸，怎样颂扬！竟会暗含讥讽的吗？

有人认为写上“太子即位”，以及“歌颂大业”，没有讲到“盛德”是隐晦的批评。按照《春秋》笔法，君王登位不认为正当的不写上“即位”。写上“即位”，不是贬啊。序文里说“大业”，颂文里说“盛德”，两文相互表现，又有什么可怀疑的？文人喜欢推翻原来的评价，山谷写这首诗，也是一时要树立不同见解罢了。后来的人总是承袭他的说法，在浯溪题诗的，一定要辱骂肃宗，这跟元颜两公颂扬国君的好处，大书特写的深刻用意实相违背。元颜两公英灵还在的话，一定会神色严肃不高兴的。因此，我不能不加以辩白，所以写了这篇记。

［说明］ 这篇游记先写浯溪景物奇特清幽，元次山才移家于此，镌刻的颂与字都是精品；接着写研读溪志后认识到故迹不被湮没，其实是后人对元颜二公名节、风度的思慕，并写出对碑石亭台存废的慨叹；最后着重论述黄山谷题诗中“以颂托讽”的看法只是“一时树异”与原文“颂扬国美”之意实相违背。全文叙议结合，观点鲜明。读后，不禁引起我们对《中兴颂》的评论要作深入研究。

清圣祖评颜书

清圣祖云[1]：“史称颜真卿立朝正色[2]，刚而有礼，非公言直道不萌于心。天下不以姓名称，咸曰鲁公[3]。而独为权奸卢杞所忌[4]，遣谕李希烈[5]，竟被贼害。观其赴火骂逆，何其烈也！”

“平生善正草书，宋祁称其‘笔力遒婉’[6]。今被阅遗迹，凝重沉郁[7]，奇正相生[8]，如锥画沙，直透纸背；觉忠义之气，犹勃勃楮墨间[9]。朕重其人，益爱其书，不啻逾于球璧矣[10]。”

［释题］ 摘自《佩文斋书画谱》。该书画谱是清代官修关于我国历代书画艺术的类书。孙岳颁、王原祁等撰，共一百卷。分论书、论画、书画家传、书画跋、书画辩证及书画、鉴赏等门，注明了出处，便于查阅。

［注释］ 1. 清圣祖（1654—1722），爱新觉罗·玄烨。年号康熙。在位期间，拘禁鳌拜，平三藩，定台湾，统一漠北、西藏地区；停圈地，奖

垦屯，兴水利；举博学鸿儒科，开馆修书，提倡理学，兴文字狱，在位六十一年。2. 正色：态度严肃，神色严厉。3. 咸：都，全。4. 卢杞：字子良。滑州人，貌丑，好口辩，唐德宗时专权作恶，残害忠良，滥收赋税，怨声满天下，后被贬死。5. 谕：晓谕，告示。6. 遒婉：刚健婉转。7. 凝重沉郁：庄重含蕴深刻。8. 奇正相生：正面侧面相互照应。9. 勃勃：兴起的样子。楮（chǔ）墨：纸墨。10. 不啻（chì）：不止。球璧：美玉。

［**译文**］清圣祖说："史书上称赞颜真卿在朝廷上为官神色庄重，刚正有礼，不是公道的话、正直的道理，不会在心里萌发。天下的人不直接呼他的姓名，都称他'鲁公'。可是唯独被专擅朝政的奸臣卢杞嫉妒，派遣他去晓谕李希烈，竟被逆贼害死。看他那以身赴火，痛骂逆贼的言行，多么壮烈啊！"

"他一生擅长写正书、草书，宋祁赞扬他'笔力刚劲婉转'。于今展开他传下来的书迹阅读，好不庄重含蕴深刻，正面侧面相互照应，正像用锥子画地，力道直透纸背；觉得一股忠义之气兴起在纸墨当中。我尊重他这个人，更喜爱他的书迹，不止是超过上等美玉了。"

［**说明**］这则短评称赞颜真卿在朝刚正有礼，受到天下人敬爱，竟遭权奸嫉妒，被逆贼害死的壮烈，鲜明地表达了对他的书迹凝重沉郁、力透纸背、书迹间勃发着忠义之气、其价值胜过上等珠玉的喜爱和对他为人的敬重之情。

浯溪考序

清·王士祯

楚山水之胜首潇湘，潇湘之胜首浯溪。浯溪以唐元结次山名，得鲁公摩崖书而益张[1]。

溪志，前后旧有两集，为李仁刚、侍其光祖撰[2]，见于《舆地碑目》[3]，皆无传。今志乃出庸手[4]，总杂泛滥，至不可耐[5]。族侄某知祁阳[6]，以一本寄余，览之辄太息，以为古今名迹，不遇其人，卤莽载笔[7]，与黥劓何殊[8]！

乃以退食之暇[9]，杂考新旧《唐书》，次山、可之、豫章、石湖、诚斋、铁崖、归田、升庵、弇州诸集[10]，《宣和书谱》、欧阳《集古》、赵氏

《金石二录》《广川书跋》《石墨镌华》《墨池编》[11]，旁及《挥麈录》《桯史》《容斋五笔》《示儿编》《学林》《玉堂嘉话》《菽园杂记》诸书[12]，穷搜遐摭[13]，要取精核[14]；间录诗赋杂文，汰俗存雅[15]，多郡志溪志所未收者。诵之，若与次山之文宫徵相和[16]，泠然善也[17]。书成，上下凡二卷，恨不能起鲁公、次山、山谷三公而质之[18]。

至李、侍二君之书，终不可见。会当访诸江南藏书家，冀幸得之[19]。

［**释题**］此序录自《浯溪考》，旧溪志、县志均未收。

［**注释**］1. 益张：更加扩大。2. 李仁刚：宋高宗绍兴二十二年（1152）祁阳知县。侍其光祖：宋孝宗乾道元年（1165）祁阳知县。王考中误作“綦光祖”。3.《舆地碑目》：宋王象之撰。4. 庸手：才能低下的人。5. 耐：忍受。6. 族侄某：指王启烈。7. 卤莽载笔：轻率地用文具记录。8. 黥劓（qíng yì）：都是古代肉刑。黥：在脸上刺成记号，并涂上墨。劓：割鼻。9. 退食：退朝进食。10. 可之：孙樵，字可之，关东人。晚唐古文运动作家，有《孙可之文集》。豫章：黄庭坚，江西分宁（今修水）人，别号豫章，因称黄豫章。石湖：即《石湖居士诗集》，南宋范成大著。诚斋：即南宋杨万里的《诚斋集》。铁崖：即元杨维祯的《铁崖集》。归田：即北宋欧阳修《归田录》，笔记散文集。升庵：明杨慎，号升庵。后人集其重要著作为《升庵集》。弇州：明王世贞著有《弇州山人四部稿》。11.《宣和书谱》：无著撰人名字。记宋徽宗宣和时内府所藏诸帖。《集古》：即欧阳修的金石学著作《集古录》。赵氏《金石二录》：即南宋赵明诚所著《金石录》。《广川书跋》：宋董逌撰，所载多古器款识及汉唐以来碑帖，并加论断考证。《石墨镌华》：古碑汇编，明赵崡撰。《墨池编》：是一部比较有系统的分类论述书法的专著，宋朱长文编。12.《挥麈（zhǔ）录》：记北宋末南宋初事，兼载诗文碑铭，南宋岳珂撰。《容斋五笔》：系读书札记，宋洪迈撰。《示儿编》：解说经书和文字的著作，宋孙奕撰。《学林》：又名《学林新编》，系辨别文字考定经史笺释注疏的书，宋王观国撰。《玉堂嘉话》：记翰林院有关词馆制度的故事，元王恽（yùn）撰。《菽园杂记》：记明代典制故实，论述也有新解，明陆容撰。13. 摭（zhí）：拾取。14. 核（hé）：查验，核实。15. 汰（tài）：择去。16. 宫徵（zhǐ）相和：宫调徵调互相应和。17. 泠（líng）然：象声词。18. 质：评定，咨询。19. 冀：希望。

[**译文**] 楚地山水的胜景首先要提到潇湘，潇湘的胜景首先要谈到浯溪。浯溪由于唐朝元结而闻名，得到颜鲁公摩崖上的字名声更大了。

浯溪志，前后原存两个集子，是李仁刚、侍其光祖编撰的，可以在《舆地碑目》上看到，但都没有流传下来。现在看到的《浯溪志》是才能低下的人写的，所编内容混杂，以致不能忍受。我族上侄子（王启烈）任祁阳知县，拿一本寄给我，一读它就叫人叹息，认为古今名胜没有遇上相当的人，轻率地用文字记录，跟脸上刺字和割鼻有什么不同！

于是在退朝吃饭的空余时间，配合查考《新唐书》《旧唐书》，次山、可之、豫章、石湖、诚斋、铁崖、归田、升庵、弇州等集子，《宣和书谱》、欧阳修《集古录》、赵明诚《金石录》《广川书跋》《石墨镌华》《墨池编》，另外，涉及《挥麈录》《桯史》《容斋五笔》《示儿编》《学林》《玉堂嘉话》《菽园杂记》等书。我极力搜寻、长期摘取，抓住要点，仔细核实；间或抄录诗赋杂文，去掉粗俗的留下文雅的，不少是郡志溪志所没有收集的。朗读起来，跟元次山的文章有如宫调、徵调相互应和着，声音动听极了。书编成后，上下共两卷，我恨不能够让颜鲁公、元次山、黄山谷三公复活起来共同评定它。

至于李、侍两君的书，终于没有见到。我将会到江南的藏书家寻访，希望有幸找到它啊。

[**说明**] 这篇序先写了撰著《浯溪考》的原因是《浯溪志》内容混杂，不可卒读，接着写了怎样查考和编写的情况以及书成后的希冀，表现了爱护胜迹的心情和极为严肃认真的写作态度。

浯溪山水赋

清·阳　晼

原夫天地之大也[1]，莫大于山水，山水之盛也，莫盛于东南。吾楚山水甲天下兮，有七泽与三湘[2]；衡岳七十二峰之秀拔，洞庭八百余里之汪洋。此三楚之大观也[3]，前人述之详矣。

若夫祁山之地[4]，湘水之湄[5]，蜿蜒秀奥[6]，窈折清奇[7]，溯嘉名于水部[8]，爰称之曰“浯溪”。则见夫其为溪也，源发双井之奥，流入潇湘之深，依稀蓬莱之境[9]，仿佛桃花之津[10]。既曲折而堪爱，亦崎岖而可寻。

水与石喷，锵然欲鸣，滴滴飞琼之韵[11]，泠泠漱玉之声[12]。可以枕流[13]，潺然而清[14]；可以漱齿，澄然而馨[15]。由是出溪口而将汇，有长桥以渡香，如飞虹之跨涧，望野色之苍茫。过此，而痦亭在望矣。异木夹户，疏竹倚窗。耳厌兮水声松吹[16]，目厌兮青山远江；方暑厌兮清风之拂拂，霜朝厌兮寒日之苍苍[17]。由痦亭而东北，有峿台焉。怪石林立，峭壁参天。仰望旭日，俯临深渊。次山之文如昨，鲁公之笔依然，称摩崖之“三绝”，与日星而常悬。更有团团镜石吐彩含晖，深黑似墨，光润如玑[18]，照游人之面目，映万象而生辉。

尔乃抚明镜于壁间[19]，寻窊尊于台上，观银蟾之倒影[20]，酌金瓯而浮醨[21]，和明月而吞之，爱清光之荡漾。伤美人之迟暮，歌感慨而悲壮。若乃名人递起[22]，选胜寻芳，元、颜开其生面[23]，蔡、姚步其休光[24]。闻天籁之爽发兮[25]，访故宅于漫郎。笑岘山之爱名兮[26]，挹岚气于亭旁；赋秋声于院兮，与诵吟而答响；听禅院之钟鸣兮，于中夜而徬徨[27]。时而春也，野芳发而幽香；时而夏也，绿树荫而垂杨；秋则枫落而江冷，冬则不涸而鳞翔[28]。四时之景不一，游客之兴偏长。

总之，水以龙显，山以仙称；惟人传地，惟地待人。在元公为振古之士[29]，故此地有“三吾”之名。读中兴一颂，蔼然见忧世之隐[30]；观溪山诸铭，悠然见乐己之情[31]。然世事之推迁无定[32]，亭院之修复屡更。溯前哲于当年，徒存旧迹；发幽光于今日[33]，端赖高人。凭吊往昔，嘉与维新[34]，虽曰表章之有待，实由山水之效灵。

［**释题**］此赋收在旧溪志、旧县志。

［**注释**］1. 原：推原，探究。2. 七泽：指古时楚地诸湖泊，其中以云梦泽最著名。三湘：当指潇湘、资湘、沅湘。3. 三楚：代指全省。大观：雄伟景象。4. 祁山：指祁阳县东以太白峰为主峰的祁山山脉。5. 湄（méi）：岸边。6. 秀奥：秀丽幽深。7. 窈（yǎo）折：幽静曲折。8. 溯嘉名：追溯好名称。9. 蓬莱：蓬蒿草莱，隐者住处。10. 桃花之津：桃花渡。桃花源，隐士所居。11. 飞琼之韵：散发美玉般的和谐音响。12. 泠泠（líng）：清越的声音。13. 枕流：睡倒流水中。14. 潺然：水流声。15. 澄然：清洁地。16. 耳厌：耳朵满意听。松吹：松涛声。17. 苍苍：指无边深青的天空。18. 玑（jī）：珠子，珠玑。19. 尔乃：如此便，这样就。20. 银蟾：月亮。21. 金瓯：金杯。浮醨：满杯酒。22. 递起：顺次

前来。23. 开其生面：指开辟浯溪展现了新局面。24. 蔡姚：当指明朝的蔡汝南、姚绂。步其休光：沿着他们盛美的光辉走。25. 天籁（lài）：自然界的音响。爽发：清朗地发出，畅快地发出。26. 岘山之爱名：晋杜预镇守襄阳刻石二碑，纪其勋绩，以为总有一碑可见。一沉汉皋山下万潭，一立岘山之上，以为陵谷变迁，岘山为谷，万潭为陵。世人笑他爱名太甚。27. 中夜：半夜。徬徨：徘徊不定的样子。28. 鳞翔：鱼游。29. 振古：往昔。30. 蔼然：和善的。31. 悠然：悠闲的样子。32. 推迁：推移变迁。33. 幽光：高雅的荣光。34. 嘉与：奖励，优待。35. 表章：即表彰。36. 效灵：显示灵性。

［**译文**］探讨天地的广大，没有能够比上山水的，山水的优美，没有能够赶上东南的。我们楚地的山水居天下首位呢，拥有七泽和三湘；衡岳七十二峰秀丽挺拔，洞庭湖八百多里一片汪洋。这都是三楚雄伟景象，前人述说它够详尽了。

讲到这祁山地域，湘水岸边，山峦蜿蜒，幽深秀丽，溪流曲折，幽静清奇，从元水部那里找到了好名称，于是叫它“浯溪”。那就看看这条溪水，发源在双井深处，流入了湘水深潭，依稀那蓬莱境界，仿佛那桃花溪边。已经是曲曲折折，叫人喜爱，也是崎岖不平，可以访寻。流水向石头直喷，铿锵地想要高鸣，滴滴点点散发出美玉般和谐音响，清越得像漱玉的声音。可以倒卧在水流中，潺潺水声听得好清；可以洗漱牙齿，清洁的水味多馨。将要从这里流出溪口与湘水汇合，有座长桥横过，送来了花香，它正似飞虹跨过山涧，展望到野景一片苍茫。过了这里，已是唐亭在望了。奇异的树木夹着门户，稀疏的竹子靠近窗旁。够耳朵听的是水声松涛，够眼睛看的是青山远江；大热天清风拂来够你享受，严霜清晨寒日普照不怕冷僵。由唐亭走向东北，有峿台在前。怪石像树林挺立，峭壁耸入蓝天。抬头，远望到旭日；俯身，正面临深渊。元次山的颂文还如昨日，颜鲁公的书迹依然可观，这被称为摩崖“三绝”，可跟太阳星星永悬。更有一块镜石，吐出光彩含着清辉，深黑得像墨，光亮得似珠玑，能照出游人的面目，映出万物生着光辉。

有了这样的景物，就可以在崖壁上抚摸明镜，到台上寻访窊尊。看着月亮的倒影，喝上金杯筛满的酒浆，和着明月吞了下去，煞是喜爱清光的荡漾。可产生美女到暮年般的悲伤，有感高歌又觉得悲壮。若是那名人顺次前来，探访胜迹寻找美景，元漫叟、颜鲁公开辟浯溪展现出新局面，蔡汝南、姚绂沿着他俩步入盛美的风光。听到自然界声响畅快地发出，就会去寻元漫郎住的旧房。笑话杜预在岘山刻碑保留名声，就可到亭旁舀取山中雾瘴；到书院因秋声作赋，就可吟诵回答它的声响；听到禅院的钟鸣，可能在半夜里徘徊心慌。季节是春天，野花开放散发清香；季节是夏天，绿树成荫溪上垂杨；秋天就会枫叶飘落清冷的江上；冬天水不干涸可以见到鱼游来往。四季景色不会一样，游客的兴致必然增长。

总的讲，水由于有龙名声大显，山由于有仙被人传称；只有借助名人才能使地传名，要成为胜地，须待适当的人。在于元公是这里往昔名人，所以这胜地有了"三吾"的名称。读了这篇中兴颂文，像看到了和善的忧世秘密；看了溪山这些铭文，又像见到了安闲地使自己快乐的心情。然而世事的推移变迁不能预定，亭院的修复经过多次变更。追溯当年的前贤，仅仅留下旧迹；而今发掘他们的高雅与荣光，全靠德厚才高的人。追念过去的人与事，颂扬与光大，虽说有待人们去表彰，但实际上是由于山水显示灵应。

［**说明**］这篇赋把浯溪摆在三楚山水大观下，用整齐清丽的文字，具体描绘了浯溪、㾏亭、峿台、摩崖三绝等景物，陈述了探胜寻芳有着怡情抒怀助兴的作用，阐明了山水待人传名，探胜当发掘前贤荣光，寻芳该领悟山水灵性的道理，突出了山水与名人相辅相成的关系。

浯溪图诗序[1]

清・李　莳

长林峭石，楚之南，地辟幽奇；斶浊浏清[2]，湘以北，天开图画[3]。发源从双井，合注入三江。崖当断而临渊，溪自流于绝壁。名贤憩止[4]，播厥高风；古迹尘埋，鞠为茂草[5]。王右军兰亭已矣[6]，空闻湍激觞流[7]；白太傅庐阜依然[8]，剩有茶园药圃。侍、李并烟销烬灭，寻两序以俱亡[9]；渔阳乃遐摭穷搜，合群书而入考。慨废兴于往昔，每费苦心；思恢复其规模，须逢良会。

永州太守朱公[10]，下民膏泽[11]，为政风流[12]。观风常历夫川原[13]，税驾亦游于溪谷[14]。为念浯溪片壤，传名实首潇湘；不嫌下吏寡文[15]，选胜重披榛秽[16]。嘉葩毒卉[17]，蕴祟先在芟夷；凿巘因泉[18]，漱涤还看溶漾[19]。初经营乎堂庑[20]，位置可人；更缭绕以垣墉[21]，设施类智。一丘一壑，瑾珉将铭刻仍留；载寝载兴[22]，耳目与心神并适。即鸠工集事，蒇成以复于我公[23]；爰泼墨为图[24]，展玩而公诸同志。

且夫地因人重，迹以文传，固情好之所耽[25]，抑精诚之是寄。盖自元道州《中兴颂》出，炳耀乾坤；颜平原巨笔书成[26]，淋漓金石。此案平分功罪，姑听议者之褒讥；原碑不少传摩，曷禁世人之补益！或谓文词古雅，讵能窥结撰胸怀[27]？或谓字画瑰闳[28]，亦未抉真书眼目[29]。盖维心存君国，挟声歌以当哭[30]，故历年久而呵护常新[31]；亦缘气壮山河，借翰墨以抒忠，故片碣残而精神宛在。遂令摩崖石上，高与天齐[32]；岂同岘首山前[33]，名随谷变；想二公之大节，祠宇嵯峨；垂百代以雄风，江山苍莽。

惟志足争光日月，故心常托兴林泉。择溪畔以为家，倚堂东而嵌窦[34]。谓此地独为吾有，知他时复与谁游？为溪、为台、为亭，因势自成结构；从水、从山、从广，制字不厌新奇。桥果渡香，香飘亭外；石堪作镜，镜挂崖巅。洄潭澈底涟漪[35]，磴道从空陡峻。寻漫郎之故宅，不教庾信同居[36]；抚“夬”字之原镌，肯使齐谐志怪[37]？未能悉数，聊志大凡；每有留贻，都供凭吊。古人寂寂，恋此而魂梦犹登；来者茫茫，远望而心胸益拓。此唐、宋、元、明以后，名流所共兴怀；而诗文游燕之余，鄙薄尤深尚论者也[38]。

迩者宗工（学使吴鸿）按部[39]，曾属兴修；今则郡守（太守朱瑛）分藩[40]，肇成盛举[41]。际此时和岁稔[42]，兼当吏爱民怀，承上意而疏凿俱开，顺舆情而爬罗并出[43]；不独吞槽走水，松竹掩映其间；抑且撅土堆沙，户牖通明于侧。瞿令问最工篆籀[44]，李阳冰雅擅雕镂[45]。不忧埋没于荒芜，正足摩桫以喷薄[46]。倘令欧公再出，《集古录》应已全收；若教山谷来游，纪行诗无烦更作。

嗟乎！精忠已往，浩气常伸；介节攸昭[47]，古情若揭[48]。但令披寻此卷，都是长吟；若为响应同声[49]，能无属和？何必三湘七泽[50]，才吞云梦胸中[51]；只斯片壑孤岩，已在山阴道上[52]。

［**释题**］此序收在旧溪志和旧县志。

［**注释**］1. 诗序：即作者在同僚和朋友为浯溪图题诗的前面写的序言。2. 蠲（juān）浊浏清：清除浊流，水深清澈。3. 天开图画：形容自然景色美好。4. 憩（qì）止：休息，停留。5. 鞠：滋养，养育。6. 王右

军兰亭：晋朝王羲之，官至右军将军、会稽内史，习称王右军。曾与朋友在兰亭集会，临流赋诗。7. 觞流：把酒杯盛酒放在弯曲的流水上，杯子停在谁面前，谁就取杯饮酒。湍激：流势急猛的水。8. 白太傅：唐朝白居易做过太子少傅。晚年居洛阳香山，号香山居士。9. 两序：指李仁刚、侍其光祖各自撰写《浯溪石刻》的序。10. 朱公：朱瑛。11. 下民：世上的人民。因对天而言，所以称下民。膏泽：雨露滋润，比喻受到恩惠。12. 为政风流：主持政务能教化流行。13. 观风：考察民间风习。川原：原野。14. 税驾：停车休息。15. 下吏：低级官吏。16. 榛（zhēn）秽：灌木杂草。17. 嘉葩（pā）：好花。18. 巘（yǎn）：小山。19. 溶漾：波光浮动的样子。20. 堂庑（wǔ）：堂下四周房屋。21. 垣墉（yōng）：高矮院墙。22. 载：通“再”。23. 蒇（chǎn）成：事情成功。24. 爰（yuán）：于是。25. 耽（dān）：沉溺入迷。26. 巨笔：大手笔。27. 讵（jù）：岂。28. 瑰闳（hóng）：奇特宏大。29. 抉（jüé）真书眼目：比喻抓住颜真卿书法的特点。抉：剜出，剔出。30. 挟（xié）声歌：运用歌颂文字。31. 呵护：保佑。32. 齐：整齐，一样。33. 岘（xiàn）首山：即湖北襄阳县南的岘山。晋羊祜镇守襄阳时常登此山，置酒咏诗。襄阳百姓对他十分爱戴；他死后，在他生前游憩的地方建碑立庙。祠碑几经败落，几经修复。34. 嵌窦：辟出洞穴。35. 洄潭：旋转的潭水。36. 庾信：字子山，北周南阳新野人。擅写绮丽诗文，抒发怀念故国和感伤身世的情绪，形成苍劲悲凉的风格。37. 齐谐：人名。《庄子·逍遥篇》：“齐谐者，志怪者也。”38. 鄙薄尤深：更加轻视。尚论：追论。“尚”通“上”。39. 宗工：学问或技艺为众所推崇的人。这里指学使吴鸿。40. 郡守分藩：指永州太守朱瑛出守地方。41. 肇：始。42. 岁稔（rěn）：年成丰收。43. 舆（yú）情：群众的意见和态度。爬罗：发掘搜罗。44. 篆籀（zhòu）：指小篆、大篆。45. 李阳冰：李白堂叔。擅长篆书，也会雕刻。46. 摩挲（suō）：即摩挲。喷薄：原意形容强烈迸发、散发。引申为任意探究，揣摩。47. 攸昭：长久明亮。48. 若揭：形容真相毕露。揭：高举。49. 同声：志趣相同。50. 三湘：泛指湘江流域。七泽：古时楚地诸湖泊。51. 云梦：即云梦泽。大致跨湖南、湖北的地界。52. 山阴道上：这里包含山水秀美，看不胜看的意思。《世说新语》：“从山阴道上行，山川自相映发，使人应接不暇。”

[译文] 高大的树林，陡峻的石崖，在楚地之南，大地显得特别清幽；消除了浊流，水深清澈，在湘江之北，自然美景有如图画。溪水从双

井发源，汇合细流注入湘江。石崖正好中断靠近深渊，溪水自然流到绝壁下面。有名的贤者留在这里休息，传播了他们的高风；古迹已被尘土埋没，滋养着茂密的草木。正如王右军的兰亭集会已经过去，只听说当年急流激湍临流喝酒；又如白太傅的屋舍园林依然存在，还剩下茶园药圃。侍、李两人编写的《浯溪石刻》都烟销烬灭，要寻找两篇序言都没有了；王渔阳于是长期摘取尽力搜寻，汇集许多著作进行考证。慨叹过去这里的兴废情况，常常耗费苦心；想恢复它的规模，必须遇上良好机会。

永州太守朱公，老百姓受到他雨露般的恩泽，主持政务能够使教化流行。考察民间风习经常出入原野，休息时也常到山谷游览。只因为想到浯溪这片土地，名声传播实居潇湘之首；也不嫌我这个低级官吏缺少文才，叫选取胜景再次除掉灌木杂草。好花杂草，聚在一起的首先割掉杂草；顺着泉水开凿山岩，洗除泥沙还要看波光浮动的情状。开始修建了堂下四周房屋，位置叫人满意；更把高矮院墙围了起来，设施有如智者安排。一个山丘一条山谷，将美玉般的铭刻仍然保留；睡了再起来，耳听的和眼见的使心神都很舒适。再组合工匠一道修建，事情完成后就向我公汇报；于是用水墨挥洒作画，公开给志向相同的人展览玩味。

况且胜地借着名人而被看重，古迹也因名文而流传。这本来因性情癖好而溺爱，也由于寄托了某种精诚。因为自从元道州写出了《中兴颂》，其光彩照耀着天地；颜平原的大手笔写出后，墨汁饱濡了碑碣。肃宗灵武登位这件事要平分功罪，暂且听听评论者的赞扬与讥讽；原来的碑帖有不少人传授描摹，怎么能禁止世人的增添补益！有人说写的文词古雅，岂能窥探元结撰写的胸怀？有人说字的笔画奇特宏大，也没有抓住颜真卿书法的特点。因为他们只是心里想着君国，便用歌颂当哭诉，所以经历长时间而神灵保佑得一直是新的；也由于凭正气要振兴山河，就借助笔墨来抒写忠诚，所以即使碑石残缺但精神宛然存在。因而使摩崖石上碑文，高得与蓝天一样；哪里如同岘首山前的景物，名称随着山谷变更？回想二公关系国家安危的正义行为，因而祠庙高耸；流传百代维护社会道德的雄风，正同江山一样空阔辽远呢。

只因为志趣能够同日月争光，所以常常把兴致寄托在林泉上。选择溪边筑庐而住，靠近堂东辟出洞穴。认为此地独归吾有，怎知将来又供谁游？辟成溪，筑了台，修上亭，随着地势自成格局；加上“水”，加上“山”，加上“广”，造字也不嫌新奇。桥果真渡香，香气飘到亭外；石头可以作镜子，石镜挂到崖壁上。旋转的潭水冲击潭底泛出微波，磴道伸到空中显得陡峻。寻找元漫郎的旧宅，不会让庾信同住；抚摸“夬”字的原刻，能够让齐谐记述怪异吗？这些不能完全列举，权且记个大概；任何留下的遗迹，都供人引起怀念。古人安息了，留恋这里的景物叫人魂梦还要到来；未来的日子十分宽远，远远望去心胸更加宽阔。这就是唐宋元明以后，一些著名人士所共同产生的心情；并且在吟诗作文游览宴饮的空余时间，特别轻视追论什么的。

近来为人推崇的吴鸿学使巡查部属，曾经嘱咐我兴修浯溪；现在朱瑛太守出守地方，才完成盛举。适逢现在时世太平年成丰收，并且做官的爱护百姓，百姓怀念官长，根据上级意图疏浚开凿并行，顺从群众意见发掘搜寻都搞；不单独修通渡槽让水流过，松竹繁茂能够掩映其间；还将挖掉积土收集沙石，让侧面窗户十分明亮。瞿令问最会写篆书籀文，李阳冰一向擅长雕刻，不用担心埋没在杂草里，正好可以仔细揣摩。假使欧阳公再生的话，《集古录》定会全部收录；倘若让黄山谷还来游览，纪行的诗无需麻烦再写了。

唉！精忠的人已经逝去，浩然之气经常伸张；耿介的气节长久明亮，昔时情景完全显露。只要让我们翻阅这一书卷，都是真情的长诗；如果为了响应相同的志趣，能没有唱和的吗？何必要游览三湘七泽，才算把云梦泽包含胸中；只是这孤单的山溪石崖，就已经走在山阴道上目不暇接了。

［**说明**］这篇序先从浯溪的兴废写了恢复浯溪规模须逢良机，得到永州太守朱公的倡导才光复胜迹，因而泼墨为图公诸同志；接着论述“地因人重，迹以文传”是由于元、颜的精诚所寄托，其大节雄风永在；进而指出元公托兴山林修建的亭台常使名流凭吊兴怀，拓开心境，不用追论中兴功过；并且说明经过疏凿搜罗，名刻免忧埋没；最后点出题诗为伸张浩气的理由和必有属和的影响。全文用语整齐，却把浯溪图和题诗成卷的由来及其意义写得层次分明，入情入理，确非易事。

镜石记

清·李　莳

浯溪旧有镜石，嵌置岩上，色如玄玉[1]；挹溪水浇之[2]，照彻万象[3]，见于昔贤题咏者详矣。乾隆戊寅（廿三年，1758）有谋窃此镜者，石为裂，游者憾焉。

邑太学伍泽棠告余曰："近于某寺中见断碣一片以水拭之，字已漫灭不可识，而石色能照人须眉，无异浯溪旧物。请以补此缺陷可乎？"余欣然命工取而磨砻之[4]，果与旧物无异。嵌置原处，宽长不差絫黍[5]，观者莫不称快。

余思镜石为山川精英所结，不恒有于天下；旧所有者，不知产自何地，置自何年？好古之士无从考证。乃不幸而遭殃，一旦复旧观，事亦奇矣。邑绅士咸引珠还合浦之事为余功[6]。余不敏[7]，岂敢远比昔贤？但数年来耿耿此心[8]，欲复置而不敢必得者，伍生于无意间为我致之[9]，岂果山川有灵，鉴余隐怀耶[10]？抑一石之微[11]，其剥复亦莫不有数存耶[12]？

伍生请识其事，爰书数语应之[13]，俾来者有考焉。

附：邓献璋《浯溪杂志》记述[14]

"乾隆戊寅，时有运粮赴粤艋舴数百[15]，泊溪岸。一夕，石为舟子恶少损裂[16]。邑令永济杨玘以胶漆合之[17]，光莹无异。后经邑令钱塘李莳得断碣一片，大类旧石[18]，命工磨治，嵌置原处，作文以记；而自以旧石归淛西[19]。"

［**释题**］李莳《镜石记》收在旧溪志、县志。邓献章文摘自作者《浯溪杂志》。

［**注释**］1. 玄玉：黑色的玉。2. 挹：舀。3. 彻：清晰。4. 磨砻：经过磨擦使表面光滑。5. 絫黍：即"累黍"。古代以黍粒为计量单位。意即"黍粒"。6. 珠还合浦：比喻物丢失复得。合浦：广西北合浦县，产珍珠。后汉孟尝任合浦太守，为官清廉，使县里原先丢失的珍珠复还。7. 不敏：不聪明。自谦词。8. 耿耿：烦躁不安。9. 致之：得到它。10. 隐怀：隐藏的想法（心思）。11. 抑：或者是。12. 剥复：原指《易》剥、复两卦，后用以比喻盛衰、消长。数：天数，命运。13. 爰（yuán）：于是，因此。14. 邓献璋：祁阳人，宋溶聘修县志。15. 艋舴（měng zé）：小船。16. 恶少：无赖少年。17. 杨玘（qǐ）：乾隆二十二年（1757）任祁阳县令。18. 大类：很相似。19. 淛（zhè）西：即浙西。

［**译文**］浯溪原先有块镜石，嵌置在岩石上，色泽像黑玉，舀来溪水

浇上它，能够照清楚许许多多物象，记述在前贤题咏的文字中可算详尽了。乾隆二十三年，有人盘算偷去这块镜石，石头被弄断了。来游览的人很不满意。

县里的太学生伍泽棠告诉我说：“近日在某寺庙看见断碑一块，用水揩拭，字迹已经模糊得不能辨认，可是碑石的色泽能照出人的胡须眉毛，跟浯溪的原镜石没什么不同，取它来填补这里的缺陷行吗？”我高兴地派工匠取来磨光整治，真的跟原物没有差异。嵌置在原地方，宽与长都不差几个黍粒，看了的没有不说快意的。

我想到镜石是山川的精英凝结成的，在天下不常有。原来的镜石，不知道产在何地，设置在何年？喜爱古物的人，无法去考证。竟不幸遭到毁坏；一天之间顿时恢复原貌，事情也算奇特了。县里的绅士都引用珠还合浦的故事称颂我的功劳。我虽然不聪明，难道敢于远远地跟前贤相比？只是几年来这颗心一直不安，想再设置却不敢认为一定能找到恰当的，伍生在无意中替我找到了，难道真的山川有灵，了解我隐藏的心思吗？或者是一块小小的碑石，它的消长也莫不有天数存在吗？

伍生请求记下这件事，于是写了几句话来满足要求，让后世的人有所考据。

附录：邓献璋《浯溪杂志》

乾隆二十三年，当时有运送粮食到粤地的小船几百条停泊在浯溪岸边。一个夜里，镜石被行船的无赖少年损坏弄裂。县令永济的杨玘用胶漆黏合它，光亮明净没有差异。后来经过县令钱塘的李莳找到断碑一块，很类似原镜石，派工匠磨光整治，嵌置在原地，写了文章记下这件事；自己把原镜石带回了浙西。

［说明］ 这篇镜石记，记述了浯溪原来的镜石被人偷窃弄裂和寻到另一断碑复嵌的经过，表达了填补缺陷的问题得到解决有所安慰的心情。

附录邓献璋所记内容，有让我们了解得更完整的作用。

还要说明的是，李莳是乾隆二十六年任祁阳县令，在任六年。邓献璋所记当在宋溶任县令的乾隆三十二年后。

胜异亭记

清·伍泽梁

浯溪旧亭最著者，廎亭而外，曰窊尊，曰笑岘。邑侯七松李公既新廎亭[1]，以窊尊亭基甃石为露台[2]，于玩月宜。考笑岘亭基，旧志称在廎亭之南，即次山右堂故址。今按其地已成墟墓[3]。侯于峿台侧建室一楹[4]，题曰“笑岘山房”，以存昔人之意。唯台上有“虚白”旧亭遗址，尚未葺理，侯将取次营之[5]。

时邑中父老子弟燕集笑岘山房[6]。酒半，前西宁令陈子眉湖念于众曰[7]：“兹役也[8]，侯丝毫不假民力，所损清俸不少矣[9]，台上之亭，吾侪曷协力为之[10]，以明子来之义[11]？”佥曰[12]：“诺！”耆老段翁以济遂毅然倡捐三十金[13]。由是众皆踊跃醵金助之[14]。佥议市民急公者鸠其工[15]。台西畔断崖如门，旧架木桥通行。余外舅徐梅园先生虑其久而敝也，乃独捐资易之以石。工并讫功[16]，佥属余记其颠末[17]。

余以“虚白”旧名，殊未切当。因读次山《峿台铭》序云：“石颠胜异之处，悉为亭堂。”爰取“胜异”二字易之，而名其桥曰“引胜”。于是复偕父老子弟燕集于亭上而落之[18]。酒半，余复念于众曰：“吾邑浯溪之胜，著于古今，闻于海内。忆余齠龀时[19]，从长老游此[20]，犹及见亭榭完好。乃岁久圮废，阅四十余年[21]，至我侯而始复之，岂兴废会有时耶？侯以浙西名孝廉来莅吾祁[22]，本经术为吏治[23]，五载以来，政平讼理，弊革利兴，福星所照，民不能忘。乃以游刃之余，景慕昔贤[24]，修复名胜，使吾侪今日得相与优游以乐于此[25]。即此善政之一端，其又可忘耶？”佥曰：“然！”请以吾子之语刻诸崖石，以志不忘[26]。

至眉湖建亭之议，段翁倡捐之功，诸君任事之劳，与吾侪同志捐助姓名，皆不可使泯也，并备勒之附以不朽。若夫名贤胜迹之卓绝，溪山景物之幽奇，前人之述备矣，何庸赘述也哉[27]！

乾隆三十年乙酉（1765）季夏，邑人漫亭伍泽梁撰，陈上质书，石工刘梁学刻字

［释题］ 此记收在旧溪志、旧县志。记碑在右堂区，楷书。

[注释] 1. 邑侯：即县令。因为治理一县，如古代诸侯。2. 甃（zhòu）：砌。露台：露天高台。3. 墟墓：丛葬的墓地。4. 一楹：一间屋。5. 取次：随便，随意。6. 燕集：设宴聚集。燕：通“宴”。7. 念：（方言）说。8. 兹役：这些修建的事。9. 损清俸：耗去正常的薪俸。10. 吾侪（chái）：我们。曷：何不，同“盍”。11. 子来：指急于公事或急于父母的事，不召自来，出自《诗·灵台》。12. 佥（qiān）：全，都。13. 耆（qí）老：老人。毅然：毫不犹疑地。14. 醵（jù）金：凑钱，集资。15. 鸠：聚集，组合。16. 讫：完结，完成。17. 颠末：本末，始末。18. 偕：偕同。落：落成，宣告竣工。19. 龆龀（tiáo chèn）：指垂髫换齿的时候，童年。20. 长老：年纪大的人。21. 阅：经过。22. 孝廉：举人俗称。莅（lì）：到（有尊敬的意思）。23. 吏治：指古代地方官管理政事的方法和政绩。24. 游刃之余：比喻在善于处理政事的空隙。景慕：敬仰，景仰。25. 优游：悠然游览。26. 志：标识。27. 何庸：何用。

[译文] 浯溪的旧亭最著名的，除唐亭以外，叫窊尊亭，叫笑岘亭。县令李七松重新修整唐亭以后，把窊尊亭的基脚，用石头砌成高台，对于赏月很是适宜。考察笑岘亭基，旧县志说它在唐亭的南面，也就是元次山右堂旧址。于今考察这地面已经成了丛葬的墓地。李县令在峿台侧面建了室房一间，题名为“笑岘山房”，来保留前人修亭的意思。只是台上有“虚白”旧亭遗址，还没有修理，李县令将顺便经营它。

当时，县里的父老子弟设宴集会在笑岘山房。饮酒当中，任过西宁县令的陈眉湖对大家说：“这次修建，李县令没有假借百姓丝毫力量，耗去正常的薪俸一定不少了。台上的亭子，我们何不共同努力修建，来表明急于公事，不召自来的意思呢?”大家都说：“可以!”老人段以济便毫不犹疑地倡首捐出三十两银子。于是，大家都踊跃捐钱协助。又都商议了让市民中急于公事的来经管修建工事。台西旁边断裂的石崖像门户，原先架设着木桥通行。我外舅徐梅园先生担心那木桥年月已久而且坏了，就单独捐出钱来，用石桥换了它。这些工事全部结束后，大家嘱咐我记述它的始末。

我认为“虚白”旧名，很不恰当。由阅读了元次山《峿台铭》序里的话：“石颠胜异之处，悉为亭堂。”于是选取“胜异”二字换上它，并且叫那石桥为“引胜”。在这种情况下，又同县里父老子弟在亭上设宴聚会来宣告竣工。饮酒当中，我再对大家说：“我县浯溪胜地。古今盛称，天下闻名。回忆我童年时，跟随老人游览这里还见到亭榭完好。竟年月久远荒废，经过四十多年，到我李县令才修复它，难道兴废会有时限吗？李县令以浙西名举人的身份来到我们祁阳，以经术为本来处理政事，五年以来，政治清平，讼案理顺，弊除利兴，真是福星高照，百姓不能忘怀。李县令就在善于处理政事的空暇，敬仰前贤，修复了名胜，使我们今天能够在这里共同悠然游览，获得乐趣。这就是善政的一件，难道又可以忘记吗？”大家都回答道：“对！”请把你讲的话刻到崖石上，来表明不会忘记。

至于陈眉湖协力修亭的建议，段老倡首捐资的功德，诸位担任修建工事的劳苦，和我们同志捐钱协助的姓名，都不能让它消失，一并完全刻上它让有所依附永不磨灭。讲到那名贤胜迹超出一般，溪山景物清幽奇特，前人叙述得全面了，又何用作多余的述说呢！

［**说明**］这篇记在简述县令李七松对浯溪亭台的修整改建情况后，具体记述了祁阳父老自动集资整修台上亭子和改建石桥的始末，阐明了改“虚白”旧名为“胜异”的根据，赞扬了李县令的政绩和修复名胜的善举，突出了为文刻石在于永志不忘的目的。

读了全文后，体会到当时对名胜古迹公修与民修结合，对后世起了好的影响。

修复浯溪记

清·宋　溶

乾隆三十有三年，岁在戊子[1]，春，予始奉檄莅祁[2]。祁跨潇湘，山明水净。城南五里，为唐元次山浯溪，颜鲁公书摩崖碑在焉。千余年来，兴废不常。

甲申岁[3]，前令李君七松又修复之，亭台井然。予素有山水癖，心窃喜，以甫视事日[4]，力未遑及也[5]。逾月，稍闲；遂命舟溯流而上。去溪两、三里，见诸峰耸起江岸，怪石嶙峋[6]，有若几，若案，若球，若轮囷[7]，若鸾鹤之翔空，若牛马之饮涧，谲变万状[8]。水声潺潺聒耳[9]，从者曰：“此浯溪也。”既登岸，读《寒泉铭》，泉固在山中，闽人黄中通题名于此，非故迹也。拾级而登，磴道百盘。古木苍翠中横露石坊，为前明故物，溪之门户也。过坊，则近溪矣。傍溪南去，有禅院，即古中宫寺。过渡香桥，桥上东望，漫郎俱胜迹咸在目。独一石端严奇秀[10]，余以“一品”名之。桥畔，樟树最多，有大十数围[11]，高出霄汉，枝若虬龙，阴覆溪上者，相传为千岁物。予曰：“是殆与摩崖俱寿矣[12]，名曰‘寿樟’。”忽溪风飒然，翠叶交飞，氤氲之气喷鼻[13]，甚异之。绕樟后，上石磴数十级，始登唐亭，则固向所见之西峰也。飞檐四起，逸情满抱。亭铭刻卧石，篆法遒古，完善可读。下亭，过中直轩。轩前“小峿台”磊落方平[14]。台北大木数株，抱石而生，石仅露面。予视之，积土久堙[15]，非旧也。台前陡如剑削，直与曲屏对，即古石门。由石门折而北，峭壁宛转，坚如元玉[16]。历代游人镌刻无完肤[17]。旁横石镜，上刊柳应辰《心记》，中则《中兴颂》也。予竦立正读之[18]，徘徊不忍去者移时[19]。回忆昔年，与亡弟泷[20]心摩手追此碑而弗逮者[21]，今乃不得同读，慨叹久之。稍东，得山谷老人摩崖诗，字亦完好。缘崖石刻，间有字迹出地上，知其下尚多掩藏者。度回廊[22]，登喜清阁。阁俯湘江，清含涟漪。惜命名不典[23]，以“含清”易之。出阁，复故道上小峿台，度引胜桥。石驾飞虹，其下固石门也。过桥，异石夹径，游者喘息[24]。登胜异亭。过此，则杂树蒙茸[25]，荒草没膝。逶迤登峿台，势高望远，千山如在襟袖[26]，则固江上所见之中峰也。西北巨石如削。其下，即摩崖处。登台四望，千里一碧。惜无树，命僧种桐数本环之[27]。下台南去，有阶约百步，折而西，为元、颜二公祠，仅数椽[28]。祠东荆棘中，遥见残碣，搜读之，知为书院故址。祠西去数百步，达渡香桥，满目蓬蒿，求所谓漫郎故宅，废已久矣。右堂、峿台诸铭，皆不可见，怅然而返。自是征徼旁骛[29]，未暇再至。

己丑八月，由郡治归，抵浯溪，率从人数十辈，持刀斧，与寺僧芟薙之[30]。自朝抵暮，众不敢止息，已而蒿莱除，佳石出，元、颜祠后，石屏天然。胜异亭左有隙地，四围皆石，凹其中，深数尺，隐若天池[31]。适当峿台南面，祠右石壁依稀见字痕，乃复令人剥苔而寻之，于石门南得巨石，刻“豁园”二字，尚完好。嗟乎！溪固有园，前人未有言者；漫郎遗迹，湮没不已多乎！翌日[32]，更命工发土掘诸埋者，深丈余，长百余尺，得宋明以来诗、记若干首。架长梯，洗涤崖壁，更得狄武襄、邹道卿诸题名若干处，皆前此所未有。于是，约是乡之士大夫[33]，以重九日会于峿台[34]。届期，群贤毕至，迎予而笑曰：“《右堂铭》得之胜异亭后，《峿台铭》得之元颜祠西，今日之会，二难并矣[35]。”客复起而言曰：“含清阁东有一岩，盍往观之[36]？”乃与众步自阁西，登崇冈，则固向所见之东峰也。峰顶平如席。过峰不数武，伛偻而下[37]，中甚空洞，坐可四五人[38]。临江有窦如窗[39]，可窥湘江。爰以岩属于台，曰“峿岩”。于东峰建一亭遥对庴亭，名曰“虚怀”。夫而后游含清阁者，可无兴尽之感矣。《亼堂铭》虽不可读，而题名完好，《峿台铭》则玉箸如新。予得之，狂喜。其下，建宝篆亭一。更移元颜祠于书院故址，恢廓其祠宇[40]，增以僧舍，更题曰“双千古祠”。祠外建枕流漱石山房，南曰“吾庐”。宝篆亭去山房数十步，更前百五六十步，当渡香桥侧，就隙地建角亭，左倚寿樟，前对一品石，环绕溪流，爰以“三一”名亭。夫然后浯溪之景备矣。

嗟乎，予两载经营，始得复古人旧观[41]，宁非山川之大幸欤？盖名迹坐废[42]，固官斯土之责也。于是更取隐隐若天池者属于溪曰“浯池”，注以水[43]。凡溪山胜概，争奇献异，不可悉状者[44]，皆以贮之“吾庐”。取直而方若几者曰“钓台”，取平张如阙者曰“双石”[45]，皆考据详确以名之。乃更与诸君子饮于中直轩，咸抚掌大笑，次第觞予曰[46]：“是不可无述以告来者。”遂蘸笔以记之。

时己丑秋九月望日[47]。

［释题］ 此记收在旧溪志和旧县志。

［注释］ 1. 岁在戊子：岁星所值的干支是戊子（1768）。2. 奉檄：接受书面任命。3. 甲申：乾隆二十九年（1764）。4. 甫视事：刚任职。5. 未遑：没有空闲。6. 嶙峋：山石突兀重叠。7. 轮囷（qūn）：车轮，圆仓。8. 谲（jué）变：奇特的变化。9. 聒（guō）耳：嘈杂刺耳。10. 端严奇秀：端正庄严奇特秀雅。11. 围：量词，指两只手的拇指和食指合拢来的周长或两只手臂合抱起来的周长。12. 殆：大概，恐怕。13. 氤氲（yīn yūn）：浓重的云烟气。14. 磊落方平：正大方平。15. 堙（yīn）：埋没。16. 元玉：即玄玉。黑色的玉。17. 无完肤：喻没有完整的表面。18. 竦（sǒng）立正读：恭敬地站着，严肃地读着。19. 移时：少顷，一段时间。20. 亡弟泷（lóng）：死去的弟弟宋泷。21. 心摩手追：心里揣摩，随着仿效。弗逮：不及。22. 度回廊：踱过绕着的走廊。23. 不典：不准确，不典雅。24. 喘息：呼吸急促。25. 蒙茸：蓬松的样子。26. 如在襟袖：喻像在身边。27. 数本：几株。本：草木记数单位。28. 数椽：几间。29. 征徼（jiào）旁骛：征收巡查的事交错纷繁。30. 芟薙（shān tì)：除掉杂草荆棘。31. 天池：古代寓言中的海。这里指天然的池子。32. 翌（yì）日：第二天。33. 是：这地方。34. 以：于。35. 二难并：两件难事都办到了。36. 盍：何不。37. 伛偻（yǔ lǚ）：背脊向前弯曲。38. 坐可：大约能坐。可：大约。39. 窦：孔，洞。40. 恢廓（kuò）：扩大。廓：大。41. 旧观：原先的景物。42. 坐废：任它自然地败坏。43. 注：灌入。44. 悉状：完全描述。45. 平张如阙：方平摆列像宫阙。46. 次第觞予：依次拿酒劝我喝。47. 望日：十五日。

[译文] 乾隆三十三年，岁星干支戊子（1768），春天，我才接受文书任命来到祁阳县。祁阳县地跨湘江，山明水净。城南五里的地方，是唐代元次山开辟的浯溪，颜鲁公书写的摩崖碑就在这里。千多年来，兴盛衰败是不固定的。

甲申年（1764），前任县令李七松修复了浯溪，亭台显得整整齐齐。我素来有喜爱山水的癖性，心底暗暗地高兴，由于是刚来任职的时候，没有闲暇去那里。过了一月，稍有空闲，就派船溯流而上。离浯溪三、二里，就见到那些山峰耸起在江岸，怪石突兀重叠，有像矮小桌子的，像长桌的，像球的，像车轮、圆仓的，像鸾鸟、鹤鸟飞翔空中的，像牛马在涧里饮水的，奇特的变形多种多样。（这时）水流声嘈杂刺耳，随从的人说："这就是浯溪。"登岸后，读到了《寒泉铭》，泉本来在山中，福建人黄中通在这里题名，不是原迹了。依着石阶而登，这石阶路盘绕弯曲得很。在苍翠的古树中横露出石碑坊，是过去明代的旧物，浯溪的门户。过了石碑坊，就接近溪水了。傍着溪水南流，有座禅院，就是古时的中宫寺。走过渡香桥，在桥上向东望去，元漫郎那些胜迹都映入眼中。特别是有块崖石端正庄严奇特秀雅，我用"一品"给它取名。桥边，樟树最多，有大十几围，高高地耸入空中，树枝像虬龙，浓阴遮盖溪上的，相传是千年的东西。我说："这大概跟摩崖都同寿了，叫它'寿樟'吧。"忽然溪风飒飒地响着，翠绿的树叶交飞，浓浓的云烟气冲着鼻子，很觉得奇异。绕到樟树后面，上了石阶几十级，才登上唐亭，这本来是先前见到的西峰。亭的飞檐向四面伸出，拥有着安闲超脱的情致。唐亭的铭刻在躺伏的石上，篆体笔法遒劲古老，完好得能够认读。走下唐亭，经过中直轩。轩前的"小峿台"正大方平。台北有大树几株，抱着石头生长，石头仅仅露面。我看了看，是积土久埋了它，不是原有的。台前陡得像用刀剑削过，正跟曲屏相对，这就是古时的石门。由石门折转向北，峭壁辗转曲折，坚固得像黑玉似的。历代游人镌刻得没有完整的表面。旁边横嵌着石镜，上面刻了柳应辰的《心记》，中间就是《中兴颂》。我恭敬地站立严肃地读着，来回地走着不忍心离开好一段时间。于是回忆起昔年跟早死的弟弟宋泷，心里揣摩随着仿学这块碑文都学不到手的情景，于今却不能共同阅读，感慨叹息了好一会儿。稍微向东，寻到了黄山谷老人的摩崖诗，字也完好。缘着崖壁的石刻，间或有字迹出现在地上，知道它下面还有许多掩藏的石刻。经过环绕着的走廊，登上了喜清阁。阁前俯瞰湘江，清沏得包含着微细的波纹。可惜取的名字不够典雅，用“含清”换上它。走出阁来，又从原道上小峿台，过引胜桥。用石块驾成的飞虹，它下面是原来的石门。过这桥，怪石夹着路径，来游的人紧张得呼吸急促。登上了胜异亭。过了这里，就是杂树蓬松，荒草遮没了膝头。通过蜿蜒的路登上峿台，地势高看得远，许许多多的山像在身旁，这就是原来江上所见的中峰。西北，大石崖像被削过。它下面就是摩崖碑所在地。登台向四面望去，千里茫茫一片碧青。可惜没有树木，叫僧人种上桐树几株围绕着。下了峿台向南走，有石阶大约百步，折转向西，是元、颜二公的祠宇，只有几间。祠宇东面荆棘丛中，远远看到有残碑，去搜寻读了它，知道是书院旧址。从祠宇西走过几百步，到了渡香桥，满眼都是蓬蒿，寻找所谓的漫郎旧宅，败坏已经很久了。右堂、峿台等铭文都不能见到，就惆怅地返回。自此以后，征收巡查的事务交错纷繁，没有时间再去游览。

己丑（1769）年八月，从郡府回来，到了浯溪，率领随从几十个，手拿刀斧，与寺中僧人一起除掉杂草荆棘。从早上到薄暮，大家不敢停止休息。不久，蒿莱等野草除掉了，美好的崖石出现了，元、颜祠后面的石屏天然生成。胜异亭左面有空地，四周都是石头，中间凹入深有几尺，隐约像天池。恰好当着峿台南面，祠右的石壁依稀地现出字痕，就再派人剥去苔藓搜寻着，在石门南面找到了大崖石，刻的“谽园”二字尚完好。唉！浯溪本来有园，可是前人没有说出它来；那么漫郎的遗迹被埋没得不是已经够多了吗？第二天，再派工人去挖开土，掘出那些被埋没的石刻，挖得深有一丈多、长一百多尺，找到了宋、明以来的诗、记若干首。架起长梯，洗涤崖壁，又找到狄武襄、邹道卿等题名若干处，都是这以前没有见到的。在这种情况下，相约了这地方做官的和读书人，到重阳这一天聚会在峿台。到了集会日期，众多的贤者都来了，他们面对我笑着说：“《右堂铭》在胜异亭台面找到了，《峿台铭》在元颜祠西面找到了，今天的聚会，两件难事都办到了呢。”客人又起身说：“含清阁东面有孔岩洞，何不去看看？”于是与大家从阁西走过去，登上高岗，这本来就是先前所见到的东峰。峰顶上平坦得像席子。走过东峰不几步，曲着身子下去，中间很是空洞，大约能坐上四五个人。临江那面有个洞孔像窗子，可以窥见湘江。因此，认为这岩洞属于峿台，叫它“峿岩”。在东峰上修建一座亭子跟唐亭遥遥相对，名叫“虚怀”。这以后来游含清阁的，可能没有兴尽的感觉了。《右堂铭》虽然不能读到，但题名完好，《峿台铭》那玉筋篆仍似新的。我找到了，特别高兴。在它下面修建了宝篆亭一座。又移建元颜祠到书院旧址，扩大它的祠宇，增添了僧人住屋，又题名“双千古祠”。祠的外面修建了“枕流漱石山房”，南面叫“吾庐”。宝篆亭离山房几十步，再前面百五六十步，正当渡香桥侧面，就着空地修建了角亭，左边倚傍寿樟，前面对着一品石，环绕着溪流，于是用“三一”作亭名。这然后浯溪的景物完备了。

唉！我经过两年经营，才能够恢复古人的旧景物，难道不是山川的大幸事吗？这因为名胜任它自然地荒废，本来就是在这土地上做官的未尽责任。在这种情况下，又选取恍若天池的洼地属于浯溪，叫它“浯池”，灌进水。凡是溪山的胜景，争奇献异，不能全部描述的都把它贮藏到“吾庐”；选取直立方正的石头像桌几的叫“钓台”，选取方平摆列像宫阙的叫“双石”，都是考据情景翔实确切来给它取名的。于是再与各位君子在中直轩宴饮，大家都拍掌大笑，依次拿酒劝我喝了说：“这是不能没有记述告诉后来人的。”于是蘸笔记述了它。

时间是己丑年秋天九月十五日。

［说明］这篇修复记首先叙写了乾隆戊子年，作者接任祁阳县令逾月后游览浯溪所见景物特点、荒废情况及其感受，接着记述己丑年他率领随从修整景物，搜寻胜迹，修建亭祠，全面营建景点，给予恰当命名和作记原由等情况，表达了对恢复浯溪旧观的欣慰和责任感，突出了喜爱山水胜迹，重视文化事业的思想感情。

据上文记述，可见作者对营建浯溪的贡献很大。

省吾亭记

清・王式淳

或问[1]："亭以省名，有说乎[2]？"

曰："有。省之为义，非系乎亭[3]，系乎吾。吾生天地间，帅吾性[4]，塞吾体，鲜有不自爱吾者[5]。彼纵饕餮[6]，曰爱吾口；耽郑卫[7]，曰爱吾耳；穷丰丽[8]，曰爱吾目；崇栋宇[9]，饰舆服[10]，曰爱吾四体。其视吾也肤[11]，故爱吾也末；而抑知其戕贼吾也实甚[12]！"

"元次山讵不爱吾者[13]？乃屏世俗所好而独于溪曰吾溪[14]，亭曰吾亭，台曰吾台，公独非人情哉[15]？想其俯仰上下[16]，必有悠然得其真吾者。今去公远矣[17]，迹其事以证其心[18]。如居樊川[19]，甘栖寂，不屑干国[20]忠以求仕，其为吾也何其正！刺道州，抚绥流离，奏免杂供十余万，作《春陵行》，如保如伤[21]，其为吾也何其仁！迄去职，谢表再上[22]。惓惓忠荩[23]，镌《中兴颂》以尊主教顺，锄奸戡乱为念[24]，其为吾也何其忠！忠也，正也，仁也，是皆公独得之真吾，可以纳天地万物于其胸。"

"而兹之流峙烟云[25]，殆偶触而寄意焉耳，曾吾之有哉[26]？夫人当恣情游骋[27]，恒诩诩然以山林知己自负[28]；及进叩其所有[29]，大率觞咏外皆冥然也[30]。吾窃于此发深省焉。折溪流之润泽[31]，则省吾仁；陟亭台之孤标[32]，则省吾正；读摩崖之慷慨，则省吾忠；推而至于民吾胞，物吾与[33]，古人吾友，天地吾徒[34]，举而省之[35]，不令失吾之真，而后可与圣贤相质证[36]，可与山水相映发，可与泉石花鸟相唱酬[37]。不务出此，惟区区雕虫之末[38]，酒宴之嬉，元公有知，吾虑其扃岫幌而掩云关也已[39]。"

或曰："省之时义大矣哉[40]！请镌诸亭以存吾说。"

［释题］ 此记镌在县衙，是活碑，收在旧县志。

［注释］ 1. 或：有人。2. 说：解释，解说。3. 系：联属，关联。4. 帅：统率，率领。5. 鲜有：少有。6. 饕餮（tāo tiè）：贪馋好吃。7. 耽郑卫：沉溺郑、卫的庸俗音乐。8. 穷丰丽：尽力追求丰满华丽。9. 崇：使……高大。10. 舆服：车子，衣服。11. 肤：表面的，肤浅的。12. 戕（qiāng）贼：伤害。13. 讵（jù）：岂，怎。14. 屏：除去。15. 独

非：难道不是。16. 俯仰上下：即俯仰天地。17. 去公：距元公的年代。18. 迹其事：根据他的事迹。19. 樊川：在武昌。20. 不屑干国：认为不值得向君国求取。21. 如保如伤：像休养安息和哀伤百姓。22. 谢表再上：指大历元年（766）春，奉命再为道州刺史，到州后，作《再谢上表》。23. 惓惓（quán）：恳切的样子，犹“拳拳”。忠荩（jìn）：竭忠尽心。24. 尊主教顺：尊崇君王教导百姓安顺。锄奸戡（kān）乱：铲除坏人，平定叛乱。25. 流峙烟云：即山水烟云。流峙：水流山峙。26. 曾：岂，怎。27. 恣情游骋：任意游览，开畅胸怀。28. 诩诩（xǔ）然：自夸地。自负：自以为了不起。29. 叩：问。30. 大率：大概，大致。冥然：昏昧无知的样子。31. 折：信服，折服。32. 陟（zhì）：登上。孤标：清峻特出。33. 民吾胞，物吾与：民是我同胞，物是我同辈。34. 天地吾徒：天地之物是我同类。35. 举：整个全部。36. 质证：对质，证实。37. 唱酬：唱和。38. 雕虫之末：即雕虫小技。原讥讽仅会作辞赋的贬称。39. 扃（jiōng）：关闭。岫幌（xiù huǎng）：山洞的帷帐。云关：高耸入云的关隘。40. 时义：当时的含义。

［译文］有人问：“亭子用‘省’命名，有解说吗？”

回答道：“有。‘省’的含义，不跟亭子关联，跟‘吾’有关联。吾生在天地间，统率吾的品性的，充塞吾的身体的，少有不出于爱吾的。他即使贪馋好吃，也会说爱吾口；沉溺郑、卫那种音乐，也会说爱吾耳；尽力追求丰满华丽，也会说爱吾目；把屋宇建得高大装饰好车子衣着，也会说爱吾四体。他们看待吾啊肤浅，所以爱吾是末端；然而可知道它伤害吾的，实在厉害呀！”

“元次山岂不爱吾？于是排除世俗所爱好的惟独对溪叫吾溪，亭子叫吾亭，台叫吾台，元公难道不近人情吗？揣想他俯仰天上地下，必定有悠闲地把握住自己真吾的。于今离开元公已经久远了，可以根据他的事迹来验证他的思想。例如隐居樊川，甘愿栖息在寂静的环境里，认为不值得向君国求取，凭忠诚来做官，这么为吾多么正直！任道州刺史，安抚流离失所的百姓，上奏免除杂税供奉等十多万钱，写了《舂陵行》，像保养安息和哀怜百姓，这么为吾多么仁慈！至离开任职，再次上了谢表。恳切地竭忠尽心，镌刻《中兴颂》把尊崇君王，教导百姓安顺，铲除坏人，平定叛乱，放在心上，这么为吾多么忠诚！忠诚、正直、仁慈，这都是元公个人把握的真吾，可以容纳天地万物到自己的胸怀里啊。”

“然而这里的水流山峙，烟云变化，仅偶尔接触寄意于它罢了，岂吾能够拥有它吗？一个人当纵情游览开畅胸怀时，常自夸地认为是山林知己，自以为了不起；等到上前问他拥有了什么，大概除饮酒吟咏以外都昏昏地无知啊。吾暗暗地对这种情况引发了深刻的省悟，（如果）信服溪流的滋润作用，就检查吾的仁慈；登上清峻特出的亭台，就检查吾的正直；读了摩崖碑的慷慨文辞，就检查吾的忠诚；推开下去，百姓吾同胞，动物吾同辈，古人吾朋友，天地生物吾同类，全部检查对它的情况，不让失去吾的本真，然后可以同圣贤互相对质证实，可以跟山水相映引发，可以与泉石花鸟相唱和。不努力到这方面，只是那么一点会作诗文的雕虫小技，酒宴中的嬉戏，（如果）元公有所了解，吾忧虑他会拉起隐居山洞的帐幕，掩上耸入云霄的关隘门的呢。”

有人听了解说后，说：“‘省’的当时含义够大的了啊！请你把它镌刻到亭台上来保存解说‘省吾’的道理吧。”

［说明］ 这篇记阐述了爱吾有“省”的必要，元次山对浯溪胜迹以“吾”命名，是把握了自己的真吾，体现他忠诚、正直、仁慈的思想品质，进而论及游览山水胜迹要善于深刻省悟，保持吾的本真，明晰地解答了“省吾亭”的命名含义。

全文引人自省，分析说理切实深刻，颇有警人意义。

春日游浯溪记

清·邓献璋

山水之乐，知之者难矣。东坡曰：“江山清空我尘土，虽有去路寻无缘。”就令寻之，尘土而孔污山灵剧矣[1]。浯溪襟带间耳[2]，待生年三十余始游之，晚矣。

乾隆乙丑（乾隆十年，1745），授学南洲。于春之仲，时鸟发声，会若唤人[3]。游兴颇勇[4]，买渔艇，沿狮洑[5]，过十字滩，望浯台在浯石脊，石崖在丛绿杪[6]。远视，石作缁墨色[7]，白筋多作屋漏痕。度之[8]，疑数百尺。

舟轻风利，泊新埠。埠上一树垂荫，欲俯船背。缘埠上，右通南乡道口，杂店数间，鸡犬在篱落[9]，有闲意。迤左三十余步，为明乡宦谕祭坊[10]。过则渡石桥，始见石崖碑刻，错杂无数，如入山阴，接目不暇。酌意中轻重[11]，断从阅《中兴颂》为第一[12]。直行至石崖下，具冠袍拜之[13]。盖志士忠臣之敬，匪学步南宫也[14]。拜起读颂，石肤为风雨剥落，不完善，字凹为墨痕污塞。摩挲墨本，反畅于见石时；特石面多有云龙浮动之态。石本墨色，余视之多见碧血。此余游理之独得也。

次读黄山谷诗。山谷平生爱鲁公书法，此诗刻为山谷得意书；前数十字固磨灭，尾后刻某司李诗[15]。山谷名在天地，媢司李者不知呵护名迹[16]，或叹或恨。余谓名迹以有无隐现，生无限烟波[17]。雷轰荐福[18]，水没偃虹[19]，水与雷皆司李之类，又谁罪之？

次命舟童含水潠石镜[20]，对岸庐舍人物皆可鉴毫发，适江中艇子摇曳上下[21]，忽生一幅画图。惟必藉水拭乃明，必拭浯溪之水乃愈明，舍是或未及此，又不可解也[22]。

次当阅读赞碣碑，第始上埠时，见碑多于石，诗字多于碑；及拜读颂后，并不见一碑一字者[23]。余藉次山气焰，趋过渡香桥[24]。桥圮磴存。磴生成，下题有题名。凡过石广石坡，类然不可放足践踏[25]，以荆棘芜漫，句留游目，转得详谛[26]。

稍上为笑岘亭。亭虽塌，而浯溪佳胜，当以此为甲。多古树蒙密[27]，阴不见天日，如待游人张盖者[28]。石罅产异花[29]，具五色，不可认识，他亦未见。有微风至，俨坐众香国[30]，衣履得浓翠酣绿如染。树多巢异雀，若俯客顶，不畏，坚坐陪人，弄声数变。石嵌空透皱[31]，随可坐，坐可久。余时适带五色囊，囊各色花，不欲别适[32]。然至是仅游之半，起，不循土路，随石上下。

过二公祠后，有石壁，高广抵摩崖十之七，有玉箸篆[33]，文清古雄劲[34]，为次山《峿台铭》，江华令瞿令问书，字完善，无墨痕淤塞。盖近世知篆者少，而瞿令字不著声[35]，数千年反得葆其本真[36]。名之于人，动兰薰桂削之感也[37]。余具冠袍如拜摩崖时。拜毕，心识之。拟拓数百幅，留为绝好唐迹，遗后君子。又念知者渐有，拓者渐多，更后数百年，阅者如余叹摩崖，予得无罪过？再过数武入二公祠，焚心香一瓣[38]，拜像，见二公神气如生。惜祠渐圮，藤花盖檐，雀溲狼藉杂沓[39]，私度是亦居是邦者之责也[40]。

更上则为“峿台晴旭”。余至时已午，未及旭候，周遭四望[41]，远山如罗[42]，屋巢树上，人倚屋角，天光如亲，飘飘有凌云气。崖上有石窊，为次山饮瓢，酌酒则月落其中。名士奇癖率类是[43]，笑颔之。窊旁即悬崖飞出，有一幅坼裂，从隙下小石子，可到江心。余始于江中望，拟数百尺；度之[44]，二百余尺。立其上，足战心悸。望江中舟似一叶。远望缕缕云，或坠，或散向熊罴、太白诸峰[45]，点缀景色。余此时，殆不知身在人间世矣。最后下还向道，步所经历，心已极焉。春始有蝶，浯溪已多，有三四群，余游皆从。余异之，后知为囊花香引之也。

再东折北为“唐亭六厌”。亭亦塌，基耸溪口，阜特起，凿石为梯，上登之，望四周。是亭最近溪流，溪声决决[46]，如鸣环佩[47]；景更奇，听更幽，视更清。次山云：“厌，不厌也。”余一日之游耳，乃真厌也。

下唐亭，再渡桥，入中宫禅寺，一犬迎吠。余笑骂犬为狂犬，犬亦遂不吠，有俗僧三人，瞪目视客，不知揖[48]，余亦不与之揖。寺荒凉无可观。余怃然曰[49]：“是溪也，生在边徼[50]，设置之丰，镐、鄠、杜[51]、崇台阁，盛贵游，不更多乎！今乃以余一人辱山神[52]。”

余尝溯汉江[53]，越齐安[54]，度桐川[55]，过浣口[56]，经白门[57]，逾金陵[58]，入齐鲁[59]，客燕赵[60]，裘马轻狂[61]，凡所谓名胜古迹，无不悲歌慷慨其间。顾树后缛绣[62]，土木之气胜；天地清机[63]，或就斫削[64]。检浯溪一石一树，一山一水，黄鹤九曲，采石燕子、金山焦山[65]，可顿减价，宜次山之家是而莫能去也。虽然，余又过矣。颜元节义文章，有浯溪不加高，无浯溪不加减；向二公当时[66]，得顽山浊水而居之，高文老笔，千古不灭，随地可为浯溪。余抚其剩余，其流连叹赏，当不异今日。然则浯溪之遇二公，浯溪之遭也[67]。余之得游浯溪，余之幸矣。余但自抚面孔，不贻笑东坡，则山水之乐、文章之趣，殆两得之。

于是返舟归而记之，而月映蕉窗矣。故余之游，以是为第一。

[释题] 此记，录自作者第三子奇焯手抄本《太白山房古文存》。

[注释] 1. 剧：厉害。2. 襟带：喻相距很近。襟：衣胸前部分。带：束衣的带子。3. 会：恰好。4. 勇：胆大，果断。5. 狮洑（fú）：祁阳县城南湘江水段的狮子口，水流回旋处。6. 丛绿杪：绿树丛的顶梢。7. 缁（zī）：黑色。8. 度（duó）：度量，测量。9. 篱落：篱笆。10. 乡宦：在本乡的官员。谕祭：上级对属下的祭祀。11. 酌：酌量。12. 断：决断。13. 具：准备。14. 匪学步：不是模仿。南宫：宋米芾，又称米南宫，拜过奇石。15. 某司李诗：据王士禛《浯溪考》“祁阳令刻推官某诗”，是

刻永州推官张铃诗。司李，即司理，主管狱讼，又叫推官。16. 媚：巴结，讨好。17. 烟波：喻人事中的风波。18. 荐福：指唐欧阳询书写的《荐福碑》。19. 偃虹：卧伏的飞虹。虹：喻拱桥。20. 潠（sùn）：同“噀”，喷。21. 摇曳：摇荡。22. 不可解：不能理解。23. 并不见一碑一字者：意即颂碑的分量超过一切碑与字。24. 气焰：喻受到颂碑感染激发的气概。趋过：很快走过。25. 石广（ān）：就着岩架成的屋。类然：相似地。26. 句留：即勾留，逗留。详谛：仔细地看。27. 蒙密：覆盖茂密。28. 张盖：张开伞。29. 石罅（xià）：石崖裂缝。30. 俨（yǎn）：好像。众香国：《维摩诘经》中有“国名众香，佛号香织”。这里指百花烂漫的境界。31. 嵌空：玲珑。透皱：很折皱。32. 别适：到别处去。33. 玉筯（zhù）篆：即李斯作的那种小篆。34. 清古雄劲：清雅古朴，雄健有力。35. 著声：著名。36. 葆（bǎo）：保持。本真：原来的特点。37. 兰薰桂削：幽谷的兰草清香四溢，庭园桂树会被削皮。38. 焚心香一瓣：喻虔诚的心意如供佛焚香。心香：佛教语。一瓣：一炷。39. 雀溲（sōu）：雀儿便溺。40. 居是邦者：在这片土地上做官的。41. 周遭：四周，周围。42. 罗：罗列。43. 率类是：大抵跟这相似。44. 度之：估计它。45. 熊罴：即祁阳县东北与祁东接界的熊罴岭。太白：即祁阳东太白峰。46. 决决（jué）：水奔流貌并发出声响。47. 环佩：古人衣带上的佩玉。48. 揖（yī）：旧时的拱手礼。49. 怃（wǔ）然：茫然自失地。50. 边徼（jiào）：边境。51. 设：假设。丰、镐（hào）：西周的旧都。丰在西安市丰水西边，周文王所建；镐，在丰水东，周武王所建。鄠（hù）、杜：鄠县、杜陵，旧秦地。52. 辱山神：使山神受辱。53. 汉江：汉水。54. 齐安：在湖北省黄冈市西北。55. 桐川：在浙江。56. 浣口：在浙江省。57. 白门：在江苏宿迁。58. 金陵：今南京市。59. 齐鲁：今山东地域。60. 燕赵：今河北、山西部分地域。61. 裘马轻狂：披着皮袍，骑着好马，显得高迈不受约束。62. 缛（rù）绣：形容建筑物的彩色装饰。63. 清机：高雅的素质。64. 斫（zhuó）削：砍削。65. 黄鹤：当指黄鹤楼。九曲：指黄河曲折多。采石：当指采石矶。在安徽当涂县西北，牛渚山北突入江中之矶，是长江最狭处。燕子：指燕子矶，在南京市东北郊。矶头屹立长江边，形如燕子。金山焦山：金山位于镇江市西北。焦山，在镇江市东北，屹立江中与金山对峙，为江防要塞。66. 向：假使。67. 遭：遭遇。这里含有“好”的意思。

［**译文**］山水的乐趣，能够领会到难啊。苏东坡说："江山清空我尘土，虽有去路寻无缘。"就是让你寻到它，那沾满尘土的面孔使山神受污辱够厉害了。浯溪就在我身边呀，直待我活了三十多年才游览它，迟了呢。

乾隆乙丑（乾隆十年，1745），在南洲传授学业。这春天二月里，时鸟鸣叫，恰似唤人。我的游兴很大，很果敢，雇了只轻快的渔船，沿着狮子洑，过了十字滩，就望到浯台挺立浯溪的石崖背上，石崖像在绿树丛中的端顶。远远地看它，石崖显得墨黑，上面的白筋像房屋漏雨留下的痕迹。要度量它，我猜测有几百尺。

船儿轻，风又劲，很快停船在新埠。埠上一棵大树垂荫，想要俯身船背似的。缘着埠头，右边通向南面乡村的路口，有杂店几间，鸡和狗都在篱笆间，有种安闲的情态。蜿蜒向左三十多步，是明代在乡官员的谕祭牌坊。过去，走过石桥，才能见到石崖碑刻，错杂得数不清楚，像走在山阴道上，投入眼帘的没工夫应接。斟酌了意想中的轻与重，决定该把阅读《中兴颂》当第一件事。直接走到石崖下面，备上袍帽膜拜了它。这是由于对志士忠臣的敬仰，不是模仿米南宫下拜奇石。拜过起身读着颂文，发现石刻表面被风雨剥落，不够完善，字的凹处被墨痕弄污阻塞。抚摸碑的拓本反而比见到石刻时舒畅；只是石面有许多云龙浮动的情状。石本来是黑色的，我细看这石头，多处现出碧血。这是我游览时独有的理会呢。

接着阅读黄山谷的诗。黄山谷平生喜爱鲁公的书法，这首诗的石刻是山谷满意的书迹。前面几十个字固然将逐渐消失，尾后刻上了某司李某某的诗。黄山谷名列天地间，那讨好某司李的人不知道对名迹呵护守护，有人叹息，有人埋怨。我认为名迹由于有无隐现，必然生出无限的风波。至于雷轰荐福碑，水淹大拱桥，水与雷都是司李一类，又有谁去开罪它呢？

又接着叫摇船的童子含水喷上石镜，对岸的房屋、人物都可看出毫发般的细处，正好江中有小艇摇荡上下，突然间现出一幅画图来。只是一定靠用水拭摸才明，一定拭摸浯溪的水才更加明晰，不这么做或许不能有这样的效应，又是不可理解的了。

又接着应当阅读赞扬的圆碑方碑。但开始上埠的时候见到碑比石多，诗、字比碑多，到拜读颂碑后，并没看上一块碑一个字的了。我凭借元次山给我增添的气概，很快走过渡香桥。桥塌了，石磴犹存。石磴是天然生成的，下面题了题名。大凡走过石崖屋和石坡，都类似地不能放脚践踏，因为荆棘野草遍布，只得逗留浏览，反而得到具体的理会。

稍微上去是笑岘亭。亭子虽然倒塌，可是浯溪的佳景，应当把这里放在第一位。有许多古树覆盖茂密，阴森得不见天日，像等待游人给张开伞似的。石崖裂缝里，生着奇异的花，具备多种颜色，不能认识它，别处也没见到。这时微风吹来，好像坐在百花烂漫的众香国里，衣服鞋子得到浓重青绿的映衬如同染过。树上有许多雀儿架了巢，像俯看游客头顶，毫不畏惧，坚持坐着陪伴游人，卖弄叫声多有变化。石崖玲珑很是皱折，随处可以坐，坐下能够久留。我这时恰好带了五色袋子，袋里装上各色花朵，不想到别处去。然而到这里仅游程的一半，站起来，不沿土路走，随着石崖上上下下。

过二公祠后面，有座石壁，高、宽当占摩崖十分之七，刻有玉筯篆，字迹清雅古朴，雄健有力，是元次山的《峿台铭》，江华县令瞿令问书写的，字迹完好，没有墨痕淤积阻塞。这因为近世懂得篆书的少，并且瞿令问不出名，经过几千年反而能够保持它原有的特点。名声对于人看来是会产生幽谷兰花清香四溢，庭园桂树遭到削皮的感慨了。我准备袍帽像膜拜摩崖碑一样。拜了后，心头记住了这件事。打算拓印几百幅，作为最好的唐代名迹，留给后世品格高尚的人。又想到知道的会逐渐有，拓印的会逐渐多，再以后几百年阅读的人像我感叹摩崖石刻这样，我难道没有罪过吗？再过去几步，进入二公祠，拿出虔诚的心意如供佛焚上一炷香，拜了二公的神像，见到二公的神气如同活人。可惜祠宇逐渐倒塌，藤蔓的花盖住屋檐，雀溺遍地，杂乱得很。我私下考虑这也是在这块土地上做官的责任啊！

再上去就是“峿台晴旭”。我到这里时已经中午，没赶上旭日东升的时刻。向周围四望，远山如同罗列似的，房屋像巢居在树上，人倚傍屋角，天空的光景有如贴身亲近，飘飘地有升入云空的气势。石崖上面有石窊，是元次山的饮酒瓢儿，一喝酒，月亮就落在酒中。名人的奇特癖性大抵跟这相似，我笑着点了头。石窊旁边，就见悬崖飞出，有一幅石崖开了坼，从隙空里滚下小石子可以落到江心。我当初在江中看望石崖估摸有几百尺高；丈量它时，有两百多尺。站在它上面脚发颤心也跳。远看江中的船儿像片树叶。远望一缕缕云朵，有的坠下，有的散飞到熊罴、太白那些山峰，衬托着景色更加美好。我这时候，几乎不知道自己是人间世上了。最后下来回到原先的路上，走过经历的地方，心情已经很满足了。春天开始有蝴蝶，浯溪已经很多，有三四群，我游览到哪里，都跟随到哪里。我觉得奇怪，后来知道是袋里的花香引它们来的。

再由东转向北面是“庿亭六庡”。亭子也倒了，基脚耸立溪口，石阜挺起，凿石成梯，攀登上去，望了四周。这座亭子最靠近溪流，溪水奔流发出决决响声，如同衣带上佩玉相碰的声音；景色越发奇特了，听得越发清幽了，看得越发清新了。元次山说：“满意，就是不厌弃。”不过我这一天的游览呢，却真的满意了。

下了庿亭，再过桥去，进入中宫禅寺，一只犬迎着我叫。我笑骂犬是狂犬，犬也就不叫了。有粗俗的和尚三人，瞪眼看着游客，不知道行拱手礼，我也就不跟他们作揖。寺宇荒凉，没有什么可看的。我茫然自失地说：“这条溪水，生在这边远地方，假使放到丰、镐、鄠、杜，把亭台楼阁建得高大，名大位高的人来游，不是更多吗？而今只让我一人来游，使山神受辱啊。

我曾经逆水上行汉江，越过齐安，渡过桐川，走过浣口，行经白门，过了金陵，进入齐、鲁，在燕、赵做客，披着轻皮袍，骑着好马，显得高迈不受约束，大凡所说的名胜古迹，在这些地方我没有不慷慨悲歌的。今天回顾树后祠宇的彩色装饰，是土木建筑的气势占了上风；天地的高雅素质，有些受到砍削。（如果）举出浯溪一块石崖、一棵古树、一山一水，那么黄鹤楼、黄河九曲、采石矶、燕子矶、金山、焦山等胜地，可能立刻降低身价，这就无怪乎元次山住在这里不肯离开呀。即使情况如此，我又错了。颜元两公的节操正义与文章，就是有浯溪不会因此增高身价，没有浯溪不会因此降低身价；假使二公当时，跟顽山浊水住在一起，那高超的文章，老练的笔法，千古不会磨灭，那么随地都可成为浯溪。假如我抚摸那里的遗迹，那种流连叹赏的情况，可能跟今天没什么不同的。既然如此，那么浯溪遇上二公，是浯溪的遭遇好，我能够游览浯溪，是我有幸啊。我只能抚摸着自己的面孔，不留笑话给苏东坡，那么，山水的乐趣，文章的趣味大概两者都得到了。

在这种情况下，我坐船回去后记述了这次春游，月亮也照到被芭蕉掩住的窗上了。所以我的游览，以这次的收获居第一位。

[说明] 这篇春游记，远写近描，采用比喻、比较衬托等修辞手段，真切地具体地详略恰当地描写了游览中所见主要景物的画面与特征，结合个人观感的抒发，点出浯溪因元、颜成为胜地的声价，表明此游“山水

之乐，文章之趣”两得的收获。字里行间洋溢着喜爱浯溪，敬仰先贤的思想感情。今天读起原文来也颇受感染。

游浯溪读元次山诸铭书后

清·王显文

去祁阳五里，湘之南岸有溪，林石秀峭。唐元子次山居之，名其溪为浯溪，台为峿台，亭为㾶亭，皆铭之石，世称为“三吾”。后之游者皆慕三吾之属于次山，而不知次山实公之天下后世者也[1]。

何者？溪本无名，自次山吾之而天下后世之人皆吾之矣，而次山又何尝独有其吾也？余尝谓世之所有，不必吾有，乃无非吾有。既见者，形在吾目；未见者，理在吾心，但使人皆得其为吾而吾，乃自得其为吾。此平泉、金谷所以同归于尽[2]，而浯溪得以长留千古也。

嘉庆甲戌（1814）春上巳前一日，余于使便游浯溪，顾而乐之[3]，无一吾也而无一非吾，民吾同胞，物吾与也[4]。次山有介操[5]，判道州，有惠政。归隐此溪，曾作《大唐中兴颂》乞颜鲁公书[6]，摩勒溪崖，盖能公所好于天下后世者。余故读其铭而广其意[7]。至于三吾胜境，则前人略言之[8]，余无庸赘及云[9]。

山左王显文字右亭撰，并书[10]

［**作者简介**］王显文，字右亭，山左（山东）人。根据文中“余于使便游浯溪”，可能任湖南学使，嘉庆甲戌过浯溪。

［**释题**］文碑是活碑，嵌入崖间；行楷，二王体。文收在旧县志。

［**注释**］1. 公之天下：把它公开给天下。2. 平泉：即平泉庄，唐李德裕别墅，在洛阳市。金谷：在河南洛阳市西北。有水流经这里，叫金谷水。晋石崇筑园在此，叫金谷园。3. 顾：游览，看。4. 民吾同胞，物吾与也：语出张载《西铭》，意即一切人是我同胞，物是我同辈。与：同类。5. 介操：高洁的品行。6. 判道州：裁判道州的政事。乞：请求。7. 广其意：扩大它的意思。8. 略言：大略讲到。9. 无庸：不用。10. 山左：旧称在太行山左，即山东省。

［**译文**］距离祁阳县城五里，湘水的南岸有条溪水，林木石崖清秀峻

峭。唐代元次山住在这里，给这条溪取名为浯溪，台叫峿台，亭叫㾓亭，都给它写了铭文刻在石崖上，世人称为“三吾”。后来的游人都仰慕三吾归属于元次山，却不知道元次山其实把它公开给天下后世的人了。

为什么这样说呢？溪原来没有名称，自从元次山把它看作吾的，从而天下后世的人都把它看作吾的了，那么元次山又何曾单独有他的吾呢？我曾经认为世上所有的东西，不必吾有，于是没有不是吾的。已经看到的，它的形象在吾眼里；没有看到的，那条理在吾心里。只要让人们都能够认为它是吾的当作吾有，那就自己得到它是吾的。这就是平泉庄、金谷园共同终归于尽，可浯溪能够长留千古的道理啊。

清嘉庆甲戌（1814）年春天上巳节前一天，我由于做使的方便游览了浯溪，看了这里的景物感到快乐，没有一桩是吾的，可是没有一桩不是吾的，一切人是吾同胞，所有事物是吾同类。元次山有高洁的操守，主管道州，有仁爱百姓的政绩。退隐到浯溪，把曾经写的《大唐中兴颂》，请求颜鲁公书写，磨刻在溪上崖壁，是能够把喜爱的东西公开给天下后世的人。我因此读了这些铭文并且把它的意思扩大了。至于三吾的优美景物，前人大略讲到了，我不用对它作多余的述说了。

山左王显文字右亭撰，并书。

［说明］ 这篇书后论述了元结的“三吾”命名并不是据为吾有，他请求颜鲁公书写《大唐中兴颂》，把它磨刻到溪上崖壁，是把个人喜爱的东西公开给天下后世的人，因而浯溪能够长留千古的道理，并且阐述了世上所有，不必吾有，乃无非吾有，“民吾同胞、物吾与也”的个人认识。

文章如此阐述公私关系，有着辩证法的道理，值得思索。

附　录

一　《大唐中兴颂》的评论纵横谈

《大唐中兴颂》是元结于唐肃宗上元二年（761）八月写成的。

历代浯溪诗文对颂文的评论聚讼纷纭。有的人说是“颂”，有的人说是“揭”。直到今天，还有不少人认为是“明颂实揭”。

如此莫衷一是，不妨首先追溯历代的评论情况，弄清眉目。唐代没有非颂的评说。当是唐肃宗灵武即位后扭转了政治局势，而且事属本朝，不便异议。宋朝，除张耒、陈与义等肯定是“颂”外，不少人认为非颂。黄庭坚最先在《书摩崖碑后》指出肃宗不应该“趣取大物”，上皇还京不过“天幸”，意即没什么可颂。范成大则直接提出“摩崖不是碑”，“乃一罪案，何颂之有”（《书浯溪中兴碑后》）。还有些作者借古讽今，也以为非颂。这么评论，都与当时统治者昏庸，失地不能收复的局势有关。元、明两代大都肯定是“颂”，王冕的“四海讴歌方解颜”（《游浯溪》），顾炎武的“文匹淮夷雅”（《浯溪碑歌》），可为代表。其中沈周也提出“颂德实揭过”（《浯溪碑》）的观点。清朝除个别人持“非颂”的看法外，蒋景祁、潘耒、王士祯等都说是“颂”。而阮元对这种“颂”与“揭”的争论，认为“安者见安危见危”，“各人忠爱各朝事”（《读〈中兴颂〉》用黄文节韵）。这样分析是中肯的，说明他们都是从维护本朝的政权出发，表示忠诚的己见；由于着眼角度不同，持议当然各异。

究竟怎样看待《中兴颂》呢？这就必须弄清写作的背景和目的。查阅史册，在安禄山叛变后的第二年，唐肃宗即位于灵武。第三年，收复西京、东京，上皇回到京城。到上元二年，安、史相继被部下杀死；河东将士作乱也平息下来。上述形势相对安禄山攻陷两京、玄宗西奔巴蜀的局面而言，的确可称“中兴”。这段时间里，元结被召至京城呈上《时议》三篇；肃宗认为其政见可取，即予任用。在征讨叛军中，元结因立了战功，被调升为水部员外郎，参佐荆南节度使吕諲的幕府，并且带领荆南士兵镇守九江。忧国的政治考虑和平叛的艰苦经历使他认识到：叛乱虽然基本结束，但藩镇的跋扈横行，边境少数民族兴兵肇事，表明政局尚未安定，必须武功文治兼施。因此，出于“系人心”，“正中夏”（顾炎武《浯溪碑歌》），元结作颂简述了乱生叛平的过程，斥责叛逆，表扬忠烈，盛赞中兴的业绩与声威。这就表明他写作出发点是“颂”。大历六年在祁阳县浯溪刻成颂碑则是实现上述意图的具体行动。

其写作出发点是“颂”还可证之作者《时议》第一篇的论述。这篇文章开头提出问题：“往年逆贼……几百万，当时之祸可谓剧，而人心危矣。天子独以匹马至灵武……”曾不逾时，摧锐攘凶，复两京，收复河南州县，何其易耶！……接着回答有这种战绩的原因是“以危取安”。这样肯定灵武时的功绩，是颂文歌颂中兴的有力印证。

下面从作者的创作思想进行研究，更能够看出颂文的写作特点和作者不会明颂实揭。元结拥护儒家仁政爱民的主张，不满当时的政治腐败和统治者对人民的残酷剥削。他认为文学的主要任务是“救世劝俗”（《文编序》），“可以上感于上，下化于下”（《系乐府序》）。其《贫妇词》《舂陵行》《贼退示官吏》等作品都贯彻了这种创作思想。作品中的笔锋只是对准负责有关职责的“有司”，并没有涉及最高统治者。其目的在于“示官吏”（《贼退示官吏》），或“何人采国风，吾欲献此辞”（《舂陵行》），使统治者改善政治，减轻人民痛苦。这种现实主义创作精神是可贵的。

再看看《中兴颂》是怎样谋篇组材的。颂文先概述了前朝孽臣边将的罪过和百僚中的丑行，这从侧面揭露了唐朝统治阶级的政治腐败。但就全文来讲，这在于写明战乱发生的原因，突出在“至难”中开创的中兴业绩。然后凶逆忠烈对比，进而突出大唐声威，达到歌颂的总目的。这么忠实地反映当时实况，正是体现了现实主义创作精神的写作特点，虽然有“揭”的内容，但颂文主调是“颂”，又怎能以商、周、鲁三颂没有讥诽言辞来下“摩崖不是碑”或“明颂实揭”的结论呢？

总的讲，评论作品应该联系写作时代背景，联系作者同类作品和他的创作思想作全面的研究。基于此，我认为《中兴颂》的写作出发点是颂，有颂中含讥的特点。“明颂实揭”一类的评论，实际上是孤立地曲解作品，拔高作者，不仅不能说明有进步的创作思想，而且有损元结的完整形象。

二　元、颜传略

元　结

元结，出生于唐玄宗开元七年（719），河南鲁山人，字次山。他曾祖元仁基跟随唐太宗征讨辽东，因功封为常山公。祖父元亨做过小官。父亲元延祖一生也只做了主簿、县丞一类官就辞官而去。安禄山反叛时，他告诫元结说：“你们恰逢变乱，应该努力树立名节，不让自己遭到耻辱。”

元结年轻时不受拘束，十七岁才立志克制自己，向有名望的堂兄元德秀求学。天宝十二年考取进士，后来隐居河南商余山，著《元子》十篇，被称为元子。为逃避战乱，到了湖北大冶的东回山上猗玗洞，自称猗玗子，后住江西瑞昌旳瀼溪边，自号浪士，著《浪说》七篇，又被称为漫郎。国子司业苏源明朝见肃宗，当问到天下人才时，他推荐元结可以任用。这时候，史思明进攻河阳（河南孟县），肃宗将出行河东（山西境内黄河以东地区），召元结去京城，问他有什么政见。他呈上《时议》三篇，谈到应该“以危取安”，勤劳政事，爱护士卒，关心百姓疾苦，不沉溺于安乐；任用贤士，摒斥小人，推行仁信威令，能行己言。肃宗读后，认为所提意见可取，任他为山南东道节度参谋。他招募义兵，扩大了拒贼的队伍，使史思明不敢南侵，并且掩埋战死者的尸骨，叫它“哀丘”。

肃宗要亲自征讨史思明，元结建议：不可与贼兵争锐气，该用谋略打败它。肃宗认为说得对，派他屯兵泌阳扼守险要，保全了十五座城，被提升为监察御史里行。随即调他为水部员外郎，参佐荆南节度使吕諲的幕府。在此，于上元二年（761）八月写了《大唐中兴颂》。后又参加山南东道来瑱的幕府。他建议为了鼓励忠孝，父母随儿子在军的应该给予衣食，并请收养孤弱。

代宗登位时，他为了侍奉久病的老母，请求辞职，住到武昌的樊口。代宗给予褒奖，任他为著作郎。他写了《自释》，介绍自己。在樊口，与打鱼的嬉戏在一起，改称“聱叟”，这是说他不肯屈从时俗。他也不以“聱”为羞辱，不因漫浪感到惭愧。

广德元年（763）十二月，他担任道州刺史。前不久，道州由于被当时称为“西原蛮”的少数民族攻陷月余，留下户口不过四千，各方却不断要求调拨赋税，他因而写了同情人民疾苦的《舂陵行》。出于“安人”的责任感，他两次上书朝廷，请求减免租税等十三万贯，得到批准。在道州，他替百姓造房屋，给田地，免徭役，流亡在外的回来一万多人。永泰元年夏天，他被撤去道州刺史的职务。去衡阳述职后，第二年春天再到道州复职。大历三年提升为容管经略使，他亲身去劝谕固拒山谷的少数民族，安定了各地。大历四年被加封为左金吾卫将军兼御史中丞。适逢母死要奔丧，百姓都到节度府请他留下，并以得到他的教化为乐，给他竖碑颂德。

元结一向喜爱山水，尤其喜爱浯溪。大历元年就三过浯溪，决定“归老江湖边”（《贼退示官吏》），在此开始营建，并为之命名；第二年开始刻石。大历三年去广西赴任，将母亲、妻子留在浯溪。大历四年辞职奔母丧，在浯溪守制三年。大历六年，请颜真卿书写《大唐中兴颂》；六月刻石，即摩崖碑。到冬天，他扶送母柩回河南。第二年，他到京城朝皇，病死在长安，年仅五十三岁。大历十年十月，颜鲁公给作表墓碑铭，赞述他“忠烈义激”、“文武真清”的品德，在安史之乱中抗击史思明叛军的义举，清廉明察的惠政及其文学成就。

元结继承陈子昂反对六朝的骈骊文风，致力于古文写作，辞章奇古，不蹈袭前人，大抵以简洁为主，是唐代古文运动先驱之一。他的诗质直朴重，深刻地反映了当时的现实。《新唐书》有传。

颜真卿

颜真卿出生于唐中宗景龙三年（709），山东临沂人，字清臣，唐初著名学者颜师古的后代。父亲早死，母亲殷氏亲身给予教导。他学问渊博，会写文章，对母亲尽孝道。

开元年间，他考取进士接连升官，做了监察御史。相传他出使到五原（属宁夏），有件冤案长期得不到解决，天将发生旱灾，经他审明冤情，了结此案，就下了大雨。当地人叫这“御史雨”。他敢于弹劾一些坏官，震动了当时。由于触犯权臣杨国忠，被调出做平原太守。

这时候，安禄山的叛逆行为越来越明显，他料定安禄山必反，预先做好防备工作。天宝十四年（756），安禄山反叛，河朔一带完全失陷，只有平原城守住了。唐玄宗得知这个情况后，对左右说：“我不知道颜真卿是怎么个人，他竟能够这么做!”

接着，他与从兄常山太守颜杲卿共同起兵平乱，附近十七郡响应。他被推为盟主，组成二十万大军，辅佐李光弼讨贼，接受了河北招讨使的职务。由于能够听取部下的积极建议，他打了不少胜仗。

唐肃宗在灵武登上皇位，他被任为工部尚书兼御史大夫，并做了河北招讨使，能够吸取部下正确意见，处置军事得当。他坚持直言，弹劾失职官员，得罪了权臣，几次被贬到外地任职。唐代宗登位后，做了检校刑部尚书，被封为鲁郡公。当时宰相元载引用私党，他上疏直谏又被贬到外地做小官。在江西抚州免去刺史后，在临川待命，应元结邀请写了《大唐中兴颂》。后来，再做刑部尚书，进了吏部，又改做太子太师。几朝以来，因为正言直道，多次受到奸臣排挤，但一直不改本色。天下人不叫他姓名，称他为“鲁公”。

唐德宗建中三年，淮西节度使李希烈自称天下都元帅，攻陷汝州。他不顾同僚劝阻，敢于接受德宗旨意，前往劝谕。李希烈的部下提出留下他做宰相，他大声斥责道：“你们听说我哥哥颜常山吗？他被安禄山抓起来，至死骂不绝口。我年近八十，官为太师，保持我的气节，至死方休，哪里会受你们的胁迫呢!”李希烈要活埋他，烧死他，他一点不害怕。终于遭到缢杀，已经是七十六岁的人了。这个消息传出后，官兵们都为他痛哭流泪。唐德宗辍朝五日，以示哀悼。后李希烈被部将陈仙奇鸩杀。淮西叛乱平定，其灵柩才运到万年县祖茔安葬。

他是位卓越的书法家，善真、行、草书。少年时，父死家贫，缺少纸笔，用黄土扫墙学写字。初学王羲之、王献之、褚遂良等的书法，后从张旭得笔法，遂兼众长而创新意。北宋苏轼《东坡题跋·观鲁公帖》称：“观其书，有以得其为人……未尝不想见其风采……凛乎若见其诮卢杞而叱希烈……”其楷书丰腴端庄，气势雄伟，著名碑帖有《麻姑仙坛记》《多宝塔》《勤礼碑》《大唐中兴颂》等；行、草书遒劲郁勃，锋芒逼人，著名作品有《祭侄文稿》等。书学理论著述有《述张旭笔法十二意》。他的书法对后世影响很大，世称“颜”体。遗著有《颜鲁公集》。新旧《唐书》均为他立了传。

三　浯溪碑刻勾勒

浯溪摩崖石刻是我国江南现存的最大露天碑刻。它以唐代元结刻溪铭诸碑而开端，宋代碑刻定其规模，明、清碑刻扬其波澜。它是我国优秀传统文化的“诗海”、“书林”，又是史料库。碑刻的作者不少是有名的诗人、大书法家。1984 年，对浯溪石刻进行了一次前人没有做过的清理家底工作，将所有碑刻全部拓片。总计现存碑刻 489 块，加上找回遗失的活碑，共有 505 碑。但字迹较清晰，尚可辨读的仅有 373 碑，计篆书 23 碑，隶书 12 碑，楷书 236 碑，行书 84 碑，草书 7 碑，行草 11 碑，下面分别给予简介。

篆书。23 碑中，唐代以元结“浯溪三铭”为著。《浯溪铭》经考定是季康篆书。因笔画如玉箸，所以叫玉箸篆。其特点因石面凸凹不平，依其天然写来，字的大小长短、横斜不一，却相映成趣。宋黄庭坚称赞它：“笔意甚佳”，“笔画深稳，优于《峿台铭》也”。清瞿中溶称：“此刻形长而圆，似李斯小篆!”《㾶庼铭》，经考定是袁滋篆书，因笔画如钟鼎，所以叫钟鼎篆，新、旧《唐书》本传都说：“（袁滋）工篆隶，雅有古法。”清王士祯、宋溶都赞他“笔法遒古”。瞿中溶称：“多用古籀，结体颇似石鼓文。”《峿台铭》，经考定是瞿令问篆书。因笔画匀细，上粗下尖若悬针，所以叫悬针篆。字形狭长而整齐，最见笔力。宋欧阳修称赞：“右斯人之作，非好古者，不知可爱也。然来者安知无同好也?”《集古录跋》。清瞿中溶称“其结体方而不圆”。

宋代以汪藻《太学题名跋》的篆书为著。徐大节篆书“浯溪”二字，篆法深稳。清代以吴大澂“后浯溪三铭”为著，笔法纯熟精练，深厚丰润。民国黄裔的《右堂铭》是悬针篆。

隶书。只有 12 碑。宋范成大的《游浯溪诗》，题是隶书。明黄焯（龙津）榜书“雩风沂浴”四字，朴实稳重。清杨翰“白云亲舍”，石柱联：“九旬上寿尊贤母，一代传人显令名”是隶书。民国杨济时题名是隶书。

楷、行书迹。共计322碑，可见是浯溪石刻中主体。从唐代到清代几乎都有各体的代表人物。唐代9碑，颜真卿所写《大唐中兴颂》碑被称为“鲁公遗墨此第一”，是“冠冕百代书家师”。后人称他的书迹为颜体。卢钧题名书迹学颜体，遒婉中寓秀丽。“二王”（王羲之父子）书体在唐代盛极一时。有李谅学“二王”的诗碑《舟过浯溪怀古》和题名。还有褚体皇甫湜的《无题》诗碑，褚体就出自“二王”体。

宋代有142碑。其中颜体6碑，《大宋中兴颂》的颜体甚是遒劲，惜不知作者是谁。卫樵《寄题中兴碑》的颜体，端正遒劲。“二王”体有秦观的《漫郎吟》、陈与义的《同范直愚、单履游浯溪》、汪藻的《太学上舍题名序》都甚秀丽。江琼《题浯溪次张文潜韵》遒劲可爱。魏碑体，有臧梓《无题》甚恭谨。曾焕《无题》遒劲有致。邹浩、赵彦的题名，都苍劲。欧体有4碑。其中余靖的题名，甚秀劲。易祓《无题》甚俏丽。八分体有沈绅、刘荛的题名。黄体，有黄庭坚《书摩崖碑后有序》，是种辐射式的新书体。学黄体的有邢恕诗碑，清秀可喜。李若虚《摩崖》，颇有风韵。陈从古《无题》飞扬踔厉。米体，有米芾《无题》，属早期书迹，清杨翰称赞它“端、严、圆、劲，不多见也”。张孝祥书迹，有米书特点，运笔劲健中有婀娜流离之态。还有范成大《游浯溪诗》的诗，行楷，遒劲可爱。吴潜《满江红》也学米。上面有些人是诗人兼书法家，政治地位也很高，为浯溪碑刻增色不少。还有无名氏，瘦金体碑，末有“淳祐”二字，书法秀劲。

元代有4碑，其中姚绂的楷书自创体，别有风致。

明代63碑中，书法虞褚，有曹来旬《读中兴碑》，并带柳意。苍崖道人《暮春偶游浯溪》且有欧意。颜体，有阎士麒榜书“圣寿万年”，书法端严、气势磅礴。管大勋《题摩崖碑》甚是端整。“二王”体有杨治《镜石》。欧体有唐瑶《谒元鲁二公祠》。赵体，有沈庆《题摩崖碑有序跋》，秀丽端整而瘦劲。杨芳赋答董太史的书迹也秀劲。

清代61碑。颜体，何绍基的《同治壬戌於同轩大令陪游浯溪》，学颜融会了篆隶笔意，自成一家，显得古厚雄深。杨翰《无题有序》自认为最得意之作，人亦赞他得颜之筋。学颜还有欧阳泽闿《无题》。陈璚《上巳重游浯溪》很端正，榜书“画山”二字秀丽庄重。“二王”体。有王宸《浯溪》有隶意，苍劲可爱。有瞿中溶《游浯溪宿中宫寺》。王显文《游浯溪读元次山诸铭书后》有风韵。欧体，有周在廉《无题》书迹恭谨。阮元题名端整秀劲。王文韶题名，兼有隶意。黄体，有吴大澂《雨中游浯溪》诗碑。魏碑体，有黄裔《石冢铭》，甚有逸趣。还有石庵体沈道宽《题中兴颂》，其源同出钟太傅。

草书。只有7碑。宋道士白玉蟾，明唐顺之称其大字草书，视之若龙蛇飞动。又道士李日新草书也有如此特点。还有吴潜《满江红》、杨琰《无题》都是草书。清于在沅《无题》草书，圆润流动。清何绍基“草书尤为一代之冠”，“凝重而又流动”。浯溪没有留下这种书迹，算是缺憾。

还有行草11碑。其中元何崇礼《无题》遒劲有致。清朱琦《舟过浯溪》甚是秀劲。

从浯溪全部书迹看，有两点要特别提出来，值得注意。

一是题刻情况。唐宋两代，很多诗人习惯于壁上题诗，先在石上“书丹”（即以银朱为墨写在石上），然后刻石，所以直行多自左向右行，唐宋有17碑如此。颜鲁公尤喜“题石”，《大唐中兴颂》即自左向右行，这是中国书法的一项革新措施。可是元、明、清竟无一碑继承这一优良传统。也有些诗人如黄庭坚，诗碑是书在纸上，然后双钩上石。元、明、清碑大多如此，如何绍基诗碑。

二是书体的发展影响。篆书，元结的“浯溪三铭”在书法上各有特点，成了学篆书的样板，起了很大的影响作用，浯溪篆书诗碑，题名可供研究个轮廓出来。

楷行各派书迹，虽然每个朝代都有代表人物，但影响最大的是颜体和黄体。各具的特点简述于下，以资研究。

颜体。以《大唐中兴碑》为例来看，它在中国书法史上具有“革新”的意义，是浯溪“摩崖三绝”的一绝。最显著的特色是：用笔上，融篆隶之法入行楷，笔笔力透纸背，力挽千钧。又用圆笔，显得苍劲。结构上，横平竖直，匀称紧密，以正面形象示人，呈现“方、严、正、大”，壮阔浑厚，间架美和气韵美兼而有之。

颜真卿书迹，宋人视为书中“神品”，世人奉为楷书正宗。在书艺上，他与诗圣杜甫，画圣吴道子，文豪韩愈并称。清何绍基诗碑，行书，就有颜体的因素，但“脱尽町畦，又极正大”。世人称他得颜之骨，得颜之神。

黄体。黄庭坚从小就尊崇元、颜，来浯溪读中兴碑，竟徘徊三日。他通过学颜，用篆隶之法入行楷，自创出“中宫敛结，长臂四展”的辐射式新书体，世称“黄体”。从《书摩崖碑后有序》诗碑来看，字的结构不再是横平竖直，匀称方正，而是扬鞭跃马，或风神潇洒。可说既有唐风，又有晋韵。这种书风直可风靡百代，宋就有易祓、李若虚、邢恕、陈从古，清有祁嶲藻、吴大澂等受了影响。而吴大澂书法酷肖黄体，苍劲中见清秀。

根据前述情况来看，浯溪书林展现着中国书法史的发展轮廓，很可供我们细加欣赏研究。那些名家书迹都是价值连城的“墨宝”。我们必须珍视它、保护它、利用它。让我们继承它的优良传统，在书艺上加以创新发展，使书法水平不断提高吧！

四 对联

摩崖联

明·刘明遇

白日红尘，忙家俱成客子；江山风月，闲者便是主人。

弘光初年（二年，1645），岁在乙酉，夏四月既望，偶书于梅庄清署，时新霁浓阴，山禽应答也。鹤岭刘明遇

三绝堂联

清·刘达善[1]

咸丰九年己未长至

彣彰千古事；　持护后人心[2]。

注：在原三绝堂西楹柱石上，联篆书，题名楷书。1. 刘达善，江苏举人，咸丰八年（戊午1858）任祁阳知县。2. 彣：“文”本字。

三绝堂联

清·蒋善苏

溪山留胜迹；　文字结奇缘[1]。

咸丰九年己未，嘉平邑人蒋善苏

注：联在原三绝堂西楹柱石上，楷书，颜体。

三绝堂楹柱联

清·於学琴

余掌祁阳之明年，奉典郡杨观察（杨翰，永州知府）命，重修元颜祠，次及碑亭，既成。仿集《中兴颂》为联，得十四字，行书。

百代名臣金石宝；一溪明月水天秋

三绝堂石柱联（1862）

清·杨　翰

地辟天开，其文独立；　山高水大，此石不磨。

注：是集中兴颂字作联。联在三绝堂东石柱上，同治元年壬戌上石。

跋

伍锡学

九十高龄的蒋炼先生与他的儿子蒋民主老师在 2001 年出版了一本《浯溪诗文选》，精选、注释、翻译了 161 篇唐代至民国时期的有关浯溪的诗文。此书已经销售一空。后来，两父子又精选、注释、翻译了 144 篇浯溪诗文，并入原书，书名更名为《浯溪摩崖诗文选注》。闻将出版，不胜欢欣，并提笔作跋。

我与浯溪有缘。12 岁考入祁阳三中，初中三年都生活在浯溪的怀抱中。那时，浯溪风景区在祁阳三中范围内。犹记得，我与班上同学，在浯溪东峰，在浯溪右岸，栽种过瓜菜。犹记得，课外时间，我常在摩崖区游玩、小憩、读碑文。中学毕业几十年来，我为浯溪写过不少文艺作品。散文有《浯溪春浓》（刊《湖南日报》）、《特意来花三分钟》（刊广东《旅伴》）、《浯溪与笔》（刊《郑州晚报》）、《博大精深的浯溪摩崖石刻》（刊湖南《老年人书画精粹》）等十几篇。曲艺有祁阳小调《浯溪游》（刊《湖南曲艺》）、越剧黄梅戏对唱《春游浯溪》（刊《祁阳报》）。而所写新诗、诗词在国内外多种报刊发表过。如刊在菲律宾《商报》上的《虞美人·浯溪书所见》：“自从元结修篱院，四海名声遍。骚人踏雨赶风来，天下奇文次第挂悬崖。醉人秀色今能揽，游客天天满。双双摄影石碑前，少女歪头手搭玉郎肩。”

对此有人会说：“你对浯溪文化颇有研究了。”不。我所写文艺作品，多是从浯溪的风景层面着笔，而对浯溪文化内涵，则理会不深，研究不够，自愧还是一个小学生。我深深地认识到：要懂得元颜精神，了解摩崖精髓，认识浯溪的价值，则必须精读浯溪诗文。而浯溪诗文甚多，一般读者，没有那么多时间与精力来读。而读原著，又有不容易读懂的诗文或词句。自从有了一本《浯溪诗文选》，就为我们解决了这一难题。因为书中所选诗文，都很有代表性，艺术水准都极高；而每篇诗文，又都有详细而准确的注解。十多年来，每当读到浯溪某一篇作品，遇到看不懂弄不清的地方，就查找《浯溪诗文选》。如今，又有了更为完善的《浯溪摩崖诗文选注》。有了它，定会引领我们顺利地登入浯溪文化宝库的厅堂。

恭喜祁阳又多了一把开启浯溪文化宝库的金钥匙。

恭喜中国又多了一把开启浯溪文化宝库的金钥匙。

2013 年 11 月 8 日于祁阳龙山

（作者系中华诗词学会会员，湖南省诗词协会理事）

后　记

这本书，从开始编撰《浯溪诗文选》到现在修订印出，将近20年。为了回报乡土之情，我们的确作了不懈的努力。在祁阳县委、县政府领导的支持与帮助下，本书于2014年9月付梓。这一成果固然是野叟献曝，但对弘扬优秀文化传统多少能够起着推波助澜的作用。

因此，我们首先要感谢曾经阅读过《浯溪诗文选》的同志们，他们给了我们一定的肯定和鼓励。还要感谢老一辈在编撰上的启迪，县浯溪文物管理处负责同志和祁阳一中图书馆的同志提供资料的帮助，县领导和宣传、文教部门对本书的支持。在成书过程中，原县委副书记黄承先、原永州市巡视员唐际绍、广州市作协副秘书长陈晓武写了书序，县文化局干部、诗人伍锡学写了书跋。县政府领导李天明、原县委副书记黄承先、文化局干部伍锡学对本书的出版给予了具体帮助。中国社会科学院研究生院教授李茂生审读了书稿，确定了书名，并联系出版社，解决了具体问题。还要感谢中国社会科学出版社的编辑同志们热情、执著、负责的工作态度。正是大家的盛意挚情，才使《浯溪摩崖诗文选注》一书得以出版发行。

习近平总书记在广州考察工作时的讲话，强调传承和弘扬中华民族的优秀文化传统是很有时代意义的。浯溪文化的精髓是爱祖国、爱人民、爱大自然。可是我们对它的开发远远不够，弘扬它的面也不够广。可以说，浯溪文化的软实力，值得我们下最大的决心，花最大的力气去发掘它、弘扬它。

也预料到，乐于传承和弘扬优秀传统文化的有心人，一定会取得辉煌璀璨的浯溪文化开发成果的。

蒋　炼　蒋民主

2014 年 9 月